Gutermuth

BASTEI LÜBBE

Ein Frauenleben im Mittelalter – ein faszinierender historischer Roman

England in der zweiten Hälfte des 14. Jahrhunderts. Von Nord bis Süd lodern auf der Insel die Hexenfeuer, die Große Pest entvölkert Städte und Dörfer, religiöse Fanatiker wüten. Da setzt sich eine Frau über das zu damaliger Zeit Undenkbare hinweg. Einer inneren Stimme gehorchend, zeichnet sie die unglaubliche und schockierende Geschichte ihres Lebens auf.

Judith Merkle Riley, verheiratet, zwei Kinder, lebt in Südkalifornien und ist Dozentin für Politikwissenschaft. Neben ihren wissenschaftlichen Arbeiten ist dies ihr erster Roman.

Judith Merkle Riley

Die Stimme

Aus dem Englischen übertragen von
Dorothee Asendorf

BASTEI
LÜBBE

BASTEI-LÜBBE-TASCHENBUCH
Band 11676

1.–4. Auflage 1991
5.–6. Auflage 1992
7. Auflage 1993
8. Auflage 1994
9. Auflage 1995

Titel der Originalausgabe: A Vision of Light
Erschienen 1989 bei Delacorte Press, New York

Lizenzausgabe: Gustav Lübbe Verlag GmbH, Bergisch Gladbach
Printed in Germany
Einband: Motiv List Verlag/
Gestaltung: Gisela Kullowatz
Satz: Fotosatz Schell, Bad Iburg
Druck und Bindung: Ebner Ulm
ISBN 3-404-11676-3

Der Preis dieses Bandes versteht sich einschließlich
der gesetzlichen Mehrwertsteuer.

Prolog

Im Jahr des Herrn 1355, drei Tage nach Epiphanias, gab Gott mir ein, daß ich ein Buch schreiben müßte.

»Ich bin doch nur eine Frau«, sagte ich zu meiner inneren *Stimme*. »Ich kann weder lesen noch schreiben, und Latein kann ich auch nicht. Wie soll ich wohl ein Buch schreiben und was hineinschreiben, da ich doch nie große Werke vollbracht habe?«

Die *Stimme* antwortete:

»Schreib hinein, was du gesehen hast. Es macht nichts, daß du eine Frau bist und dich mit Alltagsdingen abgibst. Manchmal können geringe Werke von großen Ideen künden. Und was das Schreiben angeht, so mach es wie die anderen: such dir jemand, der alles für dich aufschreibt.«

»*Stimme*«, sagte ich, »woher weiß ich, daß du von Gott kommst und nicht vom Teufel, der mich zu Narreteien verleiten will?«

»Margaret«, gab die *Stimme* zurück, »ist das etwa keine gute Idee? Wie sollte Gott wohl schlechte eingeben.«

Mir kam die Idee auch gut vor. Je länger ich darüber nachdachte, desto besser gefiel sie mir. Ich bekomme gern Bücher vorgelesen, dachte ich, aber nie ist ein Buch über Frauen darunter. Manchmal liest mein Mann dem Haushalt aus einem Buch über Reisen vor, das von den Wunderdingen ferner Gegenden handelt. Manchmal lassen wir uns von einem Priester zur Erbauung der

Seele erhabene Gedanken und treffliche Meditationen vortragen. Aus einem Buch wie das, wovon die *Stimme* gesprochen hat, würde ich gern vorgelesen bekommen.

Ich erzählte meinem Mann, daß eine innere *Stimme*, die ganz entschieden von Gott kam, mir gesagt hätte, ich solle ein Buch schreiben. Er gab mir zur Antwort:

»Wieder einmal eine Stimme, äh? Na ja, wozu ist mein ganzes Geld nutze, wenn ich damit nicht mein süßes Püppchen verwöhnen kann? Wenn du dir ein Buch wünschst, dann sollst du es meinetwegen haben. Aber ich sage dir gleich, es wird nicht leicht sein, einen Priester aufzutreiben, der es für dich schreibt.«

Mein Mann kennt sich sehr gut aus in der Welt, denn er ist schon viel länger auf ihr als ich. Was die Schwierigkeiten anging, so hatte er sich nicht getäuscht. Der erste Priester, den ich fragte, wurde zornig und weigerte sich, selbst für Geld eine solche Arbeit anzunehmen. Er blickte mich durchdringend an und sagte:

»Wer hat Euch das eingegeben, der Teufel etwa? Der flößt Frauen oftmals unziemliche Gelüste ein. Es gibt für Frauen keine Veranlassung, überhaupt etwas zu schreiben. Sie haben keinen Anteil an großen Werken, und zu erhabenen Gedanken sind sie auch nicht fähig. Und das sind die beiden einzigen Gründe, aus denen es sich ziemt, Bücher zu schreiben. Alles übrige ist nichts als Eitelkeit und will andere zur Sünde verleiten. Geht heim und dient Eurem Eheherrn und dankt Gott, daß Er Euch demütig gemacht hat.«

Ich war sehr entmutigt.

»*Stimme*«, sagte ich, »du hast mir eine Strafpredigt eingetragen, und nun bin ich traurig.«

Die *Stimme* sagte: »Nicht lockerlassen, Margaret. Ich hätte nicht gedacht, daß du so leicht aufgibst.«

»Dieses Mal ist es wirklich zuviel für mich. Dauernd erzählen mir alle, was nicht geht, und vielleicht haben sie ausnahmsweise sogar einmal recht. Kein Mann will aufschreiben, was eine Frau zu sagen hat.«

»Du hast nur noch nicht den richtigen gefunden«, sagte die *Stimme*. »Halt weiter Ausschau.«

Kapitel I

Im Westende des großen, normannischen Mittelschiffs der St. Paul's Cathedral in der City of London lungerte eine hochgewachsene, knochige, in ein unauffälliges, fadenscheiniges, altes, graues Gewand gehüllte Gestalt in der Nähe eines Pfeilers herum und beobachtete aufmerksam das Gewimmel von Kaufleuten, frommen Damen, Dienstboten und Klerikern, die hier ihren Geschäften nachgingen. St. Paul's eignete sich gut für die Arbeitssuche: an einem Pfeiler standen die arbeitslosen Dienstboten und warteten auf Angebote, während Priester am *Si quis*-Nordportal das gleiche taten, nur eben diskreter. Dort hefteten sie säuberlich geschriebene Zettelchen an, die kundtaten, daß sie für jede freie Stelle zur Verfügung stünden. Hier, am Westende, saßen zwölf Schreiber der Kathedrale an Schreibtischen und schrieben Briefe für jedermann oder erstellten Urkunden; und genau hier hatte Bruder Gregory die letzten Tage auf der Lauer gelegen und darauf gewartet, daß vom Tisch der Reichen unbeobachtet ein Brocken zum Kopieren für ihn herabfiele. Vor zwei Tagen hatte er für eine alte Frau einen Brief an ihren Sohn in Calais geschrieben, doch seither hatte sich nichts mehr getan, und Bruder Gregory wurde bereits von anstößigen Träumen über Würstchen und Kalbsfüße heimgesucht.

Merkwürdig, wie die Stimmen widerhallten und sich im Mittelschiff verloren. Von weither perlte eine zarte

Melodie herab, die jedoch vom Stimmengebrabbel aus einer der nahe gelegenen Fensternischen zerrissen wurde. Ein Ritter war durchs Hauptportal eingetreten und hatte vergessen, seine Sporen abzunehmen. Um ihn herum schnatterte und flatterte es, während Sängerknaben in weißen Chorhemden ihren gewohnten Tribut forderten. Bruder Gregory, der die Schreibtische nicht aus dem Auge ließ, bemerkte eine junge, offenbar verheiratete Frau mit einer Magd im Gefolge, welche auf den ersten Schreibtisch zuging, doch der Klang ihrer Unterhaltung, obwohl sie ganz in der Nähe stattfand, entschwebte und verlor sich. Er beobachtete, wie sie der Reihe nach an jeden der Tische trat. Als sie beim zweiten anhielt, lachte der erste Schreiber hinter vorgehaltener Hand, während der zweite hochnäsig und naserümpfend auf sie herabsah, so als röche sie nach fauligem Fisch. Als sie sich abwandte, um zum nächsten Schreibtisch zu gehen, konnte Bruder Gregory ihr Profil sehen. Sie hatte trotzig das Kinn vorgestreckt.

»Eine halsstarrige Frau«, dachte Bruder Gregory und beobachtete, wie sie sich hinter einem alten Mann anstellte, der am dritten Tisch wartete. »Halsstarrigkeit steht einer Frau nicht wohl an.«

Dann stand sie vor dem nächsten Schreiber, einem fetten Kleriker mit geröteten Hängebacken, der sie einfach auslachte. Darauf beugte er sich mit Verschwörermiene zu seinem Kollegen auf der anderen Seite und tuschelte hinter der vorgehaltenen Hand. Der wiederum tuschelte mit seinem Kollegen auf der nächsten Seite, und als sie schließlich vor dessen hohem Schreibtisch stand, deutete dieser in Bruder Gregorys Richtung. Jäh wandte sie sich um und starrte Bruder Gregory fast über die halbe Breite des Kirchenschiffs hinweg an, wie er da an seinem Pfeiler stand. Sie wirkte verwirrt und enttäuscht, doch dann kam sie auf ihn zu.

Sie war doch nicht so alt, wie er zunächst angenommen hatte. Kaum ein, zwei Lenze über zwanzig, dachte er. Ein dunkelblauer Umhang, dessen Kapuze sie sich übergeworfen hatte, bedeckte ihr Kleid gänzlich und gab nichts als die Kanten vom weißen Gebende und der Rise frei. Sie machte einen wohlhabenden Eindruck: der Umhang war mit dichtem Pelz gefüttert und wurde von einer goldenen Filigranschließe zusammengehalten. Sie war zu Fuß durch den Frühlingsmatsch gekommen und trug noch die hölzernen Stelzenschuhe, unter die bestickten Opanken aus Saffianleder gebunden. Sie war mittelgroß, doch sogar auf den hohen, geschnitzten Stelzenschuhen wirkte sie kleiner, als sie in Wirklichkeit war, denn sie war schlank und zartknochig. Bruder Gregory fand, sie sähe irgendwie verloren aus, doch einige Frauen scheinen immer einen leicht verwirrten Eindruck zu machen. Schließlich sind viele nicht in der Lage, sich in der Welt der Männer zurechtzufinden, und man sollte ihnen wirklich nicht gestatten, das Haus allein zu verlassen. Kann nicht weit her sein mit der Arbeit, die sie gemacht haben will, wenn alle Schreiber der Kathedrale das für einen Witz halten, überlegte Bruder Gregory bei sich. Aber immer noch besser wenig Arbeit als gar keine. Diese unangenehmen Träume hatten seine Meditationen gestört; vielleicht schlug er ja eine gute Mahlzeit aus dieser Frau heraus. Dann könnte er ungestört mit seiner Gottsuche weitermachen.

Die Frau zögerte einen Augenblick, musterte Bruder Gregory von Kopf bis Fuß und sagte dann mit fester Stimme:

»Ich brauche einen Schreiber, der schreiben kann.«

»Das versteht sich von selbst«, erwiderte Bruder Gregory und betrachtete sie genauer. Reich, sehr reich, folgerte er. Und eigensinnig obendrein.

»Ich meine schreiben, richtig schreiben.« Sie haben mir einen Streich gespielt, diese Schreiber, dachte Margaret. Der Mann ist ja ein Bettler – einer von diesen diebischen Vaganten, die sich als Mönch verkleiden, um an Geld zu kommen. Wahrscheinlich kann er überhaupt nicht lesen und schreiben. Er wird sich eine ganze Weile furchtbar aufspielen, jedenfalls bis er sein Geld hat. Dann verschwindet er und läßt mich mit Seiten voll sinnlosem Gekritzel sitzen, und alle lachen sich tot über meine Dummheit. Und ich kann noch von Glück sagen, wenn er nicht auch noch die Silberlöffel mitgehen läßt. Diese gräßliche, gräßliche *Stimme*! Warum behelligte sie nicht jemand anders?

»Ich kann schreiben«, sagte Bruder Gregory mit gelassener Arroganz. »Ich kann Latein, Französisch und gewöhnliches Englisch schreiben. Deutsch allerdings nicht; das ist eine barbarische Zunge, bei der einem die Tinte gerinnt.«

Er spricht gepflegt, dachte Margaret. Nicht wie ein Bauer oder ein Ausländer. Ich probiere es mit ihm. Und so wagte sie sich weiter vor.

»Ich brauche jemanden, der ein ganzes Buch schreiben kann.«

»Einen Kopisten, der ein Gebetbuch abschreibt? Das kann ich.«

»Nein – ein Buch, ein Buch über Frauen. Ein Buch über mich.«

Bruder Gregory war entgeistert. Zudem war er sich verschwommen bewußt, daß es an den Schreibtischen in einigen Augenpaaren amüsiert funkelte, während diese die Unterhaltungen aus der Ferne beobachteten. Bruder Gregory blickte die Frau böse an. Bodenlos verwöhnt. Welcher närrische, reiche Mann frönte wohl solch irrwitzigen Phantastereien? Offensichtlich dachte sie, daß man für Geld alles kaufen könne, selbst die Integrität eines Mannes. Er war so zuvorkommend, wie es ihm unter den gegebenen Umständen möglich war, schickte sie jedoch so schnell es ging fort, denn die Schreiber der Kathedrale hatten ihn scharf im Auge.

Im Weggehen warf ihm Margaret einen durchdringenden Blick zu, und ein schlauer, berechnender Ausdruck huschte über ihr Gesicht. Ausgerechnet seine Arroganz hatte sie aufmerken lassen. So sind sie alle, die wirklich lesen und schreiben können, dachte sie. Es war ihrem scharfen Blick nicht entgangen, daß Bruder Gregory sich zu voller Größe aufrichtete und von oben herab hochnäsig auf sie herabsah, so als warteten mindestens hundert Mahlzeiten auf ihn und als interessierte ihn ihre Arbeit nicht im mindesten. Ihre Augen folgten ihm, als er sich abwandte und nach einem anderen Auftrag Ausschau hielt.

Am Spätnachmittag aber war das Glück Bruder Gregory immer noch nicht hold gewesen, und so wanderte er niedergeschlagen hinaus auf den matschigen Kirchhof. Er hatte ein ziemlich hohles Gefühl im Magen, und es kam ihm vor, als ob sich die kahlen Äste und der Teil der Kirchenmauer über seinem Kopf emporhöben und auf äußerst ungewöhnliche Weise herumwirbelten. Gerade hatte er einen Augenblick angehalten, um sich an der Kirchhofmauer anzulehnen, da war wieder diese Frau da, schien aus dem Nichts aufzutauchen, zupfte an seinem abgewetzten Ärmel, und die Magd stand immer noch hinter ihr. Er blickte auf sie herunter, während ihr Gesicht redete und redete und folgte ihr durch einen Irrgarten von Gäßchen zu einer kleinen Garküche in Cheapside, wo sie wohl ihrer Meinung nach ihr Vorhaben ungestörter besprechen konnten. Hier hieß sie Bruder Gregory sich in eine Ecke setzen, bestellte allerlei Essen, jedenfalls mehr, als sie brauchte, und schob es ihm hin. Bruder Gregory aß sehr bedächtig, bis die rauchige Decke der Garküche aufhörte, sich hin und her zu bewegen; und die ganze Zeit über bat und bettelte sie außerordentlich demütig und unaufdringlich. Eigentlich gar nicht so verkehrt, ihr Anliegen, insbesondere wenn man bedachte, daß es ihr eine *Stimme* eingegeben hatte.

Man mußte es nur im rechten Licht sehen, dann war es gar nicht so arg, wirklich nicht so arg. Und so erklärte sich Bruder Gregory denn bereit, den nächsten Tag ins Haus ihres Ehemannes an der Themse zu kommen und mit der Arbeit zu beginnen.

Und schon am nächsten Morgen bahnte sich Bruder Gregory einen Weg durch die Lastesel, die Berittenen und die Kaufleute auf der Thames Street und folgte auf der Suche nach Roger Kendalls Haus den Windungen der Straße längs des Flußufers. An dieser Straße ließen sich vorzugsweise Kaufleute nieder, die mit Gütern aus dem Ausland handelten: Ein paar Türen weiter machte Bruder Gregory das Haus eines bekannten Weinhändlers aus. Dann stand er einen Augenblick vor dem eindrucksvollen, dreistöckigen Haus still, welches die richtige Adresse zu sein schien, und musterte es von oben bis unten. Auf der Vorderseite kreuzte sich kunstvoll geschnitztes und in leuchtenden Farben bemaltes Ständerwerk, und von den Ecken, wo die Balken aufeinandertrafen, starrten wunderlich geschnitzte und vergoldete Engel- und Tiergesichter herab, während sich unter dem hohen, spitzen Dachvorsprung längs der Traufe gemalte Eulengesichter verbargen. Die bleiernen Dachrinnen am Ende des Dachvorsprungs waren mit einem Paar eigenartig geformter Wasserspeier aus Blei geziert, aus deren offenen Mäulern der Regen abfließen konnte.

Selbst von der Straße aus fiel Roger Kendalls Vorliebe für die Annehmlichkeiten des Lebens ins Auge, und Bruder Gregory verstand unschwer, warum diese Frau so verwöhnt war. Die Fenster waren ungewöhnlich für ein Wohnhaus. Zwischen leuchtend grün und rot bemalten, geschnitzten Läden gab es richtige Fensterscheiben aus mit Blei gefaßten, dicken, runden Butzenscheiben, die man zusammengesetzt hatte. Auf dem großen Balkon über der Haustür stand zwischen zwei tief eingelassenen Kreuzen unter einer Darstellung von Kendalls Wappen der Wahlspruch des Hauses geschnitzt: *Dextra Domini Exultavit Me*.

Bruder Gregory musterte das Wappen über dem Wahlspruch: ja, es war die richtige Adresse, ganz gewiß. Wenn das nicht wie das Wappen eines Handelsherrn aussah! Ein Löwe war nicht vorhanden, und wahrscheinlich war es nicht einmal offiziell eingetragen. Drei Schafe, eine Waage und eine Seeschlange. Der Mann machte ganz entschieden klar, wie er zu seinem Geld gekommen war. Bruder Gregory hob den schweren Türklopfer aus Messing. Es währte nur Minuten, und schon führte man ihn herein und hieß ihn in der großen Diele warten. Während er auf einer Bank saß und sich das gemalte Wappen auf dem Schornstein über der großen Feuerstelle ansah, neben sich seinen verfilzten Schaffellumhang, da überlegte er, wie lange es wohl dauern würde, bis sie des Vorhabens überdrüssig wurde. Wieviel konnte eine Frau auch schließlich zu sagen haben? Ein paar Tage nur, vielleicht eine Woche, und sie hatte etwas Neues gefunden, womit sie spielen konnte, und er würde sich in Ruhe wieder seinen Meditationen widmen können. Die Holzklötze glühten in den Flammen; auf der großen Diele war es behaglich und warm. Von der Küche her, hinter dem breiten Wandschirm am Ende der Diele, drang Essensduft und stieg ihm in die Nase. Ja, mit ein bißchen Glück konnte er wohl auf ein paar Tage hoffen, ehe er sich frisch gestärkt wieder auf seine Gottsuche machte.

»Wo wollt Ihr anfangen?« fragte Bruder Gregory.

»Beim Anfang, als ich klein war«, antwortete Margaret.

»Mithin habt Ihr seit Eurer Kindheit Stimmen gehört?« Bruder Gregorys eigene Stimme klang gedankenverloren.

»O nein, als ich klein war, da war ich genau wie alle anderen. Die einzigen Stimmen, die ich gehört habe, waren die von Vater und Mutter. Es gefiel ihnen nicht, wie ich mich entwickelte. Aber so geht das Eltern eben. Nicht alle Kinder geraten gleich gut. Darum dachte ich mir, wir beginnen da – bei meiner Familie und wie alles so ganz anders anfing, als es endete.«

»Sehr gut, man fängt am besten immer am Anfang an«, sagte Bruder Gregory mit einer gewissen Ironie und spitzte einen Federkiel mit seinem Messer an. Margaret fiel an dieser Bemerkung überhaupt nichts auf. Sie fand sie ganz angebracht.

Vermutlich war es zwei Sommer nach dem Tod unserer Mutter, daß unser Leben eine neue Wende nahm und unseren Fuß auf eben die so ganz anderen Pfade setzte, die wir jetzt wandeln. Mit ›uns‹ meine ich natürlich meinen Bruder Daniel und mich. Ich war ein kleines Mädchen, sieben, vielleicht auch sechs Lenze, wenn ich mich recht erinnere. David und ich hingen aneinander wie Zwillinge, obwohl er ein Jahr jünger war als ich. Wir machten alles zusammen. Am liebsten saßen wir in unserem Apfelbaum, aßen Äpfel und spuckten die Kerne auf die Erde, und zur Zeit der Aussaat rannten wir über die Felder und kreischten und fuchtelten mit den Armen, um die Vögel von den Saaten zu verscheuchen. Alle sagten, wir machten unsere Sache sehr gut. Da Mutter tot war, kümmerte sich Vater nicht viel um uns, und so strolchten wir umher wie die Wilden und redeten in einer seltsamen, ausgedachten Sprache miteinander, die niemand außer uns verstehen konnte. Obwohl er ein Junge war und ich ein Mädchen, dachten wir, es müßte ewig so weitergehen.

Aber nichts geht ewig so weiter, auch wenn es zuweilen den Anschein hat. Man denke beispielsweise nur an unser Dorf. Es war so alt wie Gottes Fußabdrücke im

Garten Eden, und doch ist es jetzt verschwunden. Die Pest hat es in eine Schafweide verwandelt. Nur noch in meiner Erinnerung ist es so wie damals. Immer noch sehe ich die kahlen Berge des Nordens vor meinem inneren Auge, wie sie sich schartig hinter den flachen, bestellten Feldern im Tal erheben, und auch den Bach, wie er gleichsam als tiefer, schmaler Einschnitt dahinfließt und Kirche, Dorfanger und die größeren Häuser von den Katen der Hintersassen auf der anderen Seite der Steinbrücke trennt.

Damals war Ashbury das geringste der Dörfer, die zur großen Abtei von St. Matthew's gehörten, aber es war an der Landstraße gelegen und nahm dadurch wohl eine herausragende Stellung ein. Von unserer Haustür aus konnte man hinter den Bäumen den Quader des normannischen Kirchturms erblicken, und die Biegung der Landstraße vor unserem Haus führte geradewegs zum Kirchhof hin. Dadurch gewann unser Haus irgendwie an Bedeutung, auch wenn es nicht groß war. Wir waren aber auch durch Vater anders. Er war freigeboren und bewirtschaftete eigenes Land. Dazu war er noch der beste Bogenschütze auf dem Krongut und auch der beste Dudelsackpfeifer und der beste Trinker von Ashbury, und das will auf dem Land immer etwas heißen.

Der Tag, von dem hier die Rede ist, war also jener Tag, an dem sich alles änderte. Danach war nichts wieder, wie es gewesen war, selbst nicht zwischen David und mir – obwohl mir das alles erst später aufging. Es war warm und sommerlich, und David und ich hockten vor unserer Tür im Staub der Straße. Zwei Türen weiter saß die Gevatterin Sarah mit ihren Klatschbasen auch in der Sonne; sie schwatzten und kämmten sich gegenseitig abwechselnd mit einem feinzinkigen Kamm das Haar. David und ich spielten ein Spiel: Wir zählten nach, wer sich am schnellsten die meisten Flöhe abgesucht hatte. Ich hatte mir den Rock hochgeschoben, die

Schienbeine über den nackten Füßen entblößt, wo ich drei prächtige Tierchen fand, die gemächlich an meinem Bein hochkrabbelten. Blitzschnell fing ich eines, doch die beiden anderen hüpften im Staub davon.

»Du bist viel zu langsam, Margaret; du hast zwei entwischen lassen«, sagte David in dem überheblichen Ton, den er manchmal an sich hatte, und knackte die beiden, die er zwischen den Fingern hielt. Keiner von uns beiden blickte dabei auf, und so merkten wir auch nicht, wie sich die Gestalt unseres Pfarrers Hochwürden Ambrose auf der staubigen Landstraße zu unserem Haus hinmühte.

»Das kommt, weil ich so starkes Blut habe. Das macht meine Flöhe schneller als deine«, antwortete ich hochnäsig.

»Ja aber, das weiß man doch nur, wenn es erst bewiesen ist«, antwortete David und machte sich daran, mit seinem Zeh einen Kreis in den Staub zu ziehen.

»Da«, sagte er. »Jetzt setzt du zwei von deinen Flöhen in die Mitte und ich zwei von meinen, und dann sehen wir ja, welche am schnellsten weghüpfen.«

Gesagt, getan, und seine Flöhe sprangen mit einem einzigen großen Satz aus dem Kreis, während meine jämmerlich im Staub davonkrabbelten.

»Na also!« frohlockte er, »da hast du's.« Manchmal kann einen selbst ein Bruder in den Harnisch bringen. Besonders dann, wenn er jünger ist und ewig beweisen will, daß er alles besser kann. Ich war so erbost, daß ich nicht einmal hörte, wie die Klatschbasen Vater Ambrose begrüßten.

»Also, wenn meine nicht schnell sein können, dann will ich gar keine Flöhe mehr haben«, sagte ich. David bohrte seine Zehen in den Staub. Er hatte keine Bruch und keine Schuhe, nur einen Kittel mit Gürtel. Er besaß kein Unterhemd, und ich noch viel weniger. Vielleicht hatte jemand im Dorf eines, aber gesehen hatten wir dergleichen noch nie.

»Ha! Das schaffst du nicht. Jeder hat Flöhe!« freute er sich hämisch.

»Ich wohl, ich wasch sie ab!«

»Ätsch, und dann springen sie dich gleich wieder an«, meinte er gar nicht so dumm.

»Und ich wasche sie einfach wieder ab!«

»Du Dummerchen, dann müßtest du ja ewig baden. Wie oft meinst du wohl, daß du das machen mußt?«

»Ach, ich – ich mache das jede Woche! Jeden Tag, wenn es sein muß!« rief ich, ohne nachzudenken.

»Dann wäschst du dir die Haut ab und gehst tot«, sagte er. »Das weiß doch jeder.«

Über unseren Kreis fiel der Schatten von Vater Ambrose, der uns überrascht hatte. Ich blickte hoch und merkte, daß er uns mit seinen scharfen, blauen Augen anstarrte. Sein runzliges Gesicht mit den Bartstoppeln sah mißbilligend und argwöhnisch aus.

»Sieh dich vor, kleines Mädchen, du hast ein loses Mundwerk, das sind nichts als Eitelkeiten«, dröhnte seine tiefe Stimme.

»Guten Tag auch, Hochwürden Ambrose!« David richtete die wunderbaren blauen Augen auf den Priester. »Habt Ihr heute viele Besuche zu machen?«

»Ja, gewiß, David«, sagte er, und seine Miene heiterte sich beim Anblick von Davids klugem, hübschem Gesicht auf. David hatte das schmale, ovale Antlitz unserer Mutter, ihre schneeweiße Haut und einen Schopf großer, dunkler Locken, die nur von Vater stammen konnten.

»Ich bin erst am Anfang meiner heutigen Besuche«, sagte der Priester und ging in die Hocke, damit er von Angesicht zu Angesicht mit David reden konnte. »Zunächst einmal habe ich die alte Gevatterin Agnes besucht, die es in den Gelenken hat, und ihr die Hostie gebracht, weil sie das Bett hüten muß. Danach muß ich die Gevatterin Alice besuchen, denn sie möchte ihren

Kochtopf gesegnet haben. Sie behauptet, es sitzt ein Dämon darin, der macht, daß ihr das ganze Essen anbrennt, und ihr Mann droht, sie zu verlassen, wenn der Dämon noch mehr Mahlzeiten verdirbt. Aber im Augenblick, kleiner Mann, habe ich geschäftlich mit deinem Vater zu tun.«

»Mit Vater?« fragte ich.

Er stand da und musterte mich sehr eingehend, so als wolle er sich jeden Gesichtszug einprägen. Das passierte mir öfter, und gewöhnlich lief es darauf hinaus, daß die Leute kopfschüttelnd sagten: »Du siehst genauso aus wie deine Mutter«, so als ob irgend etwas auszusetzen wäre. »Zu blaß«, sagten sie dann wohl, »und dann diese Augen – nußbraun bringt kein Glück. Und in diesem Licht sehen sie gelb wie Katzenaugen aus. Ein Jammer, daß sie nicht blau sind.« Ich wurde unter dem prüfenden Blick des Priesters immer verlegener und hätte gern ein besseres Kleid angehabt. Wenn es nicht aus Mutters geschneidert und am Saum dreimal eingeschlagen gewesen wäre, damit es mitwachsen konnte – oder wenn es blau gewesen wäre statt so gewöhnlich rostbraun, vielleicht würde er mich dann leiden mögen wie David. Statt dessen richtete er immer noch seinen scharfen, harten Blick auf mich und sagte zu mir:

»Ja, ich habe geschäftlich mit deinem Vater zu tun, denn es wird allerhöchste Zeit, daß er in den Schoß der Mutter Kirche zurückkehrt. Und du, kleines Mädchen, hüte dich, daß du aus lauter Eitelkeit nicht in seine Fußstapfen trittst. Ein wahrer Christ vernachlässigt den Leib zugunsten des geistigen Lebens: zuviel Waschen und äußerliche Zier sind ein Zeichen, daß unchristliche Gedanken am Werke sind, und führen ins Verderben.«

Er schien sich für dieses Thema zu erwärmen, denn er fuhr fort:

»Ja, eben dieses übermäßige Baden schwächte unseren verstorbenen, unseligen König Edward den Zweiten (Gott hab ihn selig) –« und hier bekreuzigte sich Vater Ambrose »– so sehr, daß er in der Schlacht unterlag und von seiner eigenen Gemahlin abgesetzt wurde. Dergestalt führte das Waschen zu seinem Tode, und du schlage dieses von Gott gesetzte Beispiel nicht in den Wind.« Hochwürden Ambrose wirkte sehr zufrieden mit sich, wie immer, wenn er eine Predigt gehalten hatte und diese als besonders gelungen betrachtete. Ich musterte ihn eingehend: Die grauen Haare an seinen Schläfen waren schweißverklebt; ich sah, wie etwas Kleines, Dunkles ihm aus dem Kragen den Hals hochkrabbelte. Doch vor allem seine Fingernägel ließen erkennen, daß er ein sehr heiliger Mann sein mußte. Aber das war ja das Problem: hieß das etwa, daß der alte William, der Pflüger, nach einem Tag Dungaufladen sogar noch heiliger war? Gott sei Dank hielt ich den Mund. Mit derlei Fragen habe ich mir mein Leben lang viel Ärger eingehandelt.

»Kinder, ist euer Vater im Haus? Ich habe ihn heute noch nicht bei der Arbeit gesehen, er soll wohl krank sein.«

»Ja, er ist drinnen und krank«, erzählte ich dem Priester.

»Krank vom Ale, Vater«, zwitscherte David, der manchmal ein richtiger alter, kleiner Pharisäer sein konnte.

»Ach, ihr armen Kinder! Das dachte ich mir schon. Man kann diesen infernalischen Beerdigungsbesäufnissen einfach keinen Einhalt gebieten. Ein Mann, der so lange gesungen, den Dudelsack gespielt und soviel getrunken hat wie er, der dürfte zweifellos – äh – ›krank‹ sein.«

Der Priester trat ein, ohne anzuklopfen, und wir hörten Stimmen, das heißt eine Stimme, der im verdunkelten Haus Stöhnen antwortete. Als die Stimmen lauter wurden, konnten wir hören, was gesagt wurde.

»Kein Mann scheißt in seinen Hut und setzt ihn dann auf.«

»Du hast sie schon eine Zeitlang fleischlich gekannt, und nun mußt du entweder heiraten oder vor Gericht.«

»Eine Buße zahlen? Ich habe kein Geld, und das wißt Ihr.«

»Hast du die große Mitgift, die deine Frau mit in die Ehe gebracht hat, schon vergeudet?«

»Die habe ich angelegt, Vater.«

»Angelegt? Fürwahr, angelegt in Sünde! Schämst du dich denn gar nicht, daß ihre Kinder draußen im Schmutz sitzen und müßig Flöhe zählen und du sie seit vierzehn Tagen nicht mehr in die Kirche gebracht hast?«

»Kinder sind eine große Plage. Man kann von einem Mann nicht erwarten, daß er Kinder aufzieht.«

»Dann heirate die Witwe, Mann! Die wird die Kinder schon aufziehen.«

»Sie ist zu fett.«

»Nicht so fett, als daß du nicht mit ihr geschlafen hättest.«

»Sie ist zu alt und hat eine laute Stimme.«

»Sie ist wohlhabend und hat zwei große, starke Söhne, die dir auf dem Feld zur Hand gehen können.«

»Zwei große Mäuler mit noch größeren Bäuchen, meint Ihr wohl?«

»Gesprochen wie ein Hintersasse, oder bist du etwa nicht freigeboren?«

»Ich bin ein freier Mann, frei und ledig, und das gedenke ich auch zu bleiben.«

»Und ich sage dir, du elender Sünder, wenn du nicht nächste Woche das Aufgebot bestellst, dann werde ich dafür sorgen, daß man dich einsperrt, bis du bereust!«

Ein Stöhnen und dann ein Krachen, als der Hingelümmelte sich im Bett umdrehte.

»Dann bestellt es und Fluch über Euch.«

»Ich bestelle es, und Heil über dich, du gemeines, gotteslästerliches Stück fauligen Fleisches!«

Und schon kam Hochwürden Ambrose zornigen, schnellen Schrittes aus der Tür. Wir saßen so unschuldig da, als hätten wir nichts gehört. Als der Priester auf die Schwelle trat, erblickte er uns und wischte alle Anzeichen von Wut aus seinem Gesicht. Er musterte David noch einmal und säuselte dann:

»Bist du ein lieber, kleiner Junge?«

David nickte.

»Lügst nicht, stiehlst kein Obst?«

»Nein, Vater.«

»Kleiner David, ich brauche einen ganz lieben, kleinen Jungen als Meßdiener. Wenn du mir helfen willst, wirst du das Weihrauchgefäß schwenken und die heiligen Worte ganz aus der Nähe hören. Und wenn du ganz, ganz lieb bist, wirst du unzählige Engel erblicken, die sich jedesmal im Allerheiligsten versammeln, wenn die heilige Messe gelesen wird.«

Davids Augen wurden groß. Wie war der Priester nur dahintergekommen, daß wir schon stundenlang in den Himmel gestarrt und gehofft hatten, hinter den Wolken einen Blick auf die Engel zu erhaschen. Aber ich wußte, was Hochwürden Ambrose in Wahrheit bewegte. Als ich sah, wie er David von Kopf bis Fuß musterte, da war mir klar, daß er sich dieses liebliche Antlitz schon über einem weißen Kragen vorstellte und im Geiste Davids strahlenden, hellen Diskant auf Latein singen hörte! Jedem kamen bei Davids Anblick solche Gedanken. Selbst schmutzig sah er danach aus.

»Ich wäre gern Euer Meßdiener, Hochwürden Ambrose«, sagte David so steif und förmlich, wie er nur konnte.

»Also gut. Komm heute nach der Vesper zu mir, dann werde ich dir alles Weitere erklären.«

Als Vater Ambrose sich wieder auf den Weg zum baumbeschatteten Portal der alten, steinernen Kirche machte, hörte ich ihn vor sich hin brummeln:

»In dem Haus gibt es noch Seelen zu retten.«

Und so geschah es, daß nur ein paar Wochen später die neue Mutter bei uns einzog; sie kam oben auf ihrem Bettzeug und den Kochtöpfen in einem großen Karren angefahren, der von zwei Ochsen gezogen wurde. Hinten war eine Milchkuh angebunden, und daneben liefen zwei stämmige Jungen, unsere neuen Stiefbrüder, Rob und Will, welche die Ochsen an der Leine führten. Ein paar unscheinbare Hunde rannten vor dem Karren her, die hielten sich die neuen Brüder für ihren Lieblingssport: Hundekämpfe. In Körben, außen am Karren befestigt, fuhren vier Gänse, etliche Hennen und zwei prachtvolle Kampfhähne mit. Schon aus der Ferne konnte man den Gestank einer Frettchenkiste riechen. Die neue Mutter war wohl auch Jägerin.

Ihre Basen im Dorf hatten erzählt, sie sei reich und hochfahrend. Von Anbeginn an war klar, daß sie recht hatten. Sie besaß eine viereckige Lade, in der sie ein halbes Dutzend Laken, einen Satz geschnitzter Holzlöffel, ihre Nadeln und ihre Kunkel, vier gute, scharfe Messer und sogar ein Säckchen mit Silbermünzen aufbewahrte. Sie tat vornehm, weil sie direkt aus St. Matthew's stammte, jener Stadt, die sich zu Füßen der Abtei hinschmiegte. Als der Karren unsere Dorfstraße entlangrumpelte, erwiderte sie die Grüße der Gassenjungen mit einem kalten Nicken, rümpfte die Nase beim Anblick der Dorfkirche und murmelte beim dörflichen Fischteich: »Der von der Abtei ist viel größer.« Beim Dorfanger mit seinem kleinen Kreuz aus Marktständen und dem Stock, an dem nicht ein einziger Irregeleiteter von Bedeutung am Pranger stand, schürzte sie die Lippen.

»Gib acht, wenn du die Lade da herunterhebst!« rief sie schrill, als Vater herbeikam, um ihre Besitztümer abzuladen. Mit einem Blick ihrer blassen, blauen Fischaugen erfaßte sie wortlos unser unordentliches Haus, den verwilderten Kräutergarten meiner Mutter und die Rosen, die ungebärdig die Mauern entlangwucherten. Als sie alles in sich aufgenommen und ihre Kuh losgebunden, ihre Frettchen im Haus untergebracht und ihr Geflügel freigelassen hatte, da sagte sie kurzangebunden zu Vater:

»Hugh, hier muß aufgeräumt werden.«

Ei, und sie räumte auf: Sie fegte die Hundeknochen und die Abfälle zur Hintertür hinaus, legte die Decken zum Lüften in die Fenster, fachte das schwelende Feuer an und setzte in ihren Töpfen Essen auf. Dann packte sie mich beim Ohr und sagte, daß sie jetzt ein richtiges kleines Mädchen aus mir machen würde, und nickte ingrimmig, als sich herausstellte, daß ich nicht spinnen konnte. Als Rob und Will, ihre beiden großen Lümmel, darüber grinsten, wie sie mit mir umging, fuhr sie herum und zog ihnen eins über den Kopf mit einem Stock, den sie irgendwie immer zur Hand zu haben schien. Sie heulten auf, flohen und taten es David nach, der sich wohl schon beim ersten Anblick des herannahenden Karrens aus dem Staub gemacht hatte.

Je länger ich meine neue Mutter betrachtete, desto weniger mochte ich sie. An das Gesicht meiner eigenen Mutter konnte ich mich nicht mehr erinnern, aber ich war überzeugt, es war viel schöner gewesen – und eines wußte ich ganz sicher, meine eigene Mutter hatte sehr viel besser gesprochen. Es gibt Menschen, die sind gänzlich säuerlich: im Aussehen, in ihrer Rede und in ihrem Geruch, und so war meine neue Mutter. Meine richtige Mutter konnte lieblich singen, und ich weiß noch ganz genau, daß sie weiche Hände hatte. Die Menschen starrten sie denn auch an und redeten immer noch von ihr, obwohl sie doch schon bei den Engeln war. Sie hatte irgend etwas Geheimnisvolles an sich, daß selbst der Priester, der doch immer so streng mit Frauen war, ihr Achtung entgegenbrachte. Wenn ich doch nur wüßte, was das gewesen ist. Jetzt sahen wir mit an, wie die neue Mutter im Haus herumwatschelte, das farblose, strähnige Haar unter ein fettiges Kopftuch gestopft, und auf alles und jedes einschlug, was sie ärgerte, und sich schrill beklagte. Dann fragte ich mich, wie Vater sich wohl mit ihr einlassen konnte, wo er doch einmal mit Mutter verheiratet gewesen war. Kann sein, es war das Geld.

Zu Petri Kettenfeier heiratete mein Vater die neue Mutter vor dem Kirchenportal, und so begann unser neues Leben. Doch nur ein paar Wochen nach der Hochzeit war für jedermann, der Augen im Kopf hatte, offenkundig, daß Mutter Annes Beleibtheit nicht allein von der Freßgier herrührte und daß das Kind schon bald kommen würde. Zu Martini, nachdem das Dorfvieh geschlachtet und gepökelt war und Vater dabei war, unser eigenes Schwein zu schlachten, kam sie in die Wochen. Auf einem großen Feuer sotten draußen in großen Töpfen Roggen und Hafer für den Blutpudding; die Gewürze für die Wurst standen schon bereit, als ein merkwürdiger Ausdruck über ihr Gesicht huschte.

»Margaret, hol mir Gevatterin Agnes und mach schnell, meine Zeit ist gekommen.« Inzwischen hatten Vater und meine Brüder das gräßlich quiekende Schwein an den Hinterläufen hochgehoben. Während sie die große Holzschüssel hielt, stieß Vater dem Schwein sein scharfes Messer tief in die Kehle. Mutter Annes Gesicht glänzte schweißnaß, als sie den Blutstrom auffing, der aus dem Hals des Schweins hervorsprudelte. Erschrocken rannte ich den ganzen Weg zu der kleinen, runden Hütte der Wehmutter und trug ihr auf dem Rückweg den Korb, während die alte Frau langsam hinter mir herhumpelte.

Noch ehe wir bei unserer Haustür angelangt waren, hörte ich Mutter Anne drinnen schreien. Vater war seelenruhig dabei, das Schwein bis ins letzte zu zerlegen; die Speckseiten waren schon herausgeschnitten, und auf dem Block thronte der große, blutleere Kopf mit eingesunkenen und glasigen Schweinsäuglein und heraushängender Zunge. Ein paar gutherzige Nachbarinnen hatten sich eingefunden, die Mutters angefangene Arbeiten zu Ende brachten, denn keine davon hatte Zeit bis morgen. Eine goß ausgelassenes Fett in eine Blase, eine andere hatte Därme ausgewaschen und band nun die Würste zu, und die dritte, die beim Rühren des Blutpuddings eine Pause eingelegt hatte, war hineingegangen, um Mutter die Hand zu halten. Als ihr Gestöhn und Geschrei dann auf einmal aufhörten, tätschelte sie ihr die Hand, ließ sie fallen und kehrte an ihre Arbeit zurück. Mutter, über deren Gesicht der Schweiß nur so lief, erwiderte kaum den Gruß der Wehmutter. Sie saß auf dem niedrigen Gebärstuhl, stützte sich mit dem Rücken gegen die Wand und war ganz bei der Sache.

Gevatterin Agnes tat sehr geschäftig. »Margaret«, sagte sie, »mach Wasser in einem Zuber warm, damit wir das Kind baden können, wenn sich im Haus überhaupt noch ein Zuber anfindet. Hier gibt es viel zu tun.«

Einen Zuber hatten wir nicht, also rannte ich zum Nachbarn und lieh mir einen aus, der es wohl tun würde. Als ich zurückkam, hielt Gevatterin Agnes Mutters Hand und sang mit ihrer brüchigen Stimme dreimal hintereinander: »Lazarus tritt herfür«, um die Wehen zu beschleunigen. Tränen rannen Mutter aus den Augen, und ihr Gesicht war rot. Dann stießen beide Frauen einen Schrei aus, als nämlich der Kopf geboren wurde. Gevatterin Agnes kniete sich zwischen Mutters hochgezogene Knie und half erst dem Kopf, dann dem Rumpf und den Gliedmaßen auf die Welt.

»Ein Junge!« rief Gevatterin Agnes, und Mutter wiederholte die Worte flüsternd. Als der Säugling anfing zu greinen, wechselte seine Farbe von blau zu rosig. Mutter starrte ihn erschöpft an, während Gevatterin Agnes die Nachgeburt holte und die Nabelschnur durchtrennte. Die Nachbarinnen hatten eine Pause eingelegt, damit sie den großen Augenblick nicht verpaßten, und drängten sich jetzt auf die Schwelle. Ein Neugeborenes wirkt auf Frauen unwiderstehlich, und die hier bildeten keine Ausnahme. Von jetzt an hatte es Gevatterin Agnes leicht, denn sie wuschen und windelten es und standen dann drum herum und gurrten und girrten. Während sie immer wieder laut sein Aussehen bestaunten, holte Gevatterin Agnes Vater, daß er es taufen ließe. David wurde losgeschickt, die Paten aufzuschreiben, während Vater, Mutters Klatschbasen und die Wehmutter das Kind im Triumph zur Kirche trugen. Ich wartete bei Mutter Anne, die schrecklich in Sorge war. Was, wenn der Säugling nun am Taufstein nicht schrie? Das würde doch bedeuten, das Weihwasser hatte den Teufel nicht ausgetrieben. Ein schlimmes Vorzeichen wäre das. Ihre beiden älteren Söhne hatten ihre Taufe friedlich verschlafen.

Doch schon bald brachte man ihn Mutter Anne ganz rotgesichtig zurück, daß sie ihn an ihre großen Brüste anlegte. Während Vater Gevatterin Agnes in Speck ausbezahlte und sie ihren Korb wieder packte, wußten Mutters Klatschbasen voller Freude zu berichten, das Kind hätte furchtbar gebrüllt, als das Weihwasser es berührte. Jetzt hatte Mutter das Kind wohlbehalten im Arm, und so verabschiedeten sich ihre Nachbarinnen und beredeten fröhlich, was sie zum Dankgottesdienst für die Wöchnerin an Gerichten mitbringen wollten.

Mir kam an jenem Tag noch ein anderer Gedanke, und den bin ich seither nicht mehr losgeworden. Ein Fest ist etwas sehr Schönes, und ich habe seit jenem Tag einige ungemein prächtige Dankfeste für Wöchnerinnen mitgefeiert. Aber warum muß eine Frau eigentlich vor dem Kirchenportal knien, weil sie nach der Geburt eines Kindes unrein ist? Heißt das etwa, ein Kind zu bekommen ist gottloser, als wenn man tötet wie ein Soldat oder wie Vater das Schwein? Müßte nicht eigentlich auch Vater vor dem Kirchenportal knien? Es will mir nicht in den Kopf, warum Gott Frauen für schlecht hält, wenn sie Kinder bekommen, aber Männer nicht, wenn sie Würste machen – oder Leichen.

Wenn ich jedoch an jenen Tag zurückdenke und wie erschrocken ich damals war, und wie wenig ich mitbekam, so habe ich keine Ahnung, woher ich überhaupt das Zeug zu einer guten Wehmutter hatte oder warum die Ausübung dieser Kunst eines Tages für mein Leben von so großer Bedeutung sein würde.

»Ihr seht mir nicht wie eine Wehmutter aus«, fiel Bruder Gregory ihr ins Wort und pustete dabei auf die Seite, daß sie trocknete. Er hatte das Gesicht abgewandt, um seinen Ekel zu verbergen. Man darf zwar die Geburt, sagen wir, der Jungfrau Maria im Beisein von Engeln beschreiben, doch diese Frau wußte einfach nicht, was Diskretion war.

»Ich bin keine mehr«, erwiderte Margaret und blickte ihn kalt an.

»Das versteht sich von selbst; es ist eine Kunst, die nicht von Frauen in achtbaren Lebensumständen ausgeübt wird«, sagte Bruder Gregory und blickte sich dabei um.

»Es sollte der achtbarste Beruf auf der ganzen Welt sein – Wehmütter sind Zeuge, wie Gott die Welt neu erschafft«, sagte Margaret so zähneknirschend, daß Bruder Gregory klar wurde, er hatte zwischen seinem literarischen Geschmack und seinem Essen in der Küche zu wählen.

»Sie sind Zeuge, wie die Frucht der Sünde herabfällt«, knurrte er in sich hinein.

»Was war das?« Sie blickte ihn an.

»Gott möchte uns durch die Art unserer Entstehung demütigen«, sagte er laut – und vornehmlich mich, dachte er bei sich, als ihm der Duft aus der Küche wieder einfiel.

»Freut mich, daß Ihr es seht wie ich«, sagte Margaret. »Also, diesen neuen Absatz könnt Ihr oben auf die Seite setzen, dorthin. Schreibt groß, das sieht so hübsch aus.«

Aber ich wollte doch aufgeschrieben haben, wie die Ereignisse von damals Fortunas Rad in Bewegung setzten, so daß David und ich für immer getrennt wurden, und das will ich auch. Die neue Mutter und die neuen Brüder und der neue Säugling trieben David immer öfter ins Pfarrhaus.

»Was machst du denn die ganze Zeit bei Vater Ambrose, David?« fragte ich ihn, als er eines Abends zurückkehrte.

»Ach, er zeigt mir und Robert, dem Jungen vom Gerber, alle möglichen herrlichen Dinge. Den Jungen vom Küfer hat er rausgeworfen, weil er gelogen hat, aber er sagt, wir sind lieb und lernen gut.«

»Was lernst du denn noch außer Meßgehilfe?«

»Ach, viele Dinge. Da, sieh mal, Schwester!« Und er zog mit einem Zweig mehrere Buchstaben in den Staub. »Das ist mein Name! David!« sagte er triumphierend.

»Ach, das sieht aber hübsch aus, David. Kannst du auch ›Margaret‹ schreiben?« Er machte ein betrübtes Gesicht.

»Es ist ein ›M‹ drin, soviel weiß ich, aber er ist schrecklich lang. Vielleicht kann Vater Ambrose mir das zeigen, und dann zeige ich es dir.«

»Ehrenwort?«

»Ehrenwort, ich verspreche es hoch und heilig.«

»Dann zeig mir das ›M‹ jetzt, damit ich es erkenne.«

»Vielleicht sollte ich zuerst Vater Ambrose fragen. Er

sagt, es gibt ein paar Dinge, die sind richtig geheim und ziemen sich nicht für Frauen …«

»Aber ein ›M‹ ist doch kein Geheimnis. Du hast mir schon davon erzählt, also ist es gar nicht mehr geheim, kein kleines bißchen. Und dann bin ich auch keine Frau, sondern deine Schwester.«

David sorgte sich so sehr, daß er ein ganz betrübtes Gesicht machte. »Na gut. Paß auf, ich zeig's dir.«

Und auf diese Weise lernte ich den Buchstaben ›M‹, mit dem ich unterzeichne an Stelle des Kreuzes, wie es andere Leute machen.

»Was tust du da, Margaret, Maulaffen feilhalten?« Aus dem Haus drang Mutter Annes schrille Stimme, begleitet von dem immer lauteren Gebrüll des Säuglings.

»Ich spinne, Mutter, ich spinne und unterhalte mich dabei mit David.« Doch es stimmte nicht, denn die Kunkel hatte geruht, seit ich David auf der Straße erblickt hatte.

»Mit David?« Sie streckte den Kopf zur Tür heraus, und das Kind an ihrer Brust machte gierige Schlürfgeräusche.

»Komm herein, Kind, komm herein – draußen ist es kalt, und zum Abendessen gibt es einen guten Eintopf. Was sind denn das für Zeichen? Schrift? Wie furchtbar klug du doch bist! Ja, du könntest doch Priester sein!« Sie strahlte David an. Mutter eines Priesters, so sahen die herrlichen Träume aus, in denen sie sich wiegte. Welch großartige Stellung ihr das verschaffen würde! Wie man sich verneigen würde, wenn sie sich zusammen mit ihrem Sohn, dem Priester, zeigte! Genoß doch bereits die Mutter eines Knaben mit rein gar nichts als der ersten Tonsur Achtung. Und angenommen, er bekam eines Tages eine Pfarre und würde ›Hochwürden David‹ genannt? Dann erblickte sie die jämmerlichen Spinnversuche auf meinem Schoß.

»Und du, Margaret, was ist denn das für ein Durcheinander auf deinem Schoß? Das nennst du spinnen? Solche Knoten und Knäuel, wie du sie machst, das ist die reine Verschwendung von guter Wolle. Wenn Müßiggang und Schwatzen sich so ungut auf deine Arbeit auswirken, dann mußt du dir mehr Mühe geben und das Reden unterlassen. Nun kommt schnell herein, sonst verbrennen mir noch die Pfannkuchen in der Pfanne.« Wir beeilten uns, daß wir uns zu unserem Vater, den beiden Großen und dem Knecht zum Abendessen setzten.

An jenen kalten Adventstagen wurde es früh dunkel, und so lagen wir bald im Bett, und nur die trübe Glut des mit Asche abgedeckten Feuers spendete ein schwaches Licht. Damals, ehe wir anbauten, bestand das Haus aus einem einzigen Raum mit dem Herdfeuer in der Mitte und einer Art Abtrennung an einem Ende, wo man das Vieh zur Nacht unterstellen konnte. Dort hinten, wo die Ochsen und Knechte schliefen, gab es massenhaft gutes Stroh. Rings um das Feuer in der Mitte lagen flache Steine, darüber hing der Kochtopf. Eine runde, flache Pfanne für Pfannkuchen und ein paar kleinere Töpfe standen daneben. Der Rauch stieg zum geschwärzten Dachstroh hoch, wo er die Schinken und Speckseiten räucherte, welche von den Sparren herabhingen, ehe er durch die Rauchluke abzog.

Wir schliefen alle zusammen in einem großen Bett vorn im Haus, der Kleine in seiner Wiege, damit wir ihn nicht plattdrückten. Doch selbst wenn die großen Jungen sich nicht hin- und herwarfen, fand man so leicht keinen Schlaf, denn das neue Kind, auf den Namen Martin getauft, kränkelte nach dem vielversprechenden Anfang. Das kalte Wetter machte ihn gereizt und weinerlich, des Nachts rollte er mit dem Kopf hin und her, und Stillen half auch nichts. Seine Nase lief Tag und Nacht. Manchmal lagen David und ich stundenlang wach und horchten auf das Kindergebrüll. Will und Rob stopften sich Wolle in die Ohren. Nichts konnte jedoch den Knecht stören, denn der war nicht nur zahnlos, sondern auch taub. Aber Mutters Gesicht wurde immer hagerer, und unter ihren Augen bildeten sich dunkle Schatten. Manchmal nickte sie am hellichten Tag beim Essenrühren ein. Vater wurde von Tag zu Tag gereizter, denn wie er sagte:

»Jemand, der bei Tage so hart arbeitet wie ich, verdient nachts ein bißchen Ruhe.«

In jener Nacht schlief Mutter so tief, daß sie das erste Geplärre des Kleinen nicht hörte. Dann wurde das schniefende Gegreine zu einem dünnen, auf- und absteigenden Gewimmer und weckte David neben mir aus dem Schlaf. Ich war schon wach.

»Hol dich der Teufel, du kleiner Bastard«, brummte eine schlaftrunkene Stimme unter der Decke an Vaters Platz. »Halt dein kleines Maul.«

»JiiiiIIIIIiiiiiIIIIIiii!« ertönte es aus der Wiege.

»Anne, Anne.« Er puffte Mutter an die Schulter. »Stell was mit deinem Kind da an.« Mutter stöhnte und drehte sich um, aber sie wurde nicht wach.

»Sei still, sei still, du kleines Ungeheuer«, knurrte Vater, stand auf und redete auf die Wiege ein. »Dir werd' ich zeigen, daß man einen arbeitenden Menschen nicht aufweckt!« Und er hob das gewindelte Kind hoch und schüttelte es kräftig durch. Das Gegreine hörte auf.

»Da, dir hab ich's gezeigt. Jetzt hast du wohl etwas mehr Achtung, was?« Er legte Martin wieder hin und stieg ins Bett zurück, wo er sich die Bettdecke über die Ohren zog.

Die Stille vermochte, was der Lärm nicht geschafft hatte: Mutter Anne wachte auf. Schlaftrunken fühlte sie im Dunkeln nach der Wiege. Sie merkte, daß der Säugling anders lag, tastete noch einmal und machte die Augen auf, damit sie ihn mit beiden Händen hochheben konnte. Sein Kopf rollte unnatürlich zur Seite. Sie blickte ihn genauer an: vor den weißen Lippen des Kindes stand dünner, blutiger Schaum. Sie berührte ihn mit den Fingern und befühlte noch einmal seinen Hals.

»Heilige Jungfrau Maria und all ihr Heiligen!« Sie stieß einen Schrei aus. »Was hast du getan? Was hast du getan?«

»Gott steh mir bei, Weib, halt den Mund! Zuerst macht der eine Krach, dann der andere. Ein Mann braucht seinen Schlaf!«

»Hugh, der Kleine ist tot!«

»Nicht tot, er schläft endlich, und laß mich in Ruhe.«

»Ich sag doch, er ist tot, er ist tot, und du bist schuld!« zischte sie. Das machte Vater richtig wach. In der Dunkelheit glänzten Davids Augen riesig. Wir lagen totenstill da aus Furcht, Vater würde uns bemerken und mit uns ebenso verfahren. Mittlerweile war er hellwach, und nun dämmerte ihm auch endlich, was geschehen war. Mutter traten vor Entsetzen die Augen aus dem Kopf, während sie den schlaffen, kleinen Körper anblickte, der sich inzwischen grau verfärbt hatte. Dann warf sie Vater einen Blick so voller Abneigung und Abscheu zu, wie ich ihn meiner Lebtag nicht wieder gesehen habe.

»Da sieh, ja, sieh nur, was du deinem eigenen Sohn angetan hast!« In diesem Augenblick geschah etwas Merkwürdiges. Vaters Gesicht gab nach, es fiel einfach in sich zusammen, und er sagte mit weinerlicher Stimme:

»Aber das habe ich nicht gewollt, ich habe es wirklich nicht gewollt!«

Stumm streckte ihm Mutter das Kind mit dem baumelnden Kopf hin.

»Ich schwöre bei allen Heiligen, daß ich das wirklich nicht gewollt habe. Versteh doch, Anne, ich habe es nicht gewollt.« Kläglich und kleinlaut fummelte und zupfte er an der Bettdecke herum.

Von diesem Augenblick an änderte sich aber auch alles bei uns zu Haus, denn nun führte Mutter das Regiment. Sie brauchte nur zu sagen:

»Und wo ist Martin?« oder »Gib mir meinen Sohn wieder«, und schon hörte Vater auf zu poltern, sah betreten drein und stimmte allem zu, was sie auch immer vorschlug. Der kleine Martin bekam ein Leichentuch aus einer Leinwand, wie man sie so fein noch nie im Dorf gesehen hatte, aber abgesehen davon wurde nicht weiter darüber geklatscht, denn zur Winterszeit begräbt man viele Säuglinge.

In jenem Frühling entschloß sich Mutter dann auch, das Brauen aufzunehmen, eine Kunst, auf die sie sich gut verstand. Vater war allmählich immer weniger zu gebrauchen, und so meinte sie, hiermit sei Geld zu verdienen. Und Vater ließ sie jetzt in allem gewähren. Es war nicht nur, daß er sich ihr nicht mehr widersetzen konnte, er hatte ohnedies nur noch einen Gedanken im Kopf: Ale. Und so sagte ihm die Idee, einen großen Vorrat davon im eigenen Haus zu haben, natürlich sehr zu. Der Küfer machte Mutter ein paar ordentliche, große Fässer, und als die erste Portion fertig war, hing sie vor dem Haus das Ale-Aushängeschild mit dem Burschen auf, was anzeigte, daß hier ausgeschenkt wurde, und nannte sich von Stund an ›Anne die Brauerin‹.

Und ihr Ruf verbreitete sich so schnell, daß der Abt den Ale-Verkoster schickte, um die Qualität ihrer Braukunst zu prüfen. Nach einem ausgiebigen Rülpser sagte der treffliche Mann, besseres Ale hätte er in den letzten zwölf Monaten nicht zu kosten bekommen, und verbrachte den Rest des Tages dabei. Und Mutter schenkte das Maß so voll, daß es überfloß. Sie gehörte nicht zu jenen unehrlichen Brauern, die es ja geben soll und die man gleich neben ihren Maßen mit dem falschen Boden in den Stock legt. Mutter Anne verdiente bald so gut, daß wir bauen konnten: das große Vorderzimmer mit

Bänken für die Kundschaft, im schiefen Winkel daran angebaut einen anderen Raum hinten am Haus, dazu noch ein Dachboden über dem Hauptraum, auf dem wir Kinder schliefen. Mit klug ausgewählten Geschenken und Schmeicheleien bekam sie sogar Vater Ambrose, welcher dergleichen Sündenpfuhl verabscheute, dahin, daß er widerstrebend zugestand, wenn es eine solche Stätte schon geben müsse, dann zumindest eine ehrliche.

Mir machte es Spaß, Mutter beim Brauen zu helfen, denn das ist eine große Kunst, für die es eines umsichtigen und achtsamen Charakters bedarf, aber allerhand Glück gehört auch dazu. Während sie arbeitete, war Mutter zu beschäftigt, um sich zu ärgern, und manchmal summte sie sogar tonlos vor sich hin.

Im zweiten Sommer, nachdem sie das Brauen aufgenommen hatte, waren wir gerade dabei, in mehreren großen Töpfen Maische anzusetzen, als Hochwürden Ambrose uns einen Besuch zu Hause abstattete.

»Ich bin auf der Suche nach Eurem Mann, Gevatterin, denn ich muß ihn geschäftlich sprechen«, rief der Priester. »Auf dem Feld habe ich ihn nicht angetroffen, daher suche ich ihn hier.«

»Ja, er ist drinnen, Vater. Er liegt wieder einmal krank danieder«, erwiderte sie liebenswürdig. »Aber bei der Hitze mögt Ihr doch sicher ein Ale.«

Und Hochwürden Ambrose, dem der Schweiß unter dem breitkrempigen Hut herunterlief, antwortete:

»Danke für die freundliche Einladung, Mutter Anne, heute will ich sie Euch nicht abschlagen.«

Während sie mir die Töpfe anvertraute, erklärte sie zu Vaters Rechtfertigung:

»Die Jungen sind alle im Heu, aber die Hitze hat ihm mächtig zugesetzt. Er ist auch nicht mehr der Jüngste, Vater.« Ihre Stimme verklang im Haus. Als sich die Gelegenheit bot, ließ ich Arbeit Arbeit sein und spähte durchs niedrige, offene Fenster. Ich konnte sie beide an dem breiten, durchhängenden Bett stehen sehen, auf dem Vater sich rekelte.

»Hmm, wahrhaftig, die Hitze hat ihm mächtig zugesetzt«, sagte Vater Ambrose und rümpfte die Nase über den schalen Biergeruch, den Vater ausdünstete.

»Wach auf, komm zu dir, guter Hausvater, Hochwürden Ambrose ist in Geschäften zu dir gekommen«, sagte Mutter und überspielte ihre Verlegenheit, indem sie mit fahrigen Bewegungen so tat, als müßte sie etwas im Haushalt beschicken. Vater stöhnte und setzte sich im Bett auf.

»Ich bin in wichtigen Geschäften hier, Geschäften, die Euch mit großem Stolz und mit Freude erfüllen sollten.« Hochwürden Ambrose sprach ein wenig laut, so als wäre Vater taub. Der zuckte zusammen.

»Freude?« murmelte er und versuchte sich zurechtzufinden.

»Und Stolz«, half Mutter nach, denn sie ahnte allmählich genau wie ich, um was es sich bei diesen Geschäften handelte.

»Gevatter Hugh, Euer Sohn David ist ein begabter Junge, womöglich hochbegabt.«

»Ach?« Vater kratzte sich und blinzelte.

»Ich habe ihm alles beigebracht, was ich weiß. Er trinkt die Gelehrsamkeit auf wie ein Schwamm.«

»Er trinkt? Wie das?«

»Er trinkt Gelehrsamkeit, trinkt Gelehrsamkeit, Hausvater, du Guter«, half Mutter nach.

»Ich schlage deshalb vor, ihn auf die Klosterschule in St. Matthew's zu schicken. Ich werde ihn persönlich empfehlen.«

»Schule, kostet die nicht Geld?« knurrte Vater.

»Das Schulgeld ist nicht hoch. Und nicht zu vergessen, Unterkunft und Verpflegung sind eingeschlossen. Also ist es noch weniger, denn zu Hause müßte er ja auch essen. Nicht alle Jungen können so gut lernen. Ihr dürft ihm seine vielversprechende Zukunft nicht verbauen.« Wenn einer ein begabter Schmeichler war, dann Hochwürden Ambrose, falls es die Umstände erforderten.

»Bezahlen, dafür, daß wir ihn wegschicken? Die Mönche da sollten lieber mir etwas für ihn bezahlen. Ich brauche ihn hier. Es gibt allerlei Arbeit, für die ich ihn brauche.« Vater wirkte ärgerlich, während er bierumnebelt die Nasenspitze des Priesters anstarrte.

»Denk doch nur die Ehre, Hausvater!«

»Er eignet sich zu höherer Gelehrsamkeit, wenn das in Euren Kopf hineingeht«, sagte Hochwürden Ambrose in herablassendem Ton.

»Gelehrsamkeit?« begehrte Vater auf. »Ich werde ihn was lehren!«

»Nicht die Landwirtschaft, mein Sohn; ich meine die höhere Gelehrsamkeit.« Vater Ambrose wurde langsam aufgebracht.

»Höhere Gelehrsamkeit? *Höhere* Gelehrsamkeit?« höhnte Vater.

»Der Vorschlag von Hochwürden Ambrose ist doch herrlich. Überlege es dir gut.« Mutter legte Vater beschwichtigend die Hand auf die Schulter.

»Hach, was verstehst denn du schon davon?« fuhr Vater Mutter zornig an.

»Ja, aber, sie ist doch – höher, ja, das ist sie, und höher ist besser.«

»Besser als was, besser als sein alter Vater? Ich werde ihn was höher lehren! Etwa höher als ein Priester, so ein alter Eunuch, der sich am Zehnten mästet!« Hochwürden Ambrose sah wütend aus und wollte gehen. Doch ehe er den Mund aufmachen konnte, hatte Mutter ihn schon beim Ärmel gepackt und flehte ihn an:

»Oh, bitte, bitte, ehrwürdiger Vater, bedenkt, was das für David bedeutet! Laßt es ihm in Eurem Zorn nicht entgelten. Kommt morgen, nein, lieber schicke ich Euch meinen Mann mit seiner Antwort morgen zur Kirche. Ach, denkt doch an den Jungen und nicht an seinen Vater!«

Das besänftigte den Priester, und er sah sie mit einem durchdringenden Blick an.

»Morgen also«, sagte er. »Ich warte bis Komplet, doch nicht länger«, und entfernte sich gemessenen Schrittes.

Ich mußte zum Braukessel zurück, und während ich mich wieder an die Arbeit machte, hörte ich Mutter durchs offene Fenster keifen:

»Und ich sage dir, ich will es! Wäre Martin noch am Leben, er hätte es noch viel weiter gebracht!« Und so besuchte David in diesem Winter die Klosterschule, und Mutters ausgezeichnetes Bier zahlte dafür.

Bruder Gregory hörte auf und seufzte. Er mußte es taktvoll anfangen.

»Der Text da ist sehr lang«, sagte er. Stumm ließ er die düsteren, intelligenten, dunklen Augen über die sauberen Reihen der kleinen Buchstaben auf der letzten Seite wandern. Es war gutes italienisches Papier, und das Ganze machte einen gefälligen Eindruck. Doch Bruder Gregory bewunderte nicht etwa seine Arbeit. Er hoffte inständig, daß niemand seine Handschrift erkennen würde.

»Macht Ihr Euch Sorgen wegen der Kosten? Wir haben mehr Papier, und davon haben wir auch noch mehr.« Margaret nahm einen Federkiel in die Hand und befühlte seine abgeflachte, ausgefaserte Spitze. Dann legte sie den Kopf schief und starrte das Geschriebene mit dem schlauen Blick eines Menschen an, der des Schreibens nicht kundig, aber entschlossen ist, sich nicht hinters Licht führen zu lassen.

»Lest mir die letzte Stelle noch einmal vor, ich

möchte hören, wie sie klingt«, sagte sie so bestimmt, als feilschte sie auf dem Markt um einen Ochsenschwanz.

Bruder Gregory las mit feierlicher Stimme. Seine ernsthafte Miene mit dem leichten Anflug von Gereiztheit ließ ihn älter wirken, als er in Wirklichkeit war. Dieser Eindruck wurde noch durch das formlose, schäbige, knöchellange, graue Gewand verstärkt, das er trug und das bei Margaret die vage Vorstellung erweckt hatte, er könnte ein Franziskaner sein. An den Ellbogen und am Gesäß war es ganz fadenscheinig, das sind jene beiden Stellen, die am Rock eines Gelehrten am ehesten abnutzen. An einem abgewetzten Ledergürtel trug er eine Börse, einen Federkasten, ein tragbares Tintenhorn und ein Messer in einer schlichten Scheide. An kalten Tagen wie diesem stopfte er ein Paar zerfledderte Beinlinge in seine Sandalen und warf sich einen Schaffellumhang über sein Gewand, das verfilzte Fell nach außen gewendet. Da Rasieren eine kostspielige Angewohnheit war, begannen Tonsur und Bart bei ihm auszuwuchern, und so waren denn seine finsteren, dunklen Augenbrauen von einem ungebärdigen schwarzen Lockenschopf überschattet.

Margaret nickte, als sie ihn vorlesen hörte, was sie gesagt hatte, und stellte dabei fest, daß sie am Überlegen war, wie alt er wohl sein mochte. Sehr alt, vielleicht dreißig. Nein, womöglich doch nicht so alt. Kann sein, gar nicht viel älter als sie selbst. Das machte der ernste Blick, denn er war beim Schreiben ganz bei der Sache, und das ließ ihn alt wirken. Margaret hatte sich angewöhnt, Bruder Gregory bei der Arbeit sehr eingehend im Auge zu behalten. Zunächst war da die Sache mit den Löffeln. Und dann ging es um das Geschriebene, das Seite um Seite bedeckte. Es schien echt zu sein; das heißt, alles sah unterschiedlich und dazu noch sauber und klein aus. Margaret beobachtete die eigenartig zierlichen Bewegungen, mit denen Bruder Gregorys Pranken die verschlungenen Linien aus Tinte über das Papier zogen. Von ihrer eigenen Näharbeit her wußte sie, daß so anmutige Bewegungen wie diese nur das Ergebnis langer Übung sein konnten. Und doch überprüfte sie den Fortgang stets nach ein paar Seiten, indem sie ihn eine Stelle noch einmal laut vorlesen ließ. Und jedesmal hörte sie zu ihrer Erleichterung genau das, was sie gesagt hatte.

Das Licht des späten Nachmittags drang durch das dicke, runde, bleigefaßte Glas, aus dem sich die kleine Fensterscheibe zusammensetzte, und zeichnete eine leuchtende Spur über den Eichenschreibtisch. Geklapper und Geklirr aus der Küche deuteten an, daß es bald Abendessen geben würde. Dem Lärm schriller Stimmen folgte ein Türklappern und eilende Schritte.

»Mistress Margaret, Mistress Margaret, die Mädchen zanken sich schon wieder! Es geht um rein gar nichts, bloß um ein Puppenkleid. Ich hätte sie gern beide durchgeschüttelt, weil sie Euch stören, aber Ihr habt gesagt, daß sie niemand als Ihr selbst anrühren darf, und da bin ich!« Die alte Kinderfrau schüttelte den Kopf und murmelte mehr zu sich: »Zankteufel, Zankteufel, eine wie die andere! Ohne die Rute hören sie doch nicht! Wie oft muß ich das noch sagen?«

»Bring sie herein, ich rede mit ihnen.«

»Reden? Reden? Wie Ihr wünscht, Mistress.« Und die alte Frau watschelte kopfschüttelnd aus dem Zimmer, sie war überzeugt, daß sie einer Irren diente, die man um jeden Preis gewähren lassen mußte.

»Ich habe nicht an die Kosten gedacht, Mistress Margaret, denn wie ich sehe, lebt Ihr in behaglichen Umständen«, nahm Bruder Gregory etwas gereizt über die Unterbrechung den Faden wieder auf. Er ließ den Blick durch den luxuriösen kleinen Raum schweifen, der selbst gemessen am Standard Londons etwas ganz Neues darstellte. Er befand sich zusammen mit Roger

Kendalls Diele, Küche und den Kontoren im Erdgeschoß und diente gänzlich seiner Bequemlichkeit und Zerstreuung. Hier versammelte sich die Familie zum Vorlesen oder einfach, um zu plaudern und die Rosen im Hintergarten zu bewundern, die man leicht verzerrt durch die Fenster aus richtigem Glas erblicken konnte. Statt des üblichen Binsenbelags auf dem Fußboden breitete sich unter Bruder Gregorys Füßen ein leuchtend farbiger Orientteppich aus. In einer Ecke stand eine geschnitzte Truhe, eine Rarität, und in einer breiten, verschlossenen Lade mit Eisenbändern beim Schreibtisch befanden sich Roger Kendalls größte Schätze, hätte Bruder Gregory nur durch den schweren Deckel hindurchsehen können. Zu dem Krimskrams, den er von seinen Reisen ins Ausland mitgebracht hatte, gesellten sich neunzehn prächtig kopierte und hüsch in Kalbsleder gebundene Bücher. Als man Bruder Gregory zum ersten Mal in dieses Zimmer führte, da hatte er es sorgfältig gemustert und innerlich die Nase gerümpft:

»Ein reicher Mann, doch sein Geschmack ist unziemlich luxuriös für jemanden, der nicht von Adel ist.« Und jetzt wandte er sich an die verwöhnte Kinderfrau dieses luxusliebenden, trefflichen Mannes und bemühte sich ernsthaft, wenn auch wahrscheinlich vergeblich, ihr etwas Verständnis für literarischen Stil zu vermitteln.

»Das Problem sind nicht die Papierkosten«, fuhr er fort. »Ich dachte vielmehr an das Beispiel der Heiligen, der Weisen und der alten Griechen und Römer. Sie kommen geradewegs und ohne viel Umschweife zur Sache.« Er deutete auf die Blätter mit Geschriebenem. »Nur so kann jemand Nutzen aus ihren erhabenen Gedanken und ihren Beobachtungen der Wunder Gottes ziehen.«

»Soll das heißen, ich rede zuviel, nur weil ich eine Frau bin?«

»Das nun gerade auch nicht, aber – doch. Ihr schweift zu sehr ab, es fehlt einfach die Quintessenz. Beispielsweise sollte jeder Abschnitt eine wichtige moralische Lektion oder eine Reflexion beinhalten, und das Wesentliche müßte von allen nichtigen Banalitäten befreit werden. Aber«, sagte er und legte dabei voll Ironie den Kopf schief, »andererseits könnte man auch behaupten, daß die Aufwertung von Belanglosem kein ausschließlich weiblicher Fehler ist.«

»Aber ich muß trotzdem weitermachen, denn anders weiß ich es nicht anzufangen.«

Alle weiteren Gedanken wurden durch das Zuschlagen der aufgerissenen Tür unterbrochen, als die Kinderfrau zwei wütende, laut brüllende, rothaarige Mädchen hereinzerrte, die nur anderthalb Jahre im Alter auseinander waren. Die Ältere – sie zählte knapp vier Lenze – hielt den Streitgegenstand umklammert: eine zerfledderte, halb angezogene Puppe. Ihre großen, blauen Augen funkelten in gerechtem Zorn. Die wilde, kastanienbraune Lockenmähne, die kein Haarband ganz bändigen konnte, hatte sich gelöst und erweckte den Eindruck, als ob gerade ein großer Kampf stattgefunden hätte. Ihr Kleidchen war in Unordnung geraten, und sogar die Sommersprossen auf ihrem Nasenrücken schienen vor Zorn zu funkeln. Die Jüngere war das genaue Gegenteil: ihr normalerweise friedfertiges Gesichtchen, das noch kleinkindlich gerundet war, sah verweint und tränengestreift aus, denn seine Besitzerin hatte es ganz bewußt zu einem Bild gekränkter Unschuld gemacht.

»Sie ha-hat mich an den Haaren gezogen!« zeterte die Kleine und deutete mit der Patschhand auf die seidigen, erdbeerblonden Wellen über ihren Ohren.

»Hab ich nicht!« fuhr sie die Ältere an.

»Kinder, Kinder!« sagte ihre Mutter in dem ruhig verweisenden Ton der Erwachsenen. »Zanken und Lügen, und das noch vor Besuch! Schämt ihr euch denn gar nicht?« Sie drehten sich um und starrten Bruder Gregory an. Sie schämten sich ganz entschieden nicht, nein, sie schätzten ihn auch noch ab, ob er als Bundesgenosse in Frage käme.

»Schwestern sollten sich lieben! Sie sollten sich helfen und alles teilen, aber nicht streiten!«

Die Ältere umklammerte die Puppe nur noch fester und warf der Jüngeren ein selbstzufriedenes Lächeln zu. Die Kinderfrau fand es sichtlich abscheulich, wie sie sich aufführten; sie ließ sie los und bat darum, gehen zu dürfen.

»Ja, aber bleib in der Nähe, denn du mußt sie wieder mitnehmen, wenn das hier erledigt ist.« Die Kinderfrau verdrehte unauffällig die Augen gen Himmel, sie schien zu denken, daß derlei sich nie erledigte.

»Also, wem gehört die Puppe?« fragte Margaret in gelassenem Ton.

»Mir!« rief die Ältere.

»A-aber, das Kleid gehört mir!« schluchzte die Jüngere. »S-sie hat gesagt, ich könnte mit ihr spielen, wenn ich es ihr borge!«

»Cecily, hast du Alison versprochen, daß sie mit deiner Puppe spielen darf, wenn sie dir das Kleid borgt?«

»Ja, und das hab ich auch«, verkündete die kleine Pharisäerin.

»Nur ein ganz kleines bißchen, und dann hat sie danach gegrapscht!«

»Und was hast du dann getan, Alison?« fragte die Mutter sanft.

»Ich hab sie getreten.«

»Und darum hast du sie dann an den Haaren gezogen, Cecily?«

»Ja, aber das gilt nicht, weil sie zuerst getreten hat!«

»Mädchen, die sich zanken, enttäuschen ihre Mama.« Die beiden zeigten keinerlei Reue. »Mädchen, die sich zanken, machen ihren Papa traurig.« Erschrokken blickten sich die Mädchen an. Das schien ernst zu sein. »Und damit sich die Mädchen nicht mehr zanken, nehme ich ihnen die Puppe weg und lege sie in die Lade, hier, bis die Schwestern sich küssen und sich entschuldigen und versprechen, lieb miteinander zu spielen.« Mit einer raschen Bewegung entzog Margaret ihnen die Puppe und setzte sie auf die Lade in der Ecke. »Und wenn ihr euch heute noch einmal zankt, bleibt sie die ganze Woche hier«, sagte sie bestimmt.

Entsetzt umklammerten die Schwestern einander.

»Aber Mama, wir brauchen sie doch!« begehrten sie auf.

»Wenn ihr sie braucht, dann küßt euch und vertragt euch.«

Die Schwester umarmten sich unlustig und verdrießlich und küßten sich auf die Wange. Die Puppe wurde von der Kiste geholt und die Kinderfrau herbeigerufen. Die letzten Worte, die der etwas entgeisterte Bruder Gregory hören mußte, kamen durch die halb geöffnete Tür zurückgeweht.

»Wenn du unbedingt mehr mit ihr spielen willst, dann bist du aber die Kinderfrau und ich die Mama ...«

»Also«, sagte Margaret, »Ihr wolltet mir von den alten Griechen und Römern erzählen.«

»Erlaubt mir, daß ich Euch etwas nahelege. Ob Ihr nun in dem trefflichen Stil der Alten schreibt oder nicht, Ihr werdet das Buch nie beenden, wenn Ihr Euch von derlei Banalitäten und Alltagsdingen ablenken laßt.«

»Das habt Ihr schon einmal gesagt.«

»Über das Geschriebene, Madame, nicht jedoch über Euer Leben«, erwiderte Bruder Gregory etwas schroff.

»Gut, daß Ihr ehrlich seid«, sagte Margaret und bemühte sich, ihren barschen Schreibgehilfen zu besänftigen. »Aber ich schaffe es einfach nicht, mir den Alltagskram vom Leibe zu halten, und deshalb muß ich es auf diese Art versuchen, so gut es eben geht, denn ich weiß mir keine andere.«

Bruder Gregory schüttelte den Kopf. Die Länge würde vermutlich sein Honorar erhöhen, doch das Ganze wurde allmählich ein viel komplizierteres Vorhaben, als er sich vorgestellt hatte.

Kapitel II

»Hoffentlich ist Euch nicht entfallen, was ich über die alten Griechen und Römer gesagt habe?« fragte Bruder Gregory und blickte Margaret mißbilligend an. Ein weltlicher Mann hätte kaum etwas an dem schlichten Kleid der Frau und der Art, wie sie sich gab, auszusetzen gehabt, doch Bruder Gregory legte in dieser Hinsicht strengere Maßstäbe an als die meisten Männer.

Verglichen mit seinem ungewöhnlich hohen Wuchs wirkte Margaret eher zu klein geraten als von mittlerer Größe. Sie war in ein Unterkleid aus schlichter, grauer Wolle ohne Zierat oder Schnürleibchen gekleidet; darüber trug sie ein Überkleid in dunklem Himmelblau mit einem Futter aus grauem Eichhörnchenfell, das nur an den Vorderkanten und am Saum mit einem einzigen Streifen Stickerei geziert war. Ein heller, schmaler Ledergürtel um ihre Taille hielt das Schlüsselbund und eine Börse; das Haar hatte sie ordentlich geflochten und neben den Ohren aufgerollt, wo es von zwei leuchtend farbigen Haarnetzen zusammengehalten wurde. Über ihren Zöpfen lagen ein frischer Leinenschleier und die Rise, so wie es sich für eine verheiratete Frau geziemte.

Margaret hielt sich gerade und bewegte sich mit natürlicher Anmut. Doch es waren ihre Hände, die an ihr auffielen, obwohl sie nicht von den vielen Ringen geschmückt waren, welche andere Frauen ihres Standes in der Regel trugen. Sie waren lang und spitz zulaufend und bewegten sich so natürlich und anmutig, daß sie den Anschein von Ruhe vermittelten. Und doch waren sie nur selten untätig: stets schienen sie eine Kunkel, eine Nadel oder irgendwie eine Handarbeit zu halten. Und wenn man genauer hinsah, so wirkten sie trotz ihrer Anmut gar nicht so zerbrechlich, sondern kräftig und zupackend. Margarets einziges Zugeständnis an den Reichtum ihres Mannes war das goldene Kreuz an einer Kette um ihren Hals. Aber auch das war schlicht und nicht mit Edelsteinen besetzt, sondern wies ein sehr ausgefallenes, antikes Muster auf und zeugte von gutem Geschmack.

Das merkwürdigste an Margaret war jedoch etwas, das sich nicht richtig in Worte fassen ließ: ihre Gegenwart vermittelte ein Gefühl der Ruhe, doch hätte niemand zu sagen gewußt, warum. Sie hatte so eine Art, ins Zimmer zu treten, die auch in der hektischsten Situation heitere Gelassenheit ausstrahlte, doch keiner hätte genau sagen können, wie sie das bewerkstelligte – am allerwenigsten Margaret selbst. Da sie das in der Regel ohne Worte schaffte, mußte es sich schon mehrfach wiederholen, ehe man die Veränderung mit Margarets Gegenwart in Zusammenhang brachte. Aber fahrige, empfindsame Gemüter bemerkten oftmals sofort, daß es ihnen ›besser‹ ging, wenn Margaret zugegen war, und so hatte sie nie einen Mangel an Freundinnen.

Man mußte schon hartgesotten sein, um von Margarets Zauber nicht berührt zu werden, doch Bruder Gregory brüstete sich damit, daß ihm die Schmeicheleien eitler, weltlicher Menschen nichts anhaben konnten. Und so wußte er trotz Margarets äußerlicher Schlichtheit, daß sie im Herzen ganz gülden war und daß sie eine außergewöhnliche Zahl von Eitelkeiten zierte. Ja, die Frau war unmöglich, und nur ein Narr konnte ihren Auftrag annehmen. Ihn hielt mittlerweile nur der Stolz auf seine Ehre bei der Arbeit – und wer wußte, wie lange der vorhalten mochte? Wenn er sie vielleicht zu einem erbaulicheren Stil anleiten könnte – möglicherweise auch zu einem gehobenerem Thema –, dann wäre das hier keine Zeitvergeudung.

»Bruder Gregory, ich habe die Alten nicht vergessen und habe auch darüber nachgedacht.« Ein klügerer Mann wäre durch Margarets honigsüßen Ton gewarnt gewesen. Bruder Gregory jedoch sah mit strengem und mißbilligendem Blick auf sie herab.

»Haben die alten Griechen und Römer viel über Frauen geschrieben? Ich möchte über die Dinge schreiben, die ich kenne, und ich bin eine Frau. Sagt mir also, wie die Frauen der Alten geschrieben haben, dann will ich mich auch danach richten.«

»Die Frauen der alten Griechen und Römer haben nicht geschrieben und bewiesen damit mehr Klugheit und Diskretion als gewisse Frauen heutzutage.« Bruder Gregory warf Margaret einen strafenden Blick zu.

»Aber die Alten waren keine Christen und darum nicht so aufgeklärt wie wir. In unserer aufgeklärten Zeit sind die Frauen doch viel weiter und schreiben außerordentlich gefühlsam über tiefsinnige Dinge. Die heilige Brigitta beispielsweise ...«

»Die heilige Brigitta ist zunächst einmal eine Heilige und schreibt zweitens über tiefsinnige Dinge der Seele und nicht über weltliche Oberflächlichkeiten. Das solltet Ihr Euch zu Eurem eigenen Heil zu Herzen nehmen.«

Etwas – irgend etwas an Margaret war merkwürdig, und das hatte er früher schon irgendwo gesehen, konnte aber nicht den Finger darauf legen. Es war so geringfügig, daß man es fast übersah, und hatte doch die Waagschale zugunsten seiner Schreibarbeit für sie gesenkt. Das war an jenem Tag, als er sie zum ersten Mal gesehen und das Licht sich einen Augenblick in ihren Augen gespiegelt hatte. Selbst noch im dämmrigen

Schatten der Kathedrale, hatten ihre Augen ganz kurz golden aufgeleuchtet wie die eines Falken. Wahrlich, ein sehr merkwürdiger Blick. Wo hatte er den schon einmal gesehen? Gewiß nicht an einer Frau. Aber wo? Die Sache gab ihm Rätsel auf. Doch da er mittlerweile keine unangenehmen nächtlichen Visionen von Lammkoteletts mehr hatte, lastete er sich mangelnden Stolz an. In der Welt des geschriebenen Wortes sollte es Maßstäbe geben, und an die hatte er sich nicht gehalten. Dafür gab es keine Entschuldigung. Er seufzte. Schuld an allem war die *Neugier*.

»Und auch das ist Eitelkeit«, stellte Bruder Gregory grämlich bei sich fest. Sorgsam spitzte er im voraus eine Reihe Federkiele an, denn nach den Erfahrungen der ersten Woche war klar, daß Margaret für seinen Geschmack viel zuviel redete und nur selten eine Pause einlegte, wenn sie erst einmal in Fahrt gekommen war.

Der Winter meines dreizehnten Lebensjahres war sehr hart. Zuerst ließ das feuchte Wetter den Roggen verfaulen, dann gefror der Boden. Alles im Dorf war am Husten, und die Krankheit brachte Säuglingen und Schwächeren den Tod, unter ihnen auch Gevatterin Agnes. Um Fastnacht herum gab es keine Seele mehr im Dorf, deren Gaumen nicht blutete, und auch meine Zähne schienen lockerzusitzen.

Aber das Wetter war noch nicht das Schlimmste. Nachts lag ich wach auf meinem Dachboden, lauschte auf die schweren Atemzüge neben mir und auf das Geräusch, das die Ochsen machten, wenn sie sich im Stroh bewegten, und überlegte, was aus mir werden sollte? Alles veränderte und wandelte sich irgendwie so, daß ich nicht mehr mitkam. Manchmal hatte ich grundlos Angst.

Und dann legte Mutter Anne eines eisigkalten Tages jäh die Spinnarbeit beiseite und stand vom Feuer auf.

Ganz allein ging sie durchs Dorf zur vereisten Krippe des niedrigen Hügels und stand dort lange Zeit, und der Wind blies ihr in den abgetragenen Umhang. Ich folgte ihr aus Neugier, und als ich mich näherte, schimpfte sie nicht wie gewöhnlich mit mir und schickte mich auch nicht fort, sondern stand nur da, ohne zu sehen oder sich zu rühren. Als ich sie anblickte, merkte ich, daß sie stumm weinte. Die Tränen schienen auf ihrem Gesicht zu gefrieren, während sie wortlos vor sich hin weinte.

»Mutter Anne, Mutter Anne, was ist denn?« fragte ich, als ich sie eingeholt hatte.

»Das ist dir doch egal, wieso fragst du überhaupt?«

»Es ist mir nicht egal. Wein doch nicht so, du wirst sonst noch krank.«

»Ist ja doch allen egal, ob ich krank bin.«

»Aber, das ist keinem egal – keinem von uns ist es egal.«

»Allen ist es egal. Ich bin alt und zähle nicht mehr.«

»Aber du bist doch nicht älter als sonst auch«, wandte ich ein.

»Diesen Winter ist mir der letzte Zahn ausgefallen. Meine ganze Schönheit ist dahin, und jetzt bin ich alt, bis ich sterbe.« Ich blickte sie verständnislos an.

»Das verstehst du nicht, was?« Sie fuhr heftig zu mir herum. »Für dich bin ich immer nur die alte Mutter Anne gewesen, die Häßliche. Aber ich war einmal schön. Ich hatte Zähne wie Perlen und eine Haut so schön und glatt wie Blütenblätter, genau wie du jetzt. Und dazu hatte ich Haare wie gesponnenes Gold, so wie man es noch nie gesehen hatte. ›Ein güldener Strom‹, ja, so nannte man es.« Der eisige Wind drang mir bis ins Mark. »Jetzt habe ich keine Zähne mehr, alle weg. ›Einen für jedes Kind‹, sagt man. Einer und viele, viele mehr! Aber ich habe sie für tote Kinder dahingegeben. Wo bleibt da die Gerechtigkeit? Meine Schönheit und Liebe für tote Kinder dahinzugeben? Fürwahr, hätte ich zehn lebende Kinder, ich wäre geachtet, geachtet!«

Die Tränen rannen nicht mehr, doch der starre Blick ihrer gefrorenen, eisblauen Augen war ohne sie noch unmenschlicher.

»Oh, eines Tages wirst du schon noch verstehen. Deine Mutter kann von Glück sagen! Sie ist in der Blüte ihrer Schönheit gestorben. Ihr leuchtendes Haar umgab sie im Leichentuch wie ein großer Umhang. Noch im Tod war ihr Gesicht lieblicher als das Anlitz der geschnitzten Muttergottes. ›Da sieh nur, diese Schönheit, dieses arme, holde Wesen! Eine Heilige, eine arme Heilige, die zwei arme, kleine, mutterlose Würmchen zurückgelassen hat.‹ Zwei hartherzige, schlaue, kleine Würmchen, fürwahr, damit konnte sich die arme, häßliche Anne herumplagen und sie aufziehen. Und wenn sie gut geraten, wessen Verdienst ist es dann? Das der toten Heiligen natürlich! So ist das nämlich. Warum sollte es auch anders sein? Sag mir, sag mir, was machst du, wenn du einmal alt und häßlich bist und dich niemand mehr will, nicht einmal mehr deine Kinder?«

»Aber Rob und Will ...« Sie drehte sich um und sagte bitter:

»Rob und Will? Das ist eine Teufelsbrut, und eines Tages kommt er auch und holt sie sich. Und ich, ich werde immer allein sein, bis ich sterbe.«

Nie hätte ich vermutet, daß ihr schlichtes Gemüt so denken konnte und daß sie soviel Geheimes so klar gesehen und doch weitergemacht hatte. Plötzlich ergriff mich eine Zuneigung zu ihr, die war so tief, daß ich mir nicht vorstellen konnte, woher sie wohl rührte.

»Komm bloß weg von dieser kalten Stelle, Mutter Anne, und ich will auch versuchen, dir eine gute Tochter zu sein. Eine richtige Tochter.« Sie nickte mit abwesendem Blick und ließ sich ganz in ihre Gedanken versunken hügelabwärts nach Hause führen.

Alles war still, als wir zurückkamen, denn Vater und die Jungen waren ausgegangen, um mit den älteren Männern im Dorf zu beraten, wann sie mit der Aussaat beginnen sollten. Der Boden war noch so hart gefroren, daß man sie aufschieben mußte. Ich brachte Mutter Anne zu Bett und deckte sie gut zu, denn sie hatte angefangen zu zittern, und man sah ihren Augen an, daß sie sterben wollte. Als Vater und meine Brüder hereinplatzten und den Inhalt des Kochtopfs prüften, versuchte ich, sie abzulenken, damit sie Mutter Anne in Ruhe ließen. Doch vergebliche Liebesmüh, Vater sah sie zur Mittagszeit unter einem Deckenberg mit blauen Lippen im Bette liegen und kam zu ihr herüberspaziert.

»Na, du alte Sau, mittags im Bett liegen, was? Hast wohl zuviel den Besen geschwungen und kannst jetzt nicht mehr!«

Die Männer lachten, selbst ihre Söhne. Jetzt stand statt des Wunsches zu sterben in ihren Augen die helle Wut: Sie funkelte ihn zornig an.

»Ha! Wenn du schwächer wirst, werde ich stärker«, machte er sich über sie lustig. »Wir werden ja sehen, wer jetzt das Regiment führt!« Er stolzierte vor dem Bett auf und ab.

Sie setzte sich senkrecht auf.

»Du alter Ziegenbock«, keifte sie. »Du hast ja nicht mehr Kraft als ein Pfaffenfurz! Dir werd' ich zeigen, wie ich den Besen schwinge!« Und schon war sie aus dem Bett gesprungen.

Vater wich ihr flink aus und drohte sarkastisch mit dem Finger:

»Noch ein Schlag, Mutter Lazarus, und du kriegst nicht zu hören, was es Neues gibt.«

»Neues, Neues? Was könnte das schon sein?« fragte sie ängstlich.

»Die Art von Neuigkeit, die alte Weiber gern hören, Pfäffische Neuigkeiten«, spottete Vater.

»Heraus damit, oder du mußt dir den Kopf zurechtflicken lassen«, sagte Mutter und griff drohend nach ihrer Bratpfanne.

Jetzt lachten Rob und Will über Vater; alles war wieder im Lot.

»Also, Hochwürden Ambrose sagt, wir brauchen kein Schulgeld mehr zu zahlen.«

»Heilige Jungfrau Maria, sie haben ihn rausgeworfen.« Mutter machte ein betrübtes Gesicht und mußte sich setzen.

»Woanders hingeworfen trifft es wohl besser«, hänselte Vater sie erbarmungslos.

»Lieber Gott, doch nicht ins Gefängnis! Was könnte er denn verbrochen haben?« schluchzte sie.

»Nee, Mutter, das nun auch wieder nicht«, sagte Bruder Rob. Will knuffte ihn und lachte stillvergnügt.

»Hör auf, deine Federn zu sträuben, Weib. Es ist wieder einmal eine dieser ›Auszeichnungen‹ von Hochwürden Ambrose.« Vater blickte sie überlegen an. »Es scheint einen Ort noch höherer Gelehrsamkeit zu geben. Höherer, höherer Gelehrsamkeit. Höchster, allerhöchster Gelehrsamkeit. So hoch, daß selbst dieser säuselnde Pfaffe die Augen gen Himmel verdrehen muß, wenn er davon spricht. Jedes Jahr schickt der Abt zwei Jungen dorthin und bezahlt für sie, doch so manches Jahr ist kein Junge heilig oder hochgestellt genug ...« (und hier hielt er sich die Nase zu, als röche er ranziges Fleisch), »... um dorthin geschickt zu werden. In diesem Jahr gibt es nur einen. Natürlich David. Unseren kleinen Master Liebkind persönlich.«

»Hat Hochwürden Ambrose David gesehen?« unterbrach ich begierig. »Geht es ihm gut, ist er dort glücklich?«

»Er hat ihn gesehen, und es geht ihm sehr gut. Er wächst zusehends! Die Mönche essen besser wie wir, die Blutsauger, die.«

»Dieser Ort, wohin er geht, ist der furchtbar prächtig?« fragte ich. Mutter schwieg nachdenklich.

»Nach dem, was Hochwürden Ambrose sagt, ist es dort fast wie im Himmel. Er ist in der Stadt Oxford und schimpft sich Universität, und ein Mann, der dort studiert, so sagt er, dem stehen alle Türen offen. Aus David könnte eines Tages ein großer Mann werden. Ein großer Gelehrter oder ein Kirchenfürst. Wenigstens sagt das der Pfaffe, der Schöntuer, der.«

Ein Kirchenfürst! Nichts, aber auch gar nichts war gut genug für einen Jungen wie David! Mutter sah wie betäubt aus. Dann machte sie plötzlich den Mund auf.

»Wenn davon nur ein Teil wahr ist, Alter, dann sind wir gemachte Leute. Denn Fürsten lassen die Ihren nicht verkommen.« Vater nickte zustimmend.

»Aber – aber die Reise. Sie ist lang und gefährlich. Wie kommt er dorthin? Wo wohnt er da?« Beim Gedanken an den Verlust eines solchen Schatzes, von dem sie sich soviel Gewinn versprach, wurde ihr angst und bange.

»Alles geregelt. Wir brauchen uns um nichts zu kümmern. Im Oktober schickt die Universität ihre ›Abholer‹, alle gut bewaffnet, welche die Jungen überall aus England zusammenholen. Der Abt bezahlt die Reise. Dann wohnen sie in einem Haus mit einem Master, der sich um sie kümmert. Der Abt bezahlt auch dafür. Sie lesen bedeutende Bücher und lernen Bedeutendes. Der Abt bezahlt für alles. Ist ganz einfach. Und wenn er fertig ist, kommt er als Fürst zurück.«

»Dann halt meine Hand, denn uns ist das Glück hold.« Und zwei Wochen lang gab es keinen Streit mehr zwischen Vater und Mutter.

»In Oxford hätte ich selbst gern studiert«, bemerkte Bruder Gregory friedfertig, während er den letzten, wohlgefügten Satz zu Papier brachte.

»Dann habt Ihr es also gesehen?« fragte Margaret.

»Ja, ich bin in Oxford gewesen und habe da einst ein sehr schönes Buch gekauft, doch das Schicksal hat es nicht gewollt, daß ich dort studiere.«

»Ihr besitzt Bücher?«

»Im Augenblick nur eins für mich. Das Buch, welches ich damals erstanden habe, war ein Geschenk, das ich für jemanden kaufen sollte. Aber die Universität ist ein herrlicher Ort. Selbst im Ale-Ausschank wird noch gelehrt disputiert.« Bruder Gregory konnte sich allmählich nicht mehr des Gefühls erwehren, daß er Margaret wohl doch ein klein wenig ernster nehmen müsse. Schließlich hat nicht jede Frau – auch wenn sie zuviel redet – einen Bruder, der ein echter Gelehrter ist. Er würde zweifellos noch viele ermüdende Seiten hinter sich bringen müssen, ehe sich herausstellte, wo der Bruder abgeblieben war.

»Mein Mann besitzt Bücher«, sagte Margaret.

»Ach?« erwiderte Bruder Gregory höflich, zählte die beschriebenen Seiten und numerierte sie sorgfältig. »Wer hätte diesem geldgierigen Händler derlei zugetraut?« dachte er bei sich.

»Er besitzt neunzehn. Sie sind in dieser großen Lade unter Verschluß.« Margaret klopfte auf den geschlossenen Deckel der Lade mit den Eisenbändern dicht bei Bruder Gregorys Sitzplatz. »Einige sind in Latein, andere in Französisch geschrieben. Es gibt auch eins in Deutsch, alles über Gott, und sogar eins in Arabisch.«

Oho! Wenn das nicht etwas Ausgefallenes war! Bruder Gregory hob den Blick und die Brauen.

»Ja, Arabisch«, sagte Margaret gleichmütig, obwohl ihr bewußt war, welchen Eindruck sie gemacht hatte. »Mein Mann hat die ganze Welt bereist und findet, daß ein großer Handelsherr viele Sprachen können muß.«

»Und was ist mit Euch?« fragte Bruder Gregory. Er meinte, auch nach Jahren im Süden noch einen Hauch von nördlichem Akzent bei ihr durchzuspüren. Margaret machte ein betrübtes Gesicht.

»Ich kann nur meine Muttersprache.« Dann hellte sich ihre Miene etwas auf. »Aber mein Mann hat eine Französin angestellt, die mich und die Mädchen unterrichtet. Er sagt, Französisch muß jeder können, denn schließlich ist es Hofsprache. Er sagt, über ein Weilchen werde ich gewiß recht nett Französisch parlieren.«

»Ich kenne einen Mann mit vierzig Büchern«, bemerkte Bruder Gregory gelassen.

»Ganz gewiß hat mein Mann auch einmal vierzig Bücher, wenn er Zeit dafür hat«, sagte Margaret hochnäsig.

Bruder Gregory stand auf und wollte gehen. Margaret nahm die fertigen Seiten und stellte etwas sehr Merkwürdiges mit der großen Truhe an. Zunächst machte sie sich an einem Teil des Schnitzwerks zu schaffen, dann drückte sie auf eine Ecke und zog darauf ganz unten aus der Truhe eine vollständige Schublade heraus, deren Kanten unter einer Schnitzerei versteckt gewesen waren.

»Seht nur, ist das nicht ein herrlicher Platz? Hier ist nämlich eine Geheimschublade, die mein Mann mir gezeigt hat und von der nur er weiß. Das ganze Haus ist voll mit solchen Dingen, und ich kenne nicht einmal die Hälfte davon. Aber diese hier ist leer, und da hat er gesagt, ich dürfte sie benutzen. Genau der richtige Platz für mein Buch, bis es fertig ist, findet Ihr nicht auch?«

Bruder Gregory nickte ernst und wartete an der Tür.

»Ach, Euer Honorar für diese Woche. Ich habe es da und habe es auch nicht vergessen. Ich weiß, auch Geistliche müssen essen.«

Bruder Gregory war peinlich darauf bedacht, ein uninteressiertes Gesicht zu machen.

»Ihr kommt doch wieder? Übermorgen?«

»Nächste Woche würde mir besser passen.«

Vielleicht zahle ich ihm zuviel, dachte Margaret. Wenn es ihm zu gutgeht, kommt er nicht wieder. Er hat deutlich genug zu erkennen gegeben, daß es nicht seine Sache ist, für eine Frau zu schreiben. Aber Knausern ist auch nicht recht, wenn eine Arbeit ordentlich ausgeführt wird, seufzte sie bei sich. Master Kendall würde sich meiner schämen, wenn er herausfände, daß ich kleinlich gewesen bin. Sie kramte in der winzigen Börse, die sie neben ihrem Schlüsselbund am Gürtel trug, und zog die Münzen für Bruder Gregory heraus. Er verschwand mit einem stummen Gruß.

Als man Bruder Gregory in der nächsten Woche hineinführte, stellte er mit einer gewissen, nicht faßbaren Verärgerung fest, daß Margaret es sich in der Fensternische gemütlich gemacht hatte, so als hätte sie gar nicht anders erwartet, als daß er wiederkam. Neben ihr stand ihr Nähkorb, und sie säumte etwas Umfängliches und Weißes, das sich in großen Falten auf ihrem Schoß bauschte. Offensichtlich hatte ihre Dienerin ihr gerade etwas Lustiges erzählt, denn sie sah auch noch vergnügt aus, als das Mädchen bereits mit einem Stapel gefalteter, fertiger Leinentücher verschwunden war. In der Diele hinter der offenen Tür konnte er Master Kendalls Lehrlinge sich lautstark unterhalten hören. Margaret fing schon an zu reden, ehe Bruder Gregory noch sein Tintenhorn ganz geöffnet hatte, und ihr selbstgefälliger Ton brachte ihn auf.

Ich glaube, ich habe da aufgehört, wo sich das Verhältnis zwischen mir und Mutter Anne geändert hatte. Nicht lange danach wurde ich verheiratet. Der Frühling zog ins Land, und ich wurde vierzehn, aber das war nicht der Grund, auch wenn ich jetzt als erwachsene Frau galt. In Wahrheit war an allem, was geschah, nur der Müller schuld, obwohl ich das anfangs noch nicht einsah. Na, Ihr wißt schon, wie das so ist. Man zieht an einem Faden, den man kaum beachtet hat, und schon rebbelt das ganze Strickzeug auf. Und erst später geht einem dann auf, was für geringfügige Dinge all die großen nach sich gezogen haben – aber das konnte man damals natürlich nicht wissen. Mit dem Müller war das so: Der log und betrog, und niemand kam von der Mühle mit einem ehrlichen Maß zurück. Aber in diesem Frühling trieb er es eines schönen Tages gar zu arg, und so kamen Vater und mein Stiefbruder Will rasend vor Zorn vom Mahltag in der Mühle von St. Matthew's zurück. Vater war so wütend, daß er vor der Haustür seinen Hut zu Boden warf und mordsmäßig fluchte.

»Der Teufel hole den Müller! Ich könnte schwören, daß er mir wieder zu wenig gegeben hat, diese Ausgeburt der Hölle!«

Der Müller hatte aber nur das Monopol vom Abt, da konnte man nichts machen, oder? Gar nichts, dachten wir alle. Er war nun einmal ein Dieb und eine Landplage wie Ratten oder kleine Vögel. Aber Vögel erfreuen uns wenigstens noch durch ihren Gesang, während alles, was der Müller je von sich gab, Zeugenaussagen vor Gericht waren. Denn wenn jemand aufbegehrte und die Hand gegen ihn erhob, schwor der Müller Stein und Bein, er wäre angegriffen worden, und dann mußte derjenige eine Strafe zahlen. In St. Mattew's wurde regelmäßig Gerichtstag abgehalten, und der Abt nahm durch den Müller ebensoviel an Bußgeldern ein wie an Pacht. Jetzt, da ich älter bin, meine ich, sie steckten unter einer Decke, denn der Abt verstand es, aus allem, was er anfaßte, Geld zu schlagen.

Auch Vater war dem Müller einmal in die Falle gegangen. Eines Tages war er mit Bruder Will und Tom dem Küfer und etlichen anderen zur Mühle gegangen. Nachdem sie lange auf die Rückgabe des Mehls gewartet hatten, gerieten sie außer sich, als sie feststellen mußten, daß es noch weniger war, als sie erwartet hatten. Sogar ein Kleinkind hätte sehen können, daß er zu knapp gewogen hatte, behauptete jedenfalls Vater. Wie er uns abends erzählte, hatte er gesagt: »›Du Leibeigener, du, du hast mir falsches Maß gegeben!‹ Und der Müller hatte gleichmütig wie ein toter Fisch erwidert: ›Das ist üble Nachrede, und das gleich zweimal, denn erstens habe ich richtig gewogen, und zweitens bin ich ebenso freigeboren wie du.‹«

In der nächsten Woche war Gerichtstag, und Vater wurde vorgeladen, wobei er das halbe Dorf mitnahm, darunter auch Mutter und mich. Der Abt hatte einen großen Saal für die Gerichtssitzungen, der zum weiteren Kirchengelände gehörte. Zuweilen schickte er seinen Verwalter für die niedere Gerichtsbarkeit auf die Ländereien der Abtei, doch Vergehen in St. Matthew's mußten auch dort verhandelt werden.

Während ich zusah, wie der Abt Recht sprach, wurde mir immer bänglicher zumute. Das war der härteste Mann, den ich meiner Lebtage gesehen hatte – fett vom faulen Leben, aber mit einem stechenden, gelben Augenpaar wie ein Falke und einer langen, unangenehmen, normannischen Nase. Seine habgierigen Hände waren mit Ringen bedeckt, und er verhängte Bußgelder und Strafen mit dem dünkelhaften, trägen Tonfall eines Menschen, der seit langem daran gewöhnt ist, daß man ihm dient. Nichts, kein Wort und kein Blick, entging diesen durchdringenden Augen. Bußen für Unzucht, Bußen für entlaufene Tiere, der Pranger für eine Klatschtante, Brandmarkung für einen entlaufenen Leibeigenen – er richtete schnell, die Halsgerichtsbarkeit wurde gleich draußen im Hof vollstreckt.

Direkt vor Vaters Fall kam ein ganz anders gearteter an die Reihe. Ein reich gekleideter Kaufmann, blaß und sauber rasiert, war von Northampton gekommen und forderte Gerechtigkeit für den Diebstahl von Waren durch einen Mann, mit dem er in St. Matthew's Geschäfte gemacht hatte. Als der Mann das Urteil hörte, erbleichte er und rief: »Du ungeheuerlicher Lügner!« ehe man ihn hinausführte, um ihm im Hof die Hand abzuhacken. Was mich so berührte, war der Ausdruck auf dem Gesicht des Kaufmanns. Er lächelte. Man hätte es fast als gütig bezeichnen können, dieses Lächeln, welches er dem Mann mitten ins Gesicht lächelte. Sein Mund zog sich in die Breite, Lachfältchen bildeten sich ringsum – aber seine blauen Augen blickten so kalt wie Eis. Was für ein gräßlicher Mann, dachte ich, während ich zusah, wie sie einander anblickten. Als der Kaufmann den Saal verließ, um bei der Ausführung des Urteils zugegen zu sein, kam er im Hinausgehen dicht an mir vorbei, wo ich mit meiner Mutter stand. Ich wandte die Augen ab, starrte zu Boden, und so war mein letzter Eindruck von ihm nur das leise Geräusch, das seine dunklen Schnabelschuhe im Dahingehen machten.

Als Vaters Fall aufgerufen wurde, stand er unerschrocken auf. Zunächst sagte der Müller aus. Vater hätte ihn verleumdet, behauptete er, und er wolle sein Recht. Aber Vater hielt dagegen, er sei ein Freigeborener und fordere ein Geschworenengericht von Freisassen. Der Abt, den die lange Sitzung schon ermüdet hatte, rutschte mit ungeduldiger Miene auf seinem prächtigen Stuhl hin und her. Seine Goldkette klirrte, ehe sein Kruzifix wieder auf den Falten aus Fett und Seide auf seinem Bauch zur Ruhe kam. Träge hob er eine fleischige, beringte Hand und sagte Vater kalt, daß Verleumdung ein zu geringes Vergehen für ein Geschworenengericht sei und daß er ohnedies seinem Lehnsherrn unterstünde. Hatte er diese Verleumdung ausgesprochen?

»Nein!« erklärte mein Vater furchtlos, er hätte dergleichen nie gesagt, und um das zu beweisen, hätte er sich aus dem Dorf sechs Eideshelfer mitgebracht, alles Zeugen, die bereit wären, aufs Kreuz zu schwören, daß sich mein Vater der Verleumdungen nicht schuldig gemacht hätte.

Die gelben Augen des Abtes wurden schmal wie die einer heimtückischen Katze. Ich glaubte, er mochte es nicht, wenn man ihm die Stirn bot, und hielt Zusammenhalt unter den Dörflern für ein schlechtes Zeichen. Der knochige Müller ergrimmte und verzog das Gesicht zu einem Bild gekränkter Unschuld.

Außerdem, so fuhr Vater fort, könne er derlei nie gesagt haben, schließlich wisse alle Welt, daß der Müller nicht nur ein Freigeborener sei, sondern auch, daß er einen Teil seines Mahlgutes an seinen Lehnsherrn abgeben müsse. Und wenn er heimlich Mehl von Leuten einbehielte, die bei ihm mahlten, so würde er damit doch auch den Abt betrügen, »etwas, das unseres Wissens ein so ehrlicher Mann wie er nie und nimmer tun würde«.

Endlich begriff ich, worauf mein Vater hinauswollte und warum er so viele Nächte aufgeblieben war, um mit den anderen den schlauen Schlachtplan zu entwerfen. Die gelben Augen des Abtes blickten jetzt belustigt. Dem Müller schlotterten die Knie – nicht heftig, aber durchaus sichtbar. Der Abt blähte die fahlen Hängebakken auf wie eine Kröte und warf dem zitternden Müller einen stechenden, harten Blick zu. Dann faßte er sich, setzte seine übliche, anmaßende Miene auf und sagte herablassend:

»Na gut, hören wir uns also die Eideshelfer an.«

Nachdem das Zeugnis gehört worden war, tat der Abt etwas, das ganz und gar nicht zu ihm zu passen schien. Er wies die Klage mit der grimmigen Warnung ab, daß nie wieder eine Beschwerde wegen falschen Maßes ohne Beweis vor Gericht gebracht werden dürfe. Und dann geschah etwas Seltsames. Als der Abt die Dorfbewohner entließ, blickte er sich im Saal um, und unsere Blicke trafen sich, wo ich mit Mutter stand und ihn aus dem Hintergrund des Saales anstarrte. Er musterte mich einen Augenblick eingehend und wandte dann jäh, so als hätte er genug gesehen, den Kopf ab, während wir einer nach dem anderen den Saal verließen.

Wir schwiegen noch den halben Heimweg lang, denn das Gesinde des Abtes sollte unseren Jubel nicht mithören. Dann aber feierten wir die ganze Nacht durch, wobei jeder seine Rolle im Spiel vor den Nachbarn herausstrich, die zu Hause geblieben waren. Während Mutters Ale ausgeschenkt wurde, zog Vater den Dudelsack hervor, andere liefen, um die Trommeln und Fideln zu holen. In jener Nacht wurde ebenso wild getanzt wie getrunken, und sogar Vater Ambrose machte mit, denn auch er hatte falsches Maß erhalten. Für ein Weilchen, nachdem man dem Müller eins ausgewischt hatte, murrte man noch über die Habsucht des Abtes und drohte, die Zehntscheuer anzustecken, aber das getraute sich denn doch niemand. Und weil nichts von Dauer ist, so nahm auch der Müller bald wieder seine alten Betrügereien auf.

Und so kommen wir dann zu jenem Tag, an den ich mich noch so gut erinnere, als nämlich Vater wünschte, der Teufel solle den Müller holen. Bei Vaters Worten blickten Will und Rob sich vielsagend an, und da wußte ich, daß etwas im Busch war. Obwohl sie sonst nichts als Ärger machten, gaben sie auf einmal Ruhe und ließen sich lange Zeit weder im Haus noch auf der Dorfstraße blicken. Das konnte mir nur recht sein, denn so konnte ich endlich in Ruhe von einer Heirat mit dem schmukken Richard Dale träumen. Jetzt, da meine Brüder nicht zu Hause waren und ihn daran hindern konnten, besuchte er mich jeden Tag. Wie sie mich alle beneideten; es gab keine Frau in Ashbury, die nicht in Richards Lockenkopf vernarrt gewesen wäre, auch wenn sein

Vater nicht wohlhabend war. Richard war eben fünfzehn, bezaubernd und ein wunderbarer Tänzer – nur ich war ihm darin noch über. Er wollte mir überhaupt nicht mehr aus dem Kopf gehen.

Eines Sonntags stand ich mit Richard Dale nach der Messe auf dem Kirchhof, als die Kirchgänger eine erstaunliche Geschichte zu erzählen wußten. Anscheinend war der Teufel tatsächlich gekommen, um sich den Müller zu holen, und hatte nur von ihm abgelassen, als dieser ihm Geld und die Jungfernschaft seiner Tochter angeboten hatte. Komisch, daß man den Teufel mit derlei Anerbieten von seinem Vorhaben abbringen konnte, doch außer mir kam das niemandem merkwürdig vor. Aber wer kann auch schon wissen, was im Kopf des Teufels vor sich geht? Doch jetzt wollte sich der Müller wohl vor dem Teufel drücken und sich nicht an die Abmachung halten. Er hatte einen Priester für eine Teufelsaustreibung ins Haus bestellt; und der Priester sah bei seiner Ankunft zu seinem Schreck Abdrücke von Pferdehufen unter dem Fenster des Müllers.

»Und der Teufel hole sich gleich auch noch die ganzen Wölfe in St. Matthew's«, sagte Tom der Küfer, als er die Geschichte bei einem Ale zum hundertsten Male in unserem Haus zum Besten gab.

»Kann er nicht, es sind so viele, daß sie nicht alle in seinen Sack passen«, sagte Will.

»Jaja. Wahrscheinlich fängt er mit dem Kleinsten an«, meinte Rob. »Wenn man den großen, fetten Abt da fortschleifen wollte, dazu brauchte man wohl zwei Teufel.« Schallendes Gelächter.

Doch die Teufelsaustreibung wirkte nicht, denn schon bald darauf erzählte man sich bei Mutters Ale eine andere Geschichte. Anscheinend war der Teufel zurückgekommen, um sich das Versprochene zu holen, und nicht einmal das Kruzifix über der Tür hatte ihn abgehalten, denn er kletterte zum Schlafzimmerfenster hinein. Drei Dämonen begleiteten ihn – alle sehr groß, alle mit Hörnern auf dem Kopf und mit langen Schwänzen wie die Ochsen. Der Teufel selbst hatte einen Tierkopf und Tierhörner. Doch am auffälligsten war seine Haut. Sie war grün, genau wie auf den Bildern in der Kirche, und das überall grün, wenn Ihr versteht, was ich meine.

Während die Dämonen den Müller festhielten, rief der Teufel: »Und jetzt zu unserer Abmachung!« und riß die Bettdecke vom Fußende an der Seite fort, wo die Müllerstochter ihren Platz hatte und den Kopf versteckte. Unter den Decken konnte man alsdann eine gedämpfte Stimme aufbegehren hören:

»George, George, du lieber Himmel, was machst du da? Ich dachte, du hättest Kopfschmerzen!«

»Dummkopf, du hast die Frau erwischt!« lachten die anderen Dämonen, und der Teufel war gezwungen, seinen Fehler wiedergutzumachen. Als er fertig war, sah er sich den Schauplatz recht interessiert an und sagte ruhig:

»Kein Blut, Master Miller. Du bist ein unehrlicher Mensch. Man darf nicht verschachern, was man nicht hat. Dieses Mädchen war zweifellos keine Jungfrau mehr. Ich glaube, du selbst hast sie gehabt, du Schwein, du. Weißt du denn nicht, daß man den Teufel nicht betrügen kann? Wenn wir hier fertig sind, nehme ich dich wohl doch noch mit in die Hölle.«

Dann stopften die Teufel den verängstigten Müller in einen seiner Getreidesäcke und warfen ihn aus dem Fenster. Doch irgend etwas mußte ihnen dazwischengekommen sein – der Müller schwor immer, es sei eine heilige Reliquie gewesen, die er um den Hals trug. Sie kamen nicht weiter als bis zu seinem Mühlenteich und warfen ihn hinein. Und durch eine himmlische Fügung war es das seichte Ende. Am Morgen befreite man ihn, naß und strampelnd, aus dem Sack. Die entsetzten

Nachbarn entdeckten unter seinem Fenster ein Gewirr riesiger Abdrücke von Pferdehufen.

Und nicht lange danach überraschte ich Will, wie er sich im Bach die Hände schrubbte:

»Grasflecke, Schwester. Die nehmen sich nicht gut an mir aus.«

Ich hatte so meinen Verdacht, und der wurde zur Gewißheit, als Richard Dale und ich eines Abends spazierengingen.

»Laß uns an einen etwas traulicheren Ort gehen«, bat er. »Ich habe etwas Wichtiges mit dir zu besprechen.« Und so verließen wir das Dorf und gingen zu einem hübschen Plätzchen, wo die Bäume dicht stehen und die Büsche an einem Bächlein eine Art wilde Laube bilden. Dort setzten wir uns, und dann sagte er überaus feierlich, während er in den vorüberglucksenden Bach blickte:

»Du weißt, ich kann noch nicht heiraten, aber wenn du auf mich warten willst, dann frage ich Vater ...« Und schon hatte er mich mit einer Hand zu Boden gedrückt und legte sich jetzt mit seinem vollen Gewicht auf mich.

»Nur einen Kuß, einen süßen Kuß zu unserem Eheversprechen.« Aber er führte sich auf, als ginge es ihm um mehr als nur einen Kuß. Er sah so gut aus und war so unwiderstehlich. Aber als er mich auf der Erde festhielt, rief ich:

»Aua! Geh runter! Jesus, unter mir ist etwas Scharfes, es sticht mich in den Rücken!« Wie schnell doch der Schmerz die Leidenschaft abtötet! Er rollte sich herunter, ein Bild zerplatzter Illusionen.

»Liebst du mich denn nicht«, fragte er anklagend.

»Nein, nein das ist es nicht – es ist etwas Scharfes, ich habe mich arg daran gestoßen. Da – eine Wurzel oder so ...«

Ich drehte mich um und wies es ihm. Seine Augen folgten meinem Finger.

»Das ist keine Wurzel«, meinte er. »Das ist Holz – vielleicht die Ecke einer Kiste.« Und schon fing er gespannt an zu graben. Ein Feenschatz! Jedenfalls dachte er das. Wir glaubten alle an Feenschätze. Einmal hatten wir von einem Mann gehört, der mit seinem Pflug einen Krug voll seltsamer Münzen hochgepflügt hatte. Habsucht tötet nämlich auch den Trieb ab. Mich hatte er darüber ganz vergessen. Doch sein eifriges Graben endete schon bald mit einer Enttäuschung.

»Ach, nur ein Holzschuh, ein verflixter Holzschuh.« Wenn das nicht ein sonderbarer Holzschuh war! Ganz aus Holz und oben passend für einen menschlichen Fuß geschnitzt. Doch die untere Hälfte, welche einen Abdruck auf dem Boden hinterlassen würde, war wie ein Pferdehuf geformt. Es konnte gar keinen Zweifel mehr geben, wenn Richard tiefer grub, würde er keinen Schatz finden, sondern mehrere Paar gleich aussehende Holzschuhe.

»Ach, laß doch«, sagte ich und warf ihn beiseite. »Aber wo wir uns einmal über wichtige Dinge unterhalten, will ich ehrlich mit dir sein. Wenn du mich nicht bald heiraten kannst, dann sollten wir lieber kein Verlobungskind machen. Denn ich will keine unehelichen Kinder, auch wenn ich dich noch so sehr will.«

»Du magst recht haben«, murrte er. »Ich möchte das Erbe meines Sohnes auch nicht aufs Spiel setzen. Aber wirst du auch auf mich warten?«

»Soweit es in meiner Macht steht, ja«, versprach ich.

Ehe wir gingen, grub ich den Holzschuh wieder ein. Warum sollten meine Brüder noch mehr Ärger bekommen, als sie ohnedies schon hatten? Aber es gab keinen Ärger, selbst dann nicht, als das halbe Dorf den Müller mit: »Letzte Nacht Kopfschmerzen gehabt, George?« grüßte.

Aber der Frühling ist natürlich die Jahreszeit, in der die Geschäfte des Teufels besonders gut blühen und selbst gute Menschen in Versuchung geraten, das Sakrament der Ehe zu brechen. Was nun die Menschen angeht, welche immer in Versuchung sind – na, die sind dann wahrscheinlich noch eher zur Tat geneigt. Manchmal verschwand Vater ganze Tage lang zusammen mit dem Ehemann von Alice, deren Kochtopf viele Male, doch ohne rechten Erfolg, exorziert worden war. Wenn Vater zurückkam, dann lachten Will und Rob wohl und knufften ihn und hänselten:

»Warum für etwas bezahlen, was es umsonst gibt? Weißt du denn nicht, wie viele Sternlein stehen?« Und Vater mochte dann antworten:

»Man kriegt, für was man bezahlt«, und verdrehte die Augen in gespielter Verzückung.

Obwohl ich aufmerksam lauschte, kam ich nie ganz dahinter, wohin sie gingen. Bei solchen Gelegenheiten überprüfte Mutter mit bitterem Blick den Inhalt des kleinen Kästchens, in dem sie ihr Kleingeld aufbewahrte.

»Wenn ich eine Wittib wäre«, sagte sie mit harter Stimme, »könnte ich meinen Verdienst behalten. Aber das ›Fleisch von meinem Fleisch‹ darf in die Geldlade langen, wann es ihm beliebt. Und auch noch wofür. Zehnten und Steuern, nichts ist so schlimm wie ein Ehemann, der ein fauler Schurke ist.« Sie blickte mich grimmig an.

»Fürwahr, heirate einen reichen Mann oder lieber gar nicht! Laß die Finger von armen, gutaussehenden Jungen, die gern ein Auge riskieren und bezaubernde Manieren haben wie dieser niederträchtige Richard Dale! Was du brauchst, ist ein nüchterner Mensch, der sich nicht halb soviel auf sein Aussehen einbildet, ein sparsamer Mensch, bei dem du es gut hast!«

»Ja, Mutter, ich will mir zu Herzen nehmen, was du gesagt hast«, versprach ich demütig. Aber wer schlägt zur Frühlingszeit nicht einen guten Rat in den Wind! Ich brachte meine Tage damit zu, von Richard Dale und unserer bald bevorstehenden Hochzeit zu träumen.

Ich weiß, daß es anderen Mädchen ähnlich ging, denn, kaum zu glauben, aber die Küferstochter hatte sich in meinen abscheulichen älteren Bruder Will verliebt und beschäftigte sich in Gedanken mit ihm wie ich mich mit dem schönen Richard Dale. Immerzu hing sie sich jetzt an mich, denn dadurch hoffte sie, besser an ihn heranzukommen. Vergebliche Liebesmüh, sie zu warnen, daß er ein hartgesottener, herzloser Bursche war, der nur an sich selber dachte.

»Das sagen Schwestern immer, aber ist dir denn nie das Grübchen unten an seinem Kinn aufgefallen, wo ihm jetzt der erste Bart wächst?«

»Mary, er hat Pockennarben.«

»Aber die sieht man doch fast gar nicht. Sie machen sein Gesicht charaktervoll.«

»Er ist brutal – wenn er dich nun schlägt?«

»Wie könnte er mich schlagen, mich, seinen einzigen, wahren Schatz?«

»Mich, seine einzige, wahre Schwester, würde er schlagen, wenn er mich erwischte. Er schlägt seine eigene Mutter, wenn ihm das Abendessen nicht schmeckt. Wieso nicht auch dich?«

»Das begreifst du einfach nicht. Er ist größer und stattlicher als alle anderen Jungen, und er hat mir ewige Treue geschworen.«

»O Mary, geht es dir denn nicht in den Kopf, daß er schon mehr Mädchen hat sitzenlassen. Nimm dich in acht.«

»Oh, wie werden wir uns lieben, wenn wir erst Schwestern sind, Margaret. Aber wie alle jüngeren Schwestern bist du auf deinen Bruder nicht gut zu sprechen. Er hat mir aber doch gesagt, daß meine Schönheit ihm das Herz gestohlen hat. Eine Schwester kennt einen Mann nie so gut wie die Frau, die er liebt.«

Ich betrachtete noch einmal ihr langes, reizloses Gesicht. Mary war groß und mager, hatte dunkles Haar und ein Gesicht wie ein liebenswürdiges Beil. Sie war siebzehn und schon eine alte Jungfer. Will ist ein selbstsüchtiger Schuft, dachte ich. Er wird sie bloß schwängern und sitzenlassen und noch damit aufschneiden.

Als dann vor Ostern die Aufforderung des Königs zur Heeresfolge für einen großen Feldzug in Frankreich an die Männer in Waffen erging, da wußte ich Bescheid. Will gehörte einfach nicht zu der Sorte Mann, die häuslich wird, solange sie noch den Frauen nachstellen und eine Landplage sein kann.

Vater schimpfte natürlich. Er wollte nicht auf Wills und Robs Hilfe verzichten. Mutter dagegen meinte, man solle es auch von der guten Seite sehen. Sie würden nicht vor dem ersten Mai ziehen, und dann wäre doch David den ganzen Sommer über da, ehe er auf die Universität ginge. Der könnte doch gut mithelfen. Und außerdem könne er von Glück sagen, daß er nicht selbst mitgehen müsse, sagte sie, denn so alt und verweichlicht wie er geworden sei, würde er die Härten des Kriegslebens nicht lange aushalten.

»Ich ein Weichling, Weib?«

»Aber nein, nur ein Glückspilz.«

»Ich werd' dir was zeigen, von wegen Glückspilz!« Und er schnappte sich den Schürhaken und jagte sie um die Feuerstelle und hinaus auf die Straße, wo er schon bald aus der Puste kam. Mutter ließ ihn keuchend vor der Haustür sitzen. »Der alte Trottel, seine Lungen sind hin. Nichts mehr drin als Luft, der alte Aufschneider, der.« Und sie machte sich wieder an ihre Arbeit.

Genau in der Woche vor Ostern kam ein grauer Mönch und predigte bei uns, und das war ein großes Ereignis, welches viel Aufsehen erregte. Er war ein kluger Prediger, der uns Gottes Willen viel klarer auslegte als Hochwürden Ambrose. Er sagte uns, daß Gott die

Armen am meisten liebe, und alles nickte beifällig. Hochwürden Ambrose sagt, daß er die Gehorsamen am meisten liebt.

»Warum auch nicht, denn die Gehorsamen sind nun einmal arm«, bemerkte der alte Tom, und das schien die Lösung des Problems zu sein.

Ostern ging vorbei, und schon war der erste Mai herangekommen, der trotz allem, was Hochwürden Ambrose dagegen unternahm, ein fröhlicher Festtag ist. Ich glaube, mit zunehmendem Alter hatte er es aufgegeben, denn den ersten Mai gibt es nun einmal länger als ihn. Sein toter Vorgänger, der alte Priester, soll sogar den ersten Mai mit uns gefeiert haben, aber der hielt sich ja auch Jagdhunde und war eine ganz andere Sorte Mensch. Am ersten Mai tut sich so einiges, gemessen an der Zahl der Taufen neun Monate später; es wird getanzt, Mummenschanz getrieben, getrunken, und es werden alle möglichen Streiche gespielt.

Der König des Maifestes heißt Robin Hood, und er wird mit seiner Königin, der Maid Marian, unter den hübschesten jungen Leuten im Dorf ausgewählt. Dieses Jahr war es der schmucke Richard Dale, und ich wurde natürlich zur Maid Marian gekürt. Der Größte wird der Kleine John, und der darf alle Festteilnehmer madig machen. Doch die deftigste Rolle hat der Klosterbruder Tuck, und die fällt immer dem größten Rüpel im Dorf zu. Der darf dann während des ganzen Festes, vor und nach der Aufführung des Stückes von Robin Hood, Streiche spielen, soviel sein Herz begehrt. An diesem Tag durfte sich Bruder Rob das Gewand des Klosterbruders anziehen als Anerkennung dafür, daß er auf die Idee gekommen war, wie man sich an dem Müller rächen konnte.

Keiner sah schmucker aus als der fröhliche Richard, wie er vom Ale erhitzt den Rundtanz ausführte.

»Keine ist schöner als du, Margaret«, raunte er mir

zu, als wir uns beim Kreuzen begegneten. »Keine kommt dir gleich«, als wir wieder zurückkreuzten. Als der Tanz zu Ende war, flüsterte er:

»Vergiß nicht, auf mich zu warten, schöne Maid Marian, ganz gewiß wird mein Vater bald mit deinen Eltern reden.«

»Und du wartest auf mich, mein holder Robin?«

»Immer«, sagte er, küßte mich und verschwand. Ich blickte ihm nach, und da spürte ich, daß inzwischen jemand hinter mir stand und geduldig wartete, daß ich ihn bemerkte. Ich drehte mich um und erblickte Mary, die wie gewöhnlich erpicht war, sich mit mir zu unterhalten.

»Es ist sehr heiß, Margaret«, sagte Mary zu mir, als Richard fort war. »Möchtest du nicht ein wenig mit mir im Schatten sitzen? Ich habe dir etwas zu sagen.«

»Tut's der Baum hier, Mary?«

»Da kann uns doch jeder sehen, Margaret, du Liebe, etwas verschwiegener wäre mir lieber.«

»Na gut«, antwortete ich, »dann laufen wir eben, bis wir einen guten Platz gefunden haben.«

»Das wird nicht leicht sein, Margaret, denn mir scheint, daß heute alle verschwiegenen Plätzchen Liebespaare beherbergen.«

»Dann gehen wir eben weiter. Ich weiß da eine Laube, die wie ein kleines Zimmer ist. Die haben wir ganz für uns.« Ich erriet ihre private Nachricht schon, das arme Mädchen. Ich muß mich schon sehr täuschen, wenn sie mir nicht erzählt, daß sie schwanger ist, dachte ich.

»Margaret, ich wollte über meine Liebe zu Will reden.«

»Hab ich mir schon gedacht.« Inzwischen hatten wir das rege Treiben hinter uns gelassen. Mary warf mir einen besorgten Blick zu. Sie war blaß und hatte Schatten unter den Augen.

»Margaret, er sagt, daß wir das Aufgebot noch nicht bestellen können.«

»Dann hat Vater seine Zustimmung gegeben?«

»Noch nicht, noch nicht, aber gewiß bald. Schließlich muß vieles vereinbart werden. Der Besitz ... es ist nämlich alles so kompliziert. Und dann müssen die Morgengabe und die Mitgift ausgehandelt werden.«

»Ja, aber Mary, ich weiß nicht, ob er Vater überhaupt schon gefragt hat.«

»Was? Nicht gefragt?« Sie war außer sich. »Er muß aber gefragt haben. Das hat er mir doch gesagt. Gewiß machst du Spaß.«

»Schon gut«, sagte ich beschwichtigend. »Ich weiß über Vaters Angelegenheiten nicht so genau Bescheid.«

»Stimmt, stimmt. Männer erzählen Frauen nicht immer alles.« Sie zögerte. »Ich muß aber doch mit dir reden. Wenn das Aufgebot jetzt nicht bestellt wird, dann können wir nicht mehr heiraten, ehe er fortgeht.«

»Ja, das stimmt, aber du könntest doch bis zu seiner Rückkehr warten. O – wir sind da. Komm, wir planschen mit den Füßen im Wasser und reden darüber, wie – Iiiiiii!«

Als wir uns bückten, um in die Laube zu gelangen, hatten wir beide etwas gesehen, das wir nicht erwartet hatten – einen Mann, der sich äußerst eifrig unter den Röcken einer der beiden Töchter von Watt dem Hirten betätigte. Die andere hielt seine Schultern umschlungen und murmelte:

»Dann bin ich dran. Dann bin ich dran.« Das Gesicht des Mannes konnte ich nicht sehen, doch ich meinte, die Bruch zu erkennen – sie war grün wie die Robin Hoods. Und dann gab es keinen Zweifel mehr. Richard Dales Lockenkopf tauchte mit gekränkter Miene zwischen den wild wogenden Röcken auf.

»So wartest du also?« sagte ich wütend, während mir die Tränen über die Wangen liefen.

»Männer sind eben anders als Frauen, du kleine Heilige Jungfrau, du. Nimm's doch nicht so tragisch. Wir haben eben Bedürfnisse. Eine richtige Frau versteht die Bedürfnisse eines Mannes ...«

»Wie wir«, warf eine der Schwestern ein. »Wenn ein Mann die Ehe versprochen hat, beweist das doch seine ehrlichen Absichten. Wie bei uns. Tun wir doch noch einmal so, als ob das unsere Hochzeitsnacht ist, allerliebster Richard.«

»Und dann mit mir«, meldete sich die andere und schnitt mir eine Grimasse.

»Sie versteht die Männer einfach nicht«, beruhigte Richard die Schwestern, während er sich kaltschnäuzig wieder an die Arbeit machte. Ich machte auf dem Hakken kehrt, ich war zu böse und zu gedemütigt, als daß mir eine bissige Bemerkung eingefallen wäre.

»Weg hier, komm sofort von hier weg«, sagte Mary und zog mich am Ärmel.

»Du kannst sie sowieso nicht beide auf einmal heiraten.« Ich hatte mich umgedreht und ihnen das wütend zugerufen. Warum kommt man mit einer klugen Bemerkung immer so spät?

»Natürlich kann er das nicht. Natürlich nicht, Margaret, Liebes. Und wenn er hundert Töchter von Hintersassen heiratet, er bekommt dabei auch nicht einen Penny Mitgift. Wenn er so eitel ist, daß er eine so gute Mitgift wie deine für ein bißchen Spaß aufs Spiel setzt, dann willst du ihn wirklich nicht.«

»Ich will ihn aber, oder besser, ich habe ihn gewollt. Mir ist einfach scheußlich zumute.«

»Laß dir das nicht anmerken, Liebes. Ich lasse es mir ja auch nicht anmerken. Aber demnächst merkt man mir etwas an, und er geht weg und läßt sich umbringen, und ich bin dann nicht einmal Wittib!« Und aus ihrem Weinen an meiner Schulter wurde zusehends ein Heulen. Und ich heulte an ihrer Schulter. Als wir uns ausgeheult hatten, wuschen wir uns die Augen mit viel kaltem Wasser, bis unsere Gesichter nicht mehr ganz so verweint aussahen.

An diesem Abend aßen und tranken wir schier unersättlich. Zwar mußte ich neben Robin Hood am Kopfende des Tisches sitzen, so wie sie neben Will, aber man verdrängt derlei am besten, wenn man sich überfrißt und säuft.

»Auf die Maid Marian, auf die Schönste und Gefräßigste unter den Frauen!« jubelten mir die Tunichtgute des Dorfes zu, und ich hob immer wieder den Becher und trank einem Schwarm von Gesichtern zu, die sich zu vervielfachen und um den Tisch herumzuwirbeln schienen. Schon hatten die Schwächeren die Besinnung verloren, doch die Kräftigeren hielten aus und zechten bis zum Einbruch der Nacht. Und ich wollte Richard Dale unter den Tisch trinken, ja! Da saß er neben mir und war so hoffärtig, daß er nicht einmal zum Pinkeln aufstand, obwohl ich mir ausrechnete, daß er nicht mehr lange an sich halten konnte.

»Schenk mir ein, trefflicher Klosterbruder!« rief ich, »denn ich kann jeden Mann hier unter den Tisch trinken!« Sie jubelten mir zu, der schlimmen, wilden Maid Marian. Erzähle mir keiner, daß eine Frau nichts verträgt! Ich schüttete den Becher zur Hälfte hinunter.

»Der Rest ist für dich, unerschrockener Robin Hood«, rief ich und reichte Richard Dale den Becher.

»Weiß Gott, das Mädchen ist die Tochter ihres Vaters! Wer hätte gedacht, daß der alte Saufsack seine Begabung an seine Tochter weitergeben würde?« Die alten Böcke respektierten doch nichts mehr als einen gewaltigen Trinker. Aber sie kennen ja auch kein anderes Vergnügen.

Richard wurde ganz blaß, und der Schweiß stand ihm auf den Schläfen. Als ich ihn erschauern und trinken sah, da wußte ich, daß ich ihn schließlich da hatte, wo ich ihn haben wollte. Welche herrliche, boshafte Genugtuung, als ich sah, wie er um den Mund grün wurde. Seine Augen schienen in verschiedene Richtungen zu rollen. Dann erbrach sich Robin Hood mit einem ekelhaften Gurgeln und fiel sinnlos betrunken von der Bank.

»Hurra! Die Maid Marian hat gesiegt!« jubelten mir die zu, die noch am Tisch verblieben waren. Ich stand auf, verneigte mich und schwenkte den leeren Becher, als ich plötzlich merkte, daß es auch um mich gar nicht gut bestellt war. Ich nahm ein wenig hastig Abschied und ging meinen Bedürfnissen anderswo nach.

Es dunkelte schon, als ich unsere Haustür erreichte, aber ob nun dunkel oder hell, mir war es gleichgültig, denn ich konnte nicht mehr geradeaus sehen. Als ich nach dem Türriegel suchte, packte mich eine schwere Hand bei der Schulter, drehte mich herum und drückte mich an die Wand.

»Schöne Margaret«, lallte eine betrunkene Stimme. Ich konnte nicht erkennen, wer es war. Eine Hand quetschte mir die Brust, und ein stinkender, haariger Mund legte sich auf meinen. Ich drehte den Kopf weg.

»Nur einen Kuß. Ich habe gesehen, wie du Richard Dale geküßt hast. Du bist gar nicht so rein. Gib mir einen. Den schuldest du mir.«

Jetzt erkannte ich die Stimme.

»Vater! Laß mich los!«

»Den schuldest du mir, den schuldest du mir, du fromme, kleine Ziege. Du Zimperliese. Du Pharisäerin. Ewig dieses Weihwasser. Ich habe dich viele Jahre genährt, ich habe dich aufgezogen. Mein Essen hast du gegessen ...« Er war furchtbar betrunken. Aus einem Auge rollte ihm eine Träne. »Und dann will sie ihrem Vater keinen Kuß geben, nicht einen kleinen Kuß hat sie für ihren Vater – aber viele für alle anderen ...« Mit einer Hand quetschte er mich, und während er mich mit seinem vollen Gewicht gegen die Wand drückte, fuhr er mir mit der anderen unter den Rock.

»Um Christi Liebe willen, Vater, laß los. Hör auf!«

»Liebe, ja, du sagst es, Liebe – die schuldest du mir.« Sein Atem roch säuerlich nach Ale.

»Das hier schulde ich dir nicht! Nein, das nicht! Es schickt sich nicht! Gott will es nicht!«

»Natürlich schickt es sich. Viele Männer tun es. Wer kann ein Mädchen am besten anlernen? Ihr Vater, ja, der! Der Müller hat es getan. Denn wenn der Vater es nicht tut, dann der Lehnsherr in der Hochzeitsnacht ...« Immer dieser Müller! Warum mußte alles immer mit dem Müller anfangen?

»Es stimmt nicht, nein, nein! Heutzutage nicht mehr! Nicht hier! Nicht mit mir, nie und nimmer! Laß mich los!« Mein verzweifeltes Wehren nützte mir nichts. Er war viel schwerer als ich.

»Hände weg von dem Mädchen, auf der Stelle!« Die Stimme einer Frau in der Dunkelheit, und mit einem ›peng‹ krachte Vater eine schwere, eiserne Bratpfanne auf den Kopf, und er ging bewußtlos zu Boden.

»O Mutter, Mutter!« weinte ich.

»Der alte Bock springt aber auch auf alles, was sich bewegt«, bemerkte sie mit kalter Stimme und blickte auf die reglose Gestalt. »Ich habe mich schon gefragt, wann es passieren würde. Ich habe nämlich seine Augen gesehen. Du bist zu schön. Du führst die Männer, ohne es zu wissen, in Versuchung. Es wird Zeit, daß man dich verheiratet, Mädchen, und je eher, desto besser.«

»Ich – ich möchte nicht heiraten, Mutter. Männer sind gräßlich.«

»Gräßlich oder nicht, verheiratet bist du besser dran. Vor allem mit einem starken Mann. Sonst bist du vor niemand sicher, bis du so alt und häßlich bist wie ich.«

»Ich kann nicht heiraten, nicht jetzt – ich kann's einfach nicht.«

»Gut, du hast ja deinen Richard Dale, wenn du so dumm bist, ihn zu heiraten. Wenn du's tust, so ist das der Anfang zu einem Leben in Sünde und Verderben.«

»Vielleicht – vielleicht bessert er sich ja«, gab ich matt zurück.

»Bessern sich etwa Schlangen? Bessern sich Wölfe? Schürzenjäger bessern sich nicht.« Mutter schniefte und warf Vater einen Blick zu.

»Eins mußt du noch bedenken«, sagte Mutter mit harter Stimme. »Richard Dale ist eine schlechte Partie, selbst wenn er ein Heiliger wäre. Der Besitz seines Vaters ist klein, und seine Mutter ist eine Leibeigene. Es ist fraglich, ob deine Kinder dann Freigeborene wären.«

Soviel kühle Logik hätte ich Mutter nie zugetraut. Aber ich hatte sie ja auch noch nie überschlagen hören, was man durch eine Heirat gewinnen konnte.

»Ich finde einen passenden Mann. Ich habe Vettern in St. Matthew's.«

»Ich will aber keinen Mann aus St. Matthew's.«

»Junges Fräulein, du mußt nehmen, was du kriegst, wenn du aus diesem Dorf willst. Sonst bringt dich dein Vater zur Strecke, und du bist erledigt. Ist dir das noch nicht aufgegangen?«

Es stimmte. Die einzigen Männer, die es an Kraft mit Vater aufnehmen konnten, waren meine großen Brüder. Und auch die würden, und wenn sie sonst noch so wild waren, nie die Hand gegen Vater erheben. Den Willen seines Vaters nicht zu ehren, das wäre eine Todsünde. Und wir alle wußten, daß der Wille eines Vaters Gesetz war wie der des Königs, denn das hatte Gott selbst eingesetzt. Sie würden es nie riskieren, daß ein ganzes Dorf sie mied und alle anständigen Menschen sie verfemten, nur weil sie etwas so Nichtiges wie die Ehre einer Schwester verteidigt hatten. Und Vater? Heute ist mir klar, daß er dafür nicht einmal in der Hölle gebrannt hätte. Ich weiß inzwischen Bescheid, Ablaßbriefe für Blutschande kommen Männer dieser Tage nicht teuer zu stehen.

»Aber, aber kann Hochwürden Ambrose ihn nicht daran hindern?«

Mutter warf den Kopf zurück und lachte bitter.

»Weißt du denn nicht, daß er dir die Schuld geben wird, weil du ihn verlockt hast, und nicht ihm, daß er sich hat verlocken lassen? Bring es vor den Priester, und der macht dich für immer fertig.«

»Was soll ich denn tun, Mutter?«

»Verhalte dich ruhig, trage dieses kleine Messer bei dir und geh ihm aus dem Weg, wenn er betrunken ist. In allem anderen laß dich nur von deiner Mutter leiten, wie es deine Pflicht als christliche Tochter ist.«

Mein Kopf wirbelte. Für einen einzigen Abend war es genug an Wahrheit und an Ale.

»Ja, Mutter«, sagte ich, »ich will an meine Pflicht denken und mich von dir leiten lassen.«

Als Vater nüchtern war, schien er sich an nichts mehr zu erinnern. Aber Mutter hatte recht. Seine Augen folgten mir tatsächlich, und jetzt sah ich es und ängstigte mich. Wenn nur meine Brüder dablieben, ich hätte die Furcht wohl ausgehalten. Aber mit ihm allein zu sein, das jagte mir Angst und Schrecken ein. Manchmal streifte er mich im Vorbeigehen so nebenhin, aber durchaus nicht harmlos, oder kam mal eben in die Quere, vertrat mir den Weg und summte ein Liedchen, um mich anzulocken. Als die Zeit für den Aufbruch nach Frankreich gekommen war, machten sich meine Brüder zusammen mit dem halben Dorf auf, und wir standen am Straßenrand und weinten. Wie es um die anderen bestellt war, weiß ich nicht zu sagen, aber heute ist mir klar, daß ich um mich geweint habe. So ist es meistens, wenn man weint. Man sagt doch nur, daß es um der anderen willen ist.

Ich kann mich noch erinnern, wie keck Rob und Will zurückwinkten, als sie mit Gottes Segen aufbrachen, um in Frankreich genau das zu tun, was Er ihnen zu Hause verbot. Bis heute will es mir nicht in den Kopf, warum Gottes Gebote nicht auch für Ausländer gelten. Wenn man dazu noch bedenkt, daß Ausländer uns auch als Ausländer ansehen, dann wird es noch komplizierter. Schließlich gibt Gott beiden Parteien gleichermaßen seinen Segen, wenn man sich an das hält, was die Priester auf beiden Seiten behaupten. Mir scheint, daß Gottes Gebot dann für gar niemand gilt. Je mehr ich darüber nachdenke, desto weniger verstehe ich den Krieg. Aber vielleicht erklärt mir Gott das alles irgendwann einmal. Ich darf nicht vergessen, ihn diese Woche nach der Messe noch einmal zu fragen. Oder vielleicht besser zu Ostern. Ostern gibt Gott oftmals Antwort auf Fragen.

Nicht lange danach, kehrte David zu seinem letzten Sommer daheim zurück. Er kam allein angewandert, seine paar Habseligkeiten trug er in einem Bündel auf dem Rücken. Er war jetzt größer als ich und war gänzlich knochig und ungelenk. Und er kam in den Stimmbruch. Aber er hatte immer noch den schwarzen Lokkenschopf und die ernsten, blauen Augen, auch wenn sie jetzt hoch oben in einem mir fremden Leib saßen, der einer Vogelscheuche glich.

Ich hatte den ganzen Tag auf ihn gewartet, denn ich wollte ihn als erste begrüßen, und so lief ich ihm denn auf der Landstraße entgegen. Doch er schien nicht mehr der Alte zu sein, so still war er.

»Was für eine feierliche Stimme! Und keine Umarmung?« fragte ich ihn.

»Entschuldige, Margaret, das kommt davon, daß ich so ganz anders gelebt habe.« Er nahm mich hölzern in die Arme, und ich legte den Kopf an seine Schulter. Sanft machte sich David los. Er war verändert, aber ich kam nicht ganz dahinter, wie.

»Und du wirst noch besser leben, viel besser, David! Denk nur, Vater hat zu Mutter gesagt, daß du ein Fürst wirst, wenn du auf der Universität studierst! Kann man das wirklich werden?«

»Vater weiß nicht so recht Bescheid, Margaret. Aber er kennt sich ja auch in vielem nicht aus.«

»Aber du lernst doch ganz, ganz viel und wirst etwas ganz Prächtiges, ja?« Wir hatten uns umgedreht und gingen jetzt auf der Straße nach Haus.

»Ich weiß es nicht. Ich werde Priester, vielleicht auch Lehrer, wenn ich gut genug bin. Einige Jungen bekommen schöne Stellungen, aber die sind auch reich und stammen aus vornehmen Familien. Soviel darf ich für mich wohl nicht erwarten.« Ich nahm seine Hand. Dieses Mal vergaß er, sie mir zu entziehen.

»Aber du könntest doch wie Hochwürden Ambrose werden und Gutes tun.«

»Ja, das heißt, wenn ich eine Pfarre bekomme. Ich müßte womöglich die Pfarre für jemanden verwesen, der eine gute Stelle hat. Dann würde ich aber nicht sehr viel verdienen.«

»Soll das heißen, daß Priester sich Pfarrverweser nehmen wie reiche Männer Stellvertreter für die Heeresfolge?«

»Genau, Margaret.«

»Aber was tun sie, wenn sie einen Pfarrverweser angestellt haben, der für sie die Messe liest?«

»Sie nehmen die Pfründe der Stelle und ziehen vermutlich irgendwo hin, wo es ihnen besser gefällt.«

»Ja, wenn das nicht sehr merkwürdig ist! Ich hätte gedacht, es gibt nichts Schöneres, als Priester zu sein und Seelen vor dem Teufel zu erretten? Aber das scheint mir sehr kompliziert.«

»Ist es auch, Margaret, ist es auch, ich lerne das auch erst allmählich.« Jetzt waren wir beinahe zu Hause.

»Aber sag doch, was für Sachen wirst du auf der Universität lernen?«

»Also, noch mehr Latein und andere Sprachen – das nennt sich Grammatik –, und wie man gut redet und disputiert – das ist Dialektik – und Mathematik, Theologie – solche Sachen eben.«

»Und was ist Mathematik?«

»Also das ist – das ist – also, das ist auch sehr kompliziert und schwer zu erklären.« Das muß auch kompliziert sein, dachte ich, wenn es nicht einmal David versteht, der doch so gut in der Schule ist.

»O David, du bist so furchtbar klug, gewiß bekommst du eine Stelle. Du gehörst an eine große Kathedrale, die größte auf der ganzen Welt.«

»Ja, Schwester, ich will tüchtig lernen und nehmen, was ich bekomme. Ein bißchen Glück habe ich dabei allerdings.«

»Und was?«

»Der Abt will mir wohl. Er hat mich zu sich bestellt und mir erklärt: Wenn ich begabt bin und hart arbeite, dann hilft er mir bei der Stellensuche. Das macht er für Jungen, denen er wohlgesonnen ist.«

»Na, wer sagt's denn? Vielleicht kommst du doch noch als Fürst zurück«, meinte ich, als ich die Haustür aufmachte.

In jenem Sommer gab sich David mit der Arbeit sehr viel Mühe, doch mir gegenüber nannte er die Landarbeit seine ›Strafe‹. Daher wußte ich, daß er sich zwar benahm wie früher, aber dennoch inbrünstig auf den Herbst wartete.

Just vor Johannitag, wenn wir Feuerstöße anzünden und Flammenräder hügelabwärts rollen, erzählte Mutter mir, daß sie einen Ehemann für mich gefunden hätte. Bei diesem Gespräch jäteten wir gerade zusammen den Garten.

»Dein Vater stimmt zu; die Partie ist gut«, sagte sie, nahm eine Raupe von den Bohnen und zerquetschte sie.

»Gut? Wie denn gut?« Ich war sehr besorgt, denn ich hatte große Angst vor der Ehe.

»Ein wohlhabender, älterer Mann, ein Pelzhändler und Witwer, hat sich nach dir erkundigt. Er hat dich beim Gerichtstag in St. Matthew's gesehen und verzehrt sich seitdem nach deiner Schönheit, so behauptet jedenfalls mein Vetter.« Jetzt knipste sie an den Pastinaken die geilen Triebe ab.

»Wohnt er in St. Matthew's? Dann kann ich dich wenigstens besuchen.« Ich war mit den Möhren fertig und machte mich an die Zwiebeln. Der Schweiß rann mir an der Nase herunter, und ich wischte ihn mit dem Handrücken ab, wobei ich mir die Nase schmutzig machte.

»Das ist das Schlimme daran. Er lebt ziemlich weit weg, in Northampton. Er setzt dir eine großzügige Morgengabe aus. Es wird dir an nichts fehlen: gutes Essen, gute Kleider, gute Freunde. Einem Mädchen wie dir, auch wenn es eine Schönheit ist, bietet sich nicht oft eine solche Gelegenheit.«

»Ich möchte lieber hier wohnen, auf dem Land, bei den Menschen, die ich kenne.« Bei dem Gedanken, einsam unter Fremden leben zu müssen, wollte mir der Mut sinken.

»Denk doch an die Annehmlichkeiten, die deine Kinder genießen werden, und danke deinem Gott, daß du zu solch einer Notzeit in deinem Leben soviel Glück hast.« Mutter Annes Gesicht war wie aus Eisen gegossen.

»Aber, aber ...«

»Kein ›aber‹ mehr. Wenn mich ein reicher Mann gesehen hätte, als ich in der Blüte meiner Schönheit stand, ich hätte nicht ›aber‹ gesagt. Ich hätte in der Stadt gelebt, jeden Luxus genossen, und meine Lippen hätten nur Loblieder gekannt. Ich hätte Gott und meine lieben Eltern gepriesen, die mir solche Annehmlichkeiten verschafft hätten. Dankbarkeit! Daran mangelt es dieser Tage den Kindern! Ja, an Dankbarkeit! Fürwahr, die junge Generation ist ungehobelt und undankbar!«

»O Mutter, ich bin ja dankbar. Ich bin wirklich dankbar. Ich werde dir immer dankbar sein. Ja, das verspreche ich.«

Und so sandte man dem Kaufmann, der uns so wohlhabend erschien, Nachricht und schickte sich an, eine Ehe auszuhandeln, die er offensichtlich so heiß begehrte.

Es war schwierig, sich darüber mit David zu unterhalten. An jenem Abend redete ich mit ihm, nachdem er von seiner ›Strafe‹ heimgekehrt war und ins Feuer starrte.

»Du hast Vater und Mutter gehört? Man will mich verheiraten.«

»Ich hab's gehört«, sagte er verdrießlich.

»Er soll sehr vornehm sein.«

»Nicht vornehm genug«, sagte David.

»Werde ich dir fehlen, David, wenn ich erst eine verheiratete Frau bin und du ein Lehrer?«

»Das ist eine dumme Frage, Margaret.« David starrte mißmutig in die glühende Holzkohle.

»Ich bin aber traurig, David, doch vielleicht können wir einander besuchen?«

»Das ist auch dumm, Margaret. Dieses Mal scheiden wir für immer. Und wenn wir uns je im Leben wiedersehen, dann sind wir nicht mehr dieselben. Ganz und gar anders.«

»Bin ich dann zu reich für dich, David? Ist es das?«

»Ach, Margaret, für dich ist nichts zu gut! Ich bin nicht eifersüchtig. Das ist es nicht. Es ist nur, daß ich anders sein werde. Ich bin jetzt schon anders. Die ganze Zeit über verändere ich mich. Ich kann nicht mehr mit Vater und Mutter reden. Ich kann nicht mehr mit meinen alten Freunden reden. Vielleicht kann ich eines Tages auch nicht mehr mit dir reden.« Er legte das Kinn auf die Faust und brütete stumm vor sich hin.

»Aber David, auch wenn du hochgestellter bist, können wir uns dann nicht trotzdem lieben?« fragte ich leise.

»Das ist – das ist eben schwer zu erklären.« Er sah verwirrt und besorgt aus. »Es ist nämlich schwer, sich nicht anders vorzukommen, wenn man mit niemandem mehr reden kann.«

Mir war etwas eingefallen.

»Du, David, siehst du dort in der Abtei noch Engel?«

»Nicht gerade viele – nein, das ist nicht wahr. Derzeit sehe ich gar keine mehr.« Als David Abschied nahm, war es, als ob er gestorben wäre. Ich spürte, ich würde ihn nie mehr wiedersehen.

Doch der Verlust von David war nur die erste aller Sorgen. Eine Sorge kommt selten allein, glaube ich. Zunächst ist es nur eine, dann noch eine, zwei kleine, und dann eine ganze Schar. Wenn man nur wüßte, wie man die erste davon abhalten könnte, sich durch die Tür zu zwängen, dann könnten sich die übrigen nicht Eintritt ins Haus verschaffen. So sehe ich das jedenfalls. Aber damals wußte ich das nicht. Ich war jung und dachte, es würde sich schon alles zum Besten wenden.

Nicht lange danach traf mein Freier auf einem weißen Maulesel und in Begleitung von Dienern ein, die Geschenke trugen. Er erregte einiges Aufsehen, als er durchs Dorf ritt. Obwohl er alt war – schon dreißig –, hatte er sich ein merkwürdig jugendliches Aussehen bewahrt. Seine modische, enganliegende, scharlachrote Bruch brachte seine muskulösen Beine beim Reiten vorteilhaft zur Geltung, und die elegante rote, silbern durchwirkte Schärpe an der Pelerine hatte er sich so um den Kopf gelegt, daß sie sein sorgsam gelocktes Haar und sein ebenmäßiges Profil betonte. Seinem Aussehen tat kaum etwas Abbruch: eine Andeutung von Falten auf der Stirn vielleicht und ein kräftiges, eher kantiges Kinn, an dem gemessen seine hellblauen Augen ein wenig zu klein wirkten. Aber seine Kleidung blendete nun wirklich alle: er war eine wandelnde Anpreisung seines Gewerbes. Ein pelzverbrämter Hut, pelzverbrämte Ärmel und Pelzwerk um seinen Hals herum. Darüber ein besticktes, pelzgefüttertes Obergewand, das um die Mitte von einem silberbeschlagenen Gürtel zusammengehalten wurde, an dem sein langes Messer hing. Seine Finger glitzerten von Gold, und an den Füßen trug er schöne Schnabelschuhe aus Saffianleder, oben pelzverbrämt, deren Schnäbel ihm beim Reiten elegant-nachlässig aus den Steigbügeln hingen. Aber ich stand vor dem Haus und starrte ihn an, und die Kunkel entfiel meiner Hand, und der Atem wollte mir stocken. Es war der Kaufmann mit dem Herzen aus Eis, den ich auf dem Gerichtstag des Abtes gesehen hatte.

Bruder Gregory hielt die Finger hoch und wackelte damit, bis die Gelenke knackten. Dann wand er sich hin und her, bis sein Rücken sich entkrampft hatte, und seufzte. Zum Aussteigen war es offensichtlich zu spät. Er wußte nicht, ob er nun seinem Magen die Schuld daran geben sollte, daß er sich auf die Sache eingelassen hatte, oder seiner *Neugier*, die ihn weiter gelockt hatte, als er ›genug!‹ hätte sagen müssen. Kann sein, daß ihn auch seine *Ehre* davon abhielt, einen schlechten Handel zur rechten Zeit zu verwerfen. Damit hätte er es sich erspart, ein Kompendium von Banalitäten zu Papier zu bringen. Ja, folgerte er, es war ganz entschieden die *Ehre*. Ehre, die an Leute verschwendet war, die keinerlei Ahnung hatten, was Ehre eigentlich ist. Frauen beispielsweise. Sie selber haben keine, und so wissen sie diese auch nicht an anderen zu schätzen. Die Sorte verschlagene, selbstsüchtige Frau, die sich nicht einmal dafür schämt, daß sie am Sündenfall des Mannes schuld ist. Eva führte Adam in Versuchung, und mit einem Apfel fing alles an, und diese entsetzliche Frau bediente sich einer Fleischpastete aus einer Garküche, doch wo war da der Unterschied? Und nun suhlte er sich in dem abscheulichen Leben einer Art Frau, die er nicht einmal auf der Straße ansprechen würde, es sei denn, er brauchte einen Schluck Wasser oder eine Wegbeschreibung zum nächsten Dorf. Der heilige Johannes Chrysostomus hatte recht gehabt, als er die Frau eine offene Jauchegrube nannte, wobei das noch zu den netteren Dingen gehörte, die er gesagt hatte. Ich hätte auf ihn hören sollen, knurrte Bruder Gregory bei sich, das Ganze habe ich nur mir selbst zuzuschreiben.

Das Schlimmste daran war, daß diese widernatürlichen Geschöpfe alles von rückwärts her erklärten. Das war genauso – ja, beinahe genauso, als ob er sich vertraglich verpflichtet hätte, die Lebensgeschichte eines Lieblingspferdes niederzuschreiben.

»Also, Bayard«, würde er dann wohl sagen, »wo möchtest du beginnen?«

»Bei meiner Futterkrippe«, wäre die Antwort. Und schon würde er mit der Aufzählung erbärmlicher, kleiner Ereignisse beginnen. Und würde irgendeine wohlmeinende Korrektur auch nur die kleinste Wirkung haben? Gewiß nicht! Um Höheres erfassen zu können, muß man schon ein denkendes Wesen sein. Futterkrippen, Tratsch und Klatsch und Kinderkriegen. Als wenn ihn nicht alle Großen Meister gewarnt hätten! Oder wollte ihm Gott etwa eine Lehre erteilen? Welche wohl? Demut? Gewiß hatte er davon letztens mehr als genug zu spüren gekriegt: deren dürfte Gott wohl mittlerweile überdrüssig sein. Vielleicht hatte die Geschichte ja eine

Moral. In dem Fall hieße das, den Willen Gottes mißachten, wenn er sie nicht bis zu Ende anhörte. Oder führte ihn schon wieder seine *Neugier* in Versuchung? Ich werde Buße tun und ihr dann Nachricht geben, daß ich nicht mehr komme, beschloß er.

Doch dann mußte er sich eingestehen, wie gut es mit seinen Meditationen lief, seitdem er diesen ständig wiederkehrenden Alptraum von Geflügel auf einem Bratenspieß, das so gerade außer Reichweite bruzelte, nicht mehr hatte. Ja, erst gestern abend noch hatte er bei der Kontemplation der Dornenkrone ganz knapp einen echten ekstatischen Augenblick verpaßt.

Vielleicht sollte er Margaret nicht zu abrupt aufkündigen. Sie könnte hysterisch werden, und das wäre unklug. Ganz kurz hatte er eine Vision von hysterischen Frauen, Hunderte hysterischer Frauen mit roten und verzerrten Gesichtern und offenen, kreischenden Mündern. Es schauderte ihn. Dann musterte er Margarets Gesicht. Es sah nicht hysterisch aus – noch nicht. Vielleicht kam er ja mit allem zurecht. Mit einer jähen Bewegung stapelte er die Seiten aufeinander und sagte Margaret Lebewohl.

Kapitel III

Bruder Gregory saß in einer Ecke von Master Kendalls großer Diele und war innerlich am Kochen. An diesem Morgen war eine neue Schiffsladung mit Gütern aus Asien eingetroffen, und der Haushalt war in Aufruhr: Gesellen und Schreiber eilten mit geheimnisvollen Besorgungen hin und her, aus Küche und Ställen drang Stimmengewirr, und sogar Master Kendalls Stimme war durch die offene Tür seines Kontors zu hören; er bat darum, eine Bahn Seide zurückzulegen, damit sie die Gemahlin des Bürgermeisters prüfen könne. Margaret ließ sich nirgendwo blicken.

»Wahrscheinlich hat sie mich vergessen – oder aufgesteckt, ohne sich die Mühe zu machen, mich zu benachrichtigen. So geht das eben mit dieser Sorte Mensch.« Bruder Gregory war sehr grämlich zumute. Er hatte noch nicht gefrühstückt, was den meisten Menschen nichts ausmacht, da man um elf Uhr die Hauptmahlzeit einnimmt. Doch ihn stimmte das den ganzen Morgen mißmutig. Er wurde noch mißmutiger, als er ein Gespräch mit anhörte, das aus der Küche herausdrang:

»Die Mistress treibt aber auch immer spaßige Kerle auf, was? Wißt ihr noch, der mit dem schwarzen Gewand, der umherspazierte und alles segnete?«

»Und dann diese Ausländer mit einem Lappen um den Kopf und dem kleinen schwarzen Jungen, der ihnen immer hinterher lief? Die hatte der Master aufgetrieben.«

»Die beiden sind vom gleichen Stamm. Aber der jetzige ist ja wohl der Griesgrämigste, den wir bislang hatten – wenn ihr mich fragt.«

»Dann hast du wohl den Burschen mit dem gelben Gesicht aus Venedig vergessen.«

»Italiener gelten nicht – die sind doch alle übergeschnappt.«

»Nicht so übergeschnappt wie die Deutschen, wenn ihr mich fragt.«

»Nun ist aber Schluß«, sagte Bruder Gregory bei sich. »Ich gehe, und dann kann sie mich suchen kommen und betteln. Ich bin von meiner *Neugier* kuriert.« Und schnellen, zornigen Schrittes war er bei der Haustür angelangt, wobei er fast seiner Nase verlustig gegangen wäre, weil die Tür nämlich aufgestoßen wurde, um Margaret, gefolgt von einem Diener mit einem leeren Korb, einzulassen.

»Aber, Bruder Gregory! Ihr wollt doch nicht etwa schon gehen?« Margaret erfaßte mit einem Blick die Verärgerung, die Bruder Gregory ausstrahlte, gleichsam wie Hitzewellen, die man über einem Kornfeld wabern sehen kann. Sie war in Fütterstimmung. Die kam zuweilen über sie und war das Ergebnis von all dem Gekoche und Gefüttere, zu dem man sie auf dem Bauernhof angehalten hatte. Sie war unterwegs gewesen, um die Armen zu füttern, nachdem sie sich zuvor schon ihre Töchter und sämtliche Lehrbuben geschnappt und abgefüttert hatte. Jetzt musterte sie Bruder Gregory prüfend. Er mußte ganz entschieden gefüttert werden.

»Ihr habt noch nicht gefrühstückt, wie? Ihr seid viel zu groß, als daß Ihr ohne Frühstück auskommen könntet. Ihr werdet ja krank und schwach.« (Kurzgeratenen Menschen erzählte sie, wenn diese Stimmung über sie kam, man könne noch wachsen.) »Also, umgedreht und dorthin gesetzt, während ich nachsehe, ob die Köchin noch ein bißchen für Euch hat.«

Einer Frau in Fütterstimmung kann man sich unmöglich widersetzen. Es ist, als könnte sie geradewegs durch einen hindurchblicken bis hin zu jener kleinen, schwachen Stelle, die dort seit Kleinkinderzeiten ist und die nicht weiß, wie man sich gegen Autorität sperrt. Bruder Gregory ließ sich lammfromm von ihr hinsetzen, während man ihm Brot, Käse und einen Krug Ale brachte. Sie stand vor ihm, während er aß, und als man ihm ansah, daß er zusehends umgänglicher wurde, sagte sie:

»Na! Wenn Ihr das nicht gebraucht habt? Wenn alle Welt frühstücken würde, es gäbe keine Kriege mehr.«

Bruder Gregorys angeborene Streitlust war zurückgekehrt, und er antwortete mit halbvollem Mund:

»Das ist eine gänzlich unlogische Feststellung. Der Herzog von Lancaster, welcher ein großer Krieger ist, frühstückt jeden Tag. Doch ich weiß von einem heiligen Abt, der tagelang nichts zu sich nimmt und nicht einmal einer Fliege etwas zuleide tut.«

»Man kann eben nicht alles nur mit zwei Beispielen beweisen.«

»Ihr habt gerade versucht, ein empörendes *non sequitur* mit lediglich einem Beispiel zu beweisen – mit mir«, sagte Bruder Gregory süßsauer.

»Ach, Latein, dahinter wollt Ihr Euch also verstekken.«

»Ich verstecke mich überhaupt nicht, ich sitze hier vor Euch und erinnere Euch daran, daß Euer Buch nicht vorankommt«, sagte Bruder Gregory und verputzte auch noch das letzte Stück Brot.

»Lieber Himmel, wir haben ja kaum noch Zeit!« rief Margaret, und so machten sie sich umgehend an die Arbeit.

Alle führten nur noch den Namen und das Lob meines Freiers im Munde. Dieser Lewis Small, wie eindrucksvoll, wie elegant! Was für ein Glück Margaret doch hat, wirklich viel Glück, es ist schlechterdings ungerecht, sagten alle. Niemand scherte sich darum, wie oft ich sagte: »Ich will ihn nicht! Er macht mir angst!« Immer nur ›die glückliche Margaret, so ein selbstsüchtiges Mädchen, sie weiß nicht zu schätzen, was andere für sie tun. So ist sie schon immer gewesen, wenn man es recht bedenkt.‹ Man sagt, nur Toren setzten sich gegen das Schicksal zur Wehr. Aber ich finde das gar nicht töricht. Schließlich weiß man nie, wie alles hinterher kommt, bis es dann gekommen ist, warum also sich gleich hinsetzen und Däumchen drehen? Aber damit konnte ich zu niemandem gehen, beim besten Willen zu niemandem. Also wandte ich mich an Vater Ambrose und weinte. Schließlich muß einem der Beichtvater doch zuhören, auch wenn er es nicht will. Gewiß, so sagte ich und wischte mir die Augen, findet Gott, daß Leute, die nicht heiraten wollen, nicht heiraten müssen. Aber zu meiner Überraschung wurde die Miene des Priesters hart, als ich ihm erzählte, daß Master Smalls Gesicht mir Angst einjagte. Ich müsse die Furcht überwinden, belehrte er mich, und mich dem Willen meiner Eltern fügen, denn das sei auch der Wille Gottes.

»Aber – aber könnte ich statt zu heiraten nicht Nonne werden?« wagte ich schüchtern zu fragen. Außer sich fuhr Hochwürden Ambrose hoch und schrie auf mich herab, wie ich da kniete:

»Du? Eine Braut Christi? Meines Wissens hast du keinerlei Berufung – Mistress Leichtfuß die Tänzerin, Mistress Frohmut die Sängerin, Mistress Nachtschwärmer die Küsserin! Wehe, du lästerst mir die heiligen Schwestern! Bitte Jesus, daß er dich stärkt und dich dankbar macht für die Ehe mit einem so vortrefflichen Mann wie Lewis Small!«

»Ein vortrefflicher Mann?« Ich blickte zu ihm hoch.

»Jawohl, vortrefflich! Bei weitem vortrefflicher als irgend jemand aus deiner eigenen Familie. Zwar nicht vornehm von Geburt, doch vornehm von Gesinnung, vornehm von Tat und vornehm in seiner Liebe zur Mutter Kirche. Er hat bereits so viel gespendet, daß ich das Dach reparieren lassen kann. Und für den Tag Eures Hochzeitsgelübdes hat er versprochen, ein Fenster fürs Kirchenschiff zu spenden. Willst du es in deinem Eigennutz etwa so weit treiben, daß du dieser heiligen Stätte kein Buntglasfenster gönnst? Bereue, bereue jetzt, dann sei dir vergeben, und heirate in aller Sittsamkeit und Demut, wie es sich für ein Mägdelein frommt!«

Wie ich jene Buße haßte! Warum tut uns Gott dergleichen an! Damals ging mir auf, es könnte daran liegen, daß Gott ein Mann ist, oder besser, daß Männer und Gott ähnlich denken. Denn wenn Gott eine Frau wäre, würde alles ganz anders zugehen, so wollte mir scheinen. Gewißlich würde Sie kein Mädchen zur Ehe zwingen, wenn es nicht heiraten wollte. Die Frauen würden die Wahl haben, und die Männer würden warten müssen, daß man sie erwählte und in aller Sittsamkeit und Demut gehorchen. Es ging ganz, ganz anders zu auf der Welt, wenn Frauen die Wahl hätten. Doch so ist es nun einmal nicht, und darum wurden wir vor dem Kirchenportal von einem Hochwürden Ambrose getraut, der nichts anderes mehr im Kopf hatte als sein neues Kirchenfenster.

Da Mutter das Braugeschäft betrieb, war das Brautbier noch üppiger als bei der Hochzeit der einzigen Tochter des Heuaufsehers von St. Matthew's. Aber ehe noch Speisen und Getränke zur Hälfte verzehrt waren, rief mein Mann seine Leute zusammen, führte mich zu einem farbenprächtig herausgeputzten Maultier und half mir mit einer schwungvollen Geste beim Aufsteigen.

»Ah!« riefen die Frauen aus, denn sie fanden, Master Small sähe genauso aus wie der Held einer romantischen Ballade, als er mich in den Sattel hob. Richard

Dale jedoch, der jetzt alle Hoffnung auf die einst von ihm begehrte Mitgift fahren lassen mußte, sah wortlos und mit geisterblassem Gesicht zu. Fast tut mir mein früherer Freier leid. Als der Troß der Maultiere den Kirchhof verlassen wollte, drehte ich mich um, warf einen letzten Blick zurück und sah, wie die Männer Richard Dale ein Bier aufdrängten, und dann ein weiteres. Gewiß war er bereits stockbetrunken, wenn die letzten Gäste sich auf den Weg zu unserem Haus machten.

Eine lange Reise bietet Gelegenheit zum Nachdenken. Ich hätte voller Vorfreude sein, hätte von meinem neuen Heim und der prächtigen Stellung träumen sollen, zu der ich aufgestiegen war, nur weil ein wohlhabender Fremder zufällig meiner ansichtig geworden war. Statt dessen überlegte ich wieder und wieder, warum ausgerechnet ich? Gewiß, für ein Mädchen vom Dorf hatte ich eine gute Mitgift, doch was war die schon für einen Mann, der ein Kirchenfenster kaufen konnte? Verschuldet dürfte er mithin nicht sein. Verrückt vor Liebe sollte er sein, hingerissen von meiner Schönheit. Aber wenn er von meinem brennenden Blick sprach, konnte ich mich wirklich an nichts dergleichen erinnern. Sehr liebeskrank wirkte er jedenfalls nicht auf mich. Ob Männer von Welt das besser zu verbergen wissen? Und warum war er auf seiner Brautschau so weit gereist, wo doch die Städte nur so von schönen, rot und golden gekleideten Frauen wimmeln sollten? Ach, es war mir einfach schleierhaft. Außerdem hatte er etwas an sich, wovon ich eine Gänsehaut bekam. Mir wurde immer bedrückter zumute. Vor mir, auf dem schmalen, staubigen Pfad ritt mein Bräutigam mit seinen Freunden und vertrieb sich die Zeit mit Liedern über die Unbeständigkeit der Frauen. Hinter mir ritten schweigend seine bewaffneten Gefolgsleute. Jetzt weiß ich, wie sich ein Warenballen beim Transport vorkommt, dachte ich.

Auf einmal stob aus einem Gerstenfeld neben uns ein Schwarm Amseln auf. Warum konnte nicht auch Margaret so fortfliegen? Ich laufe fort, schoß es mir durch den Kopf. Aber das ging nicht. Für eine Frau gibt es nur die Ehe. Sonst endet sie in der Gosse – das weiß doch jeder. Es mußte also sein. Ich versuchte mir einzureden, es sei alles gar nicht so schlimm. Alle sagen, man gewöhnt sich daran, und außerdem hat man Kinder, und die sind dann der Lohn. Wenigstens wird das behauptet. Ein niedliches Kindchen, gar nicht so schlecht. Dann müßte ich wirklich nicht mehr über ihn nachdenken.

Nicht lange nachdem wir die Kirchtürme, die niedrige Stadtmauer und die Burgtürme der Stadt gesichtet hatten, wurden die Maultiere in den Stall von Master Smalls Anwesen geführt. Es glich mehr oder weniger den anderen Häusern von Kleinkrämern, die zu beiden Seiten standen. Die Vorderfront verlief in einer Flucht mit der Straße, das untere Stockwerk war lediglich ein langer, unterteilter Raum mit der großen Diele in der Mitte, dahinter die Küche, die Gesinde- und Lehrlingsquartiere und ein Laden zur Straße hin. Nach hinten heraus gab es einen bezaubernden, kleinen Garten. Unter der Diele befanden sich im Keller Lagerräume, die nach Fellen stanken, und darüber ein Schlafzimmer mit Söller. Im ersten Raum, unserem Schlafzimmer, stand ein großes Himmelbett, am Fußende eine Lade für wertvolle Dinge. Außerdem ein Tisch und eine weitere Lade am Fenster zur Straße hin, wo mein Mann seine Buchführung machte. Im zweiten Zimmer, in dem Frauenarbeiten wie Nähen und Weben verrichtet wurden, schliefen sein Sohn aus erster Ehe und dessen Kinderfrau. Außerdem standen in dem Zimmer eine leere Wiege und ein weiteres Bett. Es war klar, daß Lewis Small sich so schnell wie möglich mehr Kinder erhoffte.

Selbst wenn das Gesinde nicht so ernst und still gewesen wäre, ich hätte von Anbeginn an gemerkt, daß in diesem Haus etwas nicht stimmte. Ich dachte, ich wüßte warum, als das Kindermädchen Master Smalls kleinen Sohn zur Begrüßung hereinbrachte. Es war ein kleiner, blasser Junge, keine fünf Lenze alt, der seinen Vater mit großen glänzenden, blöden, blauen Augen anstarrte, ohne ihn zu erkennen. Er konnte nicht sprechen. Als ich sein schmales, ungesundes Gesichtchen sah, da kam mir jäh ein gemeiner Gedanke: Kinder kann ich besser machen. Ich sah, wie Smalls Augen schmal wurden, als er den Jungen mit ruhiger, harter Stimme fortschickte. Ein eitler Mann, dachte ich, der die öffentliche Schande nicht erträgt, daß er einen Simpel zum Erben hat. Und dabei war in Wirklichkeit ich der Simpel. Jedoch dauerte es in Master Smalls Haus nicht lange, und ich hatte herausgefunden, wie simpel ein Mädchen ohne weltläufige Erfahrung doch sein kann. Wenn ich auch nur geahnt hätte, um wieviel weniger simpel ich bald sein würde, ich hätte mich damals noch mehr gefürchtet.

Nachdem er das Kind fortgeschickt hatte, rief mein Mann nach Wasser, um sich den Reisestaub von Händen und Gesicht zu waschen, und schickte einen Jungen mit der Botschaft zum Pfarrer, er sei zurück. Dieser treffliche Mann traf denn auch bald ein, gefolgt von einem Jungen mit einem Weihrauchgefäß, um das Brautlager zu segnen und um Söhne zu beten. Rings um das Bett scharten sich viele Menschen – ich wußte nicht so recht, wer davon die Verwandten waren –, während der Priester endlos um Söhne, Enkel und Urenkel betete, das Bett mit Weihwasser besprengte und den Raum verräucherte.

Draußen auf der Straße, unter dem Fenster, grölten und pfiffen seine Freunde in der sommerlichen Abenddämmerung. Bei dem Lärm flackerten Smalls Augen so fahrig wie die Kerzen in den schwarzen, eisernen Wandleuchtern. Im Zimmer war es vollkommen still, abgesehen von seinem Atem, während er mich langsam von oben bis unten musterte, die ich immer noch in meinem Hochzeitskleid dastand. Sein Blick machte mir angst, und ich setzte mich auf die Bettkante, während er dastand, die Hände in die Hüfte gestützt, und mich immer noch wortlos ansah. Dann durchmaß er auf einmal das Zimmer, verriegelte die Tür und richtete ohne das mindeste Lächeln das Wort an mich.

»Zieh das da aus. Ich will sehen, was ich gekriegt habe.« Er blinzelte so flink wie ein Reptil. Ich blickte ihn bestürzt an. Eine Hochzeitsnacht ohne Küsse und süße Worte konnte ich mir nicht vorstellen.

»Hat man dir nicht beigebracht, daß du deinem Ehemann in allen Dingen Gehorsam schuldest?« Seine Stimme klang leise und scharf, auf seinem Gesicht lag der Abglanz eines kalten Lächelns. »Also beeil dich bitte und zeig mir, daß du gehorsam sein möchtest – und hör auf, dich unter der Bettdecke zu verstecken; ich habe keine Braut in der Decke gekauft.« Sein Anblick war mir unerträglich; ich verbarg mein Gesicht in der Überdecke.

»Gehorsam heißt, gehorsam in allem. Nichts, was ein Mann in der Ehe tut, ist unschicklich. Verstehst du? Wieviel weißt du überhaupt?«

Ich errötete wider Willen. Sie hätten einen schon in einer Kiste aufziehen müssen, damit man nicht einiges mitbekam.

»Genug, wie ich sehe«, und damit zog er mir die Decke weg, und seine hellen Augen glitzerten. Nachdem er genug gesehen hatte, begann er fahrig vor sich hin zu murmeln:

»Ei, das dürfte mir kein Tagwerk, sondern ein Nachtwerk werden, ein rechtes Nachtwerk.« Ich war bestürzt. Was um alles wollte er damit sagen? Zu Hause war alles so anders.

Im Stehen zog er sich den Kittel aus, so daß er in seinem langen, weißen Leinenunterhemd dastand. Er lief im Zimmer herum, als ob er sich zu etwas durchringen müßte. Dann zog er auch noch das Hemd aus, und da kamen seine ausgebeulten Leinenhosen zum Vorschein. Der gleiche Gürtel, der seine Unterhose hielt, hielt auch seine Bruch, die vorn an zwei langen Hosenträgern befestigt war. Ein Mann in Unterhosen und Bruch wirkt irgendwie komisch. Es ist einfach würdelos. Wie er so blinzelnd dastand, fing er an, mich zu belustigen. Noch lustiger fand ich es, als sich herausstellte, daß er als Mann soviel taugte wie ein ertrunkener Regenwurm. Irgendwie komisch, auf welche Weise ich vor meinen widerwärtigen ehelichen Pflichten bewahrt wurde! Er unternahm mehrere vergebliche Versuche, das zu tun, was sich ziemte, ehe er wütend ausrief:

»Da hat doch der Teufel die Hand im Spiel! Das geht nicht mit rechten Dingen zu! Jemand hat uns verhext!«

Lachen wollte in mir hochblubbern, und es gelang mir nicht schnell genug, mein Gesicht zu verbergen. Er sah das Zucken um meinem Mund, fuhr zu mir herum, und in seinen aufgerissenen Augen loderte es:

»Du bist eine Hexe! Du, genau wie die andere! Aber dieses Mal lasse ich mich nicht betrügen, ich schlage dich, bis dir das Lachen vergeht, du schlaue, kleine Schlampe!« Er durchmaß das Zimmer und holte sich die Reitpeitsche, die auf der Wäschetruhe lag, kam schnellen Schrittes zurück und packte mich beim Arm. »Du mußt erzogen werden, Hausfrau«, sagte mit einem Anflug seines kalten Lächelns, »und ich werde dich gebührend anlernen.«

Ich möchte nicht weiter auf die Art seiner Erziehung eingehen, außer daß sie sehr schmerzhaft war. Und damals erfuhr ich auch einige neue und unangenehme Dinge über Master Lewis Small. Zum einen erregte ihn Blut. Als er sein Werk in Augenschein nahm, begann er vor Wollust zu zittern. Er hielt einen Augenblick inne, und seine Augen schnellten hin und her wie die einer Schlange, die eine Maus mustert, die sie gerade verschlingen will. Und dann warf er sich jäh wieder auf mich, und als er endlich fertig war, öffnete er ohne ein einziges Wort die Fensterläden und hörte sich die zotigen Glückwünsche seiner Freunde an, während dieses seltsame, eisige Lächeln seine untere Gesichtshälfte verzerrte. Danach wickelte er sich in die Überdecke, drehte sich um und schlief.

In jener Nacht schlief er, als wäre nichts geschehen, und schnarchte dabei fürchterlich, während ich weinend im Bett aufsaß. Wieder und wieder fragte ich mich, warum ich, warum ich? Warum mußte er so weit reisen, mich ausfindig machen und mein Leben zerstören, wo es doch allein in dieser Stadt Dutzende von Mädchen gibt, die er heiraten könnte, Mädchen mit einer größeren Mitgift, Mädchen mit goldenem Haar? Warum wohl brauchte ein Mann wie er ein Mädchen vom Lande? Als Antwort auf meine unausgesprochenen Gedanken meinte ich, in der Stille des Raumes eine Art Seufzen zu vernehmen. Das Dunkel schien voll namenslosen Kummers zu sein.

Am nächsten Morgen setzte sich Small vollkommen ausgeruht im Bett auf, obwohl ich mich nicht so gut fühlte. Aber das Schicksal schien beschlossen zu haben, daß die Entdeckungen kein Ende nehmen sollten. So war das bei Small – immer etwas Neues. Als ich das Gesicht vor ihm verbarg, sagte er kalt:

»Es gehört zu den Pflichten einer Ehefrau, früh aufzustehen und ihren Mann zu bedienen. Faulheit ist eine Todsünde. Eine Frau sollte nie mutwillig ihrem von Natur aus unreinen Wesen noch weitere Sünden hinzufügen. Muß ich dich bestrafen, um dich vor deiner angeborenen Schlechtigkeit zu bewahren?« Als ich mühsam hochkam, beugte er sich aus dem Bett und holte sich die Peitsche vom Fußboden, wo er sie am Abend zuvor hatte liegenlassen.

»Und jetzt«, sagte er ruhig und mit einem freundlichen Lächeln, »jetzt möchte ich, daß du als Zeichen deines künftigen Gehorsams niederkniest und die Rute küßt und mir dankst.«

»Nein«, flüsterte ich und wich rückwärts in die Ecke. Dieses Mal sollte er mich nicht so leicht erwischen. Ich würde auf ihn losgehen und ihm die Augen auskratzen, sollte er sich wieder auf mich stürzen.

»Nein?« sagte er, ohne die Stimme zu erheben. »Muß ich dir erst etwas brechen? Oder reicht es, wenn ich dir erzähle, was ungehorsamen Ehefrauen blüht? Ich bin ein sehr nachsichtiger Ehemann, denn ich möchte nicht, daß du den Sohn verlierst, den du zweifellos seit letzter Nacht trägst. Doch wenn ich nicht so rücksichtsvoll wäre, könnte ich dir beide Beine brechen. Das ist nämlich schon vorgekommen, und der Mann, der das getan hat, wurde hochherzig gepriesen, weil er zuvor einen Chirurgen bestellt hatte, der die Beine seiner Frau wieder einrichten sollte. Doch so konnte sie ihm natürlich nicht dienen, wie?« fragte er und spielte mit der Peitsche. Mir standen vor Entsetzen die Haare zu Berge.

»Aber ich bin Christ, ein zivilisierter Mensch, der verzeihen kann. Ich vergesse diesen Ungehorsam, wenn du dich besserst. Du wirst es sehr gut haben. Andere Frauen werden dich beneiden. Doch wenn du weiter bockig bist – weißt du eigentlich, wie viele Möglichkeiten es gibt, sich einer eigensinnigen Frau zu entledigen? Ich werde dich für verrückt erklären lassen, wenn dein Trotz mir mißfällt. Und wenn du erst ein paar Wochen in der Dunkelheit nur in der Gesellschaft von brabbelnden Irren angekettet gewesen bist, dann bist du wirklich verrückt. Und ich bin frei und kann dich dort vergessen und mir eine fügsamere Frau suchen.« Wieder dieses Lächeln. »So, jetzt hast du es dir gewiß überlegt und küßt diese Rute?« Ich starrte ihn entsetzt an. Auf dergleichen wäre ich nie, meiner Lebtage nicht gekommen.

»Mach schon«, sagte er. »Laß dir verzeihen, und ich kaufe dir ein neues Kleid.« Mein Gott, wie schimpflich. Lieber nackt herumlaufen.

»Einen Schritt hast du schon gemacht, mach noch einen. Es sind ja nur noch drei«, sagte er mit diesem furchtbaren, kalten Lächeln. »Knie nieder«, half er nach. Er beobachtete jede Bewegung mit seinen eisigen Augen. »Ja, war denn das so schlimm? Neige den Kopf und küsse sie.« Er streichelte meinen gebeugten Nakken. »Siehst du, wie einfach es ist? Sei mir zu Gefallen und trage mir Söhne und besorge mein Haus, und ich sorge für dich. Wenn du dich aber als störrisch und ungehorsam erweisen solltest, dann eben nicht.« Sodann hieß er mich aufstehen und rief ruhig seinen Diener herein, so als wäre nichts geschehen.

Als nun sein Kammerdiener eintrat, um ihn zu balbieren, da zerplatzte meine letzte Illusion, wenn ich überhaupt noch eine gehabt hatte. Vermutlich war ich neugierig, und so sah ich aus der Ecke zu. Zunächst half der Mann ihm ins Hemd, band ihm die Schnabelschuhe zu, nahm dann einen Leibrock und den Überrock vom Haken, wo sie hingen, strich sie glatt und brachte sie in Ordnung. Dann legte er einen Eisenstab mit langem Griff ins Feuer, um ihn zu erhitzen, während er Small rasierte. Als das getan war, nahm er den geheimnisvollen Stab, hielt ihn an Master Smalls Kopf und wickelte eine Haarsträhne drum herum. Brandiger Geruch erfüllte das Zimmer. Als er das Haar wieder abwikkelte, war es vollendet gelockt! Noch eine Drehung, noch mehr Gestank, und die nächste Locke war fertig. Und in kurzer Zeit bauschte sich Reihe um Reihe ebenmäßiger Locken um Smalls Kopf. Ich glotzte wie blöde. Doch damit nicht genug, der Barbier holte einen kleinen Topf und tauchte den Finger hinein. Flink und gewandt verstrich er den Inhalt auf den Wangen seines Herrn, und so entstand vor meinen Augen aufs neue jenes blühende Aussehen, welches die Frauen im Dorf so angestaunt hatten. Als Small sich in einem kleinen bronzenen Handspiegel genug bewundert hatte, ertappte er mich beim Glotzen und fuhr mich an:

»Genug gesehen, du rückständige, kleine Bauerndirne? Raus jetzt, ehe ich dich wieder lehren muß, wo dein Platz ist!«

Ich verzog mich schnell in die Küche und wollte mich anschicken, die vielen Dinge zu lernen, die ich wissen mußte, um sein Haus und sein Gesinde besorgen zu können.

Das war keine leichte Aufgabe für ein Mädchen frisch vom Lande und eben vierzehn und einen halben Lenz. Ich trat ein und stand verlassen am Herdfeuer herum und sah wahrscheinlich genauso verloren aus, wie ich mir vorkam, und zu schüchtern war ich auch, als daß ich zu fragen gewagt hätte, was ich tun mußte. Die Köchin ließ von ihrer Arbeit ab und baute sich vor mir auf, und die Mägde scharten sich stumm um sie. Nachdem sie mich sehr lange gemustert hatten, so als wollten sie mich einschätzen, begann sie, mir auf eigenartig sanfte Weise den Haushaltsablauf zu erklären und mir zu zeigen, wo sich alles in der Küche befand. Und so kam es, daß ausgerechnet das Gesinde mir beibrachte, wie man auf dem Markt die richtigen Mengen für den Haushalt einkauft, woran man verdorbenes Fleisch und verfälschte Waren erkennt, wie man ein großes Essen plant, Wäsche näht und ausbessert und mit dem großen Schlüsselbund umgeht, das ich nun an meiner Mitte trug. Viele der Vorräte, beispielsweise die Gewürze, wurden, wie auch die Lagerräume unten und die Truhen mit den Wertsachen, fest unter Verschluß gehalten. Es war alles anders, ganz anders als auf dem Lande.

»Was Salz und Zucker angeht, da ist auf die Köchin kein Verlaß«, sagte die Kinderfrau. »Sie stiehlt.«

»Was Wein angeht, da ist auf die Kinderfrau kein Verlaß, sie trinkt«, sagte die Köchin. Beide Frauen waren sich jedoch darin einig, daß man alles Eßbare vor den Lehrlingen und Knechten verschließen mußte und daß unsere Hauptmahlzeit spätestens um halb elf Uhr morgens auf dem Tisch zu stehen hatte, sonst würde der Himmel einfallen. Und so machte meine Ausbildung als Hausfrau Fortschritte, bis ich die Haushaltsgeschäfte recht gut allein führen konnte. Ich stürzte mich aber auch in diese Arbeit, was das Zeug hielt, denn Kummer wird durch Müßiggang nur schlimmer.

Aber die Arbeit vermochte nichts gegen den Schrekken der Nacht. Ich konnte das Zimmer oben einfach nicht ertragen. Ich bildete mir ein, es wäre etwas darin. Etwas Unsichtbares, das mich jedesmal beim Eintreten mit einem seltsamen, schweren Kummer erfüllte. Bei Tage versuchte ich herauszufinden, was es war, wenn nämlich die Dunkelheit und meine Ängste das Bild nicht trübten. Tagsüber hatte das Zimmer nichts Entsetzliches an sich – keine seltsamen Blutflecken, kein fauliger Geruch, der auf irgendeine böse Tat hindeutete, die hier verübt worden war. Das Zimmer war sauber und schön ausgestattet. Die Wände waren reinlich weiß getüncht, und nirgendwo hingen Spinnweben von den Dachbalken herab. Auf dem Boden lagen frische Binsen ausgebreitet, dazwischen hatte man lieblich duftende Kräuter gestreut. Ordentliche, eiserne Kerzenhalter spendeten abends Licht. Mehrere, eher kleine, leuchtend farbige Wandbehänge aus Wolle ließen keine Kälte durch, und gut schließende Fensterläden hielten die kühlen Nachtwinde davon ab, durch die unverglasten Fenster ins Zimmer zu blasen. Ein paar gedungene Truhen, von denen eine die Kerbhölzchen und Dokumente meines Mannes enthielt, und ein

Tisch, an dem er seine Abrechnungen machen konnte, vervollständigten die Einrichtung. Wenn sich das Zimmer im Haus eines anderen Mannes befunden hätte, es hätte mir direkt gefallen können.

Zu meiner Erleichterung schlief mein Mann die zweite Nacht auf der Stelle ein, ohne mich zu belästigen, und ich lag lange wach und blickte durch die halb geöffneten Bettvorhänge in einen Winkel der Zimmerdecke. Ich warf mich in jener Nacht hin und her und träumte von etwas im Raum, das ich nicht genau benennen konnte. Beim Aufwachen am nächsten Morgen fühlte ich mich wie zerschlagen, mein Gesicht war blaß, und unter meinen Augen lagen dunkle Ringe. Auch als die Ringe von Tag zu Tag dunkler wurden, bis meine Augen schon tief in den Höhlen lagen, machte niemand eine Bemerkung. Mittlerweile war ich durch Schlafmangel und die nächtlichen Aufmerksamkeiten meines Mannes erschöpft. So trübselig und qualvoll hatte ich mir mein Leben gewiß nicht vorgestellt, und allmählich wünschte ich, ich würde krank werden und sterben.

Der einzige, dem das nicht aufzufallen schien, war mein Mann, der mit der gleichen kalten Energie wie immer seinen Geschäften nachging. Rührte denn nichts, rein gar nichts sein Herz? Ich fing an, ihn zu beobachten, versuchte herauszufinden, welche geheimen Dinge ihn wohl anrührten. Aber das war so vergebens, als wollte man die Gedanken eines Insektes herausfinden, das in einer Fußbodenritze auf und ab krabbelt. Aber sein Tun und Treiben machte mir allmählich klar, daß es selbst unter den Wohlhabenden Abstufungen von Wohlhabenheit gibt und daß Lewis Small zu jenen kleinen Kreaturen gehörte, die dazu verdammt sind, für immer vor der Tür der Hochgestellten zu warten und zu hoffen, daß sie durch einen glücklichen Zufall in Kleidung oder Umgang in die Kreise Höherstehender aufgenommen werden. Genau dieses Verlangen, zu den Hochgestellten zu gehören, bestimmte jede seiner Handlungen. Mein Gott, wie sehr er doch aufsteigen wollte! Wie ein emsiges Insekt, das eine zu große Krume mitgeschleppt hat und diese nun in sein Loch stopfen will, hob und schob und zog und zerrte er – aber vergebliche Liebesmüh. Seine endlosen, nutzlosen Anstrengungen, sich um jeden Preis zu verbessern, ließen ihm weder Ruh noch Rast und erklärten viel Widersprüchliches in seinem Leben.

Als ich erst einmal hinter dieses Prinzip gekommen war, da stellte ich fest, konnte ich ihm wie einem Fremden von außen zusehen, und das machte die Dinge, für die ich mich als seine Frau sonst wohl geschämt hätte, zu einem Born unaufhörlichen Interesses. Es bereitete mir ein gewisses, hämisches Vergnügen, seine endlosen Anstrengungen mit seiner zu großen Krume zu studieren und zu wissen, daß sie nie ins Loch passen würde. Eine hochgestellte Persönlichkeit ließ eine Andeutung fallen, und schon hatte er die unfehlbare Leitschnur, und da hochgestellte Persönlichkeiten viele Meinungen haben, war er ständig in Bewegung, probierte dies aus, probierte das aus.

Zur Messe führte er mich in Blau vor und mußte dann feststellen, daß Grün mehr in Mode war. Und so ging ich denn in Grün, obwohl mein Teint dadurch gelb wirkte. Als der Meister der Händlerzunft seine Geschäfte während der Messe abwickelte, Bittsteller empfing und laut geflüsterte Befehle erteilte, da tat es Small ihm nach. Als Frömmigkeit *en vogue* war Small auf den Knien und verdrehte die Augen gen Himmel. Mal waren seine Ärmel länger, mal kürzer, die Schnäbel seiner Schuhe spitzer, und dann mußte er sie wieder abschneiden; seine Manieren und die Gerichte auf seinem Tisch wechselten entsprechend den Neuigkeiten, die der Modewind ihm zublies.

Doch mein eben entdecktes Interesse an seinen Aktivitäten bei Tage vermochte es nicht, die Schrecken der Nacht zu lindern. Meine neuen Kleider schlotterten an mir, und wenn ich mein Haar kämmte, schien es den Glanz verloren zu haben. Eine Nichtigkeit, doch ich kam mir dadurch wie jemand anders vor. Wenn ich mir die Zöpfe aufsteckte, meinen Schleier ordentlich darüberlegte und dabei in den kleinen Bronzespiegel blickte, dann meinte ich, daß mein Gesicht allmählich die Züge einer anderen annahm. Einer anderen Frau, die mich tief bekümmert, bleich und mit in den Höhlen liegenden Augen daraus anstarrte. Zuweilen war ich so müde, daß ich am hellichten Tag einschlief wie eine alte Frau, und dabei war ich doch jung. Des Nachts warf ich mich hin und her und schwitzte. Da war etwas, etwas war da in der Dunkelheit. Ich meinte zu träumen, doch manchmal war ich wach und starrte vor mich hin, oder träumte, ich sei wach und starrte vor mich hin – wer kann das schon auseinanderhalten.

Dann schlugen seine Bemühungen für eine Weile eine andere Richtung ein, eine, die mir, solange sie anhielt, Erleichterung verschaffte. Anscheinend hatte Small mit angehört, wie man einen bedeutenderen Kaufmann als ihn wegen seiner Liebe zur Gelehrsamkeit pries, welche ihm ›Vornehmheit des Charakters‹ verliehe. Lewis Small aber rechnete mit Kerbhölzchen ab, und wenn er Briefe geschrieben oder vorgelesen haben wollte, bezahlte er dafür einen Schreiber wie die meisten, denn er konnte kaum seinen Namen schreiben. Kurzum, er hatte nicht mehr Gelehrsamkeit, oder Liebe dazu, als ein alter Stiefel, und was viele bei ihm für Klugheit hielten, waren in Wahrheit keine hohen Geistesgaben, sondern gemeine Verschlagenheit und Schläue, nur bis aufs äußerste vervollkommnet. Und so nahm er denn einen armen Priester als Vorleser in Dienst, der ihm abends die Zeit mit hehren und heiligen Werken angenehm vertreiben sollte, und ließ das in der Stadt ausstreuen. Während der Priester vorlas, musterte mein Mann seine Fingernägel oder den Saum seines Gewandes, oder blickte so abwesend, daß ich wußte, er überlegte sich gerade einen gerissenen Handel. Doch die Lesungen waren nicht verschwendet. Ich zog daraus viel Trost, nicht nur aus den Psalmen und den Leidensgeschichten von Königen und edlen Damen aus grauer Vorzeit, sondern auch aus den erhabenen Gedanken der heiligen Brigitta und anderer heiliger Anachoreten, ebenso wie aus den herrlichen Gesängen von Richard dem Eremiten. Seitdem weiß ich genau, warum sich Ehefrauen der Religion zuwenden.

Doch als mein Mann nirgendwo die Gelehrsamkeit des Lewis Small preisen hörte, wurde er des Priesters überdrüssig und entließ ihn. Ein noch interessanterer Mensch hatte sich als Umgang eingefunden. Er hatte sich einen neuen Freund zugelegt, der für ein Weilchen modisch den Ton angab. Der Beruf dieses Mannes war, glaube ich, sich an Männer wie meinen Ehemann zu hängen, die nach Umgang mit Hochgestellten lechzten und sich mit dem geringsten Anschein davon zufriedengeben würden. Dieser John de Woodham war ein fahrender Geselle, ein ewiger Schildknappe, der von dem zweifelhaften Anspruch auf eine edle Abkunft durch uneheliche Geburt lebte. Seine Ware bestand aus seiner unendlichen Zahl von Beziehungen zu vornehmen Häusern und einem Fundus an ausgefallenen Geschichten, die ihm auch ein fünfjähriges Kind kaum abgenommen hätte. Aber mein im Pelzhandel gerissener Mann war wie mit Blindheit geschlagen, wenn der Name einer hochstehenden Persönlichkeit in eine Geschichte geflochten wurde. Und so schluckte er den ganzen Bericht über die offensichtlichen Vorlieben des Thronfolgers, die Lieblingskurzweil der Damen der Königin, und was dergleichen Leckerbissen mehr sind.

»In höchsten Kreisen ist man sich darüber einig, daß

Gelehrsamkeit etwas für Mönche ist, doch nicht für Männer von Welt«, verkündete John, und der Priester mußte gehen. Bald gab Small auch seine ›altmodischen‹ Gewänder zugunsten eines kurzen Wamses und einer buntfarbigen Bruch auf, wie sie Woodham trug, und seine Gesichtsfarbe wurde in Anlehnung an Woodhams Jugend noch blühender. Abends kam Woodham oft zum Essen, die hervorquellenden Augen blutunterlaufen und die groben Züge bereits vom Wein erhitzt. An manchen Abenden nahm er meinen Mann auf eine Runde durch die Dirnenhäuser mit, an anderen schlossen sie sich im Vorderzimmer ein, und dann drangen durch die geschlossene Tür seltsame, erstickte Laute und Gelächter. An solchen Abenden schlief ich bei dem Jungen und seiner Kinderfrau. Wie gut, dem schrecklichen Zimmer einmal entfliehen zu können. Zuweilen war ich Woodham fast dankbar.

Mittlerweile war mein Zustand im Haus zum offenen Skandal geworden. Die Diener schüttelten den Kopf, wenn sie wähnten, ich schaute nicht hin. Berthe, die Kinderfrau des kleinen Jungen, sorgte sich um mich. Wenn ich morgens keinen Hunger hatte, ließ sie mir Weizenbrot mit Milch getunkt bringen oder irgendeine andere Leckerei, um meinen Appetit anzuregen. Ich dachte, alles erkläre sich dadurch, daß meine Tage ausblieben und ich erbrechen mußte. Ich war schwanger. Dabei konnte ich mir kaum vorstellen, daß ich mir das einmal von ganzem Herzen gewünscht hatte. Jetzt fühlte ich gar nichts mehr, nur noch eine große Müdigkeit, Lebensmüdigkeit schlechthin.

»Eßt, eßt, und ruht dann wieder«, sagte Berthe eines Morgens wie gewöhnlich.

»Ich kann nicht essen, ich kann einfach nicht. Ich sollte an der Arbeit sein.«

»Es gibt keine Arbeit, die nicht Zeit hätte, keine, die nicht auch jemand anders tun könnte. Legt Euch nur hin, und wenn etwas getan werden soll, sagt es mir, und ich bringe das schon in Ordnung.«

»O Berthe, da hilft auch keine Ruhe. Ich schlafe nachts überhaupt nicht mehr. Es ist etwas Dunkles im Zimmer, das mir den Schlaf raubt und mir schlechte Träume eingibt.« Berthe blickte grimmig und schwieg.

»Ihr müßt an Euer Kindchen denken. Ihr müßt Euch ausruhen und leckere Sachen essen. Jetzt legt Euch nur hin, und niemand im ganzen Haus wird Euren Mann wissen lassen, daß Ihr tagsüber geschlafen habt.«

»Du bist sehr gut zu mir, Berthe, aber ich muß mich anziehen und zum Markt gehen. Vielleicht hilft ja die frische Luft – o Himmel, wo ist das Becken?« Und so überstand ich einen weiteren Tag. Doch wieviel wohl noch, und mir entglitt das Leben ganz und gar?

Aber nichts, nichts was mir geschah, hielt meinen Mann davon ab, sich weiter für seinen Aufstieg abzustrampeln, und das in alle Richtungen gleichzeitig. Nicht einmal Woodham brauchte seine ganzen Energien auf. Hoffnungsfroh wie eh und je, machte er sich daran, die Gunst des taperigen alten Haushofmeisters von der Burg zu erringen. Er lud ihn zu einem erlesenen Essen ein, putzte mich mit einem farbenprächtigen, tief ausgeschnittenen Kleid heraus und setzte mich neben den alten Kerl. Vermutlich dachte er, der Alte wäre zu kurzsichtig, als daß er bemerkte, wie blaß und häßlich ich geworden war. Mochte er sich doch daran ergötzen, mir mit seinen Triefaugen in den Ausschnitt zu schielen. Schließlich war der Haushofmeister ein Ritter, wenn auch kein großer, und hatte ein paarmal Gelegenheit gehabt, mit dem König persönlich zu sprechen, als dieser der Burg einen Besuch abstattete. Einem solchen Mann mußte man um den Bart gehen, zudem war er im Begriff, eine sehr einträgliche Bestellung aufzugeben. Doch bei dieser Gelegenheit hatte sich Small verrechnet. Der Haushofmeister, dieser arme Tattergreis, erregte sich dermaßen und war so abgelenkt, daß sein Löffel den Mund verfehlte und er sich die Bratentunke vorn über sein prächtiges Gewand kleckerte. Small zeigte sich der Situation gewachsen. Zwar hing er an seiner Kleidung, doch unverdrossen stellte er den Becher hin und goß sich mit einer schwungvollen Bewegung mit dem Löffel ebensoviel Tunke über sein Vorderteil und bot alsdann dem Kerl seine Serviette an! Als ich ihn die kalte Grimasse ziehen sah, die für ein Zeichen von Freundlichkeit gehalten wurde, da mußte ich mir eingestehen, gar nicht schlecht! Inzwischen hatte ich mich dank Small zu einer Kennerin in der Kunst der Liebesdienerei entwickelt; doch dieses Mal hatte er sich selbst übertroffen, sein artistischer Salto verdiente Beifall.

Als der Haushofmeister seine Besuche wiederholte, hätte Woodham mehr zum Schutze seines Lebensunterhaltes tun müssen. Aber nein, er fühlte sich meines Mannes so sicher, daß er sogar noch habgieriger wurde. Am Ende trieb er es zu weit und gab sich selbst den Rest. Er tat etwas, daß kein berufsmäßiger Parasit tun darf – er demütigte seinen Gönner vor anderen, wenn auch nur versehentlich. Einmal ist da nämlich schon genug, und mein Mann gehörte zu den Menschen, die auch nicht die allerkleinste Beleidigung oder Peinlichkeit vergeben, ganz gleich, ob nun echt oder eingebildet.

Anscheinend gehörte Woodham zu der Sorte, die sich nicht mit einem Bett begnügte, wenn sie zwei haben konnte. Als er eines Abends genug im Vorderzimmer geschäkert hatte, hörte ich im Halbschlaf neben lautem Schnarchen auch noch das leise Geräusch der sich öffnenden Zwischentür. Noch bevor ich die Augen aufgemacht hatte, spürte ich schon eine schwere Last auf der Bettstatt und trunkene, tastende Hände, die mir unter der Bettdecke über den Leib fuhren.

»Was in Gottes Namen?« rief ich, setzte mich kerzengerade auf und erkannte das aufgedunsene Gesicht von Smalls Kumpan.

»Alles in Ordnung – er hat nichts dagegen – wieso nich, issa nich schlimm.« Er lallte, und sein Atem stank.

»Runter! Runter!« schrie ich und weckte damit die Kinderfrau.

»Aber, Mister Woodham, was tut Ihr da? Aufhören, sofort aufhören?« Die Kinderfrau hatte sehr entschiedene Ansichten über das, was sich schickte.

»Sie willes – alle wolln' sie's. Du willses doch?«

Ich trat mächtig zu und stieß ihn aus dem Bett. »Und ich will es nicht, du Hurenbock, du!« zischte ich. Mittlerweile hatte der Krach die Männer im Untergeschoß geweckt. Da es ihnen geraten schien, nicht einzugreifen, schoben sie sich die Treppe hinauf und drängelten sich in der offenen Tür, wollten besser sehen, grinsten stumm und knufften sich gegenseitig. Jetzt war auch der kleine Junge wach geworden und starrte uns alle mit seinen unbeseelten Augen an. Nur mein Mann schnarchte weiter mächtig vor sich hin. Woodham, dessen schlichtes Gemüt nicht mehr als einen Gedanken zur Zeit fassen konnte, stand auf und wollte mit blöder, lüsterner Miene wieder auf mich los. Es war eine warme Nacht, und so hatte er, wie alle im Haus, splitterfasernackt geschlafen. Der Halbmond erhellte den Schauplatz zur Zufriedenheit der Zuschauer.

»Ein kleiner Kuß – das magsu –« Er streckte die Arme aus. Der Mondschein machte, daß sein Leib so hell erstrahlte wie der einer Schnecke. Von der Treppe her hörte man respektloses Geflüster.

»Ob er ihn wohl hochhalten kann?«

»Ich glaube nicht, daß er ihn überhaupt hochkriegt, der alte Scheißer, der.« Der ganze aufgestaute Haß und die Wut, die ich seit meiner Hochzeitsnacht verspürt hatte, entluden sich wie Gift.

»Dich werde ich küssen, du Mistkerl«, rief ich und trat ihm, so hart ich nur konnte, in die Stelle, wo es am meisten weh tun würde. Er knickte aufheulend zusammen, und von der Treppe her lachte es im Chor.

Bei diesem neuerlichen Lärm konnte auch mein Mann nicht mehr schlafen, er kam zur offenen Tür herein, das Laken um sich geschlungen. Woodham rollte sich auf dem Fußboden hin und her, und Wut- und Schmerzenstränen strömten ihm über die Wangen. Über ihm stand ich, rasend vor Wut. Als Lewis Small die Situation erfaßte, ärgerte ihn vor allen Dingen die Gegenwart so vieler Zeugen und die allgemeine Heiterkeit, die sie offen zeigten. Wenn mein Mann etwas haßte, dann ausgelacht zu werden.

Woodham blickte zu ihm hoch und sagte zähneknirschend:

»Frauen – sind – nicht mehr – in Mode!« Schallendes Gelächter.

»Bedauerlicherweise bist du nicht mehr in Mode, mein Freund«, gab mein Mann zurück. Es war eine der wenigen würdevollen Antworten seines Lebens. »Zieh dich an und geh auf der Stelle.« Von der Treppe erscholl Beifall.

Wie mein Mann dann am Morgen bemerkte, war es auch das Beste so, denn sein hochvermögender Freund, der Haushofmeister, war der Meinung, daß eine vielfarbige Bruch der Würde entbehre und einem Geschäftsmann ein langes Gewand am besten stünde. Außerdem war sein kurzes Wams ganz voller Tunkenflecken, man würde es weggeben müssen ...

Danach änderte sich einiges, denn nun genoß ich die herzliche, verschwörerische Zuneigung aller Mitglieder des Haushalts, denn, so hörte ich den Stallknecht ein paar Wochen später sagen:

»Mistress Margaret ist eine gute Frau, die mit einem schlechten Mann verheiratet ist.«

Aber ich bin noch immer nicht auf das Rätsel meiner Ehe eingegangen, welches sich mir erst löste, als Woodham uns verlassen hatte. Denn nun mußte ich natürlich ins Bett meines Mannes im Vorderzimmer zurück, und gleich am ersten Abend nach Woodhams Fortgang begannen die Alpträume wieder. Mitten in der Nacht, während ich mich hin und her warf und versuchte, irgendwie Schlaf zu finden, kehrte der alte Traum wieder. Ich setzte mich auf und sah, wie sich das unbestimmbare Etwas unter den Dachbalken bewegte. Es war ein dunkles Ding, das sacht hin und her schaukelte. Und dieses Schaukeln hatte etwas außerordentlich Entsetzliches an sich, denn eigentlich hätte es eine anmutige Bewegung sein sollen, gleichsam wie ein Vorhang, der im Winde weht. Nach und nach konnte ich eine Form ausmachen. Es war ein Gesicht – das häßliche Gesicht einer Frau! Es leuchtete bläulich, und an seinen Schläfen klebten glatte, dunkelblonde Strähnen. Die Augen quollen gräßlich aus einem aufgedunsenen Gesicht. Eine scheußlich geschwollene, schwärzliche Zunge stak aus dem Mund heraus. Sie war erdrosselt worden.

Sacht schaukelte das Gesicht im freien Raum unter den Dachbalken, und seine hervorquellenden Augen schienen mich anzusehen. Ich stieß einen Schrei aus – ich glaubte, ich sagte im Traum: »Gott steh mir bei!« und als ich die Augen aufschlug, saß ich im Bett und zitterte heftig. War da ein schwaches Leuchten unter den Dachbalken, wo in meinem Traum das Gesicht gewesen war? Neben mir schnarchte mein Mann ungerührt vor sich hin. Ihn schien nichts zu stören, weder im Schlaf noch im Wachen. Er träumte nie. Ich wußte, auch wenn hundert schaukelnde Gesichter im Zimmer wären und alle seinen Namen riefen, es würde ihm nicht eine Sekunde seines Schlafes rauben.

In den darauffolgenden Nächten sah ich das erdrosselte Gesicht wieder. Manchmal wehte das Haar, und manchmal klebte es daran, als wäre es naß. Doch immer starrten die Augen mich an. Ich merkte, daß ich langsam wahnsinnig wurde. Entweder wahnsinnig, oder in dem Raum war eine Art Dämon. Ich hatte noch nie einen Dämon gesehen, wenigstens keinen richtigen. Vater jedoch etliche. Sie waren sehr groß, hatten Hörner und einen Flammenatem und lange Klauen und Ziegenfüße – kurzum, sie waren genauso, wie Dämonen sein sollen. Noch nie hatte ich von einem weiblichen Dämon gehört, der nur aus Kopf bestand. Also war ich vielleicht doch wahnsinnig? Jetzt konnte mich Master Small tatsächlich für immer im Dunkeln einsperren.

In dieser Stimmung verlor ich allmählich die Selbstbeherrschung und redete, was mir gerade in den Sinn kam. Und als mich dann am Morgen Berthe fragte, wie es mir ginge, sagte ich obenhin:

»O ganz gut, wenn mich der erdrosselte Kopf nur nicht immer mit seinem Gestöhne wecken würde.« Sie bekreuzigte sich. »Hältst du mich für wahnsinnig? Ja, ich bin richtig schön wahnsinnig, und ich werde nie wieder Schlaf finden. Die hervorstehenden Augen der hübschen, braunhaarigen Frau verfolgen mich die ganze Nacht im Zimmer, und ihre schwärzliche Zunge scheint reden zu wollen. In der Nacht, wenn sie es tut, da bete für mich, denn dann bin ich verloren auf ewige Zeit.«

»Um Gottes willen, redet nie, nie wieder darüber!« rief sie, und den ganzen Tag über machten alle im Haus einen Bogen um mich. Mein Mann ging seinen Geschäften nach, daß heißt, er schickte Maulesel nach London, die unverzüglich eine Ladung schöner, ausländischer Zobel- und Fehfelle zurückbringen sollten. Ihn kümmerte rein gar nichts, es sei denn, es handelte sich um etwas, das seinem Aufstieg in die große Welt hinderlich sein konnte.

Fürwahr, in dem Maße, wie ich dahinschwand, gedieh

er. Sein Handel mit Katzen- und Kaninchenfellen befriedigte ihn nicht mehr, denn er verkaufte jetzt Edleres; das gab ihm Gelegenheit, mit Hochgestellten und Tonangebenden in Berührung zu kommen. In diese Ladung hatte er viel Geld gesteckt und hoffte, ein gemachter Mann zu sein, wenn sie ankam. Endlich, endlich würde er zu den Wohlhabenden und den Leuten von Welt gehören! Als ich seine hämische Vorfreude sah, ging mir jäh auf, daß er auch erfolgreich unerträglich sein würde. Was konnte man auch sonst von einem Menschen erwarten, dessen Lieblingskurzweil eine richtig schöne Hinrichtung war?

Und solange es keine aufregenden Metzeleien gab, reichten ihm schlechte Nachrichten über andere Leute, die ihm beinahe ebensoviel Befriedigung verschafften, oder Hexengeschichten, welche ihn um den Zustand der Gesellschaft bangen ließen.

»Diese Hexen«, pflegte er kopfschüttelnd zu sagen. »Heutzutage sind sie überall. Kein Mensch ist vor ihnen sicher. Ja, sogar mich hat es getroffen, – seht euch nur meinen Sohn an! Sie haben seinen Verstand ausgetrocknet, ähnlich, wie sie die Milch versiegen lassen!« Und seine Freunde nickten düster Zustimmung.

Doch ehe sie sich darauf einigen konnten, wie man der Bedrohung durch die Hexen Herr werden könne, erreichten uns Nachrichten aus Melcombe Regis, die das Herz dieses Ungeheuers erfreuten, falls er überhaupt eins besaß. Sie sei bereits in Bristol gesichtet worden, sagten seine Freunde – eine neue Pestilenz und so tödlich, daß sie allein schon durch einen Blick übertragen werden konnte. Ja, man brauchte nicht einmal mehr das Haus seines Opfers zu betreten, um sich anzustecken, denn sie flog durch die Luft. Wenn man das Fieber spürte, sollte man flugs sein Testament machen, denn der Tod kam, noch ehe die Nacht um war.

»Schwarze Flecken?« sagte mein Mann, das Ekel,

und ließ sich die Einzelheiten genüßlich auf der Zunge zergehen. »Und sie sterben zu schnell, als daß man ihnen die Absolution erteilen könnte? O weh mir.« Und er bekreuzigte sich und verdrehte die Augen gen Himmel. »Zweifellos stecken die Hexen dahinter«, fügte er hinzu, wobei er sich erneut bekreuzigte. »Wir können von Glück sagen, daß Bristol so weit entfernt ist.« Und er schenkte mir und seinen Freunden dieses grausige Lächeln, das jene stets für bare Münze nahmen.

Aber ich wollte Euch ja von dem Kopf erzählen, denn genau in der darauffolgenden Nacht redete er tatsächlich. Und was er zu sagen hatte, war noch furchterregender als die Tatsache, daß er dort war.

In jener Nacht war ich wach geblieben, ich dachte, wenn ich gar nicht schlafe, kann ich auch nicht von diesem scheußlichen Kopf träumen. Ich lag ganz still, bis ich hörte, wie die Atemzüge meines Mannes zum Schnarchen wurden, dann setzte ich mich auf und lehnte mich an.

Die Zeit kroch dahin, wie langsam weiß ich nicht zu sagen, aber ich hörte schon keine Schritte mehr unten auf der Straße, und alles war vollkommen still. Nicht einmal die Balken im Haus knarrten mehr.

»Du, du Traum! Dir hab ich's gezeigt! Ich bleibe einfach ewig wach, dann kommst du nie wieder!« flüsterte ich unerschrocken ins Dunkel. Mittlerweile hatte sich mein Leib gerundet, und ich umschlang ihn und meine Knie mit den Armen und blickte mich im Zimmer um.

Doch ich hatte mich zu früh gefreut. Als ich zur Decke sah, dieses Mal mit hellwachen Augen, erblickte ich in der Gegend des Dachbalkens einen schwachen Schein, gleichsam wie der einer einzelnen, flackernden Kerze. Er war lang und oval und schimmerte, eben zu erkennen, und schaukelte über dem Bett, jenseits des Betthimmels sacht vor sich hin. Nun hatte ich ihn gesehen und konnte die Augen nicht mehr davon abwenden.

Nach und nach nahm innerhalb des kaum sichtbaren Scheins eine Form Gestalt an. Ein Schatten, der sich innerhalb des sanften Scheins hin und her bewegte wie ein Faltenwurf – eine Hand, ich konnte eine Hand oder so sehen, die schlaff in den Falten herabhing. Und während ich noch starrte, wehten die Falten auf und enthüllten den gräßlichen, aufgedunsenen, hängenden Kopf. Es war die Leiche einer erhängten Frau, die sacht am Dachbalken schaukelte!

Um den armen, erdrosselten Hals lag ein Strick als dünner Lichtstrahl. Langes, aschblondes Haar klebte an den Schläfen und umwehte die Schultern. Eine Frau, heiliger Jesus! War das ich? Nein, das durfte ich nicht sein, ich konnte es nicht sein – denn unten am Kinn war ein kleines Grübchen. Ich befühlte mein eigenes Kinn – es war doch glatt und schmal. Ich sah meine Hände an – sie waren nicht so kindlich wie die Patschhand zwischen den weichen, schattenhaften Falten dort oben. Nein, das war ich nicht, auch wenn es wie ich aussah. Das war keine Vision meines eigenen Endes, sondern die vom Ende eines anderen Menschen.

Das Rauschen, das meine Ohren in der Stille machten, klang wie stummes Weinen. Wenn das ein Geist war, dann war er mit einer bestimmten Absicht gekommen. Beim Schaukeln drehte sich der Körper, und die glasigen Augen richteten sich auf mich. Ich schlug ein Kreuz.

»Ich will für dich beten«, flüsterte ich ins Dunkel, »ich will eine Kerze für dich anzünden.«

»Bete nicht für mich. Es gibt viele, die für mich beten. Bete für dich selber. Du bist in einem Haus des Todes. Nur sterbend wirst du es verlassen. Bete für dich selber, damit du nicht der ewigen Verdammnis anheimfällst wie ich.« Ihre sanfte Stimme war wie ein dringliches Flüstern drinnen in meinen Ohren. Denn wenn ich sie auch hörte, so war es doch zur gleichen Zeit vollkommen still in der Schwärze des Zimmers. Wie kann man hören und doch nichts hören? Wer war diese Frau, diese Mädchenfrau, und wieso war sie verdammt? Das Seil entwirrte sich langsam, und die Leiche schaukelte wieder. Das Haar wehte ihr um den Kopf, gleichsam wie von einem unsichtbaren Wind hochgehoben, und der Kopf richtete sich auf, als lebte er. Das strahlende Antlitz eines hübschen Mädchens blickte mir mitten ins Gesicht. Ein ebenmäßiges, bezauberndes Antlitz mit einem gefälligen, kurzen Stubsnäschen und einem ausgeprägten Kinn mit einem Grübchen, wie bei einem niedlichen Säugling.

»Ich habe mich erhängt«, sagte das holde Kinderantlitz, »weil ich meine Liebe dem Bösen in Gestalt eines Menschen geschenkt habe.« Der sanfte Schein verblaßte, und der fadengleiche Lichtstrahl des Seils verschwand völlig.

»Ich bin gekommen, um dich zu warnen. Du bist jetzt mit ihm vermählt, und du kannst deine Seele nur mit Gottes Hilfe retten.«

Das Dunkel verschluckte die sich drehende Gestalt, während mich das Entsetzen überwältigte. Mein Leben war verspielt, und nun noch meine Seele selbst in Gefahr! Kein Insekt, sondern ein Dämon aus der Unterwelt! Das ließ die Dinge in einem völlig anderen Licht erscheinen. Ohne es zu wollen, hatte man mich mit einem Dämon verheiratet. Ein Dämon, der unter Menschen als achtbar galt. Was hatte das Mädchen doch gesagt? Daß sie ihn geliebt, sich ihn gewählt hatte. Darin unterschieden wir uns wohl. Ich haßte ihn, hatte ihn immer gehaßt. Ich hatte gefleht, mich vor ihm zu bewahren, doch er hatte alle geblendet. Daß er ein Dämon war, erklärte alles. So also hatte er sie hinters Licht geführt, sogar meine Mutter und den Priester. Aber jetzt war ich lebenslang mit einem Dämon verheiratet. Warum hatte bloß niemand auf mich gehört?

Aber als ich ihn mir am nächsten Tag genauer ansah, schien sich mein Mann nicht mit Werken des Satans zu befassen. Ja, er wirkte eher sehr zufrieden mit sich selbst, denn es war Nachricht eingetroffen, daß er seine Waren am Morgen des nächsten Tages erwarten dürfe. Am Nachmittag verschlechterte sich seine Laune, weil wir zum Hochzeitsfest der Tochter von William le Draper geladen wurden.

»Seine Art, sich damit zu brüsten, daß er drei große Söhne hat«, bemerkte mein Mann verärgert.

»Aber ehrt er damit nicht auch seine Tochter?« fragte ich.

»Pah! Er gibt nur damit an, daß er einen Schwiegersohn sein eigen nennt, der schon sein Glück gemacht hat.« Es wurmte meinen Mann, daß er nur einen Sohn hatte, und einen Simpel obendrein. Doch noch mehr erboste ihn die Überlegung, daß William le Draper es nicht weiter hätte bringen dürfen, als er selbst doch durch eine Laune des Schicksals Gunst bei hochgestellten Gönnern gefunden hatte. William le Draper gab sich nicht mit meinem Mann ab; und im Gegensatz zu vielen, die ihn für einen netten Kerl hielten, ging ihm William le Draper in der Regel unauffällig aus dem Weg, auch wenn sie sich fast täglich in städtischen Angelegenheiten begegnen mußten.

»Ein Fest, ein Ball, wie sich dieser William aber auch mit seinem Glück brüstet«, bemerkte mein Mann grämlich.

»Dir lacht auch bald das Glück«, sagte ich mit der gebührenden weiblichen Unterwürfigkeit.

»Wenn mein Sohn geboren ist«, und dabei warf er einen Blick auf meinen gewölbten Leib, »gebe ich ein großes Tauffest – viel größer als diese Hochzeit, darauf kannst du dich verlassen.« Ein Anflug von Unsicherheit huschte über sein Gesicht, doch nur einen Augenblick lang, dann wandte er sich ab. »Und du, Margaret, wehe, du siehst dich nicht vor. Ich möchte nicht, daß meinem Sohn durch deine Sorglosigkeit etwas zustößt.« Und als er mir das Gesicht wieder zuwandte, lag darauf das freundliche Lächeln mit den eisigen Augen.

»Hausvater, darf ich dich um einen Gefallen bitten?«

»Ja, bitte nur, und wenn es schicklich ist, sollst du es haben«, erwiderte er zuvorkommend.

»Darf ich heute abend in die Kirche?«

»Ja, um für meinen Sohn zu beten? Nimm Robert mit, denn wenn du in der Dämmerung zurückkommst, sind die Straßen für eine Frau nicht mehr sicher.«

»Danke, und kann ich auch Geld für eine Kerze haben?« Kein Penny verließ das Haus, über den nicht abgerechnet wurde. Am besten, man redete ohne Umschweife mit ihm, denn er war in selten umgänglicher Stimmung.

»Du kannst zwei, drei Kerzen haben, wenn du willst«, erwiderte er und fischte die Pennys aus der Börse, die er bei sich trug, dann war er fort.

Als ich meinen Umhang holen wollte, fragte Berthe, warum ich ausgehen wolle. Ich blickte ihr fest in die Augen und sagte ruhig:

»Ich will eine Kerze für die erhängte Frau anzünden.«

»Barmherziger Himmel!« flüsterte sie. »Wer hat Euch das erzählt? Wer hat es gewagt? Er bringt jeden um, der davon spricht.«

»Sie selber«, antwortete ich. »Und er kann sie wohl kaum zweimal umbringen. Jede Nacht hängt sie in dem Zimmer, in dem sie gestorben ist. Ihr Kummer bricht mir das Herz, ich muß für ihre Seele beten, wenn ich jemals wieder Schlaf finden will.«

»Ihr habt sie gesehen?«

»Ich sehe sie, und vor meinem inneren Auge sehe ich sie jetzt noch. Ihr Gesicht ist schwarz; die Augen quellen hervor. Es ist so grauenhaft, man kann es einfach nicht aushalten.« Berthe bekreuzigte sich.

»Genauso hat sie ausgesehen, als wir sie abgeschnitten haben, die arme, verdammte Seele. Und dabei war sie so hübsch.«

»Sie war seine erste Frau, nicht wahr?«

»Ja, seine erste Frau, und obendrein war es eine Liebesheirat, jedenfalls von ihrer Seite aus.«

»Liebe? Das ist doch unmöglich. Wie könnte das wohl sein?«

»Sie war so hübsch und so jung. Ihr Vater war ein einflußreicher Mann, ein Färber mit Besitz in der Stadt. Small sah sie in der Kirche in Begleitung ihrer Mutter und schmeichelte sich so bei ihr ein, daß sie sich in ihn verliebte, und ihre Mutter war damit einverstanden. Zunächst sahen sie sich in der Kirche, aber dann schickte Small einen Mittelsmann, um zu erkunden, ob er ihre Hand bekommen könnte. Ihr Vater war dagegen, denn Smalls Mittel waren nicht der Rede wert, und er wollte eine bessere Partie für sie. Aber Small war jung und schmuck und unbescholten, und so kriegten die Frauen den Vater herum, daß er der Ehe zustimmte. Sie war gerade dreizehn geworden, als sie dieses Haus betrat, welches ihr Vater für die beiden gekauft hatte.« Berthe wischte sich mit dem Handrücken eine Träne ab.

»Weiter, ich will alles hören.«

»Sie erwartete schon bald ein Kind, tat sich aber wegen ihrer Jugend schwer mit dem Kinderkriegen. Sie trug den Jungen über die Zeit, und er war, wie Ihr sehen könnt, einfältig. Small raste. Bald war sie wieder schwanger, aber er schimpfte und schlug sie. Sie drohte ihm, alles ihrem Vater zu erzählen und daß sie weglaufen würde. Das wollte Small nun auch wieder nicht, denn sie war das einzige Kind und Erbin ihres Vaters. In jener Nacht erwürgte er sie fast, und am Morgen kam das Kind zu früh zur Welt.«

»Wie furchtbar – aber das Kind lebte doch, nicht wahr?«

»Ja, es lebte, zuerst jedenfalls. Aber für ihn war es ein schreckliches Strafgericht. Es hatte nämlich kein Gesicht.«

»Kein Gesicht? Wie war denn das möglich?«

»Na ja, ein bißchen Gesicht hatte es schon, Augen und so. Aber wo bei ihm die Nase und die Oberlippe hätten sein sollen, da war nur ein großes Loch. Es wimmerte tagelang, aber weil es keinen Mund hatte, konnte es nicht saugen und ist so nach und nach verhungert.«

»Was für eine schreckliche Geschichte. Derlei habe ich noch nie gehört.«

»Er hat gesagt, sie sei eine Hexe, denn sie könne nur Ungeheuer gebären. Ich aber sagte, er ist ein Teufel, der nur Ungeheuer zeugen kann. Aber ganz gleich, was alle sagten, danach wartete sie ab, bis er eines Tages außer Haus war, und erhängte sich dort im Schlafzimmer. Und das Kind hat sie dann gefunden. Von dem Tag an hat es nie wieder gesprochen. Früher redete es ein, zwei Worte und sang wohl auch, wenn ihm danach war, aber jetzt glotzt es nur noch.«

»Danke, daß du's mir erzählt hast, Berthe. Das macht es leichter für mich. Jetzt begreife ich auch, warum sie gesagt hat, daß andere für sie beten.«

»Hat sie das? Das arme Mädchen. Ihr Vater ist nämlich vor Kummer gestorben, und so kam Small zu Geld, denn er hat der Wittib vor Gericht alles weggenommen.«

Das also war des Rätsels Lösung. Welche ehrbaren Eltern, denen diese Geschichte bekannt war, würden ihre Tochter wohl einem solchen Mann anvertrauen? Wenn er Erben haben wollte, mußte er für eine neue Ehefrau schon weit in die Ferne schweifen, aufs Land, wohin die Geschichte nicht gedrungen war. In dieser Stadt waren ihm die Türen aller anständigen Eltern gewißlich verschlossen. O Mutter, durch dich bin ich vom Regen in die Traufe gekommen, weil du mich statt dem armen Richard Dale mit dem wohlhabenden Lewis Small verheiratet hast!

Und so ging ich denn zur Vesper, wollte vor der Muttergottes niederknien, meine Kerzen anzünden und ihr mein Herz ausschütten. Allerheiligen war weitaus größer als die kleine, ausgemalte Steinkirche meiner Kindheit. Die Zünfte hatten sie mit vielen Kapellen und Schreinen verziert. Zwischen den Reliquienschreinen und den bemalten Heiligenfiguren, welche das Mittelschiff säumten, glitzerte es von silbernen Opfergaben. Doch mir erschien die Statue der Muttergottes am schönsten, welche die Kaufmannszunft in Auftrag gegeben hatte. Ich ging oft in die Marienkapelle, denn etwas am Antlitz der Statue erinnerte mich an meine eigene, echte Mutter. Was auch immer mich bekümmerte, in ihrer heiter gelassenen Gegenwart schien es zu verfliegen.

Im abnehmenden Zwielicht hüllte sich die Marienkapelle in eine Wolke von Schweigen, die so faßbar war, daß die Welt da draußen in ihr zu verblassen und zu vergehen schien. Letzte, schräge Sonnenstrahlen fielen durch die Fensterrose und erhellten die hohen, schattigen Schwibbögen der Kirche in buntem Licht und fielen am Ende in leuchtenden Spiralen auf den Boden. Vor der Muttergottes flackerte und gleißte im Halbdunkel ein Wald von kleinen Kerzen. Süßer Bienenwachs- und Weihrauchduft umwehte den geschnitzten Saum ihrer vergoldeten Gewänder. Fast lebensgroß betrachtete sie die Welt mit sanfter, feierlicher Miene, und unter ihrer schweren Krone lockte sich ihr langes Haar, rieselte herab und umgab ihre Schultern und Ärmel gleichsam wie ein Umhang. Auf einem Arm hielt sie ihren pummeligen und friedlichen Sohn, unter ihren zarten, nackten Füßen lag ein zertretener, halb menschlicher Dämon, der sich in Todesqualen wand: die leibhaftige *Sünde*, welche die Unbefleckte nicht zu berühren vermochte und von der Macht der Liebe besiegt wurde. Das geschnitzte Holz ihres fließenden Gewandes war reich bemalt und vergoldet. Nur Gesicht, Hände und Füße waren blankes Holz, hell und poliert wie lebendiges Fleisch. In ihren mit Elfenbein und Lapislazuli eingelegten Augen fing sich das aufleuchtende Kerzengeflacker, so daß sie leuchteten, als wären sie lebendig.

Ich hatte eine sehr schöne Kerze gekauft und stellte sie zu dem schmelzenden Wald vor ihr. Mit ganzer Seele betete ich, sie möge für das erhängte Mädchen Fürsprache einlegen, denn schließlich kann die Muttergottes jedes Wunder bewirken, wenn sie will. Während ich betete, spürte ich, wie die Düsternis aus meinem Herzen wich. Die Schatten rings um sie herum wurden licht, und als ich ihr ins heitere Antlitz schaute, da vermeinte ich etwas zu sehen – vielleicht spielte mir aber auch das Kerzenlicht einen Streich. Ein Lidschlag der lebendigen Augen, und ihr sanfter Blick ruhte für einen Augenblick auf meinem nach oben gerichteten Gesicht, ehe sie ihn wieder hob und auf die Menschen richtete, welche die Marienkapelle betraten. Als hätte sie mit mir geredet, so gewiß hatte sie mir eine Antwort gegeben.

Am nächsten Tag begab ich mich gelassen und mit einem inneren Abstand an meine Pflichten, wie es gar nicht zu mir paßte. Das Erbrechen hatte schon lange aufgehört, und ich verspürte neue Kräfte. Diese Nacht hatte ich gut geschlafen, und die dunklen Schatten unter den Dachbalken bargen keinerlei unheimliche Gestalten mehr, außer einer kleinen Spinne, die sich lautlos an ihrem Seidenfaden herunterließ.

Im Hause war großer Aufruhr, denn die Maulesel

waren zurück und wurden in die Ställe gebracht, und das Gesinde und die beiden Lehrlinge trugen die neue Ware nach unten in die Lagerräume; zudem wurde noch ein großes Essen zur Feier des Tages vorbereitet. An jenem Morgen hatte sich das stumme Kind davongemacht, wurde aber mit Leichtigkeit wiedergefunden, da es nur zwei Straßen weiter in einer Gosse saß. Die Reise von London war fast ohne Zwischenfälle verlaufen. Keine Wegelagerer hatten einen Überfall versucht, und so war weiter nichts passiert, als daß ein Stallknecht auf dem Rückweg erkrankt war und bis zu seiner Genesung in einem Gasthaus an der Straße zurückgelassen werden mußte. Lewis Small war in Geberlaune, fast großzügig zu nennen, und verteilte Belohnungen an alle, die seine Waren wohlbehalten nach Haus gebracht hatten.

Nach dem Essen mußte sich einer der Lehrlinge mit Leibschmerzen zu Bett legen, er hatte sich überfressen. Nachdem Small seinen Vortrag über die Sünde der *Habsucht* beendet hatte, brachte er dem Jungen einen Pfefferminzaufguß nach unten ans Bett, wo er mutterseelenallein lag.

»Mistress Margaret, es tut überall so weh, und ich bin ganz heiß.« Er konnte kaum sprechen, lag auf der Seite und hatte sich zu einer Kugel zusammengerollt.

»Nur keine Angst, ich habe dir etwas gebracht«, sagte ich beschwichtigend und fuhr ihm mit der Hand über die Stirn. Er glühte nur so! Das war keine Kinderkrankheit, sondern ein gefährliches Fieber. Ich beschloß, ein Weilchen bei ihm zu bleiben, und ließ Tücher in kaltem Wasser auswringen, die ich ihm auf Kopf und Leib legte. Als ich getan hatte, was ich konnte, verließ ich ihn, versprach ihm aber, bald wiederzukommen. Und nachdem ich meine paar Besorgungen erledigt hatte, wusch ich ihn wieder mit kaltem Wasser ab, und da fiel mir auf, daß sich große Geschwülste an seinem Nacken und unter seinem Arm gebildet hatten.

Er phantasierte und hielt mich für seine Mutter. Ich untersuchte ihn, fand aber lediglich ein, zwei weitere, doch es war klar, daß es vor Einbruch der Nacht viele, viele mehr sein würden. Das sah nach etwas aus, was man nicht auf die leichte Schulter nehmen durfte, und so schickte ich nach meinem Mann, der einem Kunden um den Bart ging, er möge doch, sobald es ihm genehm sei, zu mir kommen. Wutschnaubend, weil ich ihn bei der Arbeit behelligt hatte, kam er dann.

»Hausvater, es ist etwas sehr Schlimmes passiert. Einer der Jungen fiebert. Ich glaube, wir haben eine gefährliche Krankheit im Haus.«

»Welche Krankheit rechtfertigt es wohl, daß der Verlust eines Lehrlings mich bei der Arbeit stört.«

»Keine Krankheit, die ich schon einmal gesehen hätte, aber eine sehr schnelle, die einen Menschen binnen Stunden dahinrafft.«

Small hob eine Braue.

»Komm mit und sieh es dir an, es ist ernst«, sagte ich. »Ich habe schon nach dem Priester geschickt.« Small zündete eine Kerze an, damit er besser sehen konnte, denn die Räume unten, wo die Lehrlinge schliefen, besaßen nur ein Fensterchen und waren sogar mittags noch dunkel. Als er die Kerze hoch über das Bett hielt, wurde mir klar, daß der arme Junge seinen letzten Atemzug getan hatte, ehe noch der Priester eintreffen konnte. Im Lichtkreis der Kerze, den Small langsam über den ganzen Leichnam wandern ließ, zeigten sich Ansammlungen von schwarzen Beulen, welche die Haut des Bauches über der Bettdecke verunstalteten und aus dem Gesicht eine nicht wiederzuerkennende Maske machten.

»Das da kenne ich«, sagte er gelassen. »Gut, daß du mich benachrichtigt hast, Hausfrau.« Und er ging schnellen Schrittes in sein Lager. »Komm mit, Hausfrau, und tu genau das, was ich dir sage.«

Auf der Schwelle zu dem geräumigen Lagerraum stand er still, hielt die Kerze hoch und lächelte sein fürchterliches Lächeln.

»Jungs«, rief er, »ich habe eine freudige Pflicht vernachlässigt! Bringt das Edelste der neuen Ladung aus London als persönliches Geschenk für William le Drapers Tochter zu ihrem Hochzeitsfest in sein Haus! Und die Zobelfelle hier, die bringt Ihr William selbst und sagt ihm, es sei eine Liebesgabe von mir, und ich möchte, daß alle Meinungsverschiedenheiten zwischen uns in Christi Namen beigelegt sind. Los, los! Und daß Ihr sie ihm auch ja persönlich übergebt!«

Dann ergriff er mich hart beim Handgelenk, blies die Kerze aus und zog mich rasch nach oben ins Schlafzimmer.

»Hol deinen Reiseumhang und deine Sachen«, sagte er und hielt mir eine offene Satteltasche hin. Er schloß seine große Lade mit einem Schlüssel auf und holte Gold heraus und füllte eine Geldkatze und die hohlen Hacken seiner hölzernen Stelzenschuhe mit Goldmünzen. Er band sich Holzschuhe und Geldgürtel um und griff nach Mantel, Schwert und Schild.

»Wohin nimmst du mich mit?« fragte ich, denn seine jähe, stumme Geschäftigkeit erschreckte mich. Er schenkte mir einen eisigen Blick.

»Ich nehme nicht dich mit, Mistress Small, sondern meinen Sohn.«

Im Nu waren wir unten und im Hof. So hitzig schritt er aus, daß die Hühner auseinanderspritzten, während er eilends den Stallknecht aus dem Bett trommelte, daß er ihm einen Zelter und mir einen Maulesel sattelte. Small band die Satteltaschen selber fest, während der alte Mann mir beim Aufsteigen behilflich war, denn ich war sehr schwerfällig.

»Nehmt Euch gut in acht, Mistress Margaret, und kommt bald wieder«, sagte der freundliche, alte Mann.

»Und Ihr auch, Master«, setzte er nachträglich respektvoll hinzu.

Als unsere Reittiere aus dem Hoftor klabasterten, ritt mir Small stumm voraus, und sein Kinn sah so ehern verbissen aus wie das einer Statue. Seine Miene entspannte sich erst, als wir ein gutes Stück zum Stadttor hinaus und auf dem Lande waren.

»Wohin reiten wir?« wagte ich zuletzt zu fragen. »Und warum diese Eile?«

»Was geht es dich an, wohin du reitest, wenn es dein Mann so will? Laß dir jedoch eins gesagt sein: auf dem Land, ganz aus der Welt, wohnt ein Mann, der mir etwas schuldet, und dorthin gehen wir für eine Weile, bis wir wieder nach Hause zurückkehren können.«

»Aber es geziemt sich nicht, so eilig und ohne Lebewohl aufzubrechen und alles stehen- und liegenzulassen«, sorgte ich mich.

»Was sich in diesem Fall geziemt, bestimme ich«, gab er zurück und ließ sein furchtbares, kaltes Lächeln aufblitzen. »Wenn du besser zugehört und weniger geredet hättest, so wüßtest du, was ich auf der Stelle wußte. Jene Pelze aus London sind verseucht. Es ist Pestware, und sie haben uns den Schwarzen Tod ins Haus gebracht.«

»Lieber Jesus!« Ich bekreuzigte mich. »Dann waren die Hochzeitsgeschenke ...«

Lewis Smalls Lächeln war so süß, daß es fast zärtlich wirkte, und er antwortete:

»Ich finde, man sollte seine Freunde an seinem Glück teilhaben lassen.«

Voller Entsetzen stellte ich mir Williams lächelnde Tochter vor, wie sie die weichen Pelze am Vorabend ihrer Hochzeit streichelte, vielleicht in Gesellschaft ihrer Brautjungfern, Freunde und Verwandten, die sich eingestellt hatten, um ihre Geschenke zu bewundern. Das Geschenk des Todes schlechthin!

Ihr ehrbarer Vater, der getäuscht und von der christlichen Botschaft die Zobelfelle persönlich entgegengenommen hat, ruht vielleicht, weil er sich etwas unwohl fühlt und damit nicht die Festlichkeit stören möchte. In der Zwischenzeit haben unsere eigenen Lehrlinge, diese unabsichtlichen Todesboten, beschlossen, auf dem Heimweg schnell in einer Schenke einzukehren, denn wer kommt schon dahinter, wenn sie sich heimlich ein Ale genehmigen? Der Todeshauch verläßt die Schenke und fegt wie Höllenflammen durch die Stadt. In unserem eigenen Haus ist der Priester eingetroffen, hat den bedauernswerten Leichnam gesegnet und trägt nun die furchtbare Gabe heim in die Kirche. Wenn dieser Lewis Small nicht einen Verstand sondergleichen hatte, und dazu so praktisch! Auf einen Streich hatte er sich an seinem Feind wie auch an der Welt für den Verlust seiner Güter gerächt.

Schweigend trabten wir dahin und hielten nicht einmal bei Anbruch der Nacht an, denn der Mond schien hell und Small wollte die ganze Nacht durchreiten, um, so schnell es ging, möglichst viel Entfernung zwischen die Stadt und uns zu legen. Auf dem schmalen Weg schimmerten die Steine im kalten Sternenlicht. Als es dämmerte, beklagte ich mich, ich wäre hungrig, denn wenn ich ein Kind trage, bin ich gefräßig wie ein Wolf, aber Small sagte, wir würden weiterreiten, ein Dorf sei nicht mehr fern.

Er hatte recht, denn schon bald wand sich der staubige Pfad durch Hintergassen und an der Allmende eines Dörfchens vorbei, nicht größer als das, in dem ich geboren war. Wo das Ale-Ausschankschild hing und Erfrischungen verhieß, hielten wir kurz an und wehrten alle Fragen ab, während wir aßen und tranken. Als wir aufbrachen, hörte ich die Gevatterin sagen:

»Das arme Mädchen, er bringt sie zu ihren Eltern

zurück, weil sie ein Kind von einem anderen bekommt.«

»Nein«, sagte eine andere Frau, »sie selbst hat mir gesagt, daß sie zurückkehren, um sich noch einmal von ihrer Mutter segnen zu lassen, welche im Sterben liegt ...«

Kurz vor Mitternacht konnte ich nicht mehr. Bis auf den heutigen Tag gehöre ich nicht zu den Menschen, die Tag und Nacht ohne Schlaf reiten können.

»Bitte, Hausvater, nur einen Augenblick Rast, um des Kindes willen.«

Diese Worte waren der einzige Schlüssel zu seinem Herzen, und so stieg er ab, band sein Pferd an und half mir abzusteigen und mich am Straßenrand unter einem Baum hinzulegen.

»Hast du Wasser? Ich bin sehr durstig«, bat ich, denn auf einmal fühlte ich mich sehr matt. Er suchte nach der Lederflasche, die er mitgenommen hatte. Doch dann warf er mir plötzlich einen mißtrauischen Blick zu. Schnellen Schrittes kam er zurück, kniete nieder und befühlte meine Stirn.

»Aber Hausfrau«, sagte er ruhig, »du scheinst zu fiebern. Bleib hier liegen und ruh dich aus, ich eile ins nächste Dorf und hole Hilfe.« Er band mein Maultier an seinem Zwiesel fest und stieg mit einer einzigen, geschmeidigen Bewegung auf.

»Denk dran, ich bin bald wieder da«, rief er und lächelte mir zu. Und dieses Lächeln sagte mir jäh, daß ich ihn nie wiedersehen würde, und daß aus keinem Dorf Hilfe kommen würde. Ich schloß die Augen, denn das Licht tat mir inzwischen weh, und das letzte, an was ich mich erinnere, war das Knirschen des Pferdegeschirrs und das weiche Tripp-Trapp der Hufe im Staub, während er für immer von mir schied.

Bruder Gregory hob kein einziges Mal den Blick. Als er einen säuberlichen, kleinen Schnörkel am Ende des letzten Buchstabens anbrachte, war sein Gesicht wie aus Stein gemeißelt. Margaret konnte sehen, daß er die Zähne zusammenbiß, und schon begann sie sich insgeheim Sorgen zu machen. Vielleicht gab er auf und ging schließlich doch noch. Bruder Gregory war so prüde und leicht beleidigt. Wahrscheinlich wollte er gleich wieder irgendwo einen unleidlichen Großen Meister zitieren, worauf sie aufs neue die unselige *Stimme* bedauern würde. Allein schon der Gedanke, wie ekelhaft er wahrscheinlich sein würde, machte, daß ihre Nadel so gemein durch einen französischen Knoten in der Stickerei fuhr, an der sie gerade arbeitete, daß sie sich in den Finger stach. Während sie ihren verletzten Finger versorgte, ließ sich der Gedanke nicht abweisen, wie schwer es doch war, sich einfach nur vorzunehmen, etwas zu sagen, auch ohne daß man sich auf einen Vortrag über das, was sich ziemt, gefaßt machen mußte. Und wie soll man überhaupt zum springenden Punkt einer Geschichte kommen, wenn der am Ende ist, man aber die Mitte nicht auslassen darf?

»Habt Ihr viele Geister gesehen?« Bruder Gregory wandte sich um und blickte sie nachdenklich an.

»Nein, nur den einen«, sagte Margaret in ihre Stickerei hinein.

»Ein Jammer«, sagte Bruder Gregory. »Ich habe einmal einen Laienbruder gekannt, der regelmäßig warnende Gesichte hatte. Ausnehmend praktisch, vor allem um die Zeit der Aussaat herum.« Er konnte die Augen nicht von der Nadel abwenden, die sich im Stickrahmen im entstehenden Blattwerk auf- und abbewegte. Halb verborgen unter einem Blatt saß ein Blutstropfen. Sie sah überaus unschuldig aus – kaum zu glauben, daß diese Heuchlerin schon den zweiten Ehemann hatte. War der erste also doch gestorben? Wahrscheinlich würde sich schon recht bald herausstellen, daß sie sich dem zweiten über den Sarg des ersten hinweg an den Hals geworfen hatte, wie die Frau im Witz. Hatte einen alten Kerl aufgetan, der sie gewähren lassen würde, und ihm mit Augengeklapper und geschnürtem Mieder den Kopf verdreht. Ein Jammer. Bei Frauen und Jagdhunden geht die Disziplin schnell flöten. Sie bedürfen einer festen Hand, wenn man Ergebnisse von Dauer erzielen will. Damit würde ich auch nicht hinterm Berg halten, dachte er, zu ihrem eigenen Besten natürlich, aber wahrscheinlich kann sie sich das nicht ohne so einen kindischen Ausbruch anhören. Mangelnde *Demut*. Die Krankheit der mordernen Welt.

»Man darf wohl nicht erwarten, daß Ihr viel über Dämonen wißt«, sagte er. »Dazu bedarf es eines besonderen Studiums. Beobachtung allein tut es nicht.«

»Mithin habt Ihr viele beobachtet?« sagte Margaret und blickte auf.

»Nur ein, zwei. Aber ich kenne einen sehr heiligen Vater, der recht große zu bezwingen vermag. Von ihm habe ich ein paar nützliche Dinge gelernt.«

»Dann glaubt Ihr also auch, daß der Geist recht hatte und daß Smalls Taten beweisen, daß er ein Dämon war – als er insgeheim all diese Leute umbrachte.«

»Mistress Margaret, Ihr verschlingt die Folgerungen, ehe Ihr Euch über die Prämissen klargeworden seid. Da ist Eurerseits Aberglaube am Werk! Zunächst einmal müßt Ihr herausfinden, ob die Opfer Sünden auf ihrem Gewissen hatten. Pestilenz kann nämlich ein Ausdruck des Willen Gottes sein. Er möchte uns ermahnen, daß wir keinen Wert auf die weltlichen Dinge legen.«

Bruder Gregory lehnte sich zurück, stützte das Kinn in die Hand und runzelte nachdenklich die Stirn. Lange ließ sich seine Leidenschaft für die Theologie nie unterdrücken und pflegte vornehmlich dann zutage zu treten, wenn er sich mit den Schrecken des Alltagslebens konfrontiert sah. Beim Anblick der zur Schau gestellten, zerstückelten Leiche eines Verräters war es Bruder Gregory zuzutrauen, daß er plötzlich überlegte, in welchem Körperteil wohl die Seele sitzen mochte. Ein gräßlicher Unfall ließ ihn womöglich über den Willen Gottes nachdenken, und einmal, vor langer Zeit, war er in blutbespritzter Rüstung über ein Schlachtfeld voller Leichen spaziert und hatte über die Dreieinigkeit nachgedacht.

Und jetzt wurde er an die Pestilenz erinnert. Eine harte Nuß, denn wie erkannte man darin Gottes Absicht? Männer fielen ihm ein die vor offenen Gruben, in denen Leichen wie Klafterholz gestapelt waren, geheult hatten wie die Hunde, und Frauen, die splitterfasernackt durch die Straßen gerannt waren und vor Schmerz gräßlich gebrüllt hatten. Wenn Gott dergleichen aus dem irdischen Jerusalem machte, dann sollte das einen wohl an das himmlische gemahnen. Doch als er es beinahe beisammen hatte, wurde seine Träumerei von einer ängstlichen Stimme unterbrochen.

»Aber wenn Gott gut ist, würde Er doch gewiß keinen rachedurstigen Mann als Werkzeug benutzen.« Margaret war sehr besorgt.

»Ein Argument, eindeutig ein Argument, das man in Erwägung ziehen muß. Doch damit wäre nicht bewiesen, daß der Mann ein Dämon war. Er könnte genausogut ein Mensch gewesen sein, der sich dem Teufel verschrieben hat. Für Kaufleute und vornehmlich für Geldverleiher ist da die Versuchung groß. Immer dieses Kaufen und Verkaufen – sie glauben, daß sie besser feilschen können als gewöhnliche Leute. Zuerst nehmen sie Zinsen, dann betrügen sie rechtschaffene Ritter um ihr Erbgut, und schon bald sind sie so tief gesunken, daß sie Gift in Weinbecher tun. Danach bilden sie sich nur allzu leicht ein, daß sie selbst den Teufel überlisten können. So sind Geschäftsleute nun einmal – zuvörderst keine Ehre. Das macht sie nämlich empfänglich dafür.« Doch die Vorstellung war für Margaret wohl zu komplex, zumindest ihrer begriffsstutzigen Miene nach zu urteilen. Sie biß die Zähne zusammen, legte ihr Nähzeug beiseite und sagte in sehr gelassenem Ton:

»Mir scheint, daß Lewis Small durch und durch selbstsüchtig war und nur an sein eigenes Wohlergehen dachte. Gänzliche Selbstsüchtigkeit ist das personifizierte Böse, nicht wahr?«

»Frauenrede, Mistress Margaret, Frauenrede. Das Wesentliche ist doch, zunächst einmal zu entscheiden, ob das erhängte Mädchen, das ihn als Dämon bezeichnet hat, ein Traum oder schlicht ein Geist war, in welchem Falle man ihr Wort anzweifeln kann; oder ob es zweitens ein warnendes Gesicht von Gott war, wodurch ihren Worten mehr Bedeutung zukäme; oder ob sie drittens selbst eine dämonische Manifestation oder ein Teufel war, was wiederum Einfluß auf die Auslegung ihrer Worte haben würde. Sagt, seid Ihr überzeugt, daß Ihr sie sowohl gesehen als auch von ihr geträumt habt, oder daß Ihr sie lediglich gesehen oder umgekehrt, lediglich von Ihr geträumt habt?«

»Ich glaube, zuerst habe ich von ihr geträumt, dann habe ich sie mit eigenen Augen in der Dunkelheit gesehen. Aber ich war sehr durcheinander. Ich war schwanger und allein im Haus eines bösen Menschen. Es kann mithin das eine wie auch das andere gewesen sein.« Margaret hörte sich nachdenklich an.

»Das ist mir noch nicht klar genug gedacht, so kommt man nie zu einer präzisen Analyse Eurer Vision und ihrer Bedeutung.« Bruder Gregory wirkte sehr selbstsicher. Schließlich kam ihn in diesen Dingen seine berufliche Ausbildung zupaß.

»Das ist mir zu kompliziert, da komme ich nicht mehr mit.« Margaret sah verwirrt aus. »Woher soll ich denn wissen, was wirklich war und was eine Wahnvorstellung? Oder die Wahnvorstellung einer Wahnvorstellung?«

»Oh, eine harte Nuß. Wenn Ihr damals Weihwasser zur Hand gehabt hättet – nein, wartet, mir kommt da eine Idee. Ist Euch an Lewis Smalls Nasenlöchern etwas aufgefallen?«

»Seinen Nasenlöchern?«

»Teufel können jede beliebige menschliche Gestalt annehmen, wie Geisterbeschwörer sehr wohl wissen. Aber stets haben sie nur ein Nasenloch. Darin unterscheiden sie sich vom Menschen. Und wenn ein Sterblicher in dieses Nasenloch hineinblickt, sieht er geradewegs in das Hirn des Dämons hinein, welches nichts anderes ist als das leibliche Höllenfeuer. Kein Mensch kann das sehen, ohne darüber den Verstand zu verlieren, und seine Seele ist auf ewig verdammt. Natürlich wollen diese Dämonen die Leute dazu bringen, daß sie ihnen ins Nasenloch blicken, doch wer ihre Tricks kennt, hütet sich.«

»Ich kann mich nicht entsinnen, seine Nasenlöcher angesehen zu haben, aber ich glaube, er hatte zwei.« Margaret legte beim Nachdenken das Kinn auf die geballte Hand.

»Seid Ihr sicher? Vielleicht hat Gott Euch eine solche Abneigung gegen ihn eingeflößt, daß Ihr euch gehütet habt, seine Nasenlöcher zu eingehend zu mustern.«

»Das könnte sein, denn ich habe ihm nicht gern ins Gesicht geblickt und fast immer die Augen abgewandt. Das wäre aber sehr nett von Gott gewesen, denn damals habe ich mir Sorgen gemacht, ob ich mit meiner Abneigung gegen das Sakrament der Ehe verstoße. Doch wenn Gott das getan hat, dann war es richtig so. Vielleicht besaß er ja tatsächlich nur ein Nasenloch, und ich habe mir das nur nicht genau angeschaut. Im nachhinein weiß ich es wirklich nicht zu sagen.«

»Ihr habt jedenfalls viel Glück gehabt, denn auch ein

Mensch, der sich dem Teufel verschrieben hat, kann viele Seelen stehlen. Man denke nur, wie er seine erste Frau in den Selbstmord getrieben hat. Ihre Seele ist gewiß verdammt, wie alle Großen Meister uns sagen, und der Teufel hat Small dafür bezahlt.«

»Aber, Bruder Gregory, ich glaube ganz fest an die gnädige Fürbitte der Muttergottes. Ihr etwa nicht? Was das Mädchen getan hat, ist das geringere Übel gewesen.«

Bruder Gregory blickte Margaret ins ernste Gesicht. Ihm fielen mehrere, sehr interesssante theologische Argumente ein. Doch da er damit nur Perlen vor die Säue warf, schwieg er.

Kapitel IV

Am folgenden Donnerstag erhob sich Bruder Gregory frühzeitig, besuchte die Messe und machte sich auf den langen Weg zu Master Kendalls Haus in der City von London, denn er selber wohnte draußen vor den Toren von Aldersgate. Der eher feuchte Frühlingsmorgen versetzte ihn in eine interessante, zwiegeteilte Bewußtseinslage. Sein Hirn überlegte, wie er seine Gottsuche am besten fördern könne, während sein Magen angenehm mit dem Frühstück beschäftigt war, das man wahrscheinlich genau in diesem Augenblick für ihn beiseite stellte. Seine Füße kannten den Weg von den Mietshäusern in den Hintergassen jenseits der Stadtmauern durch Aldersgate hindurch und am Fluß entlang von ganz allein, und so brauchte er daran keinen Gedanken mehr zu verschwenden.

Womöglich, dachte das Hirn, wäre es jetzt, da man auf ein wenig mehr Geld hoffen konnte, klüger, keinen Bettplatz mehr zu mieten, sondern eine eigene Behausung. Wecken, dachte der Magen. Diese luftigen, hellbraunen, die man sonst nirgendwo bekommt. Die Kontemplation, dachte sein Hirn, wird einem besonders erschwert, wenn man mit drei oder mehr zusammengewürfelten Fremden das Bett teilt. Mochten sie auch Schreiber sein, so doch nicht unbedingt auch Sucher, und Spott kann die geistlichen Exerzitien beinahe ebenso zunichte machen, wie Geschnarche und Gewälze von anderen Menschen einem den Schlaf rauben kann. Ein nettes Zimmerchen, und er konnte in Ruhe meditieren. Die Wecken sind frischer, wenn du dort früher hinkommst, kam ihm der Magen dazwischen. Und natürlich könnte man auch bessere Kopierarbeit bekommen, wenn man einen besseren Arbeitsplatz hätte, setzte das Hirn hinzu. Das Briefeschreiben für Betrunkene in Schenken hat wirklich seine Grenzen.

Ein interessantes Problem. So wie der Anschein, daß die Geschäfte blühen, stets bessere Geschäfte nach sich zieht, so hatten Bruder Gregorys erste Erfolge als Kopist ihm jenes Gehabe vermittelt, das neue Kunden anlockte. Seit kurzem eilte ihm schon ein Ruf voraus, wenn er mit Federkasten und Tintenhorn und einem großen, gefalteteten Stück Papier bewaffnet, welches er am Ende des Briefes für seinen Kunden abschnitt und sorgfältig für den nächsten wieder zusammenfaltete, die Runde durch die Schenken machte. Diesen Ruf müßte man baldigst wieder loswerden, seufzte Bruder Gregory reumütig. Denn der Ruf, in dem Bruder Gregory irgendwie stand, war der eines Meisters im Verfassen von Liebeslyrik auf Bestellung.

Nicht einmal er wußte so recht, wie es soweit hatte kommen können, doch es hatte sich nun einmal unter den Fuhrleuten und Kaufmannslehrlingen, Handwerkern, Wegelagerern und Meuchelmördern von London herumgesprochen.

»Wenn du bei einer Frau wirklich Eindruck schinden willst«, erzählte man sich weiter, »dann halt Ausschau nach diesem großen, hochnäsigen Kerl, der jeden Montagmorgen in den *Bear and Bull* kommt. Der setzt dir vielleicht einen Brief auf, so richtig einfallsreich und blumig, mit Reimen am Ende, und das für weniger Geld, als wenn du dir eine Rechnung in der Kathedrale kopieren läßt.« Und so zapfte denn Bruder Gregory regelmäßig mehrere Male in der Woche verschiedene klassische Quellen an und brachte sie in eine gewöhnliche Muttersprache, auf daß sich die Mägdelein und untreuen Ehefrauen der City daran erfreuen konnten. Ovid und Vergil, die lieblichen Gesänge der provencalischen Troubadoure und sogar der unsterbliche Abælard, sie alle beutete seine räuberische Feder gleichermaßen genüßlich aus. Woran man wieder einmal sieht, daß Bildung am Ende doch zu etwas nutze ist.

Natürlich war alles ganz einfach. Wenn man sich nicht richtig mit Frauen einläßt und das auch künftig nicht vorhat, dann ist das nur ein technisches Problem, nämlich den Sprechtakt hinzubekommen. Hat man den einmal, läuft alles wie am Schnürchen. Was man aber an Bruder Gregorys Arbeit vornehmlich schätzte, war seine Versicherung, daß keine zwei Gedichte gleich waren. Das enthob die Kunden der allgegenwärtigen Furcht vor einem Vergleich. Der ist nämlich nicht von der Hand zu weisen, wenn eine Frau sich heimlich jemanden suchen muß, der ihr einen Liebesbrief vorliest. Und es konnte nur ein schlechtes Ende nehmen, wenn ihr Gewährsmann dann wohl sagte: »Aber, genau den gleichen habe ich doch schon vergangene Woche Kat, der Frau des Fischhändlers, vorgelesen.« Und die Macht des geschriebenen Wortes war so groß, daß Bruder Gregorys Werke dieser Tage von den Frauen als Liebestalisman um den Hals getragen wurden, so wie furchtsame Menschen sich geschriebene Gebete als Schutz gegen die Pest umhängen.

Bruder Gregory bog bei der Lombard Street um die Ecke und tauchte in dem Irrgarten kleiner Hintergassen unter, um eine Abkürzung zur Themse zu nehmen, die er erst kürzlich am Themsedeich oberhalb vom Billingsgate Kai entdeckt hatte. Eine etwas anrüchige Gegend, doch wenn man es recht bedachte, welcher Stadtteil war das eigentlich nicht? Aber selber wenn sein Kopf völlig in den Wolken schwebte, so hatte Bruder Gregory doch den zuversichtlichen Gang eines Menschen, der mit dem Messer umzugehen weiß, und das zusammen mit seiner Größe und der offenkundigen Magerkeit seiner Börse hielt ihm Wegelagerer wie bewaffnete Eskorten gleichermaßen vom Leib.

Selbst noch in den kleinen Gassen war die Menschheit von einer solchen Mannigfaltigkeit, daß sie sich hervorragend dazu eignete, Bruder Gregorys Verstand zu beschäftigen. Eine Woche zuvor hatte er sich die Predigt eines hochgerühmten Predigers in Paul's Cross angehört, welcher die These vortrug, Christus wohne in jedem. Nun war diese Auffassung Bruder Gregory zwar einigermaßen geläufig, doch der Sprecher hatte etwas so Zwingendes und beherrschte die einschlägigen Texte so meisterhaft, daß er in Bruder Gregory den Wunsch geweckt hatte, dieser Sache weiter nachzugehen. Warum nicht die Idee jetzt auszuprobieren? Und so bemühte sich Bruder Gregory zunächst einmal, Christus in einem dick verpackten alten Mann auf Krücken zu sehen, dann in einer Gruppe kleiner, ballspielender Jungen und – hier tat er sich besonders schwer – in zwei alten Frauen, welche die Fensterläden ihrer Zimmer im ersten Stock geöffnet hatten, sich hinauslehnten und sich lautstark über die Gasse hinweg unterhielten.

Da war es schon erheblich leichter, Christus in der eiligen, mantelumhüllten Gestalt eines achtbar aussehenden Mannes mittleren Alters zu sehen. Geht wie ein Reitersmann, dachte Bruder Gregory. Dann überlegte er kurz, wie gut Christus wohl zu Pferd gesessen haben mochte. Zweifellos vollendet, da er ein König war. Könige reiten immer gut; das gehörte zum Beruf wie das Tragen eines purpurnen Gewandes und einer goldenen Krone, was Christus beides bekanntermaßen jetzt, da er im Himmel war, auch besaß. Doch sein Geist wurde von der höheren Ebene abgelenkt, die er gerade erklommen hatte, und so beförderte er ihn rasch dorthin zurück, mußte dann aber im nächsten Augenblick feststellen, daß es ihm absolut nicht gelingen wollte, Christus in drei Gestalten zu sehen, die aus den Schatten hervorsprangen und sich von hinten auf den Gentleman stürzten.

Drei gegen einen, das war unehrenhaft. Ohne zu zögern, rannte Bruder Gregory los und warf sich auf die drei, die den Mann am Boden festhielten. Ein gräßliches Krachen, und er hatte zwei mit den Köpfen zusamengestoßen, und ein gemeines, kleines Messer fiel klirrend zu Boden. Bruder Gregory trat mit einem seiner großen Füße darauf und desgleichen auf die Hand des ersten Wegelagerers, die es sich gerade hatte zurückholen wollen. Als der dritte Räuber die Flucht ergriff, stand der Gentleman im Umhang gänzlich verdreckt auf und fuhr herum wie ein Tiger. Er versetzte dem zweiten Dieb einen furchtbaren Hieb seitlich am Kopf, während Bruder Gregory den ersten mit einer kraftvollen Bewegung wie ein Lumpenbündel in eine Toreinfahrt schleuderte und zu dem Fremden sagte:

»Raus aus der Gasse, sie könnten Helfershelfer haben.«

»Genau mein Gedanke«, antwortete der verdreckte Mann, der immer noch etwas außer Atem von dem Überfall war. Erst als sie die dämmerige Gasse eilends hinter sich gelassen und die breite Ecke von East Cheap erreicht hatten, machten sie halt und blickten sich an.

»So, so«, sagte der Gentleman mittleren Alters und musterte dabei Bruder Gregory von Kopf bis Fuß und lächelte, denn er erkannte ihn. »Hältst mir wohl immer noch den Rücken frei, was, Gilbert?«

»Sir William, es war mir eine Ehre«, erwiderte Bruder Gregory ernst und höflich.

Sir William Beaufoy besah sich seine verdreckte Bekleidung. Auch wenn es sauber war, wirkte sein wattiertes Wams fadenscheinig, dazu gesellten sich noch nicht mehr zu entfernende Rostflecken, wo einst sein Kettenpanzer aufgelegen hatte. Da seine Frau sehr geschickt mit der Nadel umzugehen wußte, konnte man die ausgebesserten Stellen in seinem Umhang nur bei sehr genauem Hinsehen erkennen.

»Ich bin ein schöner Anblick, was, Gilbert? Überhaupt nicht wie in alten Zeiten. Weißt du noch, wie du und Philip in Crecy hinter mir geritten seid? Wir waren nicht unterzukriegen – ja, ich konnte gar nicht mehr mitzählen, wie viele französische Edle wir an jenem Tag gefangennahmen. Meinen Lebtag habe ich keine besseren Schildknappen gehabt, die mir den Rücken freihielten, als dich und meinen Sohn. Und nun sieh dir das an, diese Kleidung und dann Strauchdiebe, die mir in einer Hintergasse zusetzen. Fürwahr, die Franzosen haben sich gerächt.«

Bruder Gregory hatte seine eigenen Sorgen.

»Ihr werdet doch Vater nicht erzählen, daß ich hier bin, nein?«

»Gilbert, du weißt, daß ich das nicht versprechen kann. Aber ich verspreche, ihm nicht zu erzählen, wie du aussiehst.« Er musterte Bruder Gregory noch einmal von Kopf bis Fuß und schüttelte den Kopf. »Doch als Gegenleistung«, flügte er hinzu, »möchte ich eine Erklärung dafür, warum du dich in einem bäurischen Schafsfell und mit einem Federkasten bewaffnet in der City herumdrückst und wie ein ausgestoßener Mönch aussiehst.«

»Ich bin vor kurzem aus der Welt der Gelehrsamkeit ins Reich der Kontemplation übergewechselt«, erwiderte Bruder Gregory ungemein würdevoll.

»Kontemplation?« zweifelte der Ritter. »Soll das heißen, du willst Gott sehen? Das kann ich mir bei dir kaum vorstellen, Gilbert. Um Gott zu sehen, muß man sehr demütig sein, und besonders demütig bist du mir nie vorgekommen.«

»Ich bin außerordentlich demütig«, erwiderte Bruder Gregory hochnäsig und deutete nun seinerseits auf seine Kleidung. »Wenn man Demut daran mißt, wie sehr sich meine Gewandung seit früher verändert hat, so bin ich womöglich der demütigste Mann in ganz London. Rechnet man dazu noch meine geistlichen Exerzitien, so nehme ich geradezu sprunghaft an Demut zu. Um genau zu sein, ich rechne damit, daß ich Gott schon demnächst zu sehen bekomme.« Bruder Gregory wirkte sehr zufrieden mit sich.

Wenn er jedoch erwartet hatte, daß sein Begleiter nun in Ehrfurcht ersterben würde, so sah er sich schon bald getäuscht. Zunächst fuhr Sir William zusammen. Dann prustete er los. Am Ende bog er sich geradezu vor Lachen. Als er sich wieder aufrichtete, war sein Gesicht rot, und die Tränen liefen ihm nur so herunter.

»O Gilbert«, brachte er heraus. »Danke. Seit die Franzosen mich ruiniert haben, konnte ich nicht mehr so lachen. Du machst aber auch niemals halbe Sache, was? Nicht einmal mit der Demut.«

Bruder Gregory zog die finsteren Augenbrauen zusammen und sah grimmig und böse drein. Ein schöner Dank, wenn der Mann, dem man soeben das Leben gerettet hat, einen auslacht, selbst wenn es sich herausstellt, daß er jemand ist, den man sein Leben lang geachtet hat.

»Sieh mich nicht so böse an. Ich bin schließlich nicht dein Vater.« Sir William hatte inzwischen einen Schluckauf.

Bruder Gregory klopfte ihm zuvorkommend auf den Rücken, bis es besser wurde. Um das zu infernalische Gelächter zu unterbinden, sagte er: »Von den Franzosen ruiniert, Sir William? Eure Ländereien liegen doch gewiß viel zu weit im Landesinneren, als daß Ihr eine Invasion befürchten müßtet.«

»Ach, Gilbert«, erwiderte Sir William und erbleichte

jählings. »Es gibt keine Ländereien mehr. Ich habe alles verloren. Man hat Philip in Frankreich gefangengenommen, und um das Lösegeld aufzubringen, mußte ich meine Güter den Lombarden überantworten. Dann haben mir die Franzosen, diese Teufel, Nachricht geschickt, daß sie ihn erst freilassen, wenn ich noch mehr Geld schicke. Jetzt bin ich in der Stadt, weil ich just das letzte Silbergeschirr meiner Frau verscherbelt habe. Sogar das Pferd, auf dem ich geritten bin, habe ich verkauft. Jetzt gehe ich zu Fuß nach Haus und kann meiner Frau und meinen Töchtern nur noch sagen, daß sie kein Dach mehr über dem Kopf haben. Gönne mir das Lachen, Gilbert; es könnte mein letztes gewesen sein.« Auf einmal kam sich Bruder Gregory sehr klein und schäbig vor.

»Aber«, sagte er beschwichtigend, »wenn Philip kommt, dann könnt Ihr Euch doch alles zurückgewinnen.«

»Land zurückgewinnen? Land? Wer hat denn heutzutage noch Land außer den gottverfluchten Geldwechslern? Ich sage dir, Gilbert, eines Tages gehört diesen Blutsaugern ganz England. Und dann machen sie und ihre Kumpane, die Kaufleute, aus dem gesamten Königreich ein einziges großes Warenhaus und leben vom Handel. Ich sehe alles vor mir, Gilbert, ich sehe alles ganz deutlich vor mir. Eine einzige Nation von Kleinkrämern, die sich gegenseitig Schund verkauft und statt von Ruhm und Ehre von Pfunden und Schillingen lebt.«

»Pfunde und Schillinge sind nicht alles. Es gibt immer noch Gott.«

»Gott? Und wo ist Gott jetzt? Ich habe meinen Jungen verloren, und der war der Stolz und die Freude meines Lebens, meiner Augen, meines Herzens – und obwohl ich alles gegeben habe, um ihn zurückzubekommen, weiß Gott allein, ob ich ihn jemals wiedersehen werde!«

Sir Williams Aufschrei schnitt Bruder Gregory ins Herz. Er kam sich doppelt abscheulich vor, weil er zwar Mitgefühl für Sir William empfand, gleichzeitig aber auch der Giftwurm Neid an seinen Eingeweiden nagte. Neid auf Philip, daß sein Vater ihn so pries, wo er doch nichts getan hatte, als sich gefangennehmen zu lassen. Und wenn Bruder Gregory ganz allein Jerusalem eingenommen hätte, sein Vater würde ihn nur gefragt haben, warum er nicht schon früher auf den Gedanken gekommen wäre. Wozu taugt die *Demut*, wenn man neidisch ist? Diese Unterhaltung warf ihn in seinem spirituellen Fortschritt um Wochen zurück.

»Sir William, erlaubt mir, daß ich Euch zu Eurem Gasthof begleite. Ihr müßt Euch säubern, ehe Ihr Euch auf den Weg nach Norden begebt.«

»Laß nur, Gilbert, dazu habe ich kein Geld. Ich kann mich nicht einmal mit einem Ale bei dir bedanken.«

»Ein Ale?« Bruder Gregory grinste. »Darüber würde ich mir keine Gedanken machen. Nicht im mindesten, Sir William. Mir nach.« Schon hatte er Sir William um die Ecke, eine schäbige, schmale Straße entlang und hinein in eine der zahlreichen Schenken gezogen, die er kannte. Ein Wort zur Gevatterin in der Küche, und er bekam einen Eimer Wasser und ein altes Handtuch. Er reichte Sir William den Eimer so elegant, als wäre er eine Silberschüssel, und das Handtuch lag über seinem Arm, wie es sich gehörte, so wie er einem Herrn bei Tisch aufgewartet hätte, der sich säubern wollte. Dazumal war Bruder Gregory ein sehr guter Schildknappe gewesen.

»Vorsicht«, sagte er, half Sir William über die schlummernden Leiber einiger Zecher des vorherigen Abends im Hauptraum hinweg und setzte sich mit seinem Begleiter auf einen der besten Plätze dicht am Feuer.

Binnen Minuten näherte sich ein Mann mit Schusterschürze ihrer Bank.

»Ja, da hab ich aber Glück gehabt!« sagte er zu Bruder Gregory. »Ich hab gar nicht gewußt, daß heute Euer Tag im *Einhorn* ist. So ein Glück aber auch.« Sir William sah verdutzt aus. »Also, Ihr wißt doch«, fuhr der Mann fort, »ich brauch' es auf der Stelle. Auf der Stelle. Abends muß sie es haben. Was wollt Ihr dafür?«

»Heute ein Tauschgeschäft«, sagte Bruder Gregory. »Ale für zwei.« Er zog die Bank näher an den Tisch heran, stellte sein Tintenhorn auf die ausladende Tischfläche und zog das Blatt Papier aus den Tiefen seines Gewandes. Die Heldentaten des Morgens hatten ihm kaum etwas anhaben können. Er glättete es auf dem Tisch, fegte jedoch zunächst die Brotkrümel beiseite. Sein Gesicht wirkte im Schein des Feuers ernst und heiter. »Also«, sagte er in ruhigem, geschäftsmäßigem Ton, »welche Augenfarbe?« Während der Mann redete, schrieb Bruder Gregory in seiner schönen, klaren Handschrift. Dann las er dem Kunden die Frucht seiner Bemühungen mit todernstem Gesicht und gemessener, wohltönender Stimme vor, und nur in seinen Augen glänzte es dabei ironisch.

»Tadellos, tadellos!« sagte der Mann, während Sir William das Geschehen mit wachsener Verblüffung betrachtete. Kaum hatten sie dem Ale etwas zugesprochen, da stand auch schon ein Lehrling eines Steinmetzes da und verhalf ihnen zu einem Laib Brot. Drei Gedichte später stießen Bruder Gregory und Sir William vor den Resten eines sehr umfangreichen Frühstücks einen zufriedenen Seufzer aus.

»Ich wußte gar nicht, daß du derlei kannst«, sagte Sir William und deutete auf das Tintenhorn und den Rest des Blattes Papier. »Wo um alles hast du das gelernt?«

»Gedichtemachen? Ach, das war ein Steckenpferd. An der Universität von Paris ist Verseschmieden aus dem Stegreif die ganz große Mode. Zuvörderst habe ich mich natürlich der Philosophie gewidmet.«

»Paris? Mitten im Herzen des Feindes, Gilbert? Schlimm genug, daß du deinem Vater nicht gehorcht hast – doch seinem Namen im Ausland Schande zu machen ...«

»Oh, ich habe ihm sehr wohl gehorcht, Sir William. Schließlich hat er mir nur verboten, nach Oxford zu gehen. Und was seinen Namen anbetrifft, so habe ich den nicht benutzt. Im Augenblick lassen sie in Paris ohnedies keine Engländer zu. Aber viele Fragen stellen sie auch wieder nicht. Außerdem ist das Reich eines Gelehrten die ganze weite Welt.«

»O Gilbert, Gilbert.« Der ältere Mann schüttelte den Kopf. »Nur weil du Gottes Gebot dem Buchstaben nach befolgt hast, heißt das noch lange nicht, daß du es nicht im Geiste gebrochen hast. Du weißt, nach dem Willen deines Vaters solltest du Soldat sein.«

»Sir William«, sagte Bruder Gregory ernst, »ich bin nicht mehr achtzehn, und die Berufung zum Dienst in der Kirche ist höher anzusetzen als der Wille des Vaters. Das wißt Ihr doch.«

»Ebenso wie ich weiß, daß es deine Pflicht ist, ihm zu gehorchen, und daß sich daran dein Leben lang nichts ändert. Du kannst dich deiner Pflicht nicht durch Psalmensingen entziehen, Gilbert. Er wäre gänzlich im Recht, wenn er ein halb Dutzend mannhafte Kerle ausschickte, um dich nach Hause zu schleifen und dich dann bei Wasser und Brot im Keller einzusperren, bis sich dein Kopf etwas abgekühlt hat.«

»Was er mir oft genug zu verstehen gegeben hat«, sagte Bruder Gregory trocken. »In puncto Sohnespflicht zieht das Argument nicht recht.«

»Und das hier«, sagte Sir William mit einer umfassenden Handbewegung, als wollte er die gesamte Schenke beschuldigen, »ist auch nicht gerade ein durchschlagendes Argument für die Religion. Sag mal, fällt dir denn nichts Besseres ein, was du, anstatt Ehre auf dem Schlachtfeld einzulegen, tun könntest? Möchtest du denn so leben?«

»Nicht ganz so, nein, ganz und gar nicht. Ja, wohl kaum. Zumeist arbeite ich als Kopist für – hmm – einen sehr wohlhabenden Kaufmann. Und zwischendurch meditiere ich. Ist Euch der Name Roger Kendall ein Begriff?«

Mitten im Satz war Bruder Gregory aufgegangen, daß Kopieren für die Frau eines Kaufmanns nur Sir Williams Argument bewies. Und dann würde sich Margaret auch sehr aufregen, wenn er nicht käme. So schnappte er sich einen kleinen Jungen, der mit einem riesigen Krug hereinkam, den er mit Ale gefüllt nach Hause bringen sollte, und nahm dem kleinen Kerl das Versprechen ab, zu Master Kendalls Haus in der Thames Street zu laufen und Dame Kendall Nachricht zu geben, daß Bruder Gregory vor Nachmittag nicht zu erwarten stand. Sir William sah ihm zu und sagte bitter:

»Master Kendall, wahrhaftig! Noch so ein Kaufmann! Selbst ich kenne ihn! Sie geben sich nicht zufrieden, daß sie uns das Land wegnehmen, sie nehmen uns auch noch die Söhne!« Er blickte Bruder Gregory mit großem Ernst an.

»Gilbert. Du bist im Unrecht, und du weißt es. Geh heim zu deinem Vater. Fall vor ihm auf die Knie und bitte ihn um Vergebung. Unterwirf dich seinem Willen. Der Wille eines Vaters ist Gottes Wille. Du hast ihm Schande gemacht und seinen Namen durch die Gosse gezogen mit diesem ganzen Büchergelese und Gedichteschreiben und dem Geschwätz über deine Gottsuche. Bedenke eines: Wenn Gott einen Menschen sehen will, dann tut Er ihm das im allgemeinen kund. Wenn Er dich also haben will, so wird er dich schon finden. Und ich hege ernsthaft Zweifel, ob ein Sohn, der nicht auf seinen eigenen Vater hören will, jemals auf Gott hören wird. Geh heim, Gilbert. Es ist deine Pflicht vor Gott und den Menschen.«

Bruder Gregory neigte vor dem Älteren das Haupt, wenn auch zähneknirschend. Sir William war ein guter Kerl, doch er begriff einfach nicht. Für ihn war alles nur eine Sache der Pflicht wie in einem Anstandsbuch, und er sah die Menschen einfach nicht, wie sie in Wirklichkeit waren. Nur Bruder Gregory kannte sich mit Bruder Gregorys Vater aus. Und Bruder Gregory war wild entschlossen, Gott zu sehen. Er hatte ein Hühnchen mit ihm zu rupfen, weil er ihm einen solchen Vater gegeben hatte. Das bedurfte einer ernsthaften Unterhaltung und Beschwerdeführung.

»Ich habe Vater einen Brief geschickt«, sagte er. »Ich habe ihm gesagt, daß ich einen Entschluß fassen will – einen Entschluß hinsichtlich meines spirituellen Lebens, und daß er dagegen nichts ausrichten kann.«

»Einen Entschluß? Willst du etwa Priester werden? Oder einem Orden beitreten?«

»Einem Orden. Ich bin fest dazu entschlossen. Ich habe mir schon einen ausgesucht. Ich bin dort bereits ziemlich lange gewesen, und er eignet sich hervorragend für meine Zwecke. Und Vater sollte mir dankbar sein. Viele Männer sind dankbar, wenn ein zweiter Sohn so gut unterkommt. Ich habe durchaus die Absicht, viele Stunden für das Seelenheil meines Vaters zu beten. Nicht nur weil er es nötig hat, sondern weil es mich noch demütiger macht.«

»Bei den Augustinern?« sagte Sir William hoffnungsvoll.

»Viel zu lax«, erwiderte Bruder Gregory. »Bei Tische stopfen sie neun Gänge in sich rein, lassen sich mit Wein vollaufen und schmuggeln Frauen ein. Und soweit mir bekannt ist, sehen die Gott niemals. Sie reden viel von ihm, aber das ist auch alles. Nein, ich habe ein Karthäuserkloster ausfindig gemacht, in dem man sich auf höchst geistiger Ebene gänzlich der Kontemplation hingibt. Wahrscheinlich habt Ihr von dem dortigen Abt schon gehört – Godric der Schweiger. Manche halten ihn für den heiligsten Mann in ganz England. Er hat eine Reihe sehr interessanter Wunder bewirkt und zudem noch Hunderte von Dämonen ausgetrieben. Er pflegt regelmäßig erhabenen Umgang mit Gott. Genauer gesagt hat Gott ihm solche gewaltige und unbeschreibliche Weisheit verliehen, daß man, so es ihm beliebt mit den Menschen zu sprechen, was selten vorkommt, mehrere Wochen braucht, um zu entschlüsseln, was er gemeint hat. Mithin seht Ihr, daß ich wild entschlossen bin, die ewigen Gelübde bei den Karthäusern abzulegen und in ein höheres Reich der Spiritualität einzutreten – sowie ich noch mehr *Demut* erworben habe.«

Der alte Mann war nicht etwa beeindruckt, sondern entsetzt. Doch er verbarg seine Gefühle, so gut er konnte, und sagte leichthin: »Gilbert, glaube bitte nicht, ich sei der Meinung, einem Mann stünde Frömmigkeit nicht wohl an. Ich kann mir gut vorstellen, daß du in einem Anfall von Begeisterung die Gelübde der Armut, Keuschheit und des Gehorsams ablegst. Ich kann ja sehen, daß du mit der Armut gut zurechtkommst und es vielleicht auch schaffst, dich an die Keuschheit zu halten. Aber seit wann bist du gehorsam gewesen? Wenn du auch nur einen deiner aufmüpfigen Streiche bei den Karthäusern abziehst, wirst du dir noch wünschen, du säßest im Keller deines Vaters.«

Aber Bruder Gregory hörte nicht auf das Gelabere des alten Mannes, statt dessen fragte er ihn nach dem Tor, durch das dieser die Stadt verlassen wollte, und bot ihm Schutz und Geleit bis dorthin an. Der Ältere seufzte still und stand auf. Nicht eines seiner Worte war in Gilberts Dickschädel gedrungen.

Schweigend gingen sie die Bishopsgate Street entlang, vorbei an der Abtei von St. Helen, bis sie dann im Schatten des Tores standen. Aber Bruder Gregory ging ein Gedanke im Kopf herum. Er wandte sich zu Sir William und sagte:

»Es ziemt sich für einen Gentleman nicht, zu Fuß zurückzukehren. Gewiß ...«

»Ich werde schon nicht am Bettelstab gehen, Gilbert. Jetzt nicht, und nie und nimmer.«

»Aber Ihr werdet doch wenigstens den Herzog aufsuchen?«

»Natürlich werde ich das. Wann hätte er mich je im Stich gelassen, oder ich ihn? Ich gehe zu ihm, sowie ich zu Hause bin. Er hält die nächsten vierzehn Tage in Kenilworth hof, und er hat einen alten Krieger noch nie abgewiesen. Zumindest aber wird er für die Mitgift meiner Mädchen sorgen und mir einen Posten anbieten. – Sag, Gilbert, kannst du dir vorstellen, ich als adliger Zeremonienmeister?«

»Nicht gut, Sir William; das paßt überhaupt nicht zu Euch.«

»Finde ich auch. Ich habe es mir lange durch den Kopf gehen lassen. Wenn ich Philip zurückhabe, gehe ich wieder außer Landes – als Söldner, wenn es sein muß. Ich bin noch nicht zu alt für den Versuch, mir mit dem Schwert alles wieder zurückzuerobern.«

Sir William musterte den Weg, der sich vor ihm erstreckte, dann blickte er Bruder Gregory fest in die Augen.

»Gilbert, ich warne dich. Du bist auf dem falschen Weg. Für manch einen nicht falsch, doch für dich. Wenn du darauf beharrst, wirst du für den Rest deiner Tage eher ein kirchliches Gefängnis von innen zu sehen bekommen als Gott.«

Bruder Gregory neigte den Kopf und tat, als hörte er zu. Als sie sich die Hand schüttelten und Abschied nahmen, dachte der Ältere: ›Sir Hubert ist ein Narr, und beim nächsten Mal, wenn ich ihn sehe, werde ich ihm das auch sagen. Wenn er nur ein bißchen nachgeben würde – ein freundliches Wort über die Lippen brächte –, er hätte seinen Sohn wieder.‹ Er drehte sich um und sah Bruder Gregorys hochgewachsener, eigensinniger Gestalt nach, wie sie sich auf der Bishopsgate Street einen Weg durch das Gewimmel der Händler und Lehrlinge zurück zur Stadtmitte bahnte. Dann wandte er sich jäh ab und wickelte sich fester in seinen Umhang, denn es nieselte frühlingshaft. Vorbei an St. Botolphe und dem Bethlehem Spital zog sich die lange Straße zwischen grasbewachsenen Rainen dahin, an verstreuten Hütten und Hühnerhöfen vorbei in die grüne und verhangene Ferne. »Es wäre ein leichtes für sie«, sagte er leise bei sich. »Ich aber, ich habe nichts.«

Als Bruder Gregory an diesem Nachmittag bei den Kendalls eintraf, strahlte er eine Zufriedenheit aus, die ganz und gar nicht zu ihm paßte. Das fiel Margaret auf der Stelle auf, doch sie sagte nichts.

›Er hat gerade jemanden angefahren‹, vermutete sie bei sich. ›So sieht er immer aus, wenn er jemanden beleidigt hat. Natürlich würde er das nicht als Beleidigen auffassen. Er glaubt, es hilft den Menschen, sich zu bessern, wenn er ihnen Wahrheiten sagt, die sie in ihrer Beschränktheit nicht wahrnehmen. Wer das wohl gewesen sein mag? Irgendein Kerl, der ihm ein verdorbenes Würstchen angedreht, oder vielleicht ein Priester, der den heiligen Paulus nicht richtig zitiert hat.‹

In Wahrheit verhielt es sich nicht ganz so, obwohl Margaret beinahe ins Schwarze getroffen hatte. Bruder Gregory dachte an seinen Vater. In den Stunden nach seiner zufälligen Begegnung mit Sir William war er zu der Auffassung gelangt, es sei so nur zum Besten. Just malte er sich aus, wie Sir William, ein alter Freund seines Vaters, schnurstracks zu diesem ging und ihm alles über Bruder Gregorys *Demut* erzählte. Was seinen Vater natürlich sehr erbosen würde, denn wenn einer nicht einzusehen vermochte, daß er selbst einer tüchtigen Portion *Demut* bedurfte, dann der alte Mann. Vater würde bis zur Erschöpfung brüllen und in einem Anfall von Wut mit den Möbeln in der Diele herumwerfen. Doch am Ende würde ihm das guttun. Schließlich konnte das Wissen um das höhere spirituelle Beispiel des Sohnes und um dessen redlichen Wunsch, sein Leben im Gebet für seines Vaters Seele zu verbringen, ihn nur läutern, auch wenn er solch einen selbstlosen, spirituellen Akt weiß Gott nicht verdiente. Bei dem Gedanken war Bruder Gregory rundum wonniglich zumute.

Margaret erschrak, als sie Bruder Gregory leise vor sich hin summen hörte, während er seinen Federkasten und das Tintenhorn bereitmachte. Er hatte es sogar geschafft, das Haus zu betreten, ohne daß er jemand angeknurrt hatte, und bislang hatte er auch nicht einen mürrischen, zornesmütigen Blick in ihre Richtung geworfen. Sie wußte jedoch, daß dieses nicht von Dauer sein konnte. Was er auch zu dem Würstchenverkäufer gesagt haben mochte, ganz hoch oben auf seiner Liste der verbesserungswürdigen Menschen stand nun einmal Margaret, und irgend etwas würde ihn schon daran erinnern.

Das erste, an was ich mich erinnerte, nachdem mein Mann mich unter dem Baum hatte liegenlassen, war ein dumpfes Geräusch, das sich in meine Träume hineindrängte und wieder nachließ. Wurde da etwas zerrissen oder mitgeschleift – ich konnte es nicht recht ausmachen. Manchmal hielt es inne, und manchmal setzte es wieder ein.

»Pferde, ich höre Pferde. Kommt mein Mann zurück?«

»Schsch, schsch«, antwortete die Stimme einer Frau. »Dir geht es noch nicht gut; schlaf du nur weiter.«

»Ich höre etwas. Ist das mein Kopf?«

»Nein, nur der Schrotkuchen, den ich mache«, antwortete die Stimme. Und dann konnte ich in einem rauchgeschwärzten Raum verschwommen die Gestalt einer älteren Frau ausmachen, die in einer Handmühle Getreide mahlte.

Das dumpfe Geräusch der mahlenden Steine setzte erneut ein, als die Frau gleichmäßig die Kurbel drehte.

»Eins steht fest – meine Getreidemühle brauche ich jetzt nicht mehr vor dem Sheriff zu verstecken.« Ich hörte eine Art seltsames, verhaltenes Kichern. »Vermutlich hat alles auch seine guten Seiten, selbst die Pestilenz. Wenigstens gibt es das Mehl jetzt kostenlos.« Das Mahlgeräusch setzte wieder ein. Vielleicht war ich gestorben, und dieses war die Pforte zum Fegefeuer. So schwarz, so rauchig und so klein – so dunkel und qualvoll mußte es im Fegefeuer sein. Ich konnte mich nicht bewegen und versank schon bald wieder in der Schwärze.

Ein andermal schlug ich die Augen auf und sah, wie der Mond ins dunkle Zimmer schien. Ein mit Grassoden abgedecktes Feuer schwelte in der Mitte des Raumes. War es ein Raum? Oder ein Haus? Ich streckte die Hand aus und ertastete von meinem Lager aus hartgestampften Lehmboden und einen Teil der Wand – Flechtwerk mit Lehmbewurf, ich konnte die Zweige und den rauhen Lehm fühlen. Ich hörte tiefe Atemzüge. Wo war ich? War es ein Traum? Etwas plumpste mir schwer auf die Brust, und ich fühlte die vier Pfoten einer großen Katze, die mich auf meinem Lager angesprungen hatte. Ich spürte ihren Atem im Gesicht und blickte hoch und in zwei riesige Augen, glühend wie orangefarbene Kohlen, die mich musterten. Streifen um den Hals, lange weiße Barthaare ... ›Ich muß wohl leben‹, dachte ich, ›denn im zukünftigen Leben gibt es keine Katzen. Aber wo bin ich, und warum bin ich am Leben?‹

Die Mieze beendete ihre Musterung und ging, wie sie gekommen war. Sie nahm ihre mitternächtliche Runde durch die dunkle Hütte wieder auf.

›Leben oder Traum, ist ja alles egal‹, dachte ich schläfrig und war schon bald wieder eingeschlafen.

Eines Morgens wachte ich bei Vogelgesang und dem Duft von Essen auf dem Feuer auf. Ich wollte den Kopf heben.

»Endlich wach?« fragte die Frauenstimme. »Hab ich dir nicht gesagt, daß du es schaffen wirst? Ich war mir sicher, als ich gesehen habe, wie die großen, schwarzen Geschwüre aufgegangen waren. Da habe ich gewußt, daß mein Traum alles richtig vorhergesagt hat.«

Ich faßte unter meinen Arm und an meinen Nacken, wo es sehr weh tat. Unter dem losen Verband hatte ich offene, nässende Wunden.

»Dann ist hier nicht das Fegefeuer?« fragte ich ängstlich. »Ich bin am Leben, oder?«

»O ja, kann sein, es ist eine Art Fegefeuer, aber ganz sicher bist du am Leben, obwohl ich zunächst so meine Zweifel hatte.«

»Warum lebe ich noch?«

»Weil«, so sagte die Stimme selbstgefällig, »weil ich darum gebetet habe.« Die Stimme fuhr fort: »Als ich all meine Lieben begraben hatte, schrie ich zu Gott und der Heiligen Jungfrau und sagte: ›Jetzt, da sie alle tot sind, wer wird da mich begraben? Soll ich allein sterben, und die Tiere fressen meine Gebeine? Und da hatte ich eine herrliche Vision. Die Himmelskönigin persönlich erschien mir in leuchtendrotem Umhang, mit goldener Krone und hübschen, blauen Lederschuhen. Sie sagte zu mir: ›Fürchte dich nicht, denn ich sende dir jemand, und die ist dazu ausersehen, deine Gebeine zu bestatten.‹ Und als mir Peter dann zeigte, daß er an der Landstraße jemanden gefunden hatte, der noch lebte, da luden wir dich da draußen auf Moll und brachten dich hierher, obwohl es dir nicht gerade gutging. Überall auf deinen offenen Wunden krabbelten Fliegen herum.« Draußen, in dem mit Pfählen eingezäunten Hof, konnte ich einen Esel schreien hören. Das mußte Moll sein.

»Und wer ist Peter?«

»Peter ist ein Simpel. Der könnte niemanden begraben, es sei denn, jemand anders würde es ihm sagen.«

Ich dachte kurz darüber nach, und trotz meiner verzweifelten Lage fand ich das Ganze irgendwie komisch.

»Wer würde dann Peter begraben?«

»Peter stirbt nicht, der ist ein Feenwechselbalg. Vielleicht holen sie sich ihn ja eines Tages wieder. Eins steht jedenfalls fest, von Peter bleibt nichts übrig, was man begraben müßte.«

Damit ist dieses Problem gelöst, dachte ich, und die endlose Abfolge von Begräbnissen vor meinem inneren Auge schwand dahin.

Ich hob den Kopf, und die Stimme nahm Gestalt an: eine Frau mittleren Alters in einem formlosen, rostbraunen Kleid mit Überkleid, um den Kopf ein weißes Kopftuch gebunden. Ihr Gesicht muß früher einmal rundlich gewesen sein, dachte ich, aber die Sorge hatte es bleich werden lassen. Die einst runden Wangen hingen jetzt als tiefe Falten und geschwollene, dunkle Tränensäcke schlaff herunter. Nach den Strähnen, die unter ihrem Kopftuch hervorschauten, mußte ihr Haar grau mit schlohweißen Strähnen sein. Ihre Augen waren von einem Blau, das manchmal unbestimmt und manchmal stechend sein kann. Ihre breiten, muskulösen Hände hoben den Schöpflöffel aus dem Topf und gossen seinen Inhalt in drei Holzschüsseln.

»Wenn du dich jetzt aufsetzen kannst, magst du das hier selber essen«, sagte sie.

Ich bemühte mich sehr, konnte jedoch nur den Kopf heben.

»Peter, hilf der Frau beim Aufsetzen«, sagte sie, und da sah ich ein grauslich aussehendes Ungeheuer auf mich zukommen, dessen entfernt menschliche Gestalt es nur noch furchteinflößender machte. Oben auf einem gedrungenen, buckligen, runden Leib saß auf einem dicken, fast nicht vorhandenen Hals ein schwerer, pausbäckiger, spitz zulaufender Kopf mit spärlichem, feinem, glattem, braunem Haar. Es hatte winzige, schweinsartige Schlitzäuglein. Sie wirkten wie falsch eingesetzt, da die Stirn völlig fehlte. Das schweinsartige Aussehen wurde noch durch eine winzige Stubsnase mitten im Gesicht verstärkt. Der Mund war groß und aufgeworfen, doch nicht groß genug für die Zunge, die selbst dann heraushing, wenn das Geschöpf nicht sprach. Ich sage ›sprechen‹ nur aus Höflichkeit, denn die alte Frau schien die Grunz- und Ächzlaute des Geschöpfes als Worte auszulegen.

»Nur keine Bange«, sagte die alte Frau, als sie mich zusammenfahren sah. »Peter ist das freundlichste, liebevollste Wesen, das je geboren wurde. Immer lächelt er, und Traurigkeit kennt er nicht. Du wirst bald merken, daß es schlimmere Gefährten als einen Wechselbalg gibt.« Als das Geschöpf sie umarmte, als hätte es verstanden, daß die Rede von ihm war, da streichelte sie es über den Kopf. »Aber zum Schwatzen habe ich wirklich jemanden gebraucht«, sagte sie mit dem Anflug eines Lächelns. »Peters Unterhaltung mag fröhlich sein, läßt aber doch einiges zu wünschen übrig.«

Peter lächelte erneut sein seltsames, verzerrtes Lächeln, wiegte sich vor Freude über das Lob hin und her und gab zärtliche, liebevolle Laute von sich. Dann kam er zu meinem Bett zurück, schob mir seinen starken Arm unter den Rücken und zog mich mit der anderen Hand hoch, bis ich saß.

An welch sonderbarem Ort war ich doch! Da saß ich nun auf einer durchgelegenen Strohschütte in einem Raum, der entschieden eine Bauernkate war. Ein merkwürdiges Geschöpf hockte neben mir und sabberte fröhlich vor sich hin, während es darauf wartete, daß ich mich bedankte. Ich lächelte, und da nickte es glücklich, wobei ihm der plumpe Kopf fast von den Schultern rollen wollte. Über der Feuerstelle mitten im Raum mit Kochtopf und Gerätschaften, erhob sich das strohgedeckte Dach und teilte sich zu einer Rauchluke, durch die der Rauch nur recht unvollkommen abziehen konnte. Der obere Teil der Nissentür stand halb offen, um Helligkeit hereinzulassen, gegegenüber befand sich das Fenster, eher ein Loch in der Wand, durch das ich den Mond gesehen hatte. Es gab ein paar Möbelstücke, nämlich eine kleine Lade, eine hölzerne Bettstatt und eine große Strohschütte, offenbar für die Familienmitglieder gedacht, die nicht mehr am Leben waren. In einer Ecke lag ein Strohhaufen, und in die Wand war ein Ring eingelassen, an dem die Eselin der alten Frau nachts angebunden werden konnte. Ungewöhnlich an der Kate war jedoch ihr Dach, denn von oben hingen allerlei große Kräuterbündel und getrocknete Pflanzen herab, einige noch mit den Wurzeln daran, und jedes Bündel war mit einem gesonderten Faden zusammengebunden.

»Du bist im Haus keiner gewöhnlichen Frau«, sagte die Alte. »Ich habe nämlich seltene Kenntnisse von Kräutern, Heil- und Zaubermitteln, und mein Ruf als Heilerin in schwierigen Fällen und als Wehmutter bei gefährlichen Geburten ist weitverbreitet. Ja, selbst hohe Damen haben schon nach mir geschickt …«

Eine Wehmutter? Jäh fiel mir mein eigenes Kind wieder ein, und ich faßte mich ganz außer mir nach meinem gewölbten Leib.

»Das Kind ist tot«, sagte sie und musterte mich scharf. »Ich glaube, es war schon in deinem Bauch tot, als wir dich gefunden haben, aber das weiß man natürlich nie so genau. Es hätte das Fieber ohnedies nicht überlebt. Das gibt es zwar, aber wenn solch ein Kind dann geboren wird, ist es ganz verschrumpelt.«

»Ganz verschrumpelt? Dann war es also ein Ungeheuer. Ich wußte ja, daß es ein Ungeheuer werden würde.« Ich begann zu weinen.

»O nein, ganz und gar kein Ungeheuer, nein das nicht«, sagte sie und tätschelte mir die Schulter. »Ich habe es ›Gotteskind‹ getauft, als der Kopf geboren wurde, falls es zufällig noch am Leben war. Es gibt landauf landab keinen Priester mehr, der mir das übelnehmen könnte. Aber es war ein hübsches, kleines Mädchen, wohlgeformt, doch sehr klein – ganz still und weiß.«

Wie seltsam, daß ich mich an nichts erinnern konnte. Ich versuchte, meine Gedanken zurückwandern zu lassen, aber ich sah, wenn ich die Augen schloß, nichts als einen Flammenvorhang.

»Ein Mädchen, ein wohlgeformtes Mädchen?« wiederholte ich irgendwie benommen. Die alte Frau nahm meine Hand.

»Ich habe es ins Leichentuch gewickelt und es hier unter dem Apfelbaum begraben. Ich zeige dir, wo, wenn du wieder gesund bist.«

Ich stellte mir mein kleines Mädchen vor, ganz weiß wie ein schlafender Engel. Natürlich konnte es nicht leben. Welches kleine Mädchen konnte schon im Haus jenes bösen Mannes leben.

»Danke, daß du es getauft hast«, sagte ich und wischte mir die Augen. »Ich bin froh, daß es einen

Namen hatte. Es ist im Himmel besser dran.« Und dann putzte ich mir die Nase.

»Du brauchst mir nicht zu danken«, gab die alte Frau zurück. »Das gehört zu meinem Beruf als Wehmutter. Bei mir bleibt kein Kind, dem ich auf die Welt geholfen habe, ungetauft.«

Natürlich vergißt man ein totes Kind nie und nimmer, obwohl alle Welt sagt, daß man sich nicht anstellen soll. Als ich kräftiger wurde und zuletzt nach draußen in die herbstliche Sonne gehen konnte, da saß ich dann wohl unter dem Apfelbaum und spann oder krempelte Wolle oder enthülste Bohnen und stellte mir mein kleines Mädchen vor – wie es ausgesehen hätte, welche Farbe sein Haar gehabt und wie es gelächelt hätte, oder seine rundlichen Füßchen, wenn es angefangen hätte zu laufen. Aber es war ein Gotteskind – und ich habe seitdem noch viele seiner Art getauft. Vielleicht bringen die Engel ihnen das Laufen bei.

Margaret blickte jäh zu Bruder Gregory auf, und der setzte die Feder ab. Auf ihrem Gesicht arbeitete es. An ihren Händen, die sie unter dem byzantinischen Goldkreuz gefaltet hatte, welches sie gewöhnlich trug, traten die Knöchel weiß hervor.

»Was meint Ihr, Bruder Gregory? Wachsen tote Kinder im Himmel noch? Bringt ihnen da jemand etwas bei und nimmt sie in den Arm? Oder werden sie nicht größer und machen ewig in die Windeln?«

Bruder Gregory war entsetzt. Diese törichte Frau war ein Born des Aberglaubens. Geistwesen nässen selbstverständlich nicht ein, und die Sorte Hirn, die sich zu solch einer Annahme versteigen konnte, war zu jedem Schwachsinn fähig.

»Ich träume nämlich noch von meinem toten Mädchen, manchmal sogar jetzt noch. An Feiertagen bete ich für es und zünde vor der Muttergottes eine Kerze für es an. Findet Ihr das albern?« Margaret wollte wissen, was Bruder Gregory als Geistlicher davon hielt.

»Wie könnte es wohl albern sein, wenn man für die seligen Dahingeschiedenen betet, Dame Margaret«, erwiderte Bruder Gregory ernsthaft und wechselte das Thema, wobei er seine Feder spitzte und sein Tintenhorn verschloß, damit ihm die Tinte während dieses Zwischenspiels nicht eintrocknete. Wenn er darüber nachdachte, so stand nicht ganz fest, ob Säuglinge nicht doch ins Fegefeuer kamen, bis sie nicht mehr einnäßten. Gottes Wege sind rätselhaft, und allzuviel Spekulieren konnte in Häresie enden. Das erinnerte ihn an ein ernsteres Problem. Stirnrunzelnd blickte er Margaret an.

»Wer war diese alte Frau? War sie eine Hexe? Habt Ihr von ihr unheilige Künste gelernt?« Derlei Dinge behielt Bruder Gregory gern scharf im Auge.

»Du lieber Himmel, Bruder Gregory, wenn jemand keine Hexe war, dann sie. Sie war eine ehrbare, christliche Wittib. Ihr Mann war Förster gewesen, und sie verdiente sich den Lebensunterhalt mit ihrer Geschicklichkeit als Wehmutter und ihren Kräuterkenntnissen. Sie liebte die Muttergottes voller Inbrunst, und nie habe ich erlebt, daß sie Gift oder Liebestränke verkaufte oder Ungeborene verzauberte. Ihre Liebe zu allen Kreaturen, auch den seelenlosen, machte sie mildtätig gegenüber jedermann.« Margaret blickte fromm drein, dann hielt sie inne. Immer hieß es aufpassen, daß man die Männer der Religion nicht befremdete, selbst die von der schäbigen Sorte. Es war fast unmöglich, vorauszusagen, was sie zuweilen schluckten und was sie furchtbar aufbrachte. Und jeder hielt es da ein wenig anders.

»Aber ich muß mit meiner Geschichte fortfahren, dann erklärt sich alles.« Margaret blickte nachdenklich zur Decke, so als könnte sie, wenn sie die Augen verdrehte, erneut die Schatten dieser lange vergessenen

Begebenheit sehen. Bruder Gregory rutschte verlegen hin und her und machte sein Tintenhorn wieder bereit.

Als die alte Mutter Hilde (denn so hieß sie) mich fand, hatte sie mich für eine vornehme Dame gehalten, denn wie ich schon sagte, putzte mein Mann mich gern heraus, um sich mit seinem Geld zu brüsten. So trug ich, als sie mich fand, ein Unterhemd aus feiner, weißer Leinwand, ein prächtig besticktes Unterkleid mit Überkleid und einem großen, blauen Reiseumhang aus Wolle, so weich wie die Haut eines Neugeborenen. Doch wie sonderbar die jetzt an mir wirkten! Ich war so dünn geworden, daß sie an mir herumschlotterten, als gehörten sie einer anderen. Zudem hatten sie eine rauchige Farbe angenommen, da Mutter Hilde sie etliche Tage übers Feuer gehängt hatte, um die Pestilenz aus ihnen auszuräuchern.

Während dieser ganzen Zeit hatte Mutter Hilde fortwährend ihre beiden erwachsenen Söhne betrauert und sich um sie gegrämt, denn diese letzten von ihren fünf lebenden Kindern waren die wichtigste Stütze ihrer langen Witwenzeit gewesen. Man hatte sie zu Frondiensten fortgeholt, und sie waren nicht lebend zurückgekehrt, denn die Pestilenz hatte sie fern der Heimat dahingerafft. »Und wer weiß, wo sie begraben liegen, meine Jungen, oder ob sie mit Gebet bestattet wurden!« rief sie ein ums andere Mal aus und rang die Hände. Jetzt hatte sie nichts mehr als den armen Wechselbalg, das Kind ihrer späten Jahre, und selbst dessen Lächeln und unbeholfene Liebkosungen vermochten ihre Weinkrämpfe nicht zu stillen, wenn diese sie arg überkamen.

Aber wie ich schon einmal sagte, die alte Hilde war überglücklich, als sie merkte, daß die Person, die ihr der Traum hergeschickt hatte, keine Lady, sondern eine ebenso neugierige und wache Frau wie sie war, jemand, der sich seiner Hände Arbeit nicht schämte. Natürlich konnte ich nicht widerstehen, ein wenig anzugeben: »Und vor meiner Heirat habe ich nicht nur den feinsten Faden im Dorf gesponnen und den luftigsten Brotlaib gebacken und ein Ale gebraut, das an Qualität nur dem meiner Mutter nachstand, sondern ich kenne auch Dutzende von schönen Geschichten und Balladen – mehr als die meisten fahrenden Sänger, fanden alle.«

»Ach, wirklich?« antwortete sie mit dem Anflug eines Lächelns. »Wie viele Strophen von ›Robyn Hoodes Heldentaten‹ kannst du denn singen?«

»Oh, über sechzig richtige Strophen, mehr als alle in Ashbury!«

»Dumme Mädchen wachsen Älteren nicht so schnell über den Kopf«, gackerte Hilde vergnügt, »denn ich kann über hundert. Kannst du ›Reineke Fuchs‹ und ›Die Geschichte von den drei Räubern‹?«

»Ich kann Reineke Fuchs auf drei verschiedene Arten«, sagte ich hochnäsig.

»Und ›Die langmütige Griselda‹ auch, möchte ich wetten«, sagte sie, als ob sie mich auslachen wollte.

»Die langmütige Griselda kann ich nicht leiden, kein bißchen«, erwiderte ich und sah grämlich drein.

»Hatte ich mir schon gedacht«, kicherte sie. »Ich mag sie selber auch nicht besonders.«

Bruder Gregory blickte von seinem Text auf und unterbrach sie.

»Die langmütige Griselda ist eine Geschichte mit einer sehr lehrreichen Moral. Es könnte Mädchen heutzutage nur guttun, wenn sie öfter daran dächten, was Griselda uns lehrt.«

Margaret war ungemein verärgert. Ihr Gedächtnis strömte nur so, und da paßte es so richtig zu Bruder Gregory, daß er ihr mit der unleidlichen, langmütigen Griselda dazwischenfuhr.

»Ich glaube, es macht Euch Spaß, sündhaften Frauen

moralische Geschichten vorzutragen«, sagte sie, und dabei funkelte es gefährlich in ihren Augen.

»In meinem Kopf ist kein Platz für Schund«, erwiderte Bruder Gregory und blickte prüde und mißbilligend. »Wenn ich vortrage, dann Psalmen zur Läuterung meiner Seele.« Würstchen, dachte Bruder Gregory. Durch euch bin ich vom rechten Weg abgekommen. Dieses widernatürliche Weib hegt so niedere Gedanken in ihrem Hirn, daß ich mich damit über und über beschmutzt habe. Er seufzte. Würstchen. Hmm. Gar nicht so schlecht zum Abendessen heute. Dann ertappte er sich bei positiven Gedanken über die Sünde der Völlerei, und es schauderte ihn. Nun würde er fasten müssen. Doch Margaret wirkte nicht sehr niedergeschlagen, obwohl Bruder Gregory sie so angeprangert hatte. Ein verschlagener, vergnügter Ausdruck war über ihr Gesicht gehuscht.

»Bruder Gregory, Ihr habt gerade zugegeben, daß die langmütige Griselda Schund ist«, sagte sie. Bruder Gregory fuhr zusammen. Sie hatte ihn überrumpelt. Wie entwürdigend. Margaret konnte nicht widerstehen, ihren Vorteil auszunutzen. »Meiner Meinung nach ist eine Frau, die ihrem Mann gehorsam bleibt, obwohl sie glauben muß, daß er alle ihre Kinder ermordet hat, nicht langmütig, sondern dumm und feige.«

Bruder Gregory blickte grimmig vor sich hin, während er nachdachte. Wäre sie ein Mann, an ihren Worten wäre vielleicht etwas dran. Aber wenn er etwas nicht zuließ, dann, daß eine Frau, vornehmlich diese gräßliche da, einen Streit mit ihm gewann. Er blickte an seiner Nase herunter und sagte in ruhigem, überheblichem Ton:

»Frauen ist es im Gegensatz zu Männern nicht so gegeben, abstrakte Eigenschaften zu beurteilen; darum frommt es sich für eine Frau, sich in derlei Dingen gänzlich dem Urteil des Mannes zu unterwerfen. Aristoteles hat sich dazu eindeutig geäußert; er sagt, eine Frau ist lediglich zu einer Tugend fähig, nämlich zum Gehorsam.« Geschafft; gegen den Großen Meister Aristoteles kam sie nicht an.

Margaret richtete den Blick auf ihre Stickerei, zweifellos war sie nun vernichtet.

»Der Aristoteles da, das war doch ein Mann, oder?« Bruder Gregory entging der ironische Unterton in Margarets Stimme.

»Natürlich«, sagte er.

»Ja, natürlich«, gab Margaret zurück und wandte immer noch das Gesicht ab. Sie hatte mühsam gelernt, wie man Lachen unterdrückte.

»Seid Ihr für heute fertig?« fragte er hoffnungsvoll.

»Nein, ich habe noch mehr«, erwiderte sie. Bruder Gregory seufzte und begann aufs neue.

Mutter Hilde glaubte zu wissen, daß Gott, der von allen Spielarten des Humors vermutlich die Ironie am meisten schätzte, sie wegen ihrer Armut vor der Pestilenz errettet hatte und das auch noch ungeheuer witzig fand.

»Wenn man's bedenkt, Margaret«, sagte sie, »dann ist diese Pestilenz so tödlich, daß selbst schon ein Blick die Krankheit überträgt. Die Luft rings um einen Kranken ist vergiftet; gleichermaßen sein Haus und seine Habseligkeiten. Hat man Kopfschmerzen, so folgt das Fieber auf dem Fuße. Ehe der Tag herum ist, haben sich schwarze Flecken und große Geschwülste gebildet, und der Mensch sinkt ins Grab.

Aber in meiner armen Hütte, so weit entfernt vom Dorf, wer sollte da Mutter Hilde vergiftete Luft zutragen? Welche eitle, geschwätzige Ehefrau mochte Hilde schon einen Blick schenken, welche so arm war, daß man sie übersah, bis die Wehen richtig einsetzten. In die Kirche sind sie gerannt, um zu beten, und haben dort alle zusammen die schlecht Luft eingeatmet. Wer konnte, ist noch mit seinem Hab und Gut geflohen und hat das Übel ins übrige Reich getragen. Wer geblieben ist, hat sich im Haus eingeschlossen und ist zugrunde gegangen, und einer hat den anderen begraben: die Mutter ihre Kinder, der Mann seine Frau. Dann stirbt der Priester, und die Totengräber fliehen – die verwesenden Leichen liegen jetzt in ihren eigenen Häusern herum. Und wer bringt in dem ganzen Durcheinander wohl der alten Hilde zu essen? Niemand! Sie ist vergessen. Vergessen von allen, aber nicht von Gott. Und Er sagt: ›Dennoch seid ihr vor Gott nicht vergessen; selig seid ihr Armen, denn das Reich Gottes ist euer; die alte Hilde wird leben, weil sie der Beachtung nicht wert war.‹ So sagt Gott. Er bringt alles durcheinander und ärgert besonders gern die Eitlen. Gottes Augen sehen alles, Margaret! Und da hockten wir nun, womöglich als die letzten Menschen, die auf der ganzen Welt noch am Leben sind. Die Pestilenz breitet sich aus und tötet, und die arme alte Hilde, die nicht lesen und nicht schreiben kann, bleibt übrig, damit sie davon erzählt. Ich glaube, für Gott ist alles nur eine Posse. Nicht unsere Art Posse, aber Seine.«

Wenn man Mutter Hilde zuhörte, ergab alles irgendwie einen Sinn. Aber Gott als Possenreißer? Ihre Vorstellung war mir gar kein Trost. O lieber Herr Jesus, betete ich, bewahre mich vor diesen Possen Gottes. Kummer und Sorgen sind schon schlimm genug. Aber Possen zu reißen? Das kam mir denn doch zu ungerecht vor.

»Hilde ist eine Ketzerin.« Angewidert setzte Bruder Gregory die Feder ab. Margaret sah ihn durchdringend an.

»Das finde ich nicht«, sagte sie mit ruhiger, jedoch fester Stimme. »Außerdem«, setzte sie hinzu, »unterbrecht Ihr mich im wichtigsten Teil.«

»Ach, wirklich?« gab Bruder Gregory zurück, wobei er skeptisch eine Braue wölbte. »Mir kommen alle Teile ziemlich gleich vor.«

»Das sind sie nicht. Ein Teil muß ja wohl auf den nächsten folgen, sonst kann man den letzten nicht richtig verstehen. Erst wenn man das Ganze kennt, weiß man, was die wichtigsten Teile sind.«

»Genau, Madame Philosoph«, erwiderte Bruder Gregory. »Und so laßt uns denn fortfahren.«

Als ich wieder auf den Beinen war, half ich Hilde beim Sammeln und Einlagern von Nüssen und Obst, denn es war Herbst geworden, auch wenn niemand außer uns sammeln und ernten konnte. Welch trostloser Anblick: Keine Reihen von Männern und Frauen, die mit Sicheln über die Getreidefelder schritten! Die reiche Ernte verdarb auf dem Halm. Krähen krächzten und Bienen summten, und zuweilen konnten wir verwilderte Hunde bellen hören. Aber nirgendwo Rufe und Zurufe, kein Hirte mit seiner Pfeife. Nichts als Schweigen und Hitze. Auf den langen, goldenen Streifen der Getreidefelder waren unregelmäßige Muster herausgefressen, wo sich nämlich eine Kuh oder ein Pferd losgerissen hatte und herrenlos herumgewandert war. Andere Tiere waren in ihren Pferchen Hungers gestorben oder durch die Pestilenz, und wenn der Wind in unsere Richtung stand, blies er uns ihren Verwesungsgeruch zu.

»Mutter Hilde«, sagte ich eines Tages, »ich muß wieder zu Kräften kommen. Dazu will ich jeden Tag ein wenig weiter herumwandern. Heute möchte ich bis ins Dorf und nachsehen, ob sich dort noch etwas regt.«

»Wie du willst, aber finden wirst du nichts. Sieh dich vor und geh in kein Haus – sie sind innen alle vergiftet.« Und dann fiel ihr doch noch etwas ein, und sie fügte hinzu: »Am Ende des Feldweges, bei der Allmende, steht vor einem Haus ein sehr schöner Birnbaum. Seit Tagen schon wollen mir diese süßen Früchte nicht mehr aus dem Kopf. Ich habe sie schon immer mal probieren wollen, und jetzt verfaulen sie einfach. Wenn du dort vorbei mußt, sieh nach, ob noch gute am Baum sind und bring mir ein paar mit.«

Und so machte ich mich mittags auf den Weg zu einem einsamen Spaziergang und zu Hildes Birnen. Ich wollte nachdenken und nachsehen, ob es noch etwas zu sehen gab.

Zwar schienen wir dort im Schatten des Waldes fern vom Dorf zu wohnen, doch in Wahrheit war es gar nicht so weit. Vielleicht machten es meine schwachen Beine, daß mir der Weg so lang vorkam. Doch die tatsächliche Entfernung zwischen Mutter Hildes kleinem Haus und den besseren Häusern des Dorfes war die Entfernung zwischen der Armut einer Wittib und den wohlhabenden Familien – könnte man die Entfernung zwischen dem reichen Mann und Lazarus messen, käme man vermutlich auf tausend und mehr Meilen im Geist. Und so ging ich denn diese wenigen tausend Meilen und dachte nach. Sorgsam machte ich auf dem Weg einen Bogen um den aufgedunsenen, fliegenbedeckten Kadaver eines Ochsen, und als ich mich dem Feldweg beim Birnbaum näherte, nach dessen Birnen es Hilde so gelüstete, da konnte ich auf den Türstufen der Häuser Eidechsen rascheln hören. Es gehört zu den Eigentümlichkeiten dieser furchtbaren Pestilenz, daß selbst die Kleinlebewesen davon erfaßt wurden, aus ihren Höhlen ans Tageslicht kamen und starben. Ich sah etliche zusammengerollt und verdorrt am Straßenrand liegen, und selbst die wilden Tiere schienen zu zögern, sich an ihnen gütlich zu tun.

Der Birnbaum stand nicht allzu dicht an der Hütte, von der Hilde gesprochen hatte, und so las ich ein gutes Dutzend Birnen in meine Schürze, ohne daß ich das tödliche Gift im Innern des Hauses fürchten mußte.

Den Weg hinauf und hinunter ging in den leeren Häusern der Tod um. Hier stand eine Tür offen und schlug im Wind hin und her. Dort lag am Straßenrand der Lederball eines Kindes. Das Ale-Ausschankschild hing verloren über der offenen Schenkentür. Im Haus dahinter sah man Anzeichen für einen eiligen Aufbruch, ein zerbrochener und ausgeflossener Krug war am Wegesrand liegengeblieben, als die Familie kopfüber die Flucht ergriffen hatte.

Während meine Füße wie von allein durch den Staub stampften, brütete ich vor mich hin. Der Gegensatz zwischen dem strahlenden Tag und der Trostlosigkeit alles Menschlichen machte mir angst. Wollte Gott die menschliche Rasse für ihre Sünden bestrafen? Welche Sünden waren so groß, daß alles, was da atmete, elendiglich zugrunde gehen mußte? Oder vielleicht hatte Gott das gar nicht getan. Vielleicht hatte er die Welt aufgegeben, und das hier war das Werk des Teufels. Aber der Teufel kann keinen schönen Tag machen oder daß sich die Zweige der Apfelbäume unter dem Gewicht der nicht gepflückten Früchte biegen. Ganz gewiß nicht. Dann war ich offenbar nicht klug genug, um das alles zu verstehen. Wo war der Mensch, der mir das erklären konnte? Dann dachte ich, vielleicht ist es doch so, wie die Priester behaupten, daß nämlich alles in den Heiligen Schriften steht. Wie überaus traurig, dachte ich, denn nie würde ich das Buch finden, welches das Geheimnis barg. Und wenn ich es fände, so könnte ich es nicht lesen. Warum mußte das Geheimnis Menschen wie mir auf ewig verborgen bleiben? Ich ärgerte mich nicht einmal mehr über die Ungerechtigkeit, die darin lag. Ich war jenseits allen Fühlens. Ich blickte auf, als ein Schatten über meinen Weg fiel. Der Kirchturm ragte vor mir empor. Ohne dessen richtig gewahr zu werden, hatte ich auf der Dorfstraße den Weg zum Kirchhof eingeschlagen.

›Vielleicht ist das Geheimnis ja dort drinnen‹, ging es mir vage durch den Kopf. Aber dann schreckte ich jäh zurück und hätte fast die Flucht ergriffen. Denn hinter dem Tor, vor dem Kirchenportal, befand sich der Friedhof in einem grausigen Durcheinander. Mit dem Fortschreiten der Pestilenz hatte man die Gräber flacher ausgehoben und in eines mehrere Leichen gebettet. Die obersten lagen so dicht unter der Erde, daß Tiere sie ausgegraben hatten und jetzt gräßlich verstümmelte Gliedmaßen und Fetzen von verrottenden Leichentüchern aus den staubigen Erdhügeln hervorlugten. Überall in der Luft hing Verwesungsgeruch.

Ich bekreuzigte mich, mir schauderte, und das nicht nur aus Furcht um meine Seele, denn zwischen den Gräbern lauerten wilde Hunde; einer hatte entschieden einen Menschenknochen im Maul, dort in der Ecke lag der angenagte Schädel eines Kindes, an dem noch eine lange Haarsträhne hing, den ein anderer fallen gelassen hatte. Ein dürrer, schwarzweißer Köter fletschte die gelben Zähne, als ich mich näherte, floh aber, und die anderen folgten ihm und verzogen sich in den Schatten hinter den Grabsteinen, von wo sie mich abschätzenden Blickes betrachteten.

Warum ging ich weiter? Selbst heute weiß ich es nicht zu sagen. Ich glaube, ich mußte weitergehen, weil es so bestimmt war. Irgendwie war mir, als ginge ich geradewegs in den Tod hinein. Und Vater Ambrose hatte immer gesagt, daß wir nur durch den Tod zum ewigen Leben geboren werden. Das war denn wohl der Grund. Die schwere Kirchentür war nicht verschlossen, und als ich sie mit der freien Hand aufstieß, öffnete sie sich langsam. Es war nur eine armselige Dorfkirche, nicht so großartig wie die herrliche Abteikirche von St. Matthew's. Bilder vom Sündenfall, der Sintflut und der Kreuzigung waren in einst leuchtenden, mittlerweile durch den Rauch vieler Kerzen nachgedunkelten Farben auf die Wände gemalt. Oberhalb des Altars war das Jüngste Gericht abgebildet, die Seligen, in Weiß gekleidet, fuhren auf der linken Seite auf; die Verdammten wurden nackt in eine Feuergrube voller Dämonen geworfen. Das große Kruzifix befand sich noch an seinem Platz, ebenso die Altartücher, doch die Kerzen waren herabgebrannt, und das Wachs war in großen Lachen rings um sie erstarrt. Ich fragte mich, ob der Priester allein im Angesicht des Todes wohl gerade die Messe hatte lesen wollen, als es auch ihn traf. Oder ob er vielleicht feige gehandelt und einfach fortgelaufen war? Ich muß Mutter Hilde fragen, was aus ihm geworden ist, dachte ich zerstreut. Die stillen Gesichter der hölzernen Heiligen gaben keine Auskunft.

Nie bin ich mir so vollkommen allein vorgekommen. Es war eine Art Erschöpfung, so als hätte ich mich gänzlich ausgeweint. Alles, was ich einmal für mein Ich gehalten hatte, alles war dahin. Ich war verheiratet und doch nicht verheiratet; war Mutter und doch keine Mutter; am Leben und doch nicht wirklich lebendig. Eine Fremde stand da, die überhaupt niemand war, eine Person ohne Heim, Vergangenheit oder Zukunft. Dieses Mal konnte ich nicht einmal zur Muttergottes und den Heiligen beten. Selbst Gott war fort. Mein Geist war so hohl und leer wie ein offenes Grab.

Und da merkte ich auf einmal, daß sich etwas überaus Eigentümliches mit dem Licht im Raum tat. In der unbeleuchteten und somit von Natur aus dämmrigen Kirche kam etwas sehr Seltsames, gleichsam ein Lichtschleier von der hohen, gewölbten Decke herabgeschwebt. Ich starrte wie gebannt zu ihm hoch, während er sich allmählich herabsenkte. Mein Mund öffnete sich, und als sich auch meine linke Hand jählings öffnete, da rollten mir die Birnen aus der Schürze zu Boden und verströmten einen süßen, fauligen Duft. Als sich der Schleier zu Boden senken wollte, fiel ich mitten in der leeren Kirche auf die Knie. Ich faltete die Hände und mochte den staunenden Blick nicht von dem wechselnden Licht im Schleier abwenden. Große, leuchtende, lichte Formen, die manchmal dichter und gelber als das sanfte, goldene Licht des Schleiers waren, tröpfelten darin herab wie Honig, der über den Rand eines Kruges fließt.

Während ich zusah, wie die Lichtmuster sich bewegten, herabrieselten und mich umflossen, ergriff mich eine unbeschreibliche Ekstase. Seitdem habe ich wieder und wieder versucht, Worte dafür zu finden, doch dergleichen vermag keine menschliche Zunge zu beschreiben. Meine Seele wurde emporgehoben und wollte sich dort oben im Universum verströmen. Oder vielmehr, das Universum und meine Seele verschmolzen so, daß ich nicht mehr zu sagen wußte, wo das eine begann und die andere aufhörte. Ich blickte aus einer Höhe von tausend Meilen herab und sah meine armselige sterbliche Hülle knien und zittern. Sollte ich zurückkehren? Wozu die Mühe? Eine tiefe Stimme rings um mich, die in meiner Seele und um sie herum hochstieg, sagte:

»Geh zurück, du hast noch zu tun.«

»O nein, nein!« hielt meine Seele dagegen. Nie wieder so eingezwängt, so gedrückt sein! Aber ich fühlte, wie es mich nach unten saugte und zog, und schon blickte ich wieder aus eigenen Augenhöhlen in den verblassenden, schimmernden Lichtschleier. Ich weiß nicht, wie lange ich dort verweilte, aber irgendwie sagte mir mein Verstand, daß ich nach Hause gehen müßte. Hildes Birnen lagen am Boden. Ich sammelte sie auf, ohne zu wissen, was ich tat, denn mein Geist fühlte sich schwindelig und trunken an.

Als ich die Kirchentür öffnete, traf mich das Licht des Spätnachmittags wie ein Schlag, und ich trat hinaus in eine Welt, die mir so weh tat, daß ich zurückwich. Doch irgend etwas, etwas sehr Eigenartiges war mit dem, was sich meinen Augen bot, geschehen. Überall war Licht, alles war licht! Ein Baumstamm loderte gleichsam wie eine große, orangefarbene Flamme und stieg von der Erde auf, während seine Blätter zu einem glitzernden, orangefarbenen Funkenregen geworden waren. Das Gras glühte in Phosphorgrün. Vor mir stob ein Schwarm Sperlinge auf wie ein halb Dutzend leuchtender Halbkreise in Gelbgrün. Selbst die Erde gab ein tiefes, warmes Leuchten von sich.

»Was ist mit den Steinen? Sind nur die lebendigen Dinge licht?« Eingehend betrachtete ich einen großen Stein und sah, daß er von tief innen heraus dunkel, verschwommen orangerot leuchtete.

»Was ist mit den einst lebendigen, jetzt aber toten Dingen?« Ich betrachtete einen abgestorbenen Ast, an dem entlang immer noch das Orange des dazugehörigen Baumes spielte, jedoch in einem ganz, ganz hellen Ton. Ein Knochen leuchtete in einem sanften, hellen, erlesenen Grün.

»Alles ist Licht!« staunte ich. »Wir sind alle Licht, alle sind wir eins! Alle und alles!« Eine wilde Freude ergriff ganz von mir Besitz.

Auf dem Heimweg beschäftigte ich mich damit, die verwandelten Dinge, Kreaturen und Pflanzen anzuschauen. Ich konnte die im Gras verborgenen Insekten an ihrem bunten Gefunkel erkennen. Die Landstraße, die Felder, die Bäume, alles war zauberisch und faszinierend.

Immer noch in Trance, machte ich die niedrige Tür von Hildes dunkler Kate auf. Ei, die bereitete mir einen sonderbaren Empfang.

»O du lieber, süßer Jesus, steh mir bei«, schrie die alte Frau und wich vom Feuer in den entgegengesetzten Winkel zurück.

»Stimmt etwas nicht?« wollte ich fragen, doch mein Mund bewegte sich wohl, aber kein Laut kam heraus.

Ich versuchte es, versuchte zu sprechen, doch die Worte wollten nicht kommen.

Dann hörte ich die tiefe Stimme in und rings um meine Ohren dröhnen; sie kam aus dem Universum und lief mir gleichzeitig das Rückgrat hoch. Sie sagte:

»Gott ist das Licht.«

Hilde fiel auf die Knie und bekreuzigte sich. Ob sie das auch hörte? Ich fand die Stimme wieder und fragte schließlich:

»Liebe Mutter Hilde, um Himmels willen, stimmt etwas nicht?«

»Margaret«, gab sie mit bebender Stimme zurück, »etwas, etwas leuchtet rings um deinen Kopf und deine Schultern. Orangefarbenes Licht mit goldenen Spitzen umfließt deinen Kopf. Dein Gesicht strahlt, strahlt in einem gelben Schein. Ich fürchte mich sehr vor dir.«

»Ach, meine liebe, liebe Freundin. Ich glaube, ich bin von Sinnen. Mich erfüllt eine so unbeschreibliche Freude.«

»Ich habe viele gesehen, die von Sinnen waren, Frauen und Männer, aber Wahnsinn strahlt und leuchtet nicht mit sichtbarem Licht. Das ist etwas gänzlich anderes.« Beim Sprechen kam sie wieder zu sich, faßte sich und fügte hinzu: »Sag, tut es weh? Wie konnte das geschehen?«

»Ich dachte, ich wäre gestorben und daß der Tod schön sei. Aber eine Stimme sagte, ich hätte noch zu tun und müsse zurückkehren. Und so strömte ich in meinen Leib zurück und blickte mich um und sah, daß alle Dinge, auch die häßlichsten, in diesem Licht unbeschreiblich schön geworden waren. Ich bin wiedergeboren und wandle durch eine wiedergeborene Welt.« Die alte Frau sah mich schlau an und legte den Kopf schief, als dächte sie über etwas nach.

»Du kannst nicht leuchtend umherspazieren. So was

tut man nicht. Ich weiß gar nicht, wie du dir etwas zum Leben verdienen willst, wenn du so aussiehst.«

»Ich weiß gar nicht, wie ich leben soll, Hilde, weil ich nicht weißt, warum ich lebe. Ob mir das irgendwie gezeigt wird?«

»Wohl möglich, wohl möglich«, murmelte Mutter Hilde und nickte ganz gedankenverloren. Dann musterte sie mich eingehend, wahrlich, sehr eingehend.

»Mir ist da etwas eingefallen«, sagte sie. »Ein Versuch. Siehst du meine Hände hier?« Sie hob Hände, die an jedem Fingergelenk Knoten aufwiesen. »Seit langem ist es meine größte Angst gewesen, daß der Schmerz, der mir die Hände knotig macht, sie eines Tages auch völlig untauglich macht. Du weißt, daß ich nicht mehr spinnen kann. Doch an dem Tag, an dem ich keine Kräuter mehr pflücken oder den Kopf eines Kindleins mehr holen kann, an dem Tag fange ich an, Hungers zu sterben.« Sie kam mit ausgestreckten Händen auf mich zu.

»Berühre meine Hände, Margaret. Berühre meine Hände und bete, daß sie gesund werden.«

Ich streckte die Hände aus und nahm ihre in meine. Im Geist sprach ich ein Gebet, stellte mir einen Augenblick das Bild weicher, geschmeidiger, gesunder, junger Hände vor und schloß die Augen. Ich spürte, wie eine sonderbare Energie, die nicht wirklich ich war, durch mich hindurchfloß, gefolgt von einem Gefühl des Leerwerdens, so als ob meine Kraft ausflösse, während das Leuchten im Raum nachließ.

»Aber, Margaret, wie wunderbar! Sieh nur meine Hände, wie sie sich bewegen! Keine Schmerzen mehr, sie fühlen sich wieder ganz jung an!« Sie knickte der Reihe nach jeden Finger und streckte ihn wieder, um mir zu zeigen, daß die Gelenke bereits geschmeidig waren. Und während der folgenden Tage lösten sich die

Schwellungen und Knoten an den Gelenken von innen her auf.

»Margaret, du hast deine Aufgabe gefunden. Das hier ist deine Gabe. Du bist dazu bestimmt, Gutes zu tun, viel Gutes!« sagte Mutter Hilde, streckte die Hände aus und wackelte mit den Fingern, wobei sie deren Beweglichkeit anstaunte.

»Aber Mutter Hilde, das Licht scheint doch jetzt nicht. Ich glaube nicht, daß ich es noch einmal tun kann.«

»Ja«, gab sie mir recht, ging sachkundig um mich herum und musterte mich wie eine Henne einen großen Wurm. »Das Licht hat abgenommen. Leuchtet so gut wie gar nicht mehr. Das kommt daher, daß du deine Kraft auf die Heilung verwendet hast. Wenn du das Licht wiederbelebst, kannst du wieder heilen.«

»Aber wie soll ich das Licht wiederbeleben? Ich habe doch nicht von mir aus darum gebeten.«

»Was hast du getan, als das Licht über dich kam?« Mutter Hilde war eine kluge Frau, klüger als ich, obwohl ich mich durchaus nicht für dumm halte.

»Gebetet und nicht gebetet. Ich war in einem Zustand vollkommener Ruhe, habe an nichts gedacht und mich als ein Nichts gefühlt.«

»Dann verlasse ich jetzt das Zimmer, und du machst es noch einmal und siehst zu, ob das Leuchten zurückkehrt.« Damit ging sie.

Ich kniete mich in aller Ruhe und Achtsamkeit genau wie vorher hin und versetzte meinen Geist in den gleichen Zustand des Nichtsseins. Das letzte, an was ich dachte, ehe ich meinen Geist leer werden ließ, war das Licht.

So verweilte ich lange Zeit über, bis ich merkte, daß das Zimmer rings um mich herum leuchtete. Nicht in dem feurigen, goldenen Leuchten des Schleiers, den noch einmal zu sehen mir wohl nicht bestimmt ist, sondern in einem weichen, lieblichen, unendlich friedvollen, orangeartigen Licht. Ich dankte und pries Gott und stand auf.

»Ja, ja«, sagte Mutter Hilde, als sie geschäftig ins Zimmer eilte. »Du leuchtest ganz entschieden wieder. Ich habe gesehen, wie du angefangen hast, und dann stieg dir aus Kopf und Schultern ein sanfter orangefarbener Schein hoch.«

»Du hast es gesehen? Du hast zugesehen?« Ich war entgeistert.

»Durch den Türspalt, liebes Kind. Was hast denn du erwartet? Du weißt doch, wie neugierig ich bin.«

»Liebe Freundin«, sagte ich und tätschelte ihre Hand. »Wenn ich gewußt hätte, daß man mir zusieht, ich hätte es nicht zustande gebracht.«

»Das dachte ich mir schon, ja, ja. Bitte, verzeih mir. Denn wenn ich es nicht getan hätte, wie sollten wir wohl deine Gabe verstehen? Außerdem verspreche ich dir hoch und heilig, daß ich nie wieder zusehen werde, wenn du es nicht willst. Meine Neugier ist gestillt. Du hast eine echte, von Gott gesandte Gabe, mit der du auf der Welt Gutes tun sollst.« Sie lief geschäftig hin und her, stand aber jäh still und blickte mir in die Augen.

»Aber sag mir«, fragte sie, »wo du jetzt leuchtest und betest, hältst du da noch dein Versprechen, meine Gebeine zu bestatten?«

»Natürlich, natürlich«, versicherte ich ihr. »Ich bin immer noch, wenn auch nicht ganz, dieselbe. Eine Sünderin ohn' all Verdienst und Würdigkeit und deine Freundin.«

Bruder Gregory hatte sich mit Tinte bespritzt, so schnell hatte er die Worte niedergeschrieben, während Margaret redete. Als sie ihn ansah, zitterten ihm die Hände, seine Lippen waren ein schmaler Strich, und aus seinem Gesicht war alle Farbe gewichen. Er blickte von seiner Arbeit auf.

»Im Namen Gottes, Weib, ich beschwöre Euch, lügt Ihr auch nicht das allerkleinste bißchen?«

»Nein, Bruder Gregory, es ist so wahr, wie es meine Zunge zu erzählen vermag.«

»Ist Euch klar, was es mit dieser Sache, von der Ihr erzählt habt, auf sich hat?«

»Das ist mir klar«, sagte Margaret ruhig. »Deswegen habe ich Euch ja auch gesagt, daß der vorhergehende Teil notwendig war.«

»Es ist ungerecht, es ist absolut nicht recht«, schäumte Bruder Gregory. »Ich habe das härene Gewand getragen, ich habe gefastet, ich habe Tage und Nächte ohne Schlaf gebetet. Ich habe Ihm meinen reinen Leib angeboten, und Gott, der mir die mystische Vereinigung vorenthielt, gewährt sie Euch! Euch! Einer Sünderin, einer ungehorsamen Aufwieglerin. Einer Frau von so großer Eitelkeit, daß sie sich einen Schreiber nehmen muß, um ihre erbärmliche Lebensgeschichte aufzuschreiben!« Er warf die Feder nieder.

»Liebster Bruder Gregory«, sagte Margaret und legte ihm beschwichtigend die Hand auf die Schulter, zog sie aber rasch wieder fort, als sie ihn zusammenzucken sah. »Wißt Ihr denn nicht, daß es Gott über Gerechte und Ungerechte regnen läßt? Ich habe nie behauptet, würdig zu sein. Und außerdem glaubte ich, Euch wäre mittlerweile aufgegangen, daß das härene Gewand nichts einträgt als Juckreiz.«

»Das habe ich auch gemerkt«, sagte Bruder Gregory verdrießlich. »Und Fasten macht Kopfschmerzen, und Geißeln hinterläßt Flecken im Unterhemd.«

»Die gehen am besten mit kaltem Wasser weg.«

»Nicht, wenn man sich damit brüsten will«, sagte Bruder Gregory.

»Wie könnt Ihr eine Frau wohl eitel nennen, wenn Ihr

Euch mit derlei Zier brüsten wolltet?« fragte Margaret lächelnd, denn Bruder Gregorys kleinlautes Kopfschütteln zeigte ihr, daß sich die Spannung jäh gelöst hatte.

»Damals war ich jünger«, sagte Bruder Gregory, »ganz, ganz jung. Es scheint tausend Jahre her zu sein.« Er blickte betrübt aus dem Fenster. Er gefiel sich in Selbstmitleid. Und jetzt erholte er sich allmählich von dem Schreck, obwohl er das nie zugegeben hätte. Er war zu dem Schluß gekommen, daß Margaret sich durch ein vorübergehendes Vonsinnensein hatte täuschen lassen, oder schlimmer noch, durch eine falsche Visitation, doch er würde ihr das nachsehen und es sie nicht merken lassen. Frauen stößt derlei alle naselang zu. Das kommt daher, daß sie von Natur aus schwach im Kopf und übermäßig gefühlvoll sind. Der leichteste Druck, und sie brechen zusammen und meinen, das Ganze hätte einen übernatürlichen Ursprung. Er blickte immer noch tragisch drein. Das tat gut. Mittlerweile fand Margaret, daß er seine Tragödie etwas zu sehr genösse. Vielleicht, so dachte sie, ist es an der Zeit, das Thema zu wechseln.

»Sagt mir, Bruder Gregory, glaubt Ihr, daß eine Frau genauso gut denken kann wie ein Mann?«

»Um genau zu sein«, begann er gelehrt zu dozieren, »eine Frau kann gar nicht denken, oder zumindest nicht so denken, wie wir Männer es vermögen. Doch ist bei Frauen das Imitationsvermögen hoch entwickelt, so daß manche durch Nachahmen der Männer den Anschein erwecken können, als dächten sie.«

»Dieses Imitationsvermögen«, sagte Margaret vorsichtig, damit ihr Ton nicht verriet, daß sie ihn aufs Glatteis führen wollte, »wie weit trägt das eine Frau wohl im äußersten Fall?«

»Nun, bis zu einem echten Denkvermögen reicht es gewiß nicht. Die Gebiete der Erfindung, der Mathematik und der höheren Philosophie, da diese das Ergebnis schöpferischen Denkens sind und deshalb nur dem Manne zugänglich, müssen Frauen verschlossen bleiben. Doch in einfacheren Dingen hat man sie gelegentlich ausbilden können. Und meiner Meinung nach auch völlig zu Recht. Denn wird nicht der Falke nützlich, wenn man ihn für die Jagd abrichtet? Kann man nicht aus einem wilden, gefährlichen Hund eine sanfte Kreatur und einen Gefährten machen, der imstande ist, Gegenstände zu apportieren und das Haus seines Herrn zu bewachen, indem man ihn bis zur Grenze seiner Lernfähigkeit ausbildet? So ist es auch mit Frauen – auch sie sollten entsprechend ihren Fähigkeiten ausgebildet werden, auf daß sie dem Mann dienen können.«

»Wahrlich, Ihr seid sehr aufgeklärt«, erwiderte Margaret trocken.

»Ja, mit dergleichen Ansichten hat man es schwer. So ist mir oftmals schon aufs schärfste widersprochen worden! Denn die Großen Meister der Antike wie der heutigen Zeit sagen übereinstimmend aus, daß Frauen nicht imstande sind, ihr Handeln nach höheren Moralbegriffen auszurichten. Es gibt sogar eine bedeutende Schule, die da behauptet, daß es äußerst gefährlich sei, Frauen überhaupt Wissen zu vermitteln, denn damit würde man ihren Aktionsradius vergrößern! Ich bin jedoch der Auffassung, daß einer hinlänglich in Demut geschulten Frau das wenige Wissen, das sie aufnehmen kann, nicht schadet.«

»Ihr scheint mir ein großer Fachmann auf diesem Gebiet zu sein«, sagte Margaret mit zarter Ironie.

»Ganz recht, denn vor einigen Jahren habe ich eine Polemik geschrieben, ›Vom Verständnis der Frauen und anderer Kreaturen‹, welche sich einer gewissen Kontroverse erfreute, ehe sie unterdrückt wurde.«

»Hat Euch das Schreiben Freude bereitet?« fragte Margaret vorsichtig. Oder hattet Ihr eher Freude an der Kontroverse, dachte sie bei sich. Sie hatte ausreichend

Zeit gehabt, Bruder Gregorys streitsüchtigen Charakter kennenzulernen.

»Ja, Schreiben ist für mich eine Quelle großer Freude«, sagte Bruder Gregory hochnäsig. »Außer natürlich, wenn man widerrufen muß wie ich, als man mein ›Vom Verständnis‹ verbrannte.« Auf einmal kam die Unterhaltung in ein für ihn unangenehmes Fahrwasser. Der Widerruf schmerzte immer noch, und darum dachte er nicht gern daran. Es paßte zu Margaret, daß sie derlei aus ihm herauslockte. Er war überzeugt gewesen, die vorgebrachten Argumente wären zu klug, als daß man sein Buch unterdrücken konnte, doch ausgerechnet diese übermäßige und gefährliche Klugheit hatte das Interesse hoher Stellen geweckt. Und die öffentliche Bücherverbrennung war eine solche Schande gewesen, daß er nicht nur die Universität, sondern auch die Stadt hatte verlassen müssen. Seitdem hatte er nicht mehr gelehrt. Auch das war eine Sache, derentwegen er ein Hühnchen mit Gott zu rupfen hatte, wenn er Ihn sah.

»Das ist aber traurig«, pflichtete ihm Margaret bei, als sie sah, wie der gewittrige Ausdruck über sein Gesicht huschte, denn von diesem Donner und Blitz wollte sie nichts abbekommen.

»Ja, das ist es, ich bin froh, daß Ihr das so seht. Ein Buch ist wie ein Kind! Es zu verlieren bedrückt sehr! Und außerdem fand ich die mir von meinem Beichtvater auferlegte Buße abscheulich.«

Das sah Margaret nun wieder nicht ein. Welcher Mann auf Erden versteht schon, was es für eine Frau bedeutet, ein Kind zu verlieren? Doch war sie so diskret, daß sie nicht weiter nachhakte.

»Es ist wirklich sehr schade, glaube ich«, nickte sie. Da sie spürte, daß ihr Mitgefühl ihn unachtsam gemacht hatte, setzte sie schlau hinzu, so als käme ihr der Gedanke erst jetzt: »Würde diese mögliche Ausbildung für Frauen auch Lesen und Schreiben beinhalten?«

»Aber selbstverständlich«, antwortete Bruder Gregory mit einer wegwerfenden Handbewegung. Seine Miene war wolkenlos. Seine Gedanken hatten bereits eine neue Richtung eingeschlagen. »Viele hochgeborene Damen lesen und ziehen daraus viel Nutzen für ihre Seele. Und es gibt, glaube ich, einige Äbtissinnen, die sowohl in Französisch als auch in Latein schreiben können.«

»Wenn ich schreiben würde, dann nur in meiner Muttersprache«, sagte Margaret.

»Das versteht sich doch von selbst, denn von zivilisierten Zungen versteht Ihr kein einziges Wort.«

»Ich will damit sagen, auch wenn ich Latein könnte, würde ich doch in meiner Muttersprache schreiben, denn diese Sprache versteht das Volk am besten.«

»Das ist eine simple Idee und nur deshalb verzeihlich, weil Ihr eine Frau seid«, lächelte Bruder Gregory milde. »Das Großartige am Schreiben ist zuvörderst die Tatsache, daß man sich damit an andere hehre und gelehrte Geister und Menschen in bedeutender Stellung wendet und sich so Ruhm und Ehre auf ewig erwirbt. Zweitens sind die Menschen, die lediglich ihre Muttersprache verstehen, zwar in der Überzahl, doch von niederem Stand und können nicht lesen, noch viel weniger sind sie an erhabenen Gedanken interessiert. Deshalb heißt Schreiben in der Muttersprache, Perlen vor die Säue zu werfen.«

»Wenn man so folgert, muß es wohl so sein«, murmelte Margaret besänftigend. »Aber sagt mir, glaubt Ihr, daß eine Frau wie ich, gesetzt sie findet einen Lehrer, Lesen und Schreiben lernen könnte?«

»Aber gewiß doch, das wäre durchaus denkbar.«

»Womöglich könnte ein in der Geistesschwachheit der Frauen wohlbeschlagener Mann, wie Ihr es seid, mir Unterricht erteilen, soweit ich imstande bin, dergleichen zu verstehen?«

»Ah! Da habt Ihr mich aber hereingelegt!«

»Ich verdopple Euer Honorar.«

»Fürwahr, Madame, Euer Mann ist äußerst nachsichtig mit Euch, was das Geld angeht. Doch ich würde an Eurer Stelle vor einem solchen Wagnis erst einmal seine Zustimmung einholen.«

»Dann ist es so gut wie abgemacht!« rief Margaret aus und klatschte in die Hände. »Mein Mann hat mir bereits Leseunterricht versprochen, wenn ich meine Französischstunden nicht darüber vernachlässige, denn die hält er für wichtiger.«

»Dennoch möchte ich die Zustimmung aus seinem eigenen Munde hören, ehe wir mit diesem Unterfangen beginnen.« Beim Anblick von Margarets strahlendem Gesicht mußte Bruder Gregory insgeheim lächeln, denn auch er liebte die Bücher. Liebe zur Gelehrsamkeit, selbst die, zu der eine Frau fähig war, sprach unmittelbar zu seinem Herzen.

Als Bruder Gregory in der nächsten Woche wiederkam, brachte er eine Wachstafel und einen Griffel mit, dazu noch eine kleine Tafel, auf die alle Buchstaben des Alphabets eingeschnitzt standen.

»Laßt mich sehen!« rief Margaret aus.

»Nicht, bis wir das Kapitel fertig haben«, sagte Bruder Gregory. »Oder sollte das etwa das Ende Eures Buches bedeuten?«

»Nein, nein, ich muß noch erklären, was dann geschah und wie wir im Winter vor dem Verhungern bewahrt wurden, und auch noch allerlei Geschehnisse danach!« rief Margaret eifrig.

»Das hatte ich mir beinahe schon gedacht«, bemerkte Bruder Gregory trocken.

Und so nahm er denn seinen Platz am Tisch ein,

machte Tintenhorn und Messer zum Anspitzen der Feder bereit und schickte sich an zu schreiben.

Mutter Hilde war eine sehr praktische Frau und ließ sich durch Herumgrübeln über Dinge, die sich doch nicht ändern ließen, niemals von den Geschäften des Tages abhalten. Sowie sie merkte, daß ich wieder auf den Beinen war, hielt sie Umschau und überlegte, wie wir am besten Korn für den Winter lesen und lagern könnten. Der Verlust ihrer Söhne hatte alles noch schwieriger für sie gemacht. Peter durfte man nichts Scharfes anvertrauen, schon gar nicht eine Sichel, und ich war zu zart, um von großem Nutzen zu sein. Dennoch brachten wir das Korn ein, so gut es eben ging, und lagerten es in Haufen auf dem Halm.

»Zu wenig, zu wenig«, brummelte Hilde dann wohl kopfschüttelnd, wenn sie unsere Korn- und Bohnenvorräte überprüfte. »Und kein Tier zum Pflügen.« Und wenn sie noch soviel brummelte, ich befand mich in einer so seltsamen Stimmung, daß ich mir einfach keine Sorgen machen konnte. Denn die Welt, die ich sah, glühte farbenprächtig; jeder Gegenstand, wie nichtig auch immer, war von einer Art schimmerndem Umriß umgeben, und so staunte ich denn alles an wie ein neugeborenes Kind. Und gleich einem Kinde war mir mein Schicksal gänzlich gleichgültig. Solange ich heute zu essen hatte, dachte ich nicht an morgen. Alles war so zauberisch, wie konnte es da wohl schlecht ausgehen? Mehrere Wochen nach meiner Vision verharrte ich in einem Zustand vollkommener Wonne und Gleichgültigkeit. Mir war es genug, mich mit der neuen Idee, die mir gekommen war, zu befassen: daß nämlich alle Dinge und Zustände nur Spielarten des Lichts waren und daß in jeder Form Licht die Emanation und Manifestation Gottes war. Ich fühlte mich vom Universum umgeben und durchdrungen, wußte aber nicht, wo es begann und wo ich aufhörte. Und so hockte ich in meiner verzauberten Welt und war irgendwie sorglos glücklich, was vermutlich meine gute Freundin oftmals reizte, denn sie wollte ihre Sorgen mit jemandem teilen.

In dieser seltsamen Jahreszeit trugen sich zwei merkwürdige Dinge zu. Zunächst einmal fing mein Haar, das mir während und nach meiner Krankheit büschelweise ausgefallen war, wieder an zu wachsen. Hilde hatte mir geraten, es über der Schulter abzuschneiden, damit es nachwachsen könne. Schnipp, schnapp mit der Schafschere, und ein Meter totes, glattes Haar war zu Boden gefallen. Jetzt wuchs es wieder, doch nicht glatt, sondern lockig und mit einem eigenartigen Schimmer unter der echten Farbe.

Und als ich dann eines Tages draußen bei der Arbeit saß und mein neues Haar bewunderte, da fiel mir am Garten etwas noch Merkwürdigeres auf. Über meinem Lieblingsplatz bereiteten sich die Zweige des Apfelbaums, jetzt der Früchte des Sommers ledig, auf die kahle Winterszeit vor. Taten sie das? Bei näherem Hinschauen erblickte ich etwas Seltsames an den Zweigen. Ein Dutzend, nein – zwanzig und mehr – weiße, süß duftende Apfelblüten! Das hatte es noch nie gegeben. Ob das ein Zeichen war? Ich setzte mich unter den Baum und wollte kurz nachdenken.

»Ja, ein *Zeichen*.« Ich hörte in und rings um die Blüten eine sanfte, summende Stimme, gleichsam wie Bienen, die nach Nektar suchten. »Mit dem ersten hast du aber lange gebraucht«, fuhr die Stimme fort. Ich blickte hoch, konnte aber nichts sehen. »Hübsch, nicht wahr? Ich dachte mir schon, daß dir das gefallen würde.« Lieber höflich sein, dachte ich.

»Ist das für mich? Es ist sehr schön. Aber ich verstehe nicht ...«

»Jetzt willst du also auch noch Erklärungen haben? Die meisten Menschen macht schon ein *Zeichen* ganz glücklich. Du solltest Mich nicht versuchen, Margaret. Und selbst wenn Ich es erklärte, du würdest es doch nicht verstehen. So ist das gewöhnlich mit euch Menschen.«

»Ich wohl, ich würde es verstehen, wenn Du es mir richtig erklären würdest. Ich weiß, daß ich nicht gelehrt bin, aber wenn Du es schlicht ...«

Aber die Luft über dem Apfelbaum war still.

Den scharfen Augen von Mutter Hilde entging mein merkwürdiges Benehmen nicht, und sie begann mit sich selbst zu reden:

»Wer weiß, wer weiß? Es ist schon viel Seltsameres geschehen. Vielleicht hilft uns Gott durch diese Jahreszeit. Denn wahrlich, allein müssen wir zugrunde gehen.« Und als sie eines Abends das Essen aus dem Topf austeilte, bemerkte sie:

»Margaret, keiner wird so alt wie ich, wenn er nicht schlau ist. Ja, ich habe mehr als fünfzig Lenze auf dem Buckel! Und ich kenne ein, zwei Tricks, das kannst du mir glauben. Aber ich habe auch Glück gehabt, und genau darauf warten wir jetzt.«

»Was für eine Art Glück, Mutter Hilde?«

»Den Winter hier können wir nicht überstehen, es sei denn, er ist für die Jahreszeit zu milde. Aber mir ist der Gedanke gekommen, daß ja nicht alle Welt tot sein muß. Wenn nicht, dann kriegt man doch wohl Kinder? Oder braucht einen Breiumschlag oder eine Heilsalbe? Und wenn, warum sollte man dann nicht nach der alten Hilde forschen, die landauf landab als die weiseste in diesen Künsten gilt? Ich werde mir also keine Sorgen mehr machen, denn wahrscheinlich wird eher Lady Fortuna an unsere Haustür klopfen als Sir Hunger.« Seitdem habe ich viele Male die Erfahrung gemacht, daß man besser zuhört, wenn Hilde eine Idee ausbrütet, denn ihre Voraussagen haben es an sich, daß sie in Erfüllung gehen.

Als die ersten kalten Winde die Blätter fortbliesen und die Herbstregen die Pfade aufs Feld und zum Dorf in tiefe Matschgräben verwandelten, da machten wir es uns drinnen gemütlich und warteten auf Hildes Lady Fortuna. Obwohl wir uns noch einsamer als sonst vorkamen, waren wir nicht untätig. Während Peter das Essen umrührte, mahlten wir Korn oder spannen, tauschten Geschichten und Balladen aus, und Hilde gab ihr Wissen von Kräutern und deren Verwendung an mich weiter. Sie hatte beschlossen, daß wir uns, wenn wir, so Gott wollte, in die Welt der Lebenden zurückkehrten, in die Geburtshilfe und das Heilen teilen sollten, denn gemeinsam konnten wir auf diesem Gebiet vielleicht mehr erreichen als allein. Wie sie es eines Tages ausdrückte, als sie ein Kräutergemisch mit dem Stößel am Mörser bearbeitete:

»Wenn alle Welt nicht tot ist, dann brauchst du ein Gewerbe, Margaret. Und ich bin allmählich zu alt, um noch allein zu arbeiten. Du mußt zugeben, der Plan ist einfach ideal.«

Mir kam die Idee auch gut vor, doch sie ängstigte mich. Wie kann eine Frau wohl ohne einen Mann, der sie unterhält, durchkommen? Ich hatte doch nichts gelernt. Wie könnte ich jemals genügend Wissen erwerben? Ich war nicht alt und weise wie Mutter Hilde. Und der Winter war im Anzug. Das alles ließ mir keine Ruhe. Und eines Tages, als ich Moll bei stürmischem Wetter ins Freie gebracht hatte, da hielt es mich nicht länger. Alles kam mir hoch, daß mir der Hals weh tat. Und so schrie ich denn zu niemand im Besonderen den dahineilenden Wolken zu:

»Ich kann's nicht! Ich kann's einfach nicht!« Alsbald tat mir der Bauch weh, und eine ruhige Stimme drinnen in meinem Ohr sagte:

»Natürlich kannst du.«

»Bist du mein Hirn oder eine *Stimme*?« fragte ich jäh.

»Du hast wirklich noch gar nichts gelernt, wie? Weißt du denn nicht, daß Meine Hand dich erhält?«

Ich mußte im kühlen Wind frösteln, und so wickelte ich mich fester in meinen Umhang. Dann sagte ich – das konnte ich mir einfach nicht verkneifen:

»Du – hast also eine Hand?«

»Nur sozusagen. Ich dachte, du würdest mich so besser verstehen.«

»Oh, tut mir leid.«

»Das sollte es auch. Für eine Frau machst du mir sehr viel zu schaffen.«

»Für eine Frau ...? Dann bist Du also doch ein Mann?«

»Ich bin, für was mich die Menschen halten. Denn mehr können sie nun einmal nicht begreifen. Findest du es nicht erstaunlich, daß ich statt Latein deine Muttersprache spreche?«

»Aber ich kann doch gar kein Latein?«

»Eben drum.«

Ich dachte darüber nach. Sehr schlüssig klang das noch nicht. Gerade schickte ich mich an, noch eine Frage zu stellen, da sagte die *Stimme*:

»Denk mehr nach und rede weniger, Margaret. Ich werde dir reichlich Zeit geben, daß du aus dem Ganzen schlau wirst.«

Die elende Stimme war überhaupt nicht hilfreich. Sie hatte alles nur noch mehr durcheinandergebracht. Und zu allem Überfluß hatte Moll auch noch beschlossen, sich nicht vom Fleck zu rühren. Der Wind zerrte an meinem Umhang und wehte ihn auf, so daß er sich hinter mir aufblähte, als ich mich umdrehte und Moll wütend ansah. Ich stemmte mich ihr entgegen, zog an ihrem Halfter und schrie:

»Du undankbares Vieh! Ich werde es tun! Und du, du bringst mir jedes Stückchen Holz nach Haus! Auf der Stelle!« Und als in der Ferne der Donner grollte und die ersten, großen Tropfen fielen, da sah mich Moll mit diesem Unschuldsblick an, den Esel zuweilen an sich haben. Dann hob sie den rechten Vorderlauf und prüfte zierlich den Boden vor sich und setzte sich in Bewegung, als ob sie nie etwas anderes vorgehabt hätte.

Ich arbeitete also sehr gewissenhaft, um die neue Kunst zu lernen, und da verflogen all meine Zweifel; statt dessen blieb nur noch Bewunderung für Mutter Hildes wunderbare Fertigkeiten. »Siehst du das?« sagte sie dann wohl und hielt etwas Dunkles und Häßliches hoch. »Das ist eine Alraunwurzel, und wenn du die nicht zur rechten Zeit sammelst, ist sie völlig wirkungslos.« Oder sie deutete auf ein formloses Bündel getrockneter Wildkräuter, das vom Dach herabhing. »Das da ist Schafgarbe zum Blutstillen. Und was ist das hier, Margaret?«

»Fingerhut, Mutter Hilde, aber wozu mag der wohl gut sein?«

»Er läßt die Knöchel abschwellen, aber man darf ihn nur sehr vorsichtig verwenden, wenn man damit nicht jemand vergiften will.« Und so hielt sie Bündel hiervon und Bündel davon hoch und ließ sie mich riechen und fühlen, damit ich keine Fehler machte: Schwarzwurz, auch Knochenwurz genannt, weil er zum Heilen von Knochenbrüchen gut war; Salbei, um die Melancholie zu vertreiben, und die rote Waldbegonie, die den Teufel fernhält. In mondlosen Nächten wagten wir uns nach draußen, um Wurzeln auszugraben, wir trockneten und pulverisierten Pflanzen, und ich lernte, wie man Balsam und Salben machte. Inmitten ihrer Pflanzen wurde Hilde immer ganz friedlich; sie liebte alle Dinge, die auf Erden wuchsen, und ich glaube, die Dinge wußten darum. So kenne ich beispielsweise niemanden, der besseren Kohl anbaute. Meine rasche Auffassungsgabe freute und beschäftigte sie so sehr, so daß sie nach und nach aufhörte, sich Sorgen zu machen, wer sie begraben würde und sich statt dessen vornahm, weiterzuleben. Zuweilen erzählte Hilde mir von schwierigen Geburten, bei denen sie geholfen hatte, von Mißgeburten, von verzweifelten Frauen, die nach der Geburt eines ungewollten Kindes wahnsinnig wurden, und Geschichten von Geisterkindern, die zurückkehrten und in den Häusern herumspukten, wo sie bei ihrer Geburt gestorben waren. Ihre Weisheit schien mir so grenzenlos wie der Himmel.

Und so sehr vertraute ich ihrem Gespür, daß ich gar nicht erstaunt war, als wir nach dem ersten leichten Schneefall in der Ferne Pferde hörten und wußten, man hatte uns gefunden – und gerettet. Zwei bewaffnete Diener auf Sattelpferden, die einen Maulesel mit leerem Sattel mitführten, riefen vor unserer Tür:

»Jemand daheim? Wir haben Euer Feuer gesehen. Man hat uns nach Hilde, der Wehmutter, ausgeschickt, falls sie noch leben sollte.«

»Ich bin Hilde, Ihr guten Männer«, antwortete sie. »Steigt ab und kommt herein – nur keine Angst, hier im Haus ist alles gesund.«

»Vielen Dank«, sagte der Ältere der beiden, ein dunkler, vierschrötiger Mann mit Bart. »Wir können aber nicht lange verweilen, denn unsere Herrin ist in die Wochen gekommen, und wir wagen nicht, uns zu verspäten.«

»Trotzdem braucht Ihr etwas zu essen, während ich das Notwendige packe«, gab Hilde zurück. »Habt Ihr weit zu reiten gehabt?«

»Einen strammen Tagesritt und einen halben von Mochensie, dabei haben wir uns kaum so lange aufgehalten, daß wir ein trockenes Stück Brot und ein Ale zu uns nehmen konnten, Gevatterin.«

»So weit? Ich hab schon davon reden hören. Hat etwa Lady Blanche nach mir geschickt? Gibt es da nicht eine sehr gute Wehmutter, die viel näher wohnt als ich? Ist also auch die Gevatterin Alice an der Pestilenz gestorben?«

»Die gute alte Mutter Alice ist schon noch am Leben, aber Lady Blanche will sich nicht von ihr helfen lassen. Sie hat auf dem Arm ein feuerrotes Mal, das eitert und schält sich. Man hat Angst, sie steht unter einem Fluch, der dem Kind schaden könnte, und so hat man sie fortgeschickt.«

»Das hört sich nach Antoniusfeuer an«, sagte Hilde kopfschüttelnd. »Was für ein Jammer, die Gevatterin Alice ist nämlich sehr geschickt, und mir ist zugetragen worden, daß Lady Blanche im Kindbett immer große Schwierigkeiten hat.«

»Deswegen braucht sie Euch, und das ohne Verzug«, sagte der Jüngere der beiden, während er mit schiefem Blick Hildes Vorbereitungen zusah. Denn sie war beim Reden nicht untätig gewesen. Ihre Eselin, die zusammen mit der Katze und den Hühnern um diese Jahreszeit im Haus war, war rasch mit gefalteten Bettdecken und einem Paar großer Satteltaschen beladen. Sie eilte geschäftig im Haus hin und her und lud ihre kleine Kiste und ihre Habseligkeiten auf. Knack, knack, knack brach sie die Stengel ab, an denen ihre getrockneten Kräuter vom Dach hingen, schlug sie in ein großes Tuch ein und lud auch sie auf. Als ich merkte, was sie wollte, schnappte ich mir ihren alten Mäusejäger und schnürte ihn in einem Korb fest, während sie die drei restlichen Hühner einfing.

»Was bepackt Ihr die Eselin, wo wir doch ein schnelles Maultier haben?« fragte der Ältere nervös.

»Das Maultier muß Margaret und mich tragen, während Peter bei dir mit aufsitzen muß. Also brauche ich die Eselin für meine Gerätschaften.«

»Wollen etwa all die Leute da mit? Man hat uns nur nach einer Person ausgeschickt.«

»Aber Margaret ist meine Helferin, und wie Ihr seht,

hat sie außergewöhnlich schmale, lange Hände, was bei schwierigen Geburten äußerst wichtig ist.« Die schlaue, schlaue Hilde! Ihre Zungenfertigkeit bedeutete Sicherheit für uns alle.

»Ich reite zusammen mit der Jungen«, sagte der jüngere Mann lüstern, »auf keinen Fall aber mit dem häßlichen Trottel.«

»Junger Mann, das ist kein Trottel, sondern ein Feenwechselbalg. Wer ihm Gutes tut, dem erfüllen die Feen Wünsche.« Der junge Mann wirkte ungläubig, während der andere unruhig wurde.

»Keine Hühner und keine Katze, mit so vielen Körben auf der Eselin kommen wir nicht voran«, sagte der Ältere entschieden.

»Aber die beste Henne ist doch für Euch, lieber Freund, als Dank dafür, daß Ihr Euch so gut um uns kümmert«, schmeichelte ihm Hilde und setzte noch hinzu: »Das zweite Huhn ist für die Gevatterin Alice, der es so schlechtgeht. Ausgerechnet wir sollten ihr die christliche Nächstenliebe nicht verweigern. Das letzte soll für Margaret Eier legen, denn sie muß noch kräftiger werden. Seht nur, wie blaß sie ist. Gewiß ist der Korb sehr leicht.«

»Aber nicht die Katze.«

»Mit Ratten kann ich nicht schlafen«, gab sie schlicht zurück.

»Du störrische, alte Hexe, du würdest noch mit dem leibhaftigen Teufel schlafen, wenn ich dich das hier schmecken lassen dürfte«, erboste sich der jüngere und zog ungeduldig das Schwert.

»Und wie, wenn ich fragen darf, soll eine Leiche wohl einem Kind auf die Welt helfen?« erwiderte sie gelassen. »Gewalt ist nicht die Antwort auf alles«, fuhr sie fort, »und vor allem im Umgang mit Frauen dürft Ihr nicht vergessen, daß man ›mit Honig mehr Fliegen fängt als mit Essig‹. Außerdem ist jetzt auch alles aufgeladen, seht Ihr? Und dazu habt Ihr noch etwas zu essen gehabt.« Sie leerte den Kochtopf, tat das gerade Gebakkene hinein und band ihn so zwischen den Körben fest, daß die Decke es noch ein wenig warmhalten würde. Dann führte sie die Eselin aus dem Haus und befestigte deren Halfter am Sattel des Maultiers. Derart beladen und gut geschützt gegen die Kälte, machten wir uns in den langen Schatten des Nachmittags auf den Weg.

Das Kapitel war nun fertig, Bruder Gregory legte die Schreibutensilien beiseite und zog das Täfelchen hervor, um mit der ersten Lesestunde zu beginnen. Er war ein ausgezeichneter Lehrer im klassischen Stil. Zunächst lehrte er Margaret die Buchstaben des Alphabets und ließ sie mit dem Griffel die Rillen der geschnitzten Buchstaben auf dem Holztäfelchen nachziehen und die Striche dann auf dem Wachstäfelchen wiederholen. So konnte sie diese besser behalten. Jedesmal, wenn sie einen Buchstaben nachgezogen hatte, mußte sie den Namen sagen. Doch gleich, als er ihr die Holz- und die Wachstafel gegeben hatte, waren ihm Margarets Hände aufgefallen. Sie zitterten, so freute sie sich, aber ihr Gesicht war ganz gefaßt. Sie begriff schnell, sehr schnell, und als Bruder Gregory dann die erste Stunde beendet hatte, da beherrschte sie fast schon alle Buchstaben des Alphabets. Er ließ sie es wieder und wieder nachschreiben und las laut vor, während sie mit zittrigen Buchstaben auf dem Wachs die hölzernen nachbildete.

»Seltsam, seltsam«, dachte Bruder Gregory bei sich. Er schüttelte den Kopf. Noch nie hatte er ohne eine Rute in der Hand gelehrt.

Kapitel V

In der nächsten Woche führte eine Magd, deren Miene ein Bild der Besorgnis bot, Bruder Gregory wortlos ins Studierzimmer. Als er einen Blick durch die halb geöffnete Tür warf, meinte er, im Zimmer den Grund für ihre stumme Mißbilligung zu erkennen. Am Schreibtisch bot sich ihm ein hübscher Anblick. Margaret saß ganz versunken über ihrem Wachstäfelchen, zu beiden Seiten der Mutter beugten sich zwei gleichermaßen vertiefte kleine Rotschöpfe über die gemeinschaftliche Arbeit.

»Das da ist ein ›A‹; es wird wie ein kleines Haus gezeichnet.« Neben das erste unbeholfene ›A‹ wurden nacheinander zwei ungemein zittrige Nachbildungen gesetzt.

»Das ist ein ›B‹; wie sieht das wohl aus?«

»Wie ein fetter Mann, finde ich«, sagte die Ältere und legte den Lockenkopf schief.

»Ich finde, es sieht schön aus, Mama, du hast es schön hinbekommen«, sagte die kleine, stets freundliche Alison.

Bruder Gregory wartete, bis die ›Bs‹ an Ort und Stelle standen, dann fuhr er in scharfem Ton dazwischen:

»Wie, Madame, wollt Ihr etwa den Aufruhr unter dem weiblichen Geschlecht schüren? Oder vielleicht zwei kleine Nonnen heranziehen?«

»Oh!« Margaret fuhr erschrocken herum, doch da

antwortete ihr ein vergnügtes Glitzern in seinen dunklen, düsteren Augen.

»Weder das eine noch das andere. Seht nur, wie klug meine Kinderchen sind!« Stolz streckte sie ihm die Tafel hin. »Denkt doch nur, was für ein Glück das für sie ist, wenn sie ihr Leben lang lesen und schreiben können!«

Bruder Gregory unterband den begeisterten Redefluß, der, wie er wußte, nun folgen würde:

»Um so besser heimlich Briefe mit ihren Liebhabern wechseln und Ränke schmieden zu können! Wenn schon gelehrte Frauen und redende Hunde unnatürlich und zu nichts nutze sind, dann überlegt einmal, um wieviel widernatürlicher wohl das Schauspiel von gelehrten, kleinen Mädchen sein dürfte.«

Doch der Ton seiner Stimme sagte Margaret, daß er nicht ganz so grämlich war wie seine Rede. Sie wußte, seine Liebe zur Gelehrsamkeit und zum Lehren war seine schwache Stelle, und welcher Lehrer freut sich nicht, wenn seine Arbeit unerwartete Früchte trägt? So blickte sie ihm mit einem gelassenen Lächeln ins gespielt spöttische Gesicht. Sie äußerte sich nicht dazu, rief nur die Kinderfrau herein, daß sie die Mädchen fortführte, obwohl das nicht ohne enttäuschten, lautstarken Protest der beiden abging.

Bruder Gregory sah sie mit einem eigenartig betrübten Ausdruck gehen. Man konnte einfach nicht übersehen, daß die kleinen Mädchen geweint hatten, als man ihnen die Buchstaben wegnahm. Jungen im Schulzimmer weinten nur, wenn sie Schläge bekamen. Diese kleinen Mädchen wollten wahrhaftig lernen.

»Vielleicht hat sie recht. Vielleicht ist die Rute ein schlechter Lehrmeister«, sinnierte er. Doch er schwieg dazu stille, denn solch frevelhafte Gedanken darf ein Mann der Wissenschaft nun einmal nicht hegen.

Eine sehr einfache Notlösung hatte Monchensie und das dazugehörige Dorf vor der Pest bewahrt. Als Sir Raymond hörte, daß auf seinem Krongut zwei Familien von der Krankheit befallen waren, hatte er sie bei lebendigem Leibe in ihren verseuchten Häusern einmauern lassen und verkündete, jedem würde das gleiche widerfahren, der es wagte, sich die Krankheit zuzulegen. So hielt sich der Herr von Monchensie die Pest vom Leib, machte mit seinen täglichen Rundritten, auf denen er die Feldarbeiter beaufsichtigte, weiter und jagte wie ehedem. Für ihn hatte alles seinen gewohnten Gang zu gehen; zudem glaubte er, daß sich die Natur seinen Wünschen fügte, und nicht etwa anders herum. Nur in einer Hinsicht war es ihm nicht gelungen, der Natur etwas vorzuschreiben: seine Frau hatte ihm keinen lebenden männlichen Erben geschenkt. Genau zu diesem Zeitpunkt führte uns das Schicksal an das Wochenbett von Lady Blanche.

Die Burg war eine alte Festung aus der Zeit König Williams. Zunächst sah man sie als langgezogene, niedrige Silhouette auf dem Hang eines Hügels, und erblickte dann den Quader des Bergfrieds über den stark befestigten Mauern, unter denen sich ein ausgetrockneter Burggraben voller hochragender Eisenspitzen dahinzog. Innerhalb der Burgmauern erstreckte sich der Burghof, auf dem es wimmelte wie in einem Bienenstock. Zusammen mit dem armseligen Dorf aus strohgedeckten Katen, das sich unten an den Berghang schmiegte, und den weiten Feldern ringsum war es ein in sich geschlossenes und auf sich gestelltes kleines Königreich: da gab es Hufschmiede und Waffenschmiede, Tischler und Stallknechte, Weber und Köche und Schlachter. Kurzum, bei jeder Katastrophe konnte die Burg für sich allein auf einem Meer von Nöten dahinsegeln wie Noah in seiner Arche. Hier war alles vorhanden, was man brauchte, um die Erde neu zu bevölkern.

Himmelangst wurde es uns, die wir so ans Alleinsein gewöhnt waren, als wir uns wieder von Leben und Treiben umgeben sahen. Als unser kleiner Trupp über die Zugbrücke klapperte und die Torwache passierte, da machten wir Augen wie Dorftrottel. Das konnte unseren Begleitern nicht verborgen bleiben, und schon setzten sie die selbstgefällige Miene von Einheimischen auf, welche Pilgern eine prächtigen Schrein vorführen.

Der Burghof besaß zwar eine steinerne Umfassung, wies aber alle nur möglichen Arten von Holzgebäuden auf, von prächtigen Stallungen bis hin zu angebauten Geräteschuppen und äußerst armseligen Hütten. Die Burg war auf ihre Art wie eine Stadt. Bei dem Kommen und Gehen der Dörfler in Geschäften, bei der regulären Garnison, einer Söldnerabteilung bunt zusammengewürfelter, angeheuerter Armbrustschützen, und bei dem ständigen Strom von Besuchern und Gästen wußte niemand so recht, wer zur Zeit eigentlich wer war. Hier wurde ein riesiges Streitroß aus dem Stall geführt, dort rieb man schweißbedeckte Jagdpferde trocken. Es wimmelte von Hunden; in einem Pferch warteten Gänse auf das Messer des Kochs. Am Tor lungerten Kinder herum, um einen neugierigen Blick auf jeden Neuankömmling zu erhaschen. Unsere Begleiter brachten uns zum Stall, wo ein Stallknecht seine Leute anwies, sich um die Eselin zu kümmern, während er selbst das Abladen unseres buntgewürfelten Gepäcks vor seiner kleinen Wohnung neben dem Stall überwachte. Man brachte uns ohne Verzug in die große Halle, welche über den Wachräumen und den Kellern das Hauptgeschoß des Bergfrieds bildete.

Lady Blanche lag in einer der Kemenaten, welche an die große Halle angrenzten und die man als Wochenstube hergerichtet hatte. Sie war von einer Schar Damen umgeben, darunter auch ihre beiden ältesten Töchter. Daß nun auch noch zwei weise Frauen hinzukamen, machte bei dem geschäftigen Treiben dort kaum einen Unterschied. Eine ältere Dame betupfte Lady Blanche die Schläfen mit Rosenwasser; zwei andere hielten ihr die Hände, während sie sich wand und stöhnte. In einer Ecke murmelte eine Dienerin Gebete, während eine andere einen kunstvollen Gebärstuhl und einen Kinderbadezuber bereitmachte. Ein Priester – später erfuhr ich, daß es sich um Vater Denys, den Familienkaplan, handelte – verbrannte Weihrauch und verspritzte Weihwasser, während er das Gebet für Frauen in ihrer schweren Stunde betete. Lady Blanches Lieblingsjagdhunde, die man ausgesperrt hatte, jaulten und kratzten bei jedem Stöhnen von ihr an der Tür. Über einer der langen Stangen am Kopfende des Bettes hingen ihr Umhang und ihr Überkleid; auf der anderen trippelten ihre Falken unruhig auf und ab, daß ihre Glöckchen nur so klingelten.

Als man uns anmeldete, löste sich ein großes und anmutiges Mädchen, Lady Blanches älteste Tochter, aus dem Trubel und erklärte Mutter Hilde, daß die Wehen zu früh eingesetzt hätten und man um das Leben des Kindes fürchtete. Zögernd machte man Mutter Hilde den Weg frei, welche alsdann durch die Röcke von Lady Blanches Unterkleid diskret ihren riesigen Leib befühlte, das Ohr darauflegte und lauschte und dann eine intime Untersuchung vornahm, welche die Geburtspforte und die Bettücher einbezog. Dann blickte sie Lady Blanche ins weiße, angespannte Gesicht und sagte: »Ich glaube, das sind noch keine echten Wehen, die hören wieder auf. Doch es wird nicht leicht werden, das Kind liegt quer.«

»Hab ich's nicht gesagt«, meinte eine der Damen.

»Wie ich mir dachte, genau!« flüsterten andere Stimmen triumphierend. Alle Frauen bilden sich ein, daß sie etwas vom Kinderkriegen verstehen.

»Dann wissen die edlen Damen zweifellos auch, daß

sich Mylady ausruhen und sich für die echten Wehen mit erlesenem Essen kräftigen und vorbereiten muß. Die erkennt man dann am Blasensprung.« Mutter Hildes entschiedene, ruhige Miene trug dazu bei, daß sich die Spannung im Raum löste, obwohl selbst ihre sanftesten Worte nur wenig Wirkung auf Lady Blanche zu haben schienen.

»Dem Kind dort drinnen geht es gut, denn ich habe gespürt, daß es sich bewegt. Nehmt unterdessen diese Arznei, die den Körper einer Frau im Kindbett kräftigt. Das Wichtigste ist allerdings, daß alle hier beten, es möge dem Herrn gefallen, das Kind in eine andere Lage zu bringen, denn das tut am meisten not.« Hier erlebte ich zum ersten Mal, wie klug Hilde bei einer schweren Geburt vorging. Zuzeiten sind Takt, Erklärungen und das gebührende Flehen zum Himmel alles, was einer Wehmutter das Leben erhält, insbesondere wenn sie es mit Hochgestellten zu tun hat. Hilde faltete fromm die Hände und fügte hinzu:

»Noch nie in all den langen Jahren meines Lebens habe ich erlebt, daß verfrühte Wehen so schnell aussetzten – ich kann mir das nur damit erklären, daß aufrichtige und machtvolle Gebete geradewegs zum Sitz der Barmherzigkeit ihre Wirkung getan haben.« Sie hatte Vater Denys durchschaut.

Er trat vor, um das Verdienst einzuheimsen, und wandte sich dann mit einer äußerst erstaunlichen Stimme an die erschöpfte und ergebene Lady Blanche. Die Stimme klang ölig, hatte aber gleichzeitig einen lispelnden, affektiert eleganten Akzent, der sich irgendwie in seiner Nase verfing, so als ob die Muttersprache anstelle von Französisch für ihn irgendwie unangenehm röche.

»Hochverehrte Lady, ich habe so manche schlaflose Nacht im Gebet für die gesunde Geburt Eures Sohnes zugebracht.« Mutter Hilde warf mir einen scharfen

Blick zu, uns dämmerte zur gleichen Zeit, daß Vater Denys ebenso in der Patsche saß wie Lady Blanche und wir. Offenbar hatte er einen Sohn versprochen. Wie unklug von ihm, da er doch von sich behauptete, er sei imstande, mit dem Himmel Umgang zu pflegen, denn wie ich schon sagte, ist Gott ein Possenreißer; das hatte ich von Mutter Hilde gelernt.

Man stopfte Lady Blanche Kissen in den Rücken, daß sie sich aufsetzte. Sie machte ihrem Namen Blanche, die Weiße, alle Ehre, denn die langen Zöpfe, die ihr über die Schultern fielen, waren so blond, daß sie fast weiß wirkten. Ihr mageres, angespanntes Gesicht war weiß wie Leinwand, und ihre Augen waren von einem so hellen Blau, daß sie fast durchscheinend waren. Ich sah, wie sie sich mit einem schlauen und vorsichtigen Blick umsah, und dachte bei mir, ihr Herz, falls sie eins besaß, müsse auch weiß sein – so weiß wie Rauhreif oder neues Eis. Jetzt saß sie angelehnt, doch fast unter den üppigen Pelzdecken begraben, die man ihr der Schicklichkeit halber übergelegt hatte, und blickte mir fest in die Augen.

»Du da, die zweite weise Frau. Du bist keine Bauerndirne.« Es war sowohl eine Feststellung als auch eine Frage.

»Nein, Mylady«, knickste ich.

»Wer und was bist du dann?«

»Ich bin freigeboren und Wittib.« Das mochte durchaus stimmen, denn wie hätte mein Mann wohl der furchtbaren Ansteckung entgehen können, derenthalben er Frau und Kind und Gesinde im Stich gelassen hatte, und wenn er noch so weit geflohen war.

»So jung und schon Wittib. Wie kommt das?«

»Die Pest hat mir meine Familie genommen, Mylady, ich allein wurde von der Krankheit durch diese weise Frau, Mutter Hilde hier, geheilt.« Ihre Augen wanderten zu Mutter Hilde.

»Dann bist du fürwahr eine mächtige weise Frau. Gut. Entbinde mich von einem gesunden Sohn, und ich werde dich reich belohnen. Und wenn nicht« – unwillkürlich erschauerte sie – »dann steh Gott uns allen bei.«

Es donnerte an der Tür, dann brüllte jemand:

»Wo ist mein Sohn, Lady? Lebend geboren oder wieder mal tot?« Die Frauen stoben in eine Zimmerecke wie eine Schar aufgeschreckter Hühner. Die Tür sprang auf, und schon kam Baron Raymond von Monchensie, ohne auf Sitte und Anstand zu achten, geradewegs von der Jagd hereingestürmt. Ihm voraus sprangen die Hunde. Hinter ihm stand ein Gefolgsmann, der trug seinen Lieblingsfalken mit der Haube über dem Kopf auf dem Handschuh. Lord Raymond war von mittlerem Wuchs, kräftig gebaut und mit kraftvollen, jedoch durch übermäßiges Essen und Trinken vergröberten Zügen. Er trug das Haar mittellang, es war dunkelbraun, aber bereits schütter, sein kleiner Bart war sauber gestutzt, der Schnurrbart grau gesprenkelt. Sein Umhang schlug auf und enthüllte ein erlesenes, braunes Jagdhemd aus Wolle. Bei jedem Schritt klirrten die Sporen an seinen hohen Stiefeln.

»Nun, Madame, wie steht's?« fragte er laut und brüsk, während er die leere Wiege beäugte.

Mutter Hilde trat ihm so unerschrocken entgegen, als ob die Gegenwart eines Mannes in der Wochenstube normal sei, und antwortete ihm mit einem tiefen und demütigen Knicks.

»Mylord, die Zeit für die Niederkunft ist noch nicht gekommen.«

»Ha! Die fremde weise Frau, äh? Was man nicht alles tut! Amulette und Ärzte, Andachten und Pilgerfahrten! Aber beim Leibe Gottes, Weib, wenn du mir dieses Mal keine Sohn schenkst, dann ist das Kloster noch zu gut für dich!« Er ballte die Faust, und die Sporen klirrten, denn er stampfte auf, um seinen Worten Nachdruck zu verleihen.

»Das Kind lebt, ich fühle, wie es mich tritt«, antwortete Lady Blanche matt.

»Dann sorge dafür, daß es so bleibt.« Angewidert wandte er sich ab und stampfte hinaus, gefolgt von Vater Denys, der sich dicht neben ihm verneigte, dann kamen Hunde und Gefolgsleute.

Als sie gingen, wechselten Mutter Hilde und ich wieder einen Blick, und ihrer besagte klar und deutlich:

›Vom Regen in die Traufe.‹

Aber Hilde gehörte nicht zu denen, die herumhockten und ihr Los bedauerten. Stets war ihr Wahlspruch: »Nur nach vorn blicken und das Vergangene vergangen sein lassen.« Ich hatte mittlerweile so viel von ihr gelernt, daß ich glaubte, Gott würde uns noch einmal erretten. Völlig gelassen besprach Hilde mit den Damen die Vorbereitungen. Tag und Nacht sollte jemand um Lady Blanche sein. Ihre Dienerinnen und Damen schliefen bereits in dem Zimmer. Doch nun mußte eine von ihnen die ganze Nacht hindurch wachen. Wenn ihre Zeit herannahte, würden auch wir Nachtwache halten und dort schlafen. In der Zwischenzeit war unser Platz bei den anderen Mägden in einem Raum hinter der Küche. Jetzt brachten die hochgeborenen Gesellschafterinnen Lady Blanche das Abendessen in die Wochenstube; wir anderen gingen zum Essen in die Halle.

Bei Einbruch der Nacht hatte man ein paar flakkernde Kerzen in Lady Blanches Zimmer gebracht, die Halle jedoch war von einem Ende zum anderen von lodernden Pechfackeln erhellt. Ihr Rauch mischte sich mit dem des großen Feuers in der Mitte, stieg hoch und fing sich unter dem Dach, wo er dann durch den *louvre* am First abzog. Lord Raymond saß in einem großen Sessel auf einem Podest, sein Lieblingsfalke auf der

Rückenlehne, seine Hunde lagen ihm zu Füßen. Zu ihm am Haupttisch gesellten sich andere Ritter und Gefolgsleute, die Priester der Kapelle, und jene der Damen, welche nicht in der Wochenstube geblieben waren. Unten, an den auf Böcken stehenden Tischen saßen seine Gewappneten und allerlei Gesinde und aßen und tranken geräuschvoll.

Man wies uns einen Platz am niedrigsten Tisch zu bei einer Schar von Mägden. Schwer zu sagen, an welchem Ende der Halle es unzüchtiger zuging. Bei uns schwirrte es von Flüchen und schmutzigen Geschichten; der Haupttisch hingegen wirkte vornehmer. Dort wurden die Gerichte elegant von Schildknappen gereicht, und nachdem Lord Raymond aufgeschnitten hatte, bot er seinen bevorzugten Gästen die besten Stücke mit den Fingern an. Der Baron und seine Tischgesellschaft unterhielten sich über die Jagd und ließen dabei den Hunden unter dem Tisch etwas zu fressen zukommen. An den niedrigeren Tischen ging es hektischer zu. Sowie ein beliebtes Gericht aufgetragen wurde, stach ein Dutzend Messer so flink zu, daß man einen Finger verlieren konnte, wenn man nicht schnell genug zufaßte. War das Gerippe säuberlich abgefieselt, dienten die Knochen der Belustigung, wurden den Hunden zugeworfen oder unter die Treppe, wo die dort lungernden Waisenkinder sich dann darum stritten.

An den niedrigeren Tischen schien auch die Unterhaltung niedriger zu sein. Unsere Tischgenossen stritten sich hitzig, wer wohl der Vater eines Kindes sei, das die Küchenmagd demnächst erwartete. Einige wollten es Sir Henry, andere Lord Raymond anhängen, und eine dritte Partei brachte den Oberkoch ins Spiel. Hilde und ich teilten uns eine Scheibe Brot und einen Becher, und wie gut, daß sie so flinke Hände hatte, sonst hätte unser Abendessen nur aus trocken Brot ohne Fleischpastete bestanden. Mit meinem Messer teilte ich das bißchen Geflügel, das ich erwischt hatte; den kleinen kugeligen Hund, der zu unseren Füßen bettelte, beachteten wir nicht. Die Binsen auf dem Fußboden waren hoch aufgeschichtet und verfilzt, dazwischen lagen verfaulte Essensreste und Tierkot. Ein abscheulicher Gestank stieg aus ihnen auf.

Einen Augenblick hörte das Messergeklirr und das Fingergelutsche, das der Reinigung diente, auf, als nämlich einer der Gewappneten zwei wetteifernden Hunden einen Knochen hinwarf und diese sich aufeinander stürzten. Die Frau neben mir lachte laut über alle Zahnlücken und sagte:

»Für den richtigen Spaß seid ihr zu spät gekommen. Vergangene Woche hat Mylord oben auf dem Podest Sir John den Arm gebrochen, weil dieser ihn in den Ausschnitt seiner Tochter gesteckt hatte. Das nenne ich mir eine Kurzweil.« Ich lächelte ängstlich und sagte aus Höflichkeit:

»Ich bin noch nie in solch einem großen Haus gewesen. Sind sie alle so?«

»O ja«, sagte die Frau. »Da kann keine Langeweile aufkommen. Viel zu essen und zu trinken – obwohl die besten Sachen oben an den Tisch gehen. Wenn einer das weiß, dann ich – ich helfe nämlich im Anrichteraum – und viele Lustbarkeiten, wenn Mylord daheim ist. Turniere, Bälle. Und viel wildes Blut. Laß dir das gesagt sein, du siehst mir nämlich jung und dumm aus. Geh auf dieser Burg nirgendwo allein hin. Das tun nicht einmal die Damen. Hier lauern zu viele Männer auf ein bißchen Spaß.« Dann lachte sie wieder. »Du würdest staunen, was sich so alles tut! Hier läßt sich nichts geheimhalten, es sei denn, wir alle wollen es. Die Damen da, wenn du wüßtest, was die so alles mit den Pagen von Mylord treiben! Ha! Man ißt am besten, wenn man in der Küche dient, aber den meisten Spaß hat man, wenn man in der Kemenate arbeitet! Das findet ihr schon noch schnell genug heraus, ihr beiden Wehmütter.« Hilde und ich nickten aus Höflichkeit. Die Frau fuhr fort:

»Ihr sollt also den Sohn von Mylord holen? Na, dann viel Glück. Als sein letzter Sohn gestorben ist, da hat er die Dienerinnen zu Tode prügeln lassen. Das arme Würmchen, das lebte nicht mal zwei Tage. Ganz schön gewitzt von Mutter Alice, daß sie krank geworden ist und sich entschuldigen ließ. Die ist auch nicht so alt geworden, weil sie dumm war, das könnt ihr mir glauben.« Dann lachte die gräßliche Frau wieder, während mir das Herz bis in die Schuhe rutschte. In dieser Nacht schliefen wir nicht gut.

Doch der Morgen kam, wie er es immer tut. Und am Morgen sieht alles ganz anders aus – vor allem, wenn er so kalt, klar und schön wie jener heraufdämmert. Mutter Hilde ging wieder Peter besuchen, der sich im Stall nützlich machte, und ich trödelte herum, betrachtete unsere neue Umgebung und freute mich darüber, daß inmitten aller Not die Sonne immer wieder aufgeht, der Hahn kräht, und die Vögel singen. Also, kann sein, das ist übertrieben, denn außer Krähen und Spatzen sind um diese Jahreszeit alle Vögel fortgezogen, und keine dieser beiden Arten ist für ihren holden Gesang berühmt. Dafür gab es sie in großen Scharen, sie hüpften umher und untersuchten die heißen, dampfenden Dunghaufen auf dem vereisten Boden nach wohlschmeckenden Leckerbissen. Die Arbeit war in vollem Gange: Der Helfer des Schmieds hatte das abgedeckte Feuer mit dem Blasebalg wieder zu heller Glut entfacht, und ich konnte sie singen und hämmern hören. Ich konnte das ›ratsch‹ der Webstühle hinter den offenen Türen hören und sah den Schildknappen zu, die jetzt mit militärischen Übungen begannen, nachdem sie ihrem Herrn beim Aufstehen aufgewartet hatten. Wie könnte sich an solch einem Morgen wohl Böses zutragen?

Hilde eilte geschäftig mit einer Einladung herbei. Die alte Sarah, die Frau des Stallknechts, brannte auf Klatsch aus der Wochenstube und wollte mit uns frühstücken.

»Hör zu, Margaret«, ermahnte mich Hilde, »das ist eine gute Gelegenheit, Dinge herauszubekommen, die uns helfen können. Wehe, wenn du den Mund zu weit aufmachst, und fang um Himmels willen nicht an, so in die Luft zu reden, wie du es immer tust.« Zu ärgerlich aber auch! Da hatte ich seit Wochen keine Stimmen mehr gehört, und noch immer rieb mir Hilde das unter die Nase. Aber schon bald taten wir uns am Feuer an den Haferpfannkuchen und dem Ale der Gevatterin Sarah gütlich und hörten von Mylords vier Töchtern, ihren hervorragenden Eigenschaften und dem Los des einzigen Sohnes.

»Die Wehmutter war neu, denn Mutter Alice lag mit einem schrecklichen Durchfall danieder und konnte nicht kommen. Diese Frau hat mit Zaubersprüchen gearbeitet und sie dreimal gesungen, damit das Kind kam. Was es auch getan hat, nur daß es nie richtig gebrüllt und geatmet hat. Es kränkelte, und da hat Vater Denys gesagt, das käme davon, daß sie es mit Teufelskünsten geholt hätte. Es schwand schnell dahin. Also sagte Mylord, die Amme hätte giftige Milch. Er schwor, sie würde nie wieder ein Kind vergiften, und nach der Beerdigung starb sie an den Schlägen, die er ihr verabreichen ließ. Er ist ein harter Mann, Mutter Hilde. Ich habe die Mutter des Mädchens gekannt. Das waren ehrbare Leute. Sie ließ einen rosigen Jungen zurück, als man sie holte, daß sie seinen Sohn stillen sollte, aber ihr Kind wurde auch nicht alt. Eselsmilch taugt nicht für Säuglinge.«

»Wie wahr«, nickte Mutter Hilde. »Mit Brei bekommt man nur wenig Kinderchen groß.« Ich schwieg. Wie konnte Mutter Hilde nur so ruhig bleiben? Sie tätschelte mir die Hand, so als könnte sie meine Gedanken lesen, und sagte:

»Ich habe schon härtere Männer als diesen Sir Raymond gekannt, aber der Herr wird erretten, welche fest auf Ihn vertrauen. Also, ich kenne da eine Geschichte von der alten Wehmutter, die mich unterrichtet hat, wirklich, das war die weiseste Frau, die mir je über den Weg gelaufen ist ...« Und so tauschten wir einige Geschichten über schwere Geburten aus, welche im Reich der Frauen die Währung darstellen, und besiegelten damit unsere Freundschaft zur Frau des Stallknechts.

Dann kam das Gespräch auf harte Ehemänner, und ich besah mir meine Fingernägel und sagte keinen Mucks. Wir hörten, wie Sir William seiner Frau wegen ihrer Widerworte die Nase gebrochen hatte, und von der Länge und Beschaffenheit der Rute, die Sir Raymond für Lady Blanche gebrauchte, denn er hatte überall herumerzählt, einen Gentleman erkenne man daran, daß er Disziplin erzwingen könne, ohne daß die Haut einer Frau dabei Schaden nähme. Stumm schwor ich bei mir, daß ich nie wieder heiraten würde, unter keinen Umständen, und daß ich jedem Mann, der mir wieder mit der Rute käme, im Schlaf ein Messer zwischen die Rippen jagen würde. Meine Augen müssen hart geblickt haben, denn die alte Sarah unterbrach sich und richtete das Wort an mich:

»Ich sehe schon, du hast noch nicht die Erfahrung gemacht, wie kalt ein Ehemann sein kann, denn sonst hättest du mehr Mitgefühl. Alles fängt damit an, daß er dich nicht mehr im Bett will. Bist du erst einmal häßlich, dann rennt er herum und schlägt dich – das einzige, wozu du dann noch für ihn taugst, ist Kochen.« Jetzt lief ihr eine Träne über die Wange, und mir tat es leid, daß ich mich so herzlos meinen eigenen Gedanken hingegeben hatte. Aber mit der Vorstellung, daß ihr alter Ailrich noch hinter anderen Frauen her war, tat ich mich denn doch schwer. Der kann eher von Glück sagen, daß er sie hat, dachte ich.

»Hilde versteht das – aber einem so jungen Mädchen wie dir ist das einfach unmöglich. Ich habe alles ausprobiert – es ist nur eine Nichtigkeit, und doch fängt alles damit an.« Sie streckte die Hand aus. Auf den Knöcheln saßen Ansammlungen von verschorften, schwarzen Warzen.

»Mit Warzen?« fragte ich. Hilde kniff mich. Sie fand wohl, ich wäre vorlaut.

»Jaja. Es ist rein gar nichts, aber das reicht schon. Ich habe auch welche auf dem Leib, na, ihr wißt schon, was ich meine, und noch kein Mittel hat angeschlagen. Er sagt, er steckt sich daran sein Glied an – ach, wie ist er dieser Tage doch kalt und hart.«

»Habt Ihr es mit einem roten Faden versucht, drumbinden und dann singen …« Mutter Hildes Frage wurde von der Gevatterin Sarah unterbrochen:

»Hab ich, und Weihwasser und Krötenaugen und alles Übrige. Die weisen Frauen und Priester haben mich arm gemacht. Ja, selbst diesem Haar vom Heiligen Dunstan, das Vater Denys verwahrt, hab ich eine Spende gemacht. Er sagt, es hat nicht geklappt, weil ich in der Beichte irgendeine heimliche Sünde verschwiegen habe. Aber das stimmt wirklich nicht! Alles vergeblich, einfach vergeblich.«

Mutter Hilde blickte mich fragend an. Das brachte mich in Verlegenheit, und ich blickte zu Boden, nickte dann aber zustimmend.

»Ihr könnt noch etwas anderes versuchen«, schlug sie vor.

»Etwas anderes? Wahrscheinlich teuer, garstig und

entwürdigend. Ist derlei Zeugs doch immer«, war Sarahs bittere Antwort.

»Nein, Margaret sagt, sie will es versuchen. Sie besitzt eine sonderbare Gabe. Vielleicht klappt es nicht. Aber Versuch macht klug, und es tut auch ganz gewiß nicht weh.« Sarah seufzte.

»Warum nicht?« fragte sie. »Was muß ich tun?« Ich kam mir sehr albern vor, als ich sagte:

»Ich lege Euch meine Hände auf, und wir knien zusammen nieder, und dann – hmm – sage ich im Geist ein Gebet.«

»Und das ist alles? Na gut, wenn's nichts kostet, an mir soll's nicht liegen.«

Und so geschah es. Ich versetzte meinen Geist in genau die gleiche Verfassung, in der ich gewesen war, als ich den Schleier aus goldenem Licht erblickte. Meine Hände fühlten sich warm an, es vibrierte in ihnen. Ich konnte ihre Atemzüge in der völligen Stille hören, während sich der weiche, orangerosige Schein im Raum verbreitete und jeden Winkel mit diesem sanften Licht erfüllte, das sehr schwer zu beschreiben ist. Ich spürte, wie eine Art Knistern und ein lindes Gefühl durch meinen Leib rannen. Ich wußte nichts mehr von mir, abgesehen von einer ziehenden, zerrenden Empfindung, die aber schon bald aufhörte, während das Zimmer wieder sein altes, gewöhnliches, dämmriges und sonnenfleckiges Aussehen annahm. Als wir aufstanden, blickte ich Sarah in die weit aufgerissenen Augen, die starr auf meinen Kopf und meine Schultern gerichtet waren. Ehe ich ihr Einhalt gebieten konnte, hatte sie schon impulsiv nach dem Saum meines Kleides gegriffen und ihn an den Mund geführt, so als ob sie ihn küssen wollte.

»Nein, nein, das schickt sich nicht!« protestierte ich und entriß ihr das Kleid. Dann nahm Mutter Hilde ihre Hände und sah nach, was sich getan hatte. Neugierig untersuchten wir die Warzen, und es schien uns, sie sähen schon trockener und gelblichbrauner aus. Sarah schnipste mit dem Zeigefinger an der größten Warze. Sie ließ sich leicht abziehen, und darunter erschien eine kreisrunde Stelle mit neuer, rosiger Haut. Mit einem wortlosen Lächeln, das der ganzen, weiten Welt zu gelten schien, schnipste sie an der nächsten, dann an noch einer. Nachdem sie ihre Hände gesäubert hatte, befühlte sie ein Warzenpaar auf ihrem Gesicht, und mit dem gleichen Erfolg.

»Der Rest«, sagte sie neckisch, »hat Zeit bis später.« Wir lächelten, und sie ebenso.

»Sag mal«, meinte sie, »ist das Zauberei oder ein Trick? Mir ist, als hätte ich für einen kurzen Augenblick Licht um deinen Kopf und deine Schultern spielen sehen.«

»Ich weiß nicht, wie sich das für andere ausnimmt, aber ich sehe es als Licht im Zimmer. Wie das kommt, weiß ich auch nicht«, antwortete ich, »ich glaube aber, es ist eine Art Gottesgabe. Eines Tages kam es so über mich, aber verstehen kann ich es nicht. Es geht durch mich hindurch, und manchmal heilen sich die Menschen dann selbst. Manchmal geht es ein Weilchen weg und kommt dann wieder. Von Zeit zu Zeit sehe ich rings um einen Menschen so etwas wie eine Wolke und kann in der Wolke sein Schicksal erfühlen. Mir wäre es lieber, jemand könnte mir erklären, was es damit auf sich hat. Aber das kann keiner. Ich muß Euch bitten, mich nicht zu verraten, da es bei Euch ja gewirkt hat.«

»Vorsicht ist für junge Mädchen besser als Nachsicht«, antwortete sie. »Ich hab mal jemand mit einer Gabe, ähnlich wie deine, nur anders, gekannt. Sie hat kein gutes Ende genommen. Die Leute haben Angst vor dergleichen. Du könntest auf dem Scheiterhaufen enden.«

Entgeistert blickte ich sie an. In diesem Licht hatte ich es noch nicht gesehen. Ich hatte immer nur gedacht, ich müßte mich schämen, wenn es nicht klappte, falls ich es einmal vorführen wollte. Und dann war ich danach auch immer so ausgelaugt und erschöpft. Wer weiß? Kann sein, mir saugte eines Tages jemand durch die Öffnung in meiner Seele, welche die Gabe machte, das Leben aus. Ich glaube nicht, daß ich zur Heiligen geschaffen bin. Ich bin zu selbstsüchtig, und ich bin auch nicht immer gut gewesen.

Nach zwei Wochen sah es so aus, als ob das Kind doch noch zum errechneten Zeitpunkt geboren werden sollte, und so schickten wir uns an, für die Nachtwachen in die Wochenstube umzuziehen. Mutter Hilde war eine Meisterin in der Kunst der eindruckerweckenden, körperlichen Betriebsamkeit, denn die schätzt man an einer Wehmutter. Während ein Priester Lady Blanche vorlas, um ihre Stimmung zu heben und ihr und ihren Damen die Wartezeit angenehm zu vertreiben, lief Hilde im Zimmer umher, legte Leinwand, Tupfer und heilende Öle zurecht und rückte auch den Badezuber und anderes Gerät ans Feuer, an einen Platz, der ihr am angebrachtesten erschien. Der Astrologe kam und stattete Bericht ab über seine neueste Befragung der Sterne, was die Aussichten des Kindes anging. Als uns alles richtig erschien, schlüpften wir aus dem geschäftigen Raum, um frische Luft zu schöpfen und unsere Pläne allein durchzusprechen.

Zusammen gingen wir durch die große Halle. Da das Wetter zum Braten draußen vor dem Haus zu schlecht war, drehten sich mehrere Reihen Geflügel an Bratspießen über der Feuerstelle in der Mitte. Der fettige Rauch wölkte zu den Dachsparren hoch, wo traulich vereint Schinken, Wildbret und andere Tiere hingen und im ständigen Qualm vor sich hin räucherten. Man hatte die Tische entfernt, aber der Krach von Männern und Hunden war noch größer als gewöhnlich, denn Sir Raymond wollte auf Jagd gehen. In einer Ecke spielte eine

Gruppe ungebärdiger Pagen Ball. Wir konnten Mägde sehen, wie sie mäßig schwatzend herumstanden und ihre Pflichten vernachlässigten. Fürwahr, ein Haus gerät aus den Fugen, wenn die Hausherrin nicht herrschen kann!

»Diese Binsen werden wirklich eklig«, meinte ich zu Hilde, als wir uns einen Weg durch den Abfall auf dem Fußboden bahnten.

»Du stellst dich nur an«, lächelte sie. »Der Herr hier gilt als ordentlicher Mensch, denn während der Fastenzeit läßt er sie alle hinausfegen und neue streuen, sozusagen als Vorbereitung auf Ostern.« Dann stelle ich mich wohl an, dachte ich, denn bei dem Gedanken, daß dieser faulige Haufen mit seinem Ungeziefer den ganzen Winter über liegenblieb, drehte sich mir der Magen um. Die Diener von Mylord jedoch fanden nichts dabei, jede Nacht inmitten dieses Abfalls auf Bänken und Decken zu schlafen!

»Du solltest dich lieber um die Beschaffenheit dieser Hochgeborenen sorgen als um die ihres Abfalls auf dem Fußboden«, sagte meine weise Freundin.

»Du hast doch sicher einen Plan.« Wie hätte Mutter Hilde wohl nicht alles geplant gehabt?

»Hmm. Noch keinen richtigen. Laß uns nachdenken.« Sie begann an den Fingern abzuzählen: »Folgende Möglichkeiten gibt's: Erstens, das Kind ist gesund und ein Junge – gut. Zweitens, es ist gesund und ein Mädchen – man schiebt uns nicht die Schuld in die Schuhe, aber Vater Denys und der Astrologe, die sitzen dann arg in der Tinte. Drittens, es ist eine Totgeburt – mit ein bißchen Glück schiebt man uns die Schuld nicht in die Schuhe. Viertens, es ist ein kränkliches Mädchen – ich glaube, das gibt keinen besonderen Ärger. Doch wenn es, letztens, ein kränklicher Junge ist – in dem Fall sind wir geliefert. Und dann kommt es noch darauf an, wie Lady Blanche sich erholt, doch was das angeht, so sehe ich da keine großen Schwierigkeiten voraus, schließlich hat sie schon Kinder ausgetragen. Nur die Jüngste ist sie auch nicht mehr. Hmm, ich glaube, vorsichtshalber sollte ich mich mit dem Torwächter anfreunden. So kann ich ihn bestechen, falls wir in aller Eile aufbrechen müssen. Natürlich bedeutet Flucht ein Schuldgeständnis – wir werden uns sehr beeilen müssen, damit man uns nicht einholt. Margaret, ich glaube, wir sollten alles gepackt haben, wenn die Wehen einsetzen, nur als Vorsichtsmaßnahme. Aber mit ein bißchen Glück wird es nicht zum Schlimmsten kommen.« Ich bewunderte Hildes Art zu denken. Sie betete nicht einfach, obwohl sie auch das wahrlich nicht vernachlässigte. Sie hatte mir oftmals gesagt, daß Wehmütter nicht alt werden, wenn sie nicht auch schlau sind. Seither habe ich viele Erfahrungen sammeln dürfen, und ich glaube, sie hat recht.

Wir hatten nach Peter gesehen, befanden uns jetzt auf dem Rückweg und überquerten gerade den Burghof, als die Gevatterin Sarah aus dem Haus gestürzt kam und Hilde am Ärmel zupfte.

»Hilde! Hilde, laß dich warnen! Da sucht jemand nach dir, mit dem du kein Wort reden darfst. Geh sofort zurück und benutze nicht den Laufgang beim Garnisonstor.«

»Wer mag das wohl sein, wir kennen hier doch kaum einen Menschen?« fragte Hilde ein wenig neugierig.

»Eine Frau, die so gut wie tot ist, doch ich bringe es einfach nicht übers Herz, sie zu verraten.«

»Aha, ich glaube, ich weiß Bescheid und werde deinen weisen Rat befolgen. Vielen Dank, liebe Freundin«, erwiderte Hilde und nickte zustimmend. »Aber jetzt muß ich schleunigst gehen, denn das Kind von Mylady kann jeden Augenblick kommen.« Wir umarmten und trennten uns, und ich folgte Hilde über den Burghof. Als wir außer Sicht waren, gingen wir zu einem dämmrigen Laufgang hinüber, stiegen einen düsteren Stiegenschacht hinunter und kehrten im Untergeschoß des Bergfrieds geradewegs zum Garnisonstor zurück!

»Was soll das heißen?« fragte ich ein wenig ängstlich. Sie hatte nicht nur einen ehrlich gemeinten Rat in den Wind geschlagen, sondern um die Ecke herum erhaschte ich auch einen Blick auf den Wachraum. Furchtbares konnte uns zustoßen, wenn man uns hier fand. Aber Hilde sagte gelassen:

»Es gibt hier ein Geheimnis, vielleicht können wir Gutes tun«, und schritt furchtlos voran.

Ich spürte, wie mich jemand am Ärmel zupfte, und fuhr erschrocken herum.

»Schscht!« sprach uns eine leise Stimme aus dem Dunkel an. Ich drehte mich um, und Hilde kam zurück. Dort im Schatten stand eine tief verschleierte Frau, von der nur die Augen zu sehen waren. Als ich versuchte, ihre Gestalt in der Dunkelheit auszumachen, merkte ich, daß sie hochschwanger war.

»Du da! Du weise Frau!«

»Wer ist da?« fragte ich.

»Ich. Ich, Belotte«, kam es leise mit eigenartig lispelnder Stimme.

»Was willst du von uns?«

»Ich brauche etwas. Ich zahle gut.«

»Und was genau ist das?« fiel ihr Hilde, die sich inzwischen bei mir eingefunden hatte, ins Wort.

»Ich brauche eine weise Frau, die mich von diesem Kind befreit.«

»Ich verhelfe zum Leben, aber ich nehme es nicht«, antwortete Hilde.

»Seid nicht so hochfahrend zu mir. Ich weiß, daß Ihr Eure Mittelchen habt. Mit Kräutern oder Zaubersprüchen könnt Ihr es vielleicht loswerden. Ich habe Geld, echtes Gold.«

»Was würde dir das schon nutzen?«

»Ich habe es selber versucht, aber nichts hat geholfen. Wegen des Balges verdiene ich nichts mehr. Versteht Ihr denn nicht?«

»O doch, doch«, sagte Hilde kopfschüttelnd und nachdenklich. »Aber deine Zeit ist schon so nahe herangekommen, daß jeder Versuch, das Kind gewaltsam zu holen, dich das Leben kosten könnte.«

»Als ob mir daran etwas liegt«, zischte die Stimme schroff. »Hab ich mir nicht tausendmal jeden Tag den Tod gewünscht? Ich will gern alles aufs Spiel setzen und Euch auch im voraus bezahlen.«

Aus einer Unkenntnis heraus, für die ich mich bis auf den heutigen Tag schäme, unterbrach ich sie.

»Wenn du ein Leben in Sünde geführt hast, dann ist immer noch Zeit, zu bereuen und sich zu bessern. Gott vergibt dem reuigen Sünder. Du kannst doch ein neues Leben beginnen.«

»Du kleiner Tugendbold«, sagte die Frau bitter. »Spar dir dein albernes, frommes Gewäsch.« Und damit schlug sie den dichten Schleier zurück, der die untere Hälfte ihres Gesichtes verhüllte. »Sieh dir das an, und komm du mir noch einmal mit einem neuen Leben!«

Ein unbeschreiblich gräßlicher Anblick bot sich mir. Belottes Oberzähne begannen wie bei einem Totenschädel in einer Masse fahlen Narbengewebes direkt unter der Nase. Sie hatte überhaupt keine Oberlippe mehr! Der seltsame Sprachfehler, der Schleier, jetzt war mir alles klar. Hilde tat nicht im mindesten erstaunt.

»Das sieht mir noch nicht sehr alt aus«, sagte sie ruhig. »Wann ist das passiert?«

»Vor gar nicht so langer Zeit, noch nicht mal ein Jahr her«, antwortete Belotte. »Ich bin mit ein paar Bogenschützen aus Sussex gekommen, während der König zu Besuch war. Meine Geschäfte gingen gut, bis so ein Scheißkerl mich verraten hat. Da saßen sie dann alle über mich zu Gericht, so als ob sie mich noch nie gesehen hätten! Und diese eingebildete Frau mit ihrem Beichtvater da, der fielen vor Vergnügen schier die Augen aus dem Kopf, als ihr Ehemann, dieses alte Ungeheuer, mich verurteilte. Der Teufel hole sie alle. Und als sie mir das da angetan hatten, da brachte es dieser verfluchte Teufel auch noch fertig, für meine Besserung zu beten. ›Geh, sündhaftes Weib‹ ...«, und hier ahmte sie Vater Denys' affektierten Akzent nach, ›und wisse, daß wir dir das Leben geschenkt haben, damit du Buße tun kannst.‹ Der widerliche Heuchler, der! Wer will denn noch eine Frau ohne Gesicht?« Ihre Augen glitzerten im Dämmerlicht. »Aber mein Schatzkästlein, das haben sie mir nicht kaputtgemacht«, setzte sie bitter hinzu, »bloß mit dem Preis, mit dem mußte ich heruntergehen.« Sie klopfte sich unter ihrem riesigen Bauch auf den Leib. »Und jetzt wächst da von irgend jemand ein kleines Ungeheuer heran und will sich nicht vertreiben lassen.«

Mutter Hilde hatte, während sie redete, abschätzend ihre Figur gemustert und ihr still und betrübt zugehört. Als die Unselige geendet hatte, streckte sie die Hand aus und befühlte ihren Leib.

»Ja, ja«, sagte sie mitfühlend, »vertrieben wird es wohl nun bald, denn es hat sich schon gesenkt. Noch ein paar Tage, mehr nicht.«

»Ein paar Tage«, schrie Belotte außer sich. »Wenn du mir nicht hilfst, erwürge ich es!« Mir schien, die Sorgenfalten auf Mutter Hildes Gesicht waren zu Schluchten geworden. Sie antwortete sehr langsam, und es war, als ob ihre Stimme vor Traurigkeit tiefer klang:

»Du sagst da etwas ganz, ganz Schlimmes zu einer Frau, die alles verloren hat. Ich weiß, aus dir spricht nur dein bitteres Schicksal, das macht dich so unbedacht. Wenn ich dir doch nur klarmachen könnte, daß ein neues Kind auch immer neue Hoffnung bedeutet.

Gewähre Gott Raum, daß Er handeln kann, und vielleicht wird doch noch alles gut.«

»Gott? Gott? Was hat denn Gott für mich getan? Gott ist doch nur der Größte unter diesen ganzen Herren, noch so ein Mistkerl, der Dummköpfen, die er verderben will, mit süßen Worten kommt. Das müßte schon ein falscher Gott sein, der mit vollen Händen Tod und Verderben austeilt und immerzu neue Unschuldige auf diese Welt schickt, damit sie den Leidensbecher leeren und daran sterben müssen? Schweigt mir stille von Gott, denn ich habe Ihn erkannt als das, was Er ist, und ich hasse Ihn!« Belotte knirschte mit den Zähnen, ihre Augen blickten wild.

»Dennoch darfst du nach einer von uns schicken, wenn deine Zeit gekommen ist«, sagte Mutter Hilde beschwichtigend. »Ich sehe doch, daß du in einer Männerwelt lebst, da findest du wohl schwerlich jemanden, der die Nabelschnur für dich durchschneidet.«

»Niemals«, zischte Belotte, während sie eine dämmrige Stiege hinunterhastete und unseren Blicken entschwand.

»Was ist da unten?« wisperte ich.

»Der Keller, die Lagerräume. Die Verließe. Und Belotte«, antwortete Hilde. »Schnell weg, hier ist es gefährlich für Frauen.« Und das schien sich zu bewahrheiten, denn hinter uns vernahmen wir schwere Fußtritte.

»Halt, wer da!« rief uns eine tiefe Stimme an. »Belotte, was machst du hier bei Tage?« Wir standen still, und meine Knie zitterten; es war der Wachtmeister, dem die Garnison unterstand, mit zwei bewaffneten Männern.

»Ha! Neuzugänge, was?« sagte der zweite Mann mit einem lüsternen Grinsen.

»Nichts da.« Ich hatte meine Stimme wiedergefunden, »wir sind Wehmütter, von denen Belotte ein Mittel haben wollte, um ihr Kind loszuwerden. Aber solche Mittel haben wir nicht, und darum gehen wir.«

»Oho, die Frauen vom Lande!« sagte der Wachtmeister. »Ich habe von Euch gehört, ich mußte ja schließlich die beiden Männer ausschicken, die Euch geholt haben. An der da solltet Ihr Euch die Hände nicht schmutzig machen. Ich werde Euch persönlich zurückbegleiten.« Und er schickte die beiden anderen fort, während er uns zu dem Stiegenaufgang führte, der uns nach draußen und in den Hof brachte.

»Im Vertrauen«, fragte er uns, als wir nach oben gingen, »wie geht es denn dem alten Mädchen?«

»Wem?« gab ich zurück.

»Belotte. Wir haben letztens nicht viel von ihr zu sehen gekriegt. Ihr ›Schatzkästlein‹ muß ganz schön schwer sein.« Er lachte schallend. Als ich angewidert zurückfuhr, wurde seine Miene vertraulich.

»Paßt mal auf«, sagte er. »Ihr solltet Belotte dankbar sein. Nur weil sie da ist, kann sich Euresgleichen sicher fühlen. Wie sollte ich wohl einen Haufen bewaffneter Männer ohne ein bißchen Hurerei in Schach halten? Wir sind nämlich keine Mönche. Unser Geschäft ist der Tod; wenn nichts los ist, langweilen wir uns. Zehn Meilen in die Runde, wo ich mit meinen Kerls einquartiert bin, ist kein Fäßchen und keine Frau davor sicher, daß wir sie nicht anzapfen!« Er legte die Hand auf das Heft seines Schwertes und lachte grimmig. »Und deswegen«, fuhr er fort, »müssen wir, im Interesse der öffentlichen Ordnung, so könnte man sagen, dem Teufel geben, was des Teufels ist. Belotte ist nicht viel, aber sie ist alles, was wir haben. Und ich schließe mich da nicht aus.«

Mutter Hilde schürzte mißbilligend die Lippen.

»Mach kein so grämliches Gesicht, Alte. Da! Schon oben. Und du, kleine Wehmutter, schick nach mir, falls du einmal Hilfe brauchst. Vielleicht können wir einander eines Tages einen guten Dienst erweisen. Schick nur nach Watt Grene – manchmal auch Watt Longshanks, der Langbein, genannt.« Er hatte uns wohlbehalten an der Hoftür zur großen Halle abgeliefert, und nun drehte er sich um und ging pfeifend auf dem sonnenbeschienenen Hof davon.

Als wir an diesem Mittag unten in der Halle bei Tische saßen, war mir beim Anblick der Lümmel unterhalb des Podestes weniger bänglich zumute. Denn unter den Zechern erblickte ich das erhitzte Gesicht von Watt und seinen Kumpanen – genauso betrunken wie die anderen, aber vielleicht, so dachte ich, doch Freunde in der Not.

Am Nachmittag traf ich Hilde ins Gespräch mit Lady Blanches ältester Tochter und ihren Oberkammerfrauen vertieft. Gemeinsam gingen wir in Lady Blanches Zimmer, wo sie lag und sich damit vergnügte, den drei riesigen Jagdhunden, die um ihr Bett herumschwänzelten, Brocken ihres Essens zuzuwerfen.

»Mylady«, sagte Hilde und verneigte sich tief – ach, so tief! »Ich glaube, daß Euer Kind immer noch quer im Schoße liegt und nicht mit dem Kopf nach unten, wie es für eine leichte Geburt am besten ist. Wenn Ihr gestattet, werde ich mit Hilfe dieser Damen hier versuchen, das Kind in die richtige Lage zu bringen.«

Lady Blanche tat ihre Zustimmung durch ein angespanntes und abwesendes Nicken kund. Hilde schickte nach Fruchtlikör, und als Lady Blanche so viel getrunken hatte, daß sie beschwipst war, ergriff ihre Tochter ihre Hand, während eine der anderen Damen ihr zur Wiederbelebung eine Parfümkugel unter die Nase hielt. Mutter Hilde entblößte den großen Leib und befühlte ihn sanft.

»Hier ist der Kopf, Margaret. Leg die Hand darauf, damit du ein Gespür dafür bekommst, denn später brauche ich vielleicht deine Hilfe.« Dann murmelte sie mehr zu sich: »Ja, da ist das Rückgrat, da die Gliedmaßen – aha, ein Bein ...« Man konnte nicht anders, als die Geschicklichkeit ihrer kundigen Hände zu bewundern, wie sie so hin und her massierten und allmählich nach und nach die Lage des Kindes veränderten, so als ob sie es unter einer schweren Decke bewegte. Es war jedoch nicht einfach. Lady Blanche stöhnte und umklammerte die Hände ihrer Damen.

»Mit Kinderkriegen kenne ich mich recht gut aus«, murmelte die Frau eines Ritters. »Aber dergleichen habe ich noch nie gesehen. Wahrlich, eine weise Frau.«

»Wenn ich das Kinderkriegen nicht schon hinter mir hätte, ich würde immer diese Frau dabeihaben wollen«, sagte eine andere Dame.

»Ein Schatz«, flüsterte die erste.

Blanche blickte ungerührt vor sich hin.

»Mylady Blanche, ich muß Euch und Eure Damen bitten aufzupassen, falls das Kind seine Lage verändern sollte. Dann werden wir es zurückgeleiten, und so weiter, bis Eure Wehen es zur Welt bringen.« Lady Blanche blickte sie nur an. Zuweilen erinnerte sie mich an eine Eidechse, solch einen starren Blick hatte sie. Die anderen Damen nickten zustimmend.

Von der Stunde an verließ Hilde Lady Blanches Raum nicht mehr, sie wartete darauf, daß die Wehen einsetzten, und ich selbst brachte ihr alles, was sie von draußen brauchte. Ein, zwei Damen waren ständig um Lady Blanche herum, um sie aufzuheitern, denn die Warterei hatte sie fahrig und gereizt gemacht. Hier, in ihrer Kemenate, hörte ich ein paar schöne, neue Balladen, die ich im Gedächtnis behielt, und Schach lernte ich auch, während ich nämlich den Damen beim Spielen zuschaute. Wenn ich an der Reihe war, zur Kurzweil beizutragen, dann wußte ich viele Geschichten, die sie noch nicht gehört hatten, denn die Geschichten und Lieder meiner Heimat waren in diesem Teil des Landes wenig bekannt. So verging die schwere Zeit, während wir auf den großen Augenblick warteten.

Als ich eines Abends mit einem Krug Ale für Mutter Hilde die große Halle durchquerte, legte sich mir von hinten eine schwere Hand auf die Schulter.

»Kleine Wehmutter«, sagte eine bekannte Stimme, »wenn du das Ale abgeliefert hast, hättest du dann einen Augenblick Zeit für unten? Jemand, den du kennst, ist in Not. Ich warte hier auf dich.«

Eilends ging ich hinein und beriet mich – leider viel zu kurz und geheimnistuerisch – mit Mutter Hilde. Sollte ich gehen? Und, du lieber Gott, was sollte ich mitnehmen? Was sollte ich tun? Denn als Mädchen hatte ich zwar Geburten miterlebt, hatte aber bislang bei keiner geholfen, und als Richtschnur hatte ich bloß, was Hilde mich gelehrt hatte, jedoch keinerlei Praxis.

»Geh, denn Gott der Herr fordert, daß wir uns erbarmen, wenn jemand in Not ist. Doch sei schnell und leise. Schneide die Nabelschnur erst durch, wenn sie aufgehört hat zu pulsieren. Bitte die Muttergottes, daß sie deine Hand leitet. Gib dich nicht zu irgend etwas Bösem her. Das reicht. Und der Herr im Himmel sei mit dir«, raunte sie. Und ich verließ das Zimmer mit den wenigen Dingen im Korb, die ich benötigte.

Watt holte mich mit einer Fackel und einem weiteren bewaffneten Mann ab. Gemeinsam gingen wir schnell die verbotene Stiege hinab, durch den Wachtturm und kamen auf den langen, dunklen Gang, wo wir Belotte zum ersten Mal begegnet waren. Dann ging es wieder einige gewundene Laufgänge hinab und weitere Treppenfluchten hinunter bis in die Tiefen des Bergfrieds. Große Räume voll staubiger Fässer und Bottiche mit Pökelfleisch gingen zu beiden Seiten ab. Hier irgendwo waren die *oubliettes*, diese entsetzlichen geschlossenen Zellen, wo Gefangene bis zu ihrem Tode gräßlich dahinschmachteten. Mir war, als griffen Skeletthände durch die verriegelten Türen nach mir, hinter denen sich in Wirklichkeit nichts anderes verbarg, als Fässer mit streng bewachtem Wein. Die Wahrheit war mir damals nicht bekannt: Sir Raymond hatte die Keller nicht gern voller Gefangener. Hinrichtungen waren ihm lieber.

Einen dieser Lagerräume betraten wir nun, und da bot sich mir ein schrecklicher Anblick. Über einer armseligen Strohschütte, auf der Belotte lag, hatte man an der Wand eine Fackel angebracht. Neben ihr stand ein weiterer Soldat; man hatte ihr die Arme gefesselt und ihr einen Knebel in den zerstörten Mund gestopft, damit sie nicht schrie und sich selbst verriet.

»Sie hat versucht, sich die Handgelenke aufzuschneiden«, murmelte ihr Aufpasser verlegen und deutete auf ihre verbundenen Arme.

»Gut«, sagte Watt. »Ich will keinen Anteil haben an einer Todsünde.«

Belotte hatte starke Wehen.

»Tretet zurück, Ihr beiden«, sagte ich. »Es ist ihr so schon peinlich genug.« Über ihrem Knebel starrte mich Belotte wütend an. Die beiden verzogen sich etwas, und ich schlug ihr Kleid zurück. Der Kopf war schon zu sehen. Fruchtwasser und eine blutige Flüssigkeit hatten einen großen Fleck auf der Strohschütte hinterlassen, auf der sie lag, desgleichen auf ihrer Kleidung. Wenn eine Wehe sie überlief, stöhnte sie erstickt und gedämpft.

»Sie kann nicht atmen; sie braucht Luft«, sagte ich, und so zog ihr der Bogenschütze den Knebel heraus.

»Keinen Mucks mehr«, ermahnte er sie. »Es gilt unser aller Leben, weil wir dir Obdach gegeben haben, ebenso wie deins, weil du hier bist.«

»Ei, dein Leben«, zischte sie. »Ein paar Paternoster vielleicht oder eine Pilgerfahrt und einen Schrein küssen. Nur mein Leben und deine Unannehmlichkeiten, das meinst du doch.«

»Kein Wort mehr: tief einatmen, dann tut es nicht so weh«, sagte ich mahnend. Ihr Leib schnellte hoch, als ich den Kopf des Kindes herausgeleitete, dann den Rumpf und am Ende die sacht pulsierende Nabelschnur. Während ich auf die Nachgeburt wartete, zischte sie:

»Geschafft. Wehe, du zeigst mir das kleine Ungeheuer. Nimm es einfach und zerschmettere seinen Kopf an der Wand, und Schluß damit.«

Ich holte die Nachgeburt. Selten ist eine Geburt, bei der ich später dabei war, so glatt vor sich gegangen. Ich wartete, bis die Nabelschnur tot war, wie Hilde mir gesagt hatte, und band sie sorgsam ab, dann trennte ich sie durch. Das Kind erschauerte, fing fast ohne einen Schrei an zu atmen und lief dabei wunderschön rosig an. Ein Hauch goldenen Flaums schimmerte auf der pulsierenden, weichen Stelle oben auf seinem Kopf. Das ebenmäßige, winzige Gesichtchen war verzogen, so als wäre es verärgert darüber, daß man es von seinem bequemen Ruheplatz vertrieben hatte. Es ballte eine winzige, rosige Faust und öffnete sie wieder, während es seine Beinchen ruckartig zum Bauch hochzog. Die Soldaten, die sich mucksmäuschenstill verhalten hatten, grinsten und wiesen auf sein Geschlecht, denn es war ein Junge. Ich hielt das kleine Wesen im Arm und wollte es säubern, und da blickte ich es an – so hold und lieblich wie eine Rose – und mußte weinen. Ich konnte nicht anders. Ich hatte ein Kind geboren und es nie im Arm gehabt.

Belotte sah mich mit glitzernden, sarkastischen Augen an.

»Die kleine Miss Tugendsam, die Gefühlsduselige, jetzt kann sie sich so richtig schön ausheulen! Was brütest du nun schon wieder aus?«

»Ach, sei doch nicht so hart! Ich habe eine Tochter, die ist bei den Engeln im Himmel, und ich habe sie kein einziges Mal im Arm gehabt. Wie sollte ich da nicht weinen?«

»Du? Und ich hab dich für eine Jungfrau gehalten, du kleines Ehrpusselchen. Kann sein, du bist noch dümmer, als ich dachte.«

»Halt ihn nur einmal, mir zuliebe. Es ist so ein wunderschönes Kind!«

»Ihn? Ein Junge also? Armer, kleiner Kerl, er ist verloren.« Sie blickte mich prüfend an. »Hübsch, sagst du?«

»So schön wie die aufgehende Sonne.« Und ich hielt ihr das nackte, kleine Wesen hin.

Und wie ich so zusah, geschah etwas Seltsames, gleichsam ein Wunder. Das harte Gesicht wurde weich, und sie streckte die Arme aus. Unbeachtet rann ihr eine Träne übers zerstörte Gesicht. Als sie das Kind an sich drückte, begann dieses auf der Suche nach Milch herumzuschnüffeln. Von dieser hilflosen, kleinen Geste gerührt, öffnete sie ihr Kleid, um das Kind anzulegen. Und während sie den Winzling hungrig betrachtete, liefen ihr die Tränen haltlos übers Gesicht.

»Ich glaube, sie behält ihn«, sagte Watt.

»Ich glaube auch.«

»Probleme über Probleme. Aber uns wird schon noch etwas einfallen«, sagte er kopfschüttelnd. Ich blieb nur so lange, bis ich das Kindchen gewindelt hatte, dann verließ ich sie so rasch und still, wie man mir geraten hatte.

Es kam mir vor, als beträte ich eine andere Welt, als man mich vor Lady Blanches Zimmer abgeliefert hatte. Hilde kam mir an der Tür entgegen. Drinnen schlief alles. »Geschafft?« fragte sie.

»Ja, es ist vorbei.«

»Das Kind lebt?«

»Es lebt; es ist schön.« Ich fiel ihr um den Hals und weinte: »O Mutter Hilde, das Schicksal ist so ungerecht! Diese gräßliche Frau hat einen Sohn so schön wie die Sterne und der Mond, und ich habe gar keins!«

»Schsch, schsch, stell dich nicht an. Deine Zeit kommt schon noch. Ich habe Träume und Vorzeichen gehabt, von denen ich dir erst erzähle, wenn die Zeit dafür reif ist.«

»Ach, was sollen mir Träume! Ich wollte, dieses schöne Kind gehörte mir, mir allein!«

Ich raste vor Eifersucht, doch Hilde beruhigte mich und zwang mich zu schlafen.

Ob Kinder immer nachts kommen, um uns zu ärgern? Denn zu Vigil, drei Stunden vor Sonnenaufgang, rührte sich Lady Blanche im Schlaf und stöhnte. Und schon setzte sie sich kerzengrade im Bett auf, und das Zimmer schwirrte vor Betriebsamkeit, denn Lady Blanches Fruchtblase war geplatzt. Endlich hatten die echten Wehen eingesetzt.

Man machte Wasser warm und brachte saubere Leinenhandtücher. Lady Blanche wurde auf den kunstvoll verzierten Gebärstuhl gesetzt, und bei jeder Wehe umklammerte sie dessen große, geschnitzte Griffe. Man nahm das Tuch von der schönen Wiege und stellte sie auf den Ehrenplatz. Kostbare Wickelbänder und ein prächtiges, mit winzigen Perlen besticktes Mützchen wurden bereitgelegt. Im Zimmer verbreitete sich der starke und satte Duft von Bienenwachskerzen, denn Lady Blanche sollte sich in dieser heiklen Zeit nicht an dem Gestank der Unschlittkerzen stören. Für einen furchtbaren Augenblick wollte mir schier der Mut sinken. Was war, wenn diese ganzen Vorbereitungen wieder nur einem Mädchen galten? Lady Blanche fing an zu schreien. Sie war zu alt zum Kinderkriegen: es würde nicht leicht werden. Mutter Hilde redete beruhigend auf sie ein:

»Bei jeder Wehe tief atmen – begegnet ihr mit einem

Atemzug und überwindet sie!« Aber es half nichts, Lady Blanche hatte Angst und war hysterisch.

»Weh mir, daß ich solche Schmerzen erdulden muß!« schrie sie. »Frauen sind nur zum Leiden geboren! O unsägliches Geschick, es zerreißt mich, es bringt mich um!« Diese Worte paßten eher zu einer Frau, die noch nie geboren hatte, als zu einer, die bereits viele Male Mutter war. Jetzt, da ich älter bin, weiß ich, daß Angst der schlimmste Feind einer leichten Geburt ist und daß Lady Blanche aus gutem Grund Todesängste ausstand. Als der Morgen heraufdämmerte, bekam man Sir Raymond, der in tiefem, weinseligem Schlummer gelegen hatte, endlich wach.

»Na und?« knurrte er. »Laßt mich in Ruhe, bis mein Sohn geboren ist. Das wäre eine Nachricht, die das Aufwecken verlohnte.«

In der Morgendämmerung holte man auch die Amme aus dem Dorf. Es war ein junges Mädchen mit seidigem Blondhaar, blöden, blauen Augen und Brüsten, so groß wie das Euter einer Milchkuh. Ihre einfältigen Augen strahlten ob all der Herrlichkeiten auf der Burg und der Pracht der Stellung, die sie hier erwartete.

»Hmm«, bemerkte Hilde nur für mich. »Gut und nicht so gut.«

»Was willst du damit sagen?« fragte ich.

»Gut, weil sie sauber und jung ist und genug Milch für Zwillinge hat. Schlecht, weil sie so dumm ist wie der Tag lang. Denn mit der Milch nehmen Kinder auch die Eigenschaften der Amme auf. Ist sie verderbt, werden sie verderbt. Ist sie dumm, werden auch sie dumm. Obwohl Dummheit bei hochgestellten Familien nicht als Makel gilt.«

»Aber Mutter Hilde?« Mir schoß plötzlich ein Gedanke durch den Kopf. »Wo ist denn ihr Kind? Ist das gestorben? Wie kommt sie bloß zu der ganzen Milch?«

»Das wird, soviel ich weiß, von der Großmutter mit der Flasche und Ziegen- oder Eselsmilch aufgezogen. Es ist Winter, also dürfte es nicht zu gefährlich sein. Im Sommer sterben solche Säuglinge immer am Durchfall. Ich nenne es ›Sommerkrankheit‹. Der fallen viele Kinder zum Opfer.«

»Dann soll also ihr eigenes Kind die Eigenschaften einer Eselin oder Ziege annehmen? Und die Großmutter duldet das? Wenn das nicht furchtbar ist!«

»Meistens gar nicht so furchtbar. Die ganze Familie genießt dadurch große Vorteile. Das Mädchen wird immer im Luxus leben, das feinste Essen und die besten Getränke bekommen, damit sie gute Milch gibt. Die Belohnungen, welche man als Amme eines Erben aus großem Haus erwarten darf, kann man gar nicht alle aufzählen! Wenn sie Glück hat, ist das der Anfang zum Aufstieg. Wenn dem Kind jedoch etwas zustößt ... nun, wir wissen ja beide, daß Sir Raymond nicht gerade der Großzügigste ist.« Ich bekreuzigte mich.

»Laß dem Kind nichts zustoßen«, betete ich, »um unser aller willen.«

Der Morgen kam und ging, und immer noch lag Lady Blanche in qualvollen Wehen. Mittlerweile war sie vom Schreien und Jammern so erschöpft, daß sie jede neue Wehe mit der dumpfen Miene eines Ochsen erwartete, der geschlachtet werden soll.

»Mutter Hilde, Mutter Hilde«, die Rittersfrau klang besorgt. »Die Wehen bringen keinen Fortschritt mehr. Der Kopf kommt nicht weiter.«

»Ihr Körper verliert an Kraft«, gab Hilde flüsternd Antwort. »Spürt Ihr das nicht? Die Wehen werden immer schwächer.«

»Ganz wie ich mir schon dachte. Könnt Ihr denn nichts tun? Wenn es so weitergeht, verlieren wir beide, den Sohn unseres Herrn und seine Frau, und dann kennt sein Zorn keine Grenzen.«

»Das ist mir klar. Wer läuft wohl größere Gefahr als die Wehmutter? Ich weiß nur zu gut, daß ich hier eine Fremde bin.«

»Was sollen wir nur machen?« Ängstlich rang die Dame die Hände.

Gleichsam als Antwort darauf betrat Vater Denys die Kemenate.

»*Pax vobiscum*«, sagte er und spendete den versammelten Frauen seinen Segen.

»Man hat mir berichtet, daß der überaus kostbare Sohn von Mylord durch ungeschickte, unwissende Wehmütter in Gefahr gebracht worden ist!« Er nahm seinem Gehilfen einen Kasten mit einer schauerlichen Reliquie ab, dazu ein Kruzifix und was dergleichen Zubehör mehr ist. Nachdem er uns allen den glänzenden, silbernen Reliquienschrein mit dem verschrumpelten, mumifizierten Fötus darin gezeigt hatte, gab er ihn an den Hilfspriester weiter. Lady Blanche verdrehte entsetzt die Augen, ihr Mund bewegte sich tonlos. Vater Denys nahm das Weihrauchgefäß, und nachdem er den Weihrauch angezündet hatte, verräucherte er großzügig das Zimmer und betete laut auf Latein.

Jetzt hatte Lady Blanche die Stimme wiedergefunden.

»Meine Sterberiten? Seid Ihr gekommen, um mir die Letzte Ölung zu erteilen?« flüsterte sie angstvoll.

»Fürchtet Euch nicht, wohledle Frau«, antwortete Vater Denys glattzüngig, »ich bin gekommen, um den Himmel um das Leben Eures Sohnes anzuflehen. Und wenn Eure Sünden und die Sünden aller hier im Raum ...«, und dabei blickte er sich grimmig um – »nicht zu groß sind, dann wird er ihn und Euch verschonen.« Denn schon betete er wieder auf Latein vor sich hin. Die anwesenden Damen fielen auf die Knie, zogen ihren Rosenkranz hervor und machten sich ans Beten.

Er strahlte, als sich rings um ihn das Gemurmel frommer, betender Stimmen erhob.

Mutter Hilde war erbleicht und zog mich beiseite. Es war klar, daß Vater Denys schon die Bühne für unseren Schuldspruch herrichtete, falls es schiefgehen sollte. Außer sich flüsterte sie mir zu:

»Wir haben keine Wahl mehr. Ich muß das dunkle Pulver verwenden. Bring mir das Kästchen dort aus dem Korb mit meinen Sachen, und dann geh und hole mir von unten Würzwein. Ich glaube, ich kann die Wehen wieder in Gang bringen, doch sie darf das bittere Pulver nicht durchschmecken, sonst nimmt sie es vielleicht nicht ein. Laß es Vater Denys nicht sehen; wenn er auch nur den leisesten Verdacht schöpft, was wir verwendet haben, dann ist es um uns geschehen.«

Als Vater Denys mir den Rücken zukehrte, schlüpfte ich so still und rasch aus der offenen Tür, als ob der leibhaftige Tod mir auf den Fersen säße.

Als ich eilenden Schrittes die Halle durchquerte, fing mich Watt ab und vertrat mir den Weg.

»Laßt mich durch«, rief ich, »ich habe keine Zeit zu verlieren!«

»Kleine Wehmutter, Ihr müßt mitkommen, es geht sehr schlecht.« Und dabei vertrat er mir immer noch den Weg.

»Kommt mit und erzählt rasch.«

»Die arme Belotte hat Fieber bekommen. Sie liegt auf den Tod. Ich habe nach dem Priester geschickt und um die Letzte Ölung für einen sterbenden Sünder gebeten, aber der hat sich geweigert zu kommen und hat gesagt, dann müßten die Sünder eben in Sünde sterben, er hätte zu tun. Sie sagt, sie will niemand haben als Euch.«

»Watt, ich kann nur kommen, wenn es geht, denn Mylords Kind ist in Gefahr, und man hat mich nach einer Arznei geschickt.« Er sah schuldbewußt aus.

»Sagt ihr, daß ich komme, vielleicht gegen Abend.« Ich eilte fort und kehrte mit dem Erforderlichen zurück. Mittlerweile war Vater Denys in die Kapelle gegangen, um eine Extramesse zu lesen, und die Damen hatten sich wie besorgte Glucken um ihre Herrin geschart. Mit der ungerührten Miene eines Standbildes rührte Mutter Hilde das Getränk um und mischte eine Dosis von etwas dunkel und widerlich Aussehendem aus dem gut verschlossenen Kästchen darunter, so daß es niemand außer mir sah.

»Meine Damen, würdet Ihr bitte Eurer Herrin behilflich sein, dieses einzunehmen, denn es ist eine Arznei, die schon oftmals in solchen Fällen geholfen hat.« Dann drängte sie Lady Blanche: »Trinkt das, trinkt das, davon kommt Ihr wieder zu Kräften.« Lady Blanche trank matt und brachte nur die Hälfte hinunter, ehe sie wieder ihren Damen in die Arme sank.

»Jetzt heißt es warten, aber nicht lange«, verkündete Mutter Hilde. Und da die Abendschatten während unserer Arbeit länger geworden waren, zündeten die Damen erneut Kerzen an, verwandelten den Raum in eine Laube aus flackerndem Licht und erfüllten ihn mit dem satten, süßen Duft schmelzenden Bienenwachses.

Auf einmal stieß Lady Blanche einen Schrei aus.

»Es kommt, endlich kommt es!« jubelten die Damen, und so war es in der Tat. Nach ein paar kräftigen Wehen wurde der Scheitel des Kindes sichtbar. Hildes kundige Hände zogen sanft, und der Kopf erschien, doch mit dem Gesicht nach unten. Mit den Schultern zugleich kam grünlich-schwarzer Schleim heraus, den die Damen in ihrer Freude kaum bemerkten, doch ich sah, daß Hildes Gesicht wieder blaß wurde. Bald war der ganze Leib geboren, und Jubel erscholl, als sich herausstellte, daß es ein Junge war.

»Schickt nach Mylord! Es ist ein Sohn!« rief die Rittersfrau, und ehe noch die Nachgeburt geboren war, schallte und hallte die große Halle schon vor Freudenrufen. Bei all dem Jubel und der Umarmerei im Zimmer merkte außer mir kaum jemand, daß das Kind nicht atmete. Hilde hielt es kopfüber, holte ihm mit dem Finger eine scheußliche, dunkle Masse aus dem Mund und säuberte die Lungen. Das Kind war blau. Mutter Hilde legte es hin und atmete ihm sanft und in gleichbleibendem Rhythmus in Mund und Nase. Nach und nach wurde der winzige Leib rosig. Hilde wirkte erleichtert, als sie aufhörte, das Kind zu beatmen.

»Mein Sohn, wo ist mein Sohn?« rief Lady Blanche ungeachtet des Stimmengewirrs.

»Ein schöner Knabe«, sagte Hilde, nahm das Kind auf den Arm und zeigte es ihr so, daß sein Geschlecht deutlich zu sehen war, das Gesichtchen jedoch im Schatten blieb.

Und daran hatte Hilde gut getan! Denn welche Mutter wäre wohl nicht über dieses erbarmungswürdige Gesichtchen erschrocken gewesen? Der von den langen Wehen deformierte Kopf lief nach einer Seite schräg und spitz zu. Eine arge Schwellung verschloß ihm die Augen und breitete sich über das ganze Gesicht aus. Die Nase war nach einer Seite plattgedrückt. Von dem purpurfarbenen Schädel hoben sich ein paar farblose Härchen ab. Der ganze Leib wies ein kränkliches, fahles, bläuliches Rosa unter dem käsigen Belag auf, mit dem alle Kinder auf die Welt kommen.

»Mein Sohn, mein Sohn! Ich will meinen Sohn sehen!« dröhnte Lord Raymonds Stimme von der Halle her. Schnellen Schrittes kam er ins Zimmer gestürmt und vertrat Hilde, die das Kind auf dem Arm hatte, den Weg.

»Ha! Tatsächlich ein Junge! Und noch dazu mit einer prächtigen Ausrüstung!« Er schlug sich aufs Knie. »Aber was ist mit seinem Kopf? Er sieht aus, als ob er schon eine Schlacht geschlagen hätte!«

»Das ist normal nach einer langen Entbindung, Mylord. Nach ein paar Tagen verschwindet die Schwellung, und das Köpfchen rundet sich von ganz allein wieder.«

Der Säugling gab einen erbärmlichen Wimmerlaut von sich.

»Ha! Mein Sohn hat Durst! Amme!« brüllte er. »Stille meinen Sohn gut, und wenn er gedeiht, so soll es dein Schaden nicht sein«, sagte er zu ihr. »Aber wehe, du wagst es, ihn verhungern zu lassen ...« Er beugte sich vor und fixierte ihr blödes Gesicht mit glitzernden, boshaften Augen. »Wenn du ihn mit dünner, schlechter Milch betrügst, dann verfahre ich mit dir wie mit deiner Vorgängerin.« Die arme Närrin verdrehte die Augen und fing an zu weinen.

»Schluß mit dem Geheule, Weib, gib meinem Sohn zu trinken!« Sie drückte das Kind an sich, und als sie eine riesige Brust aus ihrem Kleid holte, frohlockte er. Das arme Kind begann matt zu saugen, und das Mädchen lächelte vor Zufriedenheit, als Mylord ihr eine große Silbermünze gab.

»Abschlag«, sagte er und machte auf den Hacken kehrt. Dann fiel ihm etwas ein, und er kam noch einmal zurück.

»Frau Gemahlin«, sagte er, »also habt Ihr schließlich doch noch Eure Pflicht getan. Gute Arbeit, gute Arbeit. Ich werde eine Dankmesse lesen lassen!« Lady Blanche lächelte matt, aber triumphierend. In einem Zeitraum von nur einem Tag hatte sich für sie alles zum Guten gewendet. Als Mutter eines Sohnes war sie jetzt für alle Zeiten sicher und konnte ihre alten Tage in Wohlleben genießen.

Während Lady Blanche sich auf dem großen Bett ausruhte und Glückwünsche entgegennahm, badeten Hilde und ich das geschundene Kindchen und zogen ihm die wunderschöne Mütze über den mißgestalteten

Kopf. Als nur noch das winzige Gesichtchen heraussah, wirkte er irgendwie nicht so grotesk. Und ein gewickeltes Kind gleicht dem anderen.

»O je, hoffentlich ist nun alles gut«, seufzte Mutter Hilde, als sie sich auf die niedrige Bank in der Ecke setzte und die Beine ausstreckte. »Mutter und Kind sind wohlauf, und im ganzen Haus herrscht Freude.«

»Du machst den Eindruck, als ob du eine große Gefahr überstanden hättest, Mutter Hilde«, bemerkte ich.

»Wir sind alle in großer Gefahr gewesen, obwohl nur ich darum wußte«, sagte sie leise. »Die Arznei, die ich zubereitet habe, die hätte mir Belotte in Gold aufgewogen. Sie treibt Kinder vorzeitig aus dem Schoß. Wenn sie zu stark ist, bringt sie Tod oder Wahnsinn. Doch wenn man es zur rechten Zeit anwendet und dabei Glück hat, kann sie auch Leben bringen. Wenn du eines Tages soweit bist, zeige ich dir, wie man sie zubereitet. Das dunkle Pulver ist ein gefährliches Geheimnis, aber leicht herzustellen. Komischerweise sind die Zutaten ganz einfach: nichts als verfaulter Roggen und zwei, drei andere Dinge. Doch hüte dich gut, wenn du es verwendest, denn oftmals zieht es Schlimmes nach sich und kann dir Verfolgung und Tod bringen.«

Als sie Belotte erwähnte, rührte sich mein schlechtes Gewissen, ich bat gehen zu dürfen und sagte ihr, daß die Unselige mich um Hilfe gebeten hatte.

»Dann geh nur, komm aber so schnell wie möglich zurück, denn es kann sein, daß ich wieder deine Hilfe brauche.« Argwöhnisch spähte sie zu der schlafenden Lady Blanche am entgegengesetzten Ende des Zimmers. In der Halle traf ich den Mann, der mich zu Watt führen sollte, und stieg mit ihm dann in die Tiefen hinunter, wo Belotte lag. Sie war allein, ihr Kind hatte sie neben sich. Ich kam zu spät für alle Aufträge, die sie im Sinn gehabt haben mochte, denn sie war der Sprache nicht mehr mächtig. Ich legte ihr die Hand auf die Stirn und spürte die furchtbare Fieberhitze, welche sie verzehrte.

»Da ist nicht mehr viel zu machen«, bemerkte Watt. »Mit Fieber kenne ich mich aus, ich weiß, daß sie nicht durchkommt.«

Bei seinen Worten kam Belotte etwas zu sich und redete, obwohl klar war, daß sie uns nicht erkannte.

»Vater, seid Ihr endlich doch gekommen. Ich möchte bereuen und Euren Segen haben, denn ich brenne schon im höllischen Feuer.«

»Ich bin's, Margaret, ich bin da.«

»Vater, es gibt in meinem Leben nur eine gute Tat. Ich habe einem Kind das Leben geschenkt, das so schön ist wie die aufgehende Sonne. Rettet es, rettet es! Es hat keinen Teil an dem, was ich getan habe.«

»Ich bin's, Belotte, Margaret! Und ich will für dich beten. Geht jetzt«, sagte ich zu dem Soldaten, der mich hergeführt hatte. »Das hier ist Frauensache. Wenn ich fertig bin, treffen wir uns oben im Wachraum.« Ich kniete nieder, aber beim Beten wurde mein Geist ganz ruhig, und rings um mich begann die Welt zu beben und zu vergehen. Ich spürte, daß von Belotte etwas schauerlich Schwarzes, Saugendes ausging, das mir die Lebenskraft raubte! Irgendwie wußte ich, wenn das so weiterging, es würde mich mit ihr in den Tod reißen. Ich suchte nach etwas, womit ich diese furchterregende Verbindung unterbrechen könne und schrie ohne nachzudenken laut auf. Beim Klang meiner Stimme gelang es mir, meinen Geist abzuwenden, und ich füllte ihn mit geschäftigen Gedanken, nur damit ich nicht wieder in den Sog der Schwärze geriet. Erneut legte ich ihr die Hand auf die Stirn.

»Belotte, Belotte, hörst du mich? Dein Sohn ist nicht verloren. Ich nehme ihn. Wenn ich Geld habe, lasse ich eine Messe für deine Seele lesen …«

Aber jetzt konnte sie wieder klar denken. Ich fragte mich, ob die Lebenskraft, die sie mir ausgesogen, sie gekräftigt hatte.

»Oh, du bist es, Miss Tugendsam, die Wehmutter. Ich dachte schon, der Priester wäre gekommen. Da! Sieh dir mein Kind an! Es hat das Gesicht eines Engels. Ich glaube, ich muß sterben. Kannst du dich um ihn kümmern? Ich glaube, wenn ich am Leben geblieben wäre, ich hätte ihn geliebt – und Belotte liebt keinen Mann auf Erden! Ich weiß, du hast ihn mir geneidet. So nimm ihn denn jetzt!«

O wie schämte ich mich meines schäbigen Neides! Einer armen Frau ihr einziges Glück zu neiden! Ich fing an zu weinen, doch nicht aus Kummer, sondern weil ich mich so schämte.

»Etwas Mut, du Jammerlappen! Mich solltest du beweinen, denn ich bin verloren und verdammt.«

»Nicht verdammt, nein, nein. Jesus vergibt allen ...«

Aber ihre Augen sahen nicht mich an; sie blickten auf jemand hinter mir. Ich vernahm ein Geräusch und fuhr herum. Es war Hilde! »Wie bist du hierhergekommen?« fragte ich.

»Die Frage, meine Liebe, ist nicht wie, sondern warum. Dem Kind oben geht es schlechter. Bislang sehe nur ich das, doch bald wissen es alle. Es ist wohl das Klügste, wenn wir aufbrechen, mein Mädchen. Ich habe einen Mann bestochen, daß er uns heimlich das Tor öffnet. Gegen Morgen sind wir dann schon weit.«

»Hilde, ich verstehe nicht, ich dachte, dem Kind ginge es gut.«

Belottes Augen funkelten ingrimmig vergnügt.

»Margaret, Margaret, muß ich dir denn mein Leben lang erklären, was doch auf der Hand liegt? Das arme Würmchen hat nie viel getaugt – das tun sie oft nicht, wenn sie so voller dunklem Zeug auf die Welt kommen. Und nun hat er auch noch alles ausgespuckt, was ihm die Amme gegeben hat. Kein Essen oben rein, kein Scheiß unten raus. Kenn ich alles. Die Eingeweide sind nicht ausgebildet. Vielleicht hat es überhaupt keine. Wer weiß? Lord Raymond ist ein Aufschneider, aber einen kräftigen Sohn hat er noch nie zustande gebracht. Warum also keinen Sohn ohne Eingeweide für einen Mann ohne Herz? Das Kind ist, glaube ich, verloren. Und so die Wehmütter und die Amme, es sei denn, wir sind gegen Morgen schon weit von hier.«

Belotte lachte ein schrilles, bitteres Lachen.

»Gut, dann habe ja nicht nur ich allein Pech! Viel Vergnügen, Miss Tugendsam!«

Durch ihr Gelächter wurde Hilde aufmerksam auf sie und das blühende, kleine Wesen neben ihr, das friedlich schlief.

»Oh!« entfuhr es ihr fast gegen ihren Willen. »Was für ein Prachtkind! Margaret hat recht gehabt.« Dann trat ein abwesender, berechnender Ausdruck in ihre Augen. »Vielleicht ist doch noch nicht alles verloren. Belotte, hättest du für deinen Sohn gern ein schönes Heim?« Bei letzterem klang ihre Stimme eindringlich und vielsagend, und sie warf einen Blick in meine Richtung.

»Aber ja doch«, antwortete Belotte mit einem gleichermaßen scharfen Blick, und ihre Stimme klang verschlagen und amüsiert.

»Ich kenne eine Frau aus dem Dorf, die ihn an der eigenen Brust stillen wird, und das besser als ihr eigenes, geliebtes Kind«, sagte Hilde mit einem weiteren vielsagenden Blick.

»O ja«, fügte ich ernsthaft hinzu, »jede Frau wäre froh, wenn sie solch einen Sohn hätte.«

Belotte lachte stumm.

»Dann soll diese Frau aus dem Dorf ihn stillen, solange er dabei ein schönes Heim hat.«

Hilde hob das Kind hoch, und die Mutter seufzte kurz auf.

»Wenn ich nicht sterbe, gebt mir Nachricht, wie er sich macht.«

»Aber gern, Belotte«, erwiderte Mutter Hilde.

Ich zupfte sie am Ärmel:

»Hilde, Hilde, sollten wir uns nicht lieber beeilen? Und wo ist Peter? Wir dürfen nicht länger verweilen.«

»Peter sitzt bei Moll und wartet auf uns. Aber ich glaube, jetzt ist keine Eile mehr vonnöten. Sei so lieb und geh zu ihm und sag ihm, er soll wieder absatteln. Ich glaube, mir ist eine Idee gekommen, wie wir das arme, kränkelnde Würmchen kurieren können.« Und sachte, ganz sacht, wickelte sie das kleine Wesen in den weichen Saum ihres Umhangs und barg es an ihrem ausladenden Busen.

Ich eilte nach oben, um mich mit meinem Begleiter zu treffen, und kehrte erst zu Hilde zurück, als ich alle Aufträge erledigt hatte. Mucksmäuschenstill kam ich zurück, aber im Zimmer schlief alles bis auf die schniefende Amme, die mir den Weg zum Vorzimmer vertrat.

»Da nicht rein«, flüsterte sie, »Mutter Hilde macht gerade eine schwierige Behandlung mit dem armen Wurm! Man darf sie nicht stören, sonst schlägt es nicht an. O Mutter Margaret, dem Kind geht es so schlecht, es atmet kaum noch! Wenn sie es nicht rettet, wird mich Mylord für meine schlechte Milch bestrafen. O bitte, bitte, weckt mir niemand auf und stört sie nicht, sonst sind wir alle verloren!«

Ich blieb wie angewurzelt vor der Amme stehen und bekreuzigte mich.

»Ich setze allergrößtes Zutrauen in Mutter Hildes Behandlung. Ich kenne keine weisere Frau. Wenn das Kind durch menschliche Macht überhaupt zu retten ist, dann durch sie.« Die verzweifelte Amme klammerte sich schweigend an meinen Arm. Ich aber verwunderte mich. Drang da nicht etwa ein seltsamer Geruch aus dem Zimmer, so als ob jemand Kräuter ins Feuer geworfen hätte? Die Amme riß die Augen auf. Es kam uns vor, als ob da drinnen im Zimmer mit einem mächtigen Zauber gearbeitet wurde. So warteten wir im Dunkeln, und es schien eine Ewigkeit zu dauern, was doch nur ein paar Minuten gewesen sein können.

Mutter Hilde kam geräuschlos zur Tür des Vorzimmers, den Umhang umgeworfen und am Arm ihren Korb, das schlafende Kind auf dem anderen. Als sie der Amme das Kind im Dunkeln übergab, wisperte sie:

»Geschafft. Wenn das Kind aufwacht, vergiß ja nicht, dir zuerst die Salbe, die ich dir zur Verbesserung deiner Milch gegeben habe, auf die Brust zu tun und ihn dann gut zu stillen. Er wird sehr hungrig sein, denn seine Schwellungen sind abgeheilt, jetzt muß er bloß noch durch gute Nahrung zu Kräften kommen. Aber wehe, du erzählst jemand von dieser Behandlung, denn sie geschah mit Hilfe übernatürlicher Kräfte, und euch beide, dich und das Kind, holt der Teufel, wenn sich herausstellt, daß du geredet hast. Du brauchst bloß zu sagen, daß du so gutes Essen nicht gewohnt warst und daß es deine Milch so außergewöhnlich nahrhaft gemacht hat.« Mutter Hilde warf der in Ehrfurcht erstarrten Amme einen schlauen Blick zu.

»Und jetzt laßt mich beide allein«, sagte Mutter Hilde, »ich muß noch einer Pflicht nachkommen.« Dann ging sie auf leisen, leisen Sohlen durch den Raum, ergriff eine Kerze und zündete sie an der glühenden Kohle des Feuers in der großen Halle an. »Wehe, du gehst mir nach, Margaret, diesen Gang muß ich allein tun.« Sie fuhr herum und blickte mich so grimmig an, daß ich mich fragte, womit ich sie wohl gekränkt haben mochte. Ich blieb also stehen und sah ihr nach, wie sie sich mit der brennenden Kerze in der Hand geräuschlos durch die Schlafenden in der großen Halle schlich. Mir war klar, daß ich ihr folgen mußte. Hilde neigte dazu, geradewegs in das Maul des Löwen zu laufen, darum würde sie vielleicht meine Hilfe brauchen. Aber diese fromme Empfindung war leider nur ein Vorwand für meine gewaltige Neugier und einem wachsenden Verdacht.

Ich sah, wie sie die enge Stiege hinunterging und folgte ihr in einiger Entfernung, auch wenn ich mir dabei wie eine Verräterin vorkam. Noch eine Treppenflucht und noch eine, dann ging mir auf, daß wir uns unter dem Wachraum befanden. Da mich nur das ferne Licht der Kerze leitete, mußte ich mich vorsichtig die Stufen hinuntertasten, denn sie waren dunkel, glitschig und hatten keinen Handlauf. Als wir ganz unten im Keller angekommen waren, bestätigte sich mein Verdacht. Wie eine Katze schlich ich ihr auf leisen Pfoten nach und tastete mich dabei an der Wand entlang. Als das Licht flackerte und in dem staubigen Vorratsraum verschwand, spähte ich stumm hinein und sah Mutter Hilde vor der Strohschütte von Belotte knien. Als sie ihr den Kopf befühlte und auf ihren Herzschlag lauschte, merkte sie, daß die Frau zwar bewußtlos war, aber immer noch lebte. Hilde stellte ihre Kerze behutsam am Kopfende ab, indem sie diese in einer kleinen Wachslache auf dem Boden festklebte.

»Geschafft«, raunte sie der noch atmenden Frau ins Ohr. »Geh in Frieden auf deine lange Reise.« War es Einbildung? Oder sah ich wirklich, wie sich Belottes Kopf bewegte und es in ihren Augen aufflackerte, bevor sie den letzten keuchenden Atemzug tat? Der Mund bewegte sich ein wenig, die gräßlichen Zähne teilten sich – und sie war tot!

Mutter Hilde sprach ein Gebet, wie es kürzer nicht ging, und zog dann einen entsetzlichen Gegenstand aus ihrem Korb. Es war die schlaffe, blaue, stille Gestalt eines gewindelten Säuglings! Ihr Gesicht sah tausend

Jahre alt aus, als sie in feierlichem und ruhigem Ton zu dem armseligen Bündel sagte:

»Du armes, armes Kind! Nicht einmal zwei Tage hast du es auf dieser bösen Erde ausgehalten! Gott nehme dich in seinen Schoß und schare dich zu seinen Engeln.«

Sie machte auf seiner Stirn das Zeichen des Kreuzes und legte es Belotte in die toten Arme. Aber ehe sie sein Gesichtchen im Ärmel der Toten verbarg, erhaschte ich im kleinen Lichtkreis der Kerze einen klaren Blick darauf. Der Schädel lief über der Stirn lang, schräg und spitz zu, die Nase war zur Seite gedrückt, und ein großer, blauer Fleck bedeckte ein Auge ...

Bruder Gregory setzte jäh die Feder ab.

»Was Ihr da begangen habt, ist eine arge, arge Sünde! Schämt Ihr Euch denn nicht, schämt Ihr Euch denn gar nicht?«

Margaret blickte ihm in die Augen. Trotzig hatte sie das Kinn vorgereckt.

»Ich kann nichts Sündhaftes daran finden«, sagte sie fest. »Für mich ist das nichts Unehrenhaftes, denn es geschah aus Loyalität und Liebe.«

Bruder Gregory funkelte sie böse an.

»Gerade habt Ihr mit Euren eigenen Worten den Beweis dafür geliefert, daß Frauen unehrenhaft, hinterlistig, verschlagen und verlogen sind. Ihr habt kein Recht, mir mit Ehre zu kommen. Ihr wißt ja nicht einmal, was das ist.«

»Hört mich zu Ende an«, sagte Margaret bestimmt, »denn ich habe über diese Angelegenheit mehr nachgedacht als Ihr, und Ihr seid hitzig, voreilig und selbstgerecht. Fürwahr, Männer reden, ohne nachzudenken!«

»Hmpf! Ich kann mir nicht vorstellen, daß selbst der sentimentalste Trottel an dem, was Ihr in jener Nacht getan habt, etwas Gutes finden könnte!« Bruder Gregory zog den Mund angeekelt nach unten und die dunklen Augenbrauen zornig zusammen.

»Ihr achtet nicht auf die geringfügigen Dinge, Bruder Gregory, so wie ich es nach und nach gelernt habe, und dadurch entgeht Euch vieles. Man beachte zunächst, daß Hilde die Tat so ausführte, daß niemand mit hineingezogen wurde. Welche Sünde sie auch immer beging, was sie dabei auch riskierte, sie nahm es allein auf sich. Ein wenig Rauch und ein bißchen Salbe, und sogar ihre Komplizen blieben im dunkeln. Ich finde, das war ehrenhaft.«

»Das zeigt nur, daß sie hinterlistig war. Ihr Plan lief doch darauf hinaus, eine Schar blöder Frauen davon abzuhalten, daß sie zu ihrem Beichtvater rannten; denn so würde die Wahrheit niemals ans Licht kommen.«

»Und welche Wahrheit ist das?«

»Daß man einen verderbten Bastard mit gemeinem Blut an Stelle eines Erben von edlem Blut untergeschoben hat.«

»Genau das habe ich nie gesagt. Ich habe gesagt, was ich gesehen habe und was ich glaube, doch da ich nicht gesehen habe, daß die Tat ausgeführt wurde, könnte ich nichts beweisen. Und wenn es denn wahr wäre, ich kann darin keine Sünde erblicken. Hatte schließlich Sir Raymond nicht damit gedroht, allerlei große Sünden zu begehen, wenn er nach Gottes Ratschluß keinen lebenden Sohn haben sollte? Hätte er etwa nicht das Sakrament der Ehe entweiht und in seinem fruchtlosen, sündhaften Aufbegehren gegen den Willen Gottes viele, nicht wiedergutzumachende Gewalttätigkeiten begangen? Und wurde er etwa nicht davor bewahrt, schreckliche Sünden auf sich zu laden?«

»Ihr argumentiert wie ein Scholastiker! An Euch ist der Gelehrsamkeit ein Kopf verlorengegangen, da Ihr als Frau geboren wurdet.« Bruder Gregory hatte es noch nie über sich gebracht, einen Disput abzubrechen, denn er liebte den Krieg mit Worten mehr als jede Schlacht mit Schwertern; zwar war sein Zorn schon am Verrauchen, doch seine Streitlust verleitete ihn, weiterzumachen.

»Was Sünde ist, Weib, bestimmt die Kirche, und weder Ihr noch sonst irgend jemand«, ereiferte er sich.

»Das sagt Ihr; doch für ein bißchen Geld kann ein Mann seine Ehe aus formalen Gründen für ungültig erklären lassen. Für den Preis eines Ablaßbriefes darf er Morde, Inzest und schwere Körperverletzung begehen. Ich aber sage Euch, die Sünde bleibt sich immer gleich und ist eine Angelegenheit zwischen Gott und dem Menschen selbst, und kein Kardinal, der herumhurt und sich die Vergebung bezahlen läßt, kann sie mit einer Handbewegung wegwischen.«

»Wenn Ihr das wirklich denkt, Ihr eingebildete, kleine Törin, dann werdet Ihr brennen!« donnerte Bruder Gregory zornig. »Ihr leugnet nämlich, daß Christi Stellvertreter auf Erden die Macht haben, Sünden zu vergeben.«

»Christus hat Sünden nicht für Geld vergeben, und ich kann mich auch nicht erinnern, daß er gesagt hätte: ›Selig sind die Reichen!‹ Was gibt diesen Stellvertretern eigentlich das Recht, sich für so groß zu halten, daß sie Seine Worte abändern?«

Bruder Gregory wechselte auf festeren Boden, wie er glaubte, und eröffnete eine zweite Front.

»Wer aber ein Kind von niedriger Geburt mit Kindern von edlem Geblüt zusammentut, bringt damit Gottes Plan zur Regierung der Welt durcheinander. Gott hat die Menschen von edlem Geblüt dazu geschaffen, daß sie über die von gemeinem Blut herrschen. Nicht einmal Christus hat gefordert, daß man die rechtmäßigen Herrscher absetzt. So wurde, um mögliche Sünden abzuwenden, eine große Sünde gegen Gottes Plan zur

Ordnung des Universums begangen.« Bruder Gregory blickte sie triumphierend an.

»Wer sagt, daß solch ein Kind von niedriger Geburt ist? Was ist niedrig geboren eigentlich? Stammen wir nicht alle gleichermaßen von Adam ab?«

»Das meint auch der Pöbel draußen vor Eurer Tür, Madame«, sagte Bruder Gregory naserümpfend, dann sang er spöttisch und mit gespielt bäurischer Aussprache:

»›Als Adam grub und Eva spann,
wer war denn da der feine Mann?‹«

»Das ist gar keine Antwort«, triumphierte Margaret und verschränkte die Arme.

»Ist es aber doch«, gab Bruder Gregory mit überlegener Miene zurück. »Dieses alberne Liedchen ist das Produkt eines niedrigen, unzufriedenen Gemüts, welches in gänzlicher Unkenntnis der Heiligen Schrift leugnet, daß Gott seit Adams Zeiten rechtmäßige Herrscher über die Menschheit gesetzt hat. Große Familien regieren zu Recht, denn edles Blut ist stärker, tauglicher und gemeinem Blut überlegen.«

»Aber woran erkennt man das edle Blut?« antwortete Margaret gewitzt.

»Herrenkinder sind wohlgestalteter, kräftiger, sie lernen besser und sind eher zu großen Taten fähig als die Kinder von Bauern, auch wenn sie freigeboren sind.«

»Ach wirklich? Dann wurde da offenkundig ein Fehler gemacht. Rein zufällig wurde Mylord ein Schwächling geboren, und das schöne, kräftige Kind, das war auch ein Fehler. Wie merkwürdig von Gott, daß Er gleich zwei Fehler beging! Dann haben wir ja nichts weiter getan, als etwas richtiggestellt, was offenkundig in Seinem Sinne war. So wurde am Ende gar keine Sünde begangen, und Ihr müßt Euch entschuldigen.«

»Ha, verschlagenes Weib! Und vermutlich kommt Ihr mir auch noch damit, Gottes Wille sei dadurch bewiesen, daß man Euch nicht erwischt hat!«

»Ihr habt's erfaßt«, sagte Margaret. »Aber wollt Ihr denn nicht erfahren, wie alles endete?«

»Ich denke schon«, knurrte Bruder Gregory. »Wenn ich nicht so neugierig wäre, würde ich sagen, jene Priester da, die es ablehnten, das Buch für Euch zu schreiben, die waren klüger als ich. Die hatten zumindest begriffen, daß man sich mit Frauen, die auf etwas so Ausgefallenes wie Schreiben erpicht sind, nur Ärger einhandelt. Und durch Eure Geschichte habt Ihr mich jetzt zum Mitwisser Eurer Sünde gemacht, und das habt Ihr vorher gewußt.« Stirnrunzelnd griff er zur Feder und spitzte sie mit seinem Messer an.

»Dennoch«, sagte er, »laßt uns fortfahren.«

Ihr werdet Euch erinnern, daß ich Mutter Hilde heimlich gefolgt war, aber jetzt ging mir auf, daß ich in einer bösen Klemme steckte. Ich hatte sie verraten und ihr furchtbares Geheimnis entdeckt, und das kam jetzt bestimmt heraus. Denn ich hatte kein Licht mitgenommen und mußte ihrer Kerze folgen, wollte ich wieder hinausgelangen. Doch wo an der Tür gab es ein Versteck für mich, wenn sie den Raum verließ? Gewiß würde sie mich sehen und mich für meinen Verrat verstoßen!

Ehe ich mir einen Plan ausdenken konnte, hörte ich schwere Schritte auf dem Gang, und als ich mich umdrehte, erblickte ich den Wachtmeister, der sich halb angezogen, das Schwert in der einen und eine Fackel in der anderen Hand, näherte.

»Mir war doch, als ob ein Licht vorbeigehuscht wäre«, polterte er. »Sich an Soldaten vorbeischleichen zu wollen, das klappt nicht.« Er sah näher hin und machte in der Dunkelheit meine Gestalt aus.

»Wer da? Die kleine Wehmutter! Ist die große drinnen? Ihr seid mir ein paar Närrinnen, daß Ihr Euch ohne Begleitung zurückwagt! Wie geht es Belotte?«

Rasch und unbekümmert, so als wäre nichts geschehen, kam von drinnen Hildes Stimme:

»Die Jungfrau Maria vergelt Euch Eure Mühe! Wir brauchen Eure Hilfe, Master Watt, denn Belotte ist in der Nacht am Kindbettfieber gestorben und hat das kleine Würmchen mitgenommen.«

»Ist wohl auch besser so«, sagte er barsch. »Es wird verteufelt schwierig für mich werden, zu erklären, wie sie hierhergekommen ist?« Er war näher herangetreten und hielt die Fackel hoch, um mein Gesicht prüfend betrachten zu können.

»Ei, Ihr seid ja jünger, als ich dachte! Ja, ja«, setzte er betrübt hinzu, »sie war auch gar nicht so alt. Nur zwanzig Lenze. Ein bitteres Ende für ein hübsches Dorfmädchen, das ihrem Liebsten zu den Soldaten folgte.«

»War sie denn hübsch?«

»O ja, sehr hübsch, als sie hier in der Garnison anfing. Das war vor ungefähr drei Jahren. Natürlich hatte sie keinen Penny. Mein Gesicht ist mein Vermögen, sagte sie dann wohl. Vermutlich wollte sie ihn heiraten, aber er bekam sie satt und wollte sie nicht mehr, und das war's dann.« Er blickte mich in der Dunkelheit grimmig an. »Du kannst von Glück sagen, Mädchen – du hast die Geschicklichkeit deiner Hände zu verkaufen, nicht deine Küsse und deinen Leib! Bleib dabei! Du bist noch jung genug, um zu heiraten und dir – das da zu ersparen.« Und er hielt die Fackel an der Tür hoch, daß sie den Schauplatz da drinnen beleuchtete.

Heirat, dachte ich, pfui. Durch eine Heirat errettet werden? Dabei verkauft man seinen Leib doch nur auf andere Art. Gott steh mir bei, bloß keine Ehe. Er meint es nur gut, da will ich ihm nicht unhöflich kommen. Und so nickte ich ergeben, wie er es wohl erwartete.

Mittlerweile hatte Hilde sich gefaßt, nicht jedoch ohne mir einen durchdringenden Blick zuzuwerfen, und stand nun neben uns auf der Schwelle.

»Sir, ob Ihr bitte den Priester für das Begräbnis bestellen würdet? Es schickt sich für uns nicht, daß wir etwas mit der da zu tun haben«, sagte Hilde, und der Wachtmeister nickte stumm.

Und er hielt Wort, aber ich weiß nicht, wie er es schaffte, Belottes Anwesenheit dort unten zu erklären, da sie doch gegen den Befehl des Herrn war. Bestraft wurde jedenfalls niemand. Da ich ein wenig mitbekommen hatte, wie man das dort deichselte, konnte ich mir ausmalen, daß man mit ein paar schmutzigen Witzen und ein paar rüden Lachern alle herumbekam, nur den Priester nicht. Wie es sich dann herausstellte, weigerte sich Vater Denys, wegen ihrer Sünden für sie das Totenamt zu lesen. Man trug also Belotte und ihr Kindchen ohne weitere Umstände zum Tor hinaus und begrub sie in ungeweihter Erde. Kein Leidtragender ging mit, und abgesehen von mir sprach niemand ein Gebet. Nur ich wußte, daß ich Belotte viele Gebete schuldete, denn sie hatte mir meine verborgenen Sünden gezeigt, meine Eitelkeit, meinen Neid und meine Feigheit. Ich gelobte ihr, mich zu bessern.

Das Tageslicht schwand dahin, als Bruder Gregory Federn und Tintenhorn zusammenpackte. Erschöpft blickte er Margaret an und massierte seine Hand mit Daumen und Fingern der Linken.

»Ihr seid abgespannt, und es ist spät geworden, Bruder Gregory. Mögt Ihr nicht zum Abendessen bleiben? Das ist bei uns keine große Angelegenheit, mein Mann hat nämlich Gicht. Aber er unterhält sich bei Tisch gern mit einem gelehrten Mann, Ihr seid also herzlich eingeladen.«

Ein Abendessen in ungewohnt behaglicher Umgebung, das kam Bruder Gregory gut zupaß. Bei dem Gedanken an ein bißchen ernste Unterhaltung von Mann zu Mann verrauchte auch der letzte Anflug von Verärgerung. Seit er für Margaret schrieb, bekam er überall in der Stadt zu hören, daß Roger Kendall ebenso weitgereist wie vermögend und ein prachtvoller *raconteur* mit einem unerschöpflichen Vorrat an ausgefallenen Geschichten aus fernen Ländern sein sollte. Eines Tages hatten Bruder Gregorys Freunde ihm zugesetzt, er solle herausfinden, ob an einer dick aufgetragenen Geschichte über Kendall nicht doch ein Körnchen Wahrheit sei, und das hatte die schlummernde Schlange von Bruder Gregorys *Neugier* geweckt.

Und obwohl ihm die *Neugier* keine Ruhe gelassen hatte, war es Bruder Gregory bislang nur gelungen, einen kurzen Blick auf den berühmten Handelsherrn zu erhaschen, als er ihn nämlich wegen des Leseunterrichts gefragt hatte. Kendall hatte in seinem Kontor, das von der großen Diele abging, am Fenster gestanden und eine Länge des gerade eingetroffenen Purpurstoffes geprüft, den zwei seiner Gesellen für ihn ausgebreitet hatten, neben ihm ein Schreiber mit Tafel und Griffel in der Hand. Durch das Fenster fiel ein Lichtstrahl und spielte auf den tiefroten Falten, und er sah, wie Kendall sich leicht vorbeugte, um den satten Duft der Farbe einzuziehen, der aus dem Material aufstieg, und es zwischen Daumen und Zeigefinger rieb, um dessen ›Griff‹ zu prüfen. Kendall hatte einen Blick zur Tür geworfen, als der kleine Lehrjunge ihn am Ärmel zupfte und Bruder Gregorys Botschaft wiederholte. Freundlich, doch etwas kurzangebunden hatte er geantwortet: »Ja, natürlich«, und in Bruder Gregorys Richtung genickt. Jetzt endlich würde Bruder Gregory sich richtig mit Kendall unterhalten und herausfinden können, ob an seinem Ruf etwas dran war.

»Ich nehme Eure Einladung mit großem Vergnügen

an, Madame, denn ich weiß, Ihr meint es wohl damit.« Bruder Gregory verneigte sich leicht. Gelegentlich ließ auch er Höflichkeit erkennen, obwohl sich die bei ihm oftmals in einen gewissen Sarkasmus kleidete. Jetzt hielt er inne und überlegte.

»Ich schlage vor, wir schließen einen Waffenstillstand in unserem Disput, da ich ohnedies auf einen unwiderlegbaren Beweis gestoßen bin und es sich nicht schickt, Euch erst gänzlich zu schlagen und danach Eure gastliche Einladung anzunehmen.« Bruder Gregory war ein sehr störrischer Mensch, vor allem wenn es um die Frage von Blut und der richtigen Ordnung des Universums ging, und er hatte eine ganz vernichtende Widerlegung im Sinn. Just war ihm nämlich eingefallen, wo er diese seltsamen, goldfarbenen Augen schon einmal gesehen hatte.

»Sehr gut, Bruder Gregory«, lächelte Margaret. »Aber jetzt zum Abendessen; auf schlagende Beweise läßt man sich am besten mit vollem Magen ein.«

Doch Bruder Gregory war heillos entsetzt, als Margaret die Kinderfrau rief, daß sie die Kinder fürs Abendessen fertigmachte. Er riß die Augen auf.

»Eure Töchter, Dame Margaret, werden doch gewißlich getrennt abgefüttert?«

»Bei großen Anlässen, ja, aber das hier ist ein Abendessen in der Familie. Überrascht es Euch, daß sie am Haupttisch sitzen? Das ist hier im Haus so Sitte.«

›Und in Bauernhäusern‹, dachte Bruder Gregory verdrießlich bei sich. ›Bälger wie die da bereiten Menschen mit einem verfeinerten Verdauungssystem Magenschmerzen.‹ Laut ging es ihm honigsüß von den Lippen: »Dame Margaret, Ihr seid exzentrisch.«

»Nicht exzentrisch, Bruder Gregory; ich habe meine Gründe.« Margaret sah nachdenklich aus. »Mein Mann ist nicht jung, und so ist es wichtig für meine Töchter, daß sie soviel Gewinn wie möglich aus seinem feinsinnigen Geist und seiner klugen Unterhaltung ziehen. Er redet fast täglich mit hochgestellten Persönlichkeiten und hat große Erfahrungen an fernen Orten gesammelt. Jedes Wort von ihm kann für Cecily und Alison nur von Nutzen sein, selbst in diesem zarten Alter.«

›Oha‹, dachte Bruder Gregory, ›ich kann mir vorstellen, daß du selber diesen ganzen Klatsch und Tratsch gern hörst. Wer hätte das gedacht? Eine Januar-April-Ehe aus echter Zuneigung. Vielleicht hat sie ja doch keine Liebhaber.‹

»Ihr seht trübsinnig aus, Bruder Gregory. Kommt, kommt! Vergeßt Eure Sorgen für einen Abend und erzählt uns eine gute Geschichte!« wandte sich Roger Kendall in seinem gewohnten, jovialen Ton an Bruder Gregory. Man erzählte sich, daß der große Handelsherr einst jahrelang am Hofe des berüchtigten Sultans Orkhan gelebt hatte. Und ein Mann, der sich bei einem Ungläubigen angenehm machen kann und gar noch mit ihm Handel treibt, der kommt mit jedem auf der Welt zurecht. Ob an dem Gerücht etwas Wahres war oder nicht, Kendall jedenfalls hatte gelernt, daß man mit einem sauertöpfischen Gesicht nichts verkauft, und so hatte er sich zusätzlich zu seiner angeborenen Gutmütigkeit noch eine Art berufliche gute Laune zugelegt.

Bruder Gregory seinerseits hatte sich an diesem Abend schon über mehrere Dinge geärgert. Zunächst einmal war das Abendessen zwar gut zubereitet, doch sehr einfach. Am Kopfende des Tisches, wo er mit Kendall saß, gab es nur zwei Fleischgänge, die für den hohlen Zahn waren. Er merkte, daß unten am Tisch herzhafter zugelangt wurde. Nichts gegen Fasten, doch wenn man sich auf ein gutes Essen gefreut hat, dann ist es sehr enttäuschend, wenn nur ein magerer Bissen auf den Tisch kommt. Ja, er mußte doch tatsächlich zweimal, dreimal zulangen und wirkte dadurch natürlich verfressen, gerade wo ihm soviel daran lag, bei der ersten richtigen Begegnung mit Roger Kendall seine Heiligkeit zur Schau zu stellen. Wie ärgerlich, daß Kendall die Tranchierplatte noch einmal auffüllen ließ und ihm noch mehr Wein aufnötigte, und das alles mit dieser jovialen Stimme! Das Ganze erinnerte Bruder Gregory nur daran, daß er übertrieben freundliche Leute ganz und gar nicht mochte. Er hielt sie für unaufrichtig und seicht – ein ständiges Ärgernis wie Flöhe und von Gott als Strafe gesandt. Und das brachte ihn nur noch mehr auf.

Zudem bemerkte er, daß Margaret kein Fleisch nahm, obwohl keine Fastenzeit war. Äußerst ärgerlich, daß es ihr gelang, mit ihrer Enthaltsamkeit zu protzen, wo ihm der Magen bis in die Kniekehlen hing. Und er hatte sich schon eingebildet gehabt, daß sie sich nicht zu solchen Höhen der Heuchelei versteigen könne. Und als er das Tischgebet gesprochen hatte, bemerkte er, daß diese widerlichen, kleinen Rotschöpfe ihre wahre Natur so gut verstellen konnten, daß sie ein fromm gemurmeltes ›Amen‹ zustande brachten. Im Verlauf des Abendessens stellte er fest, daß sie an den Lippen ihres Vaters nur so hingen. Mit großen Augen fragten sie dann wohl:

»Und was dann, Papa?« und Kendall blähte sich unter ihren bewundernden Blicken auf wie ein Frosch.

Oh, sein Ärger wuchs noch, und teilweise war es Ärger auf sich selbst, denn er hatte sich durch die *Neugier* hierher locken lassen. Natürlich war das allein seine Schuld, schließlich hätte er von vornherein wissen können, wie es laufen würde. Er spürte, wie ihm das Blut zu Kopfe stieg und seine Höflichkeit bissiger wurde.

Während Bruder Gregory innerlich kochte, betrachtete ihn Roger Kendall in aller Ruhe. Kendall wäre nicht so reich geworden, wenn er nicht auch auf Kleinigkeiten geachtet hätte. Die meisten dieser Habenichtse von Klerikern, die Margaret zum Essen einlud, irritierten ihn mit ihren ungehörigen, plebejischen Tischmanieren aufs höchste. Da war beispielsweise jener Augustinermönch, der die Hände bis zum Knöchel in die Soße tunkte und entschieden zu häufig in die Binsen spuckte, oder schlimmer noch, der abscheuliche Franziskaner, der sich das Fleisch aufs Messer spießte und damit im Salztopf herumfuhrwerkte und mit fettigen Lippen aus dem Weinkelch trank. Ein komischer Vogel, dieser Bruder Gregory. Er schnitt sich die zweite Portion Braten so zierlich und präzise wie ein aufwartender Schildknappe ab, und während er redete, nahm er sich mit einer unbewußt anmutigen Geste mit der sauberen Messerspitze ein paar Körnchen Salz aus dem Salzfaß. Merkwürdig, ein Mann, dem die Kleider fast vom Leibe fielen, und dabei die Manieren eines Höflings.

»Bruder Gregory, Ihr habt ein kräftiges Handgelenk. Dergleichen bekommt man nicht vom Federführen, würde ich sagen«, bohrte Roger Kendall.

»Master Kendall, Ihr beobachtet gut. Ehe ich der Welt entsagte, war ich Soldat. Doch man könnte meinen, daß auch Euer Handgelenk zu muskulös für einen Mann ist, der sein Leben im Kontor mit Geldzählen verbracht hat.«

»Ein Mann muß erst einmal zu Geld kommen, ehe er es zählen kann. Ja, in meinen Jugendjahren wußte ich das Kurzschwert gar furchtbar zu führen. Ich habe so manchen Piraten und Räuberhauptmann über die Klinge springen lassen! Weder zu Lande noch zur See ist es dieser Tage ein leichtes, Güter aus dem Ausland heimzubringen. Aber erzählt uns zunächst Eure Geschichte, dann bin ich mit meiner an der Reihe.«

Der Wein bewirkte, daß sich Bruder Gregorys Sicht der Dinge nach und nach wandelte. Da kamen ihm doch direkt wehmütige Erinnerungen. Er gab eine Geschichte aus seiner Soldatenzeit in Frankreich zum besten, wo er als Schildknappe im großen Heer unter dem Herzog von Lancaster gedient hatte. Kendall lächelte insgeheim, so als ob sich damit seine Vermutungen bestätigt hätten, und erzählte seinerseits eine Geschichte, ein Abenteuer unter Sarazenen, und beschrieb in allen Einzelheiten die Besonderheiten des Fechtens mit dem Krummsäbel.

»Er ist nämlich leichter, und die Klinge ist schärfer – ja, man kann damit ein Haar spalten!«

»Ein Haar? Jetzt übertreibt Ihr aber, Master Kendall.«

»Ha, ha, ein Haar. Da, ich zeig's Euch mit dem Messer, das ich bei mir trage. Es ist ein sarazenisches und hat den gleichen Schliff.« Feierlich zupfte sich Kendall ein graues Haar aus dem Bart und hielt es an die Klinge. Er versuchte es und murrte sodann:

»Ach, das Alter! Ich kann das Haar nicht mehr richtig sehen. Probiert Ihr es für mich.« Und er bot Bruder Gregory beides an, Haar und Messer.

Dunkel schimmerte die Schneide in Bruder Gregorys Hand. Aufmerksam studierte er die kunstvollen Gold- und Emailleeinlagen auf dem Griff, der zudem mit kostbaren Steinen besetzt war.

»Hmm. Ja. Aha, geschafft. Das Haar ist gespalten!« Bruder Gregory hielt es hoch, damit die Gesellschaft es bewundern konnte.

Seine Hand glitt über die verschlungenen Ziselierungen auf dem Messergriff.

»Sagt, ist das Schrift?«

»Ja, Arabisch.«

»Was bedeutet es?«

»Allah ist groß.«

Bruder Gregory legte das Messer hin, als wäre es eine Schlange.

»Ihr habt auf Eurem Messer einen heidnischen

Spruch? Der einen falschen Gott preist?« Bruder Gregory war entgeistert.

»Nein, mein Freund, das ist eine Feststellung, die unseren Gott preist, welcher der Gott des Himmels und der Erden ist. Andere Dinge mögen sie falsch verstehen, doch sie wissen von Gott. Ich habe mich auf dieser Welt an Orten aufgehalten, wo es weitaus schlimmer zugeht als dort.«

Bruder Gregory schauderte es.

»Ohne den christlichen Glauben kann man kein vor Gott gerechtes Leben führen. Ihr seid an gefahrvollen Orten gewesen, wo Eure Seele auf ewig hätte Schaden nehmen können.«

»Keine Angst, mein Freund, um meine Seele ist es so gut oder so schlecht bestellt wie bei allen hier im Lande. Ich gehe regelmäßig zur Beichte und habe einen Votivaltar gestiftet, wo ständig Messen für Kaufleute gelesen werden, die im Ausland ohne die letzten Tröstungen der Mutter Kirche gestorben sind.«

Margaret nickte und sagte bestimmt:

»Mein Mann ist sehr gottesfürchtig, Bruder Gregory, sehr gottesfürchtig!«

»Und doch«, fuhr Kendall fort, »erhebe ich Einwendungen gegen das, was Ihr sagt. So wie Ihr argumentiert, hätte keiner der alten Griechen und Römer vor der irdischen Fleischwerdung Unseres Herrn ein vor Gott gerechtes Leben führen können. Oder meint Ihr etwa nicht, daß Sokrates nach landläufigen Maßstäben ein gerechter Mann war? Oder Lucretia eine tugendreiche Frau? Doch da sie Christum nicht kannten, müßten ihre Seelen mithin verdammt sein?«

Ein Disput! Was auf Erden gefiel Bruder Gregory besser? In seinen dunklen Augen funkelte es in Vorfreude auf den Wettstreit. Kendall lehnte sich mit einem Lächeln auf seinem Stuhl zurück, denn er liebte es, seinen scharfen Verstand zu erproben, und was ihm an

Theologie fehlen mochte, das machte er durch prächtige Beispiele aus dem Ausland wett, über die er viel nachgedacht hatte. Nach beendigtem Abendessen verlegte man den Disput ins Gartenzimmer. Die Kerzen waren schon fast gänzlich heruntergebrannt, als eine erschöpfte Margaret sich entschuldigte und sich mit der Kinderfrau darin teilte, die beiden schlafenden Kinder ins Bett zu tragen. Die hatten sich nicht einmal gerührt, als man sie von den Kissen in der Fensternische hochhob.

Als sie das Zimmer verließ, hörte sie, wie Bruder Gregory entschieden feststellte: »Aquinas zufolge ...« und Kendalls Stimme erwiderte darauf herausfordernd: »Doch die Brahmanen, welche eine sechsarmige Gottheit anbeten, leben so vollendet tugendhaft, daß ...«

»Gar nicht gut, gar nicht gut für seine Gicht«, sagte Margaret bei sich.

Kapitel VI

Als Bruder Gregory am darauffolgenden Freitag kam, um Leseunterricht zu geben, war Margaret in der Küche beschäftigt; sie schnupperte an Fisch herum, den man ihr vom Markt gebracht hatte.

»Der Junge hat gesagt, er ist fangfrisch von heute morgen«, versicherte ihr die Köchin.

»Gestern abend dürfte eher zutreffen.« Ihre Stimme klang argwöhnisch. Nicht etwa daß sie der Köchin oder dem Jungen mißtraut hätte, sie kannte nur gewisse Fischhändler von Billingsgate zu gut. Einigen war es zuzutrauen, daß sie ein Maß Fisch ›verschönten‹, indem sie frische auf die alten legten, und so mußte man den ganzen Korb sorgfältig durchgehen, wollte man sichergehen, daß man nicht das ganze Haus vergiftete.

»Dieser hier und der da unten im Korb müssen weg«, verkündete sie und legte die beanstandeten Fische beiseite. »Die anderen gehen, aber nur in einer pikanten Soße. Und ich weiß nicht einmal recht, ob die nun wirklich frisch sind. Ist das Korn aufgesetzt?« Sie spähte in einen Topf, in dem es siedete. Du liebe Zeit, dachte sie bei sich. Es hat just angefangen zu kochen, und dabei braucht es so lange, bis es platzt. Hoffentlich ist es rechtzeitig gar. Dann machte sie einen Bogen um die Köchin, deren breite Gestalt über das Hackbrett gebeugt stand, desgleichen um den kleinen Jungen, der die Messer schärfte, denn sie wollte die Gewürzkästchen auf dem Küchenregal aufschließen und deren

Inhalt überprüfen. Als der beißende Duft von Pfeffer und Nelken sich mit den Gerüchen von den Hantierungen der Köchin vermischte, verspürte Margaret ein köstliches Kitzeln in der Nase, das ihr durch und durch ging. Hatte sie nicht Glück, war es nicht herrlich, wenn man eine Küche voll guter Dinge zum Essen hatte! Was für ein schöner Anblick, wenn alle lebenden menschlichen Wesen im Haus runde, rosige Gesichter hatten und sie niemals ein Zupfen am Rock spüren und in ein paar hungrige Augen blicken mußte!

Jetzt fiel Margaret der süße, gewürzte Weizenbrei ein, den sie machen wollte, sobald der Weizen geplatzt war. Er gehörte zu den Lieblingsspeisen ihres Mannes und ihrer Mädchen. Schon malte sie sich aus, wie der würzige Duft aus dem Topf ihr ins Gesicht steigen würde, wenn sie den Brei umrührte. Master Kendall wollte einfach nicht begreifen, daß es einem schwerfallen kann, eine Arbeit anderen zu überlassen, auf die man sich wirklich gut versteht – und außerdem hatte sich die Köchin mittlerweile an ihre Macken gewöhnt. Und ihr Ale, das wußte er nun wirklich zu schätzen; niemand in der City verstand sich besser aufs Brauen, und alle lobten das Ale in Kendalls Haus.

Und niemand backte besseres Brot als sie. Dazu gehörte schon etwas Begabung, sonst ging das Brot nicht luftig und hoch auf, und die hat eben nicht jede. Einmal war sie am Backtag Kendall entgegengelaufen, um ihn zu begrüßen, und hatte noch die große Schürze umgehabt und Mehl bis zu den Ellenbogen und einen weißen Fleck auf der Nase, und er hatte sich an ihrem Anblick gefreut und gelacht. »Wenn du wüßtest, wie hübsch du aussiehst, kleines Püppchen, du würdest jeden Tag mit einem weißen Fleck herumlaufen und damit bei Hof eine neue Mode einführen«, hatte er gemeint, und sie hatte nicht gewußt, ob er Spaß machte oder nicht. So ist das mit den Männern, dachte sie.

Alles, was sie sagen, läßt sich drei- oder vierfach deuten.

Dann bemerkte Margaret, daß der Wasserbehälter in der Küche leer war und schickte die Küchenmagd hinaus, daß sie ihn auffüllte, sah nach, ob die Betten aufgeschüttelt und gelüftet waren, ob aus allen Feuerstellen die Asche ausgenommen, die Ecken gefegt und frischer Lavendel in die Wäschetruhen gelegt war. Hab ich ein Glück, hab ich ein Glück, dachte sie. Ich brauche nicht mehr selber Wasser holen. Sie war seit Tagesanbruch auf den Beinen und würde wahrscheinlich, mit Ausnahme der Mahlzeiten, vor Abend nicht zum Sitzen kommen. Sie ging auch immer als letzte zu Bett, denn zur Nacht läuft jede vernünftige Hausfrau von Zimmer zu Zimmer und überzeugt sich, daß alle Kerzen ausgeblasen und alle Feuer richtig abgedeckt sind. Wer so dumm war, sich vor dieser Arbeit zu drücken, lief Gefahr, eines Nachts einfach bei lebendigem Leib im Bett zu verbrennen. So geht es jetzt mit vielen Dingen, dachte sie. Ich muß sie nicht mehr selber machen, aber ich muß mich darum kümmern, daß sie richtig ausgeführt werden, und das ist eigentlich genausoviel Arbeit, nur eben anders.

Das Beste an ihrem neuen Leben war aber der Unterricht. Dabei konnte sie sich hinsetzen und ihren Kopf gebrauchen, ein Luxus, den ihres Wissens keine andere Frau genoß. Alles hatte damit angefangen, daß Master Kendall sie eines Abends in umgänglicher Stimmung fragte, was sie sich wohl wünschte. Sie war müde gewesen, der Mann mit dem Holz war nicht gekommen, die Mädchen hatten sich an jenem Tag gezankt, und sie hätte gern gesagt: ›Zeit‹ oder ›Zeit nur für mich, zum Nachdenken‹. Aber sie wußte, die konnte er ihr nicht geben, und da sie ihn nicht enttäuschen wollte, sagte sie statt dessen etwas, das ihr just durch den Kopf schoß:

»Ich möchte gern Französisch lernen, dann kann ich

mich mit deinen Freunden unterhalten, und du hättest mehr Freude an mir.«

»Ich habe immer Freude an dir, mein Schatz«, hatte er geantwortet. »Aber die Idee ist gar nicht so schlecht, nein, gar nicht so schlecht.« Und er hatte die in Not geratene Wittib eines Ritters angestellt, die kam nun beinahe jeden Tag ins Haus und parlierte mit ihr und den Mädchen Französisch. Und mittlerweile nannte selbst die kleine Alison ihr Kleid schon *robe de chambre*.

Das Beste von allem war jedoch ihr Buch. Darauf wäre sie im Traum nicht gekommen, wenn die *Stimme* nicht so gedrängelt hätte, und einer *Stimme* durfte man sich doch nicht verweigern, oder? Sie wußte nicht so recht, warum es so eine gute Idee war, und dabei war sie es wirklich. Dazu kam, daß ihr Buch das einzige auf der weiten Welt war, das ihr ganz allein gehörte, nur ihr und niemand sonst. Und schön wurde es, all die vielen Seiten mit der säuberlichen, schwarzen Schrift! Hier und da konnte sie bereits ein, zwei Worte lesen, und das machte alles noch besser. Und wenn sie es sich laut vorlesen ließ, dann hörte es sich richtig an, ganz richtig. Vielleicht würde man es eines Tages lesen, und dann würde man verstehen, was sie sagen wollte, und ihr keine Vorhaltungen machen, was sie eigentlich hätte sagen sollen. Und wenn das geschah, dann würde sich vielleicht etwas ändern. Oder vielleicht wäre es ja eine andere Welt. Eine Welt nämlich, in der die Menschen sich anhören wollen, was andere Menschen zu sagen haben, auch wenn sie keine Männer sind. Also wirklich, ja, dieses Mal hatte die *Stimme* aber eine sehr gute Idee gehabt.

Mittlerweile war Bruder Gregory das Warten und Grübeln auf der Bank in der Diele leid. Die Arme auf dem Rücken verschränkt, die lange Nase vorgestreckt und witternd wie ein neugieriger Jagdhund, so strich er durch die Diele in Richtung Küche. Durch die offene Tür erhaschte er einen Blick auf eine Margaret mit großer Schürze, die eine Wanne voll eben abgeschnittener Kohlköpfe prüfte, welche dort im Wasser lagen, damit die Würmer herauskrochen. Margaret konnte Würmer in Äpfeln nicht ausstehen, biß auch nicht gern in bereits gekochte im Kohl, obwohl sich nicht alle Leute so anstellten. Sie hatte den Kopf schiefgelegt und klopfte ungeduldig mit dem Fuß, während sie zusah, wie die Würmer langsam zur Wasseroberfläche hochstiegen. Eklige Dinger, dachte sie. Warum geht ihr nicht in anderer Leute Kohl, wieso in meinen?

Da sieht man's wieder, dachte Bruder Gregory, gar nichts tut sie, sie will mich nur durch Warten reizbar machen. Doch als er über die Schwelle trat, krächzte eine heisere Stimme:

»Diebe! Diebe an der Butter!«

»Was, um Himmels willen ...«, entfuhr es Bruder Gregory unwillkürlich, und er blickte dorthin, woher die Stimme kam. Alle in der Küche sahen ihn an und grinsten.

»Seht ihr? Ist er nicht einmalig?« fragte die Köchin glücklich und stützte die Hände in die Hüften. In einem großen Weidenkorb, der außer Reichweite der Katze von der Decke herabhing, konnte Bruder Gregory ein Geflatter von schwarzen und weißen Federn sehen.

»Die Elster gehört unserer Köchin«, erklärte Margaret und wischte sich die Hände an der Schürze ab. Bruder Gregory wirkte nicht mehr ganz so verstört. »Sie warnt unsere Köchin, wenn jemand sich in die Küche schleichen und Pasteten stehlen will, die sie zum Abkühlen hingestellt hat. Sie hat die Elster just von ihrer Schwester geschenkt bekommen, weil deren Mann sie nicht ausstehen konnte. Wir finden sie alle sehr klug.« Bruder Gregory musterte das Geschöpf kritisch. Der Vogel pfiff fröhlich, dann gab er ein gurgelndes

Geräusch von sich, das sich wie Wasser anhörte. Widernatürlich, dachte Bruder Gregory.

Während Margaret aufräumte und die Schürze abband, starrte Bruder Gregory verdrießlich in die Wanne voll Kohl, die Margaret anscheinend so in Bann geschlagen hatte. Das Wasser wimmelte von schwimmenden Kohlwürmern. Noch widernatürlicher, dachte Bruder Gregory. Es schoß ihm durch den Kopf, daß Menschen, welche so banale Sachen wie schlechtem Fisch oder Würmern im Kohl allen Ernstes Aufmerksamkeit schenkten, nicht zu ernstem Denken taugten. Es freute ihn, daß er endlich darauf gestoßen war, warum Frauen den Männern von Natur aus unterlegen sind. Das kam nämlich daher, daß sie an allem immer nur die Einzelheiten wahrnahmen und nicht das große Ganze sahen, zu dem eben diese Einzelheiten gehörten. Darum lag es auf der Hand, daß sie untauglich zu umfassenderem ethischen Empfinden und zu allgemeiner moralischer Entwicklung waren. Woraus wiederum folgte, daß sie, um zu existieren, der Anleitung durch den Mann bedurften, wie ewige Kinder, nur eben gefährlicher, weil sie größer waren.

Während Bruder Gregory auf diesem Zipfel Erleuchtung herumgrübelte, heiterte sich seine Laune auf. Das vermochte eine interessante Einsicht bei ihm zu bewirken. Er gefiel sich so sehr in diesem Gedanken, daß er für den Rest des Tages vergaß, Margaret wegen ihrer empörenden Rechtschreibung anzublaffen, und nicht einmal dann etwas Sarkastisches sagte, als ihr Hund während des Unterrichts die Tür mit der Schnauze aufstieß und erwartungsvoll neben ihr stand, daß sie ihn streichelte, wozu sie aber keine Zeit hatte. Und dabei forderte Margarets Hund den Spott geradezu heraus, wie nach Bruder Gregorys Meinung jedes Geschöpf ohne erkennbare Augen, bei dem vorn und hinten mehr oder weniger vertauschbar waren. Bruder Gregorys

Selbstzufriedenheit ließ sich daran ermessen, daß er nicht sofort eine bissige Bemerkung losließ, ein Vergnügen, für das Lion stets gut war.

Heute kam zuerst der Leseunterricht. Bruder Gregory begann damit, daß er zunehmend schwierigere Sätze auf das Täfelchen schrieb, und wenn Margaret sie gelesen hatte, ließ er sie Sätze nach Diktat schreiben. Bruder Gregory nahm seine Arbeit ernst. Er verwendete nur Lektionen mit erbaulichem Inhalt, denn in seinen Augen gehörte die moralische Unterweisung zu jedem ordentlichen Unterricht, und Margaret hatte es seiner Meinung nach wirklich nötig. Jetzt sah er mit selbstgefälligem, vergnügtem Lächeln zu, wie Margaret sich über ihre Arbeit beugte und die Stirn kraus zog, so sehr war sie bei der Sache. Heute mußte sie eine Stelle aus der Bibel schreiben, die er ihr vorgelesen hatte und die davon handelte, daß eine Frau, die ihrer Familie Tag und Nacht dient und niemals rastet, wertvoller ist als alle Edelsteine. Während sie die Buchstaben langsam auf dem Wachs formte, biß sie sich unbewußt auf die Unterlippe. Klar, sie bewunderte die erhabenen Empfindungen und verlangte sehr danach, sich zu bessern.

Doch in Wahrheit wartete Margaret nur darauf, daß die Reihe an ihr war. Wenn sie die Stelle mit der edelsteingleichen Frau, die ewig am Spinnen war, fertig hatte, konnte sie sich an den märchenhaften Abschattierungen von Verärgerung bis Entsetzen weiden, die über Bruder Gregorys Gesicht huschten, wenn er ihre Lebensgeschichte niederschrieb. Ein angemessener Lohn für soviel Fügsamkeit, dachte sie.

Monchensie war die erste Burg, die ich von innen kennenlernte, und ist hoffentlich auch die letzte. Im allgemeinen sind Burgen netter zum Anschauen als zum Bewohnen. Zum einen sind Steinmauern sehr kalt, und so roch es dort immer dumpfig und modrig. Die Ritter und die Damen trugen im Haus schwere, pelzgefütterte Gewänder, aber die armen Leute und Diener besaßen nichts dergleichen, es sei denn, man zählt ein Schafsfell hier und da mit. Der Winter war so kalt, daß das Wasser in der Küche in den Krügen gefror. Ich hatte zwar recht warme Kleidung, aber meine Hände und Füße waren ewig blau und kalt. Selbst eine Kate ist besser zu heizen als eine Burg. Vermutlich hinderte uns nur unsere Angst vor dem Ungewissen daran zu gehen, denn Hilde und ich wußten nicht, wohin wir uns wenden sollten. Wie wir dann doch noch fortkamen, das ist eine Geschichte, die das Erzählen verlohnt.

Normalerweise zogen Sir Raymond und sein Gefolge zwischen seinen drei größten Besitztümern hin und her, die jedoch in einiger Entfernung voneinander gelegen waren. Später habe ich gehört, daß die Lehensvergabe von verstreut liegenden Ländereien an die Barone zu den Vorsichtsmaßnahmen des Königs gehört, denn dadurch können diese sich nicht allzu lange an einem Ort aufhalten und Aufstände schüren. Und dann müssen diese großen Herren einfach umziehen, weil sie einer Heuschreckenplage gleichen – sie fallen über einen Ort her, fressen alles kahl, und dann müssen sie weiter. Da es aber seine Frau bei der Geburt seines Erben so schwer gehabt hatte und sie dementsprechend schwach war, hatte Lord Raymond beschlossen, den Winter über lieber in Monchensie zu bleiben und dort auch mit seinem ganzen Haus Weihnachten zu feiern. An Festtagen war für Lord Raymond das Beste gerade genug. Und dieses Weihnachten, das erste nach der Geburt seines Sohnes, versprach ein großes Fest zu werden, wozu man für den Festschmaus meilenweit im Umkreis plünderte. Es sollte musiziert und getanzt werden, und dazu erhielten Sir Raymonds Musikanten Verstärkung durch Dudelsackpfeifer aus dem Dorf. Mir sagten die Lieder seiner Spielleute nicht sehr zu. Zum einen war Sir Raymond unmusikalisch, und das hatte sie lustlos gemacht. Während des Essens kratzten und zupften sie gleichgültig vor sich hin; das einzige, was Sir Raymond wirklich gern hörte, waren langschweifige und blutige Schlachtenballaden, die zur Handharfe gesungen wurden, vorzugsweise mit seinem Namen eingeflochten. Zur Geburt seines Erben hatten sie ein blumiges Lied verfaßt, doch leider mit zu vielen Strophen, und Sir Raymond hatte gegähnt. Alles dachte schon, daß wohl nur die Dudelsackpfeifer unserem Weihnachtstanz aufhelfen würden. Doch das Schicksal wollte es anders und tat etwas zur beträchtlichen Verschönerung des Festes.

Eines Dezembernachmittags, just vor Mariä Empfängnis, mühte sich eine merkwürdig aussehende Reisegesellschaft durchs Dorf und bat um Einlaß am Burgtor und um Gastfreundschaft auf der Burg. Ich lehnte mich gerade oben aus einem Fenster und sah sie den Burghof überqueren. Es schneite leise vor sich hin, und die Flokken blieben auf ihren Umhängen und dem Gepäck als weiße Tupfen liegen. Voran schritten drei Männer, die sich die eingehüllten Instrumente über den Rücken geworfen hatten; sie führten zwei schwer beladene Esel und vier kleine Hunde mit sich. Ihnen folgten ein paar Leute, die sich der Gruppe angeschlossen hatten, um nicht allein und daher auch sicherer zu reisen: ein Ablaßkrämer mit seinem seltsamen Gut, den Umhang mit Pilgermuscheln benäht und das Bündel auf dem Rücken, dazu ein berittener Kaufmann und seine Gefolgsleute mit ihren Packmaultieren.

Ich war jetzt mehr um Lady Blanche als üblich, denn sie meinte, daß mein Handauflegen die anfallsweisen, schweren Blutungen stillte, von denen sie nach der gefahrvollen Entbindung heimgesucht wurde. Als ich ihr erzählte, was ich gesehen hatte, schickte sie mich auf

Erkundigungsgang, ich sollte ihr haarklein berichten, denn sie war noch immer bettlägrig.

In der Halle, wo Sir Raymond Bittsteller empfing und Pächter bestrafte, trat der Anführer der kleinen Gruppe vor, verneigte sich außergewöhnlich tief und übergab ein Einführungsschreiben. Es war Maistre Robert le Tambourer, Musikant des Königs von Navarra persönlich, und die beiden anderen gehörten zu ihm. Bei dem zu seiner Rechten, und damit machte er eine umfassende Handbewegung zu einer langen, knochigen Gestalt im Narrengewand hin, handelte es sich um Tom le Pyper, auch als der Lange Tom bekannt. Während der Lange Tom sich verbeugte, stellte Maistre Robert den kleinen, behenden Mann zu seiner Linken großspurig als den berühmten Parvus Willielmus, den Meister des Frohsinns, vor. Sir Raymond rief seinen Kaplan, daß er ihm den Brief vorlas, bei welchem es sich um eine sehr blumige Lobpreisung der außerordentlichen musikalischen Fähigkeiten der Gruppe handelte und der um gastliche Aufnahme im Namen des Königs bei allen großen Herren bat, an welche sie sich wenden möchten. Vater Denys war beeindruckt. Er hob die Brauen und zeigte Sir Raymond das Dokument, welches dieser aber nur glasig anstarrte.

»Der König von Navarra, äh?« sagte er und beäugte es. »Ist das sein Siegel? Was ist das für ein rosa Fleck da?«

»Wein, Mylord, leider. Wir Musikanten müssen zuweilen an seltsamen Orten nächtigen, wenn wir auf Wanderschaft sind«, antwortete Maistre Robert.

»Lasterhöhlen, hmm? Gut, Ihr sollt hier Obdach finden, Ihr seid willkommen. Die Musikanten eines Königs! Glück gehabt. Was für Neuigkeiten bringt Ihr uns aus Frankreich?«

Maistre Robert wußte mit Neuigkeiten aus dem Ausland und auch mit ein paar interessanten Geschehnissen in England aufzuwarten. Als Zugabe gab er noch ein paar Skandalgeschichten zum besten, und als er sah, daß Sir Raymond aufmerkte, da wußte er genau, wie er ihn anfassen mußte. Als Sir Raymond dann eine Probe seiner Fertigkeiten forderte, winkte er dem Langen Tom und Parvus Willielmus zu. Der Lange Tom holte eine Trommel hervor, und die dröhnte so aufreizend, daß alle in der Halle aufmerksam wurden. Durch den Türspalt lugten Gesichter. Während die Trommel dröhnte, jonglierte der Kleinere erst mit drei, vier und dann mit fünf Bällen. Alsdann ließ Maistre Robert seine Geschichten los, und die beiden hörten mit Trommeln und Jonglieren auf und fielen ein. Es handelte sich um eine Unterhaltung, die aus einer flinken Aneinanderreihung außergewöhnlich unflätiger Geschichten bestand. Gelächter brauste durch die Halle. Sir Raymond mußte so lachen, daß er knallrot anlief, und wollte schier ersticken.

»In Ordnung, Master Robert, wenn Ihr so gut musiziert wie Ihr redet, dann sehen wir führwahr ein paar lustigen Abenden entgegen.« Die Lachtränen liefen ihm immer noch übers Gesicht.

»Hol mir diese Spielleute herauf«, sagte Lady Blanche zu mir, »ich möchte die Neuigkeiten auch hören.« Sie hatte sich zu ihrem Empfang im Bett aufgesetzt und fragte sie nach dem Hofleben im Ausland aus, welche Kleidung man trüge, und was dergleichen mehr ist. Danach holte Master Robert seine Handharfe hervor und sang ein Lied auf ihre Schönheit, welche, wie er sagte, in aller Munde sei.

»Ach, wirklich? Ich bin doch hier auf dem Lande begraben gewesen. Ich wußte gar nicht, daß meine Schönheit auch im Ausland bekannt ist?«

»O Mylady, man erzählt sich doch überall davon. Wer in diesem Königreich hätte wohl solch eine blasse Lilienhaut? Man munkelt, daß ein gewisser edler Ritter sich in Liebe zu Euch verzehrt, doch seinen Namen wollte niemand preisgeben.« Lady Blanche sah erfreut aus. Und auf diese Weise ging es weiter, und seine Freunde griffen zu Laute und Fidel und sangen noch ein Lied auf ihre Schönheit. Man konnte sehen, daß diese Spielleute hier ein Weilchen leben würden wie die Made im Speck.

Die fahrenden Sänger waren eine lustige Truppe. Sie gingen von der Halle in die Küche, in die Ställe und in die Garnison und machten überall gut Wetter für sich. Als die Kaufleute weiterzogen, schien den Gauklern und dem Ablaßkrämer die Umgebung so zuzusagen, daß sie blieben. Der Ablaßkrämer hatte sich doch wahrhaftig den Gauklern angeschlossen und konnte ebenso große Erfolge verbuchen, denn sein Handel mit Reliquien und Ablaßbriefen blühte, zu dieser Jahreszeit besteht nämlich eine große Nachfrage danach. Eines Tages vertrat er mir den Weg und sagte:

»Liebreizende Maid, ich finde, Ihr braucht so ein kleines Etwas, etwas, das Segen auf Euch herabregnet und Euch einen schmucken Ehemann beschert. Ich habe da ein Schnipselchen vom Fingernagel der heiligen Katherina zu einem Preis, den ich eigens um Eurer hübschen Augen willen heruntersetzen will.« Ich betrachtete den Schnipsel vom Fingernagel. Er war in einem kleinen Beutel, den man um den Hals tragen konnte. Sehr klein sah er aus.

»Ich habe kein Geld, Sir«, sagte ich.

»Für Euch Bruder Sebastian, Engelsäugelein. Ich muß Euch jedoch vermahnen. Ihr laßt es an Gottesfürchtigkeit fehlen. Dergleichen tut mir Gott kund. Macht Euren Mangel dadurch wett, daß Ihr diese Devotionalie ersteht. Ich gehe jetzt, doch bedenkt bitte eines: es könnte doch sein, daß Gott das Geld schickt – ich werde diese kostbare Reliquie jedenfalls für Euch vierzehn Tage zurücklegen, obschon etliche Mägdelein dafür Interesse gezeigt haben.« Damit ging er. Ich sah seiner gedrungenen, rundlichen Gestalt nach und dachte bei mir, wenn das nicht ein komischer Mensch ist. Ablaßkrämer sind zumeist grämlich und versuchen, einen mit Geschichten vom Fegefeuer so in Angst und Schrecken zu versetzen, daß man einen Ablaßbrief kauft. Der da sah aus, als ob er eher im Wirtshaus daheim wäre.

Doch nun weihnachtete es sehr, da blieb keine Zeit, weiter über den Ablaßkrämer nachzudenken. Es ging hoch her, auch das Gesinde und die Dorfleute nahmen an dem großen Fest in der Halle teil. Über dem Podest hatte man einen Baldachin angebracht, und dort empfing der Herr seine Leute so prächtig wie ein König. Die große Halle war mit grünen Zweigen ausgeschmückt, und die Grundfesten der Burg schienen beim Tanzen zu erzittern. Und da lernte ich Mutter Hilde plötzlich von einer ganz anderen Seite kennen. Sie war eine wunderbare Tänzerin. Erhitzt und außer Atem, konnte sie einfach kein Ende finden, denn sie hatte viele Tänzer unter den Leuten aus dem Dorf. Aber am häufigsten tanzte sie mit dem Ablaßkrämer, der sich wie alle anderen voll der Weihnachtsfreude hingab.

Mehrere Tage lang wurde turniert, und dabei führten Ritter und Schildknappen ihre Geschicklichkeit vor. Die Waffenschmiede auf der Burg hatten mit dem Ausbessern der Beulen alle Hände voll zu tun, desgleichen auch der Bader, welcher außerhalb der Festzeiten fast nur Haare schnitt und Bärte rasierte. Abends versammelte man sich zu Kurzweil und einem weiteren Festmahl und Tanz. Vor dem Abendessen sang dann Master Robert wohl ein neues Lied von Heldentaten in der Schlacht, während des Essens tat sich seine Truppe mit den Spielleuten auf der Empore zusammen. Danach, doch noch vor dem Tanz, traten er und sein Partner mit einem ›Zwiegespräch‹ auf – einem komischen Dialog zwischen beispielsweise Wein und Wasser oder Winter und Sommer. Im Verlaufe des Abends arteten die Dinge dann aus, denn Robert le Tambourer war in der Tat ein ›Maistre‹, ein Meister der unzüchtigen und bissigen Posse. Seine ›Ware‹ bestand größtenteils aus lüsternen Witzen über ›Wandermönche‹, welche große Heiterkeit auslösten, außer bei Vater Denys. Wenn sich bei Tage alles zum Turnier versammelte, pflegten Maistre Robert und seine Truppe zu jonglieren, Geschichten zu erzählen und die kleinen Hunde Kunststücke vorführen zu lassen – das Beste war in meinen Augen das mit dem Hund, der durch die Menge lief und mit einer Schüssel im Maul um Pennys bettelte.

Und so blühte der Weizen bei Gauklern und Ablaßkrämern gleichermaßen, bei Tag und auch bei Nacht. Ihr Weizen blühte jedoch noch auf einem Feld, worauf ich allerdings nie gekommen wäre. Eines Abends sagte Mutter Hilde verträumt:

»Würdest du nicht gern in so einer schönen, großen Stadt wie London leben?«

»Was, um Himmels willen, soll das heißen, Mutter Hilde?« gab ich zurück.

»Das soll heißen, wir müssen ohnehin von hier weg. Warum also schließen wir uns nicht diesem reizenden Ablaßkrämer und diesen bezaubernden Musikanten an, wenn sie aufbrechen? Der liebe Bruder Sebastian sagt, daß eine Frau von meiner Begabung und Geschicklichkeit in London durchaus ihr Glück machen kann.«

»Der *liebe* Bruder Sebastian? Seit wann ist er denn ein Lieber?« Von diesem glattzüngigen Schuft hatte meine Freundin das Schlimmste zu befürchten.

»Ach, Margaret. Du verkennst ihn ebenso wie alle anderen. Er ist doch so charmant, so aufrichtig und gelehrt.« Sie wirkte so zufrieden mit sich, daß ich erschrak.

»Auf was, um Himmels willen, hast du dich eingelassen?« fragte ich, doch Mutter Hilde starrte nur verträumt ins Leere.

»Er sagt, daß er zu einer Frau von meiner Intelligenz und meinem angeborenen leidenschaftlichen Wesen einfach in Liebe entbrennen muß. Ich habe meinen Mann geliebt und nie einen anderen gewollt – aber dieser Mann, ja, den liebe ich aus dem gleichen Grund. Margaret, du ahnst ja nicht, wie klug er ist, sonst würdest auch du ihn bewundern. Ich bin wieder glücklich.«

Wenn es etwas noch Aufreizenderes gibt als ein schmachtendes Mädchen, dann eine schmachtende Fünfzigjährige, dachte ich. Eines steht fest, der Mann legt sie herein. Wie kann ich sie nur trösten, wenn er sie sitzenläßt? Hilde beobachtete meine Miene. Sie ergriff meine Hand und sagte:

»Ich weiß, daß du mißtrauisch bist, liebes Mädchen – und du tust recht daran: Unterhalte dich mal mit ihm, du ahnst ja gar nicht, wie vortrefflich er ist. Und wie ungewöhnlich er sich ausdrückt! Hast du jemals einen Menschen so gewählt reden hören? Also, ich verstehe kaum ein Wort von dem, was er sagt! Das ganze Französisch und Latein, das er daruntermischt, just wie ein Herr, nur gekonnter! Und er ist so weitgereist, so *debonair.*«

»O Hilde, ich habe solche Angst, daß er dir weh tut. Machst du dir darüber denn keine Sorgen?«

»Kein bißchen, kein bißchen! Lern ihn kennen und dann urteile selbst. Ich möchte, daß du an meinem Glück teilhast. Wir ziehen alle nach London und werden reich.«

Und so ging ich denn am folgenden Tag in den Raum hinter dem Stall, wo sie wohnten; ich stand den Plänen meiner Freundin sehr ablehnend gegenüber, denn etwas

Gutes schaute dabei gewiß nicht heraus. Mein Eintreten unterbrach sie in ihrer Beschäftigung. Sie saßen alle um Peter herum auf dem Boden und brachten ihm bei, wie man Steine auf einen Holzteller voller seltsamer Zeichen warf.

»Ah, immer herein, Margaret!« rief Master Robert so forsch, als kennte er mich bereits. »Wir unterweisen gerade Peter im Wahrsagen. Früher hat das einer der Hunde gemacht, aber mit einem Feenwechselbalg dürfte es viel besser laufen.«

»Margaret, meine Liebe, wir freuen uns sehr, daß du dich unserem frohgemuten Pilgerzug nach London anschließen willst, der uns durch die malerischen Flekken und Jahrmärkte unseres geliebten Königreiches führen soll«, sagte Bruder Sebastian freundlich. Ich musterte die Gesichter ringsum, die sich jetzt um mich drängten. Unheildrohend kamen sie mir nicht vor, aber besser, man gab Obacht, daß man nicht hereingelegt wurde.

»Wird Master Robert nun in London bleiben oder nach Navarra zurückkehren?« fragte ich mißtrauisch. Wer sagte mir denn, daß sie uns nicht an einem noch schlimmeren Ort als diesem sitzenließen.

»Nach Navarra? Eine lange, gefahrvolle Reise, mein Kind. Vornehmlich dann lang und gefahrvoll, wenn man noch nie dort gewesen ist«, sagte Bruder Sebastian mir vertraulich ins Ohr, so als wollte er mir damit die Angst nehmen.

»Da du nun zu uns gehörst, sollst du auch alles wissen.« Master Robert grinste fröhlich.

»Aber – Ihr habt doch so einen Brief?« stammelte ich.

»Natürlich haben wir einen Brief. Wir haben auch noch mehr davon. Bruder Sebastian weiß sehr geschickt mit der Feder umzugehen«, sagte Master Robert mit einer wegwerfenden Handbewegung.

»Du gehörst nun zu uns, also laßt uns Pläne schmieden«, sagte Bruder Sebastian. »Kannst du vielleicht ein Instrument spielen? Purzelbäume und Brücken schlagen?« Ich schüttelte betrübt den Kopf. »Aha! Ich hab's! Du kannst Sachen verkaufen! Diese Unschuldsmiene – diese tumben, ehrlichen Augen (Verzeihung, aber wahr bleibt wahr, oder?) – ja, das ist genau das Richtige! Margaret, du bist die geborene Marktfrau.«

»Aber ich habe doch gar nichts zu verkaufen«, begehrte ich auf.

»Immer mit der Ruhe. Mein Kleinod, meine kluge Hilde, stellt Kräutertees für uns her – und ihre berühmte Brandsalbe beispielsweise.«

»Doch nicht etwa dieses stinkige Zeug aus Gänseschmalz und Talg?«

»Genau das. Richtig verpackt, dank meiner Fähigkeiten auf diesem Gebiet, und von einem solch bezaubernden Kind wie dir verkauft, dürfte sie ein Renner werden. Ich glaube, ich nenne sie – hmm – einen seltenen Balsam aus – aus – Arabien. Ja, das paßt gut. Arabien. Wahrhaftig, das klingt hübsch.«

»Arabien, äh?« fiel Parvus Willielmus ein, was eigentlich nur der Kleine William hieß, aber in der Öffentlichkeit schmückte er sich gern mit lateinischen Federn. »Ich kenne da einen sehr guten Witz über einen Wandermönch, der nach Arabien reiste und in den Harem des Sultans kam, weil er sich als ...«

»Genug!« Bruder Sebastian hob die Hand. »Wie oft muß ich euch noch sagen, daß eure vulgären Späße meine zarten Empfindungen verletzen. Habt ihr denn keine Achtung vor dem geistlichen Stand?«

»Ach, hör doch auf, dem Abt von St. Dunstan hat das letzte Michaelis recht gut gefallen. Natürlich hatte der einen in der Krone, und ich hatte aus dem Mönch einen Dominikaner gemacht.«

»Ihr erzählt also derlei abscheuliche Witze in einem Kloster?« entschlüpfte es mir.

»Natürlich. Auch Mönche wollen lachen. Ein paar zumindest. Sie tun so, als ob die Vorführung für ihre Pächter ist, aber sie nehmen auch teil. Einige dieser Abteien sind sehr streng, aber nicht viele. Flagellanten und Eremiten, na ja, die finden rein gar nichts lustig.«

»Aber Ihr sagt so furchtbare Sachen. Ihr macht Euch über Hochgestellte lustig. Ihr ahmt sie in Euren Dialogen nach. Früher oder später landet Ihr noch im Stock.«

»Im Stock? Der ist für gewöhnliche Sterbliche«, sagte der Kleine William. »Für einen Schenkenbesitzer etwa, der einen Ratsherrn beleidigt, oder für einen Bauern, der den Sheriff schlechtgemacht hat. Wir fahrenden Sänger werden nie bestraft, was wir auch immer sagen. Das kommt daher, daß wir bereits verdammt sind; das jedenfalls behauptet die Kirche. Darum lachen sie immer und lassen uns laufen. Hm – fast immer. Unser Robert hier hatte einen Freund, der dem König zu frech kam, und der ließ ihm die Augen ausstechen. Aber ich? Ich habe Herzöge, Grafen und Bischöfe beleidigt – ach, wen eigentlich nicht? Und bin immer noch da!«

»Ist er nicht ein Fürst unter den Spielleuten, unser Kleiner William hier?« singsangte Bruder Sebastian. »So, das wäre abgemacht, was, Margaret?« setzte er hinzu. »Du begleitest mein gerade entdecktes, strahlenäugiges Kleinod ...« (an dieser Stelle lächelte Hilde dümmlich) »... wie auch diese munteren Kumpane hier nach London ...« (er machte eine umfassende Handbewegung) »... und machst dein Glück!« Erstaunlich, wie gefühlsduselig Leute werden, wenn sie verliebt sind. Hilde befand sich in einem weit fortgeschrittenen Stadium. Aber wenn ich mir überlegte, welche Möglichkeiten mir sonst offenstanden, so waren die noch unangenehmer, als mit diesen Leuten nach London zu ziehen.

»Also abgemacht«, sagte ich. Alle jubelten und fielen

mir um den Hals, was mich sehr verlegen machte. Aber mir saß noch etwas verquer, und so fragte ich:

»Eine Sache ist mir immer noch nicht klar. Wenn Ihr niemals in Navarra gewesen seid, woher stammen dann die ganzen Neuigkeiten aus dem Ausland?«

»Aus dem Untergrund, Margaret«, antwortete Maistre Robert. »Die Verbreitung von Nachrichten gehört zum Gewerbe des fahrenden Sängers, und wir kommen ja auch überall hin. Wenn wir uns also begegnen, tauschen wir Geschichten aus. Was wir nicht wissen, erfinden wir. Sünden von ausländischen Königen, schmachtende, ausländische Liebhaber, na, du weißt schon. Das mag jeder, man muß nur die Namen auswechseln.« Maistre Robert sah mich an, als ob er nicht glauben mochte, daß ich derart einfältig war.

»Wollt Ihr damit sagen, daß die ganzen Sachen, die Lady Blanche so gefallen ...?«

»Du kleine Hinterwäldlerin, fast alle unsere Lieder und auch ein Teil unserer Neuigkeiten gleichen den Ablaßbriefen unseres Padre da. Sie haben eine freie Stelle, wo wir je nachdem den Namen einsetzen – dann schwarze Augen anstatt blaue, Spanien statt Frankreich, diesen Helden für jenen. Das hebt das Geschäft.«

Irgendwie ist es immer eine Enttäuschung, wenn man erfährt, wie etwas in Wirklichkeit gemacht wird. Die Illusion erscheint soviel hübscher, wenn man nicht Bescheid weiß. Aber auf eines verstanden sie sich ohne Zweifel, nämlich wie man sich angenehm macht. Sie blieben, bis das Wetter umschlug und man sich getrost wieder auf Wanderschaft begeben konnte. Sir Raymond wollte sie nicht ziehen lassen, ehe er nicht ihren ganzen Witzevorrat mehrere Male gehört hatte, und Lady Blanche hielt uns fest, bis es ihr besserging – eine Genesung, die Maistre Robert mit Augenrollen und schmeichelhaften Liedern beschleunigte.

Wir nahmen Abschied und zogen bei leichtem Frühlingsregen gut entlohnt durch das Haupttor, über die Zugbrücke und dann die aufgeweichte Landstraße entlang. Unser nächstes Ziel war Bedford, eine kleine Stadt mit einer anständigen Herberge und einer gelangweilten Bevölkerung. Unsere Aussichten erschienen uns rosig.

Wenn ich mir eingebildet hatte, wir würden geradewegs nach London gehen, um dort unser Glück zu machen, so wurde ich schon bald eines Besseren belehrt, denn wir machten außerordentlich viele Umwege, zogen zunächst durch die Midlands und dann nach Süden. Städte, Abteien und Burgen, alle öffneten uns ihre Tore. Besonders willkommen waren wir an Festtagen, denn wie hoch und heilig sie auch immer sein mögen, die Menschen wollen nun einmal ihren Spaß haben. An jedem Ort begannen wir auf die gleiche Weise: die Trommel lockte die Leute an, das Jonglieren hielt sie bei der Stange, und dann fingen wir mit den komischen Sachen an – Witze und Geschichten, welche wir an den spannendsten Stellen unterbrachen, um kleine Münzen einzusammeln, darunter leider viele, die arg mitgenommen waren. Die Hunde sprangen durch Reifen, gingen auf den Hinterpfoten und erbettelten Geld, wobei sie sich hinterher immer verbeugten. Handelte es sich um eine Schenke, dann war danach Peter an der Reihe mit Weissagen. Er verdiente besser als Mutter Hilde, und die verdiente besser als ich, denn mir dämmerte schon bald, daß ich nicht zur Marktfrau taugte und keinen Penny einnehmen würde.

Bruder Sebastian baute seinen Stand gesondert von uns auf, weil er seiner Arbeit einen heiligen Anstrich geben mußte und sich allerhand Entschuldigungen hätte einfallen lassen müssen, warum er in unserer Gesellschaft reiste. Seine Geschäfte liefen in der Fastenzeit, vor Ostern besonders gut. Auf der Landstraße war jetzt viel Betrieb, denn so mancher wird zur Strafe für seine Sünden auf eine Pilgerreise geschickt. So ist die Heimat solche Menschen zwar ein Weilchen los, doch das Reisen gewinnt dadurch nicht gerade. Einmal begegneten wir einem Mann im Unterhemd, der ein großes Kreuz schleppte. Er war dabei, das Land für immer zu verlassen, denn er hatte im Streit um eine Frau einen Mann erschlagen. Als seine Freistatt in der Pfarrkirche abgelaufen war, hatte er ziehen müssen. Er schien sich nach munterer Gesellschaft zu sehnen, und als er die Stadt weit genug hinter sich gelassen hatte, warf er das Kreuz in den Graben und schloß sich den dortigen Geächteten an.

Die Lustpilger, wie ich sie einmal nennen möchte, warten besseres Wetter ab, ehe sie sich auf die Wanderschaft begeben. Jetzt blühten die Geschäfte der fahrenden Sänger, denn derlei Pilgergruppen haben auf Reisen gern Unterhaltung und bezahlen auch dafür. Wenn das Wetter gut ist, kann man außerdem noch das Lager unter freiem Himmel aufschlagen und sich das bezahlte Nachtlager in der Herberge sparen. Legt man die Route richtig, so kann man auf der ganzen Reise Geld verdienen, indem man von Sommermarkt zu Sommermarkt zieht. Aber Master Robert klagte, daß man sich jetzt schwerer täte als vor der Pest, da so viele Dörfer entlang unseres Weges halb oder ganz entvölkert waren. Etliche, einst bewohnte Ortschaften, waren erneut zur Wildnis geworden. Wölfe wagten sich wieder an die Städte in der Nähe von Wäldern heran, da hieß es, sehr vorsichtig sein. Und manch eine Menschenseele, von der sich meine Freunde gastliche Aufnahme und ein gutes Mahl erhofft hatten, war gestorben.

»Aber«, so sagte Bruder Sebastian, als wir an einem sternklaren Abend um das offene Feuer herumsaßen, »denkt immer daran, daß die Kehrseite der Katastrophe die Gunst der Stunde ist. Betrachtet es einmal unter diesem Gesichtspunkt: Wenn eine Stadt abbrennt, muß man Leute dafür bezahlen, daß sie dieselbe wieder aufbauen; ist das Wasser vergiftet, ist gutes Geld mit dem Verkauf von Wein zu verdienen; und wenn die Pest zuschlägt, ist man eher geneigt, Arzneien zu kaufen, ebenso wie Rückversicherungen für die Seele.« (Und hier klopfte er auf seine Tasche.) »Wer dieses Prinzip durchschaut, grämt sich nie, sondern macht gute Geschäfte. Das ist der Lauf der Welt. Alles im Leben hat seine zwei Seiten, auch die Katastrophe.«

»Ach, Bruder Sebastian, es ist doch immer ein Genuß, der feinsinnigen Unterhaltung eines Philosophen zu lauschen«, seufzte Mutter Hilde entzückt.

»Philosoph? Ich kenne da einen guten Witz über einen Philosophen«, sagte Tom le Pyper, der Knochige. Wenn der Kleine William sich ein Kopftuch umband und die Frau in ›Der habgierige Prälat‹ spielte, dann war Tom der gehörnte Ehemann und Robert der gerissene Priester. »Es gab da einmal einen alten, häßlichen Philosophen, der dem Teufel seine Seele für Jugend und gutes Aussehen verkaufte, denn er wollte ein hübsches, kleines Mägdelein verführen, welches nebenan wohnte, und der ...«

»Halt! Den haben wir alle schon gehört, und er geht böse aus ...«, wehrte Bruder Sebastian ab.

»Nur für den Philosophen«, grinste Tom.

»Schlimm genug, wenn du mich fragst«, gab Bruder Sebastian leichthin zurück. »Ich erzähle euch lieber von einem fahrenden Sänger, der starb und geradewegs zur Hölle fuhr, wie es das Los all dieser Burschen ist. Er war ein so gemeiner Kerl, daß der Teufel ihm anläßlich einer Geschäftsreise zur Erde die Aufsicht über das Höllentor anvertraute. Was soll ich sagen, ihr kennt ja fahrende Sänger – lange hält die nichts bei der Stange. Als also der heilige Petrus zu einem anständigen Würfelspiel auf Besuch kam, da zögerte der fahrende Sänger keinen Augenblick. Zuerst setzte er seine Laute und verlor sie. Dann setzte er seine Unterhose, ›denn hier ist es ohne sie eh warm genug‹, sagte er – und der heilige Petrus gewann auch die. Da er nun nichts mehr zu setzen hatte und auch nicht aufhören konnte (zugegebenermaßen eine weitere Eigenart der fahrenden Sänger), setzte er ein paar Seelen hinter dem Höllentor. Geschickt, wie fahrende Sänger nun mal sind, verlor er. Sie spielten den ganzen Nachmittag, bis die Hölle halbleer war. Als der Teufel zurückkam und sah, was geschehen war, da stampfte er wütend mit dem Pferdefuß auf. ›Hier kommt mir nie wieder ein fahrender Sänger rein!‹ schwor er, und so ist das bis auf den heutigen Tag. Fahrende Sänger sind weder hier noch da willkommen.« Wir mußten herzlich lachen.

»Ho, Bruder Sebastian, falls du mal fahrender Sänger werden möchtest, dann gib uns Bescheid, denn du bist ein begabter Geschichtenerzähler«, lachte Master Robert.

»Wenn ich auf Zehenspitzen balancieren und dazu den Dudelsack blasen kann, ist es eine Überlegung wert«, sagte Bruder Sebastian und tat so, als hohnlachte er. Das Bild von Bruder Sebastian mit seiner rundlichen Gestalt, der balancierte wie ein Akrobat, brachte alle schon wieder zum Lachen.

In Abingdon, wo wir haltmachten, hatten wir einen sehr guten Tag, doch am zweiten hatte sich Master Robert die Stadt gut angesehen und änderte ›Der habgierige Prälat‹ ab. Er übernahm die Rolle des gehörnten Ehemannes und spielte ihn genauso gespreizt, wie sich der Bürgermeister dieser Stadt gebarte. Alle Anwesenden bogen sich vor Lachen, und wir sammelten weit mehr Geld ein als sonst. Der nächste Morgen brach hell und klar an, und wir zogen fröhlich zum Stadttor hinaus; wir lachten, als Master Robert eine erstaunliche Klatschgeschichte über die Bürgermeistersfrau zum besten gab, die er in der Schenke aufgeschnappt hatte.

Doch wer zuviel lacht, paßt nicht auf; zu spät hörten wir das wilde Hufgeklapper, das uns auf der Straße nachsetzte. Ehe wir wußten, wie uns geschah, waren wir von einem Trupp Berittener umringt, und als wir mit großen Augen dastanden und uns fragten, was das zu bedeuten haben mochte, zeigte der Anführer wortlos mit der Pferdepeitsche auf Maistre Robert und winkte seinen Henkersknechten. Während die anderen uns mit der Schwertspitze in Schach hielten, stiegen zwei von ihnen ab und ergriffen Master Robert bei den Armen. Dann stieg auch der Anführer ab und schlenderte zu Master Robert hinüber, und auf einmal war mir entsetzlich klar, was geschehen würde, und ich wandte das Gesicht ab, während ich stumm vor Schreck betete, daß sie seine Augen verschonten. Ich verbarg zwar das Gesicht in den Händen, aber den dumpfen, monotonen Laut der Pferdepeitsche und die furchtbaren Schreie meines einst so fröhlichen Freundes konnte ich nicht aussperren. Als die Peitsche aufhörte, sah ich, wie er sich im Staub wand, sein auffälliger, farbenprächtiger Mantel war zerfetzt und er selber darinnen auch. Der Anführer versetzte ihm einen Tritt, der ihn auf den Rücken warf, überprüfte das Werk seiner Hände mit einem befriedigten Lächeln, und der Trupp saß auf und ritt davon wie der Wind.

Blut stürzte Robert aus der Nase und lief aus Kopfwunden, ein Auge war zugeschwollen, doch das andere bekam er auf und blickte damit seine Freunde, die ihn umringten, jämmerlich an. Sie wollten ihn aufheben, doch er wehrte ab, bewegte die blutenden Lippen und sagte:

»Nicht anfassen. Es tut alles so weh. Laßt mich hier sterben. Spielmannslos: man verreckt im Straßengraben.«

Hilde und ich knieten uns neben ihn hin. Er blickte mich an und sagte gebrochen:

»Sieh mich nicht so an, Margaret. Ich möchte nicht, daß du mich so – gänzlich zerschlagen – in Erinnerung behältst. Wenn ich tot bin, erinnere dich an einen lachenden Robert.«

»Aber Ihr sterbt doch nicht, Master Robert. Ihr blutet nur sehr stark, und Ihr habt Wunden am Kopf. Aber von Tod ist nichts um Euch.«

»Woher willst du das wissen?« sagte der Kleine William.

»Ich spüre nichts Schwarzes, Saugendes rings um ihn. Daher.«

»Wir können ihn doch nicht aufheben, und er kann nicht laufen, und im Krug von Abingdon heißt man uns gewiß nicht willkommen, wenn wir zurückkehren, welchen Unterschied macht es also? Die Wunden da werden eitern, und daran stirbt er uns hier draußen. Das ist der Nachteil des freien Lebens, Margaret. Man kann nicht nach Haus, wenn man krank wird.«

»Laßt Margaret helfen«, schlug Mutter Hilde vor, »sie versteht sich auf derlei.«

»Margaret? Nützlich? Erstaunlich!« sagte Bruder Sebastian.

»Holt mir Wasser, denn zunächst müssen wir ihn ganz säubern«, sagte ich. Sanft wusch ich ihm das Blut und den Dreck ab, wobei mich manches schaudern ließ, dann legte ich ihm der Reihe nach die Hände auf die Wunden. Ich schloß die Augen und versetzte meinen Geist in jene besondere Verfassung, welche alles und nichts zugleich ist, bis ich spürte, wie mir die Wärme in die Hände stieg und sich mein Rückgrat von oben bis unten wie ein heißer, stählerner Stab anfühlte. Zuerst den Schädel mit dem kurzgeschnittenen Haar, dann das blaue Auge, den zerschmetterten Kiefer, den zerschlagenen Leib …

»Was, zum Teufel, tust du da, Margaret?« wollte

Master Robert wissen. »Die Stellen, wo du die Hände aufgelegt hast, tun nicht mehr so weh.«

»Sch! Sch! Laß sie zu Ende machen«, flüsterte Mutter Hilde.

»Seht euch das an, er blutet nicht mehr. Die Wunde da sieht aus, als wäre sie schon fast verheilt«, sagte der Kleine William. Geschafft. Eine furchtbare Mattigkeit überkam mich, so als wäre meine Kraft auf Master Robert übergegangen.

Der setzte sich auf und betastete sich behutsam. Er war noch nicht wieder ganz der Alte, doch die frischen Beulen sahen so grün aus, als wären sie schon eine Woche alt, und auch die anderen Wunden wirkten, als ob er schon viele Tage zur Genesung das Bett gehütet hätte.

»Es steht wohl nicht zu hoffen, daß du dich auf Mäntel ebenso gut verstehst, wie?« fragte er erwartungsvoll, rieb sich das Kinn und betrachtete gleichzeitig voller Bedauern seinen zerfetzten Ärmel.

»Nein«, erwiderte ich. »Bei Mänteln hilft es nicht. Bei Menschen aber auch nicht immer.«

»Du siehst ja ganz blaß aus, Margaret. Was hast du eigentlich mit mir angestellt?«

»Das weiß ich nicht so recht. Das hat vor einer Weile einfach so angefangen. Es kommt von irgendwoher, geht durch mich hindurch und hilft den Menschen, sich selbst zu heilen.«

»Ei, unsere Margaret eine Gesundbeterin! Wer hätte das gedacht?« freute sich Bruder Sebastian. »Denk nur, Margaret, du wirst reich! In der nächsten Stadt schlagen wir die Trommel, und dann kannst du Leute heilen. Krüppel werden aufschreien und ihre Krücken fortwerfen! Kleine, hübsche, blinde Mädchen, das Kleinod ihrer Eltern, werden rufen ›Ich kann sehen! Ich kann sehen!‹ Alles weint und schreit, und wir sammeln Geld, Geld, Geld ein!«

»Das läuft nicht, Bruder Sebastian; das läuft ganz und gar nicht.« Ich war furchtbar erschöpft.

»Lieber Sebastian, sie kann das so nicht machen – je schlimmer nämlich die Verletzung ist, desto mehr Kräfte raubt sie ihr. Ein, zwei Tage Gesundbeten würden sie umbringen. Außerdem habe ich noch nie gesehen, daß sie derlei öffentlich gemacht hätte. Es könnte sich verflüchtigen, wenn sie damit auftritt.«

»Und damit auch unser erstes Vermögen«, seufzte Bruder Sebastian wehmütig. »Hätte ich mir ja denken können; es war zu schön, um wahr zu sein.«

»Und wen tragen wir nun?« unterbrach ihn Tom. »Robert oder Margaret?«

»Keinen von uns«, sagten wir beide einstimmig.

Maistre Robert stand auf und klopfte sich äußerst würdevoll den Dreck ab, hob seinen kurzen Mantel auf und warf ihn sich schwungvoll um. Dann verneigte er sich und deutete zum Sattelknopf von Mollys Packsattel. »*Après vous, Madame*«, sagte er. Ich legte ihr die Hand auf den Rist und stützte mich auf sie. Er ging auf der anderen Seite und lehnte sich auf das Gepäck, denn er humpelte immer noch. Als wir uns zusammen in Bewegung setzten, konnten wir hören, wie Bruder Sebastian immer noch vor sich hin brummelte:

»Und ich sage es noch mal, wir verpassen eine großartige Gelegenheit. Einen Trompeter hätten wir anstellen und eine große Fahne anfertigen lassen können. Ei, was hätten wir nicht alles tun können – Könige, Fürsten, Orte im Ausland ... Ganz zu schweigen davon, welchen Aufschwung mein Handel mit Reliquien genommen hätte ...«

Wir kamen nur langsam voran. Das nächste Dorf lag verlassen, und nach langer Zeit erst fanden wir einen Gasthof und etwas zu essen. Danach ging es weiter, bis wir in die Nähe des Rockingham-Waldes kamen. Alle waren der Meinung, das Lager lieber in gebührender

Entfernung vom Wald aufzuschlagen, als zu riskieren, die Nacht dicht davor oder darin zu verbringen – ein gewagtes Unterfangen zu wilden Zeitläuften mit Wegelagerern und entlaufenen Leibeigenen.

»Die Bänkelsängerei ist auch nicht mehr das, was sie einmal war«, knurrte Master Robert an jenem Abend am Feuer. »All die vielen Toten sind schlecht fürs Geschäft. Es gibt doch nur noch Sauertöpfe, religiöse Fanatiker, Bürgermeister, die keinen Spaß vertragen – England ist einfach nicht mehr wie früher. Es ist nicht mehr fröhlich. Ihr könnt mir glauben, die alten Zeiten waren besser.«

»Die alten Zeiten sind immer besser«, gab Bruder Sebastian zurück. »Und je älter sie werden, desto besser waren sie. Das kommt daher, daß man sich nicht mehr so gut daran erinnert. Doch wenn man erst dahinterkommt, daß die Kehrseite der Katastrophe die Gunst der Stunde ist, etwas, worauf ich früher schon hingewiesen habe, dann erkennt man, daß die Zukunft mehr zu bieten hat als die Vergangenheit. Heutzutage hat man schier unbegrenzte Möglichkeiten, gemessen an der Katastrophe, die uns bereits ereilt hat.«

»Bruder Sebastian, nehmt es mir bitte nicht übel, aber Ihr seid komplett verrückt. Je weiter wir in die Zukunft reisen, desto mehr nähern wir uns doch dem Ende der Welt. Ich für meinen Teil bin nicht erpicht darauf, vor dem Jüngsten Gericht zu stehen. Ich befürchte, ich schneide dabei noch schlechter ab als bei den Henkersknechten des Bürgermeisters«, erwiderte Master Robert.

»Ach was«, sagte ich. »Wie wollt Ihr das wohl beweisen?«

»Margaret, du bist ein liebes, kleines Dummerchen vom Lande, sonst würdest du das nicht sagen. Ich verdiene mir den Lebensunterhalt mit Lügen und Unzucht. Selbst die Kirche sagt, daß ich der ewigen Verdammnis anheimfalle.«

»Kann sein, ich bin dumm, Master Robert, aber mir scheint, daß auf Eurer Liste noch Mord fehlt. Damit steht Ihr weitaus besser da, als die meisten dieser Tage. Und wer weiß, vielleicht rechnet Gott Euch auch an, daß Ihr viele Leute zum Lachen gebracht habt.«

»Margaret«, antwortete er, und ein Abglanz seines früheren Lächelns huschte über sein Gesicht, »du nimmst alles viel zu ernst. Das tut nicht gut. Damit handelst du dir noch lange vor dem Jüngsten Gericht Ärger ein.«

»Ja, wirklich, Margaret«, vermahnte mich Bruder Sebastian. »Das tut ganz entschieden nicht gut. Es führt dazu, daß du dein Herz an Dinge hängst, die du zu gern haben möchtest. Und Festhalten bedeutet Ärger. Du kennst ja meinen Spruch: ›Leichter Fuß und leichter Sinn‹. Halte nie zu sehr fest und dich nie zu lange auf. Sonst gerätst du noch schlimm in die Tinte.« Und er tat so, als wollte er mir mit dem Finger drohen.

Und ob wir in die Tinte gerieten! Vielleicht kann man zuweilen gar nicht leichtfüßig genug sein. Jedenfalls hatten wir uns an jenem Abend kaum in unsere Decken eingewickelt, als wir auch schon rüde hochgeschreckt wurden; man fragte nach unseren Wertsachen. Wir setzten uns alle auf und sahen im hellen Mondenschein, daß wir von einem Dutzend übel aussehender, mit Langbögen bewaffneter Männer umringt waren. Master Robert, einer der kaltblütigsten Menschen, den ich meiner Lebtage gesehen habe, befreite sich aus seiner Decke und verneigte sich, wie um seine Spielleute einzuführen.

»Erlaubt, daß ich mich vorstelle. Ich bin Maistre Robert le Tambourer, und diese guten Leutchen da sind meine Spielleute. Viel Lieder und ein frohgemutes Herz könnt Ihr bei uns erwarten, doch leider keine weltlichen

Güter.« Er machte eine umfassende Handbewegung. Sein Mantel hing ihm in Fetzen von den Schultern; wir hatten alle in den Kleidern geschlafen.

»Mein Gott. Blöde fahrende Sänger. Ein zerlumpteres Pack ist mir kaum untergekommen«, sagte einer, welcher der Anführer der Bande zu sein schien.

»Schneiden wir ihnen einfach die Kehle durch. Lösegeld schlägt man aus denen nicht heraus«, schlug ein anderer vor.

»Einen Augenblick – sie haben ein Mädchen dabei. Die will ich zuerst haben. Danach können wir ihnen die Kehle durchschneiden«, knurrte ein dritter.

»Wie kommst du darauf, daß du sie zuerst kriegst? Ich will sie zuerst.«

»Ihr kennt alle die Spielregel«, sagte der Anführer. »Zuerst ist der Hauptmann an der Reihe. Kein Gegrapsche also. Ihr kriegt sie schon noch früh genug. Schneidet den anderen einfach die Kehle durch.«

»Meine lieben Herren«, kam ihnen Master Robert dazwischen. »Ihr verpaßt eine einmalige Gelegenheit. Bedenkt, daß ich einst erster Spielmann beim König von Navarra persönlich war und nur wegen eines peinlichen Vorfalls meinen Abschied nehmen mußte, doch davon ein andermal. Wir haben Könige unterhalten, gewiß könnten wir auch dem König der Banditen königliche Kurzweil bieten.«

»Du machst mir eher den Eindruck, als könntest du nicht einmal einen Floh unterhalten, Master Schäbig.« Die anderen Räuber lachten leise und beifällig zu den Witzeleien ihres Anführers.

»Dann habt Ihr offenbar noch nie die Geschichte von dem Wandermönch und der Müllersfrau gehört.« Der Kleine William kam auf die Füße, wickelte sich die Decke wie ein Kleid um und nahm eine übertriebene weibliche Pose ein.

»Oh, wirklich, Hochwürden, ich trau mich nicht«, piepste er im hohen Falsett.

Master Robert setzte mechanisch mit dem geilen Mönch ein. Nie wieder habe ich ihn den besser spielen sehen. Der Lange Tom sprang auf und jagte als gehörnter Ehemann hinter ihm her. Es war so richtig schön unflätig. Die Wegelagerer mußten unwillkürlich lächeln. Dann prusteten sie vor Lachen.

»Seht Ihr?« keuchte Master Robert, während der rachsüchtige Eheherr ihn zu Boden drückte. »Wie dürftet Ihr Euren Hauptmann um solch einen Spaß bringen? Ei, erst kommt doch wohl die Kurzweil, denn mit durchgeschnittener Kehle singt es sich schlecht.«

»Hmm. Wohl wahr. Und mehr schlägt man ohnedies nicht aus euch heraus. Wir feiern im Lager.« Und auf ging es, alle miteinander; wir waren sehr niedergeschlagen, aber wir vertrauten auf unser Glück und Master Roberts Witz, vielleicht wandte sich ja doch noch alles zum Guten.

Warum bleiben Räuber nur immer so lange auf? Man sollte meinen, sie würden gern frühmorgens zur Arbeit gehen wie andere Leute, um mehr Geld zu verdienen. Aber nein, immer schlafen sie lange und bleiben nachts auf, zechen und erzählen Lügenmärchen. So wenigstens war das bei allen Räubern, die ich kennengelernt habe. Und darum schlief denn auch der Räuberhauptmann natürlich noch nicht. Er saß auf dem Ehrenplatz unter den Räubern, die sich um ein loderndes Feuer scharten, zechten und Lügenmärchen erzählten.

»Was ist denn das, eine neue Kurzweil?« rief ihnen der Hauptmann entgegen. »Frauen«, schrie der Mann, der unsere Gruppe anführte. »Und ein paar Spielleute, die allerlei schmutzige Witze auf Lager haben.«

»Auf dann, auf zur Kurzweil. Ich will die Hübsche da zuerst«, rief er.

»Das dachten wir uns schon, darum haben wir sie aufgespart. Aber danach wollen wir sie.«

Der Räuberhauptmann war groß und blond. Er hatte einen rötlichen Rauschebart und Hände wie Schaufeln. Eine Narbe zog sich im Zickzack über sein Gesicht, quer über den Nasenrücken und entstellte seine Wange. Er trat in den Feuerschein und ergriff mit der Hand mein Kinn, um mein Gesicht zu mustern. Ich schnappte nach Luft. Selbst mit der Narbe wußte ich, wer er war.

»Bruder Will!«

»Margaret? Wieso, zum Teufel, lebst du noch?«

»Das gleiche könnte ich dich fragen. Wieso bist du nicht mehr beim Heer?«

»Also, Jungs, hat sich was mit Kurzweil – das ist meine lang verlorene Schwester.« Man konnte die Männer knurren hören. »Und morgen lade ich euch alle zur Dicken Martha ein.«

Noch mehr Geknurre.

»Aber Bruder ...«

»Kein aber jetzt, Schwester – Erklärung später. Siehst du denn nicht, daß ich mit diesem Haufen alle Hände voll zu tun hab'? Räuberhauptmann ist nämlich keine Sinekure.«

»Und wir«, eilte Master Robert ihm gewandt zur Hilfe, »wir spielen jetzt die Geschichte von dem Wandermönch und der Händlerstochter. Gebt mir bitte die Trommel, ja? Sie befindet sich ganz oben auf dem Esel dort drüben.« Und als die Trommel einsetzte, da wußten wir, daß wir den nächsten Morgen wahrscheinlich noch heil und ganz erleben würden.

Spät in der Nacht, als wir uns alle in Decken gewikkelt um das Feuer der Räuber gelagert hatten, stupste mich Bruder Sebastian an.

»Margaret, schläfst du?« raunte er.

»Nein, Bruder Sebastian, ich betrachte die Sterne

und überlege, wie lange ich die wohl noch sehen werde.«

»Das sind unnütze Überlegungen, Margaret. Entweder das eine oder das andere. Sag mir lieber: wie, um Himmels willen, bist du zu so einem Bruder gekommen?« Sein Geflüster war eine Mischung aus Neugier und Entsetzen.

»Er ist ein Stiefbruder. Wir sind nicht blutsverwandt.«

»Ach, daher also. Ihr seht euch auch nicht sehr ähnlich.«

Am nächsten Abend spielten und sangen die fahrenden Sänger wie vor einem hohen Herrn. Bruder Will hatte mich auf den Ehrenplatz neben sich gesetzt, und als die Musik und die Getränke alle heiter gestimmt hatten, beugte ich mich vor und fragte ihn:

»Bruder, hast du denn gar keine Angst vor dem Sheriff hier? Du scheinst kaum Vorsichtsmaßnahmen zu treffen, ich fürchte für deinen Kopf.« Den warf er jetzt zurück und lachte schallend.

»Vor dem Sheriff? Vor dem? Ei, wir arbeiten doch für Sir Giles höchstpersönlich! Warum sollten wir uns da Sorgen machen?«

»Ihr arbeitet für ihn?«

»Natürlich, Schwester. Er kriegt Prozente. Davon kann er sein Herrenhaus laufend instand setzen.« Und als Reaktion auf meine entgeisterte Miene setzte er hinzu: »Ich glaube nicht, daß du das begreifst, Schwester, du bist immer so weltfremd und tugendsam gewesen. Räuberei ist dieser Tage Mode. Die besten Leute halten sich Räuber. Ja, sogar Klöster wie Rufford und Kirkstall unterhalten eigene Banden. Heutzutage müssen viele Dächer instand gesetzt werden, Margaret, und gute Ziegel kommen teuer.« Dann lachte er wieder über meine Miene.

»Aber, Bruder, ich dachte, du wärst in Frankreich

und ein Held. Wie bist du denn in dieses Gewerbe geraten?« fragte ich ihn.

»Ach, Margaret, ich war doch ein Held, denn der Krieg gefällt mir noch besser als Hundekämpfe. Man hat uns Bogenschützen in die Schlacht geworfen, und wir sind über die französischen Edlen hergefallen! Schossen die Pferde unter ihnen weg, wateten dann hinein und schnitten ihnen die Kehle durch, wo sie heruntergefallen waren. Du hast ja keine Ahnung, was für ein Spaß das ist, über so einem großen Herrn zu stehen, den seine schwere Rüstung in den Matsch zieht, der auf dem Rücken liegt und um sein Leben fleht! Dann schiebt man einfach das Messer durch den Spalt in seiner Rüstung und schneidet ihm die Kehle durch. Wie sie kreischen! Und das Blut überall!« Bei dem Gedanken daran bekam er ganz verträumte Augen.

»Aber anscheinend hab ich ein paar Kehlen zuviel durchgeschnitten. ›Heda, Bogenschütze, aus dem Mann wollte ich Lösegeld schlagen! Hast du denn nicht gehört, wie er dir gesagt hat, daß er ein großer Mann ist?‹ sagt Mylord. ›Tut mir leid, Sir, ich kann nicht parlee wu; ich hab gedacht, ich soll sie alle umbringen.‹ So hab ich mir Ärger eingehandelt und es fast nicht mehr nach Haus geschafft. Bin mit Rob zurück – war das öde, öde. Keiner mehr zu Haus. Die Hälfte gestorben. Der Rest nach St. Matthew's gezogen. Vater tot, Mutter geht's gut. Rob bleibt also. Heiratet diese blöde Schlingpflanze Mary, die jetzt alles erbt, was ihre Familie hat – aber ich, ich hab's nicht ausgehalten. Führwahr, das Dorfleben ist ein Gefängnis! Und hier bin ich nun, genau wie Robin Hood und seine fröhlichen Männer – nur daß wir auf der Seite des Sheriffs sind. Und jetzt sag mir, wieso du nicht tot bist, wo doch alle gesagt haben, daß du's bist.«

»Mein Mann hat mich während der Pest für tot liegengelassen, aber die Frau da, Mutter Hilde, hat mich gefunden und gerettet. Ich weiß immer noch nicht, warum ich noch am Leben bin, und so begleite ich sie und die anderen da, um in London mein Glück zu machen.«

»London, äh? Eine sehr schöne Stadt. Bin dagewesen. Nicht so schön wie Paris, aber sehr schön. Doch du mußt dich besser in acht nehmen. Die Straßen wimmeln von Räubern, und deine Reisegesellschaft ist klein. Ich sag dir was: bleibt ein Weilchen hier, bis wir alle schmutzigen Lieder gehört haben, die Master Robert auf Lager hat, und den nächsten fünf, sechs Leutchen, die wir ausrauben, schneiden wir zur Abwechslung mal nicht die Kehle durch. Wir geben sie euch einfach als Begleitschutz mit.«

Master Robert hatte alles mitangehört, machte einen tiefen Bückling und sagte zu Will:

»Hochverehrtester Herr Räuberhauptmann und Bruder von Margaret, wir sind der Meinung, wir sollten unsere Reise nach London einstweilig zugunsten des Marktes in Sturbridge aufschieben. Wir brauchen dringend Bargeld, ehe wir uns in einer so geldgierigen Stadt wie London niederlassen. Dorthin müßte man uns also begleiten.«

»Gut, wohin auch immer. Aber ich will euch auch richtig auf den Weg bringen. Es wird bloß länger dauern, bis ich Reisende gefunden habe, die in eure Richtung ziehen.«

Und so blieben wir denn bei den Räubern, und mir gefiel es eigentlich gar nicht so schlecht bei ihnen. Master Robert sang allerlei schmeichelhafte Lieder über große Räuber aus alten Zeiten und flocht die Namen unserer Räuber in eine Neuauflage von ›Die Heldentaten Robin Hoods‹ ein. Das gefiel ihnen ebenso gut wie allen blutrünstigen großen Herren sonst. Doch anders als im Lied, gibt es in einem Lager voller Räuber viel zu tun, auch wenn sie nicht richtig Haushalt führen wie gewöhnliche Menschen. Sie hatten einen Koch, der immerzu die Viecher briet, die sie wilderten, hatten Warenlager und andere Dinge, um die man sich kümmern mußte. Und sie hatten *weyves*, weibliche Vogelfreie, die allerhand langweilige Hausarbeit verrichteten, während die Männer im Kehlendurchschneiden unterwegs waren; und diese Frauen fanden den grünen, grünen Wald gar nicht so viel besser als die Gerechtigkeit, vor der sie geflohen waren. Als Will ihnen mitteilte, daß ich ein gutes Ale brauen könnte, da war mir das nur recht, denn ihres war dünn und sauer. Es gibt eben Leute, die haben in dieser Hinsicht wenig Begabung. Das Abends legten die drei Gaukler ihre Masken an und spielten ›Reineke Fuchs‹; die Hunde führten Kunststücke vor, kurzum, es unterschied sich hier in nichts von den übrigen Burgen und Städten.

Fast vierzehn Tage vergingen, bis sie ein halbes Dutzend mißmutige Seelen, ihrer Pferde und ihres Gepäcks beraubt, als Begleitmannschaft zusammengestellt hatten. Will tat ihnen kund, warum er ihr Leben verschont hatte, ließ sie auf das Kreuz schwören und gab sie dann auf der Landstraße zusammen mit uns frei, wobei er uns ihre Waffen und etwas Bargeld zum neuerlichen Austeilen gab, während er und seine Männer im Wald verschwanden.

Natürlich sind Menschen für rein gar nichts dankbar. Kaum hatten sich die Räuber davongemacht, da ging auch schon das Gezänk los:

»Sage mir einer, wie soll ich dieses Kurzschwert befestigen, wo er mir doch meinen Gürtel genommen hat?«

»Euer ganzes Fett mitzuschleppen scheint Euch nichts auszumachen; ich wüßte allein schon zwei unaussprechliche Stellen, wo Ihr das Schwert tragen könntet.«

»Wenigstens hat er Euch nicht den Umhang weggenommen. Aber natürlich, jetzt, wo ich ihn sehe, weiß ich auch warum – der Schnitt ist ja gänzlich bäurisch.«

»Ich und bäurisch? So wie Ihr den Bart gestutzt tragt, habe ich schon schmuckere Eremiten gesehen.«

Wir trotteten schweigend dahin und lauschten den Beschwerden unserer neuen Reisegenossen, die nicht gut zu Fuß waren.

»Freunde«, sagte Maistre Robert fröhlich, »wir sollten uns lieber freuen, daß wir noch am Leben sind. So sagte auch der Hase nach einem Besuch im Fuchsbau. Aber da war auch mal eine alte Fuchsmutter ...« Und so zogen wir frohgemut auf unser Ziel zu.

Bruder Gregory hielt inne und streckte sich. Nachdem er die letzten Seiten zum Trocknen ausgebreitet hatte, stand er auf und wollte gehen, doch sehr vorsichtig, denn Margarets alberner Hund war unter dem Tisch gefährlich nahe an seinen Füßen eingeschlafen. Eigentlich hatte er es eilig fortzukommen, doch das wollte er nicht zeigen. Er hatte noch etwas am anderen Ende der Stadt zu beschicken und sorgte sich, Margaret könnte ihn in eine nicht banale Unterhaltung verstricken und aufhalten. Margaret hatte beim Sprechen Garn aufgewickelt, und mit einem halbleeren Korb mit Docken auf der einen und einem vollen Garnknäuel auf der anderen Seite wirkte sie hier richtig zu Hause. Zu Bruder Gregorys Erleichterung kam eine der Küchenmägde herein, die sich mit Margaret beraten wollte.

»Mistress Margaret, der Kesselflicker ist an der Hintertür und sagt, daß Ihr nach ihm geschickt habt, er soll die Töpfe heilmachen. Sollen wir ihn hereinlassen?«

»Welcher Kesselflicker denn – etwa Hudd der Kesselflicker? Dieser schreckliche, alte Schurke? Nach dem habe ich nun wirklich nicht geschickt. Der versucht doch nur, ins Haus zu kommen und uns Ärger zu machen ...« Margaret entschuldigte sich hastig und verschwand, um die Angelegenheit in Ordnung zu bringen, und Bruder Gregory schlenderte fröhlich auf der Thames Street in Richtung der Kathedrale davon.

Mittags lief immer eine kleine Menge um die Kathedrale zusammen, die sich dann nach dem letzten Glokkenschlag auflöste. Denn die Uhr der Kathedrale, die man erst vor einem Jahrzehnt angebracht hatte, war eine Sehenswürdigkeit für die Besucher der City. Eine leuchtend bemalte Engelsfigur zeigte die Stunden an, und zu Mittag bewirkten Hebel und Gewichte, daß Männergestalten, ›Pauls Kerls‹ geheißen, mit Eisenhämmern zwölfmal die Stunde schlugen. Es war zum Staunen, und wenn es sich dabei nicht um eine Kirche gehandelt hätte, man hätte die Uhr für Ketzerei halten können, eine hoffärtige Erfindung des Menschen, mit der man Gottes ureigensten Zeitmesser, die Sonne, ersetzen wollte.

Inmitten einer sich verlaufenden Menge von Landfrauen, niederen Rittern und Händlern aus der Provinz konnte man eine hochgewachsene Gestalt in lebhafter Diskussion mit einer Gruppe von Schreibern erblicken. Eine gedrungene Gestalt fuchtelte mit den Armen und rief:

»Wie könnt Ihr nur einen Mann wie William von Ockham preisen? Er ist ein Nominalist, wohingegen die Realität der Dinge, so wie sie von Gott erschaffen wurde …« Das klang nach einem interessanten Disput und lockte einen deutschen Pilger in muschelbesetztem Umhang an, der sich in barbarisch betontem Latein in die Auseinandersetzung einmischte. Zwei graue Mönche, die keinem stürmisch klingenden Disput widerstehen konnten, wurden ebenso in das Knäuel schnatternder Stimmen hineingezogen. Bruder Gregory lief an diesem Nachmittag zu voller Größe auf. Nachdem er die grauen Mönche mit einem ungemein passenden

Bibelzitat abgeschmettert hatte, wollte er sich mit dem Deutschen auf ein aristotelisches Streitgespräch einlassen, doch der gab es ihm Schlag um Schlag zurück. Beim Streiten geriet die kleine Gruppe zwangsläufig in Richtung des nördlichen Querschiffs der Kathedrale.

Und hier, am Portal dieses Querschiffs, stießen sie auf eine Gruppe, die noch lauter schnatterte als ihre. Ein paar ältere Chorknaben, ein Hilfsdiakon und ein paar Priester der Votivkapellen betrachteten ein Stück Papier, das man inmitten von Ankündigungen leerer Pfründe am Portal angebracht hatte. Man konnte hören, wie sich die Stimmen immer mehr ereiferten.

»›Quis enim non vicas abundat tristibus obscaenis?‹ Ha! Das ist sehr gut. Erinnert mich an Juvenal.«

»Glaubt ihr wirklich, die haben das alles getan?«

»Die Stelle über Simonie ist noch untertrieben, wenn überhaupt, und das ist Beweis für den Rest.« Die Gruppe der Schreiber gesellte sich zur Gruppe vor der Tür, um den Gegenstand des Interesses in Augenschein zu nehmen. Es handelte sich um eine Reihe witziger, satirischer Verse in Latein, in welchen etliche wirklich staunenswerte Sünden von gewissen Chorherren und Priestern der Kathedrale aufgelistet waren. Merkwürdig an diesem kunstsinnigen Machwerk berührten nur die großen, zittrigen Buchstaben, in denen es geschrieben war. Jetzt entbrannte der Disput noch hitziger; es ging nun um die genauen Abschattierungen der Sünde, welche der jeweiligen Spielart von Unzucht zuzuordnen war. Just als eine äußerst interessante Bemerkung über eine Art Sünde gemacht wurde, welche eher in Klöstern als in Kathedralen anzutreffen ist, rauschten hinter der Gruppe unwirsch Gewänder, und die Hand eines wütenden, rotgesichtigen Priesters riß die anstößigen Verse von der Tür.

»Weg da, alle miteinander, auf der Stelle!« schrie er und zerriß dabei das Papier in tausend Schnipsel. Die

Chorknaben spritzten auseinander. Doch zu spät. Schon hatte jemand die Verse heimlich auf ein Wachstäfelchen kopiert und sie wohlbehalten im bauschigen Ärmel einer Hilfsdiakonsrobe verborgen. Und bereits am Abend wurden sie zu einer skandalös weltlichen Melodie in allen Klerikerschwemmen Londons gesungen. Und dank einer Universalsprache sollten sie innerhalb weniger Wochen durch halb Europa gehen. Als man sich von der Tür verzog, lag auf Bruder Gregorys Gesicht ein entrückter Ausdruck.

»Wer das auch immer war, seinen Juvenal kennt er«, bemerkte Robert der Schreiber, jener, welcher sich für den Realismus und gegen den Nominalismus stark gemacht hatte.

»Damit kommt die Hälfte aller Schreiber Londons in Frage«, antwortete Simon der Kopist.

»Eine häßliche Handschrift hat der Kerl«, bemerkte Bruder Gregory ruhig.

»Aber ausgezeichnetes Latein, und darin liegt das Paradoxon«, stellte der Deutsche fest.

»Das Paradoxon läßt sich lösen, wenn man davon ausgeht, daß es jemand mit ausgezeichneten Lateinkenntnissen ist, der Juvenal gut kennt und absichtlich in großen, zittrigen Buchstaben geschrieben hat«, bemerkte Robert der Schreiber und warf dabei Bruder Gregory einen Blick zu.

»Damit kommt immer noch die Hälfte aller Schreiber Londons in Frage«, erwiderte Simon.

»Doch gerade die Machart der Verse beweist mir eines«, sagte der Deutsche.

»Und was genau wäre das?« fragte Bruder Gregory und wölbte eine Augenbraue.

»Daß die Engländer eine ungestüme Rasse sind und nicht das Zeug zu höherer spiritueller Disziplin haben«, antwortete der Deutsche und verdrehte die Augen gen Himmel, als wollte er seine persönliche, überlegene Eignung zu diesen Dingen zur Schau stellen. Mit dem seidigen, hellblonden Haar, das ihm um die kleine, runde Mönchstonsur wuchs, und der ausnehmenden Blässe seiner Haut hatte der Deutsche sich jene Art von milchigem, durchscheinendem Aussehen zugelegt, das für äußerste Spiritualität zu zeugen schien. An der gedämpften, einstudiert verzückten Stimme war deutlich zu erkennen, daß es sich um einen Sucher handelte, einen wahren Sucher. Bruder Gregory beneidete ihn um seine Blässe und überlegte, ob er es zustande brächte, es ihm im Aussehen gleichzutun. Schwieriger war da die Stimme, doch vielleicht ergab sich die nach einer wirklich überragenden Vision ganz von selbst.

»Habt Ihr Visionen gehabt?«

»Entrückende. Äußerst ekstatische Visionen, welche über mich kommen, wenn ich ganze Nächte hindurch an heiligen Stätten bete, treiben mich weiter, von Schrein zu Schrein. So ist mir beispielsweise in Compostela der heilige Santiago persönlich erschienen; er trug ein schönes, grünes, juwelenbesetztes Samtgewand und war umflossen von ewigem Licht und Engelsgesang. Die vier Evangelisten habe ich auch gesehen, sie wurden von einer Engelsschar auf vier ganz gleichen goldenen Sänften getragen, und jeder hielt in der Hand ein Buch des Evangeliums in Flammenschrift.« Als er sah, daß die Gruppe aufmerkte, fuhr der Deutsche fort:

»Nachdem ich der Milch der Jungfrau Maria, dem Blut des heiligen Paulus und dem Haar von Maria Magdalena und dem Messer unseres Heilands in der Kathedrale hier meine Ehrerbietung erwiesen habe, gehe ich nun unbeschreiblichen Offenbarungen entgegen, wenn ich meine Pilgerfahrt beim Schrein des heiligen Thomas in Canterbury beende. Lediglich meine heilige Armut hat mich aufgehalten, und mit einer kleinen zusätzlichen finanziellen Unterstützung könnte ich aufbrechen ...«

Die Schreiber blickten einander an. Dann blickten sie zum Kirchenportal. Gerade war ein Ritter herausgekommen, doch der wirkte nicht vielversprechend. Dann war eine ältere Dame in Gesellschaft ihrer Tochter und Dienerinnen zu sehen, welche sich beim Verlassen der Kathedrale die Augen mit dem Ärmel betupfte. Die Schreiber traten beiseite, damit der Deutsche besser zur Geltung käme. Der lehnte sich auf seinen Pilgerstab und streckte ihr die Hand hin, als sie vorbeiging.

»Bete für mich, Pilger«, sagte sie mit einem bekümmerten Blick auf sein Gesicht und drückte ihm ein paar Münzen in die Hand, ehe sie weiterging. Der Deutsche prüfte ihre Echtheit, dann tat er sie in seine Börse, wo sie sich mit einem satten ›klick‹ zu den schon vorhandenen gesellten.

»Wie schon gesagt, wenn ich am Schrein des heiligen Thomas bete …«

»Dann habt Ihr das Mysterium aller Mysterien bislang noch nicht gesehen?« erkundigte sich Bruder Gregory.

»Ach«, sagte der Pilger, »dazu reicht wohl auch ein ganzes Leben der Suche dieses niederen Erdenwurmes nicht aus, der weniger ist als Staub. Doch jene allerletzte Vision, die Vision, auf die ich mich zurüste, erwartet mich zweifellos am Ende eines Erdenwandels in Kasteiung und Selbstverleugnung. Ich spürte Gottes Schatten – wahrlich, ich spürte ihn über mir, und Er wird diesem demütigsten seiner niederen Diener nicht auf ewig das blendende und herrliche Licht Seiner Gegenwart vorenthalten.«

»Mir ist offenbart worden, daß wir noch nicht gegessen haben«, sagte Robert und klopfte sich auf den Bauch. Bruder Gregory schnitt ein Gesicht und grinste. Alle außer dem Pilger sahen in ihren Börsen nach, ob sie gemeinsam genug Geld zusammenbrachten.

»Schreiberkost heute«, verkündete Simon, »das

heißt, auf zu Mutter Martha.« Und gemeinsam ging man die Paternoster Row entlang zu der Garküche, wo man mit einem beträchtlichen Preisnachlaß altbackene Fleischkuchen kaufen konnte. Doch erst als es ans Bezahlen ging, bemerkte man, daß sich der Pilger aus dem Staub gemacht hatte.

Bruder Gregory war ein wenig hohläugig, als er sich beim nächsten Mal bei Margaret ans Schreiben machte. Zwei Tage zuvor, kurz nachdem er die Eitelkeiten anderer so fein säuberlich mit seiner bissigen Feder aufgespießt hatte, war er auf einmal von Reue über seine eigene, daraus resultierende Eitelkeit übermannt worden. Denn als der dritte oder vierte ihm schadenfroh die anonymen Verse vom Portal der Kathedrale zitierte, da hatte er so ein Gefühl, als ob seine schwer erworbene Demut dahinzuschwinden begänne. Außerdem ging es um die Frage, ob man mit Beten die ganze Nacht hindurch, wofür sich der deutsche Pilger so überaus stark gemacht hatte, wirklich soviel erreichen konnte. Und so hatte er sich an jenem Abend wortlos von seinen Freunden getrennt und war hingegangen und hatte die ganze Nacht vor dem Schrein des heiligen Mellitus gewacht. Doch sehr spät nachts, kurz vor Vigil und just nachdem zwei andere Pilger vor dem Schrein darauf gekommen waren, wie es sich auf Knien in aufrechter Haltung schlafen ließ, da hatte Bruder Gregory im dunklen Schatten über einer einzigen, flackernden Kerze eine unerwartete und außerordentlich unangenehme Erscheinung gehabt. Es war das Gesicht seines Vaters, ganz von dem wirren, weißen Bart umgeben und mit der wohlbekannten Zornesmiene, die er für gewöhnlich bei Bruder Gregorys Anblick aufsetzte. Bruder Gregory hatte beinahe eine Stunde gebraucht, bis er wieder zu einer gebührenden meditativen Verfassung zurückgefunden hatte, ganz zu schweigen von vielen bitterlichen Beschwerden, daß sein Vater wieder einmal seinen Aufenthaltsort herausgefunden hatte.

»Ihr seid doch nicht etwa hungrig, oder?« unterbrach ihn Margarets besorgte Stimme beim Schreiben. Bruder Gregorys Blässe und die dunklen Ringe unter seinen Augen waren ihrem scharfen Blick nicht entgangen.

»Nein, ganz und gar nicht«, antwortete Bruder Gregory und setzte die Feder einen Augenblick ab. Seine asketischen Anfälle behielt er lieber für sich.

Diese Antwort beunruhigte Margaret noch mehr. Je länger sie darüber nachdachte, desto mehr wuchs in ihr die Überzeugung, daß etwas schiefgegangen war. Hoffentlich betrifft das nicht mich, dachte sie bei sich. Doch aus der Sorge wurde nach und nach Verärgerung, welche allemal heilsamer ist, als nämlich Bruder Gregory ihren Stil allein auf der nächsten Seite gleich ein halbes Dutzend mal scharf rügte.

Der große Jahrmarkt von Sturbridge glich einem Wunderland. Hier versammeln sich im September drei Wochen lang Kaufleute aus ganz England, ja, sogar aus Orten im Ausland, und bieten seltene und kostbare Schätze von den vier Enden der Erde feil. Und Unterhaltung muß auch sein. Gaukler, Tanzbären, fahrende Sänger und Quacksalber aller Gattungen fallen zahllos wie die Heuschrecken ein. Desgleichen Taschendiebe und Besessene, doch von denen soll hier nicht die Rede sein. Man konnte tagelang umherwandern und die Dinge dort bestaunen, aber wir hatten keine Zeit für Besichtigungen. Mutter Hilde baute sich am Rande des Marktes auf, wo sie unsere angebundenen Esel im Auge behalten und ihre Waren auf ihrem Umhang ausbreiten konnte. Schon bald machte sie gute Umsätze. Bruder Sebastian zog los, um mit Peter Geschäfte zu machen, welcher sich an derlei Orten immer großer Beliebtheit erfreute, während Master Robert und seine Freunde sich eine geeignete Stelle suchten, wo es nicht zuviel rivalisierende Gruppen gab, und mit Trommeln und Jonglieren begannen.

Mir überließ man die sechs Kästchen mit der stinkenden Salbe, eben die sechs Kästchen, die ich schon den ganzen Sommer mitgeschleppt hatte. Sie verkauften sich nicht gut – genauer gesagt, sie verkauften sich überhaupt nicht und stanken von Tag zu Tag ärger. Da Bruder Sebastian annahm, es läge an meinem Geschick als Verkäuferin, hatte er mich noch einmal instruiert, ehe er verschwunden war:

»Denk daran, Margaret, als Brandsalbe ist sie nicht gut gelaufen – es empfiehlt sie also für Falten, Entzündungen und Pockennarben, die alle bei mir verschwunden sind, nachdem du eine ausreichende Menge Salbe verwendet hast. Empfiehl Leuten mit schlimmen Pockennarben zwei Kästchen. Und höre um Himmels willen auf, den Leuten zu erzählen, was drin ist! Sag einfach, es ist ein seltener Balsam aus Arabien, den dir ein Seemann aus Genua in Bristol verkauft hat.« Ich ließ den Kopf hängen und protestierte:

»Aber Bruder Sebastian, ich kann nun einmal nicht lügen. Und in Bristol bin ich auch nie gewesen. Außerdem riecht sie nicht gut.«

»Mein Gott, liebe Margaret, ein abstoßender Geruch bedeutet doch einfach, daß sie noch besser wirkt. Nun mach mal Gebrauch von deinem Kopf.« Und schon war er in der Menge untergetaucht. Wie blöde ich mir vorkam! Ich wanderte umher, besah mir die Buden, die Pferde, die Hunde, die Menschen – nur diese ekligen Dinger wurde ich nicht los. Ich bestaunte gerade ein paar wirklich schöne venezianische Gläser, als ich darin das verzerrte Spiegelbild eines Mannes erblickte. Wie merkwürdig vertraut mir das doch vorkam. Ich fuhr herum, sah aber nur noch die enteilende Gestalt eines wohlhabenden Kaufmanns mit seiner stämmigen, juwelenbehängten Frau. Seltsam, aber irgend etwas am Gang des Mannes und an den gleichmäßigen Locken auf seinem Rücken erinnerte mich an Lewis Small.

»O Margaret, jetzt siehst du auch noch Gespenster«, sagte ich zu mir. »Nun aber an die Arbeit.« Ich hielt eines von diesen widerlichen Kästchen hoch und versuchte, es auszurufen, doch meine Zunge war nicht imstande, den seltenen Balsam aus Arabien anzupreisen. So trug ich ihn einfach in der Hand spazieren. Wenn er sich doch bloß von allein verflüchtigen würde. Ein Weilchen wanderte ich so umher, wünschte, das Frühstück wäre ausgiebiger gewesen und ich jemand anderes – jemand, der nicht sechs Kästchen mit stinkender Salbe in der Hand trug. So staunte ich nicht schlecht, als eine große, reich gekleidete Frau mich anhielt und fragte, was ich da in der Hand hätte.

»Salbe gegen Falten«, erwiderte ich. »Sie hilft sehr gut bei Verbrennungen, sie soll auch gut für Pockennarben sein, und sie besteht aus ...«

»Ich möchte eines«, sagte die Frau, und sie zahlte mit einem Silberpenny dafür. Das machte mir Mut, ich dachte, vielleicht kann man die anderen einfach loswerden. Gesagt, getan, und warum sollte ich mir nun eigentlich nicht die Ringkämpfe ansehen? Nicht schnell, o nein – langsam ließ ich mich in der Menge dahintreiben, wobei ich so tat, als verkaufte ich Salbe. Und als ich dann einen Tanzbären anstaunte und immer noch ein Kästchen aus meinem elendigen Vorrat in der Hand hielt, da wurde ich von zwei Bütteln angesprochen.

»Seid ihr die Frau, welche Salbe verkauft?« fragte der eine.

»Sie hat sie doch in der Hand, siehst du das denn nicht?« sagte der andere und blickte das Kästchen erschrocken an. Ich blickte es auch an. Roch es wirklich so arg? Mittlerweile drang der Gestank wohl schon unter dem Deckel hervor.

»Ihr seid es also. Kommt mit. Man erwartet Euch vor dem Marktgericht.« Gänzlich verwirrt folgte ich ihnen schweigend. Niemand nahm von uns Notiz, als wir durch die Menge schlüpften.

»Was will man denn von mir?« fragte ich schüchtern.

»Als ob Ihr das nicht wüßtet«, antwortete der eine der Männer mit angeekelter Miene. Sie hielten mich immer noch am Arm gepackt, als wir den Rand des Marktes erreichten, wo ständig ein Gericht tagte, um die Nichtigkeiten abzuhandeln, welche entstehen, wenn Einheimische, Fremde und Geld zusammenkommen.

An jenem Tag hatte das Marktgericht wenig zu tun. Ein Mann, welcher Wolltuch gedehnt hatte, damit es länger aussah, lag im Stock. Ein paar Menschen waren zusammengelaufen, um sich anzusehen, wie ein Verkäufer von schlechtem Wein gezwungen wurde, eine Gallone seiner eigenen Ware zu trinken, ehe man ihn in den Stock legte und den Rest über ihm ausgoß. Das machte fast genauso viel Spaß wie Bärenpiesacken; man jubelte begeistert. Ein Büttel zog mich am Ellbogen zum Sheriff hin, der dem Gericht vorsaß.

»Das ist die Frau«, sagte er.

»Bist du überzeugt, daß es die Richtige ist? Sie sieht mir zu jung aus.« Man sah dem Sheriff seine Zweifel an.

»Das ist sie – sie ist genauso, wie sie beschrieben wurde.«

»Weib, du bist der Zauberei beschuldigt worden – handelst du mit Schwarzer Magie?« Der Sheriff musterte mich prüfend, während er auf meine Antwort wartete. Ich blickte ihm fest in die Augen. Ihm war nicht wohl in seiner Haut. Er saß umgeben von mehreren Männern auf einer Bank unter einem Baum. Rings um ihn wirbelte das Menschengewimmel viel Staub auf.

Damit ihm die Kehle nicht zu trocken wurde, hatte er einen großen Krug Ale dabei. Ich merkte, daß er etwas Angst hatte. Marktgerichte sind eigentlich nicht für Hexenprozesse gedacht. Dafür braucht es Fachleute.

»Ich habe nichts dergleichen getan«, sagte ich ernst. »Ich bin eine gute Christin und verabscheue den Teufel und seine Werke.« Schulterzuckend sagte er zu seinem Beisitzer:

»Da habt ihr's. Sie streitet es ab. Sie sieht ehrlich aus. Viel zu jung, finde ich.«

»Aber Mylord Sheriff, der Mann, welcher sie beschuldigt hat, war felsenfest davon überzeugt. Und schließlich haben wir Beweise.«

»Weib, du bist der Zauberei beschuldigt worden, weil du eine Salbe verkaufst, die übermenschliche Kräfte verleiht – eine Salbe, die aus dem ausgelassenen Fett ungetaufter Säuglinge gemacht worden ist.« Er hielt ein kleines Kästchen hoch. Das elendige, einzige Stück, das ich an die wohlhabende Frau losgeworden war. Ein sehr merkwürdiger Ausdruck muß über mein Gesicht gehuscht sein.

»Und was soll nun hier drin sein?« Er öffnete es und hielt es mir unter die Nase. Ich ließ den Kopf hängen und wurde knallrot.

»Gänsefett, Talg und Kräuter«, sagte ich und schämte mich.

»Und verleiht das übermenschliche Kräfte? Kann man fliegen und hat man das Alles-sehende-Auge?« Ich war am Boden zerstört. Das kommt davon, wenn man windige Geschäfte betreibt.

»Und wenn Ihr Euch überall damit einreibt, Ihr bekommt davon nur einen übermenschlichen Geruch«, sagte ich. »Ich habe aber nie etwas anderes behauptet, als daß sie gut gegen Brandwunden hilft.«

»Dann habt Ihr sie verkauft?«

»Ja, zu meinem Leidwesen.« Er unterdrückte ein Zucken um die Mundwinkel.

»Zauberei ist eine ernste Angelegenheit. Nur mit Ableugnen kommt Ihr mir nicht davon. Ihr müßt es auch beweisen.«

»Beweisen?«

»Aber ja doch. Wir sind hier zwar nicht richtig dafür ausgestattet, aber ich kann mir auch keinen Fehler leisten. Eine Hexe entwischen zu lassen? Das könnte das Ende meiner Laufbahn bedeuten. Das müßt Ihr verstehen. Also, was sagt Euch mehr zu ...«, er deutete zum Fluß hin, »... Wasser? Oder Feuer?« Er musterte eingehend mein Gesicht. Feuer, dachte ich. Herr Jesus, steh mir bei! Meine Augen müssen meine jähe Furcht verraten haben.

»Aha, sieht mir ganz nach Feuer aus, oder?« Er wandte sich an seine Helfer. »Wir brauchen ein richtig großes – gleich da drüben. Heute nachmittag dürfte es heiß genug sein, was meint Ihr? Holt den Gemeindepfarrer, er soll kommen, wenn's fertig ist. Ich bitte um Entschuldigung für den Aufschub, meine Liebe, aber wir werden Euch noch ein Weilchen hierbehalten müssen.«

Mir kam das alles sehr unwirklich vor. Der entschuldigte sich doch tatsächlich, weil ich darauf warten mußte, daß man mich zu Asche verbrannte?

»Ihr wollt mich also verbrennen – ohne Gerichtsverfahren?« wagte ich schüchtern zu fragen.

»Das ist das Gerichtsverfahren. Wir tun die glühendheißen Kohlen da drüben hin, Ihr lauft ein Weilchen darauf herum – barfuß natürlich, und dann verbindet der Priester Euch die Füße. Nach einer Woche nimmt er den Verband ab, und wenn die Brandwunden an Euren Füßen geheilt sind, seid Ihr frei. Wenn sie eitern, verbrennen wir auch noch den Rest. Das dürfte gerecht sein, einen Fehler kann ich mir nämlich nicht erlauben.

Es liegt jetzt alles bei Gott, Weib. Ihr tätet besser daran, zu bereuen und zu beten.« Er goß sich Ale in den Mund. Schließlich war es sehr staubig.

An jenem Tag hatte ich allerhand unter Staub und Durst und auch unter Hunger zu leiden, während ich in der heißen Sonne wartete, die Hände auf dem Rücken zusammengebunden, und ihm zusah, wie er im Schatten saß, aß und trank und Recht sprach. Das muß ein Traum sein, nicht wahr, daß meine Füße gegen Abend bis auf den Knochen verbrannt sind und man mich schreiend ins Gefängnis trägt, wo ich dann vor meiner Hinrichtung eine Woche lang liege? So was stößt anderen Leuten zu, doch nicht mir – nicht einem so netten Menschen wie mir. Wenn das nicht ungerecht ist! Was hat man schon davon, wenn man das *Licht* sieht und meint, daß man von Gott einen besonderen Auftrag erhalten hat, und dann feststellen muß, daß alles, was einen erwartet, nur ein entwürdigender und schmerzhafter Tod ist? Meine Freunde hatten sich offenbar eiligst aus dem Staub gemacht. Ich konnte es ihnen nicht verdenken. Wahrscheinlich hätte ich ebenso gehandelt.

Aber wer hatte mir das angetan und warum? Ich dachte an die reiche Dame, so fett und aufgeblasen, sah sie im Geist mit ihren Ringen und Ketten funkeln – halt! Hatte ich sie nicht schon einmal gesehen? Wie sie – wie sie mit ihrem Mann dahinschlenderte, der Mann, welcher wie Lewis Small aussah? Das mußte es sein. Es war Lewis Small! So konnte nur einer denken, nur einer handeln. Wenn er wieder geheiratet hatte, mußte er mich für tot gehalten haben. Jetzt war er ein Bigamist und mußte den Beweis dafür loswerden. Wie einfach. Er dachte so vollendet, so erbarmungslos logisch. Nie würde ich ihm entkommen, nie. Wenn ich doch weinen könnte, es hätte mir gutgetan. Aber für mich war alles vorbei, Lewis Small hatte mich gefunden und ein zweites Mal umgebracht. Dieses Mal endgültig. Ich kannte ihn gut: er würde zum Gottesurteil kommen. Er weidete sich doch an den Qualen anderer. Beim ersten Mal habe ich ihn vermutlich etwas um seinen Spaß betrogen, dachte ich bitter bei mir.

Mittlerweile war das Feuer zu einem Bett aus rotglühenden Kohlen herabgebrannt. Eine Menschenmenge hatte sich zusammengefunden, denn das hier versprach die beste Kurzweil des ganzen Marktes. Ich bekam mit, was so alles geredet wurde.

»Laßt das Schubsen, ich war zuerst da!«

»Macht Platz, macht Platz, daß sich die Kinder vorn hinsetzen können.«

»Jung, was? Diese Hexen werden auch alle Tage jünger – ich sage euch, die Jugend kennt keinen Respekt mehr.«

»Das will ich meinen – he, Ihr versperrt mir ja die ganze Aussicht.«

»Wieso heult die denn nicht?«

»Hexen können doch keine Tränen vergießen, du Dussel.«

Und so weiter, und so weiter quasselten und schubsten und glotzten sie. An einem anderen Ort hätte ich mich zu Tränen geschämt und geweint. Aber das hier war anders.

Mir war scheußlich zumute, aber irgendwie auch sehr seltsam. Wie gemein von Gott, dachte ich, mir erst all das *Licht* zu senden und es dann aufhören zu lassen. Mir war, als hätte er mir einen bösen Streich gespielt. Hatte nicht Hilde gesagt, Gottes herausragende Eigenschaft sei sein Sinn für Ironie? Und doch war das *Licht* ein wunderbares Gefühl. Ich kam mir dabei immer viel größer und besser vor, als ich in Wirklichkeit war. Wenn nun für mich alles vorbei sein soll, dann laß mich dem *Licht* Lebewohl sagen, laß es mich ringsum spüren. Aber man riß mich roh aus meinen Gedanken. Die

Kohlen warteten, und der Priester sprenkelte etwas drum herum, so wie sie es immer tun, und betete. Sie nahmen mir die Schuhe und die Bruch ab, dann das Kleid und den Gürtel. Da stand ich nun im Unterhemd und mit herabhängenden Zöpfen.

Warum muß man so was immer im Unterhemd machen? Meines war Gott sei Dank hübsch, ein Überbleibsel meiner früheren Ehe. Es war ein loses Hemd aus weißem Leinen, hübsch genäht und um den Hals herum mit weißer Stickerei verziert. Es hatte lange Ärmel und reichte mir, adrett gesäumt, bis auf die Waden. Ich hatte es erst kürzlich gewaschen, so war es sauber – was man nicht von jedem Unterhemd behaupten kann, soweit überhaupt eines vorhanden ist. Bußetun und Um-Vergebung-Bitten – für so was braucht man immer ein anständiges Unterhemd und tüchtige Schwielen unter den Füßen. Ich glaube, derlei ist für die Schaulustigen und als Erniedrigung gedacht. Und wenn es dabei Winter ist und man davon eine Lungenentzündung bekommt, dann sagen sie, Gott hat gerichtet. Früher habe ich mich oft gefragt, ob Gott wohl ein Unterhemd trägt, aber heute weiß ich, Gott ist dafür zu groß.

Ich suchte nicht in den Gesichtern der Menge, als man mich zu den Kohlen führte: auf einmal überwältigte mich die Angst. Sie schnitten das Seil an meinen Handgelenken durch, und ein Büttel hielt mich an den Ellbogen fest, während man ein Stückchen Zunder auf die Kohlen warf, um festzustellen, ob sie heiß genug waren. Kirschrot glühten sie unter einer dünnen, weißen Ascheschicht. Ein Wölkchen puffte hoch, und aus dem Zunder wurde ein glühender Funkenregen, der auch schon wieder verschwunden war. Ein paar Männer mit Spießen standen neben dem Feuer, um mich zurückzustoßen, falls ich zu fliehen versuchte.

Es ist ein eigen Ding um die Angst; sie packt einen wie eine große Faust und schüttelt einen entsetzlich durch, und danach kommt man sich ganz anders vor als normalerweise. Meine Knie wollten mir nicht gehorchen. Sie zitterten und gaben nach, als wären sie aus Sülze. Ich sackte zusammen, und sie mußten mich an den Armen hochziehen. Die Brust kam mir vor, als würde sie von schweren Gewichten zusammengedrückt. Gesicht, Hände und Füße, alles fühlte sich an wie Eis.

»Bitte«, flüsterte ich, »einen Augenblick nur, bis ich stehen kann. Dann gehe ich schon von allein.« Die große Faust der Angst schien ihren Griff ein wenig zu lockern. Ich stand ohne Hilfe da und zitterte am ganzen Leib. Ich konnte nichts hören, nicht einmal ihre Antwort – nur ein brausendes Geräusch in den Ohren.

›Mach, daß alles gleich ist‹, dachte ich bei mir, ›das Licht und das Feuer.‹ Ich wandte den Geist von Angst und Schmach ab und versetzte ihn ins Nichts, das still rings um mich vibrierte. Als ich die Augen schloß, spürte ich, wie eine Art summendes Leuchten durch meinen Geist lief, der nicht mehr Ich war, sondern Teil von etwas anderem. Ich, das heißt mein kleines Alltags-Ich, war nicht mehr da. Dann merkte ich, wie etwas Seltsames mir das Rückgrat hochlief. Etwas Glühendes und Geräuschvolles, gleichsam ein Knistern, das auch *Stimme* war. Die *Stimme* war tief, und zur gleichen Zeit drinnen in und draußen um meinen Kopf. Die *Stimme* aber sagte:

»Es gibt keine Angst. Es gibt kein Feuer. Blick nicht nach unten. Stell dir vor, du trittst auf kühle Steine im Wasser eines Flusses. Richte die Augen auf nichts als das *Licht*.«

Ich schlug die Augen auf, aber ich konnte nichts sehen. Statt der Schwärze hinter den geschlossenen Lidern erblickte ich nur vibrierende Abstufungen von Licht, die durch mich hindurchzugehen schienen. Ich war ganz blind. Meine Augen starrten glasig, als ich auf die glühenden Kohlen trat und sie wie eine Furt überquerte. Weil ich nichts sehen konnte, zog ich auf dem glühenden Kohlebett einen Halbkreis und kam beinahe dort wieder herabgestolpert, wo ich angefangen hatte. Ich konnte mein Herz hören. Es machte ein dumpfes Geräusch, von dem das ganze Universum zu erzittern schien. Jemand zog mich am Arm, mir wurde schwindlig, ich fiel hin. Und immer noch konnte ich nichts sehen. Ich spürte, wie die Menge sich näherdrängelte.

»Da, sie kann nichts sehen!«

»Sie ist blind.«

»Wir wollen ihre Füße sehen, wir wollen sie sehen.«

Meine Füße! Während ich auf der Erde saß, kehrte mein Augenlicht nach und nach zurück. Eine Gestalt in Schwarz beugte sich über mich, sie hielt Verbandszeug in der Hand. Wieso konnte ich meine Füße nicht spüren? Waren sie weggebrannt? Spürte man das denn nicht?

»Ei, seht euch das an, ihre Füße sind vollkommen heil. Ganz entschieden ein Wunder!« sagte der erstaunte Priester und hielt einen meiner Füße hoch, damit jeder ihn sehen konnte. Was, um Himmels willen, war geschehen? Ich verspürte immer noch ein leises, sonderbares Knistern im Rückgrat.

»Ein Wunder! Ein Wunder!« murmelte die Menge und wich zurück. Ich konnte sehen, wie sich Leute bekreuzigten.

»Man hat sie zu Unrecht beschuldigt!« rief eine Stimme.

»Aber sie sieht ja auch unschuldig aus. Ich hab's doch gleich gesagt«, meinte eine andere.

»Wo ist der Ankläger?« schrie ein großer Mann. Ich blickte mich um. Am entgegengesetzten Ende des Kohlenbetts versuchte ein reichgekleideter Mann in grüner Bruch und dunkel scharlachrotem Gewand verstohlen durch die Menge zu schlüpfen. Ich starrte ihm nach, bemühte mich, ihn zu erkennen. Zwar war es Sommer, aber sein Gewand war dennoch pelzverbrämt, Pelzwerk auch auf seinem Überrock – es mußte Lewis Small sein. Er wandte den Kopf, und ich erblickte das ebenmäßige Gesicht, das mir so lange Alpträume bereitet hatte. Die Locken – vollendet wie immer, doch jetzt mit ein wenig Grau darin. Und er hatte sich einen kleinen Bart stehen lassen. Vermutlich weil ihm jemand erzählt hatte, daß Bärte in Mode seien.

»Das ist er, der reiche Teufel da!« rief eine Stimme. War es einer der Büttel? Die Menge versperrte Small den Weg. »Laßt mich durch, ihr Pack, könnt ihr nicht sehen, daß ich ein Mann von Stand bin? Ihr täuscht euch!« Doch der Anflug von Furcht in seiner Stimme verriet ihn.

»Wir haben ihn gesehen, wir haben ihn gesehen, er ist es«, schrie eine alte Frau, und die Menge drang auf ihn ein, so daß ich gerade noch einen wild fuchtelnden, pelzverbrämten Ärmel von ihm sehen konnte. Ich hörte, wie seine Stimme schriller wurde, während er versuchte, sich durch das Gewühl der Leiber zu drängen. In einiger Entfernung konnte ich seine Frau sehen, sie hatte die Augen angstvoll aufgerissen, ehe sie sich in der Menge versteckte. Dann erhaschte ich einen Blick auf sie, wie sie mit verrutschter Haube entfloh und sich in entgegengesetzter Richtung einen Weg durch das Gedränge erfocht.

»Das ist er! Das ist er! Reißt ihn in Stücke!« Das Menschengewimmel sah nach Aufruhr aus.

»Wir wollen sehen, wie er das macht. Der steht doch selber mit dem Teufel im Bund!« Eine rauhe Hand packte Lewis Small am pelzverbrämten Überrock, und entweder strauchelte er oder wurde gestoßen, jedenfalls befand er sich auf den glühenden Kohlen. Er fiel hin und schrie auf, als er sich die Hand verbrannt hatte, kam auf die Füße und versuchte verzweifelt zu entkommen. Seine goldenen Ketten klirrten und glitzerten. Seinen steifen Filzhut mit der Feder hatte er verloren, der schwelte jetzt auf den Kohlen, ehe er jäh aufflammte. Es war ein häßlicher Hut, ein scheußliches, dunkles Ding mit einem Edelstein und einer schmalen Krempe. Soviel Zeit, und immer noch kein Geschmack.

Die Menge um ihn wich und wankte jetzt nicht mehr, und jemand stieß ihn mit einem Knüppel zurück auf die Kohlen. Außer sich vor Schmerz kam er hoch, seine Augen blickten irre. Dieses Mal schwelte seine Kleidung und ging dann in Flammen auf. Es stank entsetzlich nach versengter Katze, und ich konnte sehen, wie er sich die verbrannten Hände hielt, und die Ringe glitzerten auf dem blasigen Fleisch. Als die Flammen ihm den Rücken hochkrochen, fing er gräßlich an zu kreischen und zu laufen. Die Menge wich vor ihm zurück, als sein Haar aufflammte und sich in eine Art infernalischen Heiligenschein verwandelte. Das Laufen fachte die Flammen an, und die Menge machte ihm viel Platz, als aus dem trockenen Stoff seines Gewandes Funken sprühten. Jetzt krallte er nach Gesicht und Kopf, als könnte er den Brand damit löschen, und das angesengte Fleisch und der Aschebart knisterten und platzten auf, daß ihm das Blut unter den Fingerstümpfen hervorquoll.

Die Menge sah mit einer Art faszinierter Ehrfurcht zu, wie die fast nicht mehr zu erkennende, doch immer noch kreischende menschliche Fackel in wahnsinnigen, exzentrischen Kreisen um die Kohlen rannte. Blindlings lief sie in einen Baum hinter der Richterbank hinein und fiel auf den Rücken. Irgendwie arbeiteten Arme und Beine immer noch, zuckten sinnlos wie bei einem sterbenden Insekt. Rings um ihn verstreut lagen verbrannte, schwärzliche Kleiderfetzen, und ich konnte ihn bis auf die weißen Knochen sehen. Stumm sah die Menge zu, wie die Flammen auf der angeschwärzten Masse erstarben, die sich immer noch auf der Erde wand und stöhnte, während fettiger Rauch von ihr aufstieg. Ich vermochte es nicht, die Augen abzuwenden. Ich konnte mich nicht einmal bewegen. Mein Gott, wie der Mann brannte! Ich dachte, gleich steigt er aus den Flammen empor wie ein Teufel und lächelt sein grausiges Lächeln. Nur das nicht, nur das nicht, dachte ich voller Entsetzen. Aber das Gesicht – das war nicht mehr da. Diese schwärzliche Kruste konnte nie wieder jenes gräßliche Lächeln lächeln. Das Gestöhn – klang das etwa wie mein Name? O nein, lieber Gott, o nein! Dann ging ein Zucken durch die Masse, und ich sah, wie eine vollkommen rissige und schwarze Hand, gleichsam eine verbrannte Klaue, in meine Richtung deutete, o wie entsetzlich! Tot, tot. Gern hätte ich mit einem Stock nach ihm gestochert, um sicherzugehen.

»Schnell weg, solange sie nicht hinsehen«, drängte Bruder Sebastians Stimme hinter mir, während er mir meinen Umhang hinwarf und mich hochzog. Er legte mir den Arm um den Rücken und trieb mich zum Laufen an. Mutter Hilde und die anderen warteten in diskreter Entfernung, sie hatten gepackt und waren reisefertig.

»Zieh deine Schuhe an, Kind. Aber halte dich nicht mit dem Rest auf. Wir haben deine Sachen, du kannst sie später anziehen. Sag mir, wie kommt es, daß deine Füße nicht verbrannt sind?« Mutter Hilde reichte mir meine Schuhe, welche ich ohne die Bruch anzog.

»Ich weiß es wirklich nicht. Mir tun die Füße nur von den Steinen weh, über die wir eben gelaufen sind.«

»Ei, Ihr werdet doch nicht etwa ein absolut gutes Wunder in Zweifel ziehen«, hob Bruder Sebastian an. »Und nun nichts wie weg. Wie ich immer sage …«

»Leichter Fuß und leichter Sinn!« fielen die anderen ein.

Als dann gut eine Meile zwischen uns und Sturbridge lag, hielten wir an, damit ich mich ganz anziehen konnte. Ich legte den Umhang ab, denn es war ein warmer Tag. Ich mußte meine Füße vorzeigen, die zwar zerschrammt und nicht eben sauber waren, doch gewißlich ohne Brandwunden, und das munterte alle gewaltig auf.

»Wir sind geblieben, weil wir sehen wollten, ob wir dich entführen könnten, Margaret«, sagte Mutter Hilde. »Aber wir haben gedacht, bestenfalls könnten wir dich aufladen und verstecken, bis deine Füße wieder heil wären. Und schlimmstenfalls – ach, daran wollen wir lieber nicht mehr denken.«

»Ihr seid meinetwegen geblieben? Nur meinetwegen? Danke, danke, ihr seid wahre Freunde.« Ich setzte mich hin und weinte, weil ich einfach nicht glauben konnte, daß sie so gut an mir gehandelt hatten. Sie wiederum fielen mir um den Hals und sagten, sie hätten viel eher erwartet, daß ich Bruder Sebastian zur Flucht verhelfen müßte und daß ich ihnen bei der nächsten Schwierigkeit alles vergelten könne.

»Und jetzt«, sagte Bruder Sebastian und schwenkte die Arme, »ein Lied, auf daß wir frohgemut und schnell dahinziehen.« Tom und der Kleine William stimmten an:

»Jungmann, sag ich, sei auf der hût
daz man dich niht einfangen tût
dem mane gêt es wol niht gût
sô eine hex zum wîbe hât.

Bruder Sebastian und die anderen fielen ein:

In einem netze huoc ich drin
daz ich wol ganz gefangen bin
in arger nôt der man mag sin
sô eine hex zum wîbe hât.«

Dann hoben sie mit einem Lied über den Frühling an, das mir besser gefiel. So gingen etliche Meilen fröhlich dahin, bis wir zum Abendessen im Ale-Ausschank eines am Wegesrand gelegenen Dorfes anhielten. Da es dort recht voll war, konnten wir von Glück sagen, daß wir alle zusammen einen Platz in der Ecke fanden. Es war ein Kommen und Gehen von Händlern und Reisenden aus Sturbridge, bei welchem die Geschäfte des Besitzers blühten. Es ließ sich nicht vermeiden, daß wir die hitzige Diskussion am Nachbartisch mit anhören mußten.

»Und Peter Taylor sagt, er hat gesehen, wie eine Engelsschar ihren Leib an den Armen leibhaftig über die Flammengrube gehoben hat!« – »Echt ein Wunder! Gott hat ein Zeichen gesetzt!«

»Ja, daß alle Jungfrauen errettet werden sollen.«

»Nein, ich glaube, es bedeutet, das Ende der Welt steht nahe bevor.«

»Wie viele Engel habt Ihr gesagt?«

»Mindestens zwanzig, alle mit goldenen Flügeln. Einer hatte eine metallene Trompete dabei.«

»Ja, die Trompete bedeutet das Ende der Welt, ganz entschieden.« Ich verkroch mich in der Ecke. Wenn mich nun jemand erkannte? Aber ich hätte mich nicht sorgen müssen.

»Eine Jungfrau, sagst du?«

»Ja, eine heilige Jungfrau, die zu Unrecht beschuldigt wurde. Gekleidet war sie in weiße, golddurchwirkte Gewänder mit goldenen Borten. Sie hatte langes, goldenes Haar, das ihr bis auf die Knöchel fiel. Die Engel haben sie geradewegs in den Himmel getragen, denn sie ist spurlos verschwunden.«

»Du liebe Zeit, das ist ja erstaunlich.«

»Das Beste daran war, was dem Ankläger zustieß. Teufel stiegen aus der Erde empor, ergriffen ihn und zogen ihn in die Flammengrube, welche sich öffnete und wieder um sie schloß. Sie ließen nichts als einen harten, schwarzen Stein zurück, denn den hatte er statt eines Herzens.«

»Mmpf«, wisperte Hilde mit vollem Mund. »Als ob ich es nicht immer geahnt hätte – das mit dem Herzen, meinte ich.« Bruder Sebastian sah erfreut aus.

»Alles in allem ein äußerst zufriedenstellendes, erstklassiges Wunder, Margaret, findest du nicht?« freute er sich diebisch und mit leiser Stimme.

»Schsch!« mahnte ich. Die anderen kicherten hinter der vorgehaltenen Hand. Wir bezahlten und schlüpften still hinaus, denn es war wohl das Klügste, diese Nacht im Freien und außer Reichweite der Lästerzungen zu verbringen, statt drinnen ein Obdach zu suchen.

Am nächsten Morgen beriet sich die Gesellschaft. Die Gaukler wollten die Reise fortsetzen, statt geradewegs nach London zu ziehen. Anscheinend hatte Tom Schwierigkeiten mit einem wichtigen Mann in der Londoner Sattlerzunft, wovon er leider zuvor niemandem erzählt hatte. Er mußte abwarten, bis sich die Aufregung gelegt hatte, ehe er in die Stadt zurückkehren konnte, und seiner Meinung nach hatte sich der Kerl noch nicht richtig abgekühlt. Ich blickte auf meine Zehen und sagte:

»Ich möchte für ein Weilchen einfach nicht mehr auf Märkte gehen. Ihr könnt euch wohl denken, wie mir zumute ist.«

»Margaret, du bist bald wieder die alte. Vielleicht solltest du nächstes Mal Hunde dressieren. Verkaufen kannst du jedenfalls nicht«, tröstete mich Master Robert.

»Still, still, ihr lieben Kinderlein«, hob Bruder Sebastian an. »Ich für meinen Teil fühlte mich magnetisch von diesem veritablen Nabel des Universums angezogen, ich meine, wenn man Jerusalem, Paris und Rom nicht mitrechnet – das heißt, von der mächtigen Metropole London. Dort habe ich mein Wintergeschäft, und dem kann es nicht schaden, wenn wir früh aufbrechen. Und so schlage ich vor, daß wir diese entzückende Reisegruppe auflösen und daß wir vier unseres Weges nach London ziehen, wo ihr zu einem späteren Zeitpunkt wieder zu uns stoßen mögt, wenn es euch beliebt.«

»Auflösen? Das ist wirklich zu arg. Wir haben mit Peter so gute Geschäfte gemacht – das heißt, mit dem Weissagen –, was für ein Jammer, schon so bald damit aufzuhören.«

»Ein großer Jammer, und uns wird eure treffliche Gesellschaft fehlen. Doch in London sind die Straßen mit Gold gepflastert. Es lockt, versteht ihr.«

»Aber wie sollen wir Euch finden?« fragte Parvus Willielmus.

»Fragt im Hause von Sebastian dem Apotheker in Walbrook nach dem Verbleib von Bruder Malachi – ihr seid stets willkommen.«

»Bruder Malachi, mein lieber Sebastian, wer ist denn das?« wollte Hilde wissen.

»Ei, ich natürlich. Das ist mein Londoner Name. Den Sebastian habe ich mir für die Wanderschaft ausgeborgt. Er hat mir zwar nicht die Erlaubnis erteilt, doch das hätte er gewißlich, wenn er davon gewußt hätte.«

»O lieber Sebastian – ich meine Malachi –, was seid Ihr doch für ein vielseitiger Mann«, murmelte Hilde zärtlich.

»Ich lebe das Leben eines Kosmopoliten, meine Liebe, und es wird mir eine Freude sein, selbiges mit dir zu teilen.«

»Ihr laßt mich doch nicht zurück?« fragte ich ängstlich.

»Aber, Margaret«, sagte er schlicht, »würden wir etwa Peter verlassen? Oder Moll? Du gehörst zum Haushalt, solange du möchtest.« Ich war furchtbar erleichtert. Ohne Freunde würde ich auf der Stelle Hungers sterben. Ich war einfach nicht kundig genug, um mich allein durchzuschlagen.

Und so schieden wir unter vielen Umarmungen und Tränen von unseren Reisegenossen und versprachen, uns eines Tages wieder zu treffen. Sie wandten das Gesicht gen Westen und wir gen London. Wir waren voller Hoffnung.

»Wie ist denn London, lieber Malachi? Ich hab' meiner Lebtage nicht in einer Stadt gewohnt«, sagte Mutter Hilde.

»Es erstreckt sich, so weit das Auge reicht«, sagte Bruder Malachi und breitete dabei die Arme aus. »Jede Annehmlichkeit, jede Bequemlichkeit, die man sich nur vorstellen kann, ist dort zu finden, und das mal sieben. Innerhalb der Stadtmauer gibt es beinahe zweihundert Kirchen und über dreißigtausend Seelen – das heißt, wenn die kürzliche Pestilenz ihre Zahl nicht betrüblich verringert hat. Ihr könnt euch das brausende Geläut der Glocken nicht vorstellen – nicht etwa nur eine einzige erbärmliche Kirchenglocke, nein, hundert über hundert, deren Klang wie Wellen über die Stadt hinwegrauscht! Ausländer reisen rastlos und unaufhörlich heran, um exotische Gewürze und Luxusartikel an ihre Tür zu bringen. Eine ständige Folge von Lustbarkeiten – Paraden, Spiele und Festlichkeiten der erlesensten Art – verzücken und entzücken ihre Bewohner. All das, liebe Hilde, lege ich dir zu Füßen.« Und er verneigte sich, als ob er ihr ein Geschenk zu Füßen legte. Sie lachte. Ich mochte es, wenn Hilde lachte. Sie hat alles Glück verdient, dessen sie habhaft werden kann, dachte ich.

Margaret warf Bruder Gregory von ihrem Platz auf den Kissen in der Fensternische einen schiefen Blick zu; ihre Hände lagen im Schoß, ihre Flickarbeit ruhte. Sie wollte nämlich Bruder Gregorys wachsende Verärgerung mitbekommen und genießen, während er zu Ende schrieb. Es gibt doch nichts Schöneres, als heimlich jemanden zu reizen, der zu jener Art von Wichtigtuerei neigt, wie sie Bruder Gregory in Sachen Religion an den Tag legte. Mittlerweile kannte Margaret ihr Opfer gut. Gerade lief sein Nacken rot an. Er drehte sich jäh um, stand auf und knurrte mit gereizter Stimme auf sie herab:

»Ich nehme an, Madame, Ihr versucht, mir weiszumachen, daß Ihr und die ›Heilige von Sturbridge‹ ein und dasselbe Geschöpf seid.«

»Ich erzähle Euch nur, was ich gesehen und gehört habe. Ich finde, man sollte sich um Genauigkeit bemühen«, erwiderte sie honigsüß.

Bruder Gregory kochte, während er mit den Händen auf dem Rücken im Zimmer auf und ab lief.

»Ihr seid ein Schandfleck durch und durch. Vermutlich seid Ihr prozentual am Reliquienhandel beteiligt.«

»Oh, keineswegs, das seid versichert. Natürlich habe ich Bruder Malachi später dabei ertappt, wie er Asche aus dem Kamin in Religiengefäße abfüllte. Er sagte, die Idee sei ihm gekommen, als er einmal sah, wie man erloschene Kohle zusammenkehrte, um sie als Heilmittel gegen Gehirnlähmung zu verkaufen. Ein Weilchen lief das sehr gut. Das war, bevor er dazu überging, Zähne feilzubieten.«

»Schweigt still, ich will nichts mehr hören!« Bruder Gregory preßte den Mund zu einer dünnen Linie zusammen.

›Ein Tag, wie er im Buche steht‹, dachte Margaret. ›Ich habe einen großen Teil der Geschichte fertig und obendrein noch Bruder Gregory geärgert. Nun muß ich wohl wieder an meine Arbeit gehen.‹ Heute machten sie Seife, das war an sich kein schwieriges Unterfangen, aber doch überwachte Margaret es gern selbst, denn nur so ging sie sicher, daß die Seife nicht zu scharf wurde. Seife, die dem Benutzer die Haut vom Leibe ätzt, hat etwas sehr Häßliches an sich. Später sollte dann der Schneider kommen, um für ein neues Kleid nebst Überkleid Maß zu nehmen, die Kendall für sie bestellt hatte. Er hatte beschlossen, Margaret und die Mädchen müßten für die Weihnachtszeit neu herausgeputzt werden.

»Ich habe da ein Stück dunkelgrünen Samt, der deine Augen zum Leuchten bringt, mein Schatz«, hatte er gesagt und ihr dabei den Arm um die Schulter gelegt. Margaret machte sich zwar nie viel Gedanken über Kleider und konnte es nicht leiden, wenn sie für den Schneider stillstehen mußte, doch wie durfte sie dem Mann, der sie so sehr schätzte, ein so gut gemeintes Angebot abschlagen? Kendall kleidete auch noch seinen ganzen Haushalt neu ein, und Margaret fiel es zu, das Ganze in die Wege zu leiten. Und dann natürlich das Abendessen wie üblich. Das in einem großen Haushalt aufzutragen ist eine Arbeit für einen Feldmarschall. Widerstrebend schob Margaret den Gedanken an ihr Buch beiseite, noch bevor Bruder Gregory ganz gegangen war, und als er Lebewohl sagte, blickte sie ihn ein wenig geistesabwesend an, ehe ihr einfiel, daß sie ihm auf das, was er anscheinend gesagt hatte, noch eine Antwort schuldete.

»... Ich sagte gerade, daß ich zwei Wochen lang geschäftlich außerhalb von London zu tun habe«, wiederholte er übertrieben geduldig.

»Oh! Nun ja, ist in Ordnung. In der Zwischenzeit kann ich ja üben«, sagte sie, so als hätte sie immer noch nicht ganz begriffen, was er da sagte. Dann ging ihr jäh auf, was los war, und sie fragte, jetzt aber mit einem Unterton von Besorgnis:

»Ihr wollt fort? O du liebe Zeit, hoffentlich nicht lange?«

»Zwei Wochen, wie ich schon sagte.«

»Ihr kommt aber wieder und helft mir mit dem Buch,

ja?« Ich bin zu weit gegangen, und jetzt habe ich ihn wirklich erzürnt. Wie komme ich nur zurecht, wenn er wirklich nicht wiederkommen will? Der Gedanke ging ihr durch und durch.

»Ja, natürlich. Meine auswärtigen Geschäfte dürften nicht zu langwierig sein. Es sind lediglich familiäre Dinge. Dazu benötige ich zwei Wochen.«

»O ja, zwei Wochen. Das ist nicht lange.« Sie hörte sich erleichtert an.

»Genau«, sagte Bruder Gregory, wobei er das Wort trocken und präzise aussprach. Man kann sich im Umgang mit Personen von angeborener Begriffsstutzigkeit doch nicht genug vorsehen.

Kapitel VII

Während seiner zweiwöchigen Abwesenheit hatte Bruder Gregory versucht, das Beste aus dem unangenehmen Aufenthalt zu Hause zu machen, indem er sich mit allerlei ablenkenden Gedanken vergnügte. Er hatte seiner *Neugier* die Zügel schießen lassen und war der Erinnerung nachgegangen, die ihn wie ein Blitz beim Anblick von ein paar seltsamen, goldfarbenen Augen getroffen hatte. Jetzt brodelte es nur so in ihm, denn mit seiner neuen Erkenntnis konnte er Margaret zwingen zuzugeben, daß sie bei ihrem Streit mit ihm gänzlich Unrecht gehabt hatte. Ein Jammer, dachte er, während er zum Fluß hinuntertrabte, daß der daheim tobende Kampf nicht auch so reibungslos beizulegen ist. Alles wartete zweifellos darauf, daß er Gott endlich sah, was nun wirklich nicht mehr lange auf sich warten lassen dürfte, da es seinem Vater doch immer wieder gelang, seine *Demut* auf die eine oder andere Weise ganz unermeßlich zu fördern.

Erst als Bruder Gregory um die Ecke bog und das Haus in der Thames Street erblickte, ging ihm auf, wie sehr es ihm gefehlt hatte. Da ragte es vor ihm auf wie der leuchtend bemalte Aufbau einer Galeone. Direkt vor seinen Füßen suhlte sich eine große Sau im Schmutz der Gosse und schloß verzückt die Augen, während ihr die Ferkel an den Zitzen hingen. Ein aufsässiges Ferkelchen nahm nicht am Familienmahl teil, sondern schnüffelte fröhlich in einem großen Haufen Stallmist herum, der fast die ganze Straße versperrte.

›Und noch nicht einmal zusammengerecht!‹ dachte Bruder Gregory gereizt. ›Da kommt man ja kaum noch durch! Dergleichen hat es früher nicht gegeben. Es gibt heutzutage eben keine Ordnung mehr? Frei herumlaufende Schweine! Abfall! Wo bekommt man jetzt wohl noch einen ehrlichen Arbeiter her! Habsucht! Seit der Pest stimmt aber auch gar nichts mehr. Habsüchtige Arbeiter, entlaufene Leibeigene, verrückte Frauen, die unbedingt Bücher schreiben müssen! Das ist das Ende!‹ Was Bruder Gregory so tief bekümmerte, daß er, als er nach einem Weg um Schweine und Misthaufen herum suchte, den Ruf »Vorsicht, Unrat!«, der von oben her kam, nicht vernahm. Im Fenster des gegenüberliegenden, vorkragenden ersten Stockwerks war der kräftige Arm einer Magd zu sehen. Ein Schwupp – und eine warme Flüssigkeit ergoß sich über Bruder Gregory und durchnäßte sein Gewand an einer Seite. Gregory schüttelte sich, sprang zu spät zur Seite und stieß sich dabei den Zeh in der Sandale an einem unebenen Pflasterstein. Er war so entgeistert, daß er nicht einmal mehr Zeit hatte, sich Gedanken über die Anarchie zu machen, welche es jedem Hausbesitzer gestattete, den kleinen Zugang zu seinem Haus in jedem beliebigen Material und in jeder beliebigen Höhe zu pflastern.

»Beim Leibe Christi, du blödes Weib ...!« Und er drohte mit der geballten Faust zu den geschlossenen Fensterläden hoch.

»Ei, Bruder Gregory, ich hatte gemeint, Ihr würdet unheiliges Fluchen mißbilligen?« Roger Kendall hatte sich seiner Haustür aus der entgegengesetzten Richtung genähert und mitbekommen, was Bruder Gregory zwei Häuser weiter zugestoßen war. Zu seiner Seite gingen der Schreiber, der ihm bei der Buchführung half, und ein kichernder Lehrjunge.

»Aber ja doch, ja doch«, erwiderte Bruder Gregory reumütig. »Das war nur eine Schwäche des Fleisches; dafür werde ich Buße tun müssen.«

»Was sehe ich, Euer Ärmel und Euer Saum sind ja ganz feucht. Kommt herein, das bringen wir wieder in Ordnung.« Master Kendalls Stimme klang empörend fröhlich.

»Ich gehe lieber nach Haus; ich muß mich waschen«, knurrte Bruder Gregory. Düsteren Blickes musterte er seinen Ärmel. »Der Tag hat gut angefangen, doch wer weiß, was Fortuna noch alles für uns auf Lager hat, ehe er zu Ende ist.«

»Wenn Fortunas Rad Euch nicht weiter hinunterzieht, dann darf man Euch wahrlich gratulieren. Doch Ihr verlaßt mir nicht das Haus, ehe Ihr nicht genauso ordentlich seid wie bei Eurer Ankunft.«

»Aber ich bin doch noch nicht in Eurem Haus«, protestierte Bruder Gregory.

»Jetzt aber, lieber Freund.« Die Tür wurde von innen aufgemacht, und ehe er wußte, wie ihm geschah, war Bruder Gregory schon drinnen. Roger Kendall händigte seinem Schreiber den Papierstapel aus und rief zur gleichen Zeit nach einem Diener.

»Sagt meiner Frau, daß Bruder Gregory auf der Straße ein Unglück zugestoßen ist, sie soll Bess schikken, daß sie ihm ein Bad bereitet.«

»Zuviel der Mühe, ich gehe jetzt lieber«, lamentierte Bruder Gregory.

»Ganz im Gegenteil; es macht überhaupt keine Mühe. Hier noch viel weniger als anderswo in London. Wir haben einen prächtigen Zuber, nur zum Baden gedacht, mit einem kleinen Zelt darüber, so daß Ihr Euch nicht verkühlt. Er steht beinahe immer bereit. Meine Margaret ist die badesüchtigste Frau, die Ihr Euch vorstellen könnt. Ich sage ihr, daß sie sich bald die Haut abgebadet hat und was dann – doch sie hört einfach nicht auf. Baden, baden – einmal, zweimal die Woche! Was Geschmeide angeht, so kennt sie keine Eitelkeit, wie Euch sicher aufgefallen ist, doch diese Baderei ist ebenso schlimm. Rosenwasser, Mandelöl, ihre Wünsche wollen kein Ende nehmen. Und Wäsche! Führwahr, mit diesem ewigen Wäschewechseln halten wir eine ganze Wäscherei in Brot. ›Nimm's doch ein wenig leichter, Schatz, ein bißchen anständiger Dreck ist gesund‹, sage ich zu ihr. ›Gesund für Bohnen und Blumen, aber nicht für Menschen‹, sagt sie. Vielleicht hat sie ja nicht so unrecht. Seit sie im Haus ist, sind alle weniger krank gewesen. Kann aber auch von ihrem Beten kommen. Sie hat da so einen merkwürdigen Trick – habt Ihr das schon bemerkt? Ihr Gesicht wird dabei ganz licht.«

»Nein, habe ich nicht. Aber diese Baderei – keine Duftwässerchen bitte! Ich tue mich schon schwer genug mit den Eitelkeiten dieser Welt.«

»Nur keine Bange. Außerdem behalte ich Euch aus selbstsüchtigen Motiven da. Ich möchte Euch um einen Gefallen bitten. Doch nicht, ehe Ihr nicht wieder hergestellt seid.«

Er schlug Bruder Gregory auf den Rücken. Der zuckte zusammen. Vertrauliche Gesten mochte er nicht. Außerdem war sein Rücken wund. Er hatte sich gegeißelt, hatte sich bemüht, Gott zu sehen, und war noch nicht wieder ganz hergestellt. Es dünkte Bruder Gregory wie ein Augenblick, und schon wurde er in ein Hinterzimmer des Hauses geführt, in dem der hohe, hölzerne, eisenbeschlagene Zuber bereits aufgestellt war. Zwei reinlich gekleidete Mägde mit weißen Kopftüchern waren emsig dabei, Messingkrüge mit heißem Wasser hereinzutragen und ihn zu füllen. Wenn er fertig gebadet hatte, würden sie jeden Tropfen Wasser wieder hinaustragen müssen.

»Alles Verschwendung und Eitelkeit«, murmelte Bruder Gregory und musterte das Bild, das sich ihm bot. Dampf stieg auf und fing sich in dem hübschen, bunten Leinenzelt über dem Zuber, das man zum Wassereinfüllen ein Stückchen beiseitegeschoben hatte. Automatisch griff die Magd nach der kleinen Flasche mit Rosenwasser, mit der sie das Badewasser wohlriechend machen wollte.

»Keine albernen Damengerüche!« brüllte Bruder Gregory, und sie blickte erschreckt über seine schlechte Laune hoch und entfloh. Kendall hatte ihm einen Diener geschickt, der ihm ins Bad helfen und seine Kleider mitnehmen sollte, denn er hatte so ein Gefühl, daß sich Bruder Gregory Frauen lieber vom Leibe hielt. Der Mann legte eine Fußmatte auf den binsenbedeckten Fußboden, daß Gregory die nackten Füße darauf stellen konnte. Wegen der Wasserflecke lag in diesem Raum im Gegensatz zu den meisten anderen, die Kendall und seine Familie bewohnten, kein Teppich. Er erinnerte Bruder Gregory irgendwie ein wenig an früher, als er und sein Bruder daheim jeden Morgen neben dem Bett ihres Vaters stehen mußten, während der Kammerdiener niederkniete und ihm die Fußmatte hinlegte, ehe er dem alten Mann beim Ankleiden half. Nur daß jenes Haus hart und kalt gewesen, während dieses warm und behaglich war.

»Das haben wir schnell in Ordnung gebracht«, sagte der rostfarben gekleidete Diener und nahm Bruder Gregorys stinkende Kleider mit. Mit einem Aufstöhnen ließ Bruder Gregory seinen geschundenen Körper in den Zuber gleiten. Er kam sich zutiefst erniedrigt vor. Wäre es denn so schmachvoll gewesen, wenn er ungebadet nach Hause gegangen wäre?

Er zog die Alternative ernstlich in Betracht. Beides mußte Spott herausfordern, und wenn Bruder Gregory eines haßte, dann Spott. Außerdem bot sein schmalbrüstiges Zimmerchen im obersten Stockwerk eines schäbigen Mietshauses keine dieser vortrefflichen Einrichtungen zur Säuberung. Bequem war es hier einmalig – doch andererseits wäre er im eigenen Zimmer mit seiner Schmach allein gewesen, statt daß er sie im Haus von Fremden zur Schau stellte. Taktvolle Fremde zwar, doch schicklich war es nicht.

Ganz in Gedanken streckte er die Hand aus dem Zelt und tastete nach dem Krüglein mit Rosenwasser. Ob das wirklich so gut duftete? Er zog den Stöpsel heraus und schnupperte. Wirklich gut! Es roch wie Margaret. Dann machte er es wieder zu und stellte es eiligst weg.

Er wollte tiefer ins Wasser rutschen, zuckte aber zusammen, als es seinen Rücken berührte. Ein dunkler Belag breitete sich auf der Wasseroberfläche aus. Bruder Gregory rubbelte an seinen hochgezogenen Knien. Kleine, schwarze Schmutzröllchen ließen sich von der Haut ablösen. Müßig benetzte er auch eine schmutzige Schulter. Ob Gott Waschen wohl für ein Zeichen von Eitelkeit hielt? Na ja, vielleicht nur mit heißem Wasser und in einem Zuber mit einem farbenprächtigen Zelt darüber. Gar nicht so übel, die Sauberkeit. Also, kaltes Wasser, dagegen hatte Gott gewiß nichts einzuwenden … Sollte er nachgeben und sich überall waschen? Mit einem lustvollen Seufzer goß sich Bruder Gregory heißes Wasser über den Kopf und rubbelte heftig. Die Tonsur am Hinterkopf war am Verschwinden, und seine dunklen Locken waren mangels Nachschnitt wieder Wildwuchs. Theoretisch war Bruder Gregory sauber rasiert, doch selbst jetzt, da er etwas Geld hatte, wäre es ihm nie in den Sinn gekommen, sich wie ein Geck einmal die Woche barbieren zu lassen, und so legte er denn ›sauber rasiert‹ weniger streng aus als die meisten Männer. Jetzt goß er sich mehr Wasser über den Kopf, um das Haar auszuspülen. Kleine graue Pünktchen, die ein achtsames Auge als Ungeziefer ausgemacht hätte, gesellten sich zu dem Belag, der bereits auf dem Wasser schwamm.

Mit Mühe unterdrückte Bruder Gregory den Impuls, ein liebliches *Stabat Mater* zu summen, das er just gehört hatte, mußte aber feststellen, daß in dem warmen Wasser an Stelle der Schmerzensjungfrau die Göttin der Erinnerung von ihm Besitz ergriff. Er begriff immer noch nicht ganz, warum der Abt ihn in die Welt zurückgeschickt hatte, wo es für ihn doch so klar war, daß er einen Geist besaß, der sich vollendet zur Kunst der Göttlichen Kontemplation eignete. Um genau zu sein, diese erstaunliche Selbstoffenbarung war ihm schon vor einiger Zeit gekommen, nämlich auf der Überfahrt von Calais, als er über die Reling den grenzenlosen Ozean angestarrt und auf dem Flammentod seiner literarischen Laufbahn herumgebrütet hatte. Eine Stelle aus der *Mystica Theologica* von Dionysius war ihm ungerufen in den Sinn gekommen:

›Der Mensch vermag zu dieser verborgenen Gottheit zu gelangen, dadurch daß er alles ablegt, was nicht Gottes ist.‹

Also, da hatte Dionysius ganz klargestellt, daß jemand, der von irdischem Wissen lebt, außerstande ist, die Göttliche Lehre zu erkennen, und insbesondere außerstande, die Göttliche Gegenwart schlechthin zu erfahren. Und da ging Gilbert dem Gelehrten jählings auf, daß die Buchverbrenner ihn geistig freigesetzt hatten, auf daß er Gott erkennen möge, und somit dafür gesorgt hatten, daß sie selbst sich an irdisches Wissen in Form anstößiger und gänzlich unrichtiger theologischer Argumentationen ketteten, und so nie dorthin gelangen würden. Und dieser Gedanke gefiel ihm und tröstete ihn so sehr, daß er flugs als Postulant in eines der strengsten Klöster Englands eingetreten war, denn er trug ein ungestümes Verlangen danach, seine Identität im Einssein mit der Gottheit zu verlieren.

Und da war es nur natürlich, daß ein Mensch wie er in der göttlichen Friedlichkeit des Klosters einen Grad gedanklicher Erhabenheit erreichte, um den ihn manch gewöhnlicher Mensch nur beneiden konnte. Doch als er sich dann ganz und gar darauf zugerüstet hatte, die endgültigen Gelübde abzulegen, welche ihn zu lebenslanger Kontemplation verpflichteten, da hatte ihn der Abt, der offenbar nicht imstande war zu erkennen, daß er an einem sehr heiklen Punkt seiner geistlichen Entwicklung angelangt war und mehr Rücksichtnahme fordern konnte als andere, also, der hatte ihn zu sich gerufen.

Bruder Gregory entsann sich noch recht lebhaft des langen, unangenehmen Wartens, wie er da auf dem Steinfußboden gekniet hatte, ehe Godric der Schweiger das Wort an ihn richtete.

»Du hast dir deinen *Stolz* bewahrt und noch genährt«, sagte der alte Mann, und seine wimpernlosen Lider zuckten langsam über den blassen Augen. Stolz? dachte Bruder Gregory. Ei, der Mann muß ja unglaublich seicht sein, wenn er nicht mittlerweile seine außergewöhnliche Befähigung erkannt hatte. Während der alte Mann Bruder Gregory schweigend musterte, ließ dieser sich die Sache durch den Kopf gehen. Der Mann mußte sich einfach täuschen, wie so viele mit einem stark übertriebenen Ruf. Wer konnte wohl, wie Bruder Gregory, die meisten Stunden knien, ohne ohnmächtig zu werden, die meisten Tage fasten, ohne zu murren, und in gelehrten Disputationen die meisten Großen Meister zitieren? Außerdem war er gerade kurz davor gewesen, Gott zu sehen, als ihn der Abt zu sich rufen ließ. Wahrscheinlich hatte das auch damit zu tun. Dann hatte der Abt etwas gesagt, was zeigte, daß er wirklich überhaupt nichts verstand. Was war es noch gewesen? O ja.

›Geh, bis du herausgefunden hast, ob du die Welt

fliehst oder Gott suchst. Du darfst zurückkommen und es mir sagen, wenn du den Unterschied kennst.‹

Da ist wahrscheinlich Eifersucht im Spiel, dachte Bruder Gregory. Das war's. Eifersucht und Politik, denen man einfach nirgendwo entging. Offenbar hatten ihn die Beschwerden anderer Brüder beeinflußt. Das kommt davon, wenn man Nichtadlige mit Männern von hoher Abkunft zusammensteckt – selbst wenn sie nur jüngere Söhne sind –, und ihnen weismacht, daß vor Gott alle gleich sind. Dann nimmt die Eifersucht überhand. Ein Jammer, daß er zu aufrichtig gewesen war und nicht von Anfang an mit Eifersucht gerechnet hatte. Es geziemte sich ganz und gar nicht, daß die endgültige Aufnahme in den Orden von einem Votum der Mitglieder abhing. Schließlich stimmt Gott doch auch nicht über Erlösung ab, oder?

Bruder Gregory hatte Streit anfangen wollen. Er konnte tausend machtvolle Gründe aus der Heiligen Schrift anführen, warum sein eigener Weg zum Heil der beste war. Doch das ist eben die Schwierigkeit mit jemand, der als ›Schweiger‹ bekannt ist. Mit solch einem Menschen kann man sich einfach nicht streiten.

Für einen geistlichen Jämmerling wäre das ein furchtbar harter Schlag gewesen, aber Bruder Gregory hielt sich nicht für einen geistlichen Jämmerling. Er war jedoch schon so lange dort, da sie sein früheres Gewand dem Armenhaus an der Klosterpforte gestiftet hatten. Und so sah sich Bruder Gregory an jenem dunklen Januarmorgen denn gezwungen – nachdem er die weiße Robe und das schwarze Skapulier des Ordens abgelegt hatte –, sich auf den langen Weg gen Süden und auf London zu in dem schäbigen, unscheinbaren, grauen Gewand und dem schmierigen Schafsfell zu machen, das irgendein Laienbruder abgelegt hatte. Aber es hatte so schon seine Richtigkeit und paßte gänzlich zu seiner düsteren Stimmung.

Und so kam es, daß Bruder Gregory mitten im tiefsten Winter in die Welt der fahrenden Scholaren ausgestoßen wurde, welche Briefe kopieren, auf Beerdigungen beten und für Kleingeld Psalme singen. Doch mitten in dieser Glaubensprüfung war Bruder Gregory von zwei Dingen felsenfest überzeugt; daß er eine Berufung zur Kontemplation hatte und daß er nie, nie wieder nach Hause zurückkehren würde.

»Wenn ich zurückkehre und dem Abt erzähle, daß ich Gott gesehen habe, dann muß er zugeben, daß er sich getäuscht hat«, knurrte Bruder Gregory und goß sich müßig Wasser über den Bauch.

»Heda, Bruder Gregory, Ihr seid aber lange dort drinnen, da will ich lieber hereinkommen und hier mit Euch reden. Ich bitte um Vergebung, aber ich muß in einer Stunde am anderen Ende der Stadt sein, und ich kann nicht fort, ehe ich Euch nicht meine Bitte vorgetragen habe.« Kendalls unbekümmerte Stimme durchdrang den dampfigen Nebel im Zelt und riß Bruder Gregory unsanft aus seinen Träumereien.

›So geht es in diesem Haus‹, dachte Bruder Gregory. ›Erst ziehen sie einen nackt aus und bitten einen dann um einen Gefallen, wenn man nicht fortlaufen kann. Na gut.‹ Und er steckte den Kopf aus dem Zelt.

»Wie geht es mit dem Leseunterricht, Bruder Gregory?«

»Dem was?«

»Dem Leseunterricht. Kann Margaret schon lesen?«

»Einfache Sachen ja. Sie macht gute Fortschritte. Für eine Frau ist sie nämlich sehr klug. Aber ihre Rechtschreibung ist furchtbar. Einfach barbarisch.«

»Wie gut wird sie, Eurer Meinung nach, zu Weihnachten lesen können?«

»Wenn sie so weitermacht, recht gut. Wieso fragt Ihr?«

»Ich denke da an ein Geschenk für sie, aber ich wollte mich erst mit Euch beraten.«

»Ein Geschenk? Was für ein Geschenk denn?«

»Ein Buch. Mir ist da eine Idee zu einer Art Psalter gekommen. Ihr seid genau der Mann, der mir helfen kann. Ich möchte eine Zeile in Latein haben, die nächste in unserer Muttersprache, und immer so fort. Auf diese Weise kann sie es selbst lesen und sich beim Lesen auch noch das Latein ansehen.«

»Das ist eine gefährliche Idee, mein Freund. Es ziemt sich nicht, Psalter in der Muttersprache zu besitzen. Sie verlieren ihren heiligen Charakter.«

»Ich habe dazumal allerhand gefährliche Ideen gehabt. Aber wir wollen uns nicht streiten, bevor Ihr nicht das Bad verlassen habt. Ehe ich gehe, sagt mir nur eins: kennt Ihr einen guten Kopisten und vielleicht einen Übersetzer mit einer poetischen Ader, die das für mich anfertigen könnten? Einen Illuminator brauche ich nicht – verzierte Initialen reichen mir wirklich. Nur muß es rechtzeitig gebunden sein.«

»Ich kenne Leute, die sich für diese Arbeit eignen, ja.«

»Wenn Ihr die ganze Sache in die Hand nehmen wollt, so daß alles rechtzeitig fertig ist, erhaltet Ihr eine gute Vermittlungsgebühr.«

»Ich suche die mir bekannten Leute auf, komme morgen wieder und gebe Euch Nachricht. Aber ich bin überzeugt, daß es möglich ist, auch so kurzfristig noch.«

»Gut, gut – dann bis morgen.« Und schon hörte man, wie Master Kendalls Schritte sich entfernten. Gregory zog den Kopf ein wie eine Schildkröte. Das Wasser war kalt. Außerdem hörte er, wie sich vor dem Zelt etwas rührte.

»Mistress hat mich mit diesen Kleidern geschickt, Ihr könnt sie tragen, bis Eure getrocknet sind. Die liegen hier gleich neben dem Feuer, doch es dauert wohl noch ein Weilchen, bis sie trocken sind. Neben dem Zuber liegt ein Handtuch. Ich gehe jetzt.«

Barmherziger Heiland, was kam noch alles? Wohl so ein Narrengewand in abwegigen Farben als krönender Abschluß einer Abfolge von Demütigungen. Bruder Gregory kam aus dem Bade hoch und besah sich die Kleidung, während er sich abtrocknete. Alles in Ordnung. Margaret hatte doch ein feines Gespür für seine Bedürfnisse und hatte ihm ein prosaisches, schwarzes Gewand mit Bruch bringen lassen, was Master Kendall auf der Beerdigung seiner Mutter getragen hatte. Alles war ein wenig zu weit und zu kurz für seine lange, schlaksige Gestalt, doch wenn man es hier und da etwas zusammenhielt, paßte es recht gut. Als er die Kleider anlegte, sah er sich erneut ihre gnadenlose Schwärze an und überlegte, ob Margaret sich wohl auf subtile Weise über ihn lustig machen wollte. Dann ging er nach unten, wo ihn Margaret mit einem fröhlichen »Wieder trocken, Bruder Gregory?« begrüßte, so als ob sie das lächerliche schwarze Gewand nicht einmal sah. Er warf ihr einen durchdringenden Blick zu. Sie wollte vor Dünkel ja schier platzen und verdiente einen Rüffel.

Nach dem Abendläuten, wenn die Straßen Londons dunkel sind und jeder anständige Bürger seine Lichter gelöscht hat und zu Bett gegangen ist, wurden Hilde, Bruder Malachi und ich von dem erbärmlichen Gezeter zweier betrunkener Sattler geweckt, welche die matschige Gasse vor unserem Haus entlangtorkelten.

»Brü-hü-der auf e-hi-wig in Christi allzuma-ha-hal«, sangen, besser, versuchten sie, die Bruderhymne ihrer Zunft zu singen. Das Gegröle schwoll auf und ab wie Wolfsgeheul. Gegenüber in der Gasse klappte geräuschvoll ein Fensterladen auf.

»Ruhe da!« donnerte eine Männerstimme. Von nebenan kam eine andere Stimme:

»He, alter Tom! Ich habe von rolligen Katzen schon besseren Gesang gehört!« Etwas sauste durch die Luft und zerplatzte. Jemand hatte mit einem faulen Ei geworfen, das aber auf dem unebenen Pflaster keinen Schaden anrichtete. Eine empfindsame Nase konnte den leichten Schwefelgeruch jedoch riechen. Auf einmal taumelten die Trunkenbolde und hielten an, wobei sie sich gegenseitig stützten.

»Das isses«, verkündete einer und donnerte an unsere Tür. Wir lagen alle da und wünschten uns nichts sehnlicher, als daß sie weggehen würden, doch da wurde die Nachbarstür aufgerissen.

»Watt, auf der Stelle kommst du rein! Soll dich etwa wieder der Nachtwächter einsperren?«

»Ach, da bist du ja, Kate, was machst du denn nebenan?«

»Ich bin nicht nebenan; das hier ist dein Haus, und du hämmerst wie ein Idiot an der Tür dieser neuen Leute rum.«

»Ich bin kein Idiot, das hier ist das richtige Haus, und du bist nebenan – was, zum Teufel, tust du eigentlich nebenan?« fragte er in immer mißtrauischerem Ton.

»Du bist ja betrunken. Und kommst spät. Was hast du denn nach dem Zunftfest getan? Mach den Mund auf und gib Antwort!«

»Aber Schätzchen«, sagte er in übertrieben versöhnlichem Ton, »ich bin im Haus von einem unserer Brüder eingekehrt – in Geschäften.«

»In Saufgeschäften, meinst du wohl! Und wen hast du da bei dir?«

»Noch'n Bruder. Seine Frau will ihn nicht reinlassen, sagt er, und so sagte ich, meine Kate ist eine gastfreundliche Frau. Bleib die Nacht bei uns. Aber du hast uns ausgeschlossen, und jetzt willst du, daß wir nebenan bleiben ...«

Man hörte Schritte, als die Frau herauskam, ihn sich beim Ohr schnappte und ihn von unserer Tür fortzog.

»Aua! Mein Ohr!« hörten wir ihn schreien.

»Du bist ein Ekel! Auf der Stelle kommst du rein und gehst weg da von der Tür dieser Frau. Eine Dirne ist sie, ich weiß Bescheid!«

»Mir kommt sie ganz nett vor.«

»Sie ist so, wie sie sein sollte. Wehmutter, ha. Viel zu jung dafür. Die könnte keiner Katze auf die Welt helfen. Fürwahr, die Gegend hier kommt langsam runter ...« Die Tür schlug zu, und wir hörten nichts mehr.

Das war mein Problem. Die Straßen Londons mochten wohl mit Gold gepflastert sein, doch man braucht auch das richtige Gerät, um es herauszuholen. Ich konnte keine Kundschaft bekommen. Man tut sich schwer mit einem Gewerbe, wenn einen anfangs niemand kennt, viel schwerer als auf dem Dorf. Bei unserer Ankunft hatten wir zunächst in Cheapside gewohnt, alle zusammen in einem Zimmer, das man hinten von einer Garküche abgeteilt hatte. Es kostete nicht soviel wie ein Gasthaus, da Garküchenbesitzer keine Gäste zur Nacht aufnehmen dürfen, denn das gehörte zum Geschäft der Gasthausbesitzerzunft. Aber Bruder Malachi war irgendwie ein Meister in der Kunst des Sparens, so wie er da in zwielichtiger Umgebung lebte; und dort blieben wir auch, bis er für sich und seine so ›tragisch und frisch verwitweten Basen, welche er aus Gnade und Barmherzigkeit unterstützte‹, ein Haus zur Miete gefunden hatte. Eines Tages kehrte er händereibend zurück.

»Also, meine Lieben, habe ich nicht immer gesagt, daß die Kehrseite der Katastrophe die Gunst der Stunde ist? Auf solch eine prächtige Bleibe hätten wir vor der Pestilenz niemals hoffen dürfen, doch die hat

Platz geschaffen! Wir hätten auf ewig in einem gemieteten Zimmer leben müssen, doch nun haben wir dank meiner Findigkeit ein märchenhaftes, großes Haus gefunden, das wie geschaffen für unsere Zwecke ist. Macht euch auf einen veritablen Palast mit einem leichten Anflug von betagter Würde gefaßt!«

Wir holten Moll aus dem Mietstall und schlängelten uns zusammen durch die engen Straßen von Cornhill, wo Bruder Malachi dann, kaum daß wir um eine Ecke gebogen waren, nach links deutete und verkündete, wir wären angekommen. In der Straße wurden Waren zum Verkauf angeboten, zumeist Krimskrams: ein paar Kappen und Handschuhe, Tassen, Löffel, ein Kochtopf, etliche Messer unterschiedlicher Größe.

»Wo ist denn die Straße?« fragte ich. »Ich kann keine sehen.«

»Geradewegs dort hinein«, bedeutete er mir, »abgeschieden, doch zentral gelegen.«

Und er hatte recht! Zwischen den Häusern, die auf die Straße mit den Händlern gingen, gab es eine enge Einmündung, hinter der man eine lange, verwinkelte Gasse erkennen konnte. Sie verdiente kaum den Namen Gasse, sondern war eher eine gewundene Gosse, an die zehn Ellen breit und bestens geeignet, der Hauptstraße als Rinnstein zu dienen. Sie schien im Schatten zu liegen, denn selbst bei hellichtem Tag fand die Sonne nicht den Weg zwischen die dicht aneinandergebauten Häuser. Als wir die Gasse betraten, wollte mir das Herz sinken.

»Wie nennt sich das hier?« fragte ich.

»Einst war es wohl als St. Katherine's Street bekannt, hat sich jedoch in letzter Zeit den Namen ›Diebesgasse‹ erworben. Was da draußen verkauft wird – das sind zumeist gestohlene Waren, leider. Doch das Haus ist ein Fund. Da ist es.« Bruder Malachi wirkte sehr zufrieden mit sich.

Ein Blick auf das Haus, und das Herz sank mir bis in die Schuhe. Ich blickte Hilde an, Hilde blickte mich an. Sie machte ein langes Gesicht. Ich dachte: ›Ich will nicht weinen, Hilde zuliebe.‹ Doch in meinen Augen stach und kitzelte es. Das war wohl die scheußlichste, häßlichste Bleibe, die man sich überhaupt vorstellen konnte. Groß war sie, das stimmte. Bei den anderen Häusern handelte es sich um schäbige ein- und zweistöckige Mietshäuser, und das entgegengesetzte Ende der Sackgasse wurde durch ein paar heruntergekommene, ebenerdige Hütten abgeschlossen.

Das Haus da war ein schmalbrüstiges, einstöckiges Schreckensding, das sich wie ein alter Säufer zwischen zwei gleichermaßen betrunkene Kumpane auf jeder Seite quetschte, schäbige, zweistöckige Häuser, die man aufgeteilt und geschoßweise vermietet hatte. Keins von den dreien maß zur Straßenseite hin mehr als zwanzig Ellen an Breite. Links von unserem Haus gab es eine Rundbogentür mit einem kleinen Einlaß, der zum Hintergarten führte. Vielleicht war das Haus ja einst hübsch gewesen. Dazu kam noch ein unbemalter Blumenkasten mit ein paar Fetzen Dreck darin, der zwischen den klappernden und verrottenden Fensterläden des Vorderfensters schief unter dem Dachfirst hing.

Das erste Stockwerk kragte um gute sechs Ellen über das Untergeschoß hinaus, so daß die Haustür ständig im Schatten lag, und hinderte jeden Reiter daran, zu Pferd die ganze Gasse entlangzureiten. Wer auch immer die Auskragung hinzugefügt hatte, die das Obergeschoß größer machte, er hatte keinen Gedanken an die Symmetrie verschwendet, und das, zusammen mit dem Alter des Ständerwerks, verlieh dem Haus ein trunkenes Aussehen. Auf dem hohen Spitzdach fehlten so viele Ziegel, daß es mich an ein zahnlückiges Lächeln erinnerte. Keine Spur von Regenrinne unter dem Dachgesims. Das Haus war sehr lange nicht mehr getüncht worden, und aus der Außenwand waren große Stücke von verblichenem Putz herausgefallen. Ich hörte etwas rascheln und sah, wie eine große Ratte durch eines der Löcher sprang.

»Seht nicht so niedergeschmettert drein, meine Lieben. Es hat ein echtes Ziegeldach und hinten einen schönen Garten. Ihr werdet es schon noch ganz heimelig finden. Für das Versprechen, es instand zu setzen, durfte ich von der Miete etwas abziehen.«

Natürlich. Er hatte ein gutes Geschäft gemacht. Das erklärte alles. Das Dach hält auch nicht den leisesten Nieselregen aus, dachte ich grämlich. Bruder Malachi stieß die Gartenpforte auf. Sie ging auf einen schmalen Gehweg, welcher sowohl zur Außentreppe in den ersten Stock als auch zum Hintergarten führte. Wir folgten alle und führten Moll langsam den festgetretenen Lehmpfad entlang. Der Garten war ein besonntes Unkrautbeet mit einem Schuppen für die Tiere. Wir ließen Moll im Hof angebunden stehen und traten durch die Hintertür ein, wo uns ein übler Gestank empfing. Der Abtritt, welcher sich in eine Grube hinten im Garten entleerte, war lange nicht ausgenommen worden. Das Erdgeschoß bestand aus einem großen Hinterzimmer mit einem Kamin und einem kleineren Vorderzimmer, ebenfalls mit Kamin. Einst mußte das Haus jemand am Herzen gelegen haben. Kamine findet man in alten Häusern nämlich selten. Sie waren wohl später hinzugefügt worden. Das obere Stockwerk, so stellten wir fest, besaß ebenfalls zwei Zimmer. Nirgends auch nur die Spur von Möbeln. Die Wände hatten lange, lange keine Tünche gesehen und bröckelten auf dem Fußboden zu Häufchen aus Mörtelstaub vor sich hin. In den Ecken hatten Spinnen ihre Netze gezogen.

»Das Hinterzimmer hier eignet sich hervorragend für meine Arbeit. Eine hübsche Ecke für mein Oratorium. Und es hat einen eigenen Kamin, was recht praktisch ist, wie ihr schon bald feststellen werdet, meine Lieben«, verkündete Bruder Malachi. »Und jetzt gehabt Euch für ein Weilchen wohl, ich muß ein paar Sachen holen, die ich bei einem Freund untergestellt habe. Ihr werdet sicher wissen, was Ihr zu tun habt.« Wir sahen ihm nach, als er zur Haustür hinausging. Dort saß Peter mitten im Unkraut, fuchtelte mit einem langen Stock herum und grinste fröhlich. Drinnen war alles dunkel und schmutzig. Die Zimmer rochen nach Verfall. Ich blickte Hilde an, Hilde blickte mich an, und dann fielen wir uns um den Hals und weinten.

Nichts soll ja einer Frau so bekömmlich sein wie Saubermachen, und im Laufe der nächsten Wochen bot sich uns wahrlich reichlich Gelegenheit zu Selbstheilungen. Während wir auskehrten und schrubbten, pfiff Bruder Malachi und stellte seltsam aussehende Dinge im Hinterzimmer auf. Er besaß einen Blasebalg, wie man ihn beim Schmied zu sehen bekommt, und noch viel merkwürdigere Dinge. Eines nannte er einen Tiegelofen, in dem man sehr heißes Feuer machen konnte; dann gab es sonderbare Kupferkrüge mit langen Schnäbeln, die er Pelikane nannte, dazu noch einen großen Glaskrug mit einem gewundenen, spitzen Ausguß, der sich nach unten und zur Seite bog. Es gab Gestelle und Zangen und kleine Krüge und Kästchen voller eigenartig riechender Dinge.

»Ah, ah, nicht anfassen, du kleine Schnüfflerin, ein paar dieser Sachen könnten sich, falls man sie falsch einsetzt – oder, so möchte ich hinzufügen, falls man mit einer so hübschen, kleinen Nase daran riecht – als tödlich erweisen«, ermahnte er mich.

»Aber wozu ist das alles gut?« fragte ich ihn dann wohl.

»Nein, aber nein auch, Margaret, wenn du unbedingt die *vas hermetica* anfassen mußt, dann setze sie bitte nicht so hart auf, du zerbrichst sie ja.« Bruder Malachi eilte immer noch geschäftig umher, so als beschäftigte ihn etwas.

»Aber könnt Ihr mir nicht wenigstens etwas darüber erzählen?«

»Ein andermal vielleicht, dann ziehe ich dich ins Vertrauen, doch für heute muß es reichen, daß ich dich bitte, nie mit jemandem darüber zu sprechen.«

»Keine Bange, Bruder Malachi«, antwortete ich dann wohl. »Ich kenne keine Seele, der ich davon erzählen könnte.«

Und das stimmte. Ich war jung, aber ich kam mir nicht mehr wie ein junger Mensch vor. Und ältere Leute legen keinen Wert auf die Bekanntschaft einer mittellosen Wittib. So eine ist verdächtig, denken sie, und vielleicht muß man der noch etwas leihen. Hilde hatte uns mit dem Priester von St. Michael le Querne bekannt gemacht, wo wir zur Kirche gingen, und hatte ihn von ihrer Tüchtigkeit und Ehrlichkeit als Wehmutter überzeugt. Sie hatte ihm nämlich vorgeführt, daß sie richtig zu taufen verstand, und ihm erklärt, daß sie neun eigene Kinder begraben hätte. Aber ich sah ihm zu jung aus und hatte nur ein Kind begraben, so sparte er sich seine Empfehlungen für Hilde. Ein Weilchen war ich zufrieden, Mutter Hilde zu begleiten und als ihr Lehrling meinen eigenen Wissensschatz zu vermehren. Doch schon bald verzagte ich und blieb zu Hause, wo ich dann flickte, auskehrte, kochte und in Bruder Malachis Werkstatt herumschnüffelte.

»Würdest du freundlicherweise den Blasebalg ein wenig stärker treten, liebes Kind? Ich brauche für dieses Verfahren mehr Hitze«, sagte er dann wohl.

»Und was genau macht Ihr da?« fragte ich darauf.

»*Aqua regis* mittels eines Verfahrens, welches als Destillation bekannt ist«, gab er zurück. »Das Feuer bringt den Geist dazu, aufzusteigen, hier – und dann fängt er sich – da – und zieht nach unten und wird wieder sichtbar – genau hier.« Etwas tröpfelte in ein Behältnis.

»Wieviel Mal muß ich dir noch sagen, daß du nichts anfaßt, Margaret? Das da zerfrißt dir die Finger.«

»Wenigstens stinkt es nicht so wie einige von den Sachen hier drinnen. Wollt Ihr mir denn gar niemals erzählen, wozu das alles gut ist?«

»Hmmm«, sagte er und musterte mich ernst. »Ich glaube, du kannst etwas für dich behalten. Margaret, ich bin ganz kurz davor, das Jahrhundertgeheimnis zu entdecken.«

»Und was für ein Geheimnis ist das?« Ich wartete gespannt.

»Das Geheimnis der Umwandlung. Wenn ich dieses Geheimnis gelüftet habe, dann kann ich niedere Metalle in Gold verwandeln. Jahrelang arbeite ich nun schon daran. Ich beabsichtige, eines Tages sehr, sehr reich zu werden.«

Du lieber Himmel! Das war ja ein gewaltiges Geheimnis. Ich konnte mir direkt etwas darauf einbilden, daß ich darum wußte. Bruder Malachi ließ mich Geheimhaltung schwören, nicht nur wegen der großen Menge an Gold, die wir bald im Haus haben würden, sondern auch, weil ein paar unwissende Seelen meinten, Alchemie – denn so nannte er seine Wissenschaft – könnten nur Menschen betreiben, die ihre Seelen dem Teufel verschrieben hätten.

Auf einmal machte ich mir große Sorgen. »Habt Ihr das etwa getan?«

»Du brauchst dich nicht im geringsten zu betrüben, liebes Kind, auf den Gedanken käme ich nie. Ich möchte reich und zugleich im Besitz meiner Seele sein. Sonst hätte ich nicht viel Freude daran.«

Als das Wetter kälter wurde, drangen immer unangenehmere Gerüche aus dem Hinterzimmer, denn das Haus ließ sich jetzt nicht mehr so leicht lüften. Als wir uns deswegen eines Tages furchtbar anstellten, sagte er, er würde uns etwas zeigen, was uns gefallen würde und wofür wir ihm sicherlich Dank wüßten. Er baute die Destille auf und machte etwas, das er ›Weingeist‹ nannte, eine klare Flüssigkeit, die sich in Brand setzen ließ.

»Zu was, um alles auf der Welt, ist er nutze?« fragten wir. Als er sagte, man könne ihn trinken, probierten wir, doch er schmeckte abscheulich, außerdem lief uns danach die Nase.

»Zu gar nichts zu gebrauchen, wie alles aus Eurem Stinkezimmer, Bruder Malachi«, schalt ich ihn.

»Margaret, er ist auch zu anderen Dingen nutze. Du kannst ihn beispielsweise zum Saubermachen nehmen, was gewiß eher deinen Beifall finden wird.« Und als wir ihn dann hatten, benutzten wir ihn auch dazu. Bruder Malachi versiegelte einen Teil in Medizinfläschchen und verkaufte ihn mit recht gutem Erfolg auf dem Markt am Cheap.

Am Ende erwarb ich mir doch noch eine Kundschaft, jedoch eine sehr wunderliche, die mir überhaupt nichts einbrachte. Ich schöpfte aber wieder Mut, und darum muß das hier erwähnt werden. Der Herbst war ohne Arbeit ins Land gegangen, jetzt war es Winter, und es machte keinen Spaß, ohne Geld durch die Straßen zu laufen. Ich wollte dem Gestank im Haus so oft wie nur möglich entkommen und strolchte also ganz allein und ungeachtet der Gefahr im Freien herum. Zunächst machte mir das Herumwandern Freude. Da gab es am Strand prächtige Paläste zu sehen, dazu das Kommen und Gehen der hohen Herren zu Pferde, dahinter ihre uniformierten Gefolgsleute. Ich ging dann wohl zum Galley-Kai hinunter und sah mir die einlaufenden Schiffe aus fremden Ländern an. Einige ragten hoch auf, waren leuchtend bemalt und hatten Segel, und man konnte die Seeleute in fremden Zungen singen hören.

Bei anderen handelte es sich um Galeeren, manche mit zwei, drei Reihen Ruderblättern übereinander, Schiffe, die sacht vor sich hin dümpelten, während Ballen mit Kostbarkeiten aus dem Orient entladen wurden.

Wer am Flußufer entlangwandert, kann erleben, wie der Fisch an der Billingsgate-Werft angelandet wird – doch wenn man nichts kauft, schimpfen sie hinter einem her. Bei schlechtem Wetter ging ich wohl in die große Kathedrale. Mitten im Kirchenschiff von St. Paul's findet sich alles nur Mögliche: Arbeiter bieten ihre Dienste an, Leute verkaufen unter dem Umhang Sachen zweifelhaften Ursprungs, und Jungen spielen Ball. Doch wenn man als Frau allein dort hinkommt, denken alle, daß man auf ein Stelldichein aus ist, deswegen konnte ich dort nie lange verweilen. Es macht keinen großen Spaß, herumzulaufen und sich bei heftigem Wind in einen alten Mantel zu wickeln und zu wissen, daß man, wenn ein Straßenverkäufer ›heiße Pasteten‹ ausruft, keinen Penny dafür hat, geschweige denn für andere Dinge. Dann fragt man sich, was aus einem wird und ob man überhaupt noch auf der Welt sein darf.

Mutter Hilde, die jetzt immer viel zu tun hatte, meinte, es würde mich aufheitern, wenn ich sie zu einer Niederkunft außerhalb der Stadtmauern begleitete, wo eine Frau ›dick genug für Zwillinge‹ war. Zusammen gingen wir durch die gewundenen Straßen zum Bishops-Tor, dann durch die jenseits gelegenen, schäbigen Vororte. Wie es sich herausstellte, waren es nicht Zwillinge, sondern Drillinge, alles Totgeburten, obwohl wir die Mutter retten konnten. Da sie arm war, tröstete sie sich über ihren Verlust mit dem Gedanken hinweg, daß sie ohnedies nicht für alle zu essen gehabt hätte. Als wir über Moorfields zurückgingen, sahen wir, daß die Marsch schon ganz zugefroren war und von kleinen Jungen wimmelte, die auf dem Eis dahinglitten. Man konnte ihre weißen Atemwölkchen sehen, wenn sie sich etwas zuriefen. Einige Jungen zogen andere, und wieder andere kämpften spielerisch miteinander, wobei sie Stöcke wie Lanzen einlegten. Am besten gefielen mir die, welche wie der Wind dahinsausten. Sie hatten sich etwas zum Gleiten unter die Füße gebunden und stießen sich mit zwei kleinen Stangen ab wie die Wilden. Ich sah ihnen hingerissen zu.

»Hilde, Hilde, das will ich auch machen! Es sieht fast wie Fliegen aus!« Ich bekam kaum noch Luft, so unbändig verlangte mich danach.

»Margaret, du bist verrückt! Das schickt sich nicht für eine Frau! Siehst du dort auch nur eine einzige Frau oder ein Mädchen? Nein? Schlag es dir also aus dem Kopf! Du handelst dir nur Ärger ein.«

Ich machte ein langes Gesicht. Was für eine alberne Vorstellung. War fliegen etwa nur für Jungen gedacht?

»He, Junge, du da, wieso bist du so schnell?« rief ich einem kleinen Jungen in rostfarbenem Rock und Schaffellumhang zu.

»Das machen die Schlittschuhe, Ma'm«, antwortete er und verlangsamte seine Fahrt.

»Zeig mir mal«, bat ich, und er hielt zuvorkommend einen Fuß hoch, während er auf dem anderen balancierte. Er hatte sich einen roh bearbeiteten Schafsknochen unter die Sohle gebunden.

»Darf ich mal probieren?«

Er zog eine Grimasse und wollte davonsausen. Genau in diesem Augenblick tauchten seine Freunde hinter ihm auf.

»Hu, hu, Jack hat sich eine Liebste angelacht!« höhnten sie.

»Küßchen, Küßchen!«

»Ist das aber eine große Freundin, die da!« Der kleine Junge wurde knallrot und schrie: »Gar nicht wahr! Sie ist bloß ein großes, altes Mädchen, das ich nicht mal kenne!« Gemeinsam glitten sie vergnügt davon. Doch die Freude währte nicht lange. Ein größerer Junge, den ein Freund vor sich herjagte, fuhr geradewegs in sie hinein, so daß alle in der kleinen Gruppe der Länge nach hinschlugen.

»Heda, Jack, steh auf, wir wollen los.« Sie drängten sich um ihren Freund.

»Kann nicht, ich hab mir den Fuß verrenkt.« Er machte ein gefaßtes Gesicht.

»Is nich verstaucht, wackel mal damit.«

»Aua! Hände weg, das ist mein Fuß.«

»Und wie willst du nach Haus kommen?«

»Könnt ihr mich nicht tragen?«

»Ha, du bist gut, wenn wir zu lange brauchen, kommt der Meister dahinter, daß wir draußen gespielt haben.«

»Und was ist mit mir? Wenn ich mit einem verstauchten Fuß zurückkomme, dann verprügelt er mich. Mein Meister ist noch viel strenger als deiner.«

Das reichte mir. Vorsichtig schlidderte ich übers Eis zu der kleinen Gruppe hin und tat so, als ob ich Hildes warnenden Blick nicht sah, und dann bot ich meine Hilfe an.

»He, da ist ja wieder deine Freundin.«

»Mmm, die will ihn küssen und heile, heile Gänschen machen.«

»Küß mich, mir tut's hier weh.« Das letzte war von einer obszönen Geste begleitet.

»Ich kann nämlich helfen. Ich habe einen Trick, mit dem ich Leute heilmachen kann. Aber mit Küssen hat das nichts zu tun«, und dabei starrte ich den Unflätigen böse an.

»Dann macht schon, Lady, sonst sitzt er gewaltig in der Klemme.«

Sacht betastete ich den Fuß, und er zuckte zusammen. Dann legte ich beide Hände auf die Verstauchung und machte meinen Geist bereit. Im Freien kann man das komische Licht überhaupt nicht sehen. Ich selber auch nicht. Von der Hitze merkte ich kaum etwas. Dann nahm ich die Hände weg. Behutsam bewegte er den Fuß – dann wackelte er damit hin und her.

»Ja, es tut gar nicht mehr weh. Vielen Dank, Lady.« Aber jetzt wurde er auf einmal mißtrauisch. »Das kostet doch nicht etwa was?« Ich überlegte rasch.

»Doch. Ich will deine Schlittschuhe ausprobieren.« Er sah entgeistert aus.

»Los, Jack, das ist nur gerecht.« – »Mach schon, Jack, bezahlst du deine Schulden etwa nicht?«

»Na gut«, murrte er, »Ihr fallt aber hin.« Ich war mir bewußt, daß Hilde hinter mir stand und sich, hin- und hergerissen zwischen Schreck und Belustigung, fragte, was daraus werden mochte.

Die Schlittschuhe waren für meine Füße zu kurz, und die Stangen auch. Ich machte ein paar Schritte, dann schlug ich mit einem Krach hin.

»Das reicht jetzt. Da habt Ihr's. Ich hab ja gesagt, daß Ihr hinfallen würdet.«

»Ich versuch's noch mal.« So eine Schmach, wo ich doch hatte dahinsausen wollen. Schon malte ich mir aus, wie ich übers Eis fliegen würde. Aber meine Füße gehorchten einfach nicht.

»He, Jack, das ist nur gerecht. Beim ersten Mal sind wir alle gefallen.« Seine Freunde kamen mir zu Hilfe – kann sein, sie wollten sich auch nur an seiner Verlegenheit weiden. Normalerweise wäre ich inmitten dieser Traube von kleinen Jungen, die rüde Bemerkungen machten, auch verlegen gewesen. Aber ich wollte so gern fliegen, daß es mir gleichgültig war. Ich machte einen Schritt; dann glitt ich, dann stieß ich mich ab, und schon nahm ich Fahrt auf.

»Es ist genau wie fliegen!« rief ich ihnen fröhlich zu. Alsdann versuchte ich zu wenden und fiel wieder hin.

Ich kam hoch und lachte zum ersten Mal seit Monaten. Sie lachten mit.

»Darf ich wiederkommen?« bettelte ich. Sie pufften sich gegenseitig und lachten schon wieder.

»Wir sind Schlachterlehrlinge. Wir bringen Euch größere Schlittschuhe mit, wenn Ihr wiederkommen wollt. Aber Ihr müßt die Freundin von uns allen sein, nicht nur seine.« Und so kam es, daß ich das Schlittschuhlaufen aufnahm und gleichzeitig zu Patienten kam. Denn auf dem Eis gab es viele Verletzungen, und denen, die nicht zu stolz waren, mich darum zu bitten, half ich auch. Bald gab es einen ständigen Zustrom kleiner Jungen, die sich nach der Diebesgasse durchfragten, um dann an meine Tür zu klopfen und mir ein blaues Auge oder gebrochene Finger zu zeigen. Manchmal kam auch ein Mädchen, aber nicht oft, denn Mädchen dürfen zwar in vielen Zünften als Lehrlinge arbeiten, aber doch nicht so frei auf der Straße herumlaufen wie die Jungen. Möglicherweise aber wagen sie auch einfach nicht, sich die Freiheit zu nehmen wie Jungen – denn ich bin überzeugt, daß viele von diesen Jungen eigentlich arbeiten oder Botengänge machen sollen, wenn sie auf einmal entdecken, wieviel Spaß es macht, zu bummeln oder Ball zu spielen oder sich zu prügeln. Und wenn genug beieinander sind, wer kann sie dann noch aufhalten? Zu jener Zeit kam mir London nicht mehr wie eine Stadt der Fremden vor, die allesamt auch gut ohne mich zurechtkamen. Ich erlebte es als eine Stadt der Kinder. Denn beinahe überall, wohin ich kam, gab es ein kleines Wesen, das sich dann wohl aus der spielenden Gruppe löste oder anhielt oder mir eine Botschaft überbrachte oder sagte:

»Ei, da ist ja Margaret! Hallo, Margaret!« Das machte irgendwie alles anders.

»Schön, daß du wieder lachen kannst, Margaret«, sagte Hilde eines Abends am Kamin. An jenem Tag hatte es ein leichtes Abendessen gegeben, und das ging auch nicht anders, denn Bruder Malachi hatte kein Geld mehr, und Hilde verdiente nicht genug, als daß davon vier Leute gut hätten leben können. Dieser Tage gab es reichlich Braunbrot, Bohnen und Zwiebeln. Bruder Malachi machte sich überhaupt nichts daraus, denn er stand so kurz vor der Entdeckung des Geheimnisses, daß er oftmals vor lauter Aufregung vergaß zu essen und dann erinnert werden mußte. Peter war es auch egal, denn ihm schmeckte wohl ohnedies alles gleich. Hilde ertrug schwere Zeiten immer tapfer. Aber mir machte es etwas aus. Ich bekam von Herumstrolchen und Schlittschuhlaufen einen geradezu wölfischen Hunger, und das machte mir manchmal schwer zu schaffen.

»Ganz entschieden ein Fortschritt«, setzte Bruder Malachi hinzu, der zufällig einmal bei uns saß, statt im Hinterzimmer zu arbeiten. »Du mußt zugeben, daß du mürrisch und verdrießlich gewesen bist, Margaret. Und das geht jemand wie mir, der ständig die ätherische Luft der Begeisterung atmen muß, wenn er seine schwierige und aufreibende Suche weiterführen will, schwer auf die Nerven.«

»Oh, tut mir schrecklich leid. Das kommt doch nur, weil ich mich so schäme, daß ich noch kein Geld verdient habe. Ich leiste einfach meinen Beitrag nicht, und das stimmt mich mißmutig«, gestand ich. Gleich betuttelten mich beide und sagten, daß ich sehr wohl meinen Beitrag im Hause leistete. Ich fand zwar, daß sei nicht ganz das Gleiche, aber dann erzählte ich ihnen eine komische Geschichte, die ich von den Lehrlingen gehört hatte, und da mußten wir alle wieder lachen.

Aber es machte mir zu schaffen – daß ich nichts zu tun hatte, wo ich doch wußte, ich war genauso gut wie manch andere. Und es machte mir zu schaffen, daß dieser gräßliche Drache von nebenan ständig mein Kommen und Gehen bespitzelte und daraus lautstark und vor jedermann den Schluß zog, ich wäre eine übel beleumdete Frau. Und gerecht war das auch nicht, wo doch ringsum Leute wohnten, die den Klatsch und Tratsch eher gelohnt hätten. Da gab es beispielsweise einen Hehler, der viele nächtliche Besucher hatte. Es gab einen schlanken Burschen, den ich für einen Taschendieb hielt, dazu noch etliche, große, massige Kerle, die für Geld alles machten, und wenn es noch so anstößig war.

Doch auch meine Stunde kam einmal. Ich war zu Hause geblieben, um auszukehren und zu brauen, denn das kann ich wirklich gut. Meiner Meinung nach schmeckt auch das Wasser in der Stadt zu eigenartig, als daß man es trinken kann. Es klopfte an die Tür, und als ich aufmachte, stand da ein hochgewachsener, schäbiger Mensch in einem langen, fadenscheinigen, schwarzen Gewand. Er hatte ein langes, knochiges Gesicht wie ein erschöpfter Hund, und das ließ ihn älter wirken. Es war ein Priester mit niederen Weihen, der verheiratet war und eine Wehmutter suchte. Hilde war fort, und so sagte ich ihm, ich wäre auch eine. Er sah enttäuscht aus.

»Ich hatte gehofft, die Ältere ...«, sagte er.

»Ich weiß, daß ich jung bin, aber ich habe bei vielen Geburten mitgeholfen und Kinder wohlbehalten auf die Welt gebracht, wenn auch noch nicht in London. Die Ältere ist meine Lehrherrin, und ich mache alles genau wie sie.« Unerschrocken stand ich für mich ein, aber etwas in meinen Augen ließ ihn aufmerken.

»Hier habt Ihr also noch nicht viel gearbeitet?« fragte er.

»Nein«, seufzte ich, »ich bin ja noch nicht lange in London, und da ich nicht alt aussehe, tu ich mich sehr schwer, mir einen Namen zu machen, vor allem in diesem Gewerbe.«

»Dann geht es Euch nicht anders als mir«, sagte er.

»Ich bin gekommen, weil London eine Stadt aus Gold ist, doch davon hat noch nichts den Weg in meine Tasche gefunden. Verheiratete Priester werden niemals befördert. Ich habe ein wenig Arbeit gefunden, Kopieren und Psalmensingen. Gelegentlich segne ich auch Häuser ...«, und dabei blickte er sich hoffnungsvoll um. »Würdet Ihr gern Euer Haus gesegnet haben?«

Da konnte ich noch soviel kehren, das Haus sah immer noch schäbig aus, und für einen weißen Anstrich fehlte uns das Geld. Es fiel uns nur einfach nicht mehr auf, und so unterließen wir es ganz. Es ging mir immer durch und durch, wenn ein Fremder uns daran gemahnte, wie schlimm es eigentlich aussah.

»Leider verlohnt dieses Haus das Segnen nicht mehr«, seufzte ich und blickte mich um.

»Wirklich zu schade, weil ich nämlich ...«, hier brach er ab, aber ich wußte schon, was kommen würde. »Weil«, fuhr er fort, »ich, hmm, gehofft hatte, ich könnte – etwas – später bezahlen.«

Ich wußte, was man darauf antwortete, und so war ich zwar enttäuscht, andererseits aber wollte ich mich auch beweisen.

»Ich mache es um Christi willen«, sagte ich. Seine Miene hellte sich auf.

»Und Ihr seid auch gewiß so gut wie die Ältere? Meine Frau und ich sind erst eineinhalb Jahre verheiratet, und beim ersten sollen sie sich am schwersten tun.«

»Das kommt darauf an, wie kräftig die Mutter ist«, sagte ich beschwichtigend.

»Gut, ich komme wieder und segne Euer Haus auf jeden Fall. Es gibt kein Haus, welches das Segnen nicht mehr verlohnt. Vielleicht braucht dieses nur einen längeren als gewöhnlich.«

»Kann sein. Es steht nämlich zu befürchten, daß es mit den Vorbewohnern kein gutes Ende genommen hat.«

So war es denn abgemacht, und als die schwere Stunde für seine Frau gekommen war, da holte er mich persönlich ab, und ich mußte mich sputen, daß ich mit seinen langen Beinen Schritt hielt, während er durch die Straßen zu einer Gasse eilte, die der unseren fast aufs Haar glich, nur daß sie in einem anderen Teil von Cornhill gelegen war, wo er in einer baufälligen Hütte lebte. Die Entbindung war nicht weiter schwer, doch wie es so geht, dauerte sie länger, wie meistens beim ersten Kind, und sie hatte eine Todesangst. Als beide, Mutter und Kind, wohlbehalten im Bett lagen, ging ich zu ihm. Er wartete im zweiten Zimmer der Kate auf mich, den Kopf auf die Hände gelegt.

»Mutter und Kind geht es gut, Ihr habt ein Mädchen«, sagte ich. Er blickte auf, und ein freudiges Strahlen ging über sein langes Gesicht.

»Wirklich? Ich habe gedacht, als ich die Schreie hörte …«

»Nein, es geht ihnen gut, beiden geht es wirklich gut.« Ich folgte ihm nach nebenan und sah voller Neid den zärtlichen Ausdruck auf seinem Gesicht, als er beide anstaunte.

»Ja, ist die aber hübsch«, bewunderte er das Kind, und seine Frau lächelte glücklich. Insgeheim dachte ich bei mir: ›Wenn ich die Wahl gehabt hätte, ich wäre eine Liebesheirat eingegangen wie die beiden da – und wenn ich das nicht haben kann, dann will ich auch nicht heiraten.‹ Doch das Schicksal lehrte mich später, daß eine Frau nur selten die Wahl hat, wenn Männer das Recht zu bestimmen für sich in Anspruch nehmen.

Von jetzt an wandten sich die Dinge für mich zum Besseren, denn der erste Kunde empfiehlt immer die übrigen. Und dieser schäbige Priester kam wirklich herum. Manchmal sah ich ihn wohl an einer Straßenecke, wo er die Vorübergehenden vor der Sünde warnte, und sein fadenscheiniges Gewand flatterte dabei im

Wind. Er hatte eine Anzahl von Lieblingsthemen, von denen einige ihn in den Stock bringen konnten, und ich habe keine Ahnung, wie er ihm entging. Er sagte, die Sünden der Wohlhabenden und Großen hätten die Pest über uns gebracht, und er prangerte die Selbstsüchtigkeit der Reichen ebenso an wie die der karrieresüchtigen, ehelosen Geistlichkeit. »Keuschheit ohne Barmherzigkeit«, so nannte er das; und er sagte, daß die Käufer von Ablaßbriefen der Hölle nicht entgingen, denn nur Gott könne vergeben, und das ohne Ansehen des Geldes. Die Armen hörten ihm gern zu, und mehr als einmal sah ich, wie sich die Menge um ihn schloß und ihn aus der Gefahrenzone wegbrachte, wenn es so aussah, als ob die Behörden zugreifen wollten. Und das war das Problem mit den neuen Kundinnen, die er mir schickte – sie waren alle so arm wie er und bezahlten in Naturalien. Doch immer noch besser als gar nichts, und so sah denn das Leben langsam wieder etwas rosiger aus.

Es zeugte vielleicht für unseren neuen Wohlstand, daß alles Unbehauste zu spüren schien, in diesem schmalbrüstigen Haus in dieser Gasse könnte es willkommen sein und eine Mahlzeit vorfinden. Als ich eines Morgens draußen Moll füttern wollte, stellte ich fest, daß eine schäbige, orangefarbene Katze mit eingerissenem Ohr und fehlendem Schwanz die Nacht im Schuppen verbracht hatte. Schmeichlerisch wie Katzen nun einmal sind, strich sie mir mit ihrem mageren Leib um die Beine, bis sie sich etwas Milch zum Frühstück erbettelt hatte. Danach schien sie von Haus und Hof Besitz zu ergreifen und war schon bald so fett wie ein wohlhabender Städter. Hilde freute sich darüber, denn sie hatte schon oftmals bedauert, daß sie ihren alten Mäusejäger hatte zurücklassen müssen, und sich vorgenommen, in besseren Zeitläuften eine neue Katze zu kaufen. Bei Sonnenschein verschönert eine Katze die

Gartenmauer und bei schlechtem Wetter die Feuerstelle, und so kam uns das Haus schon bald nicht mehr so trostlos vor.

Als ich dann an einem regnerischen Nachmittag von der Arbeit kam, meinen Lohn in Form von Butter und Eiern säuberlich eingeschlagen im Korb, da fiel ich fast über ein Knäuel, das zusammengerollt vor der Haustür lag. Es glich einem Haufen zerschlissener Seile, und als es dann auch noch aufstand und sich hinter mir hoffnungsfreudig ins Haus schob, da war ich mir gar nicht so sicher, um was es sich eigentlich handelte, denn es sah vorn und hinten mehr oder weniger gleich aus. Ich holte mir also einen Eimer Wasser und einen Kamm, während das Geschöpf hinter mir hertapste, ließ mich bei der Hintertür nieder und wusch es, bis sich herausstellte, was es überhaupt war.

»Was, um Himmels willen, wäschst du da?« fragte Bruder Malachi, der aus dem Stinkezimmer gekommen war, um frische Luft zu schnappen.

»Ich weiß auch nicht, aber es scheint sich mehr oder weniger um einen Hund zu handeln«, gab ich zurück und fuhr fort, ihm die verhedderten Haare auszukämmen. In Wahrheit hatte ich mich furchtbar in ein Paar fröhliche, leuchtende Augen und ein Maul verliebt, das immer zu lächeln schien und das ich unter dem verfilzten Haar entdeckt hatte. Aber ein Hund will auch fressen, und so war es nicht recht, ihn zu behalten, wenn die anderen dagegen waren.

»Ein Hund, äh? Sehr groß ist er ja nicht gerade. Ich könnte mir denken, daß er gut bellt. Margaret, man könnte durchaus in Betracht ziehen, dieses Geschöpf zu behalten, daß es uns warnt. Schließlich muß man auch an die Zukunft denken. Sehr bald schon werden sich im Haus die Goldbarren türmen, und das muß die Verbrecher einfach anlocken. Eine weise Vorsichtsmaßnahme, so ein Wachhund. Ihr seht, Fortuna kümmert sich bereits um die Einzelheiten unseres neuen Lebens.«

Und so blieb der Hund. Als Zeichen seiner Dankbarkeit sozusagen legte er mir am nächsten Morgen etwas zu Füßen. Es war eine tote Ratte, beinahe halb so groß wie er selbst.

»Du liebe Zeit, Margaret«, sagte Mutter Hilde, »muß der sich aber gebalgt haben, daß er die erwischt hat. Er ist zwar klein, aber er hat das Herz eines Löwen.« Und so kam er zu dem Namen Lion, der Löwe, auch wenn mir fast jeder sagt, daß er albern ist. Aber Lion war sehr aufgeweckt, und mir machte es Spaß, ihm ein paar von den Kunststückchen beizubringen, die ich bei den Hunden der Gaukler gesehen hatte. Maistre Robert besaß ein wunderbares Geheimnis, wodurch nämlich seine Hunde so lebhaft wurden wie Menschenkinder. Statt sie wie störrische Esel zu schlagen, unterrichtete er immer nur eine Sache zur Zeit, und er brachte sie mit kleinen Belohnungen und Streicheln dazu, daß sie diese vervollkommneten. Eine sehr kluge Methode, denn so liebten ihn die Tiere, und auch ich machte mit großem Erfolg Gebrauch davon. Wenn dann wohl die kleinen Jungen zu Besuch kamen, beklatschten sie Lions Kunststücke, was ihm unheimlich gefiel, denn er zählte zu den Hunden, die sich gern bewundern lassen.

Dank meiner Freunde war Lion nicht das einzige Geschöpf, das in jener Zeit zu uns fand und blieb. Eines windigen Spätnachmittags im März antwortete ich auf ein schüchternes Klopfen an der Tür. Ein traurig aussehendes Geschöpf stand vor mir – ein magerer, unterentwickelter Junge, der sich eine lange, nicht verheilte Schnittwunde an der Hand hielt. Er hatte am ganzen Körper blaue Flecken und ging, als ob ihn alle Gliedmaßen schmerzten. Als er sprach, sah ich, daß sein Zahnfleisch rot und geschwollen war. Die Krankheit kannte ich gut. Sie tritt im Winter auf, wenn es nicht genug zu essen gibt.

»Seid ihr die Frau, die Schnittwunden heilt?« fragte er.

»Die bin ich«, war meine Antwort.

»Die Jungs sagen, daß Ihr das aus Liebe zu einem Bruder macht, der verschwunden ist. Er ist noch nicht wieder aufgetaucht, oder?«

»Nein, ist er nicht. Aber willst du nicht hereinkommen?« Er schlich sich wachsamer herein als eine Katze und blickte sich so vorsichtig um, als ob ihm im Zimmer Gefahr drohe.

»Wer ist denn das, Margaret? Wieder einer von deinen Jungen? Wie heißt du, und wer ist dein Meister, denn ein Blinder kann sehen, daß er dich schlecht behandelt.« Mutter Hildes Stimme klang freundlich und besorgt, während sie ihm Gemüsesuppe aus unserem ständig vor sich hinsiedenden Topf vorsetzte.

»Ich heiße Sim, und ich habe keinen Meister«, antwortete er. »Meine Mutter hatte nicht das Lehrgeld, daß ich ein Gewerbe erlernen konnte. Jetzt ist sie tot, und ich suche mir Arbeit, wo ich kann.«

»Und zum Betteln bist du wohl auch nicht zu stolz«, sagte Mutter Hilde. Der Junge schwieg. Mutter Hilde dachte ein wenig nach und verschwand dann in Bruder Malachis Werkstatt, während Sim aß. Bald kam sie geschäftig wieder ins Zimmer geeilt.

»Sim«, sagte sie, »Bruder Malachi, der sich mit einem Vorhaben von größter Wichtigkeit beschäftigt, braucht einen Jungen, der den Blasebalg für ihn bedient und seine Gefäße säubert. Peter hat sich dabei als völliger Versager erwiesen. Sonst war das immer Margarets Arbeit, ehe sie selbst soviel zu tun hatte. Mittlerweile ist Bruder Malachi durch das Übermaß an Arbeit und Enttäuschung fix und fertig. Wenn du ihm das abnehmen willst, darfst du hierbleiben. Würde dir das gefallen?« Sim blickte argwöhnisch.

»Es ist kein Trick dabei. Hier werden keine Kinder gebraten oder geschlagen, und es gibt fast immer gut zu essen. Was hältst du davon?« Mittlerweile war die Katze herbeigekommen und hatte sich Sim auf die Füße gesetzt. Er überlegte kurz, dann sagte er: »Ja, ich will es machen.« Mutter Hilde küßte ihn, und so war es denn abgemacht. Ich wusch die Schnittwunde aus und versorgte sie, doch uns war beiden klar, die beste Medizin für diesen Jungen war Essen.

Sim ging uns gut zur Hand. Je mehr sich seine Geister hoben, desto länger arbeitete er für Bruder Malachi, er aß wie ein Faß ohne Boden und machte viele nützliche Botengänge. Mir fiel aber auch auf, daß er mit zunehmender Kräftigung eine Art Sonderstellung unter den anderen Jungen einnahm, denn die behandelten ihn mit großer Ehrerbietung.

Eines Tages sah ich auf dem Weg zum Markt Sim auf der Straße, wie er bei einem Ballspiel als erster an die Reihe kommen wollte und das auch, unverdientermaßen, wie mir schien, schaffte. Ich holte ein Kind ein, das gelaufen kam und auch mitspielen wollte, und faßte es bei der Schulter.

»Bitte, warte eine Minute, und beantworte mir eine Frage«, sagte ich. »Wer ist denn der Junge da, der als erster drankommt, und warum genießt er soviel Ansehen?«

»O Lady, wißt Ihr das denn nicht? Das ist doch Sim. Er lernt bei einem Zauberer und kennt schon ein paar sehr mächtige Geheimnisse. Er kann niedere Dämonen herbeirufen und seine Feinde in Frösche verwandeln.«

»Er kann was? Mir scheint, er schneidet mächtig auf.«

»O nein, das ist alles wahr. Er hat uns Quecksilber

aus dem Laboratorium seines Meisters gezeigt und ein Wasser, welches Steine auflösen kann.«

»Danke, daß du's mir erzählt hast. Vor Zauberern muß man sich wirklich sehr in acht nehmen.«

»Das finde ich auch, Lady.«

An diesem Abend knöpften wir uns Sim vor.

»Sim«, sagte ich bestimmt, »mir ist zu Ohren gekommen, daß du den anderen Lehrlingen erzählst, du gingest bei einem Zauberer in die Lehre.« Bruder Malachi zog die Brauen hoch. Sim sah besorgt aus.

»Sim, wie furchtbar«, sagte Mutter Hilde. Sim ließ den Kopf hängen.

»Sim«, sagte ich, »wenn du mit solchen Geschichten hausieren gehst, holst du uns den Erzdiakon auf den Hals. Wenn nun jemand ihm all das Zeug über Frösche und Dämonen erzählt? Er wird Bruder Malachi wegen Zauberei einsperren. Vielleicht uns alle.« Sim sah aus, als wollte er gleich losheulen.

»Frösche? Dämonen?« Bruder Malachi wirkte grimmig, doch um einen seiner Mundwinkel zuckte es. »Was genau hast du nun deinen Spielkameraden erzählt?« Kleinlaut kam Sim damit heraus.

»Sim, Sim.« Bruder Malachi schüttelte bedenklich den Kopf. »Mit einer solchen Zunge wirst du leider kein guter Zauberer und auch kein Alchimist – aber ...« Sim blickte hoffnungsvoll auf – »ein umwerfender Verkäufer! Spare dir deine Lügen für die Wanderschaft, mein junger Freund, und ich nehme dich mit auf Reisen, sowie du etwas größer bist. In der Zwischenzeit wirst du deinen kleinen Freunden erzählen, daß dein Meister einen so unangenehmen Dämon herbeigerufen hat, daß er es auf der Stelle bereut und sich nun auf eine ausgedehnte Pilgerfahrt begeben hat, um sich von der Sünde reinzuwaschen. Das sollte reichen, glaube ich. Dergleichen legt sich, wenn man's richtig anfaßt.«

»Aber ich darf doch noch den Blasebalg bedienen?«

»Natürlich, natürlich. Morgen beginne ich mit einem äußerst heiklen und gefährlichen neuen Verfahren. Es könnte durchaus geschehen, daß mir mein Material mit einer Stichflamme und viel Getöse um die Ohren fliegt – aber es kann auch der Zugang zum *Geheimnis* sein. Als ich es das letzte Mal probierte, habe ich fast das Haus niedergebrannt. Dieses Mal erwartet uns ein Goldregen! Doch du mußt sehr mutig sein …«

»Ich bin mutig, ich schwör's.« Sim schien wieder Mut geschöpft zu haben.

»Gut, wir fangen bei Tagesanbruch an. Aber ich muß dir gänzlich vertrauen können? Schwörst du?«

Sim schwor. Mutter Hilde und ich schüttelten den Kopf. Am nächsten Tag erfüllte ein eigentümlich widerlicher, schwarzer Gestank das Haus, daß selbst das Ungeziefer durch die Mauerritzen entfleuchte. Hilde und ich gingen zur Arbeit, um dem Erstickungstod zu entgehen. Hilde hatte eine neue Patientin, die Frau eines wohlhabenden Sattlers, die ihr siebtes Kind trug, was Hilde zufolge Glück brachte, und ich machte mich zu einem schäbigen alten Mietshaus auf der London Bridge auf, wo ich nach einer Frau sehen wollte, die Master Will, der Straßenprediger, an mich verwiesen hatte.

Die London Bridge gefällt mir: wer dort wohnt oder sein Geschäft betreibt, hält sich für etwas ganz Besonderes und flicht ständig Beweise für seine Einzigartigkeit in die Unterhaltung ein. Die Luft dort ist kalt und frisch, was gesünder sein soll, und es wirkt eigentümlich beruhigend aufs Gemüt, wenn man das Wasser mit so großer Gewalt zwischen den engen Steinpfeilern hindurchrauschen sieht, obwohl es gefährlich ist, mit dem Boot hindurchzusteuern. Und doch tun es die Bootsführer Tag für Tag, wenn auch weisere Passagiere vor der Brücke aus- und hinter der Brücke wieder zusteigen, denn so manch einer schlägt um und ertrinkt bei dem Versuch, unter der Brücke hindurchzufahren. Weil auf der Brücke Häuser stehen, ist die High Street nur zwei Dutzend Ellen breit, außer an der Stelle, wo sie sich zu einem ›Platz‹ weitet, auf dem manchmal sogar turniert wird. Das Einzige, was ich an der Brücke wirklich nicht mag, ist der Torweg zur Zugbrücke an Southwark-Ende, weil dort nämlich die abgeschlagenen Köpfe aufgespießt werden, wo sie jeden, der die Stadt von Süden her betritt, daran gemahnen sollen, daß in England auf Landesverrat der Tod steht. Immer, wenn ein neuer Kopf angebracht wird, ist das so etwas wie ein Festtag, und Männer führen ihre Familien zu einem Spaziergang dorthin, daß sie ihn anglotzen und vielleicht auch ein paar Einkäufe tätigen können. Wenn die Kaufleute auf der Brücke zu sagen hätten, würden sie gern jede Woche einen neuen Kopf haben, denn das hebt ihren Umsatz.

An jenem Tag herrschte auf der High Street großes Gedränge. Marktfrauen hatten ihre Waren auf dem Umhang ausgebreitet und luden lautstark zum Einkauf ein. Im Schatten unter den Übergängen im ersten Stock gingen Taschen- und Gelegenheitsdiebe ihrem Gewerbe nach. Bettler, darunter auch verkrüppelte, alte Soldaten und Kinder, die von den eigenen Eltern verstümmelt worden waren, damit sie erbarmungswürdiger aussahen, weinten und flehten um milde Gaben um Christi willen. Wer ihnen etwas gab, wurde mit Segenswünschen überschüttet, daß es fast schon peinlich war, und von weiteren Bettlerscharen belagert. Gecken waren auf der Suche nach einer Frau, Händler und Lehrlinge drängelten sich zu Fuß entlang, während wohlhabende Kaufleute auf Maultieren sich einen Weg durch das Gewimmel auf der Straße bahnten. Als ich mich dem Platz auf der Brücke näherte, bekam ich etwas von der Unterhaltung mit, in die ein paar Lehrlinge nahebei tief versunken waren.

»Ei, der Kopf von dem Zauberer ist jetzt ganz schwarz.«

»Der war doch schon immer so; bei Zauberern, vor allem bei bösen, ist er eben schwarz – denk nur, er wollte den Prinzen verhexen!«

»Das stimmt nicht; er war noch gar nicht schwarz, als sie ihn aufgespießt haben, nur ein bißchen eingefallen. Du kannst mir glauben, der ist erst hinterher schwarz geworden.«

»Na ja, und jetzt fällt er auseinander. Wenn sie alt sind, sehen sie alle gleich aus. Bloß die neuen sind interessant.«

»Stimmt, wenn erst mal die Augen raus sind, ist nicht mehr viel an ihnen dran.«

Weitere Überlegungen wurden durch einen Aufschrei am Südende der Brücke unterbrochen.

»Platz da! Platz da für den Herzog von Norfolk!« Ein Trupp gewappneter, adliger Herren mit ihren Gefolgsleuten, alle prächtig beritten auf Reisepferden und gefolgt vom Troß, überquerte die Zugbrücke in anständigem, flinkem Trab. Man konnte die Sonne auf ihren silbern und golden bestickten Überröcken blitzen sehen. Brust und Hals ihrer Pferde waren schweißnaß von ihrem langen, schnellen Ritt. Vor ihnen teilte sich die Menge, jedoch nicht schnell genug. Mütter rissen ihre Kinder aus dem Weg, und erwachsene Männer drängelten sich in den Schutz der Hauseingänge. Die Menge strömte auf den engen ›Platz‹ zu, und wer Glück hatte, fand eine Fußgängernische in der Brückenmauer. Jemand stellte mir ein Bein, ich fiel hin. Dann fielen andere auf mich, und schon bald lag ich unter mehreren Leibern begraben. Mir ging die Luft aus, und durch mein Bein fuhr ein stechender Schmerz.

Als der berittene Trupp vorbei war, kamen die Schaulustigen wieder auf ihre Kosten, als man nämlich die Verwundeten auseinanderklaubte, in die angrenzende

Brückenkapelle trug und sie auf den Steinfußboden legte. Einige hatten nur blaue Flecken und kamen bald wieder zu sich. Einem alten Mann hatte es das Rückgrat gebrochen, er war schon ganz grau im Gesicht wie alle, die im Sterben liegen. Der Priester beugte sich über ihn und salbte ihm die Stirn, während sein Meßgehilfe ihm mit der Kerze leuchtete. Neben mir verband ein Baderchirurg einem Mann die Rippen und pfiff dabei fröhlich vor sich hin. Als er fertig war, sah er mich an und sagte forsch:

»Na, was haben wir denn hier?«

»Mein Bein«, flüsterte ich, denn es tat sehr weh. Das Licht in der Kapelle war dämmrig und der graue Steinfußboden hart und ungemütlich. Der Sterbende stöhnte, was auch nicht gerade zur Stimmung beitrug.

»Oh, wie schön!« rief der Baderchirurg aus, als er meinen Rock hochschlug. »Ein herrlicher doppelter Bruch! Ja, da ist der Knochen!« Er hatte einen abscheulichen, gelblich-braunen Bart mit dazu passenden Augenbrauen und ungekämmtes langes Haar von der gleichen Farbe. Über seinem mausgrauen Wollkittel und einem dunkelgrünen Überrock trug er eine große Lederschürze mit vielen unheilverkündenden, dunklen Flecken, die ich für Blutspritzer hielt.

»Um alles, nicht anfassen!« schrie ich, als er das weiße Knochenstück betrachtete, das aus dem Bruch ausgetreten war. Mir war übel vor Entsetzen. Wer sieht auch schon gern seine eigenen Knochen!

»Oh, das fasse ich noch früh genug an. Ihr habt doch gewiß eine Familie, die bezahlen kann?«

»Ja – das hab ich«, brachte ich heraus.

»Dann werden wir Euch aufladen und mit ins Geschäft nehmen. Auf dem Kapellenboden läßt sich das nicht richten. Ihr müßt jedoch ein wenig warten. Ich habe in der Ecke dort drüben einen noch schöneren Bruch.« Er rief nach seinen Helfern, und nachdem er mir das Bein vorläufig geschient hatte, ließ er mich, nur ein paar Schritte hinter dem Mann mit dem ›schöneren Bruch‹, in seine Geschäftsräume bringen. Man trug uns durch die Tür eines schmalen Vorderzimmers, vor dem eine Baderstange stand, die mit roten, blutigen Verbänden geziert war, welche darauf hinwiesen, daß man hier zur Ader gelassen werden konnte, und legte uns dann auf den Bänken seines ›Geschäftes‹ wie Weizensäcke ab.

Was für ein trostloser Ort. Da stand ein großer Stuhl zum Haareschneiden, Rasieren und Aderlassen. Vor ihm auf dem Boden ein fleißig benutzt aussehendes Becken. Eine Kette aus Zähnen an der Wand warb für sein Geschick als Zahnzieher. An der anderen Wand hing ein grausiges Aufgebot von Instrumenten, wie man sie wohl in einer Folterkammer antreffen mochte: Messer, Sägen, Zangen und Brenneisen, während in einer Truhe Lanzetten und andere kleine Instrumente lagen. Am anderen Ende des Zimmers stand eine unheilverkündende Apparatur: sein arg lädierter und oft benutzter, hölzerner Operationstisch. Ringsum an den Wänden und auf den Möbeln konnte man dunkle Flecken von getrocknetem Blut erblicken, und die Binsen auf dem Fußboden waren dunkel und verfilzt von all dem, was aus ekelerregenden, alten Wunden so alles herausfloß.

»Also«, hörte ich ihn zu dem ersten Mann sagen, »Euer Bein ist ganz schön zerquetscht. In der Regel bekommt man dort Wundbrand. Wollt Ihr lieber mit dem Bein dran sterben, oder ohne weiterleben?«

»Leben, ich will leben«, murmelte der Mann. Er sah nach einem ehrbaren Menschen aus, vielleicht ein Fuhrmann, trug einen rostfarbenen Kittel und die Überbleibsel einer grauen Bruch. Er lag auf seinem alten, grauen Umhang und biß die Zähne zusammen, damit er nicht vor Schmerzen schrie.

»Vernünftig. Ich hab's im Nu runter. Ihr seid hier nämlich nicht bei einem dieser gewöhnlichen Schlachtergesellen. Ich kann einen Arm oder ein Bein so schnell abnehmen, daß Ihr's kaum merkt. ›John der Blitz‹, so nannte man mich in der Armee immer.«

John der Blitz kam ohne Vorbereitungen aus, denn er trug ja schon seine blutbespritzte Schürze. Seine Helfer banden sich ihre um und hoben alsdann ihr Opfer auf den großen, hölzernen Operationstisch. Dann legten sich alle vier (und sie waren weiß Gott muskulös, wie es sich für Helfer eines Chirurgen gehört) mit ihrem ganzen Gewicht auf den Mann – auf seine Schultern, seinen Rumpf und das gute Bein –, damit er sich nicht hin und her wand und den Chirurgen an der Arbeit hinderte. Die Brenneisen lagen schon rotglühend im Feuer und wurden von einem Lehrling überwacht. John der Blitz zog die Aderpresse fest zu, der Mann schrie, er machte sich an die Arbeit. Er war ein moderner Chirurg: nicht etwa, daß er das Bein einfach mit einem Schlag abhackte und sich dabei auf sein Glück verließ, daß er die Axt auch richtig ansetzte. Nein, er schnitt bis auf den Knochen, welchen er dann rasch durchsägte. Trotz der Aderpresse spritzte das Blut überall hin und vereinte sich mit den Flecken auf Wand und Boden, und das gräßliche Geschrei des Amputierten ließ mir das Blut in den Adern gerinnen. Im Nu hatte der Lehrling John dem Blitz das Brenneisen gereicht, und während es entsetzlich zischte und nach verschmortem Fleisch stank, stieß das Opfer einen durchdringenden Schrei aus und verlor Gott sei Dank das Bewußtsein.

»Gut gemacht, Jungs«, verkündete John der Blitz und wischte seine Werkzeuge ab. »Ich glaube, der kommt durch. Macht den Tisch frei, als nächste ist die Frau dran.« Die beiden mukulösen Gesellen kamen, um mich aufzuheben.

»Faßt mich nicht an, ehe ihr nicht den Tisch da abgewischt habt. Ich will nicht im Blut anderer Menschen liegen«, sagte ich.

»Frauen! Ha! Stellen sich immer an. Na gut, ich bin gern zu Diensten. Albert, wisch den Tisch ab, die Lady möchte sich das Kleid nicht schmutzig machen.« Als ich auf dem Tisch lag, fing er wieder an zu pfeifen.

»Also, Schätzchen, willst du lieber mit dem Bein dran sterben, oder ohne weiterleben?«

»Ich will damit sterben«, sagte ich mit zusammengebissenen Zähnen. »Richtet mir bloß das Bein ein.«

»Ein Jammer. Ohne sind die Aussichten besser«, antwortete er. »Na ja, ist nicht ganz so schlimm wie bei dem anderen. Ihr könntet Glück haben, falls es nicht brandig wird.« Ich wandte den Kopf ab; ich konnte sehen, wie ein Helfer das Bein des Mannes nahm und es draußen auf den Abfallhaufen warf. Mir wurde übel.

»Richtet es gerade ein. Ich will kein Krüppel werden.« Als er mein Bein untersuchte, ergriff ich ihn bei der Hand, so daß er mir ins Gesicht sehen mußte.

»Versprecht, daß Ihr es gerade einrichtet, was auch immer geschieht«, bat ich. Er sah überrascht aus.

»Dann bestimmt also Ihr die Behandlung selber? Frauen und ihre ewigen Wünsche! Ihr solltet Euch vor Eitelkeit hüten, junge Frau. Die bringt Euch alle so schnell ins Grab. Tief ausgeschnittene Kleider im Winter, enge Schnürleibchen. Wenn eine Frau einen Entschluß fassen muß, läßt sie sich von der Eitelkeit leiten – und geradewegs in die Arme des Todes! Also, der Bursche da drüben, der weiß, wie man sich entscheiden muß – der hat gewählt wie ein richtiger Mann, das Leben nämlich! Einrichten dauert viel länger, und für das Ergebnis stehe ich nicht gerade. Vielleicht muß das Bein ohnedies ab. Ich frage Euch noch einmal – wollt Ihr weniger Schmerzen? Ich habe es im Handumdrehen runter.«

»Niemals, niemals, sag ich. Ihr richtet es mir lediglich

ein, und ich spreche Euch hiermit von meinem Tod los.« Ich redete mit zusammengebissenen Zähnen, denn das Bein tat sehr weh.

»Na, dann los«, sagte er fröhlich und stocherte an dem Knochen herum. »Aber Ihr dürft mir nicht so schreien. Sonst bin ich nicht richtig bei der Sache. Einrichten ist viel schwieriger als abnehmen, und dann soll es ja auch noch grade werden.« Er gab Anweisungen, daß man ihm frischen Knochenwurz brachte, und ließ dessen Wurzeln zu Brei stampfen. Leintücher wurden in der aus der Pflanze gewonnenen Flüssigkeit ausgewrungen, dann holte er die lange, muldenförmige Schiene.

»Da«, sagte er und reichte mir einen schweren Lederstreifen mit allerhand Zahnabdrücken. »Darauf könnt Ihr beißen. Ihr dürft mir nicht soviel Lärm machen. Sonst brecht Ihr Euch noch einen Zahn ab. *›Primum non nocere‹*, sag ich immer.«

Es ist ein Naturgesetz, daß man auf einen Menschen, der außerstande ist zu widersprechen, mehr einredet, als es jenem lieb ist. John der Blitz war ein Meister der einseitigen Unterhaltung. Während ich mich in unbeschreiblichen Qualen unter dem vollen Gewicht seiner Helfer wand, strömte sein heiterer Redefluß nur so dahin.

»Na, wo ist denn die andere Seite – aha, da haben wir sie ja! Beide Knochen glatt durchgebrochen! Hmmm. Manch einer glaubt, die Brücke ist ein merkwürdiger Ort für eine Praxis, aber sie ist einfach großartig – alle Hände voll zu tun, bei Tag und bei Nacht. Unfälle, Raufereien, Ertrunkene – es vergeht keine Woche, daß man nicht ein paar umgekippte Bootsleute schreien hört. Nicht so zappeln, ich bin gerade beim Einrichten. O ja. Man muß nur wissen, daß die Kehrseite der Katastrophe die Gunst der Stunde ist. Die Gunst! Wenn die Geschäfte flau sind, was in dieser ausgezeichneten Lage wirklich selten vorkommt, erinnere ich all diese gesunden Kaufleute daran, daß der am ehesten gesund bleibt, der wenigstens viermal im Jahr zur Ader gelassen wird. Jede Jahreszeit einmal – das bringt die Körpersäfte ins Gleichgewicht. Hab ich nicht schon gesagt, Ihr sollt stillhalten – Ihr macht mir ja meine Arbeit wieder zunichte! Jetzt, wo es gerade ist, verpakken wir es in Knochenwurz. Ihr habt ja gar keine Narben an Handgelenk und Knöchel. Ich sehe schon, Ihr kümmert Euch nicht um Eure Gesundheit. Wie Ihr ohne die einfachste Vorsorge wie Aderlassen so alt werden konntet, das will mir nicht in den Kopf – so, jetzt schnallen wir es fest –, Eure Säfte sind wahrscheinlich im Augenblick sehr unausgewogen. Ihr könnt gar nicht gesund bleiben, es sei denn durch ein Wunder, wenn Eure Körpersäfte nicht in Ordnung sind – hmm, ja. Eine nette Leistung, wenn ich mir erlauben darf, das zu sagen. Habe ich das nicht nett hingekriegt?«

»Aber ja, Master John«, sagten seine Helfer im Chor.

»Jetzt schicken wir einen Jungen, daß Eure Leute Euch abholen. Wo sagtet Ihr noch, wohnt Ihr?« Ich war so schlapp wie ein nasser Lappen und konnte kaum flüstern »Cornhill, St. Katherine's –« als sie den Knebel herauszogen.

»Diebesgasse? Bei Christi Knochen! Wenn ich das gewußt hätte, ich hätte es vielleicht nicht gerichtet.«

»Keine Sorge, Ihr bekommt Euer Geld …«

»Na, da bin ich aber froh – macht den Tisch frei, Jungs, man weiß nie, wann sich die nächste Gelegenheit bietet.« Master John ging pfeifend umher, brachte seine Instrumente wieder fort und bereitete sich auf den nächsten Patienten vor. Das war ein Mann, dem seine Arbeit Spaß machte.

Es gibt zwar Dinge, die mir noch peinlicher sind, als auf einer Chirurgenbahre durch die Straßen Londons getragen zu werden, doch es steht auf meiner Verdrußliste recht weit oben. Schade, daß ich nicht blutete oder ohnmächtig war, was nicht nur würdevoller, sondern auch weniger schmerzhaft gewesen wäre. So kam ich mir furchtbar albern vor, als Bruder Malachi eintraf und etwas verärgert wirkte, weil man ihn bei der Arbeit unterbrochen hatte. Zwei große Lümmel aus der Nachbarschaft begleiteten ihn, er hatte sie angeheuert, daß sie mich nach Haus trugen. Er bezahlte die Miete für die Tragbahre und machte mit dem Chirurgen aus, die Rechnung in zwei Raten zu begleichen. Ich war erleichtert, als sie mich aufhoben und aus dem Laden des Chirurgen trugen. Die finstere Schauerlichkeit dieses Ortes drückte mir aufs Gemüt. Wir waren eine richtige Prozession: die Lümmel, die Tragbahre, Bruder Malachi in seinem alten, versengten und fleckigen Habit und ein Helfer des Chirurgen, der die Bahre zurückbringen sollte.

»Das kommt davon, wenn man herumwandert, Margaret. Denk an meine Worte, du kannst von Glück sagen, daß man dich noch nicht überfallen und ausgeraubt hat. Hoffentlich suchst du dir deine Kundinnen jetzt in der unmittelbaren Nachbarschaft. Du bist einfach nicht schlau genug, als daß du in einer großen Stadt auf dich aufpassen könntest.« Und so fort, und so fort schimpfte er, woran ich ermessen konnte, daß er mich mittlerweile trotz seiner angeblichen Bindungslosigkeit ins Herz geschlossen hatte. Als wir dann in unsere Gegend kamen, hatten wir ein Gefolge von untätigen, kleinen Jungen, von denen mich fast alle kannten.

»He, Margaret, es ist zu spät zum Schlittschuhlaufen! Wo hast du dir denn das geholt?« riefen sie schadenfroh.

»Jemand ist auf mich draufgetreten«, antwortete ich.

»Muß ja ein Pferd gewesen sein!« scherzte einer der kleinen Jungen.

»Margaret ist von einem Pferd getreten worden!«

Als wir dann in unsere Gasse einbogen, hatte sich schon die Nachricht verbreitet, daß einhundert Ritter in voller Rüstung in militärischem Auftrag in die Stadt galoppiert waren und Dutzende von Frauen und Kindern auf der Brücke zu Tode getrampelt hätten. Und schon bald sollten die Franzosen an der Küste gelandet sein, und während es Tage dauerte, bis man das Invasionsgerücht unterdrückt hatte, ließ sich das von den totgetrampelten Kleinkindern nie ganz ausrotten.

Als ich schließlich ins Haus getragen und am Feuer abgesetzt worden war, trafen auch schon die Nachbarsdrachen ein, angeblich um zu helfen, doch in Wahrheit, um einen vermeintlichen Augenzeugenbericht zu erhalten. Ich war zu erschöpft, als daß ich sie um ihr Vergnügen gebracht hätte.

»Man erzählt sich«, sagte die Nachbarsfrau, die mich so gern schlechtmachte, »daß die Straße von Blut nur so troff.«

»O ja, es gab genug Blut.«

»Und die Kinder haben geschrien?«

»Es wurde gräßlich geschrien – auch gebetet, so als wäre das Jüngste Gericht gekommen.«

»Man erzählt sich, daß es achtzig Ritter auf Streitrössern und in voller Rüstung waren«, kam eine andere Frau dazwischen.

»Ja, so viele habe ich nicht gesehen ...«, protestierte ich.

»Natürlich hat sie das nicht«, unterbrach die erste. »Sie war doch schon niedergetrampelt; wenn man am Boden liegt, kann man nicht viel sehen.«

Bald erzählten sie sich gegenseitig, was geschehen war, und je mehr sie an der Geschichte arbeiteten, desto besser wurde sie. Hilde bot Erbsenbrei an, den man mir vom Abendessen aufgehoben hatte, und sie wollten nicht gehen. Mein Bein tat weh, außerdem merkte ich, daß ich anfing zu fiebern.

»Was war mit der Frau, die du besuchen wolltest?« fragte Hilde mich leise, während sie weiterquasselten.

»Das Kind hat sich noch nicht gesenkt; es dauert noch ein Weilchen«, war meine Antwort.

»Das hat meine Wehmutter auch mal so ähnlich gesagt«, unterbrach mich eine der Frauen. »Aber die hatte keine Ahnung, das Kind ist so schnell gekommen, daß es mich innerlich zerrissen hat – seitdem bin ich nicht mehr die Alte.«

»Du? Zerrissen? Ei, du kannst dir nicht vorstellen, was ich für Schmerzen bei der Geburt meines fünften Kindes hatte. Es kam mit dem Steiß zuerst. Ich war monatelang zu nichts nutze.«

»Meine Liebe, wenn Gott nicht ein Einsehen gehabt hätte, du könntest diese Geschichte nicht mehr erzählen. Aber die Tochter meiner Base, bei der ist auch mal ein Kind mit dem Steiß zuerst gekommen, und sie ist daran gestorben. Man hat sie mit dem Kind im Arm begraben.«

Und schon bald tauschten sie Krankheitserscheinungen und Schreckensgeschichten aus. Ein ums andere Mal wandte sich dann wohl die eine beifallheischend an Hilde oder mich, und dann nickten wir stumm. Als sie am Ende des Klatsches überdrüssig waren, nahmen sie fröhlich schwatzend Abschied.

»O Hilde«, sagte ich, als sie fort waren, »hoffentlich kommen sie nicht wieder.«

»Hoffentlich kommen sie wieder. Frauen wie die machen dir einen Namen.«

»Aber ich habe doch schwer für meinen Namen gearbeitet. Das da sind bloß Tratschtanten.«

»Was du tust, gilt sehr wenig«, erwiderte Hilde. »Zählen tut nur, was die Leute über dich sagen.« Hilde war eine kluge Frau, viel klüger als ich, wie ich bald herausfand. Da ich jetzt keine Treppen steigen konnte, schlief ich mit Lion am Feuer und saß tagsüber mit hochgelegtem Bein auf der Bank und flickte oder erledigte andere sitzende Haushaltsarbeiten. Dort hörte ich dann eines Tages auch durch das offene Fenster den Nachbarsdrachen jemand anders erklären, sie hätte wichtige Dinge mit mir durchgesprochen und dabei festgestellt, daß meine Rede ›sachlich und Gott wohlgefällig sei‹. Was für ein Witz, dachte ich wehmütig, alles was ich dazu beigetragen habe, war doch nur ein Kopfnikken, während sie das Reden besorgte.

»Sie wirkt zwar jung, ist aber eine fromme Wittib und, wie man so hört, eine gute Wehmutter«, kam die Stimme von draußen.

Als ich dann auf einer Krücke wieder meiner Arbeit nachgehen konnte, begrüßten mich die Nachbarinnen aus dem Fenster. Als ich gänzlich genesen war, stellte sich heraus, daß sie die ›kleine Wehmutter‹ als beinahe faßt so gut wie die ›Große‹ und viel billiger herumempfohlen hatten. Während meiner Genesung hatte ich mir einen Namen gemacht, als hätte ich in der Zeit hundert Kinder gesund entbunden. Woran man wieder einmal sieht, daß man in einer großen Stadt auf merkwürdige Weise zu einem guten Ruf kommen kann. Jetzt wußte ich, daß ich mir in London immer meinen Lebensunterhalt würde verdienen können.

Bruder Gregorys angeborene Streitsucht war durch seinen Kleiderwechsel arg in Mitleidenschaft gezogen, und so begnügte er sich damit, zu warten, daß er mit Schreiben fertig wäre, ehe er sein überraschendes Argument losließ. Dann konnte er sich zurücklehnen und sich an Margarets Verärgerung weiden.

»Schwarz steht Euch gut, Bruder Gregory. Sehr würdevoll«, bemerkte Margaret, während sie die geschriebenen Seiten, die sie in der Hand hielt, überprüfte. Zwar konnte sie noch nicht alles lesen, aber die unendliche Freude daran, daß sich die dunklen Schnörkel auf dem Papier zu den Worten formten, die von ihr stammten, hatte im Lauf der letzten Wochen nicht im mindesten nachgelassen.

»Ich komme mir wie ein Narr vor.« Bruder Gregory blickte auf das dunkle, pelzverbrämte Gewand und zupfte verzagt daran herum.

»Dieser Tage gehen doch viele Kleriker dazu über, daß sie weltliche Kleidung tragen, einige sogar wie die Gecken. Ei, erst gestern sah ich einen Mönch mit buntfarbiger Bruch, der keine Tonsur mehr hatte. Also, der sah nun wirklich wie ein Narr aus.« Margaret saß auf den Kissen in der Fensternische, blätterte die Seiten langsam um und blinzelte ein ganz klein wenig, wenn sie an eine schwierige Stelle kam.

»Das kommt daher, daß sie keine wahren Sucher sind. Das macht eben unsere Zeit. Seit der großen Pestilenz lassen Priester ihre Gemeinden im Stich und fallen auf der Suche nach leichter Arbeit wie Seelenmenschen in London ein. Unwissende, geldgierige Burschen, die ein A nicht von einem B zu unterscheiden vermögen, ganz zu schweigen von Lateinkenntnissen, haben sich der Religion zugewandt. Was mich angeht, so ist das eine Schande. Doch das ist nun einmal der Lauf der Welt. Die alten Tugenden sind vergessen. Wir leben eben kein Gott wohlgefälliges Leben mehr.« Bruder Gregory starrte düster seine sauberen Fingernägel an.

»Ein Gott wohlgefälliges Leben? Wann hätte es Gott wohl gefallen, daß wir so leben, wie wir leben? Oder wie wir vor der Pestilenz gelebt haben? Oder wie der Papst und die Kardinäle in Avignon mit all ihren Buhlerinnen leben? Gewißlich hat sich Gott das anders vorgestellt. Ich kann mich wirklich nicht daran erinnern, daß man früher tugendhafter gewesen wäre. Ihr habt Euch bloß in einen düsteren Gemütszustand hineingesteigert.« Margarets Stimme klang entschieden selbstgerecht, während sie die Geheimschublade in der Truhe öffnete und die eben erst fertiggestellten Seiten des Manuskripts hineinlegte. Als sie sich umdrehte und Bruder Gregory anblickte, spannte er die Falle.

»Wie Gottes Plan auch immer aussehen mag, sicher ist es eine Sünde, sich ihm zu widersetzen, oder?«

»Vermutlich, doch zunächst muß man doch wissen, wie der Plan ausschaut.«

»Wie steht es beispiclsweise mit Gottes Plan, daß er die hohen Stellungen in der Welt an Menschen von edlem Blut vergibt?«

»Ach, schon wieder das? Daran glaube ich ganz und gar nicht. Durch wen werden denn Dynastien gegründet? Durch den Mann mit dem ältesten Stammbaum oder den Mann mit dem mächtigsten Schwertarm? Ich glaube, durch letzteren.«

»Und ich sage, das Schwert wird dem mit dem mächtigsten Blut verliehen, was wiederum zeigt, daß die von Geblüt regieren sollen.« Wenn Margaret in eben diesem Augenblick nicht so zufrieden mit sich gewesen wäre, sie hätte an Bruder Gregorys Stimme gemerkt, daß er sie aufs Glatteis führte. So antwortete sie:

»Und ich sage, Gottes Gaben sind willkürlich; Er gibt, wie es Ihm beliebt.«

»Gott, ein Anarchist? Nie und nimmer!« Bruder Gregorys Augen glitzerten. Jetzt hatte er sie. »Nehmen wir doch etwas, das Ihr für ein gutes Beispiel halten mögt. Besaß Euer Bruder nicht Gaben, mit denen er auffiel? Würdet Ihr nicht sagen, das beweist Eure These, weil er auf Grund seiner Begabung eben höher aufstieg?«

Margaret sah verwirrt aus.

»So könnte man wohl sagen, aber er hat auch schwer gearbeitet. Deshalb fand man Gefallen an ihm. Deshalb, und weil er gescheiter war als andere.«

»... und auch anziehender?«

»Ja, das natürlich auch. Aber wir kommen auch

beide auf die Mutter. Sie war auf ihre Art ungewöhnlich.«

»Und damit habt Ihr mir just meine These bewiesen.«

»Nichts dergleichen habe ich. Ihr habt mir eben zugestimmt.«

»O nein, das habe ich nicht. Euch fehlt nur eine Information, und die beweist wiederum meine These.«

Margaret sah Bruder Gregory durchdringend an; plötzlich fand sie, daß sie den sardonischen Blick, mit dem er sie musterte, ganz und gar nicht leiden konnte.

»Wenn Ihr etwas Häßliches sagen wollt, dann überlegt zweimal, sonst haltet lieber den Mund«, sagte sie bestimmt.

»Gut, ich sage also nichts. Ich stelle lediglich ein paar Fragen wie Sokrates, bis Ihr von allein auf die Wahrheit kommt.«

»Und wer war nun wieder dieser Sokrates?«

»Ei, ein Philosoph – der die Wahrheit mittels Fragen herausfand.« Margaret mißtraute Bruder Gregory, wenn er Philosophen anführte. Gewöhnlich brachte er sie wie militärische Verstärkungen ins Feld und eröffnete damit eine besonders abscheuliche Frontlinie. Aber sie dachte, ich beantworte einfach seine Fragen nicht, dann wird er aufgeben und sich damit abfinden müssen, daß er dieses eine Mal unrecht hat.

»Ihr würdet mir doch darin zustimmen, daß sich reiche Männer und Herren eine Geliebte halten, nicht wahr?«

»Also nein, aber ja doch.«

»Und die Herren der Kirche auch?«

»Die auch, wenn sie verderbt sind.«

»Und in letzter Zeit hat es allerhand verderbte gegeben, wenn ich mich Eurer Worte recht entsinne.«

Margaret gab keine Antwort.

»Was machen nun reiche Männer und Herren mit ihrer natürlichen Nachkommenschaft?«

»Sie erkennen sie an, wenn ihnen danach ist, und helfen ihnen weiter.«

»Und die Herren der Kirche?«

»Ja, die können ihre nicht anerkennen, aber manchmal helfen sie ihnen heimlich. Ich habe sogar schon die Tochter eines Bischofs entbunden – er hat ihr eine riesige Mitgift gegeben, damit sie sich anständig verheiraten konnte.«

»Habt Ihr schon einmal einen Gedanken an die Gewohnheiten von Abt Odo von St. Matthew's verschwendet?«

»Und was genau wollt Ihr damit sagen?« fragte Margaret erschrocken.

»Wartet, wartet. Ich stelle hier die Fragen. Ist Euch schon einmal zu Ohren gekommen, daß er beinahe soviel natürliche Nachkommen hat wie mein Vater? Und mein Vater ist ein emsiger Mann. Ständig treffe ich Halbbrüder, die ich noch nicht kannte. Natürlich stellt Vater sich mit dem Anerkennen abscheulich an – das kommt, weil er immer so knapp bei Kasse ist. Da war Odo mit Mitgiften und Beförderungen für seine natürlichen Kinder großzügiger. Und er hat es auch verstanden, alles geheimzuhalten.«

»Was, um Himmels willen, wollt Ihr damit sagen, Ihr gemeiner, gemeiner Kerl?« rief Margaret. Sie klang so außer sich, daß es wie Balsam für Bruder Gregorys Seele war. Nun tat er sehr herablassend.

»Damit meine ich, Mistress Verdienst-ist-Zufall, daß Ihr einen sehr merkwürdigen Großvater habt – einen Abt mit gelben Augen. Aber ich muß zugeben, bei Euch sehen sie hübscher aus. Bei ihm wirken sie so unzüchtig, findet Ihr nicht auch? Und daß er der Gönner Eures Bruders ist, das ist weiß Gott kein Zufall. Wenn man bedenkt ...«, und hier blickte Bruder Gregory zur Decke –, »daß er geradewegs von Karl dem Großen leibhaftig abstammt, dieser Abt. Und Karl der Große von den römischen Kaisern, die natürlich ihren Stammbaum bis auf die heidnischen Götter zurückführten …«

»Einen Augenblick – Ihr seid zu weit gegangen. Seit wann stammen denn die heidnischen Götter von Adam ab? In dem Familienstammbaum da scheint mir vieles die reine Erfindung zu sein«, sagte Margaret aufgebracht.

»Dreht und wendet es, wie Ihr wollt, ein Punkt für mich«, sagte Bruder Gregory mit überheblicher Miene, »und Ihr seid im Unrecht. Außerdem könnte man sogar sagen, daß wir irgendwie Vetter und Base sind, wenn man weit genug zurückgeht und man nichts gegen Bastarde hat.«

»Vetter, Base? Durch wen wohl? Durch Karl den Großen oder Julius Caesar oder durch die einfallsreiche Tinte irgendeines Mönches? Ihr kommt in mein Haus, Ihr eßt wie eine Heuschreckenplage, und dann beleidigt Ihr meine Mutter und meinen Bruder – mit mir seid Ihr jedenfalls nicht verwandt, Ihr Schnüffler und Unruhestifter, Ihr!« rief Margaret hitzig.

»Ich? Ein Schnüffler? Aber Ihr habt doch durch meine Feder die Geheimnisse Eures Lebens zu Papier gebracht. Ich habe kein bißchen geschnüffelt. Das wurde mir aufgezwungen.« Bruder Gregory lehnte sich zurück und verschränkte die Arme hinter dem Kopf. Monatelang hatte sie ihn gereizt, und so genoß er diesen Augenblick ganz unbeschreiblich. Seine knochigen, schwarzgewandeten Ellbogen standen hinter seinen Ohren ab wie Fledermausflügel. Er grinste und weidete sich an Margarets Wut. Eigentlich sollte sie ihm dankbar sein. War es nicht viel besser, gutes Blut, wenn auch Bastardblut, zu haben, als ein völliger Niemand zu sein? Doch es war nicht zu übersehen, daß sie nicht seiner

Meinung war. Eine Ignorantin, wirklich. Interessant, daß sie ein so hitziges Temperament verbarg. Vielleicht warf sie noch mit dem Tintenhorn nach ihm.

Doch Margaret überraschte ihn. Statt zu toben, begann sie plötzlich die Hände zu ringen. Eine Träne rollte ihr übers Gesicht, und sie sagte mit bebender Stimme, wobei sie sehr um ihre Selbstbeherrschung kämpfte:

»Meine arme, arme Mutter. Männer sind einfach gräßlich.«

Und Frauen, dachte Bruder Gregory, absolut nicht zu verstehen.

Doch Bruder Gregorys Zukunft entschied sich an diesem Abend, als nämlich Roger Kendall lachte. »Ist das alles?« fragte er seine weinende Frau. »Ei, das ist doch völlig unwichtig – nicht einmal interessant, es sei denn, es handelte sich um einen Kardinal. Komm, komm – er kann nicht anders, er ist ein Querulant; das ist nun mal seine Natur. Du mußt dich lediglich entscheiden, ob du das Buch beenden willst oder nicht.«

Kapitel VIII

Mittlerweile war es Advent geworden. Als Bruder Gregory von der Walbrook Street zur Thames Street trabte, blies ein so eisiger Wind vom Fluß herauf, daß es ihn in seinem alten Schaffellumhang fröstelte. Zwar hatte er das schmierige, verfilzte Fell gegen die Frostluft nach außen gewendet, was eigentlich besser wärmen sollte, doch dieser Winter versprach schon jetzt ungewöhnlich hart zu werden. Zugegeben hätte er es nie, aber er freute sich auf Master Kendalls warme Diele, wo alles ordentlich war und man den Winter gebührend in Schach hielt. Als er dann aber zur Lesestunde hereingeführt wurde, fand er den Haushalt in ungewöhnlichem Aufruhr vor. Er stand einen Augenblick an der großen Feuerstelle still, wärmte sich auf und bekam dabei mit, was Gesinde und Gesellen aufgeregt besprachen; und auch ein, zwei Lehrlinge lauschten gespannt der hitzigen Diskussion.

»... und so streckt der Master einfach die Hand aus und wischt das Kreidezeichen über der Tür ab und sagt – kühler geht's wirklich nicht – zu dieser Bande von Gefolgsleuten – alle bis an die Zähne bewaffnet – ›Wenn Euer Herr Unterkunft sucht, so soll er das in einem unbewohnten Haus tun.‹ Und ihr Hauptmann legt die Hand aufs Schwert, doch der Master sagt: ›Erschlagt einen freien Kaufmann von London auf seiner Schwelle, und Ihr hängt.‹ Inzwischen hatte ich die Jungen geholt, und Master Wengrave von nebenan war mit seinen dazugekommen, also steigen die Mistkerle wieder auf. ›Und holt Sir Ralphs Gepäck und seine Pferde auch aus dem Stall‹, spricht er. Ich kann Euch sagen, der Master Kendall, der hat Nerven aus Stahl …«

»Was mag da geschehen sein?« überlegte Bruder Gregory. Doch als er das Zimmer betrat, wo er gewöhnlich unterrichtete, traf er eine sorgenvolle Margaret an, die von Roger Kendall beschwichtigt werden mußte.

»Margaret, Margaret, reg dich doch nicht so auf. Merkst du denn nicht, daß alles vorbei ist? Das Gesetz ist auf unserer Seite. Nur weil der König sich in der Stadt aufhält, heißt das noch lange nicht, daß seine Gefolgsleute unser Haus beschlagnahmen können. Das mag anderswo üblich sein, doch in der City von London ist es schon lange Zeit verboten, und in den letzten zwanzig Jahren hat es auch niemand mehr versucht. Sie wollten nur einmal unseren festen Willen prüfen, und dabei haben wir uns als die Stärkeren erwiesen. Sie kommen nicht wieder, das kannst du mir glauben. Der König wird es nicht zulassen. Nun mach dir bitte keine Sorgen mehr.«

»Was hat das alles zu bedeuten?« unterbrach ihn Bruder Gregory.

»Oh, Bruder Gregory, ich bin im Augenblick viel zu durcheinander für Lesestunden.« Margarets Miene war ein Bild der Sorge. »Sir Ralph de Ayremynne hat versucht, unser Haus für seinen Aufenthalt in London zu beschlagnahmen, aber mein Mann hat sein Kreidezeichen über der Haustür weggewischt und seine Männer fortgeschickt. Und jetzt behauptet er, wir hätten nichts zu befürchten.«

»Und ich wiederhole es, mein Herz. Erschrick nicht vor Gespenstern.«

»A-aber, das Gesetz macht doch, was es will. Wenn man hochgestellt ist, hat man es immer auf seiner Seite.

Auf das Gesetz ist überhaupt kein Verlaß. Ein Stück Papier ist nicht so stark wie das Schwert.« Margaret war immer noch durcheinander; das kam davon, daß sie zuviel dachte. Andere Frauen hätten sich mit den Worten ihres Mannes zufriedengegeben.

»Unsinn, Liebes. Denk wie ich. Hinter dem Gesetz steht die Politik, und hinter der Politik das Geld. Darum behalten wir unser Haus.«

»Master Kendall, Ihr meßt dem Geld zuviel Macht zu. Im Himmel regiert Gottes heiliges Gesetz, auf der Erde das Schwert.« Bruder Gregory war ebensowenig imstande, Roger Kendalls Argumentation zu folgen.

»Bruder Gregory, Ihr macht einen Fehler. Die Engelsscharen Gottes arbeiten nicht für Geld. Er erschafft den Blitzstrahl und andere Waffen, ohne daß es ihn einen Penny kostet. Der König seinerseits kann ohne Geld kein Heer aufstellen. Wir in der City haben das Geld, und wenn er es haben will, darf er die City nicht vor den Kopf stoßen. Weil das Schwert ohne Geld in der Scheide bleibt, kommen beide, das Gesetz und das Schwert, erst hinter dem Geld.«

»Ein hübsches Argument, Master Kendall. Ich glaube zwar kein Wort davon, doch es schließt sich zu einem recht netten Kreis. Den Mann lob ich mir, der ein hübsch geformtes Argument zustande bringt. Das ist beinahe so gut, wie recht zu haben.«

»Ein Kreis? Ich sehe keinen.«

»Aber ja doch, ein Kreis. Denn Geld kann man nur verdienen, wenn der Frieden durch das Schwert gesichert wird. Ihr könntet also auch genausogut sagen, daß Wohlstand hinter dem Gesetz kommt, und das Gesetz hinter dem Schwert – welches Euch zufolge hinter dem Wohlstand kommt.«

»Hmpf, ja. Ich merke, wir kommen nicht überein, weil wir uns nicht im gleichen Teil des Kreises befinden. Aber rutscht doch ein wenig zu meiner Seite herüber und sagt meiner Frau, daß wir nicht hinausgeworfen werden.«

»Mistress Kendall, Euer Mann hat recht. Ihr braucht nicht mit Packen anzufangen. Wir sind beide der Meinung, daß Ihr überreizt seid und es viel zu gefühlsbetont nehmt.« Bruder Gregory blickte sie herablassend an, wie sie da auf den Kissen ihrer Fensternische neben ihrem Mann saß. Kendall hatte ihre Hände ergriffen, doch die waren immer noch klamm vor Angst.

»Ich bin überhaupt nicht gefühlsbetont; ich denke eben an wichtige Dinge wie das Haus, während ihr euch über Kreise streitet.« Margaret wurde langsam ärgerlich auf Bruder Gregory. Ärger war heilsam; darüber vergaß sie ihre Angst. Sie wurde aber noch ärgerlicher, als ihr aufging, daß Kendall entschlossen war, Bruder Gregory von seiner These zu überzeugen. Der wiederum verteidigte seine mit mehreren schlauen Beispielen, und schon bald stritten die beiden sich hitzig über Politik.

Sie brachten Margaret zur Verzweiflung: einen Augenblick dachte sie daran, sie einfach stehenzulassen, doch dann fiel ihr ein, daß es nicht höflich war, wenn eine Unterrichtsstunde auf diese Weise ausfiel. So nervig Bruder Gregory auch zuweilen sein mochte, hatte er doch ihretwegen andere Arbeiten liegenlassen, und wenn er sein Honorar nicht bekam, dann vielleicht auch nichts zu essen. An derlei dachte Margaret immer, seit sie sich selbst in der gleichen Lage befunden hatte. Durch diese Rücksichtnahme unterschied sie sich gänzlich von den selbstsüchtigen reichen Frauen, die stets ein behütetes Leben geführt hatten und in einer gedrückten Stimmung bedenkenlos andere Leute vernichteten. So wartete sie denn, bis Kendall wieder einfiel, daß er an die Buchführung mußte, und versicherte ihm liebevoll, daß seine Beteuerungen ihr geholfen hätten, erst dann machte sie sich an die Arbeit. Es fiel ihr auch jetzt noch schwer, sich zu konzentrieren. Sie hatten ihren Schreck, daß ihre heile, stille, kleine Welt, die sie sich geschaffen hatte, in Gefahr war, noch nicht richtig verwunden. Als sie zu diktieren begann, war ihr Gesicht immer noch weiß, und ihre Hände zitterten zu sehr, als daß sie ihre Sticknadel hätte halten können.

Es war ein heller, kalter Herbstmorgen, als ich von meiner Arbeit aufblickte, denn ein lautes Klopfen an der Haustür hatte mich aufgeschreckt. Ich brauchte die Tür gar nicht erst aufzumachen, ich wußte schon, wer dort stand: einer der kleinen Lehrlinge des Schlachters mit weißem Gesicht und außer Atem. Bei gutem Wetter hatte ich es mir nämlich angewöhnt, die Tür offenzulassen, damit der Gestank aus Bruder Malachis Destille abziehen konnte. Die letzten Wochen war er dem Geheimnis der Umwandlung ›sehr nahegekommen‹, und so quoll denn ein eigentümlich übelriechender Rauch durchs Haus. Jetzt wetteiferte er – und dieses Mal erfolgreich – mit dem Gestank der Gasse, der normalerweise durch die geöffnete Tür drang.

»Margaret, Margaret – Türen und Fenster offenstehen zu lassen ist eine schlechte Angewohnheit. Das ist ja direkt eine Einladung für Diebe und Halsabschneider«, hatte Bruder Malachi eingewendet.

»Aber hier gibt es doch nichts zu stehlen – keinen Penny und keine Wertgegenstände, welche die Mühe lohnen würden«, erwiderte ich ganz vernünftig, wie ich meinte.

»Keine Wertgegenstände, keine Wertgegenstände? Ei, da ist meine Apparatur – und ob die kostbar ist! –, es dauert allein schon Jahre, wenn ich sie nachbauen muß!«

»Aber wer will die denn haben – und wenn sie einer mitnähme, was nutzte sie ihm schon, da doch nur Ihr damit umzugehen wißt.«

»Kann doch sein, daß mir ein Feind meine Geheim

nisse stehlen möchte«, brummte Bruder Malachi. »Aber bedenke eines«, und hier hellte sich seine Miene auf, »schon bald werden sich im Haus Gold und Silber nur so türmen. Was für eine Versuchung! Und Margaret mit ihren schlechten Angewohnheiten läßt einfach ein Fenster offen ...«, hier ahmte er einen finster um die Ecke schleichenden Dieb nach, der im Dunkeln nach Geld grapscht. »Und so – kriecht – er herein und *schneidet uns die Kehle durch*!« Bruder Malachi sprang dramatisch hoch, seine Hände wurden zu Klauen, die Augen rollten wie bei einem Wahnsinnigen.

»Oh!« Ich erschrak und fuhr zurück. »Bruder Malachi, Ihr solltet Euch wieder Maistre Robert anschließen, Ihr seid zu dramatisch für mich!«

»Mein Theater will etwas besagen, liebes Kind. Du solltest nämlich vorsichtiger sein. Das hier ist nicht gerade die vornehmste Gegend.«

»Aber angenommen, wir ersticken, ehe man uns die Kehle durchschneidet? Was dann? Dann kommt Ihr nie hinter das Geheimnis. Und bedenkt außerdem, daß allein schon der Gestank jeden abschreckt, der hier nichts zu suchen hat.«

»Hmm. Ein Gedanke, ein Gedanke. Ich werde ihn mir durch den Kopf gehen lassen.«

Und so kam es, daß ich bei offener Tür drinnen an einer Flickarbeit saß und mich bemühte, mich gleichzeitig am Feuer zu wärmen und die frische Herbstluft zu atmen, was unter diesen Umständen schlicht unmöglich war. Gerade Bruder Malachis Kleider bedurften ständig der Ausbesserung, da fliegende Funken immer wieder Löcher hineinbrannten, denn er hatte seinen Verstand nicht beisammen, wenn er in eines seiner Experimente vertieft war. Als ich den Schlachterjungen sah, legte ich mein Flickzeug beiseite.

»Was ist los? Kann ich helfen?« fragte ich.

Der Schlachterjunge rang nach Atem, damit er sprechen konnte. Ich kannte ihn; es war einer meiner Freunde von der Schlittschuhbahn.

»Ist die Wehmutter zu Haus, Margaret? Ich bin – ich bin den ganzen Weg gerannt. Meine Mistress hält die Schmerzen nicht mehr aus. Letzte Nacht ist ihre schwere Stunde gekommen, und es geht ihr sehr schlecht.«

»Mutter Hilde ist nicht da, aber ich komme mit. Ich will nur noch meinen Korb holen.«

»Du? Bist du denn auch eine Wehmutter? Du bist nicht alt genug dafür. Die Mistress will die alte, die auch ihr letztes Kind geholt hat.«

»Die ist die ganze Nacht fort, wacht bei einer Frau in den Wehen – aber ich komme mit. Ich bin fast genauso gut.«

»Oh, hoffentlich ist sie nicht böse. Es würde schon alles gutgehen, hat sie gesagt, denn sie hat schon acht Kinder gekriegt und vier begraben, warum sich also bei einem weiteren Sorgen machen? Mein Master wollte nicht dafür bezahlen, daß jemand die ganze Nacht bei ihr wacht. ›Laß deine Base kommen‹, hat er gesagt, ›und hol dir jemand, der dann die Nabelschnur durchschneidet. Das ist Frauensache.‹ Aber jetzt geht alles schief. Beeilt Euch, beeilt Euch!«

Und wie ich mich beeilte, denn es war ein langer Weg von unserem Haus bis zu den Shambles. Vergangene Nacht hatte es auch noch geregnet, so daß viele der Straßen, die nicht gepflastert waren, nur noch Schlamm waren, was uns natürlich aufhielt.

»Denk nur, wie schnell wir vorankommen würden, wenn es gefroren hätte und wir die Schlittschuhe nehmen könnten«, sagte ich, während ich auf meinen hölzernen Stelzenschuhen dahinstolperte. Er blickte betrübt auf seine Schuhe, die vollkommen durchnäßt waren. Er war bis an die Knie mit Dreck bespritzt.

»Ich kriege sicher einen Anpfiff, weil ich meine

Schuhe versaut habe. Der Master behauptet, es gibt auf der ganzen Welt kein Balg, das mehr entzweimacht als ich.«

»Vielleicht weiß er dir ja dieses Mal Dank für deine Eile und bemerkt die Schuhe nicht.«

Als wir um die Ecke in die breite Straße einbogen, wo der Schlachter sein Haus hatte, kam uns ein kalter Windstoß entgegen, und wir wickelten uns fester in unsere Umhänge.

»Seid Ihr sicher, wirklich sicher, daß Ihr genug wißt?«

»Ich kenne alle Geheimnisse meiner Mistress«, sagte ich. Und, so dachte ich, was mir an Wissen fehlt, das mache ich mit einer *Gabe* wett. Natürlich kann ich sie retten.

»Aber, dann seid Ihr ja ein Lehrling wie ich!«

»Nicht richtig, aber so ähnlich. Sozusagen.«

»Barmherziger, wir kommen zu spät!« Der Junge verlangsamte den Schritt. Sein Kinn zitterte, denn der Priester betrat das Haus durch den Laden im Erdgeschoß, ein Knabe mit einer Kerze ging ihm voran. Als der Lehrling mich oben ins Schlafzimmer führte, ballte der Vater die Faust und erhob sie gegen uns.

»Ihr kommt zu spät, verdammt noch mal!« zischte er.

»Ruhe!« mahnte der Priester, denn er erteilte der kaum noch atmenden Frau die Letzte Ölung. Am Kopfende des Bettes saß eine Frau, rang die Hände und weinte. Vier kleine, vollkommen aufgelöste Mädchen kauerten am Fußende des Bettes. Der Vater stand mit hängendem Kopf in seiner Lederschürze und mit seinem großen Messer am Gürtel daneben. Er hatte gearbeitet, bis es schiefging.

»Aber, ehrwürdiger Vater, mein Sohn ...«

»Es ist Gottes Wille. Wenn du einen Sohn willst, so mußt du wieder heiraten.« Die Stimme des Priesters war kalt.

»So leicht gebe ich nicht auf!« Das brüllte er, und

seine Augen blickten gänzlich irre. Schweiß strömte ihm über die Stirn. »Weg da, ich weiß, was ich zu tun habe!« Er schob den Priester fort, die kleinen Mädchen warf er vom Bett. Mit einer schroffen Geste schlug er den Rock der Toten zurück, den man ihr zu ihrem Lebewohl von dieser Welt schicklich übergelegt hatte. Sein scharfes Messer schimmerte über dem riesigen, glänzenden, weißen Leib.

»Nicht, Papa, nicht!« schrie ein dünnes Stimmchen ganz außer sich. Der Lehrling wich in eine Ecke zurück. Mit einem einzigen Schnitt öffnete der Schlachter den Bauch, als wollte er ein Schwein ausweiden. Das Blut spritzte, lief ihm über die Schürze und regnete in Tropfen auf alle im Zimmer herab. Aber, da, o du lieber Gott, welch unbeschreibliches Entsetzen! Als das Messer ins Fleisch schnitt, durchlief ein gräßliches Zucken die Gliedmaßen der toten Frau, und ein Auge schien sich zu öffnen und sich grausig in meine Richtung zu verdrehen. Sie war noch nicht ganz tot gewesen!

»Ein Junge! Bei Gott, ein Junge! So wurde Julius Caesar geboren!« Er hatte das schlaffe, blaue Kind aus dem geöffneten Schoß gehoben und hielt es blutig und triumphierend hoch, und die Nabelschnur hing herunter und verband es immer noch mit der Toten.

»Hergeben, gebt es mir!« rief ich und kam wieder zu mir. Mit einem Finger holte ich aus seinem Mund das faulige, dunkle Zeug, das Merkmal einer schlimmen Geburt, heraus und fing an, ihm sacht in den Mund zu atmen. Seine Brust hob sich und fiel mit meinem Atmen, aber der Leib blieb blau. Die Geburt war zu schwer gewesen; ich wußte, es lebte nicht mehr. Der Priester kam näher und sah interessiert zu.

»Weiteratmen«, sagte er. »Ich sehe, daß sich seine Brust bewegt; jetzt nicht aufhören.« Und dabei nahm er sein kleines Weihwassergefäß und besprenkelte das kleine Wesen dreimal.

»Gotteskind, ich taufe dich im Namen des Vaters und des Sohnes und des Heiligen Geistes.«

Ich blickte auf. Da kauerte er über mir, wo ich mit dem Kind im Arm auf dem Fußboden am Bett kniete. Seine Miene war ausdruckslos.

»Ich verliere nämlich keine Seele, die meiner Hut anvertraut ist«, sagte er und wirkte gänzlich gelassen.

»Er lebt, er lebt!« schrie der Schlachter.

»Nein, mein Sohn, er ist tot«, gab der Priester zurück.

Als ich mir das blutige Kind in meinem Arm anschaute, da sah ich auch den Grund dafür. Der Kopf war viel zu groß. Tatsächlich war er zweimal so groß wie ein normaler Kopf, und die Stirn war geschwollen, als hätte sie zwei rechte Winkel oder vorspringende Höcker über den Augenbrauen. Keine Menschenfrau hätte diesen Kopf gebären können. Stumm schnitt ich die Nabelschnur durch und windelte das Kind; dann legte ich es der Toten in den Arm, wobei ich die Augen von ihrem so furchtbar zugerichteten Leib abwandte. Der Priester blieb vermutlich noch wegen seines Honorars. Außerdem mußte man alles für ein Doppelbegräbnis richten. Ich ging still, ohne ein Wort. Der Lehrling folgte mir, und sein Gesicht war ein Bild des Jammers.

»Sie war so gut zu mir«, sagte er. »Habt Ihr gewußt, daß sie gut zu mir war?«

»Könntest du mir den Weg nach Hause zeigen?« bat ich. »Ich glaube nicht, daß ich mich noch an alle Abzweigungen erinnere.« Stumm ergriff er meine Hand und brachte mich nach Haus.

Bei unserer Heimkehr war es schon später Nachmittag. Die Flickarbeit für Bruder Malachi lag noch genau dort, wo ich sie liegengelassen hatte, doch im Stinkezimmer konnte ich zwei Leute jubeln hören.

»Margaret, bist du das? Bist du endlich fertig? Wir

müssen alle zu Abend essen.« Bruder Malachis Stimme klang aufgekratzt.

»Ich bin wirklich fertig«, antwortete ich. Mein niedergeschlagener Ton entging ihm nicht, und so fragte er:

»Es ist nicht gutgegangen, wie? Na, mach dir keine Sorgen, wir sind alle reich, und heute abend wollen wir so richtig schmausen.«

»Dann habt Ihr vermutlich endlich das Geheimnis entdeckt?«

»Nein, nein, nicht ganz so gut.« Mutter Hilde kam geschäftig ins Zimmer geeilt. »Die Frau, die ich entbunden habe, hatte Zwillinge! Einen Jungen und ein Mädchen, beide mit schwarzem Haar. Wie die gebrüllt haben! Vor Freude hat der Mann nur so getanzt! ›Zwillinge!‹ hat er geschrien, ›Ihr bekommt eine Draufgabe!‹ ›Aber denkt dran‹, sagte ich, ›besorgt Eurer Frau eine Amme, falls sie nicht genug Milch hat, denn Ihr habt da ein paar fette, robuste Kinder, die eine Menge Nahrung brauchen werden!‹ Und so habe ich ein doppeltes Honorar und noch etwas mehr bekommen, weil ich die ganze Nacht bei ihr gewacht habe. Und außerdem hat er mit Geld bezahlt! Nicht etwa mit Gemüse, Margaret; nicht mit alten Kleidern! Also, wenn es uns in London nicht gutgeht!«

Ich machte immer noch ein betrübtes Gesicht. Auf einmal sah mich Hilde aufmerksam und besorgt an.

»Ei, Margaret, was ist denn los? Du wirkst so bedrückt. Und auf deinem Kleid ist Blut. Wer ist dieser kleine Junge? Er ist auch so bedrückt. Was ist passiert?«

»Das ist Richard, der Schlachterlehrling, der mich nach Haus gebracht hat. Oh, Mutter Hilde, die Schlachtersfrau ist gestorben. Der Kopf, der Kopf des Kindes war zu groß.«

»Aber das Blut, mein Mädchen. Da ist doch noch mehr passiert.«

»Ja, stimmt. Er hat ihr den Bauch aufgeschnitten, um das Kind zu retten. Wie bei Julius Caesar, hat er gesagt.«

»Hmm, interessant. Hat das Kind gelebt?«

»Nein, Mutter Hilde. Ich glaube, es war schon vorher tot, aber der Priester nicht, der hat es getauft.«

»Ja, so geht es, so geht es. Aber gar keine so schlechte Idee, wenn es geklappt hätte.«

Ich war entsetzt. Der Junge fing schon wieder an zu weinen. Mutter Hilde sah ihn an und legte dabei den Kopf schief wie ein neugieriges Eichhörnchen. In ihren Augen unter dem weißen Kopftuch schimmerte etwas. Dann griff sie auf einmal nach ihm, nahm ihn in die Arme und barg seinen Kopf an ihrer üppigen, in graues Tuch gekleideten Brust.

»Mein Kleiner, wenn Soldaten in den Krieg ziehen, dann setzen sie doch ihr Leben aufs Spiel?«

»J-ja«, schluchzte er.

»Und für was kämpfen und setzen sie ihr Leben aufs Spiel?« fragte sie sanft.

»F-für Gott, f-für König und Vaterland.«

»Weißt du eigentlich, daß wir Frauen auch Soldaten sind?« Er sah sie verwundert an. »Auch wir setzen unser Leben aufs Spiel«, fuhr Mutter Hilde fort. »Und das jeden Tag. Nur daß wir für Gott, für das Leben und die menschliche Rasse kämpfen. Und das ist doch wichtig, oder?«

Der Kleine blickte sie an. Was für ein merkwürdiger Gedanke!

»Wir Wehmütter sind wie Generäle. Wir sind ständig im Feld. Hier ...«, sie klopfte auf meinen Korb, »sind unsere Wurfmaschinen und die Belagerungswerkzeuge. Die Frauen sind die Ritter: sie kämpfen wie die Wilden, um Leben zu schenken, und zuweilen sterben sie auf dem Schlachtfeld. Leuchtet dir das ein? Der Kampf ums Leben ist edler als der Kampf um den Tod, und deine gute Herrin ißt heute im Himmel zu Abend. Dort wird sie höher geehrt als jene, die im Leben Tod ausgeteilt haben. Die Engel singen für sie. Der süße Jesus begrüßt sie. Die Jungfrau Maria hat ihr schon die Tränen getrocknet – und du mußt deine auch trocknen.« Sie wischte ihm die Augen mit dem Saum ihres Ärmels, und er machte einen Laut, als wollte er ersticken.

»Und husten tust du auch? Ich habe nämlich eine gute Arznei gegen Husten. Die wirst du mögen – sie schmeckt gar nicht scheußlich. Ich mache sie aus Minze und Honig. Das forme ich zu kleinen Kügelchen. Komm mal mit.« Er folgte ihr stumm. Ich wußte, jetzt nahm sie einen Krug vom Regal mit ihren Arzneien und konnte hören, wie sie ihm die Süßigkeiten in die Hand zählte, dann schloß sie seine Finger darüber. Stumm folgte er ihr zurück ins Wohnzimmer, wobei er sorgsam die Hand geschlossen hielt, so als hütete er etwas sehr Ungewöhnliches.

»Und jetzt möchte ich dich um einen Gefallen bitten. Wir haben hier alle viel zu tun. Sim treibt sich draußen herum und spielt, und Peter ist zu einfältig, als daß man ihn mit etwas Wichtigem betrauen könnte. Ich möchte, daß du Margaret zu der netten, kleinen Garküche in Cheapside begleitest – die, welche abends noch lange aufhat –, Margaret, du holst uns Fleischkuchen und was du sonst noch an Gutem hierfür bekommst – und dann bleibst du zum Abendessen. Möchtest du? Und wenn du husten mußt, nimmst du deine Medizin.«

»Das ist aber eine nette, alte Lady, was?« fragte er, als wir durch die gewundenen Gassen zur Garküche gingen.

»Sehr nett. Sie hat mir nämlich das Leben gerettet.«

»Beim Kinderkriegen?«

»Nein, bei der Pest.«

Er schauderte. »Die überlebt keiner.«

»Nicht viele, aber ich schon. Sie ist sehr klug.«

»Dann ist es ja kein Wunder, daß Ihr bei ihr Lehrling sein wollt. Eines Tages seid Ihr dann auch weise.«

»Vermutlich. Aber das dauert lange. Länger, als ich gedacht habe.« Der Schlachterjunge steckte sich eine von Mutter Hildes Süßigkeiten in den Mund und dachte ein Weilchen darüber nach.

Die Garküchen Londons haben mir immer gefallen. Derlei gibt es auf dem Lande nun wirklich nicht. Was für ein Festtag, wenn man mit Geld in der Tasche heimkommt und eine fertige Mahlzeit einkaufen kann. Und wer unvermutet Gäste hat, kann dort eilends und kurzfristig etwas Köstliches erstehen. Auf der Thames Street gibt es einige teure Garküchen, welche den ganzen Tag und auch die ganze Nacht über geöffnet sind, damit es ihre Kunden auch bequem haben. Und wer nur ein kleines Zimmer hat und nicht recht kochen kann, muß trotzdem nicht auf gutes Essen verzichten. Es gibt sogar Leute, die wohnen einfach in Schenken und Garküchen, wenn es ihnen zu Hause nicht mehr gefällt. Das Leben in der Stadt ist eben ganz anders.

Die Garküche, zu der wir gingen, wurde seit kurzem von Mutter Hilde bevorzugt. Sie hatte nämlich die Frau des Besitzers von einem Kind entbunden, und deswegen bekam sie dort alles ein wenig preiswerter. Wir stießen die schwere Eingangstür auf; die Luft drinnen war warm und stickig, es roch nach Zwiebeln, Gewürzen und bratendem Fleisch. Die Herdfeuer spendeten mehr Licht als die Unschlittkerzen an den rauchgeschwärzten Wänden. Auf langen Spießen sah man Reihen von Bratenstücken und Geflügel brutzeln. Über einem großen Feuer wurde bedächtig sogar eine ganze Hammelhälfte gedreht. Ein Schweinekopf mit eingesunkenen Augen briet vor sich hin. Irgendwie mochte ich die Augen nicht. Auch der Hammel hatte noch ein Auge. Ein grausiges Auge, wie das Auge der Toten, das sich heute morgen zu mir gedreht hatte. Ein widerliches, gekochtes Auge. Auf einmal war mir klar, daß ich nichts von dem gebratenen Fleisch würde essen können. Ich hatte das Gefühl, als ob all diese Augen – Gänse-, Schweine-, Kapaunen-, Schwanen- und Hammelaugen – mich anblickten und sich rachsüchtig zu mir drehten. Mutter Hildes Freundin kam zu uns und begrüßte uns, eine gestandene, rotgesichtige Frau mit Kopftuch und großer, fettbespritzter Schürze. Sie zeigte uns den allerbesten ihrer Fleischkuchen, und den erstand ich dann, doch mir wollte sich dabei der Magen umdrehen. Darum kaufte ich auch noch einen grünen, frischen Käse und ein paar andere gute, fleischlose Dinge ein. Ich merkte, wie sich die Stimmung meines kleinen Begleiters hob. Das ist gut, dachte ich, wenn er erst einmal gegessen hat, geht es ihm noch besser.

Doch daheim saß ich niedergeschlagen vor meinem Abendessen. Jubelnd war der Fleischkuchen in Stücke geschnitten worden, und Bruder Malachi brachte eine Art blumiges Tischgebet zuwege, das seiner Meinung nach der Größe des Ereignisses entsprach. Jeder außer mir griff freudig zu, doch ich brachte einfach nichts herunter.

»Was fehlt dir, liebes Kind, warum nimmst du nicht an diesem herrlichen Festschmaus teil?« fragte Bruder Malachi mit vollem Mund.

»Ich kann einfach nicht – ich bekomme Magenschmerzen davon.«

»Na, mach schon, liebe Margaret, du mußt essen und fröhlich sein, denn wer weiß, was morgen ist.« Mutter Hilde legte mir die Hand auf die Schulter.

»Ich bin doch fröhlich, es ist bloß – bloß ...«

»Bloß was, mein Kind?«

»Ich kann nichts mit Augen essen!« jammerte ich.

»Aber Pastete hat doch keine Augen«, argumentierte Bruder Malachi, und das durchaus vernünftig.

»Aber sie hatte doch mal Augen!« protestierte ich verstört.

»Sie meint, das Schaf hatte welche, ehe man daraus Pastete gemacht hat, lieber Malachi.«

Peter gab die Grunzlaute von sich, die er gewöhnlich beim Essen macht.

»Käse hat keine Augen, Margaret. Versuche es mal damit«, drängte Mutter Hilde. Ich probierte ein kleines Stückchen. Es ging. Ich langte noch einmal zu.

»Hurra!« rief Bruder Malachi.

»Wenn Ihr Euer Stück Pastete nicht wollt, kann ich es dann haben?« Der Schlachterjunge erholte sich zusehends.

»Frag erst mal, ob Bruder Malachi es nicht will – vielleicht mußt du teilen«, antwortete ich.

»Durch drei, Margaret«, setzte Sim hinzu.

Und so teilte ich denn durch drei, doch seit dieser Zeit habe ich mir zur Gewohnheit gemacht, nichts zu essen, was Augen hat. Ich weiß nicht einmal richtig, warum. Mir tut davon einfach der Magen weh. Komisch, manchmal falle ich auf ein reich verziertes Gericht herein, aber immer habe ich hinterher Magenschmerzen. Und wer ißt schon freiwillig etwas, wovon ihm der Magen weh tut? Es scheint mir auch nicht zu schaden, obwohl viele sagen, ich würde dahinsiechen und sterben. Das größte Problem sind allerdings Menschen, die glauben, daß ich besonders heilig sein will und eine große Heuchlerin bin, weil bei mir das ganze Jahr über Fastenzeit ist. Aber in Wirklichkeit ist es viel einfacher. Ich halte bloß nichts von Schmerzen.

Wir schickten Sim mit dem Schlachtersjungen zurück, und Sim mußte den ganzen Rückweg rennen, damit er vor dem Abendläuten daheim war. Aber in dieser Nacht konnte ich nicht schlafen. Es ging beim besten Willen nicht. Immer wieder sah ich vor mir diesen großen Kopf, der geboren werden wollte, und stellte mir vor, man könnte ihn herausziehen. So ging es auch die nächste Nacht, nur daß mir jetzt träumte, meine Finger wären sehr lang, lang und dünn und stark. Zusammen mit einer kräftigen Wehe schob ich sie in den Schoß und zog den Kopf heraus. Im Traum blieb das Kind in jener Nacht am Leben.

Am nächsten Morgen war ich sehr angeschlagen. Bruder Malachi war so taktlos, es nicht zu übersehen, als wir uns die Reste des kalten Essens vom letzten Abend zum Frühstück teilten.

»Margaret, lüg mich nicht an! Ich besitze das Allsehende Auge! Ich weiß, daß du nicht schläfst.«

»O Bruder Malachi, braucht man denn das Allsehende Auge, um die dunklen Ringe unter meinen Augen zu bemerken?«

»Was hält dich wach? Wieder einmal Geister? Etwas Scheußliches, das unter dem Haus begraben liegt und stöhnt, man möge es ausgraben? Ich segne so lange herum, bis es dich nicht mehr belästigt.«

»Das nun auch wieder nicht. Es ist nur ein Traum. Ein Traum, der mich beunruhigt. Ich muß etwas herausfinden, aber es entzieht sich mir immer noch.«

»Nur mit der Ruhe – das ist ganz und gar kein Problem. Dafür habe ich genau das Richtige.«

»Wieder so Heiligenknöchelchen?«

»Du hartherziges Kind, du – nein. Etwas viel Wirksameres.« Er kramte in seinem Beutel, den er immer an seinem alten Ledergürtel trug, und brummelte beim Suchen vor sich hin.

»Er muß doch da sein – irgendwo – aha!« Und damit hielt er einen seltsamen achteckigen Stein zwischen Daumen und Zeigefinger hoch. Er war hellblau und durchsichtig, aber er glänzte nicht.

»Was ist das, und wie habt Ihr das gemacht?« fragte ich.

»Den habe nicht ich gemacht – man trifft ihn so in der Natur an.«

»Und das ist ...«, bohrte ich weiter.

»Ein Traumkristall, Margaret. Der letzte, der noch übrig ist. Die anderen habe ich an hochgeborene Damen verkauft, damit sie vom Antlitz ihres Liebsten träumen können.«

»Ich brauche keinen Liebsten, Bruder Malachi.«

»Das, meine liebe Margaret, versteht sich doch. Aber du brauchst deinen Traum. Dieser herrliche Stein wird – ehem – ihn für dich verdichten, ihn manifest machen, so daß du klar erkennen kannst, wovon du träumen wolltest.«

»Oh, Bruder Malachi, ich weiß, Ihr seid überaus klug – aber Traumkristalle? Das ist doch wie jenes Stückchen vom Wahren Kreuz, das Ihr aus Bauholz angefertigt und diesem Idioten in Fly angedreht habt.«

»Ganz und gar nicht, Margaret. Dieses eine Mal solltest du mir ein wenig Glauben schenken, ja?« So schwatzte er auf mich ein und hielt mir den Kristall in der offenen Hand hin. Der sah wirklich hübsch aus und verlockte zum Anfassen.

»Leg ihn nur heute abend unter dein Kopfkissen. Dann schläfst du wie ein Wiegenkind und erinnerst dich morgens an deinen Traum.«

»Danke, Versuch macht klug. Nett von Euch, daß Ihr Euch um mich sorgt.« Schaden konnte er wohl kaum.

In jener Nacht schlief ich unruhig. Ich wachte mehrfach auf, und mein Bett war feucht von Schweiß. Der Traum kehrte zurück, zwei-, dreimal, und jedesmal, wenn ich das Kind gerettet hatte, wachte ich auf. Dann aber schlief ich tief, ganz tief. Als ich morgens wieder durchkam, sah ich den Traum erneut vor mir. Nur als ich dieses Mal den Kopf des Kindes herauszog, blickte ich dabei auf meine Hände, die das kostbare Wesen hielten. Meine Finger waren aus Stahl.

»Stahlfinger!« rief ich aus und setzte mich auf. »Ich habe von Stahlfingern geträumt!«

»Ach, sei still, Margaret.« Sim drehte sich um. Peter machte im Schlaf Ferkelgeräusche. Der Hund kam hoch und trapste mit den Pfoten laut über den Holzfußboden.

»Ruhe da draußen!« rief die schläfrige Stimme Bruder Malachis aus dem vorderen Schlafzimmer.

Und so saß ich denn stumm da und wiegte mich in Träumen von Stahlfingern. Es mußte etwas sein wie – etwas wie die Zangen, mit denen man Heißes aus dem Topf holt, aber mit rundgebogenen Stahlfingern am Ende, dann könnte ich den Kopf wie in meinem Traum herausziehen. Nein, keine Finger – die könnten sich hineinbohren. Könnten ein Loch machen. Der Kopf eines Säuglings ist weich. Hmm. Oder vielleicht tat es ein Rand um die Finger herum?

Später frühstückten wir zusammen. Bruder Malachi spülte das altbackene Brot mit einem riesigen Krug Bier hinunter, als er jäh innehielt und mich anblickte. Sein Stoppelgesicht zuckte unwirsch.

»Jetzt entsinne ich mich. Ja, mir fällt alles wieder ein. Irgendein Trottel hat mich zu nachtschlafender Zeit mit seinem Geschrei aufgeweckt. Könnte es sich dabei um dich gehandelt haben, Margaret?«

»Das kann nicht sein, Malachi«, legte Mutter Hilde ein gutes Wort für mich ein. »Ich habe geschlafen wie ein satter Säugling – ich habe auch nicht das mindeste Geschrei gehört.«

»Du ganz gewiß nicht. Ich, ich bin in diesem Hause die empfindsame Seele. Und ich bin erschöpft. Gestern abend war ich dem Geheimnis äußerst nahegekommen, wenn ich nicht darüber eingeschlafen wäre. Nur ein, zwei Stündchen, dachte ich, auch mein armes, ermattetes Hirn bedarf der Ruhe, und dann ist das Geheimnis endlich mein. Aber nein, Fortuna wollte es anders.

Meine Sterne, meine grausamen Sterne haben mich verraten! Meine erbärmliche Ruhestunde wurde von rauhem Gelärme unterbrochen.«

»Es tut mir wirklich leid, Bruder Malachi, aber daran war doch nur der Traumkristall schuld«, entschuldigte ich mich.

»Ach ja, der Traumkristall«, sagte er und tat erschöpft. Er machte eine wegwerfende Handbewegung. »Etwas für blöde, liebeskranke Frauen. Nichts für einen wahren Sucher.«

»Aber Ihr selbst habt ihn mir doch gegeben.«

»Nur um dich zu besänftigen und um mein empfindsames Gewissen zu beruhigen. Habe ich dir schon erzählt, daß das Hirn einer zarten Pflanze gleicht? In einer rauhen, lärmenden Umgebung nimmt es leicht Schaden.«

»Aber wollt Ihr denn nicht hören, was ich geträumt habe?«

»Daran geht wohl kein Weg vorbei, aber nur damit du nachher Ruhe gibst.«

»Ich habe von etwas wie einer Küchenzange geträumt, aber mit langen Stahlfingern auf jeder Seite – gerundet, etwa so.« Und ich hielt meine Hände hoch, um es ihm anschaulich zu machen.

»Dann hast also doch du mich aufgeweckt. Und das für so was? Träume lieber von einem Liebsten wie die anderen.«

»Nein, einen Augenblick, Malachi. Wofür war das Ding gut, Margaret?« unterbrach ihn Mutter Hilde.

»Du weißt doch, wenn der Kopf des Kindes festsitzt und die Wehen ihn nicht austreiben können. Die Stahlfinger könnte man hineinschieben, den Kopf damit umfassen und ihn dann herausziehen. Genau wie eine Hand müßten sie sein, nur dünner, so, siehst du, denn der Kopf muß hineinpassen.« Jetzt hatte es auch Hilde gepackt.

»Man muß es aber richtig anstellen, sonst zerdrückt man den Kopf. Und wie stündest du dann da?« fragte sie. Dann überlegte sie einen Augenblick. Sie bewegte die Hände, als ob sie einen Kinderkopf umfaßte. »Hmm«, sinnierte sie. »Hier mußt du sie ansetzen, und nirgendwo sonst. Direkt über den Wangenknochen, wo die härteste Stelle ist.«

»Frauen! Ewig der Beruf! Ich gehe jetzt und entreiße dem Universum seine Geheimnisse! Sim, komm mit – ich brauche dich am Blasebalg. Für meinen nächsten Versuch muß das Feuer ganz heiß sein.«

»Wartet, wartet, Bruder Malachi – könntet Ihr mir ein Modell davon machen?« fragte ich.

»Mein liebes Mädchen, du brauchst nicht mich – du brauchst einen Mann, der mit feinem Stahl umgehen kann. Beispielsweise einen Waffenschmied.«

»Einen Waffenschmied? Was für einen Waffenschmied?«

»Den besten, mein Kind, den besten. Du willst doch wohl keinen tolpatschigen Hufschmied darauf ansetzen. Der arbeitet viel zu grob und nimmt schlechtes Material.« Malachi wollte in seinem Stinkezimmer verschwinden.

»Aber ich kenne keinen Waffenschmied.«

»Ich aber – frag nach John von Leicestershire –, ich habe einstmals seinen Bruder gekannt – er wohnt draußen in Smithfield wie die meisten guten Waffenschmiede.« Und damit war er fort.

»Margaret, ich setze großes Vertrauen in deine Träume«, sagte Hilde. »Viele hast du ja nicht, aber wenn, dann sind sie brauchbar. Vielleicht sollten wir es versuchen.«

»O Hilde, Waffenschmiede machen doch nichts umsonst. Dazu langen unsere Mittel bei weitem nicht.«

»Es ist doch nichts Großes. Ganz schlicht und einfach. Es muß stark und leicht sein. Wie könnte das wohl viel kosten? Ich habe den größeren Teil von meinem Zwillingshonorar noch. Versuch es, Margaret.«

»Aber wie soll das Ding aussehen?«

»Du hast doch davon geträumt, hast du es da nicht gesehen?«

»Im Traum war alles ganz einfach, aber wenn ich es mir jetzt überlege, so ist doch jeder Säuglingskopf verschieden groß und liegt anders. Die Form muß aber genau stimmen – vielleicht müßte man sie irgendwie anpassen können.« Wir kamen wieder auf die Küchenzange zurück. Vielleicht, wenn man sie auseinandernahm und sie dann auf diese Weise wieder zusammenfügte – Hilde nahm die Hände, und ich nahm meine, und wir ahmten die erforderliche Bewegung nach. Nachdem wir die Form festgelegt hatten, legten wir die Küchenzange in meinen Korb, falls wir noch einmal darauf zurückkommen mußten, und Hilde holte ihr Geld. Alsdann machten wir uns nach der Giltspur Street in Smithfield auf, die draußen vor der Stadtmauer und jenseits des Aldergate-Tores gelegen ist, wo die Waffenschmiede ihr Geschäft betreiben. Es gibt Waffenschmiede, bei denen es nicht zum Meister einer großen Werkstatt langt, die arbeiten dann in den Zunftwerkstätten der City, andere für große Herren. Doch in Smithfield werden die größten Turniere abgehalten, und deshalb gehen dort auch die Geschäfte am besten. Dahin gingen wir also, um John von Leicestershire aufzusuchen.

Die große Werkstatt des Waffenschmiedes war das reinste Bienenhaus. Dutzende von Lehrlingen und Gesellen waren bei der Arbeit, sie hämmerten und formten und bearbeiteten Stücke von riesiger bis hin zu kaum noch vorstellbar winziger Größe. In Gestellen waren Schwerter, Dolche und Messer jeder Ausführung zum Verkauf ausgestellt. Fertige und unfertige Stücke hingen überall an den Wänden neben den arbeitenden

Männern: große Brustharnische für Pferde, Rüstungen für Hunde, zierlich gezogene Turnierrüstungen baumelten dort wie Teile von entkörperten Leibern, dazu Kettenpanzer, die mir wie Wäsche auf der Leine vorkamen. Ein Mann setzte winzige kleine Stückchen zusammen, die Fingergelenken glichen. Neben ihm an der Werkbank vollendete ein anderer Mann ein seltsames Gebilde, das an Drachenflügel denken ließ, jedoch von der Größe meines Handtellers. Für welchen Körperteil mag das wohl gedacht sein, überlegte ich.

»Ihr wollt den Meister sprechen?« fragte ein Geselle vor einer der Essen in dem großen Raum aus Stein und wischte sich mit dem Ärmel übers Gesicht. Alles drehte sich um und starrte uns an. Hier waren Frauen fehl am Platz. Etliche Männer arbeiteten in der Hitze halbnackt, und die Luft schwirrte von kräftigen Flüchen. Man hörte das ›Kusch-kusch‹, mit dem ein mächtiger Blasebalg getreten wurde, und lautes Hämmern.

»He, John, wollen die etwa eine Schuld eintreiben?« rief ein Spaßvogel.

»Nein, das ist eine Lieferung frei Haus. Master John hat es gern bequem.« Rauhes Gelächter. John arbeitete vor der größten Esse mitten in der Schmiede, er formte ein riesiges, zweischneidiges Schwert, so groß wie ich lang bin.

»Maul halten, ihr Gesocks, ich kann mich jetzt nicht um euer Gequassel kümmern«, knurrte John. Er war ein Hüne von einem Mann mit schütterem Haar und einem gewaltigen, rotbraunen Bart. Er arbeitete ohne Hemd, nur eine umfangreiche Lederschürze schützte seinen Leib.

»Vielleicht haben wir einen Fehler gemacht, Margaret, wir sollten lieber gehen.« Hilde zupfte mich ängstlich am Kleid. Aber ich stand fasziniert und wie angenagelt da. John hatte das riesige, kirschrot glühende Schwert genommen und es ins Härtebad geworfen, wo es so furchtbar ›hssssssss!‹ machte, wie sonst wohl nur die Teufel in der Hölle. Solch ein sagenhaftes Geschick müßte man auch haben! Er rief einen Gesellen herbei:

»Mach weiter, ich habe Besuch«, sagte er.

Damit drehte er sich um und blickte von seiner riesigen Höhe auf uns herab. Seine Lederschürze und seine muskelbepackten Arme glänzten im Schein des Schmiedefeuers.

»Ich brauche nichts«, brummte er.

»Bitte, Sir, wir wollen Euch nichts verkaufen; wir wollen etwas kaufen.« Ich hatte all meinen Mut zusammengenommen.

Er warf den Kopf zurück und lachte. »Und was wollt Ihr hier kaufen? Ei, Frauen wie Ihr brauchen doch keine Turnierrüstung.«

»Wir sind Wehmütter. Wir möchten etwas angefertigt haben«, brachte Hilde schüchtern heraus.

»Was, etwa einen kleinen, runden Schild oder einen Helm zum Schutz vor unzufriedenen Kundinnen?«

»Nein, Sir«, gab ich zurück. »Es ist eher eine Waffe. Eine Waffe im Kampf um das Leben.« Jetzt merkte er auf.

»Ihr seid mir vielleicht eine liebe, kleine Närrin. Wißt Ihr denn nicht, daß Ihr meine Preise nicht zahlen könnt? Bei mir stehen selbst Herzöge in der Kreide.«

»Wir haben Geld gespart, und es ist auch sehr klein, das Ding, das wir haben wollen. Es muß nur vollendet gemacht werden – leicht und stark und glatt. Bruder Malachi hat gesagt, wir sollten es bei einem Waffenschmied versuchen, beim besten, den es gibt. Er hat gesagt, das wäret Ihr.«

»Dieser schurkische Schwindler, dieser sogenannte Bruder Malachi ist also wieder im Lande? Nach allem, was er meinem Bruder angetan hat? Bei den Gebeinen Gottes, das ist stark!« Hilde und ich blickten uns an.

»Eure Miene besagt, daß Ihr seine Tricks kennt.«

»War's sehr schlimm, was er getan hat?« fragte ich.

»Schlimm oder gut, das kommt auf den Standpunkt an. Schimpflich war's, wenn Ihr mich fragt. Mein Bruder war krank, und dieser verdammte Quacksalber hat ihm ein Stückchen vom Knöchel des heiligen Dunstan angedreht. Mein Bruder wird gesund. ›Gelobt sei die heilige Reliquie‹, ruft er. ›Laß mal sehen‹, sag ich. ›Ei, das ist doch nichts als ein Stückchen von der Schweinshaxe.‹ ›Vonwegen‹, brüllt mein Bruder, und schon zieht er mir eins übers Ohr. Bis auf den heutigen Tag trägt er den Schweineknochen um den Hals und redet kaum noch mit mir. Bruder Malachi, ha!« schnaubte John und spuckte angewidert ins Feuer.

»Dann hat Bruder Malachi also unrecht?« sagte ich schüchtern.

»Unrecht, womit? Mit Schweinshaxen?« brüllte er.

»Unrecht damit, daß Ihr der beste Waffenschmied in London seid.«

»Der beste in London? Ja, da täuscht er sich. Ich bin der beste in ganz England!«

»Das können wir uns nicht leisten, Margaret. Laß uns gehen, liebes Kind. Ich geniere mich hier so.« Hilde wandte sich zum Gehen.

»Erst kommen und dann mir nichts dir nichts wieder gehen! Ihr stört mich mitten in der Arbeit. Ihr vergeudet meine Zeit. Ihr erzürnt mich mit dem Namen dieses bodenlosen Betrügers. Und jetzt geht Ihr ohne eine Erklärung? Frauen! Uff!« John verschränkte die mächtigen Arme.

»Weg von hier«, sagte ich. »Er weiß es eben nicht zu machen. Es ist zu schwierig.«

»Hiergeblieben, kleine Frau«, knurrte er und verstellte mir mit seinem riesigen Fuß den Weg. »Es gibt wirklich nichts, was ich nicht machen könnte.«

»Streitäxte und Pferderüstungen, ja, das wohl und obendrein sehr gut – aber das hier erfordert Feinarbeit.

Da gehe ich lieber woanders hin«, sagte ich von oben herab.

»Feinarbeit, sagt Ihr? Feinarbeit? Ich, ich könnte eine Mäuserüstung anfertigen, wenn ich wollte; ich könnte einer Mücke eine Rüstung machen – und obendrein noch jedes Stück in Gold punzen«, brüllte er.

»Ich weiß nicht, ob Ihr das hier schafft; es handelt sich nämlich um ein Frauengerät.«

»Ich habe drei Keuschheitsgürtel gemacht, aus solidem Stahl, alle gepunzt und mit Juwelen besetzt, und keiner hat auch nur einen blauen Fleck hinterlassen.«

»Einfach abscheulich. Das hier ist etwas ganz anderes.«

»Und was also?«

»Ein Werkzeug. Eins, das noch niemand hat. Es soll den Kopf eines Kindes aus dem Schoß herausziehen. Ist Euch bekannt, daß so ein Kopf manchmal zu groß ist? Der bleibt dann gewissermaßen ...«

»Stecken?« fragte er. »Gibt es das?«

»Ja. Und dann stirbt die Mutter. Und das Kind auch.«

»Mit diesem Instrument könnten wir nämlich an dem Kind ziehen«, fügte Mutter Hilde hinzu.

»Wie sollte es Eurer Meinung nach aussehen?« fragte er, denn nun war sein Interesse geweckt.

»Irgendwie so«, sagte ich und holte die Zange heraus. »Aber das Gelenk muß sich anders zusammenfügen, damit man es verstellen kann. Und der Teil, mit dem man zupackt, muß auch anders sein. Flach und gebogen, damit er sich dem Kopf eines Säuglings anpaßt.« Ich machte es mit den Händen vor. »Als mir die Idee kam, habe ich mir Stahlfinger vorgestellt, vielleicht mit einem Rand drum herum, so etwa.«

»Ach, so geht das nicht«, sagte er, »die Form ist ganz falsch. Zu klein, meiner Meinung nach.«

»Zu klein? O nein. Ein Kinderkopf ist bei seiner

Geburt kaum mehr als ein großer Apfel. Aber der Kopf ist weich, ist eher ein Bratapfel, und man darf ihn nicht beschädigen. Die Knochen sind nämlich teilweise noch nicht hart und lassen sich leicht eindrücken.«

»Dann ist die Form ganz falsch. Ich habe schon für so manchen Kopf eine Rüstung gemacht, und ich habe schon so manche Zange gehalten. Eure da ist zu kompliziert, so kann man nicht mit ihr arbeiten. Ihr braucht eine fließendere Form, etwa so.« Und damit nahm er einen Stock und ritzte sie in den festgetretenen Lehmboden der Waffenschmiede.

»Ich sehe, was Ihr meint. Aber sollte sich der Löffel hier nicht wölben, so?« Auch ich zeichnete.

»Warum, für die Kopfform?«

»Nein, zum Ziehen – er muß diese Form haben und gut festhalten können.« Er überarbeitete die Zeichnung. Jetzt war sie einfach, ein gewölbter Löffel, der im richtigen Winkel auf einen anderen abgeflachten, gewölbten Löffel traf.

»Das sieht genau richtig aus. An Euch ist ein Mann verlorengegangen. Ihr hättet einen guten Waffenschmied abgegeben.« Er blickte mich durchdringend an.

»Und damit rettet man Leben, behauptet Ihr?«

»Ja«, antwortete ich.

»Dann mache ich diese Arbeit um Christi willen. Viele meiner Werkstücke dienen dazu, Leben zu nehmen, und nur sehr wenige retten es. Ich brauche gute Taten, die mir im Himmel angerechnet werden.« Dann ergriff er meine Hand.

»Ich werde die Griffe klein halten, damit sie in eine kleine Hand passen«, sagte er. »Betet für meine Arbeit, ja, kleine Wehmutter.«

»Ja, und auch für Eure Gesundheit und Euer Glück.«

Als wir am Wochenende wiederkamen, war das Ding fertig. Sim hatte mich begleitet, um es abzuholen, und ich dankte dem Waffenschmied und lobte ihn nach besten Kräften. Aber der wollte nur wissen, wie ich damit zurechtkam.

»Gebt mir Nachricht, wenn Ihr erfolgreich damit gearbeitet habt, denn ich höre immer gern, wie sich meine Arbeit in der Welt macht«, sagte er. Und das versprach ich. Wie ich das Versprechen einlöste, werdet Ihr bald erfahren.

Hilde scheute sich, mit dem neuen Instrument zu arbeiten, denn sie hatte Angst, Schaden damit anzurichten; andererseits aber setzte sie volles Vertrauen darauf, daß mein Traum mir alles gezeigt hatte. Das war nicht der Fall, aber ich dachte Tag und Nacht darüber nach, wie ich es am besten ausprobieren könnte. So nahmen wir es denn immer mit, wenn wir zusammen zu einer Entbindung gingen, denn wir wußten, früher oder später würde der Notfall eintreten. Dann wären wir bereit und könnten das Ding ausprobieren. Und so kam es denn auch bald, und unter dem Geschrei der Frau öffnete ich meinen Korb und holte die Stahlfinger heraus, die mir unten am Boden entgegenschimmerten. Behutsam, ach, so behutsam paßte ich die Löffel dem Köpfchen an, dann fügte ich sie zusammen, so daß ich die harte Knochenstelle über den Wangenknochen fest und stählern gepackt hielt. Die Griffe fügten sich genau in meine Hand. Ich zog vorsichtig, behutsam, und noch ein wenig kräftiger im Rhythmus mit einer Wehe. Und dann gab es statt einer Tragödie ein freudiges Ereignis, das mich stets aufs neue an die Geburt unseres Heilands erinnert. An jenem Tag windelten wir ein lebendiges Kind, statt ein totes in ein Leichentuch zu schlagen. Bei unserer Heimkehr säuberte ich das wunderbare Instrument mit Bruder Malachis Weingeist, dann ölte ich es sorgfältig ein. Ich wollte nicht, daß sich je Rost auf seiner schimmernden Oberfläche festsetzte. Alsdann löste ich mein Versprechen ein.

»Sim«, rief ich, »geh zu John von Leicestershire und sag ihm, die kleine Wehmutter läßt ihm ausrichten, er hätte an diesem Tag zwei Leben gerettet.« Sim sauste mit einem Freudenschrei davon, denn er hatte es satt, in dem Zimmer der üblen Gerüche den Blasebalg zu bedienen.

Doch damit ist die Geschichte noch nicht zu Ende. Am Abend von Epiphanias – die Gassen erstickten im Schnee, und auf dem festgetretenen Eismatsch der Straßen schlidderte man dahin – lag der ganze Haushalt hinter fest verschlossenen Fensterläden in tiefem Schlaf. Plötzlich donnerte es ganz fürchterlich an die Haustür. Ich hörte, wie Bruder Malachi aufstöhnte, als Mutter Hilde die Läden öffnete und den Kopf zum Fenster hinausstreckte.

»Ist das hier das Haus der Wehmütter? Weckt die kleine Wehmutter und sagte ihr, daß John von Leicestershire sie dringend braucht.« Ich rieb mir den Schlaf aus den Augen und zog mich so rasch an, daß ich kaum Zeit fand, mir ein Kopftuch über die Zöpfe zu binden, dann eilte ich nach unten. Zwei große, junge Männer standen vor der Tür, wo das erste Stockwerk auskragte, sie waren schwer bewaffnet und trugen Laternen. Der eine hielt zwei gute Pferde. Unter den halb geöffneten Umhängen schimmerten im Dämmerschein der Laterne ihre Helme und ihre Brustharnische. Ihr Atem kam beim Sprechen in kleinen Rauchwölkchen.

»Ihr seid also die kleine Wehmutter? John von Leicestershire braucht Euch ungesäumt und sehr dringend. Er sagt, Ihr sollt das Werkzeug gegen den Tod mitbringen, das er für Euch geschmiedet hat. Wir sind gekommen, um Euch zu seinem Haus zu bringen.«

»Ich komme, wie er es wünscht. Ich hole nur eben das Erforderliche.« Da stand mein Korb, der immer fertig gepackt war. Ich prüfte den Inhalt: Salben zum Massieren, Duftwässer zur Wiederbelebung, das kleine

Kästchen mit dem unheimlichen, schwarzen Pulver, das die Wehen wieder in Gang oder Tod bringt, und ganz unten, in feine Leinwand geschlagen, John von Leicestershires mächtige Waffe.

Ich wickelte mich in meinen großen, warmen Umhang, den mir Lady Blanche überlassen hatte, und trat nach draußen zu den Gewappneten. In einem erkannte ich einen von John von Leicestershires Gesellen. Wer wäre wohl auch gut bewaffnet, wenn nicht ein Waffenschmied? Er hob mich mit einem einzigen Schwung auf das Sattelkissen des zweiten Pferdes. Er war ungeheuer stark, wie alle, die in der Schmiede arbeiten. Seine Miene war grimmig. Sein Kumpan stieg auf, und schon ging es aus der Gasse hinaus und Cornhill entlang, quer durch den dunklen und vereisten Cheap gen Aldersgate Street, so schnell das auf dem festgetretenen und glitschigen Schnee möglich war.

Mehrmals kamen die Pferde ins Stolpern, und ich klammerte mich fest an den Reiter vor mir. Das Tor von Aldersgate war zur Nacht fest geschlossen, doch Johns Berittene besaßen einen Passierschein vom Bürgermeister. Wir stiegen ab, und der zweite Reiter schlug an die Tür des Torwächters, daß er ihn aufweckte und er uns das Pförtchen in dem großen Tor öffnete, durch das man nur zu Fuß gehen kann. Während wir warteten, fragte ich den Mann, auf dessen Pferd ich mitgeritten war, worum es eigentlich ginge, denn ich wollte vor meiner Ankunft soviel wie möglich in Erfahrung bringen. Der Geselle blickte auf mich herunter, und die Muskeln an seinem Kinn zuckten und verkrampften sich.

»Mistress Wehmutter, John hat eine Tochter, die erst vergangenes Jahr verheiratet wurde und nun sein erstes Kindeskind trägt. Sie ist jetzt in seinem Haus, wohin sie kam, damit ihre Mutter ihr in ihrer schweren Stunde beistehen konnte. Sie liegt schon den ganzen gestrigen Tag und die Nacht davor in den Wehen. Die Wehmütter haben sie heute abend aufgegeben, und der gelehrte, ausländische Arzt, den er rufen ließ, sagt, er könne nun auch nicht helfen. Der Priester hat ihr schon die Letzte Ölung erteilt, doch irgendwie lebt sie immer noch. Und so sagte denn mein Meister zu mir, ›eines können wir noch versuchen. Einst habe ich um Christi willen eine Waffe gegen den Tod geschmiedet. Holt mir die kleine Wehmutter, die in der Diebesgasse wohnt, und bringt sie hierher.‹

Es ist bitter für meinen Meister. Wir kennen Isabel doch alle. Es ist noch gar nicht so lange her, da war sie ein niedliches, kleines Mädchen und spielte an der Esse. Er hat sie mehr geliebt, als das auf dieser bösen Welt guttut. Kinder leben doch nur, um wie Gras dahingemäht zu werden, und man sollte sich hüten, sie allzu zärtlich zu lieben!« Er seufzte tief und blickte mich an. Ich wußte nur eine Antwort:

»Und ist es dennoch nicht besser zu lieben und Gram in Kauf zu nehmen, als im Herzen zu frieren?«

»Nicht, wenn der Kummer gewiß ist, finde ich«, gab er zurück.

Mittlerweile hatte der Torwächter das Türchen mit seinem riesigen Schlüssel geöffnet. Er war unwirsch, daß man ihn geweckt hatte, und machte einen ziemlichen Wirbel, aber einen Passierschein vom Bürgermeister muß man respektieren. Ein Glück, dachte ich, daß Master John so berühmt ist und so gute Beziehungen hat, sonst hätte er seine Männer nicht so kurzfristig nach diesem Dokument ausschicken können. Die Tür öffnete sich mit einem vereisten Knarren, wir führten die Pferde zu Fuß hindurch und stiegen auf der anderen Seite wieder auf, um unseren Weg fortzusetzen. Die Luft war totenstill, es gab nur den dumpfen Aufschlag der Hufe und das Knirschen der Geschirre, während sich die Pferde auf der eisglatten Landstraße fortbewegten. Im Dämmerschein der Laternen konnten wir in der

Dunkelheit nur ein paar Ellen weit sehen – ein Stück ausgefahrene Straße, die Atemwolken, welche die Pferde ausstießen, und unsere eigenen. Nie hätte ich gedacht, daß der Ritt so lange dauern könnte. Als wir Johns Haus erreichten, war ich bis aufs Mark durchgefroren.

Das Haus war sowohl über als auch neben die große Waffenschmiede gebaut, so als hätte man es im nachhinein dort angeklebt. Das Erdgeschoß gehörte noch zum steinernen Schmiedegebäude, wohl als Brandschutz und als Zeichen der Wohlhabenheit des Meisters gedacht, doch im ersten Stock, unter dem hohen, ziegelgedeckten Dach, wechselten Holz und Stein ab. Sie bildeten ein kaum wahrnehmbares Schattenmuster über der hohen, reich geschnitzten Holztür des Anwesens. Durch die Ritzen sämtlicher Läden im Wohnteil des Hauses drang Licht, als wir die Außentreppe zum ersten Stock hochstiegen. Auf das Klopfen der Männer entriegelte man die Tür; diese bliesen die Kerzen in den Laternen aus, als wir zusammen das Unglückshaus betraten. Einer Frau, wohl die Mutter, hatte der Gram die Sinne geraubt, die Wehmutter machte sich um sie zu schaffen. Der Arzt saß mit dem Waffenschmied am Feuer und erläuterte etwas auf latein – oder vielleicht auch auf französisch –, ich wußte es nicht.

Das Mädchen lag schon wie ein Leichnam auf einem Bett in einer Wandnische am anderen Ende des Zimmers aufgebahrt. Man hatte ihr die Decken über den gewölbten Leib und bis zum Hals hochgezogen, und auf einem Tischchen neben dem Bett brannten Kerzen. Der Priester hielt die bläuliche und stille Hand des sterbenden Mädchens, und doch war mir, als ob sich die Decken noch unter leisen Atemzügen hoben. Ihr junger Ehemann kauerte neben ihr und barg den Kopf in den Bettlaken. Master John stand schwerfällig auf und reichte mir matt die große Hand.

»Das da ist mein einziger Schatz«, sagte er schlicht. Niemand schien sich etwas aus meiner Ankunft zu machen; alle waren zu sehr mit ihren eigenen Gedanken beschäftigt. Sanft schob ich die Männer vom Bett fort zur anderen Seite des großen Zimmers hin; dann schlug ich die Bettdecken zurück und tastete und untersuchte. Der Kopf war noch gar nicht geboren; der Muttermund schien sich nicht genügend geöffnet zu haben.

»Schon wieder eine Wehmutter?« Der Ehemann hatte sich umgedreht und sah mir mit rotgeränderten Augen bei der Arbeit zu. »Ich habe genug von Wehmüttern und dem ganzen Gerede von Kindern. Wenn ich sie nie berührt hätte, dann wäre sie noch mein«, sagte er, als ihn der Priester am Ellbogen fortzog.

»Fügt Euch in Gottes Willen«, sagte dieser nicht eben unfreundlich.

Noch einmal bedeutete ich ihnen, der Schicklichkeit halber fortzugehen, denn ich finde, es gehört sich nicht, daß Männer bei einer Geburt zugegen sind. Dann öffnete ich den Korb und legte die in feine Leinwand eingeschlagene Waffe aufs Bett. Zärtlich wickelte ich sie aus dem Tuch und behutsam, oh, ganz, ganz behutsam legte ich die Löffel um das Köpfchen. Ich mußte sie viel tiefer als gewohnt hineinschieben; wenn ich nur keinen Schaden anrichtete! Sehr, sehr vorsichtig nahm ich die Griffe in die Hand. Nur John wandte kurz den Kopf, um meine – oder besser seine Arbeit – zu prüfen, und ehe er den Blick wieder abwandte, sah ich das unmerkliche, anerkennende Nicken des Fachmanns, denn er sah wohl, wie vollendet das Werkzeug für meine Hand gefertigt war. Ich zog – und der Kopf folgte. Sowie die Schultern geboren wurden, ließ ich die Zange los und gebrauchte für den Rest die Hände. Erst kam der Rumpf – es war ein kleines Mädchen – und dann die Füße. Ich spürte, wie Augen auf mir ruhten, doch ich achtete nicht darauf.

»Das Kind lebt!« entfuhr es der Wehmutter, und sie nahm es mir ab und belebte es kundig. Man konnte sehen, sie verstand sich auf ihr Gewerbe. Für einen Mann wie Master John gab es nur das Beste; wer sonst hätte wohl so teure Fachleute ans Wochenbett einer Frau gerufen? Die Menschen im Raum drängten sich alle um die Wehmutter und wollten das Kind ansehen. Die Mutter war verloren, das Kind aber gerettet. Der Vater sah enttäuscht aus, er hatte mit der Ehefrau für eine Tochter gezahlt – und sich dabei zweifellos einen ganzen Sack voll Sorgen eingehandelt, wenn er versuchen wollte, die Tochter ohne Mutter aufzuziehen.

Aber John hatte nur Augen für seine Tochter, die grauweiß auf dem Bett in der dämmrigen Nische lag. Sie mußte einmal hübsch gewesen sein und wäre es immer noch, wenn sie lebendig und rosig gewesen wäre. Dunkle Locken klebten ihr schweißfeucht am Kopf, und ihre Haut war rein und makellos, auch wenn sie jetzt totenbleich war. Wie alt mochte sie sein? Vielleicht fünfzehn – sie sah ein wenig jünger aus als ich, vielleicht ein, zwei Jahre. Eine Träne rann John übers Gesicht und lief in seinen Bart.

»Kleine Wehmutter, die Waffe hat einen gerettet, aber mein Kind ist verloren.«

»Noch nicht ganz verloren.« Ich legte den Kopf auf ihre Brust und vermeinte einen leisen Herzschlag zu spüren. Und dann überwand ich diesem trefflichen Mann zuliebe meine Furcht und Schüchternheit und sagte: »Ich will noch etwas versuchen – nur eines noch.« Wieso eigentlich Furcht und Schüchternheit? Schüchternheit, weil ich verlegen war, ja, mich sogar schämte, wenn Fremde die *Gabe* womöglich sahen. Vermutlich war ich insgeheim stolz darauf, daß ich sie erhalten hatte, aber insgeheim glaubte ich auch, daß ich ihrer vielleicht nicht wert sei oder daß sie sich im Beisein unfreundlicher Zuschauer nicht einstellen würde. Gut, daß die anderen sich in diesem Augenblick um die Wiege drängten, sonst wäre ich vor dem Versuch zurückgeschreckt. Außerdem hatte ich furchtbare Angst vor dem Tod. Als ich meinen Geist öffnete, daß die *Gabe* hindurchgehen möge, da spürte ich das schwarze, saugende Todesgefühl, das mich mit ins Grab ziehen wollte. Der Tod machte mir entsetzlich angst, ich wollte nicht durch einen anderen Menschen hineingerissen werden, dem Retter gleich, welcher von einem Ertrinkenden mit nach unten gezogen wird.

Aber ich redete mir zu: »Nur Mut. Bist du barfuß durch die Flammen gegangen, so kannst du auch diesem Mädchen helfen, denn es wird mehr geliebt, als du es jemals wurdest – oder wirst.« Und ich fiel auf die Knie und betete um Kraft, dann bekreuzigte ich mich und versetzte mich in jene Geistesverfassung, die nichts von Angst und Leidenschaft weiß und nichts im Raum duldet als das *Licht*. Und zur gleichen Zeit, als ich es sacht orangefarben in den Winkeln leuchten fühlte, da spürte ich auch wie aus der Ferne den ersten, sanften, schattenhaften Sog des Todes rings um die Frau. Sie atmete noch, doch kaum. Ich schob alle Gedanken beiseite und richtete meinen Geist noch fester auf eine vollkommene Leere. Das Licht im Raum leuchtete jetzt heller. Ich hörte einen Laut, der kein Laut war, sondern eher ein Summen im meinem Kopf. Die Kraft lief von dort in meine Hände, welche ein wenig zitterten. Die Handteller fühlten sich rotglühend an. Ich umfaßte ihr eiskaltes Gesicht mit beiden Händen. Das schwarze Etwas zerrte an mir, bis ich dachte, auch ich wäre tot, aber ich hielt meinen Geist wie mit einer Stahlrute weiter fest auf die Leere gerichtet – genauso wie damals, als ich über die glühenden Kohlen ging.

Und dann konnte ich mich irgendwie nicht mehr halten – es war, als verlöre ich an einer hochgelegenen Stelle das Gleichgewicht, mein Geist wollte nicht länger standhalten. Ich stürzte ab, mitgerissen vom Sog des Todes, und fiel mit einem leisen Schrei ins Bett. Ich war verloren. Ich weiß nicht, wie lange ich so lag. Ich erinnere mich nur noch, daß John meine Hände mit seinen großen Pranken vom Gesicht seiner Tochter fortriß, mich hochzog und mir ins Gesicht schlug, daß ich wieder zu mir käme. Meine Augen waren aufgerissen, starrten groß und glasig, aber ich war gänzlich blind. Ich konnte fühlen, wie er mich schüttelte und ein anderes Händepaar – wessen Hände? – nach meinen griff. Nach und nach konnte ich über mir Johns großen Bart ausmachen, dann seine wilde, verzerrte Miene, die Wut oder Freude bedeuten konnte.

»Seht nur! Seht!« sagte er und hielt meinen Kopf hoch, daß ich schauen konnte. »Seht Ihr es denn nicht? Sie lebt! Sie ist rosig, sie hat wieder Farbe, und sie atmet tief, so als schliefe sie! Seht nur, seht, was Ihr getan habt!«

Ich konnte nicht sprechen. Ich war vollkommen erschöpft und so weiß wie ein Laken. Irgendwie hatte sie mir von meiner eigenen Lebenskraft so viel ausgesogen, daß sie wieder lebte. Wie, um alles auf der Welt, war das geschehen? Ich wußte es nicht. Doch der Wunder Gottes sind viele.

Wild wanderten meine Blicke umher, und da merkte ich auch, wer meine schlaffen Hände hielt. Es war der Priester, Vater Edmund.

»Wie habt Ihr das gemacht, meine Tochter?« fragte Vater Edmund sanft.

»Ich weiß es nicht. Mit Gebet, glaube ich.«

»Mit Gebet? Wie betet Ihr? Zu welchen Heiligen?«

»Ich weiß es nicht. Ich bete zu Gott durch Jesus oder die Muttergottes. Jedenfalls glaube ich, daß ich das mache.«

»Woher kennt Ihr Gott? Habt Ihr studiert? Geht Ihr regelmäßig zur Kirche?«

»Ich weiß es nicht, Vater. Ich bin bloß eine arme Frau, ich kann nicht lesen und habe nie studiert. Ich gehe aber immer zur Messe, na ja, wenn ich kann, denn ich verdiene mir den Lebensunterhalt als Wehmutter zu seltsamen Tageszeiten.«

»Laßt Euch von dieser kleinen Wehmutter nicht hinters Licht führen, Vater. Sie hat das Hirn eines Mannes und den Mut einer ganzen Legion! Ei, ich selber habe zu ihr gesagt, sie würde einen guten Waffenschmied abgeben, wenn sie nicht mit dem falschen Geschlecht auf die Welt gekommen wäre.« Master Johns kräftige Stimme brachte mich vollends wieder zu sich. Auf einmal fiel mir meine furchtbare Feuerprobe in Sturbridge wieder ein, und schon wollte die Angst wieder nach mir greifen, als ich das schwarze Gewand des Priesters sah. Aber sein Gesicht wirkte durchaus freundlich, wenn auch zutiefst verwundert.

»Kleine Wehmutter, was Ihr in dieser Nacht getan habt, das macht Euch zu einer reichen Frau«, sagte John und zog mich vom Bett, auf dem ich zusammengebrochen war, wieder auf die Knie, während er selbst sich auch erhob.

»Nein, John von Leicestershire, ich habe es nur um Christi willen getan, so wie Ihr einst die Waffe gegen den Tod geschmiedet habt.« Die Waffe! Wo war sie? Ich kam hoch, wollte nach ihr suchen. Da lag sie auf dem Bett und schimmerte in den Falten der blutigen Leintücher. Hastig schlug ich sie ein und legte sie in meinen Korb, denn ich hatte Angst, ich könnte sie verlieren. Morgen würde ich sie säubern. Der Priester sah mir mit fragendem Blick zu. Nachdem der Arzt viele lateinische Worte über den Säugling gesagt und eine gefährlich aussehende Medizin zu seiner Stärkung hervorgeholt hatte, gesellte er sich zu uns.

»Ah! Eine bemerkenswerte Wendung!« Er befühlte den Kopf der Frau im Bett und redete dann Latein mit dem Priester. Letzterer antwortete mit noch mehr Latein. Der Arzt wartete schweigend neben John, bis diesem aufging, daß es an der Zeit war, die Rechnung zu begleichen. John zählte ihm Münzen in die Hand, und als der Mann gegangen war, brummte er:

»Allerhand Geld für Blutegel, blödes Latein und bittere Arzneien. Da lob ich mir Bruder Malachi. Seine Quacksalberei richtet zumindest keinen Schaden an.« Dann fiel ihm bei meinem Anblick wieder ein, was er gerade hatte tun wollen.

»Da Ihr kein Honorar wollt, kleine Wehmutter, so werdet Ihr doch wenigstens etwas von mir annehmen, das für mich keinerlei Wert hat, vielleicht aber für Euch.« Er ging mir mit einer Kerze voraus, und ich folgte ihm mit dem Priester dicht hinter mir. Er führte uns zu einer eisenbeschlagenen Lade in seinem eigenen Schlafzimmer, welche er mit einem Schlüssel öffnete. Er ging in die Knie und hob ein prachtvoll geschnitztes, kleines Elfenbeinkästchen heraus.

»Das hier habe ich einst für eine ungedeckte Schuld erhalten. Es hat große Macht – zuviel Macht, als daß man es tragen könnte. Es ist sehr alt und kommt von jenseits des Meeres. Keine Schweinshaxe, meiner Treu!« Er öffnete das Kästchen und holte ein Kreuz von einer seltsamen, schlichten, jedoch erlesenen Machart heraus. Hell glänzte es im Kerzenschein, denn es war aus sattem, rötlichem Gold gefertigt. Er hob es behutsam heraus und berührte dabei weder Kreuz noch Kette, sondern faßte es mit dem Seidentuch an, in das man es eingeschlagen und in die Schachtel gelegt hatte.

»Seht Ihr, wie ich es halte? Behutsamer nämlich als rotglühendes Metall aus der Esse. Ich habe es einmal berührt, und das ging mir durch und durch! Man bekommt Brandblasen auf der Haut, wenn man es trägt, es sei denn, man wandelt im Herrn. So sagte man mir jedenfalls. Und darum ist es, wie Ihr seht, für mich wertlos, wertlos für den Vorbesitzer, vermutlich wertlos für fast alle Menschen. Einmal nur habe ich es versucht, aber – also, ich bin nicht immer ein guter Mensch gewesen. Faßt es ruhig an! Wenn Ihr es berühren könnt, dann könnt Ihr es tragen, und wenn Ihr es tragt, verleiht es Euch gewißlich große Macht.«

Ich streckte einen Finger der linken Hand aus – einen, den ich am ehesten entbehren konnte – und berührte das Kreuz sehr vorsichtig, so als wäre es heiß. Ich verspürte kein Brennen, und so faßte ich es bedächtig noch einmal an. Immer noch kein Brennen. Ich nahm es in die Hand.

»Genau wie ich mir gedacht habe«, sagte John und war recht zufrieden mit sich. »Als ich Euch dort neben Isabel knien sah, und Euer Gesicht leuchtete wie ein Dutzend Kerzen, da sagte ich zu mir, ›die kann das Kreuz tragen, das ich schon so lange habe.‹ Mögt Ihr es auch berühren, Vater?« Der Priester lehnte mit einem Kopfschütteln ab. John ergriff das Kreuz behutsam an der Kette, doch immer noch im Tuch, und legte sie mir über den Kopf. Beide wichen zurück, als erwarteten sie, daß es zischte, wenn es meine Haut berührte. Es zischte keineswegs. Meiner Lebtage hatte ich nichts Schöneres gesehen. Da hing es nun um meinen Hals und war das Lösegeld für einen Fürsten wert.

»Zieht mit meinen Gebeten und meinem Dank«, sagte John. »Doch wartet – Ihr seht immer noch schwach aus. Möchtet Ihr etwas zu trinken? Zu essen? Ich schicke Euch mit einem Jungen zu Pferd zurück – Ihr macht mir nicht den Eindruck, als könntet Ihr schon wieder weit laufen.«

»Ich möchte schon etwas – Brot vielleicht und Ale, wenn Ihr das habt.«

»Wißt Ihr nicht, mit wem Ihr es zu tun habt, Weib?« brüllte Master John, und war wieder beinahe der Alte. »Wein sollt Ihr haben – und wir andern auch.«

Er ging uns voran in die Wohnstube, wo alle anderen schon den gleichen Gedanken gehabt zu haben schienen. Man hatte die flackernden Kerzen durch neue ersetzt und eine Art zweites Abendessen aufgetragen. Kaltes Geflügel, Pasteten und Ale standen dort, und ein Gericht aus Weizenbrot, das man in Wein eingeweicht hatte, für die junge Mutter, die sich im Bett aufgesetzt hatte. Das Kind war säuberlich gewindelt, und die Wikkelbänder waren fest angezogen. Es schlief friedlich, nur eine leichte Spitzigkeit des Kopfes und ein großer, blauer Fleck auf den Wangenknochen deuteten noch darauf hin, daß es dem Tod um Haaresbreite entkommen war. Die Leinentücher waren gewechselt worden und sauber, und die von der Geburt stark mitgenommene Strohmatratze hatte man entfernt, sie sollte verbrannt werden. Alles im Zimmer zeugte von Freude. Einen Augenblick gab es mir einen Stich, es war der Neid auf diese glückliche Familie. Ach, wenn doch solche Geborgenheit auch mein eigen wäre!

Doch sie war es, denn John sorgte sehr gut für mich. Und als er einen Augenblick einmal nicht seine Tochter und dann die neue Großtochter pries, rief er nach Wein – echtem Wein, nicht etwa Spülicht. Als die Morgenröte durch die Läden drang, frühstückten wir königlich. Aber während ich noch den Mund voll Brot hatte und schon danach lechzte, es mit weiterem Wein hinunterzuspülen, da richtete der Priester, der mir still zugesehen hatte, das Wort an mich:

»Sagt mir, Margaret – Ihr nehmt nicht vom Geflügel, und doch ist nicht Fastenzeit. Habt Ihr ein Gelübde getan?«

»O nein, Vater Edmund, ich kann bloß nichts essen, was einmal Augen gehabt hat. Davon bekomme ich Magenschmerzen.« Ich versuchte zu schlucken, denn ich wollte nicht mit vollem Mund reden und unmanierlich wirken.

»Wenn es also nicht mit einem Gelübde zu tun hat, versucht Ihr dann nicht etwa, übertrieben fromm zu sein? Wie eine Heuchlerin?«

»O nein, Vater. Ich bin keine Heilige. Ich liebe die Heiligen.« Und dann setzte ich eiligst hinzu: »Ich liebe sie wirklich, aber so gut wie sie werde ich nie sein. Ich bin feige. Und gefräßig.« Und ich trank noch einen großen Schluck. Wie oft bekommt man schon richtigen Wein aus Deutschland vorgesetzt?

Er bewegte die Hand sehr langsam zwischen der Kerze und meinem Gesicht hin und her und sah gut dabei zu. »Und doch«, sagte er ruhig, »wirft meine Hand keinen Schatten, denn Euer Kopf und Eure Schultern strahlen ihr eigenes, schwaches Licht aus. Es war noch heller, gerade eben – ehe Euch die Sinne schwanden.«

»Das Licht hier spielt uns einen Streich«, sagte ich immer noch mit vollem Mund. »Merkt Ihr denn nicht, das Tageslicht dringt schon herein.«

»Mmmm – mag sein, aber ich wüßte zu gern, ob Ihr nun Gott oder dem Teufel dient.«

Das verstörte mich. Das Mahl neigte sich dem Ende zu. Vater Edmund sagte zu unserem Gastgeber:

»Ihr braucht keinen Jungen mitzuschicken; ich begleite die Wehmutter nach Haus.« Und so ließ John Vater Edmunds grauen Zelter aus dem Stall holen und ein anderes Pferd für mich satteln, und nach manch dankbarem Lebewohl machte sich unser kleiner Trupp im rosigen Morgenlicht auf den Weg.

Als ich von dem Trittblock an der Stalltür aufgestiegen war, band Vater Edmunds das Halfter meiner mausgrauen, kleinen Stute an seinem Zwiesel fest und ließ so nebenbei fallen:

»Was für ein prächtiger Umhang; meines Wissens verdienen Wehmütter nicht so gut, daß sie sich Pelzfutter in ihrer Kleidung leisten können.« Dazumal wurde ich bei derlei Bemerkungen noch nicht recht mißtrauisch, und so antwortete ich:

»Er ist die Teilzahlung für eine Entbindung, bei der ich einst geholfen habe. Bei einer großen Dame, Lady Blanche de Monchensie.«

»Von der habe ich gehört«, sagte er und stieg auf. Das Geschirr seines Pferdes knirschte, als er das Gewicht verlagerte. »Habt Ihr dabei mit Eurem Trick gearbeitet?« Er gab dem Zelter die Sporen, führte meine Stute vom Trittblock fort und aus der Stallgasse hinaus auf die Giltspur Street. Die Waffenschmiede hatten schon offen, und im Vorbeireiten konnten wir das Gelärme von Hammer und Amboß hören.

»Es war die erste Geburt, bei der ich dabeigewesen bin. Ich habe meiner Lehrherrin geholfen. Wir arbeiten nie mit Tricks, nur mit gesundem Menschenverstand und Gebet«, antwortete ich ihm. Inzwischen waren wir in die Aldersgate Street eingebogen und näherten uns dem Stadttor.

»Und ich glaube, Ihr arbeitet mit Tricks«, sagte er. »Seid Ihr eine Heilige?«

»Nein, ich bin keine Heilige. Ich versuche, gut zu sein, aber manchmal will das nicht ganz gelingen. So geht es wohl den meisten Menschen. Wie gut, daß Gott Erbarmen mit uns hat.« Seit dem Morgengrauen war das Stadttor geöffnet. Wir passierten es hinter zwei großen Karren und einer Gruppe Landfrauen, die frische Eier verkaufen wollten, alle fein säuberlich in Körben zwischen Farnkraut verpackt, welche sie auf einen Esel geladen hatten. Auf dem Cheap rührte es sich schon, die Ladenfenster waren geöffnet und die Waren ausgelegt, so daß Kauflustige sie prüfen konnten. Schon priesen die ersten Marktfrauen ihre Erzeugnisse an, während Hausmütter mit dem Korb am Arm sich durch die auf Tüchern am Boden ausgebreiteten Waren schlängelten. Ich bemerkte, wie Vater Edmund mich im Dahinreiten eingehend musterte.

»Und dennoch – dennoch könnt Ihr das Brennende Kreuz tragen«, sagte er in nachdenklichem Ton mehr zu sich selbst.

»Ist es berühmt?« sagte ich. »Ich habe noch nie davon gehört.«

»Es ist berühmt. Ich selber würde nicht wagen, es anzufassen«, erwiderte er.

»Ich vielleicht auch nicht, wenn ich davon gewußt hätte.«

»Ihr glaubt also, daß Euch Unwissenheit gerettet hat?«

»Nein, Beobachtung. Meine Lehrherrin hält viel von Beobachtung. Sie sagt: ›Beobachte und behalte es im Kopf.‹ Seid Ihr beispielsweise nicht darauf gekommen, das Brennende Kreuz könnte vor langer Zeit in Gift getaucht worden sein? Das hätte im Laufe der Zeit abgehen oder seine Kraft verlieren können.«

Er ritt eine Weile schweigend dahin. Wir durchquerten Cornhill und bogen schließlich in unsere Gasse ein. Vater Edmund schüttelte den Kopf, drehte sich um und blickte das Brennende Kreuz an. »Hmm. So viele Möglichkeiten, aber auf die bin ich nie gekommen«, sagte er bei sich. Vor unserer Haustür stieg er elegant ab, und ich rutschte von meiner mausgrauen Stute.

»Wenn Ihr das überprüfen wollt, warum berührt Ihr es dann nicht?« Ich nahm das Kreuz in die Hand und hielt es ihm hin, behielt die Kette aber um den Hals. Er wirkte erschrocken, streckte aber vorsichtig einen Finger aus, stupste es an und nahm es dann in die Hand.

»Seht Ihr?« sagte ich, als wir vor meiner Tür standen.

»Es kommt aus Byzanz. Das kann man am Muster erkennen. Es ist sehr alt«, sagte er, wobei er es immer noch in der Hand hielt und hin und her wandte, um es eingehender zu prüfen.

»Byzanz? Ist das weit weg? Davon habe ich noch nie gehört.«

»Es scheint allerlei zu geben, wovon Ihr noch nie gehört habt. In Byzanz hielt man sehr viel von Gift. Kann sein, Ihr seid eine ausnehmend gescheite Frau.«

»Entweder das, oder Ihr ein ausnehmend heiliger Mann.«

Er lächelte beifällig.

»Vielleicht möchte ich ja lieber ein ausnehmend heiliger Mann sein. Lebt wohl, Margaret. Und wenn ich von einer schweren Geburt höre, dann werde ich nach der kleinen Wehmutter in der Diebesgasse schicken.«

Bruder Gregory setzte die Feder ab und blickte zu Margaret hoch, die jetzt neben ihm stand und ihm beim Schreiben zusah.

»Ich wußte gar nicht, daß Ihr John von Leicestershire kennt«, sagte er.

»Ich kenne eine Menge Leute. Wehmütter kommen viel herum.«

»Anscheinend. Und doch finde ich, eine anständige Frau läßt sich nicht in einer Waffenschmiede blicken.«

»Hängt das nicht davon ab, was anständig ist? Vielleicht stimmen ja nur unsere Vorstellungen von anständig nicht überein, Bruder Gregory.« Sie unterhielt sich mit seinem Nacken, da er sich damit beschäftigte, das Tintenhorn zu verschließen, während noch die letzte Seite trocknete.

»Hab ich mir schon gedacht, daß Ihr das sagen würdet, Margaret«, bemerkte er friedfertig. »Ich wollte Euch nur aushorchen. Ich glaube, daß Ihr, die Ihr soviel gesehen habt, mittlerweile die weibliche Tugend der Bescheidenheit zu schätzen wißt. Wenn Ihr Eure Vorwitzigkeit nicht im Zaum haltet, handelt Ihr Euch nichts als Ärger ein.«

Ganz unerwartet machte Margaret ein langes Gesicht

und sah sehr betrübt aus. Bruder Gregory bemerkte den Blick.

»Ich will Euch damit nicht weh tun, Margaret, ehrlich nicht«, entschuldigte er sich. »Ich weiß, daß ich zuweilen bissig bin. Aber Ihr – und auch Kendall, wandert auf einem schmalen Grat. Ihr wollt frei sein, und er denkt, daß Heiden wie Brahmanen tugendhaft sind. Damit könnt Ihr nämlich Leute vor den Kopf stoßen. Einflußreiche Leute.«

»Lieber Bruder Gregory«, sagte Margaret und legte eine weiße Hand auf seine große, tintenbekleckste. »Niemand weiß das besser als ich.« Etwas am Ton ihrer Stimme rührte Bruder Gregory so sehr, daß er sogar vergaß, seine Hand wegzunehmen. Er blickte sie ernst an. Sie wußte zuviel; sie verbarg etwas Schmerzliches, und er wollte nicht in sie dringen. So wechselte er taktvoll das Thema und sagte:

»Dann ist also das Kreuz, welches Ihr tragt, das berühmte Brennende Kreuz? Ich habe schon davon gehört, doch ich wußte nicht, wie es aussah. Eine mystische Hand soll es sich ja geholt haben, sie manifestierte sich aus der Luft, als klar wurde, daß niemand tugendhaft genug war, um es tragen zu können.«

»Eine Hand? Ach, das ist doch zu albern. John der Waffenschmied hat es sich für eine ungedeckte Schuld geholt, und ich trage es ständig. Ich mag es sehr gern.« Margaret war zur Tür gegangen, um ihren Hund hereinzulassen, der vor der Tür jaulte und kratzte. Sie befahl ihm, sie nicht mehr anzuspringen und sich zu setzen, und wandte sich dann wieder Bruder Gregory zu, der mit dem Leseunterricht beginnen wollte. Er warf einen Blick auf das Kreuz, und dann huschte etwas – etwa ein Anflug von Röte? – über sein Gesicht.

»Also – ich – ich hätte da einen Wunsch«, sagte er und blickte auf einmal seine Zehen an.

»Ihr wollt es auch anfassen?« Margaret lachte. Wenn

sie lachte, sah sie gleich ganz anders aus. Wie ein kleines Mädchen, das nie erwachsen werden würde.

»Macht nur! Los! Es beißt nicht.« Sie streckte es ihm hin, doch die Kette behielt sie um den Hals wie bei Vater Edmund an jenem Epiphaniasmorgen vor langer Zeit.

Gregory öffnete die linke Hand und schloß die Finger um das Kreuz, daß es beinahe in seiner großen, grobknochigen Faust verschwand.

»Ich spüre überhaupt nichts.« Sein Gesicht trug einen Ausdruck selbstgerechter Freude.

»Gut, dann seid auch Ihr ein tugendhafter Mann«, sagte Margaret mit einem Lächeln.

»Seid Ihr jetzt zu müde für Euren Leseunterricht?« fragte Bruder Gregory, und seine Befriedigung wurde zur Besorgnis.

»Dafür bin ich nie zu müde. Ich lerne doch so gern. Habt Ihr mich schon einmal Französisch sprechen hören? Madame sagt, ich habe es bald geschafft. *Je parle correctement prèsque tout le temps, maintenant.*«

»Ei, das ist aber sehr gescheit«, antwortete Bruder Gregory auf französisch. »Doch wofür wollt Ihr es denn schaffen?«

»Wir geben ein großes Essen mit vielen bedeutenden Gästen. Dabei möchte ich es zum ersten Mal ausprobieren. Findet Ihr, daß ich mich wie eine Dame anhöre?« Margarets Französisch hatte die modische, nasale Aussprache einer reichen Klosterschule. So langsam und genau, wie sie es artikulierte, konnte man ihm einen gewissen Reiz und Charme nicht absprechen.

Gregory sagte auf englisch: »Euer Mann hat eine gute Lehrerin gewählt. Ihr habt einen netten Akzent. Ich finde, Ihr könnt sehr gut nachahmen.« Vor Freude wurde Margaret ganz rot.

»Wir beginnen mit dem Diktat«, sagte Gregory brüsk und tat so, als ob er es nicht bemerkt hätte. »Nehmt

Euer Täfelchen und schreibt als erstes: ›Die Frauen seien untertan ihren Männern.‹«

Margaret schnitt ein Gesicht, ritzte aber alles sorgsam mit dem Griffel ein. Bruder Gregory ging im Zimmer auf und ab, kratzte sich geistesabwesend die Hand und überlegte sich den nächsten Satz. Margaret blickte von ihrem Platz am Fenster zu ihm auf.

»Oh, Bruder Gregory, was ist mit Eurer Hand?«

»Ich muß mich kratzen; es juckt.«

»Ach, wirklich, ist sie etwa rot?«

»Nein, es ist nur ein Stich. Ihr habt mir einen Floh geschenkt.«

»Ich habe keine Flöhe, Bruder Gregory«, beharrte Margaret.

»Jeder hat Flöhe, Margaret. Das gehört zu Gottes Plan.«

»Ich nicht. Ich wasche sie ab.«

»Margaret, wo bleibt denn Euer Verstand? Sie hüpfen einfach zurück. Ihr könnt Euch gar nicht so viel waschen, daß Ihr keine hättet.«

»Doch.«

»Habt Ihr denn keine Angst, daß Ihr Euch die Haut abwascht? Das könnte nämlich passieren. Und das ist viel ärger als Flöhe.« Bruder Gregory sprach im Ton absoluter Gewißheit.

»Das sagt mir jeder. Sie ist aber noch nicht abgewaschen.«

»Margaret, Ihr seid dickköpfig, und das tut nicht gut. Als nächsten Satz schreibt Ihr mir: ›Einen Floh kann man nicht abwaschen.‹«

»Ist es so richtig?« Sie hielt ihm das Täfelchen hin, und Bruder Gregory schüttelte mit gespielter Entrüstung den Kopf.

»Ihr könnt einen zur Verzweiflung bringen, Margaret, ›Floh‹ schreibt man nicht mit einem ›o‹, sondern mit zwei.«

Kapitel IX

Bruder Gregory schaute aus seinem kleinen Fenster unter der Traufe und überlegte, was er mit dem Rest des Tages anfangen sollte. Es war ein unvergleichlich schöner Morgen, wie man ihn im Winter selten erlebt. Die Sonne hatte sich durch die Wolken gekämpft und war dabei, das Eis auf den kahlen Zweigen des Baumes vor seinem Fenster zu schmelzen, so daß jeder Zweig von Wassertropfen glänzte. Über den steilen Ziegeldächern der City zeigten sich große Flecke von Blau, prächtig anzusehen zwischen den dahineilenden Wolken. Ein Windstoß fuhr klar und kalt durch sein Zimmer und die trocknenden Seiten auf dem Tisch. Er war schon vor dem Morgengrauen aufgestanden und hatte bereits allerhand geschafft, woraus folgte, daß er sehr zufrieden mit sich war. Er war zur Messe gewesen, hatte über die Sünde der Zornmütigkeit und die Tugend der Sanftmütigkeit meditiert und sich mit Brötchen vollgestopft, die man ihm gestern bei Kendalls aufgedrängt hatte, da dort Backtag war. Dann war er mit dem Psalter ein gutes Stückchen vorangekommen, der nun fast fertig zum Binden war. Aber er hatte kaum noch Tinte – es wurde Zeit, neue einzukaufen. Das machte den Entschluß leicht. Er würde heute zu Nicholas gehen, das Binden absprechen und sich dabei auch neue Tinte holen.

So zog er denn etwas zögernd die Nase aus der frischen Luft, schloß den Laden und kehrte zum Tisch zurück. Säuberlich stapelte er die getrockneten Seiten, dann nahm er sein Tintenhorn und den Federkasten und hing sie an seinen Gürtel. Die Feder keß hinters Ohr gesteckt, sprang er die wackelige Außenstiege hinunter und summte dabei vor sich hin. Er war auf dem Weg nach Little Britain, jenem schmuddeligen Gewimmel von Gäßchen jenseits der Stadtmauer, wo sein Freund Nicholas seinen Laden hatte. Er war nicht das größte oder beste seiner Art, doch der Gedanke, bei jemand anders zu kaufen, wäre ihm nie in den Sinn gekommen: Nicholas war der einzige Mensch, der ihm bei seiner Ankunft in der Stadt gern Kredit gewährt hatte, und er schuldete ihm mehr als nur Geld. Außerdem war er stets für eine anständige Unterhaltung gut. Man wußte nie, wer vorbeikommen und sich die Bücher anschauen oder Papier und Tinte kaufen würde; in der Regel wurde dort allerdings mehr disputiert als verkauft. Zuweilen ging es bei einem hitzig diskutierten Thema knapp an Tätlichkeiten vorbei, als es beispielsweise über die genaue Beschaffenheit der arianischen Häresie oder die Beziehung zwischen Vernunft und Notwendigkeit bei der Erschaffung der sichtbaren Welt ging, doch Nicholas mit seinem beschwichtigenden Naturell schien stets Blutvergießen abwenden zu können.

Wie Nicholas bei den mittellosen Kunden, die sein Geschäft frequentierten, auch noch eine verwitwete Schwester und drei heranwachsende Neffen unterstützen konnte, das wußte niemand recht zu sagen. Doch er genoß überall Achtung. Er war dabei, ein Traktat über die Philosophie zu schreiben, welches nach Beendigung die Beschaffenheit des Universums zur Gänze erklären würde. Aber bei all dem Buchbinden, Kaufen und Verkaufen und ein wenig Kopieren kam die Arbeit langsamer voran, als er gedacht hatte. So geht es immer, dachte Bruder Gregory: Frauen und ein Gewerbe – die hindern einen Mann am Leben des Geistes. Dennoch war es nur schwer vorstellbar, daß Nicholas anders wäre, als er war.

Leichtfüßig umging Bruder Gregory die Pfützen und erreichte fröhlich summend Aldersgate. Es war eine von den alten *goliardi*, welche sie immer in Paris gesungen hatten, er und seine Freunde, wenn sie sich nach einer ausnehmend kontroversen Vorlesung in irgendeine Schenke gedrängt hatten, um dort weiterzustreiten und zu trinken. Ein Jammer, daß alles so enden mußte, doch selbst als man seine Bücher verbrannte, hatte er nicht bedauert, daß er alles für das Leben eines fahrenden Scholaren weggeworfen hatte. Und dann waren den Behörden ja auch nie seine Gedichte in die Hände gefallen, ebenso wie sie nie herausgefunden hatten, von wem jene freche Abhandlung stammte, in der zwanzig bedeutsame Fehler in den theologischen Schriften des Bischofs von Paris aufgelistet wurden.

Und jetzt, jetzt hatte er die Kontemplation. Welch herrliche Aussichten auf ewige Erhabenheit sie ihm eröffnete! Nicht auszudenken, daß er vielleicht nie gemerkt hätte, daß die Kontemplation seine wahre Berufung war, wenn man damals nicht zur Unzeit mit etwas Schluß gemacht hätte, das er jetzt als gänzlich zu weltliche Leidenschaft für die Gelehrsamkeit erkannte. Was wieder einmal bewies, daß Gott am Ende doch alles zum Besten richtete. Schon bald würde er Gott leibhaftig sehen, und dann würde er zurückkehren, sein ganzes Leben der Kontemplation weihen und von all den Vertracktheiten befreit sein, mit denen das Leben ihm ein Bein stellte. Erstaunlich, in welche Ketten doch das Leben einen Mann schlug. Kein Geld, zuviel Geld, Besitz, Familie – verblüffend, wie das alles eine freie Seele knebelte. Im Grunde genommen verlohnen nur zwei Dinge im Leben, dachte Bruder Gregory glücklich – Freiheit und geistige Arbeit, die beiden sind das

Beste von allem. Und damit merkte er, daß er am Ziel war, denn vor ihm, am Ende einer gewundenen Gasse, lag die Tür des kleinen Buchladens von Nicholas dem Buchhändler.

Nicholas begrüßte ihn auf jene stille, irgendwie humorvolle Art, die ihn auszeichnete, und nachdem sie das Binden abgesprochen hatten, verkaufte er ihm Tinte und ein Dutzend Rohrfedern.

»Wie ich sehe, hast du den Ovid schließlich doch noch verkauft«, bemerkte Bruder Gregory mit einem Blick auf die hohen, schiefen Regale, auf denen beinahe ein Dutzend Bücher unterschiedlicher Größe flach ausgelegt waren.

»Zu guter Letzt doch noch, und er hat einen schönen Preis erzielt, wenn man bedenkt, daß du ihn so oft durchgelesen hast, daß du ihn im Kopf haben müßtest«, erwiderte Nicholas. Er war ein schlanker Mann von mittlerem Wuchs, noch keine vierzig und mit schütteren, rötlich braunen Locken, einem kurz gestutzten Bart und intelligenten, spöttischen, grauen Augen.

»Ich glaube nicht, daß ich hier der schlimmste Missetäter bin«, gab Bruder Gregory zurück und schaute dabei zu zwei fadenscheinigen Schreibern hinüber, einer davon in einer Oxford-Robe, die Nicholas Waren prüften.

»Ich habe ein neues bekommen, das deinem heutigen Stil besser entspricht«, sagte Nicholas und nahm einen eher kleinen, schlicht gebundenen Band zur Hand.

»Ah, das *Incendium Amoris* – du führst mich in Versuchung, Nicholas, aber ich bemühe mich dieser Tage, keinen Besitz anzusammeln, da ich erneut der Welt entsagen will, wenn diese Arbeit abgeschlossen ist«, sagte Bruder Gregory selbstgefällig, nahm das Buch und machte sich daran, seinen Inhalt durchzusehen.

»Freude am Gebrauch eines Gegenstandes ist eine

der Definitionen von Besitz«, rief ihm Nicholas ins Gedächtnis.

Bei diesen Worten blickte der erste Leser unwirsch über die Unterbrechung auf – dann erkannte er Bruder Gregory.

»Gregory? Ich hätte dich kaum wiedererkannt, du siehst so blühend aus. Dein Gesicht ist fetter.«

»Ach, Robert – was für eine Überraschung –, aber mein Gesicht ist nicht fett«, bemerkte Bruder Gregory friedfertig und blickte vom Buch auf.

»Das hab ich auch nicht gesagt, du altes Schlachtroß, ich sagte fetter. Früher konnte man dir das Vaterunser durch die Backen lesen.«

»Wenn du weiter meine Physiognomie beleidigst, Robert, wirst du heute allein speisen müssen«, gab Bruder Gregory gelassen zurück und blätterte um.

»Hoffentlich bildest du dir nicht ein, daß ich dir wieder eine Mahlzeit spendiere, du Bandwurm in Menschengestalt.«

»Ich bildete mir ein, ich könnte, wenn ich Nicholas und seine Brut ausführe, auch dich mitnehmen, Robert. Wie ich schon sagte, entledige ich mich dieser Tage meines Besitzes, und gestern habe ich Honorar bekommen.« Bruder Gregory blickte von dem Buch auf und wölbte eine Braue, während es in seinen braunen Augen vergnügt glitzerte.

»Herr im Himmel, hast du eine Goldmine gefunden? Oder betätigst du dich als Taschendieb?« fragte Robert. Der Scholar aus Oxford klappte das Buch zu und kam, ohne es hinzulegen, näher, um zu lauschen. Er war entsetzlich dünn und ein wenig blaß um den Mund.

»Nein, ich gebe dieser Tage Leseunterricht. Und jedesmal, wenn ich dort hinkomme, stopft man mich anständig voll. Seit ich dort arbeite, mußte ich schon zwei neue Löcher in meinen Gürtel machen. Und du,

Robert, kopierst du immer noch für diesen Kaufmann?«

»Nein, ich habe einen besseren Gönner gefunden – einen Grafensohn, der gern Oden auf sich schreiben läßt und etwas auf literarisch gebildete Saufkumpane hält.«

»Robert, in solchen Diensten sei auf der Hut vor den Fallstricken des Bösen; das vornehme Leben hat dich in Versuchung geführt«, sagte Bruder Gregory und drohte ihm spöttisch mit dem Finger – doch als Freund wußte Robert, daß es auch durchaus ernst gemeint war.

»Sei doch nicht so klösterlich freudlos, Gregory, sonst komme ich noch auf den Gedanken, du hältst dich an eine Regel und geißelst dich des Nachts, statt wie ein richtiger Kerl zu trinken.«

»Also, trinken möchte ich jetzt wohl, wenn Nicholas Beatrix und die Kinder ruft und den Laden dichtmacht.« Es gab Zeiten, da hätte Bruder Gregory Beatrix nie bemerkt. Sie war älter als Nicholas und gleichsam ein stummer Schatten, wenn Männer im Raum zugegen waren. Doch nach ein, zwei Monaten des Schreibens für Margaret hatte er sie eines Tages auf einmal angeschaut und diesen Blick in ihren Augen gesehen. Sie hat aufgegeben, ging es ihm plötzlich auf, und dann war ihm ein Gedanke durch den Kopf geschossen, der ihm sonst fremd war: eine Vision von Wäschezubern und Wassereimern an der Schultertrage und Kochen und Aschehinausbringen und Schrubben von hartnäckigem und ewigem Schmutz und nie Ausgang, außer zum Markt und zur Kirche. Und danach war er nie wieder ganz der Alte. Die Vorstellung, daß ein Mensch so die Hoffnung aufgab, stimmte ihn traurig. Er selbst lebte von der Hoffnung; und sie allein hatte ihn nie im Stich gelassen. Er wollte sie ihr wiedergeben, allen, die sie irgendwie verloren hatten, und auf diese Weise sich selbst retten. Doch ihm wollte rein gar nichts dazu einfallen, außer daß er auch sie mitnahm, wenn er Nicholas einlud – und das wäre ihm früher nie in den Sinn gekommen.

»Ich habe noch einen Kunden«, erinnerte ihn Nicholas sanft. Bruder Gregory musterte den Scholaren. Seine blassen, dünnen Hände, die das Buch hielten, während er vorgab zu lesen, waren fast durchscheinend.

»Es wäre mir eine Ehre, wenn auch Ihr meine Einladung annehmen würdet«, sagte Bruder Gregory mit feierlicher Höflichkeit. Der Scholar blickte auf. Man konnte sehen, wie sein Kiefer zuckte. Er wollte ablehnen. Bruder Gregory wußte genau Bescheid. Der würde die kalten Hände in die geflickten Ärmel stecken und nach St. Paul's zurückgehen und darauf hoffen, daß sich dort etwas ergab. »Ihr macht mir den Eindruck, daß Ihr schreibt«, sagte Bruder Gregory, »ich würde gern etwas darüber hören.«

»Ja, wirklich, ich schreibe«, antwortete der Scholar, »woher wißt Ihr das? Ich arbeite gerade an einer Analyse von Aristoteles' *Metaphysik*.«

»Ich habe selbst ein wenig geschrieben, ehe ich mit dem Leseunterricht begonnen habe«, sagte Bruder Gregory mit einer gewissen Ironie in der Stimme. »Aber dann könnt Ihr ja Griechisch. Wie gern hätte ich das gelernt, denn es gibt da bei Plato mehrere Stellen, die sich für mich nur schwer mit der christlichen Lehre vereinbaren lassen, da ich den Text nicht gänzlich verstehe.« Die Miene des Scholaren heiterte sich auf. Und in Minutenschnelle saßen sie alle am zweitbesten Tisch im Boar Head, vor sich einen ganzen Spieß voller Geflügel und mehrere Krüge vom besten Ale des Hauses. Ein Glückszufall, daß der Tisch frei geworden war. Eine Gruppe dreister Matronen hatte ihn besetzt gehabt, welche die letzte Stunde mit Trinken und Tratschen zugebracht hatten. Plötzlich stand eine von ihnen auf und lachte: »Die Messe ist vorbei«, und daran hatten alle im

Raum gemerkt, daß sie ihre Männer hinters Licht führten, indem sie ihnen weismachten, sie wären zur Kirche gegangen; statt dessen hatten sie sich hier heimlich getroffen, um etwas Spaß zu haben. Nun konnte man an diesem Tisch an Stelle einer lautstarken Diskussion darüber, wie unzureichend Ehemänner beschaffen waren, einen ebenso lauten Streit über die genaue Zusammensetzung der Seele hören, welcher so lange vorhielt, bis alle satt vom Essen und von der Unterhaltung waren.

Als Bruder Gregory später am Nachmittag mit Tinte und Federn zurückging, teilte er seine Aufmerksamkeit zwischen dem, was er in dem Buch gesehen hatte, und Überlegungen darüber, wie gänzlich zureichend doch das Essen beschaffen gewesen war. Der Scholar hatte sich als guter Tischgenosse erwiesen, wirklich ein wahrer Fund, und Gregory hatte doch tatsächlich einige neue und interessante Dinge erfahren. Da war zum Beispiel die Frage, wie man sich der Gottheit korrekt näherte. Rolle schien im *Incendium* die Meinung zu vertreten, daß Sitzen dem prosterniert auf dem Boden Liegen oder der Andachtshaltung vorzuziehen sei. Aber wieso eigentlich? Und wie vortrefflich er sich der Sünde der *Zornmütigkeit* enthalten hatte, welche beinahe alles verdorben hätte, als nämlich ein fetter Priester mit einer Dirne am Arm hereingekommen war. Als der Mann feststellte, daß alle Vögel am Spieß verkauft waren, war er am Tisch vorbeigegangen und hatte eine häßliche Bemerkung über Schreiber und Hungerleider losgelassen. Gregory war in Wut geraten, rot angelaufen und hatte zu der Stelle gegriffen, wo sich sein Schwertgriff befinden sollte – und hatte statt dessen seinen Federkasten zutage gefördert. Nicholas hatte gelacht und die Hand ausgestreckt, um ihn zu zügeln. Die Rache überließ man wohl lieber Gott – Nicholas kannte die Frau und sagte ganz richtig voraus, daß sie den Priester seines Geldes und seiner Kleider berauben und dann verschwinden würde, wenn sie ihr ursprüngliches Geschäft im Hinterzimmer zum Abschluß gebracht hätten. Ehe die fröhliche Gesellschaft noch aufbrach, hörte sie zu ihrer Befriedigung Geschrei aus dem Hinterzimmer, und so war man denn vergnügt über diesen Tumult voneinander geschieden.

Doch just als er die klapprige Stiege zu seinem Zimmer hinaufgesteigen wollte, kam sein Vermieter mit einem Brief, der während seiner Abwesenheit abgegeben worden war. Bruder Gregory öffnete ihn, überflog ihn, und seine Miene verdüsterte sich. Von Vater. Jemand war ihm offensichtlich bei der Abfassung behilflich gewesen, denn neben den üblichen väterlichen Androhungen von schwerer Körperverletzung fanden sich dunklere Andeutungen, ein großes Aufgebot nämlich von außerordentlich unangenehmen Dingen, die einen pflichtvergessenen Sohn erwarten: Fluch auf Erden und Höllenfeuer danach, um nur ein Beispiel zu nennen.

»Ich würde ja durchaus kommen, wenn er mich höflich einladen würde«, brummte Bruder Gregory und zerknüllte unwirsch den Brief. Jetzt würde er über Weihnachten nach Haus gehen müssen und es absolut kristallklar machen, daß er der Welt entsagen wollte. Ein Jammer, daß er Gott noch nicht gesehen hatte – es wäre zu schön, wenn er Vater das entgegenhalten könnte. Und wie er dabei dann ganz von einem undeutbaren Leuchten durchdrungen wäre und der alte Mann endlich einsehen müßte, daß er keinen Anspruch mehr auf seinen Sohn hatte. Aber daran war jetzt nicht mehr zu denken – in der Aura ständiger Gereiztheit, die seinen Vater umgab, sah wirklich kein Mensch Gott; und so hieß es, die eigenen Pläne zurückzustellen, bis er sich mit Vater auseinandergesetzt hatte. Und es hieß auch baldigen Abschied von der Stadt. Er mußte Margaret sagen, daß dies sein letzter Besuch im hohen Haus in der Thames Street war, und sie würde Scherereien machen, weil ihr Buch noch nicht fertig war.

»Es geht auf dieser Welt eben nicht gerecht zu«, knurrte Bruder Gregory.

Als man ihn an jenem Nachmittag zu Margaret führte, daß er für sie schriebe, da bemerkte sie, daß er mit seinen Gedanken woanders war. Er blickte sich im Zimmer um, als ob er versuchte, sich alles einzuprägen, dann zog er die Brauen zusammen und sah aus, als ob er etwas sagen wollte, was ihm schwerfiel. Doch er kam nie damit heraus. Statt dessen beschäftigte er sich mit Federanspitzen und übereifrigem Wegwischen der kleinen Schnipsel, ehe er das Papier zurechtlegte.

Daß es Frühling wird, merken wir Wehmütter in der Stadt an anderen Anzeichen als die Leute auf dem Lande. Zum einen gehen die Geschäfte besser, denn alles, was weiblich ist, bekommt Nachwuchs. Noch ehe die ersten Knospen sprossen, hatte allein schon in unserem Haus die Katze am Herd gejungt und die alte Moll ein Fohlen bekommen. Hilde und ich waren ständig in der Stadt unterwegs, so daß sich am Ende Bruder Malachi über das Essen beschwerte, denn wie er sagte: »Gekaufte Gerichte stärken das Herz längst nicht so wie zu Hause Gekochtes.« Das zweite Anzeichen sieht so aus: die Menschen, welche den ganzen Winter im Haus eingesperrt waren, drehen schier durch bei der Vorstellung, wieder im Freien sein zu können.

Als erster verfiel Bruder Malachi dem Frühlingswahn. Er verkündete, das Geheimnis, welches sich ihm den ganzen Winter über entzogen hätte, könne auch ruhig noch ein, zwei Monate warten, während er Geld verdiente.

»Es ist eine Schande, sich von Frauen aushalten zu

lassen«, sagte er, während er sich im jetzt stillgelegten Stinkezimmer über Pergamenten abmühte. Selbst Sim hatte Frühlingsfieber; er blies den Blasebalg nicht mehr, sondern strolchte umher und verweigerte alle Botengänge, nur um sich auf der Straße herumtreiben zu können.

»Was, um Himmels willen, tut Ihr da?« fragte ich, als Bruder Malachi Wachs erhitzte.

»Ich bereite mich einmal wieder auf die Wanderschaft vor, Kind. Ich glaube, dieses Mal ziehe ich gen Norden: Boston, King's Lynn, York. Dort habe ich mich ein Weilchen nicht blicken lassen. Dieses Geschäft kann ich in London nicht mehr betreiben, ich bin zu berühmt.«

»Dann wollt Ihr dort also auch Eure alchimistischen Geräte verkaufen?«

»Nein, du Dummchen, mit denen reist es sich nicht gut, gar nicht gut. Das hier jedoch ist leicht.« Sein altes Bündel lag auf dem Boden ausgebreitet, und er schien genau zu überlegen, was wohl alles hineinpaßte.

»Was ist das, das ganze Geschreibsel?« Ich meinte es zu wissen, doch da ich nicht lesen konnte, mußte ich nachfragen.

»Meine Liebe, kannst du schweigen?«

»Wie ein Grab. Das gehört nämlich zu meinem Beruf.« Es gefiel mir sehr, daß ich jetzt eine erfolgreiche Wehmutter war. Mittlerweile kannte ich viele Geheimnisse, denn als Wehmutter ist man beinahe ein Beichtvater. Wir bekommen aber auch allerhand zu sehen: welches Kind dem Vater nicht ähnlich sieht, wer abgetrieben hat, wer sich ein Kind durch Zauberei verschafft hat – und was dergleichen mehr ist.

»Gut, kleine Geschäftsfrau, unter uns Könnern sei dir verraten, woraus meine Ware besteht. Siehst du dieses hübsche Ding hier?« Er hielt mir ein Metallsiegel hin, darauf war ein Mann mit hohem Hut gleichsam wie ein Ei und noch etliches mehr zu sehen.

»Wer ist das wohl, was meinst du?«

»Ein großer König«, erwiderte ich.

»Der größte. Der Papst leibhaftig. Das da ist das päpstliche Siegel.« Er hielt es hoch, daß ich es im Licht bewundern konnte.

»Wirklich und wahrhaftig? Darf ich es anfassen?« Man tut immer gut daran, auf Bruder Malachis Grillen einzugehen; was sein Gewerbe angeht, kann er empfindlich sein, und dann ist er auch sehr wetterwendisch.

»Beinahe wirklich und wahrhaftig. Es ist genauso, wie es sich der Papst gewünscht hätte, wenn er es kennen würde. Ich habe es mir in Paris machen lassen. Paris ist gar nicht so weit von Avignon entfernt, und so stammt es sozusagen aus dem richtigen Land. Dazu sehr hübsch gearbeitet. Hier bekäme man schwerlich etwas so Schönes angefertigt.« Er wandte es hin und her und lächelte in sich hinein. Dann machte er sich daran, die Papiere, welche er geschrieben hatte, mit dem heißen Wachs zu siegeln.

»Das da«, sagte er befriedigt, »ist mein neuer Vorrat an Ablaßbriefen, alle ordentlich in Latein. Die leere Stelle hier ist für den Namen des Käufers gedacht. Bei mir bekommt man etwas fürs Geld. Ich berechne weniger als meine Konkurrenten und vergebe viel, viel mehr.«

»Oh, Bruder Malachi, schon wieder eine von Euren abscheulichen Gaunereien!«

»Ei, du liebes, kleines Dummchen, ich habe doch eine Konzession für den Vertrieb. Es gibt so manches habgierige Kloster, das diese Art von Papier ohne die geringste Konzession verkauft. Denk doch nur, wie ehrbar ich dagegen bin, und schäme dich! Da schau mal! Das hier ist die päpstliche Bulle!« Und er zauberte aus einer Innenfalte seines Gewandes ein abgegriffenes Pergament hervor.

»Siehst du, wie viele Siegel sie hat! Sieh hin und

erzittre und bitte um Vergebung für solch eine gemütsrohe Unterstellung!«

Ich sah näher hin. Das größte Siegel war das gleiche wie auf den Ablaßbriefen. O je, gewiß werden wir ihn verlieren, grämte ich mich still. Er kommt nie zurück, wenn sie ihn einmal erwischt haben. Doch um ihm zu gefallen, täuschte ich albernes Entzücken vor und bat, das Dokument küssen zu dürfen, genau wie die dummen Bauern, die den größten Teil seiner Abnehmer ausmachten.

»Ah, ah! Nicht ohne zu zahlen. Nicht einmal dir, liebes Kind, kann ich aus meinem Vorrat einfach so abgeben!« Und er machte sich pfeifend wieder an seine Arbeit.

Hilde hörte ihn und steckte den Kopf zur Tür des Stinkezimmers herein.

»Lieber Malachi, wie lange willst du uns denn verlassen?«

»Ein, zwei Monate, meine Lieben, doch grämt euch nicht. Hob kann jetzt ja aushelfen.«

Hob zählte auch zu den Frühlingsanzeichen. Er war ein dürrer, trauriger Mensch unbestimmbaren Alters, der von einem Landsitz in Kent ausgerückt war. Eines Tages war er ans Haus gekommen und hatte um Arbeit gebettelt, wobei er vorgab, ein freier Arbeiter zu sein. Man mußte kein Zauberer sein, um zu sehen, daß es sich um einen entlaufenen Leibeigenen handelte, denn er war schon einmal gebrandmarkt worden. Wie er den Streifen seines Herrn entgangen war, weiß ich nicht zu sagen, denn er redete nie. Aber nun brauchte er sich nur noch zehn weitere Monate in der Stadt aufzuhalten, und dann hatte niemand mehr Anspruch auf ihn, er war frei. Viele Leute wissen, daß wir für eine Mahlzeit gut sind, und das mußte Hob irgendwo zu Ohren gekommen sein, denn er stellte sich genau zur Essenszeit ein. Hildes und meine Geschäfte gingen gut, und so brauchten wir einen Mann zur Aushilfe, und zum Helfen bekommt man dieser Tage schwerlich jemand. Und Malachi war noch mehr als nutzlos, denn die Suche nach der universellen Wahrheit beanspruchte seine ganze Zeit. Also blieb Hob. Er aß nicht viel. Auf diese Weise schienen bei uns alle ins Haus zu kommen: man spazierte einfach hinein.

Wir hatten also Hob, und Malachi begab sich auf seine Frühlingswanderschaft. Wie er sagte: »Leichter Fuß und leichter Sinn. Dann hat dich Gott lieb. Zu Ehren dieses Hauses finde ich, ich sollte mich – hmm – Bruder, umm, Peter nennen. Ja, dieses Mal bin ich Peter.« Und so verschwand er den Sommer über, die Passe seines wieder ausgepackten langen, schwarzen Ablaßkrämergewandes durchfeuchtet von Hildes ungestümen Tränen und auf dem Rücken einen ganzen Sackvoll von seinem ›Warenbestand‹. Er packte seine alchimistischen Geräte fort, damit kein ›Kretin mit ungeschickten Fingern‹ sie ihm während seiner Abwesenheit zerstörte. Wie es sich dann herausstellte, war das ein Glück, denn als er fort war, sah es bei uns nach einem Kräuterladen aus und nicht mehr wie ein Ort, wo man Schwarze Magie betreibt und wo überall Beweisstücke für Ruchlosigkeiten herumliegen.

Ich lüftete gut durch und schrubbte das Hinterzimmer, und danach war es gar nicht so übel. Nachdem der schwarze Rauch abgezogen war, tünchten wir die beiden unteren Zimmer. Jetzt sah es bei uns direkt wohlhabend aus: im Vorderzimmer hatten wir einen Tisch, ein paar Hocker und eine Bank. Unser frisch gefegtes Herdfeuer zierten zwei große Töpfe und etliche kleine Gefäße. Wir hatten einen prachtvollen Holzstoß und weiteres Holz im Schuppen, außerdem eine hübsche Lade und ein paar Körbe. Bruder Malachi hatte in einer Anwandlung von Großzügigkeit in beiden Zimmern besondere Regale einbauen lassen, und dort lagerten wir die Kräuter in luftigen Körben, dazu noch andere Arzneien in kleinen Kästchen und Tonkrügen. In einem Winkel hängte Hilde wie gewohnt große Kräuterbündel zum Trocknen an der Decke auf, doch nicht überall wie früher. Auf dem Fußboden lagen keine Binsen, doch da dieser aus richtigen Fliesen gemacht war, nicht etwa aus festgetretenem Lehm, hatten wir ihn gebohnert, bis er glänzte. Weil das Stinkezimmer nicht mehr in Betrieb war, konnte man den beißenden Duft der Wildkräuter riechen. Es war zwar immer noch dunkel drinnen, doch abstoßend konnte man es nicht mehr nennen, und das war ein großer Fortschritt.

Aber Hilde weinte und weinte, denn Bruder Malachi fehlte ihr in dem großen Bett, und sie machte sich Sorgen, daß er nie wiederkommen würde. Ich versicherte ihr, er würde zurückkehren, denn seine Destille würde er nie und nimmer im Stich lassen, und da hörte sie auf, um ihn zu trauern, denn es war ja doch die reine Wahrheit. Tatsächlich kam er einige Zeit später mit der Tasche voller Geld und einer Reihe von merkwürdigen Dingen zurück, dazu aufgeblasener denn je. Aber das ist eine andere Geschichte.

Hilde fühlte sich immer einsamer und regte sich auf, daß das Haus ›nicht richtig‹ wäre. Ihre Arbeit machte ihr keinen Spaß, obwohl sie alle Hände voll zu tun hatte. Draußen war der Frühlingswahn ausgebrochen. Als das Wetter nicht mehr so rauh war, kam eine Schar Leute auf der Straße vorbei, die sich bis zur Mitte entblößt hatten, Männer wie Frauen, und sich mit stachligen Peitschenschnüren geißelten, bis ihnen der Rücken blutete. Sie schrien, während sie in Richtung Kirche zogen, jeder solle bereuen, denn das Ende der Welt sei nahe herangekommen. Wer sich nicht versteckte, der bereute weiß Gott. Er bereute, daß er sie erblickt hatte, denn sie schnappten sich jeden, den sie zu fassen bekamen und zwangen ihn, mitzuziehen und sich mit ihnen zu geißeln. Es ist immer besser, die Läden fest zu schließen, wenn sich dergleichen Volk herumtreibt.

In jenem Frühling gab es fast nur ein Thema: das Ende der Welt. Ich sah in Cornhill einen Mann im Stock; er hatte behauptet, daß die Sündhaftigkeit von Bürgermeister und Stadtältesten das Ende der Welt über uns brächten. Vielleicht wäre es ihm nicht so übel ergangen, wenn er keine näheren Angaben zu den in Frage kommenden Sünden gemacht hätte. Es tut nie gut, Leute und Orte zu benennen.

Wenn ich das Haus verließ, ging ich immer geradewegs und ohne mich aufzuhalten zu meiner Kundschaft, das Brennende Kreuz lag wohlbehalten unter meinem Oberkleid verborgen, denn dort konnte es niemand sehen. Warum sollte ich auch Wegelagerer oder Verrückte anlocken? Aber ich konnte noch so vorsichtig sein, Ärger gab es trotzdem. Als ich eines Tages zu einer schmutzigen, kleinen Gasse nicht weit von Fenchurch kam und eben dort einbiegen wollte, da wurde ich beinahe von einem großen, zahnlosen Mann über den Haufen gerannt, der ganz außer sich, ich weiß nicht wohin zu laufen schien.

»Weg da! Ich muß ihn anfassen!« schrie er. Vor mir versperrten drei Frauen, die sich untergefaßt hatten, den Weg in die Gasse und schoben sich um die Ecke.

»Einmal ansehen genügt, und man ist errettet!« Ich konnte andere Stimmen hören, und als ich die Gasse entlangblickte, wimmelte sie von Menschen. Alles war in wildem Aufruhr.

»Ein Wunder!«

»Ich will ihn auch sehen! Haltet ihn hoch!«

»Oh, mein Gott, wie wird mir!«

»Ein Zeichen!«

»Ja, das Ende der Welt ist nahe herangekommen!« Schon wieder das Ende der Welt! Ich stellte mich in einen Torweg, damit man mich nicht niedertrampelte, denn das Menschenrinnsal war zum Strom geworden. Krüppel auf Krücken, Kinder, die blinde Bettler führten, abgerissene Arbeiter mit zerfledderten Beinlingen, alte Frauen in formlosen, grauen Kleidern und arme Trottel – alles drängelte und schrie.

»Gute Frau, was ist denn hier los?« rief ich und zupfte eine Vorübergehende, die mir ehrlich aussah, am Ärmel.

»Ei, habt Ihr das denn nicht gehört? Eine wundertätige Manifestation! Eine Gevatterin wollte Haferpfannkuchen backen und dabei verbrannte ihr einer. Als sie ihn aufhob und wegwerfen wollte, da formten sich die angebrannten Stellen zum Antlitz unseres Heilands! Das zeigt, daß Gott die Niedrigen liebt. Jeder, der den Pfannkuchen gesehen hat, ist errettet. Oh, ich muß mich beeilen, sonst ist er noch weg!« Und schon stürmte sie mit der Menge die dunkle Gasse entlang.

Wahrlich, alles deutete auf einen bösen Frühling hin. So früh schon wundertätige Pfannkuchen? Und dabei war es noch nicht einmal Ostern. Ich sah nach, wie ich vielleicht wohlbehalten aus dem Torweg herausschlüpfen könnte, als ich eine bekannte Stimme hörte.

»Ei, da ist ja Margaret, die kleine Wehmutter! Seid Ihr auch wegen der wundertätigen Manifestation gekommen?«

»O Vater Edmund, ich wollte bloß nach Haus, ohne niedergetrampelt zu werden. Aber was führt Euch hierher?«

»Mein Beruf, und deshalb muß ich Euch jetzt auch verlassen.« Er stürzte sich in die Menge, und ich konnte ihn rufen hören:

»Laßt mich durch, Ihr guten Leute!«

»Ei, wenn das nicht ein Priester ist!«

»Laßt ihn durch, er will ihn auch anbeten!«

»Nein, der will ihn bloß für sich haben.«

»Aber nicht mitgehen lassen!«

»Laßt mich durch!« Vater Edmunds Stimme klang dringlicher.

»Laßt ihn nicht durch, er stiehlt ihn!«

»Ich will ihn nicht stehlen, ganz gewiß nicht!«

»Dann wartet, bis Ihr an der Reihe seid, wieso solltet Ihr wohl vor uns errettet werden? Wir warten schon länger.«

»Das Wunder muß auf seine Echtheit geprüft werden, versteht Ihr denn nicht? Später wird man Sorge dafür tragen, daß es jeder zu sehen bekommt.«

»Hab ich nicht gesagt, daß er ihn mitgehen lassen will.«

»Ihr wollt ihn stehlen, damit Ihr Geld nehmen könnt, wenn man ihn ansehen will, so ist das. Der Pfaffe hier haßt die Armen, der Blutsauger, der.«

»Aber ich will ihn ganz und gar nicht stehlen.«

»Das sagt Ihr alle.«

»Ihr wollt bloß nicht, daß die Armen errettet werden. Eher macht Ihr die Manifestation kaputt.«

»Ei, sie sind sich alle gleich. Priester sind gemeine Mistkerle!«

»Er will ihn kaputtmachen! Haltet ihn zurück!«

Schrecklicher Aufruhr, man konnte Gebrüll hören und wie miteinander gekämpft wurde. Jetzt bewegte sich die Menge in die andere Richtung. Sie jagte hinter Vater Edmund her und die Gasse entlang.

Man hatte sich in eine Pro- und eine Anti-Priester-Partei gespalten, und jetzt wurden auch Fäuste, Kunkeln und Kochlöffel eingesetzt. Als ein abscheulicher Gegenstand, den jemand aus der Gosse gefischt hatte, an meinem Torweg vorbeigeflogen kam, sah ich Vater Edmund aus der Menge auftauchen. Sein Gewand war zerrissen und beschmutzt, und er humpelte. Über einem Auge bildete sich ein blauer Fleck, und aus dem Mundwinkel rann ihm Blut. Als er dachte, er hätte es geschafft, stellte ihm jemand ein Bein, und er fiel der Länge nach hin.

»Laßt ihn in Ruhe!« schrillte meine Stimme, und ich trat aus meinem schützenden Torweg heraus. »Er stiehlt überhaupt nichts. Wie sollte er auch, wo ihr ihn zusammengeschlagen habt.« Ich hatte mich zu voller Größe aufgerichtet, soweit mir das möglich ist, und blickte die Menge wütend an. Die wich ein wenig zurück. »Schämt ihr euch denn nicht?« Und ich fuhr fort: »Gott liebt euch sicher mehr, wenn ihr, um Seine Gnade zu erlangen, nicht über Seinen Diener wegtrampelt! Und weil ihr so durch die Gegend gerannt seid, ist jetzt euer Platz futsch. Den hat inzwischen schon jemand anders, da, seht nur!« Ein großer Mann in der vordersten Reihe drehte sich erschrocken um.

»Ich warte schon so lange! Die da sind gerade gekommen und drängen sich einfach vor! Weg da!« Und schon wollte er sich wieder in die Gasse zurückdrängeln.

»Nein, weg mit dir, du Bauernlümmel!«

»Ich war vor dir da!«

»Laß mich durch!«

Und die Menge schob sich wieder in Richtung des wundertätigen Pfannkuchens. Vater Edmund stand auf und klopfte sich den Dreck ab.

»Das hatte ich nicht im Sinn, als ich mein Leben Gott weihte«, sagte er. Dann blickte er mich an.

»Danke, Margaret. Anscheinend wißt Ihr mit solchen Leuten umzugehen.«

»Nicht wirklich. Aber Ihr seht elend aus. Wir wohnen nicht weit von hier. Kommt mit und erholt Euch ein wenig, ehe Ihr heimkehrt. Wohin wollt Ihr?«

»Nach St. Paul's.«

»Ein weiter Weg. Da müßt Ihr zuerst bei uns einkehren. Wir haben ein gutes Ale gebraut, und etwas zu essen findet sich vielleicht auch.«

»Ich komme mit, nur essen kann ich nicht«, sagte er matt. »Ich glaube, sämtliche Zähne sitzen locker.«

»Laßt mich sehen«, sagte ich.

»Nicht hier; das schickt sich nicht.«

»Na gut, dann gehen wir eben. Ob Ihr Euch auf meine Schulter stützen mögt.« Er fuhr zurück.

»Das schickt sich genausowenig«, sagte er. Doch nach ein paar Schritten wurde er blaß um die Nase.

»Vielleicht brauche ich Eure Hilfe doch.«

»Manchmal brauchen wir alle Hilfe; aber Geben ist nun mal seliger als Nehmen.«

»Ihr redet wie eine alte Frau«, sagte er und stützte sich dabei auf meine Schulter.

»Wie eine alte Frau, wie ein Mann; niemand findet, daß ich wie ich rede – einfach wie Margaret. Was das angeht, ist es schon eine merkwürdige Stadt.« Jetzt gingen wir von Bishopsgate in Richtung Cornhill. Viel weiter war es nicht, und das war auch gut so. Er sah nicht so aus, als ob er noch viel weiter hätte gehen können.

»Ihr seid nicht aus London?« fragte er.

»Nein, ich bin vom Lande.«

»Das hätte ich mir denken können. Für ein Stadtmädchen seid Ihr zu einfältig.«

»O bitte, so einfältig nun auch wieder nicht.«

»Nein, das nehme ich zurück. So einfältig nun auch wieder nicht. Biegen wir hier ab?« Wir waren mittlerweile in unserer schmalen Gasse angelangt und mußten uns vorsehen, daß wir nicht in Unsägliches im Rinnstein traten. Als wir vor der Haustür standen, machte Peter auf. Vater Edmund sah erschrocken aus, während Peter vor Freude auf und ab hüpfte und grunzte und grinste.

»Bekommt keinen Schreck, Vater Edmund, er will guten Tag sagen. Er freut sich, Euch zu sehen.«

»Tut ihm nicht weh. Das ist Peter, Mutter Hildes letztes, verbleibendes Kind. Er ist nie ganz richtig im Kopf gewesen, aber sie ist gut zu ihm. Er tut niemand etwas zuleide.«

»Ist er ein Christ?« Vater Edmund sah noch immer entgeistert aus.

»O Vater Edmund, er ist zu einfältig, um dergleichen zu verstehen. Aber er liebt Christus – er küßt das Kreuz, seht Ihr?« Ich hielt Peter mein Kreuz hin, und er bückte sich unbeholfen darüber. Vater Edmund lächelte matt, so gut es eben mit seinem schmerzenden Mund ging.

»Das ist also das Los des berühmten Brennenden Kreuzes? Eine arme Wehmutter vom Lande trägt es in London spazieren, und ein sabbernder Idiot küßt es.«

Das brachte mich in Harnisch, aber ich ließ es mir nicht anmerken. Ich setzte ihn ans Feuer, denn wo die Sonne nicht hinkam, war es kühl, und schenkte ihm Ale ein. Er trank ein Schlückchen und verzog das Gesicht. Ich bemerkte, wie seine Blicke ununterbrochen durchs Zimmer schweiften, auch wenn er seinem Bein zuliebe stillsaß. Wie gut, daß wir just gestern blitzblank saubergemacht hatten. Die Katze kam mit einem Kätzchen im Maul an ihm vorbei und verschwand hinter dem Holzstoß. Dann tauchte sie ohne Kätzchen wieder auf, ging an ihm vorbei und kam mit dem nächsten Kätzchen daherstolziert.

»Was hat denn die vor?«

»Sie zieht mit ihren Kleinen um. Das macht sie von Zeit zu Zeit. Irgendwann mag sie ihr Lager nicht mehr und zieht um.«

»Und was ist das für ein Geschöpf, das Euch an der Tür begrüßt hat? Und welches Ende ist der Kopf?«

»Das ist Lion; er ist ein Hund, und ich zeige Euch auch seinen Kopf. Hierher, Lion.« Lion kam von seinem Platz zu meinen Füßen hoch.

»Mach hübsch, Lion.« Der Hund machte Männchen. »Da«, sagte ich, »das ist sein Kopf.« Die rosige Zunge hing Lion aus dem Maul, und seine braunen Augen funkelten tief verborgen im Fell. Er sah aus, als lachte er. Ich nahm ihn auf den Schoß, wo er auf der Stelle einschlief.

»Was für ein seltsamer Hund. Irgendwie sieht alles in diesem Haus seltsam aus.«

»Ich bin nicht seltsam.«

»Da bin ich mir gar nicht so sicher, Margaret. Macht Ihr das eigentlich immer noch? Das, was ich in jener Nacht gesehen habe? Mir ist da ein selbstsüchtiger Gedanke gekommen. Es geht um meine Schmerzen, die ich eingedenk von Christi Leidensweg eigentlich ertragen sollte.«

»Wenn Ihr sie ertragen wollt, ich werde Euch nicht daran hindern. Aber wenn nicht, dann helfe ich Euch.« Vater Edmunds Gesicht sieht ehrlich aus, dachte ich. So als ob er alles in den richtigen Hals kriegt, wenn Ihr wißt, was ich meine. »Dieser Tage mache ich es ohnedies viel.«

»Viel? Was soll das heißen?« Er sah erschrocken aus.

»Na ja, es hat in den Wochenstuben angefangen. Hier und da habe ich gesehen, daß ich helfen konnte und das dann auch getan. Die Leute sind wiedergekommen, bloß weil sie eine Arznei brauchten oder gesundgebetet werden wollten, und dann haben sie ihre Freunde geschickt. Ich bekomme jetzt viel Leute aus der Gegend hier zu sehen – vornehmlich Frauen, aber meistens ist es Kleinkram. Mit dem tue ich mich nämlich leichter. Ich habe schreckliche Angst vor dem Tod. Es könnte mich glatt hineinziehen. Es gibt Dinge, die kann ich nicht heilen: sie sind zu groß oder zu schrecklich für mich, und solche Kraft habe ich eben nicht. Das merke ich gewöhnlich und sage es demjenigen auch. Am besten wirkt es allerdings bei Warzen.«

»Bei Warzen?«

»Ja – bei Warzen, Grützbeuteln, Kleinkram eben.

Manchmal heile ich auch Brüche, aber erst, wenn der Chirurg sie eingerichtet hat.«

»Soll ich das so verstehen, daß Ihr eine *göttliche Gabe* zur Entfernung von Warzen empfangen habt?« Er saß da auf der Bank, hatte das schlimme Bein hochgelegt und hielt sich das Knie. Er sah fassungslos aus.

»Ich habe nicht gesagt, daß ich eine *Gabe* habe, aber da Ihr das meint, will ich es auch nicht leugnen. Wie groß sie ist, weiß ich nicht, aber wohl nicht sehr groß, weil ich nicht groß bin. Warzen – Kleinkram –, zuweilen ein Fieber, das ist so meine Größenordnung.«

»Also, ich habe meine Wahl getroffen, ich möchte ohne Schmerzen leben. Die Zähne könnten mir ausfallen, und mit dem Knie da kann ich nicht mehr knien, bei einem Priester eine sehr böse Sache.«

»Dann will ich helfen, doch Ihr müßt Euch hinlegen. Es gibt an Euch viele Stellen, denen ich die Hand auflegen muß.« Ich setzte Lion an der Feuerstelle ab.

Er stöhnte, als er hochkam und sich auf der langen Bank am Tisch ausstreckte, und ich kniete, bis das Zimmer sanft orangefarben leuchtete und sich meine Hände warm anfühlten. Ich spürte, wie seine durchdringenden Augen mich mißtrauisch anstarrten, aber ich sah nicht hin, denn dann wäre ich nicht mehr ganz bei der Sache gewesen. Ich legte die Hand der Reihe nach auf jede Prellung und hörte mit dem geschwollenen Knie auf.

»Jetzt ein Weilchen nicht bewegen. Man muß ihnen ein wenig Ruhe gönnen, damit sie ganz ausheilen können. Mit dem Knie müssen wir es ein paarmal versuchen. Es ist drinnen durcheinandergeraten – irgendwie gerissen oder gebrochen.«

»Ich weiß.«

»Tut es noch an Stellen weh, die ich nicht sehen kann.«

»Hier an meiner Seite.« Ich befühlte sie behutsam durch die Falten seines Gewandes.

»Die Rippe ist gebrochen«, verkündigte ich.

»Woher wollt Ihr das wissen, wo ich es doch nicht einmal selber weiß?«

»Ich kann rings um den Leib so eine Art Schatten spüren. Wenn er sich schartig anfühlt, dann ist inwendig etwas gebrochen. Früher habe ich das nicht so gewußt, aber ich lerne unentwegt dazu.«

»Beim Himmel, es geht mir schon viel besser.« Er setzte sich auf und stellte die Füße auf die Erde, wobei er sich das Kinn rieb.

»Ich habe Euer Gesicht strahlen sehen, Margaret. Wie ist das über Euch gekommen? Habt Ihr es durch Gebet, durch Kontemplation oder durch göttliche Fügung erworben?« Er sprach in überraschend umgänglichem Ton.

»Es ist von selbst gekommen, und das zu einer Zeit, als ich alle Hoffnung aufgegeben hatte. Diese *Gabe* ist eine Art Überbleibsel einer Vision, die ich einst hatte. Eine Vision von Licht.«

»Was habt Ihr getan, als es über Euch kam? Habt Ihr gerade gebetet? Ist es plötzlich gekommen?« Merkwürdig, daß sich jemand für die Vision interessierte. Irgendwie war es eine Erleichterung, daß ich darüber reden konnte, auch wenn ich nicht so recht wußte, wie. Manchmal ist es hilfreich, wenn man etwas in Worte fassen muß.

»Nein, Vater Edmund, ich betete gerade nicht. Ich wollte wohl, aber es ging nicht. Ich habe an nichts gedacht. Und genau das habe ich eben auch getan. Ich habe meinen Geist auf das Nichts gerichtet. Nicht das, was Ihr mit ›nichts Besonderes‹ meint, sondern ein echtes Nichts, was sehr groß ist. Versteht Ihr, was ich damit sagen will? Ich weiß nicht so recht, ob ich es richtig ausdrücke.«

»Ihr drückt es völlig richtig aus, und ich verstehe vollkommen. Das haben schon andere vor Euch getan, doch nicht auf diese sonderbare, rückständige Art wie Ihr.« Er blickte mich an und schüttelte den Kopf. »Und sie laufen damit auch nicht in der Stadt herum und heilen Warzen! Auf diesen Einfall kann auch nur ein Mädchen vom Lande kommen. Ihr solltet mit Gott sprechen, wenn es über Euch kommt. Über Erhabenes, versteht Ihr, auf einer höheren Ebene. Fürwahr, Ihr seid wirklich unmöglich.«

»Tut mir leid, daß ich unmöglich bin. Ich versuche doch nur, das Beste daraus zu machen. Ich glaube, Gott möchte, daß die Menschen gesund sind – darum läßt er mich dabei helfen, daß sie sich selbst heilen. Ich hätte gern mehr gelernt, damit ich alles so tun könnte, wie es sich geziemt, doch das ging nicht. Aber ich gebe mir alle Mühe, ich beobachte und denke nach.« Ich sprach demütig, denn es ist sehr unklug, einen Priester vor den Kopf zu stoßen – selbst einen, der nett wirkt.

Er trank einen ganzen Krug Ale und noch einen, darauf aß er Brot und Käse. Er sah wirklich viel, viel besser aus.

»Was berechnet Ihr für diese – äh – Hilfe zur Heilung?«

»Gar nichts, wirklich, aber sonst bekomme ich Sachen, je nachdem was die Menschen von meiner Hilfe halten. Meistens Gemüse, oder ein Hühnchen. Kleider, solche Sachen eben. In anderen Stadtteilen zuweilen auch Geld. Aber hier sind die meisten arm.«

»Das habe ich bemerkt. Fürchtet Ihr Euch nicht in dieser Gegend? Sicher ist es hier nämlich nicht.«

»Früher schon, aber seitdem ich hier jedermann kenne, ist es nicht mehr so schlimm. Die Menschen sind sich überall gleich. Vor den großen Herren fürchte ich mich mehr. Ich habe mal einen kennengelernt, der konnte einem wirklich Angst einjagen. Wild und grausam war er, weil er tun und lassen konnte, was er wollte.«

»Ihr fühlt Euch hier also wohl?« Er blickte sich um, aber ich merkte, daß er einen gewissen Abscheu verbarg.

»Oh, unser Geschäft geht gut. Hilde und ich bekommen die Geburtshilfe recht anständig bezahlt. Manchmal wenden sich Menschen auf der Straße oder in der Küche an mich und geben mir Geld, damit ich für sie bete. Das habe ich alles gespart, und davon haben wir das Dach ausbessern lassen. Dachziegel sind nämlich furchtbar teuer. Vergangenen Winter hat es böse durchgeregnet, und weil wir nicht immer Feuerholz hatten, mußten wir schrecklich frieren. Jetzt geht es uns besser, viel besser.«

»Hilde ist Eure Lehrherrin? Die, von der Ihr gesprochen habt?«

»Oh, Ihr vergeßt aber auch gar nichts! Aber ich bin auch neugierig. Ich möchte nämlich wissen, warum Ihr in der Stadt hinter wundertätigen Pfannkuchen her seid, anstatt die Messe zu lesen.«

»Ich bin Theologe. Wißt Ihr, was das ist?«

»Ein Mann, der Religion studiert – alles über Gott. Seid Ihr Magister oder Doktor?«

»Oho! Ihr wißt mehr, als Ihr vorgebt, Margaret. Woher weiß ein Mädchen vom Lande derlei?«

»Ich habe einen Bruder, der Theologie studiert. Er war so furchtbar klug, daß ihn Abt Odo von St. Matthew's auf seine Kosten nach Oxford geschickt hat. Ich weiß es also von meinem Bruder.«

»Ja, das ist natürlich etwas anderes! Seht Ihr Euren Bruder oft?«

Mir war auf einmal traurig zumute. »Nie«, sagte ich. »Ich habe ihn verloren und weiß nicht, wo er ist. Ich habe alles verloren, was mein war, außer die Menschen in diesem Haus hier.«

»So ist das also. Habt Ihr sie vor der Vision verloren?« Jetzt klang er brüsk und berufsmäßig.

»Ja, natürlich«, gab ich zurück.

»Hmm. Ich glaube, es gibt einen Namen für Eure *Gabe.* Einen lateinischen, darum würdet Ihr ihn nicht verstehen. Habt Ihr nach Eurer Vision das Gefühl eines Einsseins mit dem Universum gehabt?«

»Ich glaube, so hat es sich angefühlt. Ist das schlimm?«

»Im großen und ganzen ist es gut. Doch ist es selten, und wer sich in der Kunst der Kontemplation übt, begehrt es innigst. Ja, ich bin selber etwas neidisch auf Euch, weil ich es auch angestrebt hab. Aber Gott hat mir dieses Gefühl vorenthalten. Und ich möchte gewißlich keine Frau und unwissend sein, nur um es zu erlangen! Nehmt Euch in acht, Margaret, denn wenn Ihr mehr tut, als arme Leute zu heilen, weckt Ihr Neid. Großen Neid höheren Ortes, und das tut nicht gut. Doch jetzt muß ich gehen.«

Er stand auf und wollte sich verabschieden, aber er humpelte immer noch leicht.

»Nächste Woche nehme ich mir Euer Knie noch einmal vor, wenn Ihr wollt.«

»Ja, gern. Ich komme wieder. Außerdem wird hier im Haus ein gutes Ale gebraut.«

»Das sollte es auch. Meine Mutter war Brauerin.«

»Brauerin? Ha! Brauerin. Natürlich. Warum auch nicht?« Und er trat aus der Tür, ging die Straße entlang und summte dabei etwas Seltsames vor sich hin.

Ein paar Tage später stand ein kleiner Page in prächtiger Livree vor unserer Tür. Seine Herrin wollte ihre Haut behandelt haben und meinte, sie könne es mit mir versuchen, da die Ärzte sie im Stich gelassen hätten. Ich dachte, sie hat durch Vater Edmund von mir gehört, denn in so hohen Kreisen verkehre ich nicht. Die Dame war Ausländerin, und ich verstand sie nicht, aber eine ihrer Gesellschafterinnen, ein schönes erlesen gekleidetes, dunkelhaariges Mädchen, übersetzte mir, was ihr fehlte. Madame hatte sich von der Welt zurückgezogen und ihr Gesicht verschleiert, damit man es nicht sah. Es bestand nur noch aus offenen Schwären und Pusteln. Man hatte sie zur Ader gelassen, geschröpft, sie hatte ausgefallene Arzneien aus gestampftem Gold und Quecksilber eingenommen. Nichts hatte angeschlagen. Ihr entnervter Arzt hatte ihr am Ende gesagt, jetzt hülfe nur noch Beten, und so hatte sie nach einem Priester von der St. Paul's Kathedrale geschickt.

Man führte mich in einen Raum, der um vieles luxuriöser war, als ich diesseits von Eden erwartet hatte. Es war wunderbar warm, doch kein Rauch vom Herdfeuer störte. Das Feuer war in der Wand eingelassen, und sein Rauch zog durch einen sinnreich erdachten Schornstein ab, der über einem reich gemeißelten Kaminsims emporstieg. Die Wände über den geschnitzten Paneelen waren ein einziger Wandteppich aus golddurchwirkter Seide. Das Licht konnte in breiten Strahlen hereinfallen, ohne daß zugleich Frostluft eindrang, denn die Fenster waren aus kleinen, durchsichtigen Glaskreisen gemacht und fast so schön, wie man sie in der Kirche zu sehen bekommt. Man hatte sie mit Blei gefaßt und zu Scheiben zusammengesetzt. Sie ruhte auf dem Bett, einem großen, vergoldeten und mit Brokat verhüllten Ding, und hatte sich den Schleier übers Gesicht gezogen. Neben dem Bett, in der Nähe eines runden, mit einem kunstvoll gewebten Damasttuch bedeckten Tischchens, saß noch eine ausländische Gesellschafterin, schöner gekleidet als eine Königin, und las ihr aus einem Stundenbuch vor. Ach, war das ein prächtiges Buch! Der Einband mit Juwelen besetzt und innen lauter merkwürdige, bunte Bilder und Vergoldungen. Frauen, die lesen konnten! Oh, von ganzem Herzen wünschte ich mir, ich dürfte das Buch anfassen und seine wunderschönen Seiten betrachten.

Auf dem Tisch stand eine Messingschale mit den ersten Frühlingsblumen und daneben ein Rauchgefäß, aus dem es noch lieblicher duftete als Weihrauch in der Kirche. Aber ich habe Euch noch nicht erzählt, was das Beste an dem Zimmer war. Um den harten Steinfußboden weicher und wärmer zu machen, lagen dort keine verfilzten, schmutzigen Binsen ausgebreitet. Statt dessen war er peinlichst sauber gefegt und mit einem riesigen, dicken Teppich mit einem eingewebten Muster aus märchenhaften Ungeheuern und Pflanzen bedeckt. ›Wenn ich reich wäre‹, dachte ich bei mir, ›ich würde nie wieder Binsen nehmen, bloß noch Teppiche wie der da.‹

Aber ich muß Euch von der Dame erzählen. Ihr Arzt stand neben ihr, ein Ausländer in einem langen, dunklen Gewand und einer komischen, schwarzen Kappe, mit schwarzem Haar und einem gesträubten, schwarzen Schnurrbart. Wortlos hob sie den Schleier. Die dunklen Augen der Dame waren hübsch, aber das war auch alles. Das Gesicht hätte einem aussätzigen Bettler auf der Straße gehören können. Ich fuhr ein wenig zurück.

»Hat sie den Aussatz?« fragte ich ihren Arzt.

»Nein, keinen Aussatz, aber etwas anderees.« Er sprach mit einem starken Akzent. Dann redete er Latein. Das tun sie alle. Ich ließ mir heißes Wasser bringen und machte einen Aufguß aus lieblich duftenden Kräutern, wrang ein Tuch darin aus und tat es ihr aufs Gesicht. Alsdann versetzte ich mich schweigend in die bewußte Geistesverfassung und legte meine Hände auf das Tuch. Vielleicht klappte es schneller ohne das Tuch, aber wie ich schon gesagt habe, ich bin feige und fasse nicht gern eklige Sachen an, wenn es sich vermeiden läßt. Wir nahmen das Tuch ab. Die Pusteln schwärten nicht mehr, und die Haut sah auch nicht mehr so entzündet aus. Die Dame meinte, es täte nicht mehr so weh. Ihre Gesellschafterin hielt ihr einen polierten Bronzepinsel vors Gesicht. Sie wirkte mitgenommen, aber beglückt. Die Gesellschafterin sagte:

»Sie findet, es sieht schon besser aus. Ob Ihr es noch einmal versucht?«

»Sagt ihr, heute noch einmal und dann nächste Woche wieder. Es braucht seine Zeit, bis alles abgeheilt ist. Sie muß den Schleier ablegen, damit Luft daran kann, und sie muß das Gesicht einmal am Tag – nur einmal! – mit einem sauberen, in Rosenwasser getränkten Leinentuch waschen.« Die Dame nickte. Der Arzt legte den Kopf schief.

»Ihr verwendet nur Kräuter? Keine Metalle?«

»Ich bin eine einfache Frau, Sir, und verwende einfache Dinge. Ich glaube, wenn Gott gewollt hätte, daß wir Metalle essen, hätte er uns statt eines Magens einen Schmelztiegel gegeben.«

»Gesprochen wie ein Mann! Seid Ihr eine Bauerndirne?«

»Nein, ich bin eine Freigeborene, und ich denke wie ich.«

»Das merkt man.« Er schwieg vor sich hin, und seine dunklen Augen beobachteten mich wie die einer Katze, als ich alles noch einmal wiederholte. Das Gesicht sah schon viel besser aus. Die Poren wurden kleiner, und hier und da leuchtete ein Stückchen weißer Haut.

Der Arzt untersuchte ihre Haut und blickte mich dann etwas widerwillig bewundernd an.

»Ich sehe, auch Ihr seid zum Arzt berufen«, sagte er mit seinem starken Akzent. »Erlaubt, daß ich mich vorstelle. Ich bin Dottore Matteo di Bologna. Und Ihr seid ...?« Seine forschen, ausländischen Manieren machten mir irgendwie angst, ich überlegte, ob er mir gefährlich werden könnte. Hatte Vater Edmund mich nicht davor gewarnt, Neidgefühle zu wecken? Aber es war zu spät. Ich durfte nicht unhöflich sein: das würde nur verdächtig wirken.

»Ich bin Margaret von Ashbury«, antwortete ich schlicht und fuhr mit der Arbeit fort.

Auf einmal starrte mich die Frau an und riß die Augen auf. Die Worte stürzten nur so aus ihr heraus, und ich merkte, daß sie dabei das Kreuz anblickte, das auf meiner Brust glänzte.

»Madame sagt, es ist kein Wunder, daß Ihr die Kraft zum Heilen besitzt. Ihr tragt das Brennende Kreuz.« Schon wieder! Aber wieso sollte ausgerechnet ich ihr den Glauben nehmen?

»Sie sagt, sie hätte sich schon immer gefragt, wo es geblieben wäre. Ihr Onkel besaß es, und es verschmorte ihn bis auf die Knochen. Danach wollte er es loswerden. Er hat es irgendeinem Kleinkrämer angedreht, der ihm wegen einer Schuld zusetzte.«

Es geht schon sonderbar zu auf der Welt. Doch manchmal geschehen zu viele Dinge auf einmal.

»Madame sagt, das hier ist Euer Honorar. Sie gibt Euch Gold statt Silber, denn sie möchte, daß Ihr für sie betet. Kommt nächste Woche wieder.«

Als man mich zur Tür brachte, folgte mir der ausländische Doktor.

»Was Ihr sagt und tut, erscheint durchaus vernünftig. Ich hatte in Bologna einst einen Lehrer, der bei den Sarazenen studiert hatte. Der sagte auch so Sachen wie Ihr. Habt Ihr mit diesen Methoden viel Erfolg?«

»Wenn ich sie ausprobiere, ja. Aber normalerweise behandle ich keine Krankheiten. Ich bin Wehmutter.«

»Wehmutter! Ach ja! Darunter gibt es einige, die sind gar nicht so dumm.« Er sah erleichtert aus und ließ mich allein auf die Straße gehen.

Als ich nach Haus kam, rief ich:

»Hilde, Hilde! Bist du zu Hause? Wir sind reich!«

»Gut, daß wir reich sind, denn ich habe heute nicht einen Penny verdient. Taucht da doch ein Mann auf, der etwas haben will, wovon seine Geliebte ihr Kind loswird. ›Solche Arzneien verkaufen wir nicht‹, sagte ich, ›denn das ist gegen die Gesetze der heiligen Mutter Kirche.‹ ›Aber Ihr kennt Euch damit aus?‹ fragt er und zeigt mir das Gold in seiner Börse. ›Nein‹, sage ich, ›von derlei habe ich noch nie gehört.‹ ›Dann seid Ihr eine schlechte Wehmutter‹, sagt er. ›Nein‹, sage ich, ›ich bin eine gute, ich hole nämlich lebendige Kinder auf die Welt.‹ Damit ging er. Na, wie findest du das?«

»Weiß ich nicht, aber ich finde, wir sollten zu Abend essen. Ist Sim da? Er kann uns etwas holen.« Sim spielte, aber in der Nähe, so daß man ihn herbeirufen konnte, und dann sauste er nur zu gern zur Garküche.

In dem Augenblick hörten wir jemand an der Tür und machten auf. Da stand eine alte, tränenüberströmte Frau. Sie trug ein rostfarbenes Kleid, das schlichte, graue Überkleid einer Frau vom Lande, das wie eine große Schürze geschnitten ist, und ein grobes, weißes Kopftuch. Sie sah eigentlich harmlos aus, doch irgend etwas an ihr wollte mir nicht gefallen.

»Erbarmen, was ist denn passiert?« fragte Mutter Hilde. »Kommt herein und setzt Euch.«

»Oh, oh, oh«, weinte die alte Frau, »mein süßes Töchterchen ist schwanger, und ihr Liebster will sie nicht heiraten.«

»Das ist sehr traurig. Braucht sie eine Wehmutter?« fragte Mutter Hilde sanft.

»Noch nicht. Was sie braucht, ist eine Hochzeit. Ihr verkauft doch Arzeneien. Könnt Ihr nicht einen Liebestrank für sie zubereiten, daß ihr herzloser Liebster um ihre Hand anhält?«

»Ach, liebe Frau«, erklärte ich geduldig, »das ist Schwarze Kunst und für Quacksalber, die sich mit Magie abgeben. Wir wissen nicht, wie man das macht. Wir bereiten Tees für Halsschmerzen zu.«

»Ach, natürlich könnt Ihr das, ich brauche ihn doch so dringend. Da. Ich habe euch die Ersparnisse meines ganzen Lebens mitgebracht.« Sie öffnete eine Börse, in der es golden schimmerte. Sehr merkwürdig bei einer armen, alten Frau, dachte ich.

»Gut, meine Lieben«, sagte sie und wischte sich die Augen, »wenn Ihr ganz und gar nicht wollt – ach, o weh, wo ist Euer Abtritt? Ich bin so alt, meine Blase tut es nicht mehr richtig.«

»Den zeige ich Euch gern«, sagte ich und führte sie durch das Hinterzimmer zu dem kleinen Raum hinten am Haus, der sich in eine Grube im Garten entleerte. Als wir durch Bruder Malachis Stinkezimmer gingen, sah sie sich gründlich um. Es sah wie ein gewöhnliches Zimmer aus.

»Oh, was ist denn in dem Krug da?« fragte sie mit unschuldig klingender Stimme.

»Honigbonbons für die Kinder, die Husten haben. Sie mögen nämlich nichts, was schlecht schmeckt.«

»Darf ich einen?« Als ich ihr den Bonbon holte, sah sie sich die anderen Krüge an und roch daran. Dann steckte sie sich das Stückchen in den Mund und verrichtete ihr Geschäft. Ich wartete in Bruder Malachis Zimmer auf sie und führte sie dann zur Tür.

»Schon wieder so jemand!« rief Mutter Hilde aus. »Zuerst wollen sie ein Pulver zum Abtreiben und dann einen Liebestrank! Als nächstes fragen sie noch nach Kerzen aus Menschenfett und Händen von ungetauften Kindern! Was hat das alles zu bedeuten? Hoffentlich kommen wir nicht in einen schlechten Ruf! Kaum zu glauben, aber da scheint jemand zu meinen, daß wir uns hier mit Schwarzer Magie befassen.«

Ich dachte sehr, sehr gründlich nach. Es reimte sich alles zusammen.

»Hilde, ich glaube, es steht sehr schlecht. Jemand versucht, Beweise gegen uns zu sammeln. Beweise für Hexerei.«

Aber die Tage gingen ins Land, und nichts geschah. Da verscheuchte ich meine Sorgen. Das Geschäft lief immer besser. Seit ich die reiche Dame behandelt hatte, war ich nicht nur bei werdenden Müttern bekannt, sondern auch bei Leuten von Welt. Mittlerweile hatte ich mehrere wohlhabende Patienten, denen ich die Hand auflegen mußte. Aber natürlich ist man mit einer Glückssträhne nie zufrieden. Ich beklagte mich bei Hilde:

»O Hilde, alles gut und schön, daß man von alten, häßlichen Leuten hohe Honorare bekommt, aber lieber würde ich schönen, rosigen Kindern auf die Welt helfen.«

»Man soll sein Glück nie bereden, Margaret, liebes Mädchen«, sagte die alte Frau, ohne auch nur von ihrer Flickarbeit aufzublicken. »Du könntest es verjagen.«

Doch Fortuna machte keine Miene, uns zu verlassen. Eher hatten wir noch mehr Glück, als nämlich ein gut gekleideter kleiner Lehrling auftauchte und bat, ich möge seinen Herrn in seinem großen Haus am Fluß behandeln. Und so zählte denn schon bald ein alter Kaufmann zu meinen regelmäßigen Patienten, der so reich war, daß allein von seinen Honoraren der ganze Haushalt leben konnte. Er gehörte zu jener Sorte von Nörglern, welche Ärzte schätzen, denn sie werden nie gesund und sterben auch nicht – und müssen ständig behandelt werden. Dieser nun hatte Gicht. Die Anfälle machten ihn beinahe zum Krüppel, aber vernünftig leben, damit sie aufhörten, das wollte er nun auch wieder nicht. Statt dessen schickte er nach mir, damit ich ihn von den Schmerzen befreite, und verfiel alsbald wieder in seine schlechten Gewohnheiten. Da lag er dann wohl wie ein Frosch, hatte sich die Kissen auf seinem großen Himmelbett in den Rücken gestopft und seinen elenden, geschwollenen Fuß auf einem gestickten Polster hochgebettet.

»Seht Ihr denn nicht ein, daß die Anfälle aufhören

würden, sowie Ihr Euch nicht mehr mit all dem üppigen Essen vollstopft und Wein trinkt«, sagte ich dann wohl.

»Aufhören? Es war ein hartes Stück Arbeit, bis ich so reich war, daß ich mir all diese Annehmlichkeiten leisten konnte. Ei, als ich jung war, bin ich viele Male hungrig zu Bett gegangen, und das habe ich nie wieder vor.«

»Zumindest aber«, beschwerte ich mich, »solltet Ihr nicht essen und trinken, während ich Eurem Fuß die Hände auflege, Master Kendall.«

»Was? Nicht essen und trinken? Legt einfach Eure hübsche, kleine Hand dorthin, meine Liebe«, (und er deutete mit einem Lammkotelett), »genau dort, wo es am meisten weh tut.«

Kinder zu entbinden ist viel leichter, als störrische, alte Männer von ihren Lastern zu befreien!

So ging es eine Zeitlang, denn bei Master Kendall versagte ich als Heilerin, bis Fortuna, die nur den richtigen Augenblick abgewartet hatte, vernichtend zuschlug.

Es war ein unvergleichlicher Morgen, Pfingsten lag noch nicht lange zurück, als ich von einer Nachtwache bei einer Frau in der Watling Street nach Haus kam. Der Himmel war ganz rosig und lieblich und ich fröhlich wie ein Vogel, als ich bei unserer Haustür anlangte, denn es war alles gutgegangen, und in der Börse an meinem Gürtel trug ich ein Honorar. Zu meiner Überraschung sah ich Vater Edmund um diese merkwürdige Stunde einem schwarzen Schatten gleich vor der Haustür stehen und klopfen.

»Vater Edmund, was macht denn Ihr hier?« Er drehte sich erschrocken um und sah schuldbewußt aus.

»O Margaret, da seid Ihr ja! Ich kann niemand im Haus wach bekommen.«

»Weil niemand zu Haus ist, Vater Edmund, aber jetzt bin ich ja da.«

»Euch wollte ich auch aufsuchen, Margaret. Ich bin hier, um Euch zu warnen.« Wieder blickte er verstohlen die Gasse entlang und zur Straße hin.

»Mich zu warnen? Wovor?« fragte ich erschrocken.

»Kommt hinein«, sagte er und lud mich in mein eigenes Haus ein. Als wir dann am abgedeckten Feuer saßen, sagte er etwas sehr Seltsames.

»Margaret, was wißt Ihr von Eurem Katechismus?«

»Ja, das was jedermann weiß, daß Gott Himmel und Erde geschaffen ...«

»Nein, nein, ich meine von den Sakramenten.«

»Ja, durch die Worte des Priesters verwandelt sich die Hostie in den wahren Leib Christi ...«

»Das reicht – aber was ist mit der Würdigkeit des Priesters?«

»Es ist nicht wichtig, ob er würdig oder unwürdig ist, wenn nur die Wort richtig gesagt ...«

»Auch gut.« Und so ging es fort und fort, er berichtigte und fragte, und seine Augen blickten verzweifelt.

»Was, um Himmels willen, stimmt nicht, Vater Edmund? Ich bin eine gute Christin«, sagte ich ängstlich.

»Daran zweifle ich keinen Augenblick, Margaret, andere jedoch. Ihr habt den Neid geweckt, von dem ich sprach, und jemand, wer, das weiß ich nicht, hat Euch beim Bischof angezeigt. Ihr könnt noch von Glück sagen, daß der König die Inquisition in England nicht frei walten läßt.«

»Inquisition? Was ist das?«

»Mehr darf ich nicht erklären. Ich habe schon zuviel gesagt. Ich habe alles aufs Spiel gesetzt. Wenn Ihr mich wiederseht, dann tut um Christi willen so, als ob Ihr mich nicht kennt.« Er ergriff meine Hände und sah mich durchdringend an. »Ich sorge dafür, daß Ihr gerettet werdet, falls es Gottes Wille ist. Ich weiß, daß Ihr eine christliche Frau seid und vielleicht sogar noch mehr.« Damit schlüpfte er verstohlen aus der Tür und hastete in eine andere Richtung davon, damit er nur ja nicht gesehen wurde.

Ich war sehr durcheinander und beunruhigt. Ich hatte keiner Seele etwas zuleide getan. Ich bemühte mich, Gutes zu tun und die Wahrheit zu sagen. Warum brachte das wohl Vater Edmund so außer sich? Lange mußte ich mich nicht beunruhigen, denn kaum hatte ich das Feuer entfacht und einen Topf aufgesetzt, da klopfte es auch schon an die Tür. Mit dem Klopfen hat es etwas Eigenartiges auf sich. Manch eines ist fröhlich. Manches ängstlich. Dieses war unheilverkündend. Wenn doch nur jemand – jemand sehr Starkes, vielleicht ein Hüne mit einem riesigen Knüppel – hinter mir gestanden und mir geholfen hätte, als ich die Tür aufmachte. Vor Angst drehte sich mir der Magen um, als ich den Riegel wegschob. Ein Gerichtsbote und zwei Büttel standen im Frühlicht vor der Tür. Freundlich sahen sie nicht gerade aus.

»Seid Ihr die Frau, die sich Margaret von Ashbury oder Margaret die Wehmutter nennt?« Ich wußte, was sie hergeführt hatte. Die Knie fingen mir an zu zittern. Wenn ich gekonnt hätte, ich hätte mich erbrochen. Mein Mund war ganz trocken, als ich zu sprechen versuchte.

»Das bin ich.«

»Dann seid Ihr die Richtige. Kommt mit.« Sie packten mich bei der Schulter und zerrten mich grob von der Tür weg. Ich zitterte wie Espenlaub, als sie mir Handschellen anlegten.

»I-ich laufe schon nicht weg. D-das m-müßt Ihr nicht tun«, stammelte ich.

»Ihr seid eine gefährliche Frau. Es könnte Euch ja jemand entführen wollen. Wir sind gewarnt, uns führt Ihr nicht hinters Licht.« Einer der Büttel klopfte auf das Heft des Kreuzschwertes, das er trug.

Ich wagte kaum, den Blick zu heben, so sehr schämte ich mich, als sie mich abführten. Die Tür stand noch offen. Wir waren keine drei Schritt gegangen, als Sim zusammen mit Lion angesprungen kam und rief:

»He, sie nehmen unsere Margaret mit!«

»Margaret?« Ein Kopf lugte aus dem Fenster. Wir in der Diebesgasse sind Frühaufsteher. Ein paar Männer kamen uns nachgelaufen.

»He, wohin bringt Ihr Margaret? Wir brauchen sie hier.«

»Zurück, oder Ihr seid des Todes«, sagte der Gerichtsbote. »Sie gehört jetzt dem Bischof.« Die Büttel zogen drohend die Schwerter, während der Gerichtsbote mich am Arm gepackt hielt. Meine Nachbarn wichen zurück. Ich konnte mich nicht umdrehen, aber ich spürte, daß hinter mir noch mehr Menschen zusammengelaufen waren, eine große Schar Männer und Frauen, die schweigend dastanden und zusahen.

»Gott steh dir bei, kleine Wehmutter!« hörte ich eine Frau schluchzen. Vor Tränen konnte ich nichts sehen, während sie mich wie eine Blinde abführten.

Es war ein langer Weg, kann sein, der längste meines Lebens, ehe wir unser Ziel erreichten: das Domkapitel der Kathedrale. Das ist ein Gebäude, welches Menschen wie ich in der Regel nie zu sehen bekommen, es sei denn, sie haben sehr viel Pech. Dort kommen Dechant und Kanoniker zu Beratungen zusammen, doch es dient auch anderen Zwecken. In einem Winkel zwischen dem Hauptschiff und dem südlichen Querschiff der Kathedrale gelegen, ist es ein achteckiges Gebäude inmitten eines einstöckigen Klosters. Im nachhinein meine ich, wenn ich bloß eine alte Frau gewesen wäre, die ein paar alberne Liedchen gesungen oder einen Liebestrank verkauft hätte, wahrscheinlich hätte man mir eine Geldbuße auferlegt oder mich ein paar Tage eingesperrt. Wäre ich ein mächtiger, ketzerischer Theologe gewesen, man hätte mich wohl mit großem Aufwand in der Kathedrale selbst angeklagt, damit die Mächtigen beim Anblick der feierlichen Verurteilung und des Scheiterhaufens erzitterten. Statt dessen wußten sie nicht so recht, was ich nun war. Wieso auch nicht, schließlich wußte ich es selber nicht, woher also sie? Und so waren dazumal die Zeiten beschaffen, daß sie einen Aufstand des Pöbels befürchten mußten, wenn sie das Verfahren nicht geheimhielten, denn mittlerweile war ich in allen ärmeren Stadtvierteln wohlbekannt.

Der Gerichtsbote führte mich in einen kleinen Vorraum, der nichts enthielt außer ein paar harten Bänken an der Wand und einen eisernen Ständer für die Pechfackeln. Dann führte er mich einer Art Haushofmeister vor, und der Haushofmeister schickte nach dem Gefängnisaufseher, denn die Kathedrale hat auf ihrem Gelände ein eigenes Gefängnis für Vergehen gegen die Kirchengesetze, so wie die Stadtgefängnisse für Vergehen gegen die weltlichen Gesetze gedacht sind.

»Ist das die Frau?« sagte der Haushofmeister. »Sie ist jünger, als ich dachte. Ich nahm an, sie wäre ein altes Weib.« Seine Stimme klang hart. »Sperre sie ein, Aufseher.« Das lüsterne Grinsen auf seinem Gesicht, als er das sagte, gefiel mir gar nicht.

»Verzeihung, Sir«, unterbrach ihn der Aufseher. »Ich habe augenblicklich nur Männer im Gefängnis. Ich kann für ihre Sicherheit nicht gradestehen.«

»Eine Frau wie die da muß man nicht verhätscheln.« Er kam näher und versuchte, seinen Leib an meinen zu drücken. Ich wich zurück.

»Ach, stell dich nicht an, wer läßt sich wohl einen Trunk aus einem angezapften Faß entgehen?« Er versuchte, mir die Hand in den Ausschnitt zu schieben, aber ich war zu flink für ihn.

Der Aufseher griff ein, denn er war ein anständiger Mensch.

»Ich bin dafür verantwortlich, daß ich sie in dem gleichen Zustand abliefere, wie ich sie übernommen habe, Sir. Sie sollte nicht ins Gefängnis. Ich nehme sie mit nach Hause. Ich glaube nicht, daß sie flieht.«

»Es gilt dein Leben, wenn sie dir abhanden kommt«, knurrte der Haushofmeister.

»Darauf lege ich einen Eid ab; und ich bringe sie genauso zurück, wie sie jetzt ist. Das würde auch der Bischof wollen.«

»Der Bischof, der Bischof. Kann sein, Ihr habt recht, sonst möchte die Vernehmung schlecht auslaufen.« Er knirschte vor Ärger mit den Zähnen.

»Ich habe ein Gewahrsam. Da sperre ich sie ein. Niemand kommt in ihre Nähe, ich schwöre es. Das ist besser so, weil das Gefängnis nicht sicher ist, und wir bekommen womöglich Ärger, wenn wir sie dort verlieren.«

Der Haushofmeister sah wütend aus, weil man ihm seine Beute entriß. Als der Aufseher mich abführte, versuchte ich, ihm zu danken.

»Vergeltet es mir nicht böse«, sagte er barsch. »Erinnert Ihr Euch an die Base meiner Frau? Die Frau des Fischhändlers? Meine Frau sagt, Ihr habt ihr das Leben mit so einem komischen Instrument gerettet, das Ihr mit Euch führt. Sie hat gesagt, ich hätte kein ruhiges Minütchen mehr, wenn Euch im Gefängnis etwas zustoßen sollte. Keine Frau kommt da heil heraus, das könnt Ihr mir glauben.« Als wir bei seinem Haus ankamen – es war nahe gelegen, gehörte es doch zum Gefängnisgelände –, da führte er mich hinein, stellte mich seiner Frau vor, die bereits eine Strohschütte in ihren abschließbaren Vorratsraum gelegt hatte.

»Wehe, du sprichst mit ihr«, sagte er zu seiner Frau. »Hoffentlich bist du jetzt zufrieden. Und den Schlüssel behalte ich lieber.« Er nahm den Schlüssel von ihrem Haushaltsbund ab und befestigte ihn an seinem eigenen Gürtel. Dann sperrte er mich in einen kleinen, dunklen Raum unter der Erde. Nur ein stark vergittertes Fensterchen oben an der Decke ließ Licht herein, und auch das nicht eben viel. Da saß ich nun inmitten von Fässern und Kornsäcken und war sehr niedergeschlagen. Und dann merkte ich, daß ich sehr müde und hungrig war. Ich blickte mich um. Nichts zu essen oder zu trinken. Ich stellte mich auf Zehenspitzen und lugte aus dem Fenster. Es ging auf einen gepflasterten Innenhof. Ich konnte einen Fuß sehen. Er ging fort. Keine rosigen Aussichten.

Da saß ich nun und hätte gern geschlafen, als ich ein ›Psst!‹ vom Fenster her hörte. Die Stimme einer Frau. Ich blickte hoch, Dieses Mal waren zwei Füße zu sehen. Die Füße einer Frau: es war die Frau des Gefängnisaufsehers.

»Was kann ich für Euch tun?« raunte sie.

»Ich bin so hungrig und durstig, und ich habe die ganze Nacht nicht geschlafen.«

»Habt Ihr bei einer Geburt gewacht?«

»Ja.«

»Ist alles gutgegangen?«

»Ja.«

»So geht es meistens bei Euch. Wir haben alle von Euch gehört.«

»Es hat mir nicht viel Glück gebracht, oder?«

»Aber ich habe schon viel früher von Euch gehört als andere, vonwegen meiner Base. Sie behauptet, Ihr könnt irgendwie den Schmerz wegmachen. Ich habe nämlich einen sehr schlimmen Rücken, genau da ...«

»Ich kann nichts sehen, bloß Eure Füße.«

»Es sitzt aber ganz am untersten Ende, nicht etwa oben.«

»Ist es schlimmer, wenn Ihr etwas hebt?«

»Viel schlimmer.«

»Dann bückt Euch nicht mehr, weder im Sitzen noch im Stehen. Hebt ein Weilchen auch nichts Schweres. Laßt eine Magd den Wäschekorb und den Kochtopf heben. Und wenn Ihr leichte Sachen hebt, dann bückt Euch nicht danach. Es braucht seine Zeit, bis es wieder gut ist.«

»Wenn Ihr es berühren würdet, wäre alles gut.«

»Ich komme nicht ran«, sagte ich zu den Füßen.

»Ach, dieser verdammte Mann aber auch! Wenn ich schon mal die Gelegenheit habe, meinen Rücken kuriert zu kriegen ...«

»Gevatterin«, flehte ich, »ich bin sehr durstig, könnt Ihr mir nicht wenigstens etwas zu trinken holen?«

»Mein Mann bringt mich um«, flüsterte sie.

»Bloß Wasser, mir ist alles recht«, bat ich.

»Also gut, ich hole was. Aber versteckt den Becher. Wenn er ihn findet, bin ich eine tote Frau. Ich soll doch nicht mit Euch reden.«

Ich versprach ihr, den Becher zu verstecken, und die Füße entfernten sich. Dann schob eine Hand einen Becher Ale und einen halben Laib Brot durch das Fenster. Als ich fertig war, versteckte ich den Becher und schlief ein.

Wie gut, daß wir miteinander geredet hatten, denn eine weitere Gelegenheit bot sich nicht, und der Raum wurde erst am Morgen des dritten Tages wieder aufgesperrt. Als der Gefängnisaufseher mich hochbrachte, da merkte ich, daß ich sehr abgerissen und schlampig aussehen mußte. Ich war schier verdurstet und trank fast einen ganzen Eimer Wasser, ehe er mir Einhalt gebot, aus Angst, ich könnte platzen. Als man mich in den Hauptraum des Domkapitels führte, wo das Verhör stattfinden sollte, da wünschte ich mir aus tiefster Seele, ich hätte wenigstens Gelegenheit gehabt, mir das Gesicht zu waschen. Es fällt schwer, wohlgenährten, gutgekleideten hohen Herren ungekämmt und ungewaschen gegenüberzustehen. Mir war so schwach und hungrig und scheußlich zumute. Aber ich nehme an, das machen sie mit Absicht, damit man schon verunsichert ist, ehe sie mit der Befragung beginnen.

Der Sitzungssaal des Domkapitels ist sehr hoch und wie die Außenwände geformt, das heißt, er hat acht gleich lange Seiten. An jeder der acht Wände ließ ein hohes, teilweise bunt verglastes Fenster einen langen Lichtstrahl herein, der auf dem Steinfußboden und den Gesichtern der versammelten Würdenträger spielte. Die Decke war hoch und dämmrig, hier und da konnte man Gesichter aus Stein und gemeißelte Verzierungen erkennen, die sich in den verschatteten Ecken, wo Decke und Wand aufeinanderstießen, wie unter dem Scheitelpunkt des Daches verbargen. Zwei Wachen führten mich hinein und ließen mich allein und angstschlotternd mitten im Raum stehen. Dort, vor mir befand sich ein Podest, auf dem stand ein großer, geschwungener, mit einem Tuch verhangener Tisch, an welchem meine Inquisitoren saßen. In der Mitte, auf dem höchsten, am prächtigsten verzierten Stuhl saß der Bischof persönlich, ein alter, ungesund aussehender Mann in Lagen von besticktem Scharlachrot und weißer Seide, die üppig mit feinstem Grauwerk gefüttert war. Er hatte eine lange, normannische Nase und abwesende, arrogante Augen in einem schlaffen Gesicht mit geplatzten Äderchen. Er trug ein großes, goldenes Kruzifix, viel größer und kunstvoller ziseliert als irgendein anderes im Raum. Als ich es sah, ging mir die Erleichterung durch und durch, daß ich das Brennende Kreuz wohlbehalten unter meinem Überkleid verborgen trug. Man kennt ja diese großen Kirchenmänner – sie geraten in Zorn, wenn ein gewöhnlicher Sterblicher ein Kreuz besitzt, das ihrem gleichkommt.

Mein Blick richtete sich auf den Tisch. An einem Ende saß ein furchteinflößender Dominikaner in seiner schwarzen Kutte mit Kapuze und tiefliegenden, fanatischen Augen; am anderen Ende ein Schreiber, der die Dokumente vorlesen und den Verlauf protokollieren würde, ein einfacher Priester in schwarzer Soutane mit weißem Chorhemd. Dazwischen saßen die Doctores der Theologie; an ihren Händen glitzerte das Gold, wenn sie diese auf den Tisch legten, da konnten nur noch die schweren Goldketten mithalten, die sie um den Hals trugen, etliche davon mit einem Kruzifix und manche davon so märchenhaft gestaltet, daß sie eine heilige Reliquie aufnehmen konnten. Rings um sie bauschten sich ihre schweren Seiden- und Samtroben in tiefen, schimmernden Falten; so prächtig waren sie anzusehen, daß ich mir so schwach und gering vorkam wie meiner Lebtage nicht. Ach, wenn doch bloß mein Gesicht nicht schmutzig wäre!

Als ich ihnen in die selbstgefälligen, wohlgenährten Gesichter schaute, da schien unter der Oberfläche etwas so Hartherziges und Verderbtes zu lauern, daß sich mir das Herz zusammenzog. Und in diesem Augenblick ging mir auf, daß ich eines von diesen harten Gesichtern kannte. In der prächtigen Robe eines Doktors der Theologie, ganz anders, als ich ihn sonst kannte, saß dort Vater Edmund. Das Kinn hatte er verbissen vorgereckt, und seine Augen blickten so grausam wie die des Dominikaners. Ich wandte den Blick ab, denn jetzt hatte ich das Schlimmste zu befürchten. Ich konnte mein Herz hämmern hören, während ich so aufrecht wie möglich dastand und die erste Frage beantwortete.

»Seid Ihr die Frau, die sich selbst Margaret von Ashbury und auch Margaret Small, oder auch Margaret die Wehmutter nennt?« fragte der Schreiber.

»Die bin ich«, antwortete ich mit zittriger Stimme. Die Männer am Tisch nickten sich unmerklich zu; auf dem Gesicht des Dominikaners lag ein wissendes Grinsen, und die anderen schienen nur noch verbissener auszusehen. Was um alles mochte an der Antwort auf diese Frage falsch sein? Oder machten sie das nur, um mich durcheinanderzubringen?

»Wißt Ihr, daß man Euch der Ketzerei beschuldigt hat?«

»Das ist eine falsche Beschuldigung. Ich bin eine treue Christin. Wo sind die Ankläger, daß ich ihnen antworte?«

»Beantwortet lediglich unsere Fragen, Weib, das sich selbst Margaret von Ashbury nennt, und maßt Euch in Eurer Hoffart nicht an, Fragen an einen von uns zu richten«, sagte einer der gelehrten Doctores. Dann begannen sie, mich zu befragen, wie es um meinen christlichen Glauben bestellt war. Sie fingen mit einfachen Fragen an, die ich so klar wie möglich zu beantworten versuchte, denn ich hatte Angst, sie könnten mich zu einer falschen Antwort verleiten. Bald wurde ich beherzter, denn ich sah, daß sie nickten, wenn ich antwortete.

»Und wie versteht Ihr das Sakrament der Kommunion?« fragte einer. Ich antwortete unerschrocken. Diese Fragen glichen genau denen Vater Edmunds! Vielleicht winkte ja doch noch Rettung, wenn sie keinen Fehl an mir fanden. Aber dann wurden die Fragen schwieriger und waren mit lateinischen Wörtern gespickt, und ich mußte eingestehen, daß ich nichts verstand. Wieder tauschten sie die wissenden Blicke und hörten mit dieser Art von Befragung auf. Dann wandte sich das Verhör zum Schlechteren, als nämlich der Mann neben dem Dominikaner den Mund aufmachte. Der Mann konnte einem Angst einjagen; sein knallig buntes Gewand verstärkte noch das Graubleiche seines hohlwangigen Gesichtes – Grabesgeruch umwehte ihn.

»Für mich ist das ohne Zweifel die frechste, schamloseste Dienerin des Teufels, die hier versuchen möchte, sich Gottes Gerechtigkeit zu entziehen. Es ist wahr, die Frau ist die Pforte zur Hölle. Und diese da versteckt sich hinter heiligen Worten und vorgetäuschter Schlichtheit, um so besser Seelen für ihren Schwarzen Herrn fangen zu können.« Darauf beugte er sich über den Tisch, blickte mir in die Augen und sagte:

»Leugnet Ihr etwa, daß Ihr ein Gerät, das sich ›Teufelshörner‹ nennt, dazu benutzt habt, um Kindlein zu ersticken und aus dem Schoß zu ziehen und daß Ihr Eure Seele Satanas verkauft habt, um dieses Gerät zu bekommen?«

Jetzt dämmerte mir etwas Entsetzliches. Mein Untergang war nicht allein meine Sache. Wenn ich nicht geschickt antwortete, würde ich andere, ehrbare Menschen mit hineinziehen. Niemand durfte erfahren, wer mir die Stahlfinger angefertigt oder wen ich damit gerettet hatte. Gott, steh mir bei, betete ich stumm.

»Das leugne ich. Nie und nimmer habe ich meine Seele dem Teufel verkauft. Das Instrument ist wie die Zange geformt, mit der man heiße Sachen aus dem Topf holt. Damit zieht man das Kind aus dem Schoß, wenn es festsitzt. Es raubt nicht Leben, es schenkt Leben. Ich liebe Kinder, nie würde ich ihnen ein Leid antun.«

»Sieht das Instrument etwa so aus?« Und plötzlich fuchtelte er drohend mit etwas Glänzendem herum. Für einen Augenblick spiegelte sich ein Sonnenstrahl auf den leuchtenden Löffeln der *Waffe* und bewegte sich als Lichtfleck auf der gegenüberliegenden Wand. Heiliger Jesus! Wie waren sie nur daran gekommen? Ich fuhr zusammen und riß die Augen auf. Der Inquisitor beugte sich vor und fragte mit einem lüsternen Grinsen:

»Dann gehört das hier also Euch. Das wollt Ihr doch wohl nicht leugnen.«

»Es gehört mir. Ich bin auf ehrliche Weise dazu gekommen. Es ist eine Waffe gegen den Tod.«

»Eine Waffe gegen den Tod?« Er hohnlächelte.

»Wird sie Euch etwa das Leben retten, wenn wir sie zu Euren Füßen zwischen die brennenden Reisigbündel des Scheiterhaufens legen?«

»Nein, das wird sie nicht«, erwiderte ich unerschrokken. »Sie besitzt nämlich keine magischen oder teuflischen Kräfte. Es ist nur ein schlichtes Werkzeug, das auf Grund von Beobachtung angefertigt wurde. Es bewahrt doch nur vor Tod, Gram und Schmerzen im Wochenbett. Vor dem Scheiterhaufen aber kann es mich nicht retten.«

»Bewahrt vor Gram und Schmerzen? Weib, ist Euch klar, was Ihr da sagt?« fragte mein Inquisitor, und in seinen Augen glitzerte es vor geheimer Freude. Ich sah, wie Vater Edmund zusammenzuckte. Sein Gesicht verfiel und wurde bleich.

»Wollt Ihr etwa leugnen, daß Eva die Ursünde über die Welt brachte?«

»N-nein«, stammelte ich.

»Und wie machte sie das?«

»Sie ließ sich von der Schlange den Apfel geben.«

»Und was geschah dann?«

»Adam aß ihn, und Gott vertrieb sie aus dem Paradies.«

»Und was war Adams Strafe für seine Sünde?«

»Daß er arbeiten mußte.« Auf einmal merkte ich, wohin die Befragung steuerte, und der Magen drehte sich mir um. Einer Falle war ich ausgewichen, dafür trat ich jetzt in eine andere. Vorbei, aus, ich war verloren. Seine Stimme traf mich wie ein Schlag:

»Und was verfügte Gott als Strafe für Eva?« Ich zögerte. Er wiederholte seine Frage mit einem hämischen Grinsen und wollte wissen, ob ich plötzlich dumm geworden sei oder das Gedächtnis verloren hätte. Zögernd und mit hängendem Kopf antwortete ich mit kaum hörbarer Stimme.

»Gott verfügte, daß Eva und ihre Töchter unter Schmerzen Kinder gebären sollten.«

»Gram und Schmerzen, das waren doch Eure Worte?« fragte er und gab sie mir zurück.

»Ja.« Ich meinte, an dem Wort ersticken zu müssen.

»Weib, da steht Ihr nun und habt Euch selbst das Urteil gesprochen«, sagte er mit dem Anflug eines wölfischen Lächelns auf den blutleeren Lippen. Meine Knie gaben nach, doch niemand eilte mir zu Hilfe. Ich kam wieder hoch, so gut es eben ging, und kniete auf dem harten Steinfußboden, die Hände in den Handschellen hielt ich hoch, als wollte ich beten.

»Bitte, vergebt mir meine Missetat. Ich dachte doch nur, ich täte Gutes.« Meine Stimme kam mir sehr jämmerlich vor. Im Raum war es totenstill, abgesehen von dem kratzenden Geräusch, das die Feder des Schreibers machte, während er jedes Wort mitschrieb. Die Miene des Bischofs war verkniffen, so als ob sich für ihn etwas bestätigt hätte, das er bereits wußte. Er blickte mich an, als wäre ich Ungeziefer – lästiges Ungeziefer, das man zerquetschen mußte. Der Mann zu seiner Rechten, ein Mensch mit gewaltigen Hängebacken und Schweinsäuglein, sagte mit harter Stimme:

»Weib, Ihr erhebt Euch selbst, wenn Ihr meint, Ihr könntet angesichts von Gottes Willen beurteilen, was gut ist.« Eine andere Stimme fuhr dazwischen:

»Und in Eurer Hoffart geht Ihr von Kindbett zu Kindbett, zischelt den Frauen ins Ohr wie eine Viper und verlockt sie, der Kirche zu trotzen und sich gegen ihre Eheherren zu erheben.«

»So was habe ich niemals getan, nie und nimmer«, antwortete ich.

»So leugnet Ihr vermutlich auch, daß Ihr Euch in den ärmeren Stadtteilen herumtreibt und es wagt, vom Willen Gottes zu künden und zu sprechen.«

»Das mache ich nicht, nein, ich schwöre es, ehrlich

nicht. Wenn an meinen Worten etwas Falsches war, dann muß man mir sagen, was. Darf man denn den Namen Gottes nicht aussprechen? Ich schwöre, mehr habe ich nicht getan. Ich wollte wirklich nichts anderes, als Gutes tun, bitte, ich schwöre es.« Ich war verzweifelt. Wie sollte ich denn um mein Leben flehen, wenn ich nicht begriff, was ich verbrochen hatte?

»Wie wagt Ihr zu schwören, daß Ihr die Wahrheit sagt, wenn Ihr in allen uns vorliegenden Dingen der Lüge überführt seid, außer daß Ihr Euch noch nicht schuldig bekannt habt?« unterbrach mich ein anderer. Was, um alles auf der Welt, meinten sie damit? Als Antwort darauf, fuhr ein anderer dazwischen:

»Weib, wißt Ihr denn nicht, was auf Meineid vor diesem Kollegium steht? Ihr werdet Euch noch wünschen, Ihr wäret nie geboren.«

»Meineid, was heißt das?« fragte ich außer mir. Der Mann, der gesprochen hatte, nickte dem Dominikaner verhalten zu; dessen Augen schimmerten im Licht wie nasse Steine, und ein wissendes Lächeln verzog seine Lippen:

»Das heißt lügen, Ihr scheinheiliges Dummchen«, antwortete mein Inquisitor, »lügen, so wie Ihr es jetzt tut.«

»Aber ich lüge doch nicht, sagt mir, um Gottes willen, was ich getan habe.«

»Bei Gott, diese Frau ist eine Schlange. Ihre Verstocktheit übertrifft alle Vorstellungen«, sagte er zu Vater Edmund.

Während ich auf den nächsten Schlag wartete, fiel Vater Edmunds Stimme in den Chor der Angreifer ein; sie war so hart und grausam wie ein Peitschenhieb.

»Und worin, elendes Weib, besteht Eurer Meinung nach dieses Gute? Wie seid Ihr zu Eurer Auffassung von gut gekommen, mit der Ihr Euch so schamlos angesichts Gottes gerechtem Plan brüstet?« Diese Frage war noch schlauer als die anderen. Sie war einfach nicht richtig zu beantworten, ohne daß ich mich noch tiefer verstrickte. Wie konnte er mir das antun? Und ich hatte geglaubt, er würde mir helfen. Mein Blick umflorte sich, als ich ihm antwortete:

»I-ich habe gedacht, Gutsein heißt, daß man Gottes Gebote und das Beispiel und die Lehren unseres Herrn und Heilands, Jesus Christus, befolgt.«

»Woher kennt Ihr diese Lehren?« beharrte er.

»D-durch Zuhören in der Kirche.«

»Hört Ihr getreulich zu?«

»Ja, ich gehe oft zur Messe.« Die anderen rutschten auf ihren Stühlen hin und her.

»Und von wem erfahrt Ihr dort, was gut ist?«

»V-von dem Priester.«

»Und woher weiß der, wie das Gute aussieht?«

»Weil er in der Heiligen Schrift liest und weil – er zum Priester geweiht wurde«, antwortete ich.

»Und welche Gebete kennt Ihr?«

»Das Vaterunser und das Ave.«

»Auch das Glaubensbekenntnis?«

»Nicht ganz.« Worauf wollte er hinaus?

»Könnt Ihr die Heilige Schrift lesen?«

»Ich kann überhaupt nicht lesen.«

»Wenn Ihr die Heilige Schrift nicht lesen könnt und nach so vielen Jahren des Zuhörens so wenig wißt, wie kommt Ihr dann dazu, Euch einzubilden, Ihr könntet selbst erkennen, was gut ist? Seid Ihr nicht bei weitem zu dumm, Weib, als daß Ihr derlei überhaupt allein herausfinden könnt? Wie verblendet und eitel müßt Ihr doch sein, daß Ihr wähnet, ein so gemeines, unwissendes Geschöpf wie Ihr könnte Gottes Wort ohne Anleitung verstehen?« Jetzt merkte ich, worauf das hinauslief. Er wollte seine eigene Haut retten, weil er mich gekannt hatte, indem er mich zwang, meinem Schuldbekenntnis noch etwas hinzuzufügen – nämlich das Eingeständnis meiner Unwürdigkeit. Es soll ja reichen, wenn man im Staub vor ihnen kriecht und alles bereut, dann erdrosseln sie einen, ehe sie den Scheiterhaufen in Brand stecken. Doch ich war soweit, daß mich derlei Spitzfindigkeiten nicht mehr kümmerten. Ich wußte nur, daß ich von einem Mann verraten wurde, dem ich vertraut hatte, weil ich fand, er hatte ein nettes Gesicht. Das Herz wollte mir brechen, und ich mußte weinen.

»Antwortet!« Seine Stimme war brutal. Tränen strömten mir übers Gesicht, und ich kam ins Stammeln, als ich antwortete:

»Es – es ist wahr – ich bin unwissend – ich kann nicht lesen – ich bin bloß eine Frau …«

»Eine dumme Frau?« half seine harte Stimme nach.

»Eine – eine – dumme Frau«, schluchzte ich.

»Und doch habt Ihr es gewagt, Euch über die Priester zu erheben?« Noch einer, der zusammen mit Vater Edmund über mich herfiel.

»Ich – ich habe es nicht – ich konnte nicht …« Ich wischte mir das Gesicht mit dem Ärmel. Ihre Stimmen schienen zu verschmelzen, während sie mich lautstark schmähten.

»Bleibt nur noch ein Punkt zu bekennen«, unterbrach der Bischof. »Schreiber, lest das Dokument vor, welches dieses falsche Weib verdammt.«

Der Schreiber las mit lauter Stimme von einem Papier ab:

»Im Jahre des Herrn eintausenddreihundertundneunundvierzig hat Lewis Small, Kaufmann in der Stadt Northampton, erklärt, daß seine Ehefrau Margaret von Ashbury an der Pest gestorben sei, und hat ihren Tod ins Kirchenbuch eintragen lassen, wobei er drei Seelenmessen für sie bezahlte.«

»Und nun«, sagte der Dominikaner, und seine Augen glitzerten unter der dunklen Kapuze, »nun sagt uns, wer Ihr in Wahrheit seid.«

Mein Gott! Da griff doch Lewis Smalls ekelhafte Hand noch aus dem Grab nach mir und verurteilte mich! Das übertraf alles. Die Heuchelei dieser drei mickrigen Seelenmessen erboste mich über alle Maßen. Ich konnte ihn direkt vor mir sehen, wie er süß lächelnd die Augen gen Himmel verdrehte und eine Träne verdrückte, nur damit er freie Bahn für eine Wiederheirat hatte. Lewis Small sollte nicht das letzte Wort haben, nie und nimmer. Trotzig warf ich den Kopf zurück und sagte:

»Ich bin Margaret von Ashbury, und ich lüge nicht. Wer hier lügt, ist Lewis Small. Er hat mich zu Unrecht für tot erklären lassen, nur damit er wieder heiraten konnte.«

»Leugnet Ihr etwa, mit ihm verheiratet zu sein?« fragte der Dominikaner glattzüngig.

»Ich war mit ihm verheiratet.«

»Wo ist er jetzt?«

»Er ist tot.«

»Wie bequem«, hohnlachte er.

»Wer seid Ihr also?« fuhr Vater Edmunds Stimme dazwischen.

»Ich bin Margaret ...«

»Wer, hab ich gesagt?«

»Ich wurde im Dorfe Ashbury von unserem Gemeindepfarrer, Vater Ambrose von St. Pancras, im Jahre eintausenddreihundertundzweiunddreißig auf den Namen Margaret getauft.«

»Schon besser«, sagte Vater Edmund.

»Der Punkt stimmt«, sagte der Schreiber, nachdem er die Urkunde befragt hatte.

»Gibt es hier irgend jemand, der Euch identifizieren könnte?« fragte Vater Edmund.

»Ich kenne hier niemand.«

»Könnte Euer Bruder, David von Ashbury, auch David der Schreiber genannt, Euch identifizieren?«

»Ja, das könnte er, wenn er noch lebt.«

»Ihr wißt also nicht, ob er noch lebt?«

»Wir wurden im Jahre meiner Verheiratung getrennt, und ich habe ihn nie wiedergesehen.« Ich spürte, wie mir schon wieder die Tränen in die Augen stiegen, Tränen der Scham, weil ich meinem guten Bruder David Schande machte und ihn nie wiedersehen würde. Die Nase lief mir, und ich mußte sie abwischen. Mittlerweile war mein Ärmel schon sehr naß und schmutzig. Vermutlich hätte ich mich in einem so furchtbaren Augenblick nicht an einer Nichtigkeit wie einem schmutzigen Ärmel stören sollen, aber so ist der Mensch nun mal.

»Mylord Bischof, ich schlage untertänigst vor, daß man Euren Sekretär, David von Ashbury, als Zeugen aufruft«, sagte Vater Edmund glattzüngig.

David! David hier! Dann kam mir inmitten meiner jäh aufflammenden Hoffnung ein furchtbarer Gedanke. Angenommen, David wurde, statt mich zu retten, von mir mit hineingerissen? Jetzt begriff ich endlich, welch gefährliches Spiel Vater Edmund spielte. Er hatte David ausfindig gemacht, hatte die Befragung in eine Sackgasse manövriert, fort aus der gefährlichsten Ecke, wo mir in meiner Unwissenheit womöglich ein Wort entschlüpfte, das mich ins Verderben riß. Wenn er es nicht schaffte, dann wartete an diesem Abend vielleicht nicht nur auf einen, sondern auf drei Menschen Gefängnis, öffentliche Schande und der Scheiterhaufen. In meinen Ohren summte es schrecklich, und ich meinte, das Herz müßte mir in tausend Stücke zerspringen. Aufregung und Geschäftigkeit, als der Bischof den jüngsten seiner Sekretäre rufen ließ. Ich fand, David sah gut aus, als er den Raum betrat. So unverändert, so jung und schlank und ernst in seinem einfachen Priestergewand. Als er Auge in Auge mit dem Schreiber stand, hörte sich seine ehrliche Stimme so schlicht an, als er den Eid darauf ablegte, daß er nichts als die Wahrheit sagen würde.

»David, David von Ashbury, wißt Ihr eigentlich etwas über diesen Fall?«

»Nichts, Mylord. Ich habe die Unterlagen dafür nicht vorbereitet.«

»Wer ist jene Frau, die dort kniet?« fragte der Bischof.

»Ich weiß nicht – wartet ...« Er musterte mich genauer und verdrehte ein wenig den Kopf, damit er mir ins geneigte Gesicht blickten konnte. »Das ist meine Schwester Margaret, Mylord«, sagte er zum Bischof. »Margaret«, meinte er und wandte sich dabei wieder mir zu, »du siehst schrecklich aus. Fast hätte ich dich nicht erkannt.«

»Das reicht«, sagte der Bischof. »Wie viele Schwestern habt Ihr?«

»Nur diese eine«, erwiderte er. »Ein Jahr älter als ich. Margaret. Das ist sie. Ich habe sie seit ihrem Hochzeitstag nicht mehr gesehen. Sie hat sich seither verändert.«

»Ihr würdet sie überall wiedererkennen?«

»Ja, Mylord, das würde ich. Sie ist es, ganz ohne Zweifel.«

»Ich finde, Ihr habt Euch die Schwester schlecht ausgesucht. Ihr dürft gehen.« David verneigte sich tief und war verschwunden. Dann seufzte der Bischof und rutschte auf seinem Sitz hin und her.

»Dieser Punkt der Anklage entfällt – sie ist keine Hochstaplerin. Was ist nun mit den anderen?«

»Mylord Bischof«, sagte Vater Edmund ruhig, »nach meiner untertänigsten Meinung hat die Frau dort vor Euch unter schärfster Befragung weder einen Meineid geschworen noch gezeigt, daß sie häretischen Überzeugungen anhängt oder eigensinnig auf ihrem Irrglauben beharrt ...«

»Sie hat jedoch gestanden, daß sie sich vorsätzlich

über Gottes Wort hinweggesetzt hat«, unterbrach der Dominikaner. Der Bischof hob die Hand und gebot dem Dominikaner Schweigen, so daß Vater Edmund ausreden konnte.

»Ja, es ist wahr, sie hat es gestanden, doch ich glaube, der Tatbestand der Vorsätzlichkeit ist nicht hinlänglich bewiesen, und so dürfte ihre Überzeugung eher einem Irrglauben zuzurechnen sein als der Häresie. Seht doch nur, wie unwissend und einfältig sie ist! Meiner Meinung nach mußte der verfehlte und anstößige Lebenswandel, dem sie in dieser Stadt anheimfiel, schon von sich aus zu Irrglauben und falschem Stolz verleiten.«

»Niemand, wie Ihr sehr wohl wißt, Hochwürden Edmund, fällt einem bösen Lebenswandel anheim; der Teufel verleitet dazu, denn als Gewerbe für seine Adepten sucht er sich mit Vorliebe die Geburtshilfe aus.«

»In all diesen Monaten haben sich keinerlei Beweise für Schwarze Künste ergeben. Die Unterstellung, sie sei eine Hochstaplerin und damit meineidig, ist widerlegt. Und was den Irrglauben angeht, der fast an Häresie grenzt, so ist sie nur in einem Punkt überführt. Sagt, wirkt dieses gemeine, schniefende Geschöpf etwa trotzig? Ich kann keinen bösen Willen erkennen, lediglich Dummheit. Ich glaube, sie ist zu Buße und Besserung fähig.« O Gott, Vater Edmund, wie konntet Ihr mir das antun? Nie hätte ich gedacht, daß ein Herz so weh tun konnte, wie nämlich meines, als er das sagte. Der Bischof blickte mich lange an, wie ich da ganz aufgelöst und mit verweintem Gesicht kniete. Ich blickte zu ihm hoch und forschte in seinem Gesicht, ob ich seine Gedanken lesen könnte. Sein Mund zuckte angewidert.

»Bessern, die? Das ist eine Schlange und eine Heuchlerin.« Schon wieder einer der gelehrten Doctores der Theologie.

»Weib, bereust du?« fragte Vater Edmund.

»Ja, ich bereue aus tiefstem Herzen und bitte um Vergebung.« Jetzt hieß es, meine Rolle zu spielen um Davids willen. Mein Wille war gebrochen, und ich spürte nur noch die entsetzliche Schmach, daß ich mich dort befand.

»Wollt Ihr Buße tun?«

»Ja, ich will Buße tun.«

»Wollt Ihr ablassen von Eurem eigenwilligen Betragen?«

»Ja.«

»Ehe Ihr versucht, etwas zu tun, was Euch gut dünkt, wollt Ihr Euch da nicht überheben, sondern demütig Eurer Unwürdigkeit eingedenk sein und Euch dem Urteil Eures Beichtvaters oder eines anderen trefflichen Priesters unterwerfen?«

»Ja.«

»Ich halte sie für durchaus fähig, sich zu bessern«, sagte Vater Edmund.

»Ich hätte lieber handfeste Beweise«, sagte ein anderer.

»Ja, Beweise!«

»Wieso seid Ihr es nicht zufrieden, Wolle zu krempeln und zu spinnen wie andere Frauen?«

»Ich muß mir den Lebensunterhalt verdienen«, begehrte ich matt auf, aber meine Stimme ging in dem Stimmengeschnatter unter, als mich die gelehrten Doctores schmähten.

Dann verschaffte sich der Bischof in dem Lärm Gehör und sagte:

»Also lautet mein Beschluß. Margaret von Ashbury, auch als Margaret Small und Margaret die Wehmutter bekannt, Ihr müßt von Eurem augenblicklichen sündhaften Lebenswandel ablassen. Die Dinge, die Ihr getan habt, haben Euch in Versuchung gebracht und zu Gottlosigkeit verleitet. Doch ein Sünder, der Buße tut, gefällt unserem Heiland allzumal besser als ein toter Sünder. Ihr werdet Euren aufrührerischen Gedanken und Taten gegen die Heilige Schrift feierlich entsagen und abschwören, vornehmlich Eurem Irrglauben, was Gottes gerechte Strafe für die Töchter Evas anbetrifft. Ihr werdet ablassen von allen Taten, die Euch zu diesem Glauben verleitet haben: als da sind die Geburtshilfe und das Feilbieten von falschen Heilbehandlungen durch Handauflegen. Desgleichen dürft Ihr in der Öffentlichkeit nicht über Glaubensfragen reden oder auf andere, ungehörige Weise öffentlich Ärgernis erregen. Ihr müßt leben wie andere achtbare Frauen und auf die Art, wie es sich für eine Frau geziemt. Ihr solltet heiraten und Euch einem Eheherrn unterwerfen, falls sich einer findet. Ihr müßt regelmäßig Euren Beichtvater aufsuchen, und wir erhalten von ihm Berichte hinsichtlich Eures Betragens. Ihr werdet Euch in Eurer Pfarrkirche demütig der Züchtigung durch die Rute unterwerfen, Euch dort barfüßig und barhäuptig einfinden, in ein weißes Hemd gewandet und mit einer brennenden Kerze in der Hand. Ich spreche Euch los von der Exkommunikation. Seid aber stets eingedenk: solltet ihr wieder hier erscheinen, so seid Ihr des Todes; Ihr werdet dem weltlichen Arm übergeben, auf daß Ihr brennt. Sogar Unser Herr verlor die Geduld mit Sündern. Schreiber, setzt das Dokument über das Sündenbekenntnis und den Widerruf auf.«

Während ich schweigend wartete, konnte ich das kurze Federgekratze des Schreibers hören. Es schien nicht viel zu sein, was er da niederschrieb, verglichen mit der Menge, die er laut vorlas, und ich fragte mich, ob sie das alles wohl schon im voraus fertiggestellt hatten, da sie von meiner Schuld überzeugt waren, und nur ein paar bestimmte Einzelheiten ausgelassen hatten, die jetzt, da der Fall abgeschlossen war, eingefügt wurden. Dann stand der Schreiber auf.

»Margaret von Ashbury, hört Euer Sündenbekenntnis und Euren Widerruf«, verkündete er und hielt das

Papier hoch. Meiner Lebtage werde ich nicht vergessen, was er sagte. Ich mochte nicht glauben, daß Papier soviel Schimpf und Schande aushielt. Er las mit klarer, lauter Stimme:

»›Im Gottes Namen stehe ich, Margaret von Ashbury, Wehmutter in der City von London in Eurer Diozöse und Eure Untertanin vor Euch, dem verehrungswürdigen Vater in Christus, Stephen, von Gottes Gnaden Bischof von London, und gestehe und bekenne, daß ich folgende, in dieser Urkunde aufgeführte Irrglauben und Häresien gehegt, geglaubt und bejaht habe:

Ich habe die Richtigkeit der Heiligen Schrift hinsichtlich der Rechtmäßigkeit von Evas gerechter Bestrafung durch Gott, daß sie der Menschheit die Ursünde brachte, geleugnet und vorsätzlich und trotzig künstliche Mittel verwendet, um die Töchter Evas von der Last zu befreien, welche Gottes Urteil ihnen auferlegt hat.

Ich habe öffentlich verkündet, insonderheit vor Frauen, daß mein Irrglaube richtig ist, und sie durch falsches Zeugnis und heimliche Lockworte zur Sünde verleitet.‹« Hier fuhr ich zusammen. Wann hatte ich denn das gestanden? Dagegen mußte ich mich wehren, und schon wollte ich den Mund aufmachen, doch die Zeit zum Reden war vorbei. Mit halbem Auge konnte ich sehen, wie Vater Edmund mich beschwörend anstarrte und mir zu völligem Schweigen riet. Der Schreiber las weiter:

»›Zu all diesem hat mich sündhafter Stolz und trotzige Auflehnung gegen Gott und Seine Kirche verleitet. Hier vor Euch schwöre ich ab und entsage feierlich meinem Irrglauben und der Häresie und werde nie wieder weder an Irrglauben noch an Häresie noch an falscher Lehre gegen den Glauben der Heiligen Kirche und die Beschlüsse der Römischen Kirche festhalten.‹«

Dann las der Schreiber den Schuldspruch zu Ende vor und dazu die Warnung, daß man mich, sollte ich rückfällig werden, dem weltlichen Arm übergeben und mich verbrennen würde.

»Dort unterzeichnet Ihr«, sagte er und deutete auf eine leere Stelle unten auf dem Dokument.

»Was besagt das da, die Schrift über dem leeren Raum?« fragte ich und sah die Reihen schwarzer Zeichen auf dem Pergament an. Er schenkte mir einen Blick voll unendlichem Abscheu.

»Es besagt, daß Ihr diese Dinge mit einem eigenhändig geschriebenen Kreuz bezeugt. Wißt Ihr eine Feder zu halten?« Ich starrte ihn verständnislos an. Es war alles so überaus schrecklich. Das Ganze mußte ein Fehler sein. Ich gehörte nicht hierher. Ich sollte in der Dunkelheit bei einer flackernden Öllampe wachen und einer Frau in den Wehen die Hand halten. Dazu waren meine Hände geschaffen. Ich blickte meine Rechte an. Das Eisen hatte schon die Haut am Handgelenk abgeschürft. O Hand, dachte ich, du bist feige, und ich bin feige mit dir. Du solltest nicht für alle Zeit auf die *Waffe* verzichten. Ich blickte meine Finger an. Und wenn ich mir noch soviel Mühe gab, sie zitterten. Ich konnte sie nicht einmal richtig schließen. Der Schreiber sah, wie unbeholfen sie sich bewegten, und drückte sie um die Feder und half ihnen, das Zeichen zu machen. Die Tinte spritzte, befleckte mir die Hand und hinterließ Tropfen auf dem Papier und auf seinem Ärmel. Angewidert untersuchte er den angerichteten Schaden. Alles war vorbei.

Ich war frei. Was für eine traurige Freiheit. Aus Angst, David zu schaden, wagte ich nicht, abermals mit ihm zu sprechen. Ich mochte nicht einmal Vater Edmund anschauen, als man mich aus dem Raum führte, und so blickte ich denn auf meine Füße. An der Tür nahm mir der Wachtposten die Handschellen ab, ich konnte vor Tränen kaum sehen. David hatte ich mit meinem Versprechen gerettet, aber was sollte bloß aus mir werden? Die Waffe gegen den Tod war fort. Nie und nimmer würde ich wagen, mir eine neue anfertigen zu lassen. Ich war so gut wie tot, denn ich konnte nicht mehr ich selbst sein. Auf der anderen Seite aber, so redete ich mir gut zu, erwartet dich am Morgen nicht der Scheiterhaufen. Das hat etwas Gutes zu bedeuten. Mein Herz tat einen Sprung, als ich ins helle Tageslicht hinaustrat.

Margaret sah Bruder Gregory beim Schreiben über die Schulter zu. Sie konnte jetzt zwar lesen, aber ihn machte das fahrig. Früher hatte er sich so gern in ihrer Bewunderung gesonnt, wenn sie zusah, wie er die Worte hervorzauberte wie magische Formeln auf Papier, und sie ihr dann noch einmal genauso vorlas, wie sie diese gesagt hatte. Er stieß einen tiefen Seufzer aus.

»Margaret, Ihr habt mich mit hineingezogen. Vermutlich haben die da oben meinen Namen.«

»Bloß für den Leseunterricht. Das kann man Euch nicht vorwerfen.«

»Bloß für – wie, um Himmels willen, wollt Ihr das wissen?«

»Ich weiß so allerlei. Ich habe doch gesagt, daß ich herumkomme. Selbst jetzt noch.«

»Na ja, jedenfalls hat sich mir ein Rätsel gelöst. Ich habe mich immer gefragt, warum Ihr das da aufgeschrieben haben wolltet. Es kam mir eigenartig vor. Aber da ich Euch mittlerweile gut kenne, ist mir ganz klar, daß Ihr ...«

»Ich meine Seite der Geschichte erzählen wollte«, bemerkte Margaret selbstzufrieden.

»Eure Seite? Wie gewöhnlich unterbrecht Ihr mich. Nein, Ihr wolltet nur das letzte Wort haben. Frauen!« Bruder Gregory schnaubte, doch nicht mehr mit dem alten Feuer.

»Ich kann Euch nur gut raten«, und dabei drohte Bruder Gregory ihr grimmig mit dem Finger, »laßt das hier nie ans Licht kommen. Wieso Ihr Euch die Mühe macht, ist Eure Sache, aber öffentlich Schande über Euch zu bringen, das ist auch Sache Eurer Freunde.«

»Ich weiß. Ich hebe es auf.«

»Aufheben? Für wen wohl?« Bruder Gregory schüttelte den Kopf. Kenne sich einer aus mit den Launen einer Frau!

»Ich will es meinen Töchtern in jener Truhe da hinterlassen.«

»Doch wohl ein ziemlich fruchtloses Unterfangen.« Bruder Gregory durchmaß großen Schrittes das Zimmer. Er war verwirrt und traurig. Margaret saß ruhig da und blickte ihn an.

»Wenn sie es nicht haben wollen, dann können sie es ja ihren Töchtern vermachen. Eines Tages wird jemand meine Seite hören wollen.« Sie hielt inne und setzte dann beschwichtigend hinzu:

»Nehmt es Euch nicht so zu Herzen. Ich habe schon große Fortschritte gemacht und bin, was die da oben angeht, fast schon gebessert. Vater Edmund heimst das Lob dafür ein. Den sehe ich nämlich manchmal.«

»Habt Ihr die Buße geleistet?«

»Ihr meint, ob ich im Unterhemd um Vergebung gefleht und dabei eine riesige Kerze in der Hand getragen und blutige Fußabdrücke auf den Steinen hinterlassen habe? Nein, selbstverständlich nicht. Mein Mann hat mich natürlich losbekommen. Er ist jetzt für mich verantwortlich.«

»Euch losbekommen? Das ist nicht so einfach.«

»Manchmal, Bruder Gregory, könnte man meinen, daß Ihr noch einfältiger seid als ich. Nach unserer Verlobung hat mein Mann mich losgekauft. Er hat gesagt, es gezieme sich eher für seinen Stand, daß ich privat und bekleidet bereue. Der Priester hat meinen Rücken die vorgeschriebenen Male berührt und bescheinigt, daß es Schläge waren. Die Kerze war sehr groß und teuer, und er hat ihnen den kleinen Schrein gekauft, auf den sie in der Pfarrkirche so erpicht waren. Mit Geld läßt sich nämlich alles regeln.«

»In London vielleicht, doch nicht in Paris«, sagte Bruder Gregory bitter. Sie durfte nicht einmal ahnen, woran er dachte. Es ist wirklich nicht gerecht, kochte es in ihm. Nicht nur, daß er für seinen Irrglauben im Unterhemd um Vergebung hatte bitten, nein, er hatte auch noch alle Exemplare seines Buches eigenhändig ins Feuer werfen müssen. Dazu noch in der Öffentlichkeit, im Beisein von wirklich Hunderten von Menschen, die häßliche Bemerkungen machten, als die Offiziale der Kirche das Schuldbekenntnis und den Widerruf laut verlasen. Das hatte sogar noch mehr geschmerzt als die Peitschenhiebe, die machten, daß ihm das Hemd am Leib festklebte. Man hatte es abweichen müssen, und noch wochenlang danach hatte er krank daniedergelegen. Und eine Frau brauchte bloß zu weinen, und schon ließ sich alles mit Geld regeln.

»Da mögt Ihr recht haben«, sagte Margaret friedfertig, und ihre Stimme riß ihn aus seinen gräßlichen Träumen. »Mein Mann sagt, daß für Geld in London alles zu haben ist. Darum machen Kaufleute hier auch so gute Geschäfte.«

»Hmpf. Ja. Selbst ein Kaufmann von gefälschten Ablaßbriefen«, sagte Bruder Gregory grämlich.

»Du lieber Himmel«, erwiderte Margaret, »in der City verkauft Bruder Malachi die nie und nimmer. Hier ist man viel zu ausgepicht.« Gregory sah noch düsterer aus als gewöhnlich.

»Mit dem trefft Ihr Euch vermutlich auch noch.«

»Niemals. Ich kann nämlich nicht ins alte Haus zurück. Wenn ich die da oben dort hinführen würde, wäre er so gut wie tot. Hilde hat meine kleinen Mädchen entbunden, und sie sehe ich auch noch. Aber niemals dort – nein. Ich bin sehr vorsichtig. Lion habe ich behalten, und wenn ich nach ihr schicken möchte, dann lasse ich ihn raus, und er holt sie.«

»Viel ist ja nicht an ihm dran, aber dafür ist er sehr schlau.«

»Das finde ich auch. Tiere sind manchmal fast wie Menschen.«

»Vorsicht, Margaret, Ihr seid schon wieder hart an der Grenze – Tiere haben keine Seele.«

»Angenommen, ich sage, das stimmt, weil auch einige Menschen keine haben?«

»Ärger denn je!« Gregory lächelte wehmütig. »Gut, daß nicht Ihr das gesagt habt.«

Bruder Gregory schob Federhalter und Tintenhorn beiseite und gab Margaret das Manuskript. Sie kniete sich vor die Truhe und verwahrte es in der Geheimschublade. Er sah schon wieder verlegen aus, denn er überlegte, wie er ihr die schlechte Nachricht am besten beibrächte.

»Margaret, Ihr bekommt von mir jetzt eine neue Schreibaufgabe. Ihr werdet den letzten Teil Eures Buches selber schreiben müssen.«

»Ihr wollt gehen?« Sie sah verschreckt und verstört aus. »Doch nicht etwa meinetwegen, oder?«

»Nein«, sagte Bruder Gregory betrübt, »wegen meiner Familie. Meine Welt geht gerade zu Bruch, so wie die Eure endlich heil geworden ist. Ich würde gern bleiben und mitbekommen, wie die Geschichte ausgeht. Die Neugier ist einer meiner schlimmsten Fehler, und sie hat mich schon oft in böse Situationen gebracht. Zuweilen aber auch in gute, wenn ich an dieses Haus denke. Doch damit ist es nun vorbei.«

»Mögt Ihr mir davon erzählen, oder ist es ein Geheimnis?« Margaret verspürte auf einmal herzliches Mitgefühl. Es war sehr betrüblich, mit ansehen zu müssen, wie Bruder Gregory sein altes Feuer einbüßte. Er wirkte auf einmal abgehärmt und völlig außerstande zu einem Streit mit Kendall, nicht einmal über die Beschaffenheit des heidnischen Glaubens zur Zeit von Aristoteles. Ihr würde sogar seine Griesgrämigkeit fehlen.

»Meine Familie ist sehr alt, Margaret, wir haben einen altehrwürdigen Namen, und den nehmen wir sehr ernst.«

»Was Ihr mich schon habt merken lassen«, sagte Margaret trocken.

»Ach, reibt mir doch nicht unter die Nase, daß ich so neugierig gewesen bin. Es tut mir leid, wenn ich Euch gekränkt habe.«

»Leid? Oh, entschuldigt Euch nicht, Bruder Gregory. Bitte nicht. Ihr seid ja ganz saft- und kraftlos und gar nicht mehr der alte. Diese Nachricht muß Euch aber arg zugesetzt haben.«

»Vermutlich hat sie das – zumindest was mich angeht«, sagte er. »Wir sind nämlich nicht reich, Margaret – nicht so wie hier, alle diese Sachen hier.« Er machte eine umfassende Handbewegung. »Und ich bin ein jüngerer Sohn.« Bruder Gregory blickte aus dem Fenster und seufzte. Der Garten war ganz winterlich und paßte vollendet zu seiner Stimmung. Nichts als kahle Äste, die im Wind knarrten.

»Vater hat wieder einmal Schulden, Margaret, und immer wenn er Schulden hat, setzt er mir zu. Als wir den Feldzug in Frankreich mitmachten, hat er sich in Schulden gestürzt, um uns auszustatten – und mir dann wieder zugesetzt; aber nachdem wir große Summen an Lösegeldern einnahmen, hat er Ruhe gegeben. Dann mußte er für Hugos Ritterschlag zahlen – Gebühren über Gebühren. Und eine neue Rüstung von John von Leicestershire – nur das Beste ist gut genug, oder? Dann hat er mich aufgetrieben und mir wieder zugesetzt. ›Zieh ins Feld wie ein Mann‹, hat er gebrüllt, ›und hör endlich auf, dich hinter einem Haufen langer Röcke zu verstecken!‹ Ich kann Euch sagen, das war ein Skandal. Man konnte ihn vom Besuchszimmer bis in die Studierstube des Abtes hören. An jenem Tag hat er mir keine Freude gemacht!

Man sollte meinen, er wäre mir dankbar für meinen Entschluß. Schließlich habe ich ihm allerhand Mühe erspart. Aber nein, er schimpft schon so lange darüber, wie ich überhaupt denken kann. Es ist nämlich nicht leicht, eine Berufung zu haben und obendrein seinen Vater zu ehren – das heißt, wenn man so einen Vater hat wie ich. Wie der sich immer aufgeführt hat: ›Weg mit dem Schmöker da, du infernalischer Welpe, und nimm dir ein Beispiel an deinem älteren Bruder Hugo, der ist ein Ritter, wie er im Buche steht!‹ ›Ich bin schon auf dem Turnierplatz gewesen, Vater‹, habe ich dann wohl gesagt. ›Dann wieder zurück mit dir!‹ hat er gebrüllt und mich niedergeschlagen. Alsdann hat er mich an den Hof des Herzogs verfrachtet und gesagt, ich sollte auch noch dankbar sein. Dankbar! Ei, der Mann war genau wie Vater! Ich schwöre Euch, Margaret, die beiden hatten sich abgesprochen, meine Berufung aus mir herauszuprügeln. Seit ich mich entschlossen habe, mein Leben Gott zu weihen, habe ich nur noch aus blauen Flecken bestanden! Ihr habt ja keine Ahnung, wie Vater schimpfen kann, selbst jetzt noch, wo er alt ist!« Bruder Gregory strich durchs Zimmer wie ein eingesperrter Wolf und sah sehr, sehr aufgebracht aus.

»Es ist einfach nicht gerecht, daß er meinen Entschluß nicht respektiert. Ich meine, er sollte dankbar sein! Ich habe alles getan, was er wollte. Ich habe nämlich bewiesen, daß ich nicht feige bin. Aber ich will meinen eigenen Weg gehen. Warum muß ich wie Hugo sein? Fürwahr, dafür gibt es keinen Grund, und gänzlich ungerecht ist es obendrein. Ihr findet doch auch, daß es ungerecht ist?«

Margaret wußte nicht so recht, was er meinte, doch er sah so aufgewühlt aus, daß sie es für das beste hielt, ihm beizupflichten.

»Und warum meint er jetzt wohl, daß er mir wieder zusetzen kann, jetzt, wo mein spirituelles Leben ganz kurz vor der Erfüllung einer lebenslangen Suche steht? Wißt Ihr warum? Weil er behauptet, das Dach müsse ausgebessert werden! Es ist einfach nicht zu fassen? Ich soll wieder zum Heer gehen und Geld für sein Dach beschaffen, genau in dem Augenblick, wo ich kurz davorstehe, daß ich Gott zu sehen bekomme. Welche Sünde habe ich nur begangen, daß Gott mich mit solch einem Vater straft? Aber ich sage Euch, mich kann er nicht zurückhalten! Nie und nimmer! Ich werde Gott trotzdem sehen! Und wenn das geschieht, dann habe ich ein Hühnchen mit Ihm zu ...« Bruder Gregory hob die geballte Faust gen Himmel und schüttelte sie. An seinem Hals traten die Adern hervor.

»Bruder Gregory!« Margaret war entsetzt. Sie legte ihm die Hand aufs Handgelenk, wollte die heftige Geste abschwächen. Bruder Gregory blickte die Faust überrascht an, so als ob er gar nicht gemerkt hatte, daß er damit den Himmel bedrohte, dann entriß er sie ihr.

»Er will keinen Sohn, er will ein Schoßhündchen«, knurrte Bruder Gregory. »Jetzt zieht er an der Hundeleine, und schon gehorche ich.«

»Vielleicht – vielleicht würde es besser klappen, wenn Ihr es Gott überlassen würdet, ob er Euch sehen will«, wagte Margaret einzuwerfen.

»Hmpf!« schnaubte Bruder Gregory. »Ihr hört Euch genauso an wie der Abt. Der war ebenso schlimm wie Vater. Zuweilen hätte man fast denken können, sie steckten unter einer Decke. Da hat er doch gesagt, ich müßte meinen Vater ehren und ihn ausreden lassen.

Wenn das nicht eine betrübliche Einstellung für jemanden ist, der so jenseitig sein soll. Der hat mich auch nie verstanden. Er hat gesagt, meine *Hoffart* sei noch nicht genügend besiegt, als daß ich die Kontemplation erlernen könne, und ich solle in der Welt dienen, bis ich gelernt hätte, was er damit meinte. *Hoffart*!« Gregory klang bitter.

»Ich bin ganz und gar nicht hoffärtig! Haltet Ihr mich für hoffärtig, Margaret?«

»Oh, ein ganz kleines bißchen, Bruder Gregory.«

»Habe ich Euch gegenüber meinen Stolz herausgekehrt? Nein! Ich bin hier und überall sonst sehr demütig gewesen. Das habt Ihr doch bemerkt, nicht wahr?«

»Natürlich, natürlich.«

»Seht her, das nennt sich nun Hoffart!« Bruder Gregory riß sich das Gewand auf der Brust auf. Statt seines langen Leinenunterhemds trug er etwas Dunkles, Übelriechendes und Haariges.

»Bruder Gregory, doch nicht schon wieder das härene Gwand? Das sieht aber scheußlich aus. Davon wird doch Eure Haut wund.«

»Meine Haut ist sehr dick. Nicht wie Eure. So leicht wird die nicht wund.« Ein selbstgefälliger Ausdruck huschte über Bruder Gregorys Gesicht, ehe er wieder in Selbstmitleid zerfloß.

»Ich kasteie mich. Kasteie meine Hoffart, zumindest die armseligen, verkümmerten Reste, die noch davon übrig sind! Und in diesem Stadium muß ich zu meinem Vater zurück und mich schon wieder kasteien lassen!«

»Gewißlich ist es so schlimm nun auch wieder nicht, Bruder Gregory«, sagte Margaret.

»Die Eitelkeiten dieser Welt setzen mir so zu«, knurrte er.

»Aber Ihr werdet doch sicher wiederkommen und meine Rechtschreibung verbessern?«

»Das verspreche ich Euch, Margaret. Wenn Ihr wollt, lege ich sogar einen Eid darauf ab.«

»Nicht nötig. Versprecht es und gebt mir Nachricht, wenn Ihr wieder im Lande seid.«

Kapitel X

Margaret hörte von ihrem Platz im Wohnzimmer, wo sie vor einem leeren Blatt Papier saß, einen fürchterlichen Spektakel von der Küche her. Die Elster der Köchin kreischte, die Köchin schimpfte, und ein Eimer fiel scheppernd um. Durch die geöffnete Tür erhaschte Margaret einen Blick auf drei kleine Lehrbuben, einer von ihnen mit einer Fleischpastete in der Hand, die wie gehetztes Wild durch die Diele auf die Straße liefen, wo sie sich verzogen, um ihre Beute zu teilen. Kendalls Lehrbuben kamen zumeist aus guten Familien – jüngere Söhne, deren Väter in harter Münze dafür bezahlten, daß man sie im lukrativen Einfuhr-Ausfuhr-Gewerbe anlernte. Es bestand eine große Nachfrage nach den wenigen vorhandenen Lehrstellen, denn es war bekannt, daß die Kinder unter Margarets Obhut gediehen, und heutzutage dachte man so modern, daß eine kaufmännische Ausbildung, ebenso wie eine juristische, beinahe soviel wert war, wie Land zu erben. Aber keß waren sie schon, diese kleinen Herren, und kannten keinerlei Achtung vor dem heiligen Reich der Küche; ihre Streiche belustigten Margaret sehr, doch wissen durfte das natürlich niemand.

Margaret nahm sich in acht, nicht zu lachen, als die Köchin heftig schnaufend erschien und sich auf ihren Besen gestützt auf der Schwelle aufbaute. Statt dessen bemühte sie sich um eine reife schauspielerische Leistung als würdevolle Schreiberin, so wie sie jetzt die

Feder absetzte. Das war eine Angewohnheit, die sie Bruder Gregory abgeschaut hatte, und sie verfehlte ihre Wirkung durchaus nicht.

»Mistress Margaret«, sagte die Köchin, während sie respektvoll Feder und Papier von Margaret musterte, »habt Ihr gesehen, wohin diese bösen Buben gelaufen sind?«

»Tut mir leid, Köchin, aber ich weiß es wirklich nicht. Wie Ihr seht, war ich beschäftigt. Aber ich werde sie mir heute abend vorknöpfen. Wer war es denn?«

»Dieser gräßliche Alexander spielte mal wieder den Anführer.«

»Dann waren wohl auch Stephen und Philip dabei wie üblich?«

»Wie üblich.«

»Ich nehme sie mir heute abend ganz sicher vor.« Die Köchin sah besänftigt aus. Im Hinausgehen brummelte sie vor sich hin:

»Gott sei Dank ist es mittlerweile nicht mehr so schwer, diesen Haushalt mit Pasteten zu versorgen, seit nämlich dieser lange, ausgehungerte Kerl nicht mehr kommt.« Sie hätte es zwar nie zugegeben, doch die Köchin vermißte Bruder Gregory, so wie jeder Künstler einen wirklich begeisterten Bewunderer seiner Schöpfungen vermißt. Nun hatte sich Bruder Gregory aber nicht etwa aus dem Staub gemacht, hockte anderswo rum und stopfte sich voll, der undankbare Kerl, nachdem er sich in ihre Küche eingeschlichen und herumgeschnüffelt und sich dann wohl hingesetzt und der Köchin Gelegenheit gegeben hatte, an seiner Person die erstaunliche Verwandlung von bleicher Bissigkeit bis zu erhitzter Umgänglichkeit in all ihren staunenswerten Einzelheiten mitzuerleben. Man konnte nicht nur praktisch sehen, wie sich das Essen bei ihm bis in alle Extremitäten verteilte, nein, er sagte dann wohl auch: »Ach, hat das gutgetan. Das war wohl Safran, was Ihr darangegeben habt, oder? Ja, mit Safran zu würzen, das ist eine Kunst.« Dann errötete die Köchin wohl und bot ihm noch etwas an, was er in der Regel auch noch verputzte. Ja, selbst der Vogel hatte sich an ihn gewöhnt und mit seinem Warngekreische aufgehört. Jetzt war sie auf den Hund gekommen, das heißt, auf diebische, kleine Jungen, die nicht wußten, was gut ist.

Margaret konnte das Gebrumm der Köchin nicht überhören und seufzte. Dann schob sie sich Tinte, Federn und Papier neu zurecht, daß die Arbeit besser gelingen möge. Sie hatte gerade ein einziges Wort geschrieben, als die Mädchen hereingepoltert kamen, die Kinderfrau ihnen auf den Hacken.

»Mama, Mama, Alexander hat eine ganze Pastete. Wir wollen auch was haben.«

»Ihr wißt doch, daß bald Essenszeit ist. Es tut nicht gut, wenn man zwischendurch ißt: das verdirbt den Appetit.«

»Alexanders Appetit hat's auch nicht verdorben«, schmollte Alison.

»Hat es wohl; und außerdem wird er es heute abend noch sehr bedauern.«

Doch Cecily, ihre Älteste, warf ihr einen schlauen Blick zu und sagte:

»Aber Mama, Bruder Gregory hat immerzu gegessen und sich nie den Appetit verdorben.«

Wieder seufzte Margaret, als die Kinderfrau die Mädchen unter lautstarkem Protest abführte.

Dann brachte Margaret ein zweites Wort zu Papier. Vielleicht sollte ich die Tür schließen, dachte sie. Aber was ist, wenn etwas Furchtbares geschieht und ich mich nicht rechtzeitig darum gekümmert habe, weil die Tür zu war?

In diesem Augenblick fand Roger Kendall, der den ganzen Morgen über mit seinen Schreibern und Gesellen die Buchführung und die Lagerbestände durchgesehen hatte, daß er eine Pause brauchte.

»Du liebe Zeit, siehst du aber klug aus, wie du da so mit der Feder in der Hand vor dem Papier sitzt. Ich hab's ja immer gewußt, daß du eine ungewöhnlich intelligente Frau bist«, rief er ihr fröhlich durch die offene Tür zu. Margaret blickte auf und errötete vor Freude. Er kam herein, umarmte sie von hinten und blickte ihr über die Schulter.

»Noch nicht viel, was? Mach dir nichts draus, mach dir nichts draus. Bald wird meine kluge, hübsche, kleine Margaret eine ganze Seite vollgeschrieben haben.«

Margaret blickte auf die Seite und lächelte wehmütig.

»Was rieche ich denn da, was gibt es zu essen? Haben wir heute viele Gäste?«

»Geschmortes Kaninchen, glaube ich. Wir haben diese hansischen Tuchhändler zu Tisch, die du eingeladen hast, mehr nicht.«

»Schade, daß du keinen deiner exzentrischen Bekannten dazu gebeten hast. Ich müßte meinen Witz mal wieder an einem richtigen Disput schärfen.«

»Wir haben doch Master Will.«

»Den? Der versteift sich zu sehr auf eine Idee, als daß man mit ihm gut streiten könnte. Seidem er aber mit diesem langen Gedicht angefangen hat, in welchem er die Reichen verteufelt, ist er zum Langweiler geworden. Ob er es wohl jemals fertigstellt? Wahrscheinlich muß ich ihn noch jahrelang mit Papier versorgen. Nein, ich brauche jemand Bissigeres. Also, dieser Bruder Gregory, der konnte wirklich streiten.« Und Master Kendall verschwand wieder, um seine Buchführung fertig zu machen.

Ich muß die Tür wirklich schließen, dachte Margaret. Doch als sie aufstehen wollte, kam Lion hereingetapst und wollte geknuddelt werden. Dann machte sie endgültig die Tür zu und setzte sich zum Schreiben.

»Was er wohl macht?« fragte sie sich, als sie die Feder in die Tinte tauchte und den ersten Satz zu Papier brachte.

Als ich aus dem düsteren Dämmerlicht des Kapitelsaals in den hellen Sonnenschein trat, mußte ich blinzeln. Ich war ganz verstört bei der Vorstellung, daß man überall, wohin ich auch ging, meinen allerunschuldigsten Worten lauschen, mich belauschen, meinen Freunden nachspionieren und alle unrechten Gedanken, die man bei mir festzustellen meinte, weiterleiten würde. Am meisten angst aber machte mir, daß ich für meine Freunde eine Gefahr darstellte. Auf einmal konnte ich unser Haus so sehen, wie diese Kleriker es sehen würden: in einem Stadtteil der Diebe und Halsabschneider gelegen, eine finstere Bruchbude, die zwei zweifelhafte Wehmütter beherbergte, welche fragwürdige Heilbehandlungen durchführten, dazu einen verrückten Alchimisten, Flüchtlinge und ein Wechselbalg. Und noch zwei seltsame Haustiere, die den Hexenfamiliaris ungemein gut zupaß kommen würden.

Jetzt würden sie mich im Auge behalten. Wie lange würde es dauern, bis Bruder Malachi in Verdacht geriet, der ja kein Klosterbruder war? Was würde geschehen, wenn sie auch nur ein ganz kleines bißchen von dem herausbekamen, womit er sich beschäftigte? Ich könnte es nicht ertragen, wenn ich seinen Kopf oben auf einer Stange sehen müßte. Und wenn sie ihn schnappten, was würde wohl aus Hilde werden, die ohne ihn nicht leben konnte, und den anderen, die nirgendwohin wußten? Wenn ich sie liebte, dann konnte ich dort nicht mehr wohnen. Nie würde ich wissen, an welchem Tag oder zu welcher Stunde ich ihnen den Tod ins Haus schleppte. Mir war sehr elend zumute. Die ganze Zeit über hatte ich bei allem, was ich tat, nur an mich selbst gedacht. Ich hatte mir eingebildet, ich diente höheren Zwecken, doch es war selbstsüchtig und hoffärtig von mir gewesen, andere ohne deren Wissen mit in Gefahr zu bringen.

»Lebt wie andere Frauen, krempelt und spinnt Wolle. Hört auf mit der Geburtshilfe und mit dem Unruhestiften. Heiratet und lebt ehrbar, denn wenn Ihr Euch nicht bessern könnt, werdet Ihr brennen.« Immer noch sah ich ihre harten Gesichter vor mir, sah, wie sich ihre Fischmäuler öffneten und schlossen. Selbst David war jetzt in Gefahr, als Bruder einer Ketzerin, die widerrufen hatte. Wenn ich doch mit ihm sprechen und ihm sagen könnte, daß es mir leidtat; aber ich wußte, daß ich ihn um seinetwillen nie wiedersehen durfte. Wie sollte ich bloß leben? Spinnen ist nie meine Stärke gewesen, und vom Krempeln muß ich niesen.

Ich ließ den Kopf derart hängen, daß ich nicht mitbekam, wie eine Maultiersänfte am Fuß der Treppe hielt, die zur Pforte des Außenklosters führte. Der alte Master Kendall ächzte und keuchte mit verbundenem Fuß die Stufen hoch und stützte sich dabei auf die Schultern von zwei stämmigen Knechten. Sein schütteres, graues Haar hing ihm zerzaust unter dem modischen, juwelenbesetzten Filzhut hervor, und seine Goldketten klirrten und klingelten auf der soßenfleckigen Passe seines prächtigen, pelzgefütterten Gewandes.

»Nanu, Mistress Margaret! Ihr seid draußen, und das ohne Begleitung! Ich befürchtete schon, ich würde Euch im Gefängnis vorfinden – oder schlimmer noch, in Begleitung Eurer Scharfrichter. Dann wäre ich zu spät gekommen.«

»O Master Kendall, warum seid Ihr gekommen? Es ist gefährlich, mich zu kennen«, sorgte ich mich.

»Mein liebes Kind, ich bin gekommen, weil ich Eure Inquisitoren bestechen wollte.« Kendall lächelte sein komisches, schiefes Lächeln. »Aber Ihr scheint auch ohne mich freigekommen zu sein. Wie habt Ihr denn das geschafft?«

»Sie haben mich ausgefragt und ausgefragt. Dann hat sich mein Bruder für mich eingesetzt, und weil er Priester ist, haben sie ihm zugehört. Aber sie haben gesagt, ich soll bereuen und mich ändern, noch einmal komme ich nicht ungeschoren davon.«

Kendall schüttelte den Kopf. »Da habt Ihr Glück gehabt. Auf dem Festland entkommt kein menschliches Wesen dem Heiligen Offizium lebendig. Alle gestehen unter der Folter. Aber unser guter König erlaubt nicht, daß im Stadium der Befragung gefoltert wird. Verträgt sich nicht mit dem englischen Recht, sagt er. Und diese selbstgestrickten Affären, denen fehlt einfach – der Biß.« Er nahm meine Hand und besah sie von beiden Seiten, dann schüttelte er verwundert den Kopf.

»So ein Glück, so ein Glück. Keine Verletzung. Das kann kaum jemand von sich behaupten. Ich habe nämlich geschäftlich viel mit dem Kontinent zu tun. Mit Frankreich, Deutschland, Italien. Überall das gleiche. Etliche gute Freunde habe ich bereits verloren. Wenn man dort Geld bietet, folgern sie, daß man noch mehr versteckt hat, und schnappen einen trotzdem; dann können sie nämlich alles bis aufs letzte bißchen konfiszieren, diese geldgierigen, widerlichen Schwarzröcke! Hier in England jedoch gilt es als unpatriotisch, Bestechungsgelder abzulehnen. Ich rechnete mir schon aus, daß es einen Batzen kosten würde, aber wahrscheinlich hätte ich auch Erfolg gehabt.« Er legte den Kopf schief, so als ob er im Geist Summen überschlüge.

»Da sind natürlich die privaten Geschenke – ich hätte ihnen mehr bieten müssen, als sie von Euren Denunzianten bekommen haben. Dann würden sie mir ein paar Kirchenfenster abgeknöpft haben, dazu vielleicht noch eine Kapelle – hm, kann sein, auch ein Versprechen, daß Ihr Euch gut aufführt. O ja, es wäre teuer geworden, aber die Sache war es wert. Meine Gicht hat sich seit Eurer Verhaftung sehr verschlimmert. Ich mußte Euch einfach wiederhaben!«

»O Master Kendall, soviel hättet Ihr für mich getan? Euer Vermögen aufs Spiel gesetzt?«

»Für meine Gicht, für meine Gicht. Mit Schmerzen werde ich einfach nicht fertig. Könntet Ihr auf der Stelle kommen und mich behandeln?«

»Aber ich darf nicht mehr heilen. Das ist eine der Bedingungen«, sagte ich.

»Dann bezeichnet es als einen gesellschaftlichen Besuch«, sagte er unbekümmert. »Das bekomme ich schon hin. Nun grämt Euch nicht länger, geht nach Haus und holt dieses stinkige Zeug, das Ihr immer drauftut, und diesen ekelhaften Tee auch. Ich habe Schmerzen, schlimme Schmerzen, ich kann es kaum noch aushalten!«

Ich beeilte mich, das Gewünschte zu holen. Nichts belebt so sehr wie das Wissen, daß man treue Freunde hat. Doch daheim fand ich ein Chaos vor. Meine Freunde packten. Das heißt, Mutter Hilde packte, und Bruder Malachi, der während meiner Abwesenheit zurückgekehrt war, packte erst gar nicht aus. Er saß auf einer Truhe im Stinkezimmer, fuchtelte mit den Armen und gab zur Unterhaltung der Familie eine Geschichte zum besten. Beim Eintreten bekam ich nur noch den Rest mit:

»... natürlich war es mein Riesenglück, daß ich zunächst einmal den Gemeindepfarrer aufgesucht hatte, und der war tief beeindruckt, vornehmlich von dem päpstlichen Siegel, und als dann diese großen Bauernlümmel mit Sicheln auf mich eindrangen, warf er sich zwischen uns und sagte: ›Wehe, Ihr krümmt diesem Ablaßkrämer ein Härchen!‹«

»Und was passierte dann?« fragte Sim.

»Ei, ich vergab allen und verkaufte ihnen erstklassige Ablaßbriefe zu Schleuderpreisen. ›Ich habe wunde Füße‹, erzählte ich ihnen, und da legten sie zusammen und trieben dieses schöne, wenn auch etwas angejahrte Maultier für mich auf, auf welchem ich zurückgekehrt bin. Ah! Margaret! Die Rückkehr der verlorenen Tochter!«

»Ihr braucht nicht zu fliehen. Ich bin frei und muß nicht brennen.«

»Kann man sehen, liebes Mädchen, kann man sehen! Aber haben sie dir nicht Auflagen gemacht? Wirst du beobachtet?« Bruder Malachi kannte sich aus.

»Ich glaube schon. Ich werde ungemein vorsichtig sein müssen.«

Bruder Malachi seufzte. »In diesem Fall, liebes Kind, muß ich meine Suche nach dem Stein der Weisen für ein Weilchen aufschieben und darf meine Geräte gar nicht erst auspacken. Wer weiß, wen sie zum Schnüffeln herschicken?« Dann heiterte sich seine Miene auf. »Doch der Reliquienhandel läuft von Tag zu Tag besser! Habt Ihr gewußt, daß in der Stadt schon wieder Fälle von Pestilenz aufgetreten sind? Ich habe da ein wirkungsvolles Gebet, das man als Schutz dagegen in einem Beutelchen um den Hals tragen kann, und sollte die Krankheit so furchtbar sein, daß selbst das nichts hilft, so kann man es kauen und aufessen, dann hilft es allemal! Vor Jahren habe ich damit in Chester gute Geschäfte gemacht. Gott nimmt mit einer Hand, aber nicht, ohne mit der anderen zu geben!« Und er hob die Augen gen Himmel.

»Amen!« setzte ich hinzu, denn Bruder Malachi hat so etwas, daß man hinterher immer guter Laune ist.

»Ich muß fort – der alte Master Kendall möchte seine Gicht behandelt haben.«

»Der alte Geldsack ist von der schnellen Truppe – ei, der ist klüger als die ganze Inquisition zusammen.

Woher wußte er denn, daß du so schnell herauskommen würdest?«

»Das ist eine lange Geschichte, aber wie gewöhnlich habt Ihr recht, Bruder Malachi.« Ich suchte mir meine Sachen zusammen und machte mich hastig wieder auf den Weg zu Kendalls großem Haus in der Thames Street. Als man mich in sein Schlafzimmer führte, war klar, daß er große Schmerzen litt. Er lag auf dem Bett, die Kleidung ganz in Unordnung, den schlimmen Fuß hatte er entblößt, denn dieser duldete keine Bekleidung. Der Fuß war rot und geschwollen. Die Tränen flossen ihm aus den Augen, und er biß in einen Ledergürtel, damit er vor Qual nicht laut schrie.

»O Master Kendall, wie habt Ihr damit heute nur das Haus verlassen können?« fragte ich, während ich meine Sachen auspackte. Als Antwort stöhnte er. Ich kniete mich hin und bekreuzigte mich. Während ich die Salbe auf den Händen verrieb, daß sie warm wurde, versetzte ich meinen Geist in jene besondere Verfassung, so wie ich es mir beigebracht hatte. All meine Probleme, all meine Gedanken lösten sich in nichts auf, und eine göttliche Verzückung ergriff von mir Besitz. Ich merkte, wie es in Kopf und Händen pochte, dann wurden sie warm. Ich schlug die Augen auf, und da schien das Zimmer in einem fast unmerklichen warmen, orangefarbenen Licht zu leuchten. Ich legte meine Hände auf den geschwollenen Fuß.

»O Jesus, vielen Dank! Ich meinte, es nicht einen Augenblick länger aushalten zu können, ohne wahnsinnig zu werden!« Seine Magd stopfte ihm Kissen in den Rücken, so daß er den Kopf heben und mich ansehen konnte. Die Rötung im Fuß ging schon zurück.

»Wahnsinnig werdet Ihr gewiß nicht, Master Kendall, aber vermutlich wart Ihr maßlos. Fetten, süßen Pudding mit Nierentalg gestern abend, Wein? Hammel?«

»Nein, nur ganz leichte Kost. Ich halte mich doch

immer an Euren Rat. Lediglich Gans, Lerchenpastete, einen Weißwein – sehr leichten –, Käse, eine leckere lombardische Creme – ach, und dergleichen mehr.«

»O Master Kendall, die Schmerzen kann ich Euch wohl nehmen, aber Ihr werdet jedesmal wieder krank, wenn Ihr so reichlich speist und trinkt.«

»Aber was bleibt mir denn sonst noch?« Er war betrübt. Die Schmerzen waren vergessen, und als Belohnung für seine Leiden hatte er schon ein luxuriöses Essen geplant gehabt.

»Haferpfannkuchen? Wasser? Einen Bratapfel vielleicht? Fürwahr, arme Bauern leben besser als ich!«

»Ist Euch denn noch nie aufgefallen, daß arme Bauern keine Gicht haben?«

»Dazu leben sie auch nicht lange genug, drum. Das kommt von den Haferpfannkuchen, diesem ekligen Zeugs. Die verhungern doch, lange bevor sie Gicht bekommen können!«

»Ihr müßt Euch entscheiden«, sagte ich fest, »einfaches Essen oder Gicht, es liegt bei Euch.«

»Na gut, ich werde es mir überlegen. Ihr seid die einzige, bei der es plausibel klingt – und das ändert die Sachlage. Ei, was hat man mich doch jahrelang vergiftet und zur Ader gelassen, und nichts hat angeschlagen, außer daß ich noch mehr Schmerzen gekriegt habe. Ein schlimmer Fuß, dazu ein schlimmer Magen und schlimme Handgelenke, ich kann Euch sagen, mit Roger Kendall ist nicht mehr viel los. Rückt mir die Kissen ein wenig höher, bitte.«

Ich schob ihm die Kissen zurecht, während er mein Gesicht forschend betrachtete. Das Leuchten im Raum verblaßte.

»Ihr seht sehr traurig aus. Was haben Euch denn dies alten Böcke im Domkapitel gesagt?«

»Sie – sie haben gesagt, ich soll Wolle krempeln und spinnen wie andere Frauen und von der Geburtshilfe und dem Gesundbeten ablassen – und mich verheiraten.«

»Ja, und warum tut Ihr's nicht?«

»Ich muß mir den Lebensunterhalt verdienen, und wenn ich das tue, dann kann ich mich nicht viel bessern. Es geht einfach nicht. Ich bin schon bald wieder dort, und ein zweites Mal habe ich kein Glück.« Und schon wieder ergriff mich die Niedergeschlagenheit.

»Und warum heiratet Ihr nicht einfach? Andere Frauen haben nichts dagegen, sich von einem Mann ernähren zu lassen.«

»Ich kann nicht heiraten, ich kann einfach nicht. Die Ehe ist einfach gräßlich, und ich will nicht heiraten!«

»Ihr wollt nicht heiraten? Wie kann ein hübsches, junges Mädchen nur so denken. Warum um alles wollt Ihr bloß nicht heiraten?«

»Ich – ich – also, es liegt wohl daran, daß ich Männer nicht gut leiden mag«, stammelte ich. Mein Herzeleid war so groß, daß ich mit der Wahrheit nicht mehr zurückhalten konnte.

»Keine Männer mögen? Was, keine Männer mögen?« Kendall warf den Kopf zurück und lachte.

»Ei, ein Mädchen wie Ihr ist doch dazu geschaffen, Männer zu mögen! Du liebe Zeit, wie konnte es nur so weit mit Euch kommen?«

»Ich weiß nicht. Aber Verheiratetsein ist schlimm. Das weiß ich aus Erfahrung.«

»Welche Erfahrungen hättet Ihr in Eurem Alter schon machen können? Wetten, daß Ihr von der Ehe gar nichts wißt.«

»Ich weiß viel zuviel. Ich war mit einem gräßlichen, gräßlichen Mann verheiratet. Ein Mann wie der leibhaftige Teufel, nur daß meine Eltern nichts davon ahnten, als sie die Ehe absprachen. Nur die Pest, die alle so verfluchen, hat mich von ihm befreit.«

»Ei, kleine Margaret«, sagte er weich. »Hat er Euch weh getan? Wenn ja, so tut Ihr mir leid.«

»Er hat mich geschlagen. Er hat mir weh getan. Seine – seine erste Frau hat sich im Schlafzimmer erhängt. Er war so schlecht.« Jetzt weinte ich in seine Bettdecke.

»Ich würde – ich würde ja Nonne werden, wenn es ginge, aber ich habe keine Mitgift für das Kloster, und rein bin ich auch nicht mehr. Die wollen keine Mädchen, die nicht rein sind.«

Er beugte sich vor und nahm mich tröstend in den Arm.

»Ihr seid rein, Margaret. Ihr seid eine keusche Wittib. Wer könnte wohl noch reiner sein? Ich bin reich. Für mich wäre Eure Mitgift kein Problem.«

»Ach, Ihr meint es gut, aber Ihr versteht einfach nicht. Er hat mich widernatürlich benutzt. Er hat gesagt, es sei meine Pflicht. Ich werde zeit meines Lebens nicht wieder rein.«

»Ist das alles? Mehr nicht? Ei, Margaret, das zählt doch überhaupt nicht. Es passiert häufig, das könnt Ihr mir glauben.«

»Aber es ist gegen die Natur. Ich habe überall geblutet. Und manchmal habe ich mich geschämt, daß ich überhaupt noch lebe.«

Wieso erzählte ich ihm das alles? Ich weiß es nicht zu sagen. Vermutlich, weil er Mitgefühl zeigte. Und dazu alt war – er machte mir keine Angst.

»Margaret, Margaret, liebes Kind. Wißt Ihr denn nicht, daß sich Männer auf diese Weise lieben?«

»Tun sie das? Wie kann man nur?«

»Hatte er einen Freund, Margaret? Das würde eine Menge erklären.«

»O Gott, einen widerlichen Freund, einen schmierigen, rotgesichtigen Freund. Das also haben sie allein im Schlafzimmer getrieben. Woher hätte ich das wissen sollen?«

»Das, und zweifellos noch viel mehr«, gab er zurück.

»Noch mehr? Bitte, nicht sagen. Es reicht auch so.«

»Ihr seid ein eigenartiges Mädchen. Die meisten wären neugierig.«

»Ich bin überhaupt nicht neugierig. Ich bin bloß furchtbar traurig. Ich habe Gott gebeten, mich zu sich zu nehmen. Ich hatte nichts, gar nichts mehr. Statt dessen sandte Er mir eine *Gabe*.«

»Die *Gabe*, die meinen Fuß besser macht?«

»Ja. Gott hat einen eigenartigen Sinn für Humor, davon bin ich überzeugt.« Meine Tränen trockneten allmählich. Ich wischte mir die Nase im Ärmel ab.

»Margaret, wenn Ihr welterfahrener wärt, Ihr würdet um solch eine Nichtigkeit keine Träne vergießen. Kommt und setzt Euch neben mich und laßt mich ausreden, und ich verspreche Euch, Ihr werdet um derlei nie wieder weinen. Und dann nehmt Ihr auch die Mitgift von mir an, nicht wahr?« Er zog mich aufs Bett und wartete, bis ich mit Tränentrocknen fertig war, ehe er sagte: »Mit zunehmendem Alter, Margaret, werdet Ihr immer wieder feststellen, daß die Notwendigkeit uns zu Taten zwingt, die wir freiwillig nicht getan hätten. Mir scheint, Gutsein bedeutet nicht, daß man unberührt bleibt, sondern daß man unter schwierigen Bedingungen ehrenhaft handelt. Ich habe Euch nie wissentlich die Hand zu einer bösen Tat leihen sehen, Margaret, und ich habe Euch eingehender beobachtet, als Ihr ahnt!« Er blickte mir forschend in die Augen und setzte hinzu: »Das kann ich nicht von vielen Menschen behaupten, nicht einmal von mir selbst.« Dann lachte er verhalten.

»Wißt Ihr, wieviel Anerkennung ich für meine Verbindungen zum Orient und vor allem für meine Bekanntschaft mit dem Sultan ernte? Wie sie mich beneiden und hassen, meine weniger einflußreichen Brüder! Sie sehen die Nachkommen seines Zuchthengstes in meinem Stall und sein Messer an meinem Gürtel und beneiden mich um die Geschenke, die wir vor vielen, vielen Jahren getauscht haben, und um den Handel, den ich in Gang gebracht habe. Doch jener Fürst lebt viel ausschweifender als alle christlichen Könige und Prälaten, und Ihr könnt mir glauben, daß kein christlicher Gefangener an seinem Hof, wie ich einst einer war, überlebt, ganz zu schweigen, daß er gedeiht und freigelassen wird, ohne daß er nicht viel mehr über die Welt erfährt, als er ursprünglich wissen wollte.« Ich blickte ihn neugierig an. Was für ein wunderlicher Mensch verbarg sich doch hinter diesem närrischen, fröhlichen Äußeren! Mir war, ich sähe über den Rand in einen tiefen Brunnen, und jählings, unerwartet blickte mich daraus ein Paar uralte Augen an.

»Was würdet Ihr sagen, Margaret, wenn ich Euch erzählte, daß ich einst jemanden kannte, so jung wie Ihr, der auf einer langen Handelsreise erfahren mußte, wie grausam die Welt ist, und dem bei seiner Rückkehr die Frau gestorben war, während die Kinder von seiner Mutter großgezogen wurden, und der nur noch Seufzen und Weinen ohne Ende, Gebet und Buße, Fasten und Pilgerfahrten kannte? Und alles um solcher Dinge willen, die er aus freien Stücken nicht getan hätte. Sagt mir, wie seht Ihr das?« Ich dachte lange und sorgfältig nach, ehe ich antwortete:

»Ich würde sagen, wenn Gott ihm vergeben hat, dann sollte er sich selbst auch vergeben, andernfalls würde er sich in Hoffärtigkeit suhlen. Es ist besser, einen Fehler gutzumachen, als zulange darauf zu verweilen.«

»Genau meine Meinung, Margaret, Ihr seid wirklich ein kluges Mädchen und macht Euch mehr Gedanken als andere. Ich weiß, ihm ging das nicht im entferntesten so rasch auf. Erst als er herausfand, daß sein eigener Herrscher, unser seliger König, nicht viel anders lebte als der Sultan, da merkte er, daß dergleichen in der großen Welt kaum zählt, daß es eine Nichtigkeit und nicht einen Seufzer wert ist.«

Ich machte große Augen. Auf die Idee wäre ich nie gekommen. Er sah mich so eigenartig an, schlau und nachsichtig zugleich.

»Margaret, kleiner Unschuldsengel, wollt Ihr denn nicht einsehen, daß Euer Kummer in den Augen der Welt nichts ist, überhaupt nichts? Und in Gottes Augen, ja, da habt Ihr Eure Antwort doch bereits erhalten, oder.«

»Ist das alles – alles wirklich wahr?« schluckte ich.

»Es ist wahr«, sagte Kendall schlicht.

»Aber – aber mir ist da gerade etwas eingefallen, ich kann sowieso nicht Nonne werden. Welches Kloster würde wohl eine Frau aufnehmen, die einen Widerruf wegen Ketzerei unterschrieben hat?«

»Der Gedanke ist mir auch schon gekommen.« Kendalls Stimme klang sachlich.

»Ihr könntet es mit der Ehe versuchen – beispielsweise mit mir. Mein Geld und mein Einfluß würden Euch schützen.«

»Nicht, daß ich etwas gegen Euch habe – das müßt Ihr mir glauben; Ihr seid – also, Ihr seid so furchtbar nett zu mir gewesen. Aber heiraten? Ich habe soviel Angst vor der Ehe, daß ich meine, ich sollte es nie wieder wagen.«

»Wißt Ihr eigentlich, daß die Hälfte aller Wittibe Londons für dieses Angebot ihr Herzblut geben würde?« Seine Stimme neckte mich. »Ei, ich bin alt – stehe praktisch schon mit einem Bein im Grabe, und meine Frau würde reich sein.«

»Kein Mensch heiratet aus einem so unehrlichen Grund.«

»Unehrlich, aber allgemein üblich. Ei, ich hatte vor gar nicht so langer Zeit eine Geliebte, die mich regelmäßig bat, sie zu heiraten. Sie war verrückt nach Edelsteinen. Ich überschüttete sie damit. Aber sie heiraten? Die gierige Schlampe hatte einen jungen Liebhaber. Sie hätten mich todsicher genauso vergiftet, wie den armen Tropf, der sie am Ende doch noch nahm.«

»Vergiftet? Liebhaberinnen? Was für ein abscheuliches Leben.«

»Ganz meine Meinung, kleine Margaret. Heiratet mich und heilt meine Gicht, und es soll Euch an nichts fehlen. Ich will jetzt ein gutes Leben führen, denn ich bin alt, und Gott blickte mir schon über die Schulter.«

»O Master Kendall, solch eine Krankenpflegerin käme Euch aber teuer zu stehen!«

»Krankenpflegerin? Nein! Keine Krankenpflegerin. Die kann ich anstellen. Betrachtet es einmal so. Ich bin reich geworden, weil ich eine Nase für verborgene Schätze habe. Ihr seid ein Schatz, Margaret, und ich bin einfach so schlau, daß ich zugreife.«

»Aber – es – wird nicht gehen.« Ich zerknäulte einen Zipfel der Bettdecke und glättete ihn wieder. Er betrachtete mich eingehend, so pfiffig, wie ich ihn einen Levantiner betrachten sah, der Geld borgen wollte.

»Denkt Ihr an Eure – hmm – Pflichten?«

»Ja.«

»Und wenn ich Euch nun verspreche, vor einem Priester verspreche, daß ich nichts von Euch will, es sei denn, Ihr bittet mich darum? Wenn Ihr es nicht möchtet, so werde ich Euch nicht berühren.«

»Das würdet Ihr wirklich tun?«

»Mein Ehrenwort, ich schwöre es beim Namen unseres Herrn Jesus Christus.« Kendall sprach feierlich und blickte mir dabei fest in die Augen. Ich sah, daß es ihm mit seinem Versprechen völliger Ernst war.

»Aber wollt Ihr denn keine Erben?« fragte ich.

»Ich habe Erben«, gab er zurück. »Zwei erwachsene Söhne, die nur zu froh sein werden, wenn Ihr keine Kinder bekommt.«

Keine Kinder? Es gab mir einen Stich. Aber es mußte sein, denn es war schon einmal schiefgegangen.

»Wenn Ihr es schwört, Euer Ehrenwort gebt – dann – dann will ich Euer Angebot annehmen.« Ich blickte ihn forschend an, so als ob ich bei genauem Hinsehen herausfinden könnte, wie lange er wohl sein Versprechen hielt.

Und Kendall hielt sein Versprechen, wie sich schon bald herausstellte, doch wie alle gewiegten Händler hatte er mir eine Information vorenthalten. In den langen Jahren seiner Witwerschaft und den vielen, die er an sehr merkwürdigen Orten verbrachte, hatte er sich zu einem Meister der geheimen Liebeskunst entwickelt. Und mit Hilfe dieser Geheimnisse wollte er mich am Ende doch noch gewinnen und gleichzeitig seinem Schwur treubleiben.

Doch davon später. Damals war ich so überwältigt von diesem Austausch von Geheimnissen und dem neuen Wissen um weltliche Dinge, das mir Master Kendall vermittelt hatte, daß ich ihn etwas fragte, was mir schon seit Jahren auf der Seele lag.

»Sagt mir – nur noch eines, da wir so aufrichtig miteinander gewesen sind.« Ich blickte ihn an. Gewiß, er war der weiseste Mann, den ich meiner Lebtage gekannt hatte: weltläufig, duldsam und tröstlich.

»Ei, und was wäre das?« fragte er zärtlich.

»Bloß – bloß etwas, das mir seit Jahren im Kopf herumgeht. Stimmt es, daß Ihr den seligen König gekannt habt?«

»Recht gut vermutlich. Ich habe ihm allerlei seltene Dinge verkauft, und als er stürzte, konnte ich von Glück sagen, daß ich mit dem Leben und mit meinem Reichtum davonkam.«

»Also, es ist nur eine Frage. Hat ihn zuviel Baden wirklich so geschwächt, daß er dadurch seinen Thron verlor?«

Kendall blickte erstaunt, und dann mußte er so furchtbar lachen, daß ihm die Tränen aus den Augen liefen.

»Margaret, Margaret, mit Euch werde ich mich nie langweilen!« Und dann ergriff er meine Hand und erklärte mir wie einem Kinde:

»Es stimmt, daß der selige König Edward der Zweite oft badete und man ihn deswegen einen Weichling hieß. Und er trug auch noch – kaum zu glauben – ein Tüchlein bei sich, in das er sich die Nase schneuzte, statt wie ein Christ die Finger zu nehmen! Aber er ging nicht an seinen putzsüchtigen Gewohnheiten, sondern an seiner Liebe zu Männern zugrunde. Vor allem sein Günstling Pierre Gaveston wurde zu mächtig. Die Königin und ihr Liebhaber stürzten den König, und das mit stillschweigender Duldung zahlloser großer Barone. Und als er zugunsten seines Sohnes und Erben abgedankt hatte, da ermordeten sie ihn, ohne daß an seinem Leib eine Spur blieb.«

»Wie das? Ließen sie ihn verhungern?«

»Soviel Glück hatte er nicht. Sie stießen ihm einen rotglühenden Schürhaken in jene Liebespforte, von der gerade die Rede war, und verschmorten ihm die Eingeweide.«

»Barmherziger Jesus!« Ich bekreuzigte mich. Wenn das schon Königen geschieht, was dann wohl erst dem niederen Volk wie uns?

»Redet mir nie davon. Ich weiß vieles, was anderen unbekannt ist. Mit Euch werde ich immer aufrichtig sein, wenn Ihr den Mund halten könnt. Wissen ist auf dieser Welt gefährlich.«

»Unwissenheit aber auch, finde ich.«

»Da habt Ihr durchaus recht. Ich muß mir nur noch schlüssig werden, welcher Zustand mehr Sicherheit bietet.«

Margaret saß allein über ihrem Buch. Sie war so bei der Sache, daß ihr Gesicht ganz faltig wirkte, und kleine Tintentropfen von der Feder auf ihren Ärmel gespritzt waren. An ihrem rechten Zeigefinger prangte ein großer Tintenklecks und ein kleinerer an ihrem Daumen.

»Du liebe Zeit«, dachte sie bei sich, »wieviel schwerer ist es doch, alles aufzuschreiben, anstatt es einfach nur zu erzählen. Kein Wunder, daß Bruder Gregory so grämlich dabei war.« Und sie massierte sich die rechte Hand mit der linken, wie sie es ihm abgeschaut hatte. Lion lag schlafend unter dem Tisch und gab im Traum nach Hundeart Laute von sich. Margaret überlegte ein Weilchen, was Hunde wohl träumen mochten, dann welchen Unterricht die Mädchen nachmittags haben sollten, und danach, was es Donnerstag zu Abend geben sollte, wenn sie Gäste hatten. Dann dachte sie an das, was sie gerade schrieb, und nahm sich vor, wie viele Seiten genau sie heute fertigstellen wollte. Dann merkte sie, es waren zu viele, und berichtigte ihren Voranschlag. Schließlich blieb nichts mehr zu tun, als wirklich mit Schreiben zu beginnen. Es ging ihr durch den Kopf, wieviel Spaß es gemacht hätte, Bruder Gregory mit etwas wirklich Schockierendem in Harnisch zu bringen. Dann seufzte sie und griff erneut zur Feder.

Wir heirateten in aller Stille, aber der Skandal war unvermeidlich. Die erwachsenen Söhne meines Mannes stießen sich an seiner Wiederheirat, und überall in der Stadt klatschte man, daß Roger Kendall am Ende doch senil geworden sei und seine Krankenpflegerin geheiratet hätte. Was natürlich bedeutete, daß eine Menschenmenge zugegen war, denn es kamen nicht nur die Freunde meines Mannes, sondern auch seine Feinde – weil sie alles weitertratschen wollten.

»Habt Ihr die kleine Puppe vom alten Kendall gesehen? Ei, ich war bei der Hochzeit. Er ist ja völlig vernarrt in sie – ja, er hat völlig den Verstand verloren.«

Mir kam die Hochzeitszeremonie seltsam und traumartig vor, denn bei den Worten mußte ich an jene erste Hochzeit denken, die solch ein böses Ende genommen hatte. Nicht einmal die sonderbare Absprache, die mein Mann und ich getroffen hatten, tröstete mich, und er bemerkte denn auch meine Blässe. Ich kam mir gefangen vor – gefangen in einer Ehe, die ich meinen Freunden und meinem Bruder zuliebe eingegangen war, und auch weil ich Angst vor dem Scheiterhaufen hatte. Ich hatte meine Freiheit verkauft, damit ich sie nicht gefährdete, weil sie mich kannten. Es war alles so bitter und ließ mir Tag und Nacht keine Ruhe. Aber am Ende kam ich zu dem Schluß, daß Freiheit das Risiko des Scheiterhaufens wert sei, denn lange brennt man nicht, andererseits aber wollte ich nicht in alle Ewigkeit mit der Last herumlaufen, daß meine Unvorsichtigkeit allen Schaden zugefügt hatte, die ich liebte. Um ihretwillen beschloß ich, mich so zu benehmen, daß ich keinen Verdacht mehr erregte. Ich nahm nur zwei Dinge aus meinem früheren Leben mit: das Brennende Kreuz, welches ich immer trug, und Lion, der ohne mich nicht fressen wollte.

Aber neue Kleider und eine luxuriöse Umgebung bekamen mir nicht. Ich schien in Master Kendalls Haus einfach zu vergehen. Ich konnte nicht mehr ruhig werden und das *Licht* herbeirufen, denn mir tat alles so weh. Ich ging neben meinem Mann wie ein Geist, wenn er mich zur Kirche begleitete, wo wir bei unserer Ankunft immer viel Aufsehen erregten. Mein Haar verlor den Glanz und fiel mir allmählich aus. Und eines Morgens wurde mir dann zur Gewißheit, was ich schon geahnt hatte: die *Gabe* war fort. Bald konnte ich das Bett nicht mehr verlassen; dann konnte ich nichts mehr essen. Immer tat mir der Magen weh, so als ob ich innen von Teufeln zerrissen würde.

»Bitte, iß, mir zuliebe«, bat mein Mann, der neben mir auf dem Bett saß. »Ich dachte immer, du wärst nur traurig und würdest wieder munter werden, doch jetzt merke ich, daß du krank bist. Bitte, schwinde nicht einfach so dahin! Bitte! Sieh mich an. Ich bin schon viel dünner geworden. Ich habe nicht mehr so üppig gegessen, und die Gicht hat sich sehr gebessert! Eine Zeitlang schon kein Anfall mehr. Ich wußte, ich mußte dich damit verschonen. Gebrauche du deine ganze Kraft für die Genesung. Kannst du dich denn nicht selbst heilen?«

Ich blickte ihn an und lächelte, denn Sprechen fiel mir zu schwer, und ich hielt seine Hand. Seine Zuneigung tröstete mich. Lion blieb immer bei mir, am Fußende des Bettes, so als ob er mich vor einer unsichtbaren Bedrohung schützen wollte. Dann nahm ich alle Kraft zusammen und flüsterte:

»Schickt nach Hilde. Wenn sie nicht weiß, was mir fehlt, dann niemand.«

»Und ich tue noch ein Weiteres. Ich schicke nach dem besten Arzt in London, Dottore Matteo di Bologna.«

»Ein Italiener?« regte ich mich auf.

»Ja, natürlich. Und sehr intelligent.«

»Mit einem gesträubten, schwarzen Bart?«

»Ja, den hat er.«

»Dann ertrage ich seinen Anblick nicht, wie schlecht es mir auch geht. Das ist der Mann, den ich bei der reichen Dame getroffen habe – der Mann, der mich verraten hat, da bin ich ganz sicher.«

»Sch, sch. Ich habe mich erkundigt. Dich hat ein Engländer angezeigt. Und gut bezahlt hat er die da oben auch. Auf das Wort eines Ausländers hätten sie nichts gegeben. Es gibt nur zwei Männer, die es gewesen sein können. Beide spezialisieren sich auf die

Behandlung von reichen Frauen. Du hast ihnen das Geschäft verdorben.«

»Ihr meint also, es ging dabei – ums Geschäft?«

»Wenn es um Geld geht, wird hoch gespielt. Ich weiß Bescheid. Ich habe selbst auch viel eingesetzt und auch viel einstecken müssen, doch ausgeteilt habe ich auch.« Seine Augen wurden schmal, und ich hoffte um seiner Seele Seligkeit willen, er würde nie herausfinden, welcher von beiden es war.

»Schlimme Gedanken schaden Eurer Gesundheit«, mahnte ich ihn, und er lächelte sein komisches Lächeln und sagte:

»Bravo, das klingt fast wie in alten Zeiten.«

Danach fingen meine Gedanken an zu wandern, und später erzählte man mir, daß ich nicht einmal mehr Hilde erkannte, als sie eintraf. Jetzt wurde mein Mann richtig besorgt und schickte auf der Stelle nach dem Doktor und einem Priester. Und dieser Priester war Vater Edmund.

Ich wußte, daß Leute um mich herumstanden. Sie sahen wie Schatten aus, die um das Bett herumschwebten, und ich konnte nicht ausmachen, wer sie waren. Sie sahen anklagend aus, diese Schatten, und so entschuldigte ich mich bei ihnen:

»Es tut mir leid, daß sie tot sind. Ihnen war nicht zu helfen. Früher hatte ich eine Waffe, aber die ist weg. Der Kopf ist zu groß, zu groß ...«

»Ich sag ja, so geht es. Sie glaubt, sie ist in Wochenstuben. Manchmal sagt sie, daß sie ohne Flügel fliegt und andere Phantastereien. Sie – sie wird auch nicht mehr licht. Ich hatte vorgehabt, Euch zu einem festlichen Abendessen zu laden, Vater, nicht zur Letzten Ölung.«

»Margaret, meine Tochter, wißt Ihr, wer ich bin?« fragte eine Männerstimme. Jemand tat mir etwas Kaltes und Nasses aufs Gesicht. Es biß und roch furchtbar. Genau wie im alten Haus.

»Hilde? Wo ist Hilde?« fragte ich. »Habt Ihr nicht nach ihr geschickt?«

»Ich bin hier, Margaret. Das ist eine Arznei von Dottore Matteo.«

»Sie riecht gräßlich, Hilde, genau wie das Stinkezimmer. Ich bin nämlich wieder krank geworden, Hilde.«

»Ich weiß, und ich bin ja da und helfe dir.«

Allmählich verschwamm nicht mehr alles. Da stand Vater Edmund und sah düster aus. Ich merkte, er hatte seine Robe ausgezogen und sich die Stola umgelegt. Der Knabe mit der Kerze trug das Öl. Neben dem Bett war ein Tischchen aufgestellt worden, auf dem zwei Kerzen brannten, dann lag da noch ein Eibenzweig, ein Handtuch und andere Dinge, die er benötigte.

Vater Edmund ergriff meine Hand.

»Margaret, Margaret, es tut mir leid, daß ich Euch das angetan habe. Ich mußte es tun. Ich mußte Euren Willen brechen. Und das schnell, ehe Ihr noch mehr sagen konntet. Wenn man Euch dazu verleitet hätte, zu sagen, was Ihr denkt, dann hätten sie Euch die Worte im Munde umgedreht und Ihr wärt unrettbar verloren gewesen. So geht das bei diesen Befragungen; Männer wie die da brauchen nicht zu foltern, um jemanden ans Messer zu liefern. Ich wollte euch retten, doch ich habe Euch zerstört. Ich dachte, es wäre gut so.«

»Gut? Genau wie ich also.«

»Genauso.«

»Ich wollte nie unwissend sein.«

»Das habe ich immer gewußt. Aber ich mußte Euren wunden Punkt treffen.«

»Das habt Ihr.«

»Ich war begierig, Euch zu retten. Zu begierig. Die da konnten keinen richtigen Fall zusammenbekommen. Beweise gab es nicht, außer der Todesurkunde. Als ich

David fand, da wußte ich, ich hatte sie in der Tasche. Ich wollte Euch nicht loslassen. Ihr seid nämlich ein Original. Besser als der wundertätige Pfannkuchen.«

»Der wundertätige Pfannkuchen?« knurrte mein Mann. »Davon habe ich schon gehört – man ist mich gerade um eine Spende für einen Schrein angegangen. Natürlich habe ich gespendet. Ich spende immer für Schreine.«

»Vater Edmund«, fragte ich, »hat es seit dem Pfannkuchen weitere wundertätige Manifestationen gegeben?«

»O ja, mehrere. Den Glühenden Knochen, das Schwimmende Schwert – doch das war eine abgekartete Sache, ein Scharlatan hatte es für Geld gemacht –, außerdem gibt es noch den Fußabdruck des Engels und den Daumennagel des Gehängten. Letzterer wurde von mir als Fall von Schwarzer Magie entlarvt. In London ist um diese Jahreszeit viel los, auch wenn es nicht Frühling ist.«

Man stopfte mir noch ein Kissen in den Rücken und zog mich hoch, daß ich besser sehen konnte. Die Bettücher kamen ins Rutschen, Gold glitzerte.

»Ich sehe, daß Ihr immer noch das Brennende Kreuz tragt. Jetzt würde ich gewißlich nicht mehr wagen, es zu berühren«, sagte Vater Edmund traurig.

»Aus Angst, es würde Euch verbrennen? Das ist albern.«

»Nein, aus Angst, es würde nicht brennen. Dann wüßte ich, Ihr hättet recht gehabt und ich wäre nicht der gute Mensch, für den ich mich hielt, als ich es zum ersten Mal anfaßte.«

»Ach, Vater Edmund.«

»Ihr seid nämlich nicht wirklich unwissend. Ihr habt nur eben nicht studiert. Das ist der Unterschied. Und Ihr denkt zuviel. Das bringt Euch immer wieder in

Schwierigkeiten – das, und weil Ihr den Mund nicht halten könnt.«

»Ich weiß, es stimmt«, seufzte ich. »Aber das macht nun auch nichts mehr. Meine Kraft ist dahin.«

»Dann habt Ihr also die Vision nicht mehr?«

»Ich weiß, daß ich einst eine sah, aber ich kann sie nicht mehr spüren. Sie ist jetzt fort.«

»Ich bitte Euch um Vergebung, Margaret. Ich bitte demütigst darum, denn das habe ich Euch angetan.«

Doktor Matteo schnaubte verächtlich. Während unseres Gesprächs war er im Zimmer umhergestrichen. Zunächst hatte er mir den Puls gefühlt, dann herumgestöbert, in Töpfe und Truhen geschaut und unters Bett. Jetzt stand er da und nahm die ganze Szene mit seinen dunklen Katzenaugen in sich auf.

»Ihr Priester seht in allem gleich eine geistige Krise.« Sein Bart sträubte sich wild. »Ich hatte mir eingebildet, Ihr wäret aufgeweckter als der Rest, aber auch Euch mangelt es an Beobachtungsgabe. Hmpf!« Er sah empört aus.

»Seht Euch dieses Haar an, wie brüchig.« Er nahm eine lange Haarsträhne vom Kissen und führte es vor, indem er es zwischen den Fingern rieb. Dann ergriff er meine Hand. »Seht Ihr diese Nägel? Die Farbe? Auch sie brüchig. Das Gesicht, seht Ihr das? Die Farbe?« Er faßte mich unters Kinn und drehte meinen Kopf grob hin und her.

»Ihr hättet mich eher rufen sollen. Sogar diese alte Frau hier, die mir scheint gar nicht so dumm ist, dürfte dergleichen noch nie gesehen haben. Ich schon. In Italien erlebt man das alle Tage.« Er legte eine effektheischende Pause ein. Dieser Mann liebte dramatische Auftritte.

»Es ist Gift.«

Vater Edmund und Master Kendall blickten sich an.

»Normalerweise«, fuhr Doktor Matteo heiter fort,

»bedeuten diese Symptome bei einer Frau, daß ihr Mann die Nase von ihren Liebschaften voll hat.« Er kam mir mit seinen stacheligen Barthaaren sehr nahe, starrte mir in die Augen und sagte dann jäh:

»Habt Ihr Liebschaften?«

Dann richtete er sich auf. »Hmpf. Ich glaube nicht. Außerdem seid Ihr frisch verheiratet. Noch sollte Euer Mann Euch nicht satt haben. So ist alles offen. Wer profitiert von Eurem Tod, *bambina*?«

Kendalls Augen wurden schmal. Er wußte es.

»Dann kommt sie also durch?« fragt er.

»Durchkommen? Wer redet denn von durchkommen! Normalerweise behandle ich mit Aderlaß und Abführmitteln. Das reinigt Blut und Eingeweide. Doch dazu ist es jetzt zu spät. Sie ist zu schwach für einen Aderlaß. Versucht viel Wasser zu trinken und kein vergiftetes Essen zu Euch zu nehmen. In der Regel ist in diesem Stadium alles vorbei – Tage, Stunden, wer weiß?« Er hob die Schultern. »Sie sollte lieber ihren Frieden mit Gott machen. Es dürfte an der Zeit sein.« Er näherte sich dem Bett und beugte sich über mich.

»Und Ihr, *bambina*, solltet Euch nicht wegen geistiger Krisen grämen. Ich habe selber einige ekstatische erlebt. Beim nächsten Mal kriecht und bekennt Ihr nicht. Trotzt ihnen! Steht zur Wahrheit! Das ist ein herrliches Gefühl! Ei, als sie meinen ersten Meister, Bernardo von Padua, verbrannten, da stapelten sie alle seine Bücher rund um den Scheiterhaufen. Als die Flammen emporschlugen, rief er: ›Ich trotze Euch! Die Wahrheit könnt Ihr nicht verbrennen!‹ Oh, ich sage Euch, das ist der einzig angemessene Tod für einen Wissenschaftler. *Perfetto*! Ein herrlicher Märtyrertod für die Wahrheit! Als die riesigen Rauchwolken emporstiegen, flammten seine Haare auf wie ein Heiligenschein! ›Wahrheit!‹ rief er! Also, das nenn ich mir einen Tod!« Doktor Matteo hatte sich sehr ereifert. Er fuchtelte mit den Händen und wollte einen Eindruck von den brausenden Flammen vermitteln, und dann hob er sie, um zu veranschaulichen, wie der Rauch geradewegs zu Gottes Richterstuhl aufgestiegen war. Alsdann beruhigte er sich wieder und musterte mich mit braunen Knopfaugen.

»Sagt Eure Gebete und eßt nichts Bitteres. Morgen bin ich wieder da und sehe nach, ob Ihr noch am Leben seid.«

»Ich – ich dachte, meine Traurigkeit macht, daß alles so bitter schmeckt«, sagte ich matt.

»Natürlich. Hach! Frauen!« und damit wandte er sich zum Gehen, überlegte es sich jedoch wieder. Statt dessen ging er ums Bett herum, wo Hilde stand, und sagte gänzlich gelassen:

»Ihr, die alte Frau da, seid Ihr die Lehrmeisterin?«

»Die Lehrmeisterin?« fragte sie.

»Ja, die Lehrmeisterin der Kleinen. Sie sagt, sie hat alles bei Euch gelernt. Wir hatten ein paar ausführliche Unterhaltungen, sie und ich. Ich bin dabei, eine Liste über die Wirkung der in England heimischen Pflanzen aufzustellen. Ich würde Euch gern einmal besuchen und mit Euch über Kräuterarzneien sprechen.« Hilde willigte mit einem wortlosen Nicken ein.

Dann verließen sie das Zimmer, während Vater Edmund mir die Beichte abnahm und mir ein Tuch für die Kommunion unters Kinn legte. Als sie zurückkehrten, begann er mit den Gebeten, und ich merkte, wie sich das Geräusch der gemurmelten Responsorien allmählich immer weiter entfernte.

Der Tod, oder zumindest der Tod im Bett, hat etwas sehr Interessantes. Zunächst wehrt man sich schrecklich. Es ist, als glitte man in einen glitschigen, abfallenden Tunnel ohne Handlauf hinein. Man krallt nach allem, krallt verzweifelt, schöpft wild, verzweifelt Atem, so als könnte man damit das sterbende Feuer im

Innern wieder entfachen. Doch es hilft nicht. Drinnen geht etwas entzwei, Blut kommt einem aus dem Mund, rinnt auf das Kissen. Man schmeckt nicht einmal mehr den salzigen, metallischen Geschmack und sorgt sich auch nicht um die Bettwäsche. Der Schmerz entfernt sich wie ein Ball, der in der Luft schwebt und nicht mehr zu einem gehört. Ganz vorbei, das Leben, und es macht auch nichts mehr, weil jetzt alles anders ist – er war, ja, ich fand, er war sanft. Ich ließ mich in den Tod fallen, als wäre er etwas Sanftes, Liebliches. Aus tausend Meilen Entfernung schienen sie die Sterbeliturgie zu beten. Wie albern. Es schien ihnen allen sehr nahezugehen. Mir einst auch – dergleichen bekümmerte mich immer. Das war, als ich mich noch um ein Fleischklümpchen namens ›Margaret‹ sorgte.

Und auf einmal schwebte ich über dem Klümpchen und blickte nach unten. Alberne, alberne Menschlein! Dort lag die armselige Hülle einer Frau. Sie sah furchtbar, entsetzlich jung aus. Aber unter dem Gesicht ahnte man schon die Umrisse des Schädels, er überschattete die Wangen und die tiefen, eingesunkenen Augen – ein Schatten von jener seltsamen, grünlich blauen Farbe, wie sie alte Prellungen aufweisen. Kleine Puppengestalten in dunklen Gewändern standen um sie herum, und einer hatte gerade mit dem Daumen ein Kreuz auf ihrer Stirn gemacht. Lebt wohl, ihr närrischen Fleischklümpchen – ich muß emporsteigen.

Eine Stimme, eine Stimme wie ein brausender Wasserfall, dröhnte rings um mich in der lichten Leere.

»Margaret, du darfst noch nicht kommen. Du mußt zurückkehren.«

»Nie, nie und nimmer, laß mich jetzt kommen!«

»Zurück, du hast noch eine Aufgabe zu erfüllen.«

»Bitte nicht!« gellte ich in die Leere.

»Du hast eine Aufgabe von vielen Jahren vor dir. Du

wirst es nicht bedauern. Deine Zeit ist noch nicht reif, du darfst noch nicht kommen.«

»Ich will aber; ich bin fertig, und ich komme doch«, rief ich ins Licht zurück.

»Warum mußt du immer so störrisch sein und soviel reden? Hast du denn immer noch nichts gelernt? Zurück mit dir!«

»Niemals!« schrie ich aus Leibeskräften, und dann wirbelte es mich auch schon um und um furchterregend nach unten.

Was für eine bittere Enttäuschung, mit unsäglichen Schmerzen aufzuwachen! Ich war wieder in meinem armseligen Leib, der Schmerz knebelte und fesselte mich und zerriß mich von innen. Ich wußte nicht, wo genau der Schmerz saß. Er war einfach überall. Es war der Schmerz, am Leben zu sein. Schluß mit dem Fliegen! Ich kam mir betrogen vor. Ich hielt die Augen geschlossen. Ich hörte, wie mir das Blut in den Ohren rauschte, und die schwachen, keuchenden Atemzüge, mit denen mein Leib für mich atmen wollte. Manchmal hielt jemand meine Hand. Manchmal auch nicht, doch das machte nichts. Ich lauschte nur auf das gräßliche Gerassel, mit dem mein Leib lebte, lebte.

Einmal hörte ich eine Stimme sagen:

»Also, sie lebt immer noch, wie?«

Ein andermal versuchte eine Stimme, das Rauschen in meinem Ohr zu übertönen, ging aber beinahe unter:

»Die Küchenmagd hat gestanden. Hilde hat sie dabei erwischt, und sie hat sich im Gefängnis erhängt, ehe man sie zum Reden bringen konnte.«

Wen scherte das noch?

»Es ist alles vorbei, sie wird wieder gesund«, sagte jemand.

Nichts ist vorbei: ich kann nicht mehr fliegen. Du häßlicher, häßlicher Leib. Du ziehst mich nieder und machst dieses brausende, rauschende Geräusch.

Augen wollen sich nicht öffnen. Macht nichts? Wer will dort oben noch sehen?

Und dann siegte eines Tages das Leben. Ich schlug die Augen auf und sah, daß Hilde im verdunkelten Zimmer eingenickt war. Ich schloß sie wieder, doch dieses Mal, um zu schlafen, richtig zu schlafen.

Am Nachmittag sah ich mit einem Auge Licht. Es war mit dem Auge, dessen Lid jemand mit einem schwarzen, gesträubten Bart hochhob. »Ha! Ich glaube, sie lebt. Bei guter Pflege wird sie wahrscheinlich wieder gesund.«

Meine Lippen versuchten, Worte zu formen, doch kein Laut kam heraus.

»Also? Nur heraus damit, man kann Euch nicht hören«, sagte der Bart.

»Ich werde nie wieder Angst vor dem Tod haben«, flüsterte ich. »Er ist sanft.«

»Als ob ich Euch das nicht schon gesagt hätte? Hach! Der Tod ist auf seine Art genauso herrlich wie das Leben! Man muß ihn – zu würdigen wissen!«

Ein Wahnsinniger, dachte ich. Ich kannte nur einen solchen Wahnsinnigen.

»Doktor Matteo«, sagte ich langsam und deutlich.

»Ei, sie spricht ja! Sie erkennt Euch! Ein Wunder! Ich glaube, sie wird gesund. Ich lasse eine Dankesmesse lesen. Prächtig, prächtig!« Dann beugte sich Roger Kendall über mich und sagte: »Du, wir feiern deine Genesung mit einem Fest, ganz üppig und wunderschön!«

»Ach, Hausherr, die Mühe könnt Ihr Euch sparen. Ihr bekommt nur wieder die Gicht.«

»Ei, das ist meine alte Margaret – meine brave Margaret!« rief er aus. Als der Doktor ging, saß der alte Roger Kendall bei mir, bis mir die Augen zufielen.

Ich schlief ein Weilchen. Als ich erneut die Augen

aufschlug, da hatte ich etwas auf dem Herzen. Es mußte heraus.

»Ich glaube, Ihr müßt mich wirklich – gern haben – Ihr hättet mich doch – aufgeben können«, brachte ich mit meinem bißchen Kraft heraus.

»Dich aufgeben? Aufgeben? Nachdem ich soviel intrigiert, soviel Pläne geschmiedet hatte, um dich zu bekommen? Margaret, was meine Schätze angeht, da bin ich selbstsüchtig. Die gebe ich nie und nimmer auf.«

»Ihr findet also ehrlich, daß ich ein Schatz bin?«

»Aber gewiß doch. Ein echter Schatz. Als ich dich gesehen habe, da wollte ich dich schon haben. Wenn ich jung wäre, ich hätte dich so verführerisch umworben, daß du nicht hättest widerstehen können. Aber alles, was ich jetzt noch zu bieten habe, ist Geld, und ich fürchtete mich davor, ausgelacht zu werden. Gerade du durftest mich nicht auslachen! Dann warf dich mir die Göttin Fortuna in Gestalt eines verräterischen Blutsaugers sozusagen in die Arme. Du glaubst doch wohl nicht, daß ich dich deswegen verachte? Margaret, du wirst geliebt. Von mir geliebt, wenn du es doch nur zu schätzen wüßtest!« Ich blickte ihm in die Augen. Es war ihm ernst. Das rührte mich zutiefst.

»Gebt mir Eure Hand, daß ich sie küsse, mein wahrer, guter Freund. Ich weiß Eure Liebe wohl zu schätzen. Im Traum wäre ich nicht darauf gekommen, daß jemand so Liebes und Gutes mich lieben könnte. Ich habe es nicht für möglich gehalten.« Mein Herz floß über vor Zärtlichkeit. Sitzen konnte ich noch nicht, aber ich nahm die Hand, die er mir hinstreckte. Eine schreckliche Narbe lief über den Handrücken. Ich küßte die Innenfläche und dann die Narbe, ach, so sanft. Dann legte ich sie an meine Wange und schlief ein.

An jedem Tag meiner Genesung brachte er mir irgendein kleines Geschenk. Einen Blumenstrauß, ein

Band, irgendeine mit erlesenem Geschmack und Sorgfalt ausgewählte Kleinigkeit. Und wenn er so jeden Tag kam und meine Hand hielt, fiel mir auf, wie etwas Wunderbares mit ihm vorging. Sein Gesicht strahlte vor Freude, und mit jedem Besuch schien er ein wenig jünger zu werden, so als ob ihn die Liebe erneuerte. Er kleidete sich jetzt mit großer Sorgfalt; verschwunden war das soßenbekleckerte Zeug, das ich immer an ihm gesehen hatte. Jetzt zeigte er eine Vorliebe für tiefdunkle, satte Materialien, die oftmals mit dunklem Pelz gefüttert und kostbar bestickt waren. Seine schweren Gewänder strahlten jetzt Würde aus, und seine goldenen Ketten und Ringe wollten nicht mehr protzen, sondern waren sorgfältig zusammengestellt und zeugten von angeborener Eleganz und Geschmack. Sein Gesicht – jung würde es zwar nicht wieder werden, aber etwas viel Besseres ging mit ihm vor. Es war schmaler geworden, und wo einst fette Hängebacken waren, kam wieder ein kräftiges Kinn zum Vorschein. Seine Augen schienen zu glänzen, und die Falten auf der Stirn, die von Erfahrung erzählten, standen ihm gut.

»Alle sagen, daß ich wieder jung werde, Margaret. Das macht dein Einfluß. Ich esse das alberne Grünzeug, trinke den gräßlichen Tee – ja, ich habe sogar den Weinkonsum eingeschränkt. Sieh dir meinen Fuß an!« Er hielt ihn hoch und wackelte damit. »Viel besser! Für dich will ich wieder jung werden, um dich glücklich zu machen.« Wie hätte sich wohl mein verhärtetes Herz nicht für ihn erwärmen sollen?

Mittlerweile ging es mir so gut, daß mich zwei Diener hinunterbringen konnten, damit ich in seinem Wohnzimmer saß. Es ging auf den Garten, so daß ich die Rosen sehen und frische Luft atmen konnte. Jeden Tag nahm er sich etwas Zeit, setzte sich zu mir und zeigte mir die seltsamen Schätze aus seiner großen, eisenbeschlagenen Lade. Er besaß Schwerter mit fremdartigen

Ziselierungen, ein Astrolabium und ausländische Dinge, wie ich sie meiner Lebtage nicht gesehen hatte. Er hatte Bücher in Latein, Französisch, Deutsch und sogar in Arabisch – eine Abhandlung über Mathematik –, aber auch Bücher in unserer Muttersprache. Aus denen las er mir vor. Meist waren es Gedichte, wunderschöne Gedichte.

Eines Abends saß er neben mir in unserem großen Bett, die Vorhänge waren schon zugezogen. Er hielt meine Hand.

»Liebste Margaret«, sagte er, »hast du nie daran gedacht, daß wir Kinder bekommen könnten?« Ich erschauerte. Er legte mir zärtlich den Arm um die Schultern und sagte:

»Die Liebe ist nicht böse, Margaret, oder schmerzhaft oder grausam oder schimpflich.« Ich ließ den Kopf hängen. »Ehrlich«, sagte er, »gute Kinder zeugt man nur, wenn man sich liebt, und andere möchte ich nicht haben.« Als er merkte, wie ich ihn ansah, sagte er: »Ich denke an mein Versprechen, Margaret, und ich respektiere es. Ich möchte nicht, daß du mich einmal verachtest.« Ich sah seine Innigkeit und Großzügigkeit und wußte, er war mein treuster Freund.

»Nur einen Kuß, dann bitte ich auch nicht wieder.« Seine Stimme klang sehnsuchtsvoll, sanft und traurig. Nur einen? dachte ich. Was ist schon dabei nach allem, was er für mich getan hatte.

»Aber ja, einer ist nicht viel – nicht genug für Eure Güte. Ich möchte es auch«, antworte ich ihm.

Er nahm mich zärtlich in die Arme und küßte mich voll auf den Mund, was er zuvor noch nie getan hatte. Das war zart und doch leidenschaftlich, also, ich kann es einfach nicht beschreiben. In mir regte es sich mit Macht.

»Noch einmal?« fragte ich verhalten.

»Noch einmal? Mein kostbarer, liebster Schatz.« Und

er küßte mich noch einmal. Seine zärtlichen Hände berührten mich sanft – erst hier, dann dort, sachter, als Staubkörnchen auf einem Sonnenstrahl tanzen. Ich spürte, wie ein Schauer – ein köstlicher Schauer dieses Mal – durch meinen Leib lief. Er küßte meinen Hals und dann meine Brust so wunderschön, daß eine Flamme der Leidenschaft von der Liebespforte geradewegs durch mich hindurchfuhr.

»Ich will, ich will Euch so sehr«, flüsterte ich ihm ins Ohr. Ich spürte, wie ich von innen her erblühte wie eine Blume. Wie sonst hätte ich dergleichen wohl einem Mann sagen können?

»Dann mußt du jetzt auch keine Angst vor mir haben, mein Schatz«, sagte er leise.

Irgendwo – es kann nur sehr weit entfernt von diesem harten Land gewesen sein – war mein Mann Meister der geheimen Liebeskunst geworden. Welche kluge und leidenschaftliche Frau hatte ihn darin unterwiesen? Es gibt Frauen, die hassen die ehemaligen Liebhaberinnen ihres Mannes, ich aber hätte ihr, wenn ich sie gekannt hätte, gern gedankt, auch jetzt noch. Aber bei allem, was er sagte und tat, rührte und veränderte mich vor allem die große Zuneigung, die sich in seinem tiefen und vollkommenen Lieben äußerte. Immer noch finde ich keine Worte, um mir das selbst zu erklären. Mit einer Art einfühlsamer Zärtlichkeit entfachte er unsere beiderseitige Lust, daß wir Gipfel unsäglichen Entzükkens erreichten. Mein ganzes Ich wurde durchgeschüttelt und wieder neu. Und nachdem wir getändelt hatten – so schön, so angenehm, daß ich es nicht einmal ertrage, dafür das gleiche Wort zu gebrauchen, das man in der Regel für derbere Paarungen verwendet –, da ruhte er sich neben mir aus und fragte leise: »Noch einmal?«

»Noch einmal und immer wieder«, murmelte ich und barg mein Gesicht an seinem Hals! Und wenn das erste

Mal schon rauschhaft war, so wurde es vom zweiten noch übertroffen. Wir schliefen zusammen ein, ruhten umschlungen, wie Liebende es tun.

Ein verirrter Sonnenstrahl hatte den Weg durch die schweren Bettvorhänge gefunden und beleuchtete den bloßen Rücken meines Mannes über der Bettdecke. Er erschien mir schön – die blasse Haut über den Schulterblättern, die gerade aufsteigende Reihe der Rippen, die sich rundeten, wo er sich zusammengerollt hatte. Alles sah so viel lieblicher aus, als die grüne Erde nach einem sommerlichen Gewitter. Was für schöne Vorhänge, was für eine interessante Bettdecke! Und was für ein erstaunliches Wesen lag da neben mir im Bett – jemand, der mich so sehr mochte, daß er mir den Schatz der Liebeslust erschlossen und mir die Geheimnisse meines eigenen Herzens gezeigt hatte.

»Gewiß«, sinnierte ich vor mich hin, »ist das die Art von Heirat, für die Gottes Segen gedacht ist. Nicht die andere. Wie üblich, haben die Menschen einen Fehler gemacht.«

Mein Mann bewegte sich, drehte sich um, sah mich neben sich im Bett sitzen und lächelte. »Du bist eine sehr ungewöhnliche Frau«, sagte er. »Ob du wohl weißt, wie ungewöhnlich?« Ich küßte ihn, und er erwiderte den Kuß. Und schon bald befanden wir uns wieder in jenem Zustand der Seligkeit, den wir am Abend zuvor erlebt hatten.

»Margaret, du bist eine unglaubliche Frau. Du hast mir meine Jugend wiedergegeben«, sagte er und staunte mein Gesicht an.

»Und du hast mich etwas gelehrt, wovon ich nicht wußte, nicht die leiseste Ahnung hatte, daß es existierte«, raunte ich ihm ins Ohr.

Er schickte nach dem Frühstück, und wir tranken aus einem Becher. Den ganzen Tag über blieben wir im

Bett, redeten und liebten uns von Zeit zu Zeit und die ganze Nacht hindurch aufs neue.

»Soll so die Ehe sein?« fragte ich ihn am zweiten Morgen.

»In der Regel nicht Tag und Nacht, aber ungefähr schon«, sagte er glücklich.

Es stimmte, am Ende mußten wir die Bettvorhänge öffnen und wieder in die Welt zurückkehren, denn es gibt immer viel zu tun. Aber jetzt genoß ich die Freundschaft und das herzliche Verständnis, welche die Ehe, die wahre Ehe, zu einem gesegneten Stand machen. Kendalls Haus war groß, und es dauerte seine Zeit, bis ich gelernt hatte, es zu führen. Außerdem hatte ich mir Dinge in den Kopf gesetzt, die viel Ärgernis erregten. Ich ließ die Dienerschaft das Haus von oben bis unten schrubben, denn in der Zeit von Kendalls Witwerschaft waren sie schlampig geworden. Die Abtritte an der rückwärtigen Mauer des Hauses waren stinkende Löcher: wir holten uns jemand, daß er sie säuberte, da sich kein Hausdiener dazu bereit fand. Wir renovierten die Vorratsräume, so daß kein Ungeziefer mehr eindringen konnte; und ich setzte dort eine fette, alte, getigerte Katze mit ihren Jungen hin, denn ich kann Ratten nicht ausstehen. Was sie nicht fressen, besudeln sie – und darin erinnern sie mich an einige menschliche Kreaturen ...

»Ich muß mit dir reden, Hausfrau. Du gibst immense Summen für neue Binsen aus. Obendrein noch süß duftende Kräuter! Selbst Leute, die sich anstellen, wechseln sie nur vier-, fünfmal in zwölf Monaten, und du kehrst sie ständig wieder hinaus.«

»In den Binsen verbergen sich Ratten und Ungeziefer. Ich kann Ratten nicht ausstehen.«

»Die Welt ist voller Ratten und Ungeziefer. Ertrage sie und laß sie leben, damit ersparst du dem Haushalt viel Ärger.«

»Sie können ja anderswo leben, wenn sie wollen. Hauptsache, nicht bei mir. Außerdem ist mir eine wunderbare Idee gekommen. Hast du schon mal diese schönen Teppiche mit den eingewebten märchenhaften Pflanzen und Ungeheuern gesehen, welche Ausländer sich auf den Fußboden legen? Wenn wir so was hätten, wäre das nur eine einmalige Ausgabe.«

»Und was für eine Ausgabe – davon kann man hundert Jahre Binsen kaufen! Möchtest du nicht lieber Geschmeide haben? Frauen lieben doch Geschmeide. Ich könnte dich damit überschütten.«

»Ich würde lieber mit einem sauberen Fußboden überschüttet, geliebter Hausvater. Wenigstens in unserem eigenen Zimmer, ja?«

»Ich werde nach Venedig schreiben«, antwortete er mit einem Lächeln.

»Und für das schöne Zimmer, das auf den Garten geht?«

»Dafür auch.«

»Und für die Diele?«

»Jetzt ist aber Schluß. Vom Tisch fällt einfach zuviel herunter. Lieber die Binsen auskehren.«

»Wie du wünschst«, lächelte ich. Er schüttelte verwundert den Kopf und lächelte sein komisches, schiefes Lächeln.

Aber viel hatte er nicht gegen die Veränderungen im Haus einzuwenden. Er sagte, es mache genausoviel Spaß, wie ein neues zu bauen, dazu noch ohne den Ärger und die Kosten eines Umzugs.

Nicht lange danach stellte ich fest, daß ich schwanger war. Als ich ihm das sagte, geriet er ganz außer sich.

»Du hast mir ein neues Leben geschenkt, ein zweites, auf das ich nach dem Ende meines ersten nie zu hoffen gewagt hätte«, sagte er an jenem Morgen zu mir. Was für eine Freude, der Welt zu zeigen, daß er noch ein Mann war. Er verpaßte aber auch keine Gelegenheit, diese Tatsache in die Unterhaltung mit jedem Mann, den er traf, einfließen zu lassen. Und so kam es, daß man sich überall in der Stadt das Maul darüber zerriß, und er mußte sich so manche Neckerei gefallen lassen, was er aber unbesehen als Kompliment auffaßte.

»Aber bist du auch nicht böse, wenn es kein Junge ist?« fragte ich ihn.

»Ich habe bereits Söhne, und die sind eine Enttäuschung. Probieren wir es also mal mit etwas anderem. Was für ein Kind wir beide auch bekommen, ich freue mich darüber.«

Es stimmte, daß er sich um seine Söhne grämte. Sie waren schon erwachsen. Der ältest, Lionel, war fünfundzwanzig, und der jüngere, Thomas, zweiundzwanzig. Sie wiesen nur wenige der guten Charaktereigenschaften ihres Vaters auf. Das schrieb ich dem Verhätscheln durch ihre Großmutter zu, vor allem während Kendalls Abwesenheit, als sie klein waren. Sie vertaten ihr Leben und sahen in ihrem Vater nur eine Geldquelle. In dem Gewerbe, das er sie hatte lernen lassen, hatten sie versagt. Thomas lebte jetzt in einem Mietszimmer über einer Schenke und brachte seine Tage beim Würfelspiel zu. Lionel, sein ältester Sohn, lebte bei seiner Geliebten, einer unangenehmen, habgierigen Person. Ich kannte sie von früher. Einst sollte sie eine Favoritin des Grafen von Northumberland gewesen sein, ehe sie verblühte. Sie hatte sich eine Abtreibung bei einer alten, unkundigen Wehmutter verschafft, die ich kannte und die das dunkle Pulver unvorsichtig angewendet und sie beinahe umgebracht hatte. Und danach war sie in der Tat ein paar Monate wahnsinnig gewesen. Kendall hatte beide schon oft vor Gericht losgekauft – als sie bei einer Schlägerei in einer Schenke einen Mann umgebracht oder als sie einen Mönch in einen Dunghaufen geworfen hatten – so wie er ihnen die Bestrafung erspart hatte, wenn sie als Kinder in der Kirche Handball gespielt oder ein Fenster eingeworfen hatten.

Mein Mann saß oft da und brütete darauf herum. Dann gab ich ihm wohl einen Kuß auf den Nacken, damit er davon abließ, und er fuhr zusammen, blickte auf und sagte zu mir:

»O Margaret, wenn sie doch nur dich zur Mutter gehabt hätten, dann wäre mehr aus ihnen geworden.« Und dann streichelte er wohl meinen Leib mit dem schwellenden Leben darin und lächelte traurig.

Er erzählte mir, daß er früher gedacht hätte, alle Knaben machten Streiche und würden sich am Ende besinnen und ihre Pflichten wie ein Mann auf sich nehmen. Seine Jungen waren nicht nur aus der Schule ausgerückt, sie hatten auch noch den Stock des Lehrers über dessen Rücken zerbrochen. Er hatte versucht, sie bei einem Zunftbruder in die Lehre zu geben, wo sie sich als unheilbar faul und als Störenfriede erwiesen. Den Ältesten hatte er mit einem Handelsschiff zur See fahren lassen und gehofft, daß er dabei sein Gewerbe lernte; statt dessen lernte er lediglich mehr über Lasterhaftigkeit.

Eines Tages im Frühling, als alles grünte und blühte, rief er mich in sein Kontor, wohin ich selten kam. Er seufzte tief und sagte:

»Ich habe einen Entschluß gefaßt, Margaret. Dieses Haus, mein Anwesen auf dem Lande und mein persönlicher Besitz gehen an dich und unser Kind, oder, so Gott will, unsere Kinder. Allein von den Einkünften meines Gutes könnt ihr alle sorglos leben. Mein Lager, meine bewegliche Habe und alles, was ich im Auftrag anderer verkaufen soll, ist zu verkaufen. Einen Teil davon hinterlasse ich als Geschenk an meine Diener, Freunde und Gönner. Die große Endsumme, die übrigbleibt, geht an dich und die Kinder, die wir haben. Ich habe Master Wengrave zu ihrem Vormund bestellt, er übernimmt auch meine Lehrbuben. Ich weiß, daß du Vertrauen zu ihm hast, Margaret, und er eignet sich gut zu deinem Beistand. Auch wenn ich der Kirche eine große Summe für ständige Seelenmessen vermache, bist du immer noch eine wohlhabende Wittib – eine der wohlhabendsten in London, Margaret.«

»Ach Gott, lieber Hausvater, redet mir nicht davon, ich will keine Wittib sein, ob nun wohlhabend oder nicht. Ich möchte mit dir gehen. Ohne dich kann ich nicht leben, merkst du das denn nicht?« Ich spürte, wie mir die Tränen in die Augen stiegen.

»Margaret, Margaret, du bist viel zu jung, als daß du so sprechen dürftest«, sagte er sanft und wischte mir die Augen wie einem Kinde. »Hör gut zu, was ich dir sage, denn ich denke nur an dich, und es ist zu deinem Besten. Du mußt dich um unser Kind kümmern, Margaret; ich habe dich lieber, als ich sagen kann, und die Welt ist sehr schlecht.« Ihm zuliebe bemühte ich mich zuzuhören, aber eine Unterhaltung über Testamentsbestimmungen macht mich abergläubisch, obschon wir das alle eines Tages tun müssen.

»Margaret, ich will dir damit sagen, daß ich meine Söhne enterbt habe. Ihre Ausschweifungen und Verbrechen haben mir nur Kummer bereitet, und ich habe das ihnen zustehende Erbe bereits mehrmals ausgezahlt, um sie aus der Patsche zu holen. Früher glaubte ich, sie würden sich bessern; doch sie haben mit ihrem anstößigen Lebenswandel nichts als Schande über mich gebracht. Ich hinterlasse beiden eine kleine Summe unter der Bedingung, daß sie sich anständig aufführen – weiß Gott mehr, als ich zu Anfang hatte –, die bei ihnen aber zweifellos nur für eine mehrtägige Zechtour reichen wird. Damit dürften sie ständig vor Gericht zu tun haben, daß sie ihre Tugend unter Beweis stellen, um an das Geld zu kommen – und das hält sie vielleicht davon ab, dich zu belästigen.«

»Gewiß hinterläßt du ihnen zu wenig«, sagte ich.

»Nicht wenig genug!« sagte er zutiefst verbittert und starrte mich böse an. Als er sah, wie ich zurückfuhr, lächelte er verhalten und sagte etwas, das ich damals nicht verstand:

»Wenn dir etwas zustößt, oder wenn unsere Kinder ohne Anlaß sterben, fällt alles, was sich meine Söhne erhoffen können, an die Kirche.« Ich blickte ihn fragend an. Sein Lachen war grimmig. »Man muß nur einen gierigen Hund auf den anderen hetzen. Damit dürften sie für eine Weile mit Schreinen versorgt sein.«

Ich war jetzt riesig und konnte kaum noch laufen. Hilde kam oft auf Besuch und erzählte mir dann den ganzen Stadtklatsch aus dem Blickwinkel der Wehmutter sozusagen. Welches Kind aber auch gar keinem Verwandten ähnlich sah, welches mit einer Glückshaube geboren war oder sonst mit einem ungewöhnlichen Mal, und welch seltsame Vorkehrungen man in welchem Haushalt für ein Neugeborenes getroffen hatte. Ich genoß es, denn damit versetzte sie mich wieder in die alten Zeiten zurück, nur daß sie im nachhinein rosig und problemlos schienen. Bruder Malachi machte gute Geschäfte mit Pestarzneien. Er konnte sie verkaufen, ohne die Stadt verlassen zu müssen, worüber Hilde glücklich war. Anscheinend findet man immer eine gute Ausrede, wenn eine Pestarznei nicht wirkt. Außerdem gibt es keinen wütenden Kunden mehr, der einem die schlechte Ware in den Hals stopfen möchte.

»Und er ist dem *Geheimnis* dieser Tage furchtbar, furchtbar nahegekommen. Er sagt, aus dem ersten Gold macht er mir eine Krone als Lohn für meine Geduld. Er ist närrisch, aber er meint es so gut!«

»Seine Geräte?« fragte ich ein wenig erschrocken. »Ist etwas durchgesickert?«

»Ach, mach dir keine Sorgen. Bei Tage brennt er Weingeist, das dient ihm als Ausrede. Bei Nacht forscht er nach dem Geheimnis. Der Weingeist verkauft sich gut – als Medizin. Er redet den Leuten ein, daß er beinahe überall hilft, und ob das nun stimmt oder nicht, fast jeder holt sich nach.«

»Aber schläft er denn gar nicht mehr?«

»Wenn er bei Tage arbeiten muß, braucht er gewöhnlich ein Nickerchen. Aber so geht das allen erhabenen Geistern«, sagte Hilde selbstgefällig. Dann befühlte sie meinen Bauch.

»Das Kindchen hat sich schon hübsch gesenkt. Nur noch ein paar Tage, liebes Mädchen.«

Drei Abende später setzten mächtige Wehen ein; beim Blasensprung ergoß sich das Wasser ins Bett.

»Schick nach Hilde!« keuchte ich und rüttelte meinen Mann an der Schulter. Alles stand bereit, als sie eintraf, der Feuerschein fiel auf eine neue Wiege, und der kleine Zuber thronte neben der Feuerstelle. Sauberes Leinen und Wickelbänder waren bereitgelegt. Hilde hatte den Gebärstuhl rübergebracht, denn wir hatten beide genug Erfahrung, daß wir wußten, man preßt besser nach unten als auf dem Rücken liegend, wenn man die Wahl hat.

»Ei, Margaret, die vielen Kinder, die du geholt hast, da dürftest du jetzt aber keine Angst haben«, sagte sie und hielt mir die Hand.

»Bei den eigenen ist das etwas völlig anderes, Hilde. Und außerdem weiß ich nur zu gut, was alles schiefgehen kann.«

»Dann atme tief, statt durchzudrehen, Margaret; so geht es jedenfalls nicht, gerade du solltest das besser können«, bemerkte sie gelassen.

Mein Mann kam fast um vor Angst. Er stapfte vor der Tür der Wochenstube auf und ab und lugte ein ums andere Mal um die Ecke, um Hilde etwas Unsinniges zu fragen.

»Mir wäre leichter zumute, wenn Ihr jenes Ding hättet, das Margaret immer mit sich führte – nur für den Notfall, hört Ihr!« sagte er, während er draußen vor der offenen Tür wartete.

»Nichts da, Master Kendall. Ich habe es vor lauter Angst nie gebraucht. Ich bin eben altmodisch. Es war immer Margarets Instrument, und sie kann ja wohl nicht gut ihr eigenes Kind holen, oder?« Hildes Gelassenheit und Vernunft wirkten ein Weilchen beruhigend auf seine Nerven. Als die Schmerzen schlimmer wurden, da mußte ich einfach stöhnen und schreien. Und schon wieder stand er an der Tür und störte uns:

»Ich halte das nicht mehr aus, Mutter Hilde. Seid Ihr sicher, es läuft alles, wie es soll? Das hört sich ja furchtbar an; viel grausiger als ein Zusammenstoß mit Piraten. Ist das bei Frauen eigentlich immer so?« Hilde war zu beschäftigt, um zu antworten, und so setzte er sich draußen wieder hin und legte den Kopf in die Hände. Dann stieß ich erneut einen Schrei aus; der Kopf war durchgetreten.

»Nur noch ein paar Minuten, Master Kendall, dann haben wir's geschafft; es läuft alles gut, wirklich sehr gut«, rief Mutter Hilde, als sie den schlüpfrigen Rumpf hochhob.

»Ein kleines Mädchen. Ihr habt eine Tochter, Master Kendall«, rief sie eine Minute später. Aber sie wollte ihn nicht eher ins Zimmer lassen, als bis das Kind gesäubert und reinlich gewindelt war und auch ich gewaschen im frisch bezogenen Bett lag. Als er dieses Mal auf der Schwelle stand, hielt sie ihm ein kleines Bündel hin, daß er es musterte.

»Ei, sie hat ja rote Haare!« rief er freudig aus. »Kleine rote Locken oben auf dem Kopf. Man kann die Farbe schon deutlich erkennen!«

Hilde legte mir das Kindchen in den Arm, wo es zunächst nach der Brust schnüffelte und dann hingebungsvoll anfing zu nuckeln.

»Wer hätte das gedacht? Rotes Haar«, murmelte mein Mann immer wieder verträumt. Seine Söhne waren schwarzhaarig wie ihre Mutter. Sein Haar war nämlich einmal, vor langer Zeit, rot gewesen, ehe es weiß wurde.

Zeit meines Lebens bin ich nicht so müde gewesen wie in den nun folgenden Tagen und Nächten. Es war eine glückselige Müdigkeit, und meistens schlief ich und fütterte das Kindchen zwischendurch.

»Möchtest du denn keine Amme haben und dich selber schonen? Ich hatte gedacht, alle Frauen wollten eine Amme«, sagte Kendall, als er die Ringe unter meinen Augen bemerkte.

»O Hausherr, niemals. Denn das Kind trinkt mit der Milch auch die Eigenschaften der Mutter. Und ich habe zu viele Ammen aus der Nähe kennengelernt.« Seine Brauen wölbten sich, und er schüttelte den Kopf über meine Exzentrizität.

Ein paar Wochen später – das Kind schlief – fand ich, ich könnte meine Näherei mit nach unten nehmen und mich an den Rosen erfreuen. Ich nähte gerade an etwas Hübschem, einem bestickten Kleid für mein kleines Mädchen.

Agatha kam herein und störte mich, ihr Gesicht war ein Bild der Sorge.

»An der Tür ist ein abgerissener Bettelpriester, der um Einlaß bittet. Er sagt, er kennt Euch und möchte vorgelassen werden. Ich jage ihn fort, wenn es Euch recht ist. Nichts als Blutsauger, diese Kerle, und Ihr braucht Eure Ruhe.«

»Aber welchen Namen hat er angegeben?« fragte ich sie.

»Er hat gesagt, er ist David – mehr bräuchte es nicht.«

David! David hier!

»Oh, Agatha schick ihn auf der Stelle herein – es ist mein Bruder.«

»Euer Bruder? Da habt Ihr Euch aber einen armselig aussehenden Bruder ausgesucht. Wer konnte das wissen?« murmelte die alte Frau und verschwand.

»David, David!« strahlte ich, stand auf und streckte die Arme nach ihm aus, als er ins Zimmer trat.

»Nicht aufstehen, Schwester. Wie ich höre, hast du jetzt das Gewerbe des Kinderkriegens aufgenommen, und man hat mir gesagt, daß du Ruhe brauchst.«

»Nur einmal in den Arm nehmen, David – danach habe ich mich so lange, lange gesehnt«, gab ich zurück, und er legte mir verlegen die Arme um die Schultern.

David und ich saßen zusammen in der Fensternische. Es war fast wie in alten Zeiten. »Dir geht es hier gut, Schwester«, sagte er und blickte auf die verglasten Fenster, den gemusterten Teppich und die blühenden Rosen draußen.

»Mein Mann gibt mir alles.«

»Dann mußt du ja glücklich sein«, sagte er, aber seine Augen blickten traurig.

»Glücklich? Ja, ich bin wohl glücklich. Aber ich wollte frei sein. Und das ist etwas anderes.«

»Das tut mir leid.«

»Es muß dir nicht leidtun, David. Ich muß dir überhaupt nicht leidtun. Für mich ist alles gar nicht so schlecht ausgegangen. Sogar dich habe ich wiedergefunden. Das hat mich so gefreut, selbst wenn ich dich nicht sehen durfte. Ich wollte nämlich, aber ich dachte, ich würde dir damit deine große Laufbahn zerstören. Und darum habe ich mich nicht blicken lassen.«

»Das ist mir durchaus klar. Darum bin ich ja auch zu dir gekommen. Ich muß dir etwas sagen, Margaret.«

»Doch hoffentlich nichts Schlimmes«, erwiderte ich. Sein Gesicht sah so ernst aus.

»Nein; ich wollte mich nur entschuldigen.«

»Bei mir brauchst du dich nie zu entschuldigen, David. Ich muß mich bei dir entschuldigen.«

»Nein, begreifst du denn nicht, Margaret? Als ich dich dort als Häufchen Unglück sah und merkte, wie Vater Edmund dich vorsätzlich demütigte, da war mir unbeschreiblich scheußlich zumute. Es ging dabei um etwas, was vor langer Zeit war. Ich – ich habe mich geschämt, daß ich dir nie das übrige Alphabet beigebracht habe.«

Ich nahm seine Hand in meine. Wie innig ich David doch liebte! Mein Zwilling, meine andere Hälfte mein Leben lang. Wie gern hätte ich ihn getröstet.

»Aber das ist jetzt alles vorbei. Gräm dich nicht weiter über die Vergangenheit. Mir geht es gut, wie du siehst, und mein Mann hat versprochen, mir irgendwann, wenn ich nicht mehr so müde bin, Leseunterricht geben zu lassen. Ich lerne es schon noch, und dann schreibe ich dir eigenhändig einen Brief. Dann hast du Freude an mir, David.«

»Schick bloß nicht überall Briefe hin. Die landen doch nur in den Händen der bischöflichen Kleriker. Hast du das vergessen? Im Palast des Bischofs bekommen wir Berichte über dich. Berichte über dich und noch eine Menge anderer Leute.«

Ich dachte ein Weilchen darüber nach. Einzusehen war das nun wirklich nicht, aber David hatte recht.

»Ach, David, es ist alles so traurig. Ich wünschte, es gäbe weit, weit weg im Meer eine Insel, auf der ich leben und denken könnte, wie ich wollte.«

»Eine solche Insel gibt es nicht, Margaret, und wenn es sie gäbe, würden die Menschen sie zu genau dem machen, was wir hier haben. Du schaffst es nicht, Margaret. Du mußt leben wie alle übrigen.«

»Wenn du ein lieber Bruder wärst, dann würdest du mich nicht daran erinnern«, sagte ich mit einem Lächeln.

»Das gleicht dem, was ich auch schon länger denke, Margaret. Ich glaube, irgendwo bin ich in die Irre gegangen – nicht arg, aber es hat zu Weiterungen geführt.« Sein Gesicht sah auf einmal abgespannt und traurig aus.

»Du hast doch eine wunderbare Laufbahn vor dir – zerstöre die jetzt nicht durch Zweifel«, drang ich in ihn. Aber er fuhr fort:

»Ich habe eben wieder an früher denken müssen, Margaret. Es hat damit angefangen, daß ich nach deiner Befragung dem Bischof schöntun mußte. Ich habe ihm erzählt, was du alles getan hast, als Mutter gestorben war, und wie gut du zu mir gewesen bist. Er wurde so richtig stolz auf sich, daß er dich hatte laufen lassen. Aber dabei fielen mir auch wieder ein paar Gedanken ein, die ich damals hatte, und da ging es mir immer schlechter. Also habe ich ihn überredet, mich ziehen zu lassen. Ich möchte unter den Armen arbeiten und wie Christus leben und umherwandern – zumindest für eine Weile, bis ich mir im klaren bin, was richtig ist.«

»O David, das ist aber gefährlich – man könnte dir etwas antun. Und du mußt noch Großes vollbringen.«

»Du meinst, als Fürst zurückkehren? Da bin ich mir gar nicht so sicher, ob das gelingt. Genausowenig wie du frei sein kannst.«

»Aber der Bischof ist doch nicht böse auf dich, oder?«

»O nein, er sah ganz gefühlsduselig aus und gab mir seinen Segen. Er sagte, als er jung war, hätte er das auch getan und würde es gern noch einmal tun.« O David, dachte ich. Was man dir so alles nachsieht. Zu dir sind sie netter als zu anderen, und ich weiß auch warum. Aber wenn ich ihm das erzählte, es würde ihm das Herz brechen. Er glaubte, daß der Bischof ihn nur um seiner selbst willen mochte. Warum sollte ich ihm seinen Glauben nehmen? Also sagte ich:

»Wenn du eine anständige Mahlzeit brauchst, wirst du doch wenigstens wiederkommen, oder?«

»Natürlich komme ich wieder.«

»Wann, David?«

»Wenn – wenn ich wieder Engel sehe.«

»O David, dann darf ich dir doch auch meinen Segen geben? Ich möchte dir die Hände auf die Schultern legen.«

Er kniete nieder, und ich legte meine Hände auf den rauhen Stoff, der seine mageren Schultern bedeckte. Das Zimmer leuchtete sanft orangefarben, dann dunkel orangerosa und für einen Augenblick in einem leuchtenden, weichen Honiggold.

»Ei, Margaret, du hast aber einen komischen Trick. Dein Gesicht wird ja ganz licht. Wie hast du denn das gelernt?«

»Das ist eine lange Geschichte, David. Aber laß dir noch sagen, was mir an dem Bischof aufgefallen ist.«

»Und was wäre das?«

»Seine Flöhe springen noch viel weiter, als deine jemals gesprungen sind.«

»O Margaret, du bist unverbesserlich!« Er gab mir einen Klaps auf den Arm, grinste, griff nach seinem Bündel und war verschwunden.

Margaret betrachtete, was sie geschrieben hatte. Es fiel ihr schwer, an David zu denken, ohne daß er ihr so fehlte, daß es richtig weh tat. Vor einem Jahr war ein von der Überseereise ganz fleckiger Brief eingetroffen, der ›An meine wohledle, vielgeliebte Schwester Margaret‹ adressiert gewesen war. Er war monatelang unterwegs gewesen und berichtete von Wanderschaft in Italien und Arbeit in einem Aussätzigenspital und einer geplanten Pilgerreise ins Heilige Land. Margaret ließ ihn sich immer wieder vorlesen und holte ihn gelegentlich hervor, um ihn wie einen Talisman zu berühren, so als könnte er David wohlbehalten zu ihr zurückbringen. Jetzt, da sie von David geschrieben hatte, mußte sie den Brief wieder sehen. Sie holte ihn aus der Lade, entfaltete ihn vorsichtig und betrachtete die in ihr Gedächtnis eingegrabenen Worte noch einmal, streichelte das Papier und berührte die Unterschrift, ehe sie ihn weglegte und sich wieder ans Schreiben machte.

In der nun folgenden Zeit wurde mein Mann reicher und reicher, so daß selbst die Leute, die sich über seine Heirat mit mir das Maul zerrissen hatten, sich jetzt um eine Einladung in seinem Haus rissen.

»Gute Gesellschaft und gutes Essen, Margaret – nur das zählt im Leben«, sagte er dann wohl und hielt eine seltsame Rarität hoch, die aus Übersee kam, damit er sie besser sehen konnte. Silberne Pokale aus Italien, goldene Ringe aus Konstantinopel, merkwürdige kleine, goldunterlegte Bilder der Muttergottes aus den slawischen Ländern – alles ging durch seine Hände und wurde zu Geschenken an die Großen und Mächtigen und baute seinen Einfluß noch weiter aus.

»Margaret, vergiß nie, daß wir alle Freunde brauchen«, sagte er dann wohl, wenn er mir von gehässiger Rache oder Betrug vor Gericht erzählte. Und dann setzte er hinzu: »Und ist es nicht ein Segen, daß du mein Haus so gut führst – das nämlich ist die Hälfte meiner neuen Erfolge.« Noch nie hatte man mich so gewollt und so geschätzt.

Er kaufte zwei weitere Herrenhäuser auf dem Lande, um seinen Besitz zu vermehren – eines nur darum, weil es einen ausgezeichneten Kirschgarten besaß, denn Kirschen aß er für sein Leben gern. Jedesmal, wenn er Grund und Boden kaufte, schrieb er insgeheim sein Testament um, damit seinen Söhnen auch ja nichts in die Hände fiele, womit sie ihren anstößigen Lebenswandel finanzieren könnten. Und als ich dann mit Alison ging, wurden Lionel und Thomas, die befürchten mußten, daß ich einen Sohn trug, und nicht ahnten, daß er sein Haus schon bestellt hatte, so bösartig, daß er ihnen das Haus ganz und gar verbot.

Aber ich wiegte mich immer noch in Träumen, daß ich sie eines Tages versöhnen, sie zur Umkehr bringen und damit ihres Vaters Herz erfreuen könnte. Ich dachte immer, daß die *Gabe*, mit der man gebrochene Knochen so leicht heilen konnte, auch zerbrochene Familien wieder zusammenbringen könnte, doch daraus wurde nichts. Manchmal klappte es auch bei Knochen nicht richtig, denn immer, wenn ich schwanger war, ging die Kraft nach innen auf das Kind über, ich konnte sie nicht heraufbeschwören und anderen helfen. Zu solchen Zeiten tat mein Mann gut daran, seiner Gicht zuliebe gesund zu leben wie andere Menschen auch, was jemand wie ihm, der gutes Essen und Wein so sehr schätzte, nicht leichtfiel.

Als Alison geboren war, gab er für sie eine so großartige Tauffeier, als wäre sie ein Sohn, und machte aus meinem ersten Kirchgang ein Fest mit so vielen Geschenken an die Kirche, daß sie mich für moralisch gebessert halten mußten. Was also als Vernunftehe begann, endete als Liebesheirat, und aus Not und Gram wurde Glückseligkeit, wie ich sie mir so nie erträumt hatte.

Margaret blickte ihre Worte an, wie sie da hübsch und schwarz auf Papier standen, und freute sich – freute sich sehr. Genauso sollte eine Geschichte enden, mit ›und sie lebten glücklich bis an ihr seliges Ende‹. Nun mußte diese nur noch einen ordentlichen Schluß bekommen. Genau wie ein hübsches Kleid einen anständigen Saum braucht, so sollte auch ein Buch mit dem richtigen Wort abgeschlossen werden. Sie tauchte ihre Feder in die Tinte und schrieb mit großen Buchstaben das passende

Wort, mit dem man ein richtiges Buch beendete. Es war ein lateinisches Wort; Bruder Gregory hatte es ihr gezeigt. Die Feder war ganz stumpf geworden, und so spritzte die Tinte ein wenig, aber es sah dann doch sehr hübsch aus. Das Wort hieß:

FINIS

Sie hielt das Blatt hoch, lächelte und bewunderte ihre Arbeit von allen Seiten. Dann legte sie die Blätter weg. Sie füllten ein ganzes Schubfach.

Doch damit war die Geschichte noch nicht richtig zu Ende.

Kapitel XI

Bruder Gregory stand einen Augenblick still und betrachtete die dunklen, tiefhängenden Wolkenmassen, die den Himmel bedeckten. Hinter ihm, gen Süden, zog sich meilenweit die uralte, zerfahrene Römerstraße nach London dahin. Um diese Jahreszeit gab es kaum Reisende, vor allem nicht zu Fuß, denn es war bitterkalt. Die kahlen Bäume am Wegesrand knarrten im Wind, und die trostlosen, windgepeitschten Felder, die sich vor ihm erstreckten, sahen wenig einladend aus.

Bruder Gregory hielt die behandschuhte Hand hoch. War das nicht eine Schneeflocke gewesen? Mist. Bei Schnee kam er noch langsamer voran, und bis zum nächsten Dorf waren es noch viele einsame Meilen. Ich spute mich wohl besser, dachte er, und er schritt mit Hilfe seines langen Stabes noch einmal so schnell aus.

Bald waren seine Kapuze und das Bündel auf seinem Rücken weiß getupft, und Bruder Gregory überlegte, ob er wohl noch vor seiner Ankunft Frostbeulen hätte. Immer wieder stieß ihm dergleichen zu, wenn er nach Hause wollte. Vielleicht sollte man es aber von der positiven Seite sehen. Frostbeulen würden seiner *Demut* gewiß förderlich sein, denn die hatte inzwischen unter Zuhilfenahme von bestimmten täglichen Gebeten schöne Fortschritte gemacht. Dieser Gedanke verleitete Bruder Gregory dazu, daß er, ohne das Tempo zu verlangsamen, in seiner Seele aufräumte – was er sich mindestens einmal wöchentlich vornahm, wenn nicht noch öfter. Ein paar Todsünden hatte er endlich gut im Griff – an der *Hoffart* arbeitete er noch, aber auch da waren Fortschritte zu verzeichnen. Die *Völlerei* würde ihm im Haus seines Vaters keinerlei Probleme bereiten – das Essen dort war furchtbar. Vater schien keinen Geruchssinn zu besitzen, also konnte sich der Koch natürlich alles herausnehmen.

Bruder Gregory überlegte kurz, ob Geruchssinn und Gehör in einem Zusammenhang standen, da sich beides im Kopf befand. Vater hatte so viele Hiebe auf den Helm abbekommen, daß auch sein Gehör gelitten zu haben schien – zumindest aber konnte ihn Musik nicht rühren. Vielleicht war ja auch sein Geruchssinn diesen Weg gegangen. Vater konnte nur noch eine sinnliche Freude genießen, und die saß nicht unter dem Helm. Hmmm. Eine interessante Idee. Entstand die Sünde nun im Kopf und bewegte sich von dort nach außen in die Gliedmaßen, oder entstand sie in den Gliedmaßen selbst und bewegte sich nach innen und zersetzte das Hirn? Aber wie alle Gedanken, die sich um Vater drehten, führte auch dieser, so dämmerte es Bruder Gregory, in Gottferne. Das durfte einfach nicht mehr geschehen, wenn er erst zu Hause war. Er würde dort unter sehr starkem Druck stehen.

Selbst Sir William hatte man aufgerufen, daß er Vater in seinen Bemühungen unterstützte. Bruder Gregory barg an seinem Busen einen Brief von ersterem. Er war ganz eindeutig bei Vater auf Besuch gewesen, als er diesen Brief abfaßte, denn es war die Handschrift von Vaters Kaplan. Feinfühlig ging er gerade nicht vor; er pries den Herzog in den höchsten Tönen als den gütigsten und vortrefflichsten Herrn, den jemand haben konnte, und so weiter und so fort, und rief Bruder Gregory ins Gedächtnis, daß er Gottes Willen auf vielerlei Art auch außerhalb des Klosters dienen könne.

Aber so ganz unrecht hatte Sir William nun auch

wieder nicht. Der Herzog hatte für ihn wahre Wunder gewirkt. Mit einem einzigen Meisterstreich hatte er sämtliche Probleme Sir Williams durchgeschlagen wie den gordischen Knoten. Er hatte seine Rechtsberater an die Verträge mit den Lombarden gesetzt, und die hatten herausgefunden, daß selbige mehr Hintertürchen hatten als der Hund Flöhe. Der darauffolgende Prozeß, den der Herzog stark beeinflußte, zuzüglich einiger hübscher Geschenke an die Richter würde zugunsten von Sir William ausgehen. Und in der Zwischenzeit war Sir William wieder im Besitz seiner Ländereien, seine Töchter hatten wieder eine Mitgift, und sein Sohn war heimgekehrt.

»Hach! Da sieht man's wieder, die Macht des Geldes, des Schwertes und des Gesetzes«, sagte Bruder Gregory bei sich, denn sein Streit mit Kendall war ihm wieder eingefallen. Wieder gewinnt das Schwert. Schließlich würde der König nie jemand seine ganze Gunst gewähren, der nicht auch der größte Kriegsherr Englands war. Gern hätte er Kendall aufgesucht und ihm von diesem Fall berichtet, nur um ihm zu beweisen, daß er im Unrecht war. Schließlich weiß jeder, daß Geld ohne das Schwert keinen Landbesitz halten kann. Und da Land gleich Geld ist, ja, so kann sich Geld allein auch nicht halten – selbst wenn jedermann in London glaubt, daß nur noch das Geld zählt. So verderbt ist die Welt nun auch wieder nicht, dachte Bruder Gregory.

Denn etwas würde ihm fehlen, wenn er erst wieder im Kloster war, den Abt mit seiner *Demut* überwältigt hatte und den Rest seiner Tage in Kontemplation der Göttlichkeit verbrachte – das Disputieren mit Kendall. Und natürlich das Essen – obwohl man in Gegenwart der Gottheit nicht mehr ans Essen denkt, also war das nicht weiter wichtig. Das Unterrichten hatte ihm gutgetan, auch wenn es nicht Philosophie war und der Schüler bloß eine Frau. Das Erlebnis, Margaret ihre kindlichen Buchstaben ins Wachs ritzen zu sehen, und zu wissen, daß er sie unwiderruflich veränderte, das verschaffte ihm eine sonderbare Befriedigung.

Ja, wenn er so darüber nachdachte, so war London voll von Dingen, die ihn glücklich machten. Das Leben dort war, als besäße man ein großes Haus: stets fand sich jemand zu einer gelehrten Disputation, es gab hervorragende Bücher oder ein unterhaltsames Essen. Und dann war da noch etwas, woran Bruder Gregory zwar mit keinem Gedanken dachte – und wenn, dann hätte er es sich ohnedies nicht eingestanden. In der Stadt war die kleine Schlange seiner *Neugier* zu riesiger Größe gediehen, weil es soviel Nahrung für sie gab. Sie hatte sich von den Briefen genährt, die er für alle Arten von einfachen Menschen schrieb, an Margarets Buch, an Beobachtungen, an Argumenten und ganz schlicht am Schnüffeln, bis sie riesig und ein wahrer Drache geworden war. Und immer wenn sich das Riesending jetzt in den Tiefen von Bruder Gregorys Seele regte, dann mußte er darüber nachdenken, woher wohl das Glas kam oder wie man Uhren herstellte oder wie die Sterne am Himmel befestigt waren oder leider zu oft, was Leute dazu veranlaßte, das zu tun, was sie taten. Mittlerweile beobachtete Bruder Gregory mit Vorliebe andere Menschen, bohrte auch gern noch ein wenig nach, um herauszufinden, wie man sie reizen könnte, und verlangte danach, sie zu bessern, ob sie nun wollten oder nicht.

»Wohin du gehst, da gibt es nicht viel zu sehen«, flüsterte der Riesendrache.

»Es gibt Gott, und mehr will ich gar nicht sehen«, schnaubte Bruder Gregorys Seele.

»Werd' du nur nicht hochnäsig«, gab der Drache zurück.

Auf einmal kam Bruder Gregory eine neue Idee.

Wenn Gott überall ist, dann wäre es doch durchaus vernünftig, ihn in der City zu suchen?

»Eine selbstsüchtige Vorstellung«, sagte seine Seele. Doch der Drache hatte sich erneut geregt und sein großes Haupt erhoben. Dieses Geschöpf ließ sich nur schwer unterkriegen.

Am Abend lag Bruder Gregory nachdenklich in einem Bett hinten im Ale-Ausschank eines Dorfes zusammen mit fünf weiteren Schläfern, die sich überall um ihn herum zusammengerollt hatten. Alle waren voll bekleidet, auch Bruder Gregory, damit niemand dem anderen die Kleider stehlen konnte. Mit dem Kopf auf dem kleinen Bündel, das sein Brevier, das härene Gewand und die Disziplin, seine Geißel, enthielt, starrte er die ganze Nacht in die Schatten des strohgedeckten Hauses und tat kein Auge zu, obwohl er den Schlaf bitter nötig hatte. Noch zwei Tage Wanderung lagen vor ihm, ehe er zu Weihnachten das Haus seines Vaters erreicht hätte.

Das eintausenddreihundertfünfundfünfzigste Jahr des Herrn ging mit Macht dem Ende zu. In Roger Kendalls hohem Haus in der Thames Street weihnachtete es. Der Himmel war bleiern, und ein kalter Wind vom Fluß verhieß Schnee. Große Eisschollen verstopften den Hafen, obwohl der Fluß immer noch eisfrei zwischen den Brükkenpfeilern hindurchschoß. Auf den Straßen der City herrschte reges Leben und Treiben, die Schlachterstände machten gute Geschäfte, und in Cornhill und am Cheap wimmelte es von Straßenverkäufern aller Arten. Hinter den geschlossenen Läden der Armen und den verglasten Fenstern der Reichen brannten Kerzen, Binsenlichter und Fackeln, und auf jeder Straße konnte man Essensdüfte riechen. Denn Weihnachten war eine ganze Jahreszeit: nicht nur ein einziger Festtag, sondern eine lange Abfolge von Festlichkeiten, von den letzten Tagen im Advent bis nach Epiphanias.

Das Haus der Kendalls strahlte vom Licht der Kerzen und der brennenden Feuer in jedem Kamin. Selbst die gemalte Seeschlange im Wappen über dem Kaminsims lächelte durch eine leichte Rußschicht auf die hin und her eilenden Gestalten in der großen Diele herab, die alles für Weihnachten richteten. Jedes Mitglied des Haushalts hatte zahllose Aufgaben zu bewältigen. Allein schon die Fleischkuchen für Weihnachten erforderten zwei Tage zur Fertigstellung. Gänse, Schwäne, Kapaune, ein Pfau, Rind, Lamm und Schwein mußten auf ein Dutzend verschiedene Arten zubereitet werden, einige wurden in Schüsseln serviert, mit Gewürzen im Mörser zerstoßen, andere als Schaugerichte im Federkleid auf kunstvoll geformten Unterlagen aus Teig angerichtet. Da gab es Kuchen, Sülzen, Puddinge und nicht weniger als zwei aufwendige Zwischengerichte, eins hinter jedem Hauptgang. Eine dieser kunstvollen Essenskreationen aus Teig und Farbe war wie ein Schiff geformt, die andere war eine Darstellung von Engeln, welche drei Hirten auf dem Felde erschienen, das Ganze komplett mit Schafen. Es gab mehrere Sorten Wein, Ale und Met; um diese Jahreszeit erreichte der gewöhnliche Trinkpegel wohl die Hochwassermarke.

Jeder im Haus half bei dessen Ausschmückung, stand auf Leitern und befestigte Efeugirlanden und Bündel von Immergrünzweigen an den Dachbalken der großen Diele. In jedem Zimmer duftete es frisch nach Mistel- und Stechpalmenzweigen. Ein richtiges Weihnachtsfest war nichts für Schwächlinge; das Marathon von Essen, Liedersingen, Tanzen und Kirchgängen erforderte einen ganzen Vorrat an Schwung und aufgestauter Begeisterung, alles, was sich im Laufe eines harten und unbarmherzigen Herbstes und Winters angesammelt hatte. Margaret sauste durch die Gegend, kümmerte sich um die Ausschmückung, das Essen und Kendalls Weihnachtsgeschenke an die Armen und seinen eigenen Haushalt. Dazu kamen noch über ganz London die Maskenfeste und Abendessen in den Häusern von Bekannten und Geschäftsfreunden, die sie zusammen mit ihm besuchte. In ihrem eigenen Haus herrschte Chaos, über das der Geselle wachte, der am meisten zu Streichen aufgelegt und zum Wilden Mann bestellt war, daß er die Spiele vorbereitete.

Heiligabend schleiften Lehrlinge und Gesellen einen riesigen Julsack herein, und Alison, die Kleinste der Familie, ritt darauf wie auf einem Pony und jubelte und fuchtelte mit den Armen, während ihre ältere Schwester Cecily folgte und vor Freude kreischte und hüpfte. Die Jugend ging aus zu Liedersingen und Tanz, zunächst vor der Haustür ihres Meisters und dann durch die Straßen bis hin zum Friedhof, wo der Auflauf von festfrohen Menschen, Musikanten und Strolchen ganz gewiß die Priester störte, welche sich auf die Mitternachtsmesse vorbereiteten.

Wer zu Hause blieb, saß mit einem Getränk am Feuer; man erzählte sich himmelschreiende Geschichten und sagte die Zukunft voraus, denn gerade in dieser Nacht versuchen Mädchen herauszubekommen, wie ihr künftiger Ehemann aussieht. Als Mädchen hatte Margaret Freude an diesen Spielen gehabt, ihnen aber nie Glauben geschenkt, weil niemals etwas eingetroffen war; ihr Leben war ganz anders verlaufen. Jetzt mußte sie eine ihrer Mägde trösten, der man zu ihrem Kummer weissagte, sie würde sechsmal heiraten und jedesmal einen Seemann.

»Ich will aber keinen Mann, der nie zu Hause ist!« sagte das Mädchen und brach in Tränen aus.

»Bess, nimm dir das doch nicht zu Herzen. Im nächsten Jahr hörst du etwas ganz anderes, und dann kannst du wählen, was dir mehr zusagt«, beschwichtigte Margaret und setzte hinzu, »außerdem hat man mir einmal geweissagt, ich würde hoch zu Roß entführt und geheiratet, und das stimmt, wie du sehen kannst, nun weiß Gott nicht.«

Doch Margaret saß nicht nur untätig herum und sah den Spielenden zu, sie hatte ihren eigenen Schatz an Geschichten, den Restbestand aus der Zeit ihrer Wanderschaft, der selbst ihren weitläufigen Ehemann erstaunte. An jenem Abend erzählte sie die Geschichte, wie der Teufel als Kleriker verkleidet Lieblingssekretär des Erzbischofs wurde, bis er am Heiligabend seine Macht auf die peinlichste und vergnüglichste Weise einbüßte. Und so verging allen der Abend bei fröhlichem Liedersingen und Geschichtenerzählen.

Am ersten Weihnachtstag wurde nach der Messe im Haus der Kendalls wirklich Ernst mit dem Feiern gemacht. Fässer mit Wein und Ale wurden hereingebracht, damit man die vielen Gänge des Weihnachtsessens hinunterspülen konnte. Neben der ›Familie‹, die an sich schon groß genug war, gedachten die Kendalls ihrer Christenpflicht und baten gewisse Witwen und vom Unglück Betroffene aus der Nachbarschaft zu Tisch. Doch gerade die Gäste, welche Margaret eingeladen hatte, trugen am meisten zu ihrer Weihnachtsfreude bei.

Von all ihren alten Freunden hatte nur Hilde die ganze Zeit über auf Besuch kommen können, und das noch heimlich – durch die Hintertür. Aber jetzt waren Hilde, Malachi, Sim, Peter und Hob da und gar prächtig anzusehen in den neuen Kleidern, die Margaret ihnen geschenkt hatte. Je mehr das Andenken an ihren Skandal verblaßte, desto weniger Angst hatte sie, daß sie unbeabsichtigt das Augenmerk der Kirchenbehörden auf Bruder Malachis ruchlose Unternehmungen lenkte; und mittlerweile fühlte sie sich endlich so rundum sicher, daß sie ihre Freude mit Aufmerksamkeiten überschütten konnte, was schon immer ihr sehnlichster Wunsch gewesen war. Dieses Weihnachtsfest war ihr erstes öffentliches Zusammensein mit ihnen, und wie sie so mit ihrem Mann am Kopfende des Tisches saß, konnte jeder sehen, daß ihr Gesicht vor Glück nur so strahlte.

Sim und Peter saßen am niedrigeren Tisch unter den Lehrbuben, wo Sim, der immer aufpassen mußte, daß Peter beim Essen nicht etwas in die falsche Kehle geriet, den vertrauensseligen Jungen eine Geschichte zum besten gab, die ihm plötzlich während des ersten Gangs eingefallen war. Peter, so behauptete er mit dramatischen Gesten, war einst haargenau so wie sie geformt gewesen, bis ihn eine Feenkönigin ›verhext‹ hatte, die er zufällig beim heimlichen Baden im Wald überrascht hatte. Am Haupttisch erklärte Malachi – heute im dunklen Gelehrtenhabit ohne die geringste angesengte Stelle oder ein Loch – Lionels ›Braut‹, wie ungemein dekadent doch die neue französische Mode sei, und die hing nur so an seinen Lippen. Sie war derart bezaubert, daß sie sogar vergaß, die Blicke neidisch im Zimmer umherwandern zu lassen und abzuschätzen, welches Möbelstück sie wohl nach dem Tod von Lionels Vater haben wollte.

Selbst die beiden Söhne Kendalls schienen zum heiligen Fest in sich gegangen zu sein, und Margaret glaubte, daß sie endlich die Versöhnung zustande gebracht hätte, um die sie so lange gebeten hatte. Beide, Lionel und Thomas, hatten ihre Einladung höflich angenommen und kamen ihrem Vater jetzt so rücksichts- und achtungsvoll entgegen, daß ihm warm ums Herz wurde. Sie entwickelten sogar Pläne, zusammen ein eigenes Handelskontor zu eröffnen und sich zu läutern, wenn er nur dazu bereit wäre, ihnen unter die Arme zu greifen.

Am fröhlichsten aber war der Haushaltsvorstand, der

gebratenen Schwan mit großen Schlucken Met hinunterspülte, während er eine Geschichte von seinen Abenteuern in Italien erzählte, die ihn an einem längst vergangenen Weihnachten leibhaftig nach Rom geführt hatten. Margaret legte ihm die Hand auf den Arm und wollte ihn mahnen, seiner Gicht zuliebe vorsichtig zu sein, doch schließlich ist nur einmal im Jahr Weihnachten. Er lächelte nachsichtig, während er sich für einen neuen Trinkspruch nachschenkte.

Als die Gäste dann fort waren, ging es Roger Kendall sehr schlecht. Die Diener mußten ihn nach oben tragen und aufs Bett legen, und Margaret zog ihm Schuh und Strümpfe aus.

»Genau wie früher, was?« grinste er auf seine komische, schiefe Art, doch er biß dabei die Zähne zusammen.

»Genauso«, lächelte Margaret, »denn du bist so maßlos und trotzig wie ein Kind, finde ich.«

»Leg deine Hand – ja – genau dorthin; ja, da ist's richtig. Weißt du was? Du hast mich geheiratet und meine Gicht geheilt, damit ich noch viele fröhliche Weihnachtsfeste erleben konnte. Alles war von Gott vorherbestimmt.«

»Und doch solltest du dich mehr vorsehen.«

»Was habe ich denn zu fürchten, wenn du bei mir bist, Margaret?« Kendall entspannte sich, nachdem der Schmerz in seinem malträtierten Fuß nachgelassen hatte.

»Fürwahr, rein gar nichts. Ich liebe dich so sehr, daß ich selbst in die Hölle gehen und dich ihr entreißen würde, wie dazumal Orpheus.« Margaret war mit der Behandlung seines Fußes fertig, und nun saßen sie zusammen händchenhaltend auf dem Bett.

»Wenn in dieser Familie jemand entrissen wird, mein Mädchen, dann du, wenn ich dich nämlich nächste Woche auf dem Maskenfest im Savoy vor dem Zugriff dieses lüsternen Herzogs von Lancaster bewahren muß. Weißt du eigentlich, welches Gerücht jetzt wieder in der Stadt umläuft? Seitdem du Französisch kannst, soll ich dich aus einem Kloster entführt und anschließend geheiratet haben.« Er lachte in sich hinein, als Margaret ausrief:

»Ehrlich, ich finde, die Menschen glauben nicht nur alles, was sie hören, sie behalten es auch nicht länger als vierundzwanzig Stunden!«

Das Gerücht lief die ganze Weihnachtszeit über auf einer Reihe von Festlichkeiten hinter ihnen her, und beide hatten ihren Spaß daran, denn bei genauem Hinhören kamen sie auf mehrere Varianten der Geschichte. Schließlich konnte Margaret der Versuchung, noch mehr Öl ins Feuer zu gießen, nicht länger widerstehen. Als dann der nächste rougierte Lebemann daherkam und sie um unschickliche Gunstbeweise bat, da murmelte sie ihm ins Ohr:

»Ach, wenn mein böser Onkel mich doch nur nicht im Kloster eingesperrt hätte – aber jetzt ist es leider ganz und gar zu spät, mein Los ist besiegelt ...« Damit verschwand sie in der Menge, daß sie ihrem Mann alles haarklein berichtete, und ließ den angemalten Kerl einfach stehen.

»Mein lieber Baron, es gehört sich wirklich nicht für einen Niemand, ein gebildetes Mädchen von edler Herkunft auf diese Weise einzufangen«, beschwerte sich der Lebemann.

»Wer weiß? Vielleicht habt Ihr ja noch Chancen bei ihr. Meinen Mittelsmann hat sie just nach Martini abgewiesen, die kleine, frömmelnde Schwindlerin. Aber es ist vorauszusehen, daß sie ihr langweiliges Leben bei diesem alten Kaufmann bald leid wird«, erwiderte sein Kumpan. Doch das hörte Margaret natürlich nicht.

Zu Neujahr beschenkten die Kendalls die Mitglieder des Haushalts mit neuen Kleidern und Geld, und das kam für die Lehrbuben gerade noch rechtzeitig, denn die wuchsen aus ihren Sachen heraus, kaum daß sie gekauft waren. Die kleinen Mädchen bekamen jedes ein Spielzeug und von ihrer Mutter zwei kleine Nähkörbe, denn diese fand, es sei nie zu früh, nützliche Dinge zu erlernen. Ihr Vater hatte für jedes eine Bernsteinkette und ein kleines Goldarmband gekauft, in das ihre Initialen graviert waren. Dann schenkte Margaret ihrem Mann etwas, das sie lange geheimgehalten hatte, nämlich ein Schachspiel mit geschnitzten, orientalischen Figuren und einem Brett in Einlegearbeit, was alles ebenso faszinierend zum Betrachten wie zum Spielen war.

Doch sein Geschenk für sie, das er so lange und klug im voraus geplant hatte, machte für sie den Tag zum Fest. Der Psalter war schön in schlichtes Kalbsleder gebunden und trug als rundes Muster Margarets Initialen auf dem Deckel. Drinnen zogen sich säuberliche Reihen von Latein über die Seiten, wobei die englische Übersetzung gleich darüberstand und fast Wort für Wort dem Latein entsprach. Auf Illumination war verzichtet worden, doch die englischen Anfangsbuchstaben waren hübsch rot nachgezogen und die lateinischen blau, so daß man sie auseinanderhalten konnte. Das hatte in ganz England nicht seinesgleichen, denn es war gleichzeitig Lehr- und Andachtsbuch. Margaret war entzückt. Wenn das nicht einfach märchenhaft war! Ein richtiges Buch, das nur ihr gehörte, ein Symbol dafür, wie stolz ihr Mann auf sie war, weil sie sich mit dem Lesenlernen soviel Mühe gegeben hatte. Und wer weiß? Womöglich würde es ihr eines Tages auch die Geheimnisse der lateinischen Sprache erschließen.

Roger Kendall war sehr zufrieden mit sich, als er den Ausdruck auf Margarets Gesicht sah. Es war eine Lust, sie glücklich zu machen. Und es auf diese Weise zu machen bereitete ihm eine sehr komplexe Freude, so, wie er sie am liebsten hatte, denn schlichte Freuden ödeten ihn schon seit langer Zeit an. Als ihm die Idee gekommen war, hatte sie ihn noch tagelang danach glücklich gestimmt. Die Psalmen – wie abgenutzt sie doch vom ausgiebigen Gebrauch waren: Nummer einundfünfzig, die ›Halsverse‹; wenn man die ersten Zeilen lesen konnte, dann löste der weltliche Henker die Schlinge und übergab einen der weniger schlimmen Gerichtsbarkeit der Kirche, weil man dann als Kleriker galt.

Schurken, dic nicht lesen konnten, lernten diese Zeilen auswendig, um der Bestrafung zu entgehen. Die sieben Bußpsalmen: Ketzer, die widerrufen hatten, mußten sie täglich zur Strafe herbeten – eine der zahlreichen Strafen –, die Lippen bewegten sich, während das Herz noch aufsässig war. Manchmal forderte man von dem reuigen Sünder gleich den ganzen Psalter. Und dann gab es noch die gelehrten Doctores, welche jede Zeile auf der Suche nach Beweismaterial dafür, wie die natürliche Welt erschaffen wurde, zerbrachen, wo doch das Buch der Natur neu und ungelesen vor ihnen aufgeschlagen lag. O ja, die Psalter waren ein abgegriffener Buchstabenhaufen, den die Schreiber durcheinandergeworfen hatten. Doch nicht dieser Psalter. Da stand Margaret, hielt das Buch in der Hand, und auf ihrem Gesicht lag der gleiche Ausdruck wie an jenem Tag, als ihr einer seiner Kapitäne ein Kästchen türkische Rosenwasserbonbons mitgebracht hatte. Sie erinnerte Kendall an seine eigene Jugend, als er jene Verse auch geliebt hatte.

Natürlich durfte sie das Buch nicht haben. Sie ahnte ja nichts von jenem Kirchengesetz, welches den Besitz einer Übersetzung der Heiligen Schrift in einer Volkssprache verbot. Selbst eine Nonne im Kloster hätte wohl kaum die Erlaubnis dazu erhalten, und Margaret war in Kendalls Augen wirklich weit davon entfernt, eine Nonne im Kloster zu sein. Ein heimliches Lächeln huschte kurz über sein Gesicht, so sehr freute er sich. Was für ein Spaß, den kirchlichen Institutionen eins auszuwischen! Er hatte sie einst gewogen, sie zu leicht befunden und sich angepaßt. Aber Margaret – die wischte ihnen allein schon dadurch eins aus, daß sie Atem schöpfte, doch sie schien es nicht zu würdigen. Vielleicht mußte sie erst älter werden, so wie er, daß sie es mit Humor nahm. Ihre Streiche waren für Kendall eine ständige Quelle des Vergnügens, und als er sah, wie sie die Seiten umblätterte, erfüllte ihn eine Art sardonische Freude, die er in vollen Zügen genoß. Und wie rasch und widerstandslos sich auch Bruder Gregory, dieser aufmüpfige Halunke, hatte hineinziehen lassen. Es freute ihn, daß er Menschen selbst nach so kurzer Bekanntschaft immer noch durchschauen konnte.

Margaret schlug das Buch auf und glättete die Seite mit einer Hand, die vor Vorfreude zitterte. Sie fing an, laut vorzulesen:

»›Die Himmel erzählen die Ehre Gottes,
und die Feste verkündiget seiner Hände Werk ...‹«

Sie wußte sich vor Freude nicht zu lassen. Doch beim Lesen bemerkte sie, daß ihr die Handschrift des Kopisten sehr bekannt vorkam. Als Margaret mit Lesen aufhörte, da wußte sie auch warum. Es war Bruder Gregorys Handschrift. Sie mußte insgeheim bei dem Gedanken lächeln.

»Das sind mir Brüder, einer nicht besser als der andere. Vermutlich hat er für den Kopisten mehr verlangt und das Geld dann selbst eingesteckt. Schön zu wissen, daß er am Ende auch nur ein Mensch ist.«

Master Kendall blickte ihr über die Schulter. Auch er hatte Bruder Gregorys Handschrift erkannt und lächelte. Der Verdacht war ihm schon gekommen, daß dieser alles allein gemacht haben könnte, nur um sowohl das Honorar für den Kopisten als auch das für den Übersetzer einzustreichen, dazu noch die Vermittlungsgebühr fürs Erledigen. Genau das hatte er sich davon versprochen, und es freute ihn, denn er hatte Bruder Gregory zu Weihnachten etwas schenken wollen, wußte aber, daß dieser zu stolz war, ein direktes Geschenk anzunehmen.

»Gefällt es dir, Margaret?« fragte er und wußte doch die Antwort im voraus.

»Ich werde es nie aus der Hand geben«, sagte Margaret und legte ihre Hand auf seine. »Hoffentlich nimmst du es einmal zur Hand, wenn du ganz, ganz alt bist und erinnerst dich dann, wie sehr ich dich geliebt habe.«

»Du meinst, wie sehr ich dich liebe«, verbesserte ihn Margaret und küßte ihn.

Der Tag hatte gerade erst angefangen und schien bereits ein Glückstag zu werden. Vom Dock schickte man Nachricht, daß sich die *Godspeed* in den Hafen geschleppt hätte und jetzt im Eis vor Anker läge. Sie war mehr als zwei Monate überfällig, denn Winterstürme hatten sie vom Kurs abgebracht, und sie trug eine Ladung, die mehreren bedeutenden Handelsherren gehörte, darunter auch Roger Kendall. So ein schlimmer Verlust traf schwer, besonders vor Weihnachten, doch er hatte gelächelt, als ob alles in Ordnung wäre, und war seinen Verpflichtungen klaglos nachgekommen. Kendalls Theorie hieß: laß niemanden sehen, daß du blutest, das lockt nur die Haie an. Jetzt aber war wirklich alles in Ordnung, und er war sehr erleichtert.

»Margaret, liebes Mädchen«, rief er freudestrahlend, »ich gehe jetzt zum Hafen hinunter und rede selbst mit dem Kapitän und bitte ihn zu Tisch.«

»Kannst du nicht jemand schicken? Du fehlst uns hier, der Kapitän wird seine Geschichte sowieso noch früh genug los«, gab sie zurück.

»Unsinn, Unsinn, das wäre mir ja eine schöne Begrüßung. Ich bin im Nu wieder zurück.«

Etwas ganz, ganz Winziges, eine Art Stäubchen in Margarets Herzen – etwas, wovon kaum sie selbst wußte – machte, daß sie sagte:

»Dann nimm mich mit. Ich möchte so gern mit.«

»Das ist Männersache und sehr langweilig, mein Mädchen. Das Interessante hörst du dann beim Abendessen.« Und schon war er fort, in seinen dicken Mantel gehüllt und von zwei seiner Gesellen begleitet.

Zu Fuß brauchte man nicht lange zur Werft, doch Kendall war von dem vielen Feiern noch so übersättigt, daß er nur langsam vorankam. Überall hatte sich die Nachricht von der Ankunft des Schiffes verbreitet, und so strömten denn die Menschen herbei, darunter auch Lionel, Kendalls ältester Sohn, der meinte, daß jetzt, da sein Vater soviel Glück gehabt hatte, eine gute Gelegenheit wäre, ihn um Geld anzugehen.

Er gesellte sich zu der kleinen Gruppe auf dem Dock, und noch in einiger Entfernung konnte man laute Worte hören, dann sah man, wie Lionel wutentbrannt die Faust hob. Doch sein Vater antwortete nicht. Kalter Schweiß bedeckte das Gesicht des alten Mannes. Er wurde totenblaß; ein schweres Gewicht preßte ihm die Brust zusammen, und er brachte kein Wort heraus. Jetzt drehten sich seine Männer plötzlich besorgt um und fingen ihn auf, als er umzufallen drohte. Der Kapitän des Schiffes, der ihm zur Begrüßung entgegenkam, stand still und bekreuzigte sich. Roger Kendall würde weder ihn noch jemand anders wieder zum Abendessen einladen.

Die entsetzte Magd holte Margaret zur Tür. Sie warf einen Blick nach draußen und sah die betretenen Gesichter der Gesellen ihres Mannes, dazu zwei Freunde, die auf der Straße vor der Haustür standen. Leichter Schnee wirbelte um sie herum und legte sich auf ihre Kapuzen und Bärte und das in den Umhang gehüllte Bündel, welches sie trugen. Wortlos forschte sie in ihren Gesichtern, sie ahnte, was man ihr sagen wollte. Dann trat sie hinaus und zog die Hülle vom Haupt ihrer betrüblichen Last. Es war der Leichnam ihres Mannes.

Margaret riß die Augen auf, rang nach Atem. Ihr Gesicht leuchtete geisterhaft blaß, und dann brach sie zusammen, fiel ohnmächtig in den matschigen Schnee vor der Tür. Jetzt kam Leben in ihre Leute, man hob sie auf und brachte sie nach drinnen, um den Weg für den Leichnam freizumachen.

Als man Roger Kendall dann zum letzten Mal in seiner eigenen Diele abgesetzt hatte, war auch Margaret wieder zu sich gekommen. Dem Haushalt wäre es lieber gewesen, wenn sie geweint hätte, denn dann hätte man sie trösten und den eigenen Gram lindern können. Statt dessen erteilte sie mit eigenartiger und abwesender Stimme Anweisungen für die erforderlichen Vorbereitungen. Der Schockzustand hielt an, bis der Leichnam zur Aufbahrung im Sarg fertig gemacht werden sollte. Man hatte zwei Mönche bestellt, daß sie ihn wuschen und ins Leichentuch nähten. Doch Margaret hatte sie beiseite geschoben. Eigenhändig wusch sie den Toten und bahrte ihn auf; keiner durfte ihn anrühren. Als sie seine Hände nahm und sie auf der Brust falten wollte, da fiel ihr Blick auf die große Narbe, die über den ganzen Handrücken der Rechten lief. Ein unerträglicher Schmerzklumpen löste sich und stieg hoch, und die Tränen liefen ihr übers Gesicht, als sie zuerst die Narbe, dann den Handteller küßte und ihre Hand zum letzten Mal darauflegte. Sie umschloß seine eiskalten Wangen mit ihren Händen und blickte ihm ins eingesunkene Antlitz. Sie flüsterte:

»Wenn du mich doch nur mitgenommen hättest«, während sie sich langsam vorbeugte und ihn zum letzten

Mal küßte. Dann saß sie ganz zusammengekauert und tränenblind in einer Ecke beim Feuer, während die Mönche die Arbeit beendeten. Sie wachte die ganze Nacht beim Schein der Kerzen rings um den Sarg. Ihr Hirn wollte es nicht fassen, daß er ohne Absolution gestorben war, das machte ihr furchtbar zu schaffen; und wenn sie einen Augenblick nicht an ihren entsetzlichen Verlust dachte, dann schrie sie insgeheim zu Gott, daß er ihn auch ohne Absolution erlöste. Nie und nimmer würde sie aufhören, Gott damit in den Ohren zu liegen, bis Er ihr sagte, daß ihr Roger Kendall erlöst sei. Sie würde sich an den Saum Seines Gewandes klammern und weinen und schreien, bis Er ihn erlöste, ob er nun wollte oder nicht, und wenn auch nur, um diese Plage loszuwerden. Sie würde zu Jesus und allen Heiligen beten, bis sie alle wie ein Mann aufstanden und Gott anflehten, sie ihnen vom Hals zu schaffen, indem er nachgab. Am Morgen fand man sie dort am Sarg mit einem glasigen und eigenartig entschlossenen Blick, aber immer noch wach.

Roger Kendall war alt und sehr beliebt gewesen. An der schwarzumflorten Tür mit dem Priester standen alle Mitglieder der Tuchhändlerzunft, um dem Leichnam das Geleit zu geben. Als der Sarg das Haus verließ, setzte die größte Glocke von St. Botolphe Billingsgate mit dem Trauergeläut ein. Ihr klagender Klang folgte der Prozession, die Kendall die Letzte Ehre erwies, durch die gewundenen Straßen. Voran schritten seine Zunftbrüder, dann der Kreuzträger; hinter dem Kreuz ging paarweise die Geistlichkeit mit brennenden Kerzen in der Hand. Vor dem Sarg schritt einsam und allein der Gemeindepfarrer; zu beiden Seiten der Sargträger gingen Männer mit brennenden Kerzen. Margaret folgte dem Sarg wie von Sinnen und gestützt von Hilde. Neben ihr gingen ihre beiden Töchter mit roten, verweinten Augen, und klammerten sich an ihre Röcke.

Danach kamen die Söhne des Toten in tiefstem Schwarz und nach außen hin furchtbar betrübt. Es folgte sein Haushalt und alle, die ihn geliebt hatten, und sie schrien und stöhnten und wehklagten, wie es Brauch war.

Irgendwie bewahrte Margaret während des Gottesdienstes Haltung, nachdem man Kendalls Leichnam zu Requiem und Absolution vor dem Altar abgesetzt hatte. Doch als die Sargträger ihre Last wieder aufnahmen und der Kantor den uralten Gesang anstimmte: »Send mir dein Engelein, führ mich ins ewig Leben«, da erblickten alle, welche Margaret dem Sarg folgen sahen, wie sich ihr Mund zu einem lautlosen Schmerzensschrei öffnete, der viel fürchterlicher war als alle Tränen.

Auf eine Beerdigung folgt Essen und Trinken, doch das merkte und an das erinnerte sich Margaret nicht mehr. Sie war eine Zeitlang völlig von Sinnen. Hilde rief nach Bruder Malachi und vielen ihrer Freunde, denn Margaret war weitaus beliebter, als sie überhaupt ahnte. Grüppchenweise saßen sie bei ihr und ließen sie weder bei Tag noch bei Nacht allein und versuchten, sie zum Reden oder Essen zu bewegen. Man setzte ihr die Kinder auf den Schoß, doch sie sah sie nicht. Schon mußte das Haus befürchten, daß es nicht mehr lange dauerte, und man hatte auch die Herrin verloren, was so traurig war, daß man es kaum ertragen konnte.

Als Bruder Malachi dann eines Tages mit gesenktem Kopf und auf dem Rücken verschränkten Händen durch den Schneematsch in Cheapside stapfte und sich fragte, was man noch tun könne, da hörte er vertraute Laute. Zum Dröhnen der Trommel trugen zwei wohlbekannte Stimmen den Disput zwischen Winter und Sommer vor. Dieses Mal schnitt der Sommer schlecht ab, kein Wunder auch bei dieser Jahreszeit. Das konnte niemand so gut wie Maistre Robert le Tambourer. Malachi wartete im Hintergrund, bis das Geld wohlbehalten eingesammelt war, dann begrüßte er Master Robert.

»Seid mir gegrüßt, Master Robert!« empfing er seinen alten Freund von der Wanderschaft. »Heute brauche ich Eure Hilfe ganz dringend – nur Ihr, ein leibhaftiger Meister, könnt mir noch helfen. Eure alte Freundin Margaret ist frisch verwitwet und vor Gram ganz von Sinnen. Könnt Ihr kommen, und sie uns zuliebe wieder gesundmachen?«

»Ei der Daus, alter Freund! Was für eine Überraschung, Euch hier zu sehen!« rief Master Robert jovial. »Das tut mir aber leid. Natürlich habt Ihr recht; Musik ist das allerbeste Heilmittel.« Dann verabschiedete er sich mit einer tiefen Verbeugung von der kleinen Menge um ihn herum: »Liebwerte Freunde, ich muß Euch leider verlassen – wir wurden unvermutet zu einer Privatvorstellung abgerufen.« Zusammen stapfte die kleine Gruppe – Malachi, der Kleine William, der Jongleur, der Lange Tom, der Pfeifer, und Maistre Robert – durch die schmalen Straßen zum Fluß hinunter und zu Margarets Haus. Als Master Robert an der leuchtend bemalten Fassade hochblickte, hielt er den Atem an. Wenn Margaret es nicht großartig getroffen hatte – nicht, daß sie es nicht verdiente, doch Master Robert mußte daran denken, wie sie alle in grobe Decken gehüllt am Wegesrand geschlafen hatten und von Glück sagen konnten, wenn sie die paar Pence für altbackenes Brot und dünnes Ale zusammenbekamen.

»Keine Sorge«, sagte Bruder Malachi, »sie ist noch genauso nett wie früher – aber betrüblich verändert durch den herben Verlust. Das macht uns nämlich allen Sorge.« Man führte sie zusammen nach oben, obwohl ihre schreiend bunten Umhänge und die bändergeschmückten Instrumente die konservativeren Mitglieder des Haushalts schockierten. Margaret saß im Bett und blickte ins Leere, sie sah sie nicht. Ihr Anblick schnitt Master Robert doch sehr ins Herz. Ob nun schlicht oder prächtig, seine Umgebung war ihm ziemlich gleichgültig. Mit einem Blick erfaßte er die Wandbehänge, die dicken Teppiche, das große Himmelbett und die eisenbeschlagenen Truhen und sah, daß Geld, welches schon manche Witwe tröstet, Margaret nichts bedeutete. Wer auch immer der Mann gewesen sein mochte, sie mußte ihn von ganzem Herzen geliebt haben.

Also nahm Maistre Robert le Tambourer seine kleine Handharfe und begann mit der langen, traurigen Ballade von Tristan und Isoldes Liebe. Als er dann bei Tristans Tod ankam, waren alle so betrübt, daß sie weinten. Und als er von Isoldes Gram sang, da blickte ihn Margaret mit leeren Augen an, in denen jetzt die Tränen schimmerten. Und als sie dann flossen, da fing sie an zu schluchzen, als ob ihr das Herz brechen wollte. Hilde nahm sie in die Arme.

Doch Master Robert wußte mit Kummer umzugehen, denn er hatte ihn in fast allen Abschattierungen an sich selbst erfahren und war schon zu so manchem gerufen worden, daß er ihn tröstete. Und so ließ er auf die Ballade etwas anderes folgen, ein zartes, lyrisches, instrumentales Duett mit dem Langen Tom. Dann trocknete sich der Kleine William, dessen Tränen auch reichlich flossen, die Augen und setzte mit einem anderen traurigen Lied ein. Alsdann beschleunigte Master Robert das Tempo mit einem lebhafteren Lied. Danach stimmten sie eines von Margarets Lieblingsliedern an und baten sie mitzusingen. Zunächst konnte sie nicht, doch als man beim zweiten Kehrreim angelangt war, setzte sie mit zitternder Stimme ein. Dann sangen sie zusammen, schlugen dazu kräftig den Takt, während die anderen im Zimmer den Kehrreim so unerschrokken mitsangen, daß das Haus von dem Lärm schier ins

Wanken kam. Danach führte Master Robert einen komischen Tanz auf, und alle lachten, selbst Margaret.

Sie blieben die ganze Nacht, sangen und trugen verrückte Dialoge vor, bis die Kerzen niedergebrannt und die Diener vor Erschöpfung umgefallen waren, und Margaret seit jenem furchtbaren Tag zum ersten Mal richtig Schlaf fand. Als sie am Morgen aufwachte, kam Master Robert persönlich mit dem Frühstück hochgetanzt, und der Lange Tom und der Kleine William standen um sie herum und erzählten Witze, während sie aß. Als sie merkten, daß sie langsam wieder zu sich fand, umarmten sie Margaret und sagten ihr Lebewohl:

»Margaret, liebes Mädchen, ohne dich ist es auf der Landstraße sehr langweilig gewesen, und seitdem du uns verlassen hast, haben wir uns gezwungenermaßen mit unserer Satire äußerst vorsehen müssen. Vergiß nicht, in der Truppe von Robert le Tambourer wartet immer ein Platz auf dich! Und jetzt, liebes Herz, müssen wir dich verlassen, denn wir haben eine Vorführung im Gildensaal der Goldschmiede.« Dann verneigten sich alle drei äußerst elegant und gingen. Margaret sagte:

»O Hilde, wie ich sie liebe! Vielleicht wird ja doch noch alles gut.«

Margaret und ihre Freunde bemerkten allerdings nicht, daß die Wölfe sie schon umkreisten wie ein verwaistes Lämmchen auf einer Waldlichtung. Eine arme Wittib mag ein Weilchen keine Freunde haben, eine reiche jedoch ist eine fette Beute. Und wenn sie nicht nur reich, sondern auch noch attraktiv ist, dann steht es außer Frage, daß man sie allzu lange in Ruhe läßt. Mehreren Ortes in der City stellten mächtige Männer bereits Berechnungen an, wenn auch nicht für sich, so doch für ihre Söhne: wie viele Tage es sich nämlich noch schickte, zu warten, ehe man um ihre Hand anhielt, und wie man sie sanft unter Druck setzen könnte, um ihre Einwilligung gewissermaßen zu erzwingen.

Doch noch unangenehmer machte sich bemerkbar, daß bei den angeblich geläuterten Söhnen Lionel und Thomas kurz nach dem Begräbnis alles wieder beim alten war, ja, genau in dem Augenblick, als sie erfuhren, was im Testament ihres Vaters stand. Was sie planten, war noch schlimmer als eine Ehe. Eines Nachmittags, als im Haus der Kendalls Ruhe eingekehrt war, Kendalls Lehrbuben und Gesellen ausgezogen waren und sich keine Besucher mehr die Türklinke in die Hand drückten, da donnerte Lionel an die Haustür und bat um Einlaß. Thomas versuchte es zur gleichen Zeit an der Hintertür. Zu ihrer Überraschung wurden die Haushaltsmitglieder, die beide Türen öffneten, auf der Stelle von einem halben Dutzend bewaffneter Banditen überwältigt, die sich jetzt hereindrängelten und die verschüchterten Dienstboten in der Diele zusammentrieben.

»Wenn Euch Euer Leben lieb ist, dann versucht nicht zu fliehen«, sagte Lionel zu ihnen, lächelte dabei sein wölfisches Lächeln und schwang sein Kurzschwert. »Wir haben für Eure Herrin eine Überraschung auf Lager und lassen uns nicht gern dabei stören.« Als die Unholde die Nachzügler aus den Ställen hereingetrieben hatten, sperrten sie die Dienerschaft in einen Vorratsraum im Keller. Dann stürmten sie auf der Suche nach Margaret, ihren Kindern und der Kinderfrau die Treppe hoch.

»Ha, Agatha, jetzt kriegst du endlich die Gelegenheit, sie zu versohlen, wie sie es verdienen«, lachte Thomas und warf der Kinderfrau einen Beutel voller Geld zu. »Paß auf sie auf, aber bring sie nicht um – wenn alles wie geplant läuft, dann machen wir ein gutes Geschäft mit dem Verkauf ihrer Mitgift.«

»Stets gern zu Euren Diensten, Sir«, sagte sie mit einem Knicks und einem hämischen Grinsen.

Die gedungenen Mordbuben hatten Margaret gefunden und hielten sie in ihrem Schlafzimmer an den Armen gepackt, während Lionel sie umschlich.

»Los, du Dirne, sag uns, wo es ist«, fauchte er.

»Wo was ist?« stieß Margaret hervor.

»Tu doch nicht so, du weißt ganz gut, wonach wir suchen.«

»Ich weiß es wirklich nicht, ich schwöre es«, sagte Margaret, doch ihre Antwort erboste Lionel nur noch mehr. Er hielt sie an der Kehle gepackt, als wollte er die Antwort aus ihr herauswürgen, als sein Bruder hereinkam:

»Noch nicht erdrosseln; denk daran, wir kriegen gar nichts und verlieren alles, wenn du sie gleich umbringst«, rief er Lionel zu, der im gleichen Augenblick einen schrillen Schrei ausstieß.

»Die Hexe hat mich verbrannt!« Heftig zog er die Hand zurück und betrachtete sie; es roch nach angesengtem Fleisch. Über seinen Handteller lief ein schwarzes Mal, ein Brandmal, das genau die gleichen Kettenglieder zeigte wie die Kette um Margarets Hals. Sie schreckte vor ihm zurück und versuchte mit der Hand nach ihrem Hals zu fassen, doch Lionels Männer hielten sie bei den Ellbogen gepackt, und so konnte sie die schmerzende Stelle nicht erreichen. Am Halsansatz bildete sich im Nu ein großer, blauer Fleck, der wie zwei Daumen geformt war. Während des ganzen Zwischenspiels hatten die beiden Männer, die sie an den Armen festhielten, ihren Griff nicht gelockert.

»Bruder, Bruder. Warte bis später. Bring sie zuerst zum Reden, ehe du etwas tust, was sich nicht wieder gutmachen läßt«, sagte Thomas. Auch er zog sein Messer und hielt ihr die Klinge an die Kehle. »Und jetzt«, sagte er, »erzählst du uns, wo es ist, oder du wirst es sehr, sehr langsam bereuen.«

»Ich schwöre bei allen Heiligen, ich weiß nicht, was Ihr meint!« keuchte Margaret und traute sich nicht, auch nur den allerkleinsten Muskel zu rühren.

»Das Testament, das Testament, du gerissene, tückische, kleine Schlampe. Das richtige. Das, was du gestohlen hast.«

»Es gibt kein anderes Testament, abgesehen von dem, das gerade eröffnet worden ist. Was, um Himmels willen, meint Ihr damit?«

»Das Weib ist wirklich erstaunlich unverschämt, Bruder. Hörst du, wie sie es abstreitet?«

Lionel stand von der Truhe auf, wo er gesessen und sich die verbrannte Hand gehalten hatte. In seiner vollkommen schwarzen Trauerkleidung war er ein finsterer Geselle. Mit großen Schritten durchmaß er das Zimmer und nahm das Messer seines Bruders mit einer beinahe zärtlichen Geste von ihrer Kehle weg, dann schlug er Margaret jäh brutal ins Gesicht. Sie blinzelte, versuchte, die Tränen zu unterdrücken, und starrte ihn verständnislos an.

»Verschwende keine Zeit mit Abstreiten. Wir wissen von dem Komplott. Du wolltest das echte Testament verstecken und eine Fälschung unterschieben. Man hat dich und deinen Liebhaber dabei gesehen.«

»Meinen Liebhaber?« rief Margaret außer sich. »Ich habe keinen Liebhaber.«

Beide Brüder stießen ein heiseres Lachen aus. Lionel höhnte:

»Uns lügst du nicht an, du fromme, kleine Heuchlerin, so wie du es bei Vater geschafft hast. Du bist die ganze Zeit doch nur hinter seinem Geld hergewesen; das haben wir gewußt und dich beobachten lassen. Du bist mit Papieren gesehen worden, welche dieser schmierige Klosterbruder, mit dem du geschlafen hast, für dich geschrieben hat.«

»Nie, nie und nimmer habe ich so was getan. Es ist gemein von Euch, mir das vorzuwerfen, wo Euer Vater eben erst unter der Erde ist.«

»Du willst also abstreiten, daß man dich mit Papieren gesehen hat? Uns führst du nicht hinters Licht. Wir wollen sie haben, noch ehe die Nacht um ist. Wo sind die Papiere?« Lionel hatte sein Messer gezogen, und es glänzte tückisch, als er die Spitze sacht, ganz sacht über Margarets Kehle zog, wo sie eine schmale, rote Spur wie einen dünnen Kratzer hinterließ. Inmitten dieser entsetzlichen Ereignisse ging Margaret jäh auf, was sie meinten. Jemand hatte ihnen von ihrem Buch erzählt. Was nutzten da alle Erklärungen – sie würden ihr keinen Glauben schenken. Und wenn, dann würden sie in ihrer Wut über den Fehlschlag das Buch vernichten. Sie sah sie direkt vor sich, wie sie lachten und sich die Seiten laut vorlasen, eine nach der anderen, während sie diese vor ihren Augen dem Feuer übergaben. Nie und nimmer würde sie das Versteck verraten. Ihr Blick suchte verzweifelt nach Hilfe, aber es gab keine. Lionel merkte, wie sich ihr Ausdruck flüchtig veränderte, und ein schiefes Grinsen, eine finstere Karikatur von seines Vaters gewinnendem Lächeln, verzerrte seine Züge.

»Aha! Du weißt sehr wohl, wo es ist. Unser Vater hat uns alles hinterlassen, und das weißt du. Am Ende hat er doch noch herausgefunden, was du für eine bist.«

»Ja«, kam Thomas dazwischen. »Wir haben ihn gewarnt. Dann haben wir versucht, ihn vor sich selbst zu bewahren, diesen senilen, alten Narren, doch jemand hat das Gift gefunden, und du bist noch einmal davongekommen, du hartnäckige, kleine Ratte, du.«

»Aber jetzt ist es zu spät für dich. Rede, oder ich schneide dir auf der Stelle die Kehle durch«, sagte

Lionel lächelnd und legte ihr die Klinge quer über den Hals.

»Ich habe keine Angst vor dem Tod«, sagte Margaret, »mach nur. Ich habe darum gebetet, sterben zu dürfen. Stecht nur zu.« Sie drehte den Kopf, so daß die Arterie unterhalb ihres Ohres unter der Messerklinge pochte.

Thomas hatte zugesehen, und dabei war ihm ein Gedanke gekommen.

»Vielleicht hast du ja wirklich keine Angst vorm Sterben, aber ich könnte mir vorstellen, daß du es gar nicht so gern siehst, wenn hier, bevor du gehst, so ein niedlicher, kleiner Finger abgehackt wird. Wo sind die Bälger, die nie versohlt werden?«

»Um Gottes willen, rührt sie nicht an!« schrie Margaret verzweifelt. »Ich sage Euch ja alles!« Ganz außer sich wand sie sich im Griff der bewaffneten Männer.

»Also«, sagte Lionel mit einem triumphierenden Hohnlächeln, »wo ist nun das Testament?«

»Ich habe es nicht da.«

»Dann hast du es deinem Liebhaber gegeben?«

»Ja, ja, ich habe alle Papiere Bruder Gregory gegeben.«

»Und wo ist der jetzt?«

»Weiß ich nicht – er ist weg und hat gesagt, er würde wiederkommen.«

»Du weißt es also nicht? Bruder, ich glaube, sie lügt«, sagte Thomas. In diesem Augenblick klopfte es an die Tür im Untergeschoß.

»Geh einer hin!« brüllte Lionel seinen Männern dort unten zu. Einer stand von seinem Platz am Feuer auf, wo er sich hingefläzt und Kendalls Ale zugesprochen hatte. Als er mühsam hochkam, stolperte er über Lion, der auch am Feuer gelegen hatte.

»Verdammichter Köter«, sagte er und versetzte ihm einen Tritt, der ihn gegen die Wand schleuderte. Als er die Haustür aufmachte, um nachzusehen, wer dort war, sauste Lion aufjaulend nach draußen. Vor der Tür stand ein Junge, ein frecher, kleiner Junge mit Sommersprossen, und verkündete, er hätte eine Nachricht für Mistress Margaret Kendall und streckte dabei die Hand nach einem Trinkgeld aus.

»Gib sie mir«, sagte der Mordbube.

»Und mein Trinkgeld, Master?« forderte der Junge.

»Hau ab!« brüllte der Bandit und schlug ihm die Tür vor der Nase zu. Dann rief er in schrillem, falschem Falsett nach oben:

»Nachricht für Mistress Margaret!«

Lionel las die Botschaft mit einem wölfischen Lächeln.

»Sie hat nicht gelogen, Bruder«, verkündete er. »Das hier ist von ihrem Liebhaber – er sagt, daß er in drei Tagen kommt, um *›ihre Rechtschreibung nachzusehen‹*. Hach! Kann mir schon denken, wie er die nachsieht, weiß Gott. Tüpfelt alle ›i's‹ mit seinem Schwanz, wetten daß?« Alle im Zimmer lachten schallend, und Margaret lief vor Scham hochrot an.

»Gut, die drei Tage warten wir, Bruder«, sagte Thomas.

»Ei, sperren wir sie doch bis dahin im Keller ein, und dem lüsternen Klosterbruder bereiten wir einen kleinen, unverhofften Empfang«, erwiderte Lionel. »Der will nämlich gewiß den Mund auch nicht aufmachen. Hat zweifellos vor, sich die Beute irgendwo in einem kleinen Liebesnest mit ihr zu teilen. Und der ist viel zäher und gerissener als die da.«

»Das muß man ihm lassen, ein gewagter Plan. Darauf wäre eine Frau nie im Leben gekommen.« Thomas wußte Menschen zu würdigen, die gerissener waren als er, obwohl diese Art von Würdigung keinem nutzte. Nachdem er also Bruder Gregory als Bösewicht gewürdigt hatte, drehte er sich um und würdigte die Bosheit seines älteren Bruders, denn der hatte sich entschieden etwas umwerfend Böses ausgedacht. Lionel ließ sich die Sache durch den Kopf gehen, dann sagte er zu seinem Bruder und dem aufmerksamen Publikum gedungener Banditen:

»Ei, schlagen wir doch zwei Fliegen mit einer Klappe. So kriegen wir unseren Spaß und unsere Rache. Jemand muß diesen schmierigen Schreiberlingen eine Lehre erteilen. Wenn wir an diesem da ein Exempel statuieren, so könnte das später andere abschrecken. Wir werden diesem gerissenen Klosterbruder einen grandiosen Empfang bereiten! Ihn aufhängen wie Abælard und ihn vor Margarets Augen entmannen. Dann prügeln wir die Wahrheit aus ihm heraus.« Die Unholde nickten und knurrten beiläufig. »Und jetzt, liebe Stiefmutter, wollen wir dich in den Keller geleiten.«

Margaret war übel vor Angst, als man sie allein in einen ihrer eigenen Vorratsräume einsperrte. Die ganze Nacht über grämte sie sich, schlief nur sporadisch im Sitzen an ein Faß gelehnt. Sie sorgte sich um ihre Kinder und weinte um sie; ach, wie sie ihren Mann vermißte! Vor allem aber setzte ihr zu, daß sie in ihrer Not, ihre Kinder und ihr Buch zu retten, einen unschuldigen Menschen an seine Mörder ausgeliefert hatte. Sie war so außer sich vor Gram, daß sie mit keinem Gedanken daran dachte, was für ein Glück es doch war, daß es im Vorratsraum keine Ratten gab.

Margaret wäre es vielleicht etwas besser gegangen, wenn sie gewußt hätte, daß man Lion aus dem Haus geworfen hatte. Er machte genau das, was er sonst auch machte, wenn man ihn nach draußen ließ. Er lief schnurstracks zu Mutter Hilde.

Als Mutter Hilde in den frühen Morgenstunden von einer langwierigen Entbindung zurückkehrte, fand sie zu ihrer Überraschung Lion wie ein Lumpenbündel elend auf ihrer Schwelle liegen.

»Ei, was heißt denn das, Lion? Du blutest ja! Stimmt etwas nicht?«

Lion jaulte und schniefte und versuchte, sie zu Margarets Haus zu ziehen. Hilde folgte ihm die Straße entlang. Scharfsinnig wie sie war, klopfte sie nicht an der Haustür, sondern lauschte an einem Fenster. Sie sah Licht, lange nachdem der Haushalt üblicherweise im Bett lag, Licht, das durch die Läden der Küche drang. Sie vernahm unbekannte Stimmen und den rauhen Lärm eines Zechgelages. Lion zupfte an ihrem Kleid, jaulte und führte sie ums Haus herum zu einem der fest vergitterten Schächte, die in den Keller gingen. Er grub an dem Schacht und jaulte. Das Gejaule weckte Margaret auf, die ohnedies nicht richtig geschlafen hatte, und sie rief leise:

»Wer ist da? Bist du's, Lion?« Wie freute sie sich, als sie Mutter Hilde im Flüsterton antworten hörte.

»Margaret? Was um alles tust du um diese Zeit im Keller?« Und dann kauerte sich Mutter Hilde im kalten Licht der Sterne, die gerade vor Sonnenaufgang am hellsten funkeln, in den Schnee und ließ sich von Margaret über den Hinterhalt berichten, in den man Bruder Gregory locken wollte.

»Mach schnell, Hilde, mach schnell, du mußt ihn warnen. Ich habe ihm etwas Furchtbares angetan, und du mußt ihn retten.«

»Und du, Margaret?«

»Ich weiß genau, Bruder Gregory fällt etwas ein. Er ist klug. Frag ihn, was da zu machen ist; aber beeil dich, Hilde, warne ihn!«

Die Morgenröte dämmerte bereits rosa herauf, als die Tore geöffnet wurden und die City erwachte. Da hatte Mutter Hilde mit einiger Mühe das Haus gefunden, in dem Bruder Gregory wohnte. Mit Lion auf den Fersen keuchte sie die baufällige Stiege draußen am Haus zu dem winzigen Raum unter dem Dachfirst hinauf, den er gemietet und schon bald für immer verlassen wollte. Ihr verzweifeltes Geklopfe störte Bruder Gregory in einem heiklen Augenblick. Nachdem er seine Morgengebete gesagt hatte, meditierte er. Am besten war es wohl, man fing mit Christi Wunden an, doch er kam nicht recht voran. Zum einen war er hungrig. Das war er immer nach dem Aufstehen, und es lenkte ihn ab. Zum anderen war Weihnachten bei seinem Vater im Norden nicht gut gelaufen, und er hatte immer noch eine Prellung an der Schläfe, wo ihm sein Vater im Laufe einer wüsten Auseinandersetzung über seinen Entschluß, sein Leben der Einsamkeit und dem Gebet zu weihen, eins übergezogen hatte. Ja, der alte Mann war, kaum daß Bruder Gregory über die Schwelle getreten war, so wütend geworden, daß dieses sofort seiner wankenden Überzeugung aufgeholfen hatte. Je eher, desto besser, war seine Folgerung nach dem ersten, zornigen Wortwechsel mit seinem Vater gewesen.

Drinnen in dem Ohr, an der Seite, wo sein Vater ihm eins übergezogen hatte, summte es immer noch, und das störte beim Nachdenken doch erheblich. Er war aufgebracht: warum um alles hatte er sich von seinem Vater so verprügeln lassen, schließlich war er ein erwachsener Mann. Na ja, so sinnierte er besorgt, entweder er ließ es zu, oder er schlug zurück, und das schickte sich nun wirklich nicht, auch wenn sein Vater ein gewalttätiger, alter Mann war. Anders besehen war es bewundernswert, daß er für seinen Entschluß sogar Prügel hingenommen hatte. Fürwahr, wenn das nicht bewies, daß sich der Abt ganz und gar getäuscht hatte! Er besaß auch kein bißchen, kein allerkleinstes bißchen *Stolz!* Allmählich wurde Bruder Gregory ganz stolz auf sich. Wie demütig er doch gewesen war, hatte nur ein wenig zurückgeschrien (was unter den Umständen völlig gerechtfertigt war), ehe sein Vater ihn mit dem machtvollen Schlag außer Gefecht gesetzt hatte. Der

Abt würde sicher beeindruckt sein von seinem Grad an *Demut* und zugeben, daß er sich getäuscht hatte.

Als er es in diesem rosigen Licht besah, wurde er direkt umgänglicher Stimmung. Ob der Psalter Margaret wohl gefallen hatte? Natürlich würde sie die Handschrift erkennen und wahrscheinlich die prächtigen Anfangsbuchstaben bewundern, doch daß er auch die Übersetzung gemacht hatte, darauf kam sie nie. Das war sein Geheimnis. Für eine Frau war sie gar nicht so unrecht, und es war ein hübsches Abschiedsgeschenk. Natürlich hatte er die Vermittlungsgebühr eingesteckt – das war nur gerecht, fand er –, doch den Rest des Honorars hatte er in St. Bartholemew's in die Kollekte für die Armen gegeben. Im Grunde genommen machte sich Bruder Gregory nicht viel aus Geld – er fand, Gott war immer bereit, einem so bewundernswerten Kerl wie ihm unter die Arme zu greifen; irgend etwas würde sich schon ergeben. Außerdem war es gewöhnlich, sich wegen Geld zu grämen, und wenn er eines nicht war, bildete sich Bruder Gregory ein, dann gewöhnlich.

Die Meditation lief nicht ganz, wie sie sollte, und so bemühte sich Bruder Gregory denn, ein Weilchen an die *Demut* zu denken, ehe er zu Christi Wunden zurückkehrte. Genau in diesem Augenblick, als er vor seinem Kruzifix prosterniert am Boden lag, da klopfte Mutter Hilde.

»Wer ist da?« fragte er unwirsch und stand auf.

»Ich bin's, Mutter Hilde. Es ist wichtig.«

Mutter Hilde? Die berühmte Mutter Hilde. Die er nie gesehen hatte. In der Tat war Bruder Gregory fast der letzte in der ganzen Stadt, der noch nicht von Roger Kendalls Tod gehört hatte, war er doch bis vor ein, zwei Tagen nicht im Lande gewesen; er hatte vorgehabt, seine Dinge zu regeln, bevor er ging, hatte aber bislang noch niemanden aufgesucht.

Er machte die Tür auf, und Mutter Hilde erfaßte sein

schmalbrüstiges Zimmerchen mit einem Blick. Es war kaum groß genug zum Umdrehen, und die vom höchsten Punkt des Daches schräg abfallende Decke dräute nur wenige Zentimeter gefährlich über Bruder Gregorys Kopf. Schlichte, weiß getünchte Wände nur mit einem Kruzifix, eine geflochtene Strohmatte auf dem Fußboden, ein kleiner Schreibtisch, ein kalter Feuerrost in der Ecke und ein winziges Fenster mit einem durchlässigen Laden – es gibt in London schlimmere Zimmer, dachte sie, und in manchen wohnen ganze Familien. Dennoch war klar, daß er nicht in dem legendären Luxus der genußfreudigen Geistlichkeit lebte, die sie kannte.

»Bruder Gregory«, keuchte sie (denn die Stiege war steil), »Margaret hat mich geschickt, Euch vor einer schrecklichen Verschwörung gegen Euch zu warnen.« Bruder Gregorys nickte zur Begrüßung, doch seine Miene sah statt streng eher überrascht aus.

»Eine Verschwörung?« fragte er mit hochgezogenen Brauen. »Von wem denn?«

»Von den Söhnen Roger Kendalls, die einen Groll gegen Euch hegen. Sie haben Eure Nachricht abgefangen und wollen Euch überfallen, wenn Ihr zur verabredeten Zeit kommt. Sie sagt, sie wollen mit Euch verfahren ›wie mit Abælard‹, was auch immer das heißen soll.«

»Wie, um Himmels willen, kann Master Kendall dergleichen zulassen? Oder macht er etwa mit?« fragte der nun doch etwas beunruhigte Bruder Gregory.

»Wißt Ihr denn nicht? Master Kendall ist doch schon seit vierzehn Tagen tot.« Bruder Gregory war entgeistert.

»Das ist ja furchtbar«, dachte er. »Auch wenn er viel von einem Freidenker hatte, so war er doch ein guter, alter Kerl – besser als so manch anderer alte Mann, den ich kenne –, ich werde für ihn beten müssen.«

Mutter Hilde fuhr nun fort, erklärte ihm, wie sie das Haus überrumpelt hatten und nun Margaret und ihre Töchter als Köder gefangenhielten, um ihn zurückzulocken.

»Warum bloß um Himmels willen?« fragte Bruder Gregory.

»Sie glauben, Ihr habt ein Exemplar von einem Testament, das mehr zu ihren Gunsten ist. Jemand hat ihnen erzählt, daß Margaret Euch Papiere gegeben hat, und nun glauben sie, daß es ein verstecktes Testament gibt und daß Ihr das vorliegende gefälscht habt.«

Bruder Gregory war tief bestürzt. Zunächst einmal war seine meditative Stimmung dahin, und ihm war klar, daß es ein Weilchen dauern würde, bis er wieder zu der richtigen Versenkung gefunden hatte. Zum zweiten gefiel ihm der Gedanke nicht, daß Margaret von derart widerwärtigen Charakteren unsanft behandelt wurde. Drittens gilt es als schlimme Beleidigung, wenn niedrig Geborene den Sohn einer alten Familie – selbst wenn es bloß ein zweiter Sohn ist – mit solch einem abscheulichen Überfall bedrohen. Und schließlich das Schlimmste überhaupt: es blieb ihm nur eines zu tun, und das war das Letzte auf der Welt, was Bruder Gregory vorhatte. Sein Gesicht wurde grimmig, die Muskeln an seinem Kiefer zuckten. Dann rannte er wild im Zimmer auf und ab, überlegte bei sich, ballte die rechte Hand und schlug sich mit der Faust in die linke. Am Ende stand er jäh still und sagte mit einem abgrundtiefen Seufzer:

»Ich muß zu Vater.«

»Vater? Wer ist das?« fragte Hilde.

»Vater. Mein Vater«, sagte Bruder Gregory, »und das fällt mir nicht leicht. Er hat mir schon einmal eins über den Kopf gezogen. Beim nächsten Mal bin ich vielleicht taub.«

»Du lieber Himmel, ja, das ist aber ein tüchtiger blauer Fleck«, pflichtete ihm Mutter Hilde bei.

»Wir haben drei Tage«, sagte Bruder Gregory. »Die Zeit dürfte reichen, wenn ich beim Hin- und Rückweg nicht zu Fuß gehe. Hat Bruder Malachi immer noch sein Maultier?«

»Woher wißt Ihr von Bruder Malachi?« Mutter Hilde stellte alle Stacheln auf.

»Ich weiß eine Menge – mehr, als mir guttut«, erwiderte Bruder Gregory verdrießlich.

»Dann dürftet Ihr auch wissen, daß das Maultier alt und langsam ist«, sagte Mutter Hilde und warf ihm einen scharfen Blick zu. Bruder Gregory ließ sich das durch den Kopf gehen. Niedergeschlagen betrachtete er seine Hände.

»Dann werde ich ein anständiges Pferd mieten müssen. Ihr habt nicht zufällig Geld dabei, wie?«

»Nicht hier«, sagte Mutter Hilde, »aber wenn Ihr mich zurückbegleitet, sollt Ihr es haben.«

Bruder Gregory nahm sein kleines Bündel und packte sein Kruzifix dazu, dann folgte er Hilde aus dem Haus. Lion sprang ihm fröhlich um die Füße.

»Ich finde immer noch, es schickt sich nicht für einen Hund, vorn und hinten gleich auszusehen«, murrte Bruder Gregory, als sie zusammen die Stiege hinabkletterten.

Sie gingen durch die vereisten Straßen und suchten sich einen Weg um matschige Schneehügel herum, die mancherorts die ganze Straße versperrten, bis hin zu einer Gasse, über die Gregory schon viel geschrieben, die er jedoch noch nie gesehen hatte. Als er sich duckte, um durch die niedrige Tür des Hauses einzutreten, da stieg ihm ein vertrauter Geruch in die Nase – der Geruch aus einem alchimistischen Laboratorium.

»Schon daheim?« rief eine Stimme aus dem Hinterzimmer, und die gedrungene, etwas behäbige Gestalt

Bruder Malachis tauchte im niedrigen Türrahmen am entgegengesetzten Ende des großen Zimmers auf. »Ich finde allmählich, ein bißchen Frühstück würde uns guttun – oh! Du lieber Gott, was tust denn du hier, Gilbert?«

»Das Gleiche könnte ich auch dich fragen, Theophilus von Rotterdam«, sagte Bruder Gregory gelassen.

»Ich wurstele mich, wurstele mich so durch. Was führt dich hierher?«

»Eigentlich wollte ich Geld borgen, damit ich ein Pferd mieten kann«, erwiderte Bruder Gregory.

»Von Frauen borgen? Tief bist du gesunken, Gilbert. Übrigens, schreibst du noch? Oder lehrst du wieder?«

»Ich widme mich dieser Tage der Kontemplation«, sagte Bruder Gregory von oben herab.

»Immer noch der alte Snob, was?« bemerkte Bruder Malachi heiter. »Aber mir macht das nichts – wir hatten eine schöne Zeit zusammen, zumindest bis ich in Verruf kam und die Stadt verlassen mußte. Wie ich hörte, haben sie deine Bücherverbrennung ganz groß aufgezogen – überall Blut auf dem Gehsteig und Tausende von jubelnden Menschen und dergleichen mehr. Also, ich trete da lieber einen heilsamen Urlaub an, solange ich noch in der Lage bin, ihn zu genießen. Deine Schuld, Gilbert, daß du dableiben und dich verteidigen mußtest. Aber du hast ja stets einen guten Rat in den Wind geschlagen.« Bruder Gregorys Brauen zogen sich in der Mitte zusammen, und er machte ein Gesicht wie eine Gewitterwolke.

»Bruder Gregory hat dringende Geschäfte anderswo, lieber Malachi, wir dürfen ihn nicht aufhalten.« Mutter Hilde behielt in kritischen Lagen immer einen klaren Kopf und das Wesentliche im Auge.

»Haust du ab? Ist jemand hinter dir her? Genau wie damals in Paris. Leichter Fuß und leichter Sinn, wie ich immer sage – halte nie zu sehr fest und dich nicht zu lange auf.«

Bruder Gregory lächelte. Theophilus war schon immer ein ulkiger Kerl gewesen. Dazumal hatte beispielsweise er dieses Spottliedchen auf den Rektor geschrieben. Man konnte ihm einfach nicht lange böse sein.

»Hast du schon den Stein der Weisen gefunden?« fragte er.

»Ich stehe ganz, ganz dicht davor«, vertraute ihm Bruder Malachi an, »aber andere Geschäfte haben mich davon abgehalten.«

»Als da sind gefälschte Ablaßbriefe, Pestarzneien und dergleichen mehr. Wieso bin ich nicht schon lange darauf gekommen, daß du's bist? Es gibt keinen anderen derart gelehrten Schurken oder schurkischen Gelehrten.«

»Hübsch ausgewogen, Gilbert. Talent hast du immer noch. Doch mir scheint, du bist jetzt Bruder Gregory. Das gehört wohl zur Kontemplation und der komischen Ausstaffierung. Bist du schon lange dabei?«

»Lange genug.« Bruder Gregory preßte den Mund zu einer Linie zusammen.

»Und bereits eine Offenbarung gehabt?«

»Augenblicklich befinde ich mich in einer so sublimen Geistesverfassung, wie sie sich gar nicht beschreiben läßt«, antwortete Bruder Gregory gereizt.

»Hmpf. Da ist mir aber anderes zu Ohren gekommen. Bei Margaret hast du herumgehangen. Vermutlich mit ihr geschlafen. Sie ist wirklich ein hübsches Mädchen, und ihr Mann war alt – eine Vernunftehe wohl. Hat sie aus einem schlimmen Schlamassel herausgeholt.«

»Ich habe nicht mit Margaret geschlafen«, sagte Bruder Gregory empört.

»Aber was hast du denn dort die ganze Zeit getrieben?«

»Wenn du es unbedingt wissen willst, ich habe ihre Erlebnisse nach Diktat niedergeschrieben«, sagte Bruder Gregory mit einem prüde mißbilligenden Blick. Er mochte keine vulgären Menschen, und inzwischen war ihm immer wieder eingefallen, daß Theophilus ihn auch schon früher damit gereizt hatte.

»Du hast was?« Bruder Malachi brüllte vor Lachen und schlug sich auf die Schenkel. Er wiegte sich vor und zurück und lief vor Lachen rot im Gesicht an. »Gilbert, ich habe dich schon immer für unmöglich gehalten, aber diese Ausrede verfängt bei mir einfach nicht! Frauen schreiben keine Erinnerungen – oh, schon gut, laß es dabei.« Er hatte mitbekommen, wie zornmütig Bruder Gregory aussah.

»Erinnerungen, hach! Kein Wunder, daß du so eilig verschwinden willst. Laßt mich wissen, wie es ausgegangen ist.«

»Sagtet Ihr, daß er Theophilus heißt?« fragte Mutter Hilde neugierig.

»Na ja, wenigstens als ich ihn in Paris kannte – aber wer weiß das schon? Vielleicht hat er ja noch einen Namen.«

Als Mutter Hilde ihm das Geld hinzählte, merkte Gregory, wie besorgt sie aussah. Gern hätte er ihre Hand genommen und ihr Mut gemacht, doch er nahm nie die Hand einer Frau. So blickte er sie nur an und sagte:

»Sorgt Euch nicht. Es wird schon alles gut, und wir befreien Margaret«, und damit drehte er sich um und eilte aus dem Haus und so rasch es ging die Gasse entlang, damit sie nicht den Ausdruck auf seinem Gesicht mitbekam.

Das gemietete Pferd war ein dahintrottender Zelter, der schon bessere Tage gesehen hatte, aber er war ausgeruht, hatte einen langen Schritt und kam gut voran. Und so dauerte es auch nicht lange, und Bruder Gregory hatte Aldersgate hinter sich gelassen, die lärmenden Gassen von Smithfield durchquert und zog nun über Land auf der großen Römerstraße dahin, die gen Norden führte. Ohne eine Rast einzulegen, schaffte es Bruder Gregory in etwas mehr als einem Tag nach Haus. Todmüde näherte er sich Vaters baufälligem, altem Herrenhaus, und schon fiel der Alte selbst auf der Landstraße über ihn her. Er probierte just ein neues Pferd aus, dicht hinter sich den Stallburschen. Er ließ das Pferd antraben, dann eine Piaffe tanzen, die besonders gut wirkt, wenn man bis an die Zähne bewaffnet durch eine Stadt reitet, und umrundete dann Bruder Gregory und blickte ihn von Kopf bis Fuß an, wie er da schweigend auf dem Zelter saß und darauf wartete, daß er das Wort an Vater richten durfte. Ein lohfarbener, pelzgefütterter Umhang bauschte sich um Bruder Gregorys Vater; seine behandschuhten Hände hatten Schinkenformat. Der ausnehmend muskulöse, schwarze Hals des Streitrosses glänzte wie ein schimmernder Bogen; seine pastetengroßen Hufe schlugen den gefrorenen Boden, sein Geschirr klirrte in dem Schweigen. Das Pferd war ein Ungeheuer – mindestens vierzehn Handbreit hoch, und Bruder Gregorys Vater saß so aufrecht darauf wie eine Schwertklinge, das weiße Haar und der Bart umwehten sein Gesicht, während er aus einer überragenden Höhe von gut einem Fuß auf Bruder Gregory herabblickte.

»Auf was, zum Teufel, sitzt du da eigentlich?« brüllte der alte Mann.

»Auf einem Mietpferd, Vater«, sagte Bruder Gregory erschöpft.

»Was, ein Mietpferd? Wo hast du denn das gemietet, im Trödelladen?«

»Vater, ich wollte dich um etwas bitten.«

»Kommst wohl zurückgekrochen«, donnerte der alte Mann. »Wußte schon immer, daß du kein Rückgrat hast.«

Bruder Gregorys Vater hatte keine Probleme mit Gott. Er wußte, Gott glich ihm aufs Haar, nur ein bißchen größer und natürlich *seigneur* eines etwas größeren Stückchens Grund und Boden. Der Gottesdienst gefiel ihm selbstverständlich. Genau das, was er für sich anordnen würde, wenn er Gott wäre und es ihm zu langweilig würde. Und im Augenblick war es langweilig. Er befand sich zwischen zwei Feldzügen und mußte sich mit diesem Schwachkopf unterhalten, den Gott ihm als zweiten Sohn gegeben hatte – einer von Gottes wenigen Fehlern.

»Vater, ich komme nicht gekrochen.« Bruder Gregory wurde langsam ungeduldig.

»Nein du reitest – reitest auf einem Pferd, das aussieht, als ob man es stückchenweise zusammengesetzt hätte. Immerhin ein Fortschritt gegenüber letztem Mal, als du zweifellos auf dem Bauch im Staub zurückgekrochen bist.«

Sie ritten jetzt nach Haus, durch das kleine Dorf mit den strohgedeckten Katen und die lange, matschige Auffahrt entlang zur verfallenen Eingangspforte. Hinter ihnen ritt in diskreter Entfernung der Stallbursche, doch der mußte sich schon sehr zusammennehmen, daß man ihm seine Belustigung nicht ansah. Sie waren aber auch ein zu unterschiedliches Paar: Bruder Gregory in seinem alten, verfilzten Schafsfell, die knubbeligen Beine viel zu lang für die kleine Schindmähre mit dem Hohlrücken, auf der er hockte, und der alte Sir Hubert de Vilers, prächtig gestiefelt und gespornt, mit Umhang und auf dem größten, besten Hengst zwanzig Meilen in die Runde. Sie glichen sich allerdings in der Haltung: Vater und Sohn saßen beide mit der aufrechten, arroganten Anmut eines Kaisers zu Pferd. »Und beide die gleichen Dickköpfe«, schmunzelte der Stallbursche bei sich und machte sich auf den unvermeidlichen Funkenregen gefaßt, der sprühen mußte, wann immer die beiden aufeinanderstießen.

Im Reiten erläuterte Bruder Gregory seinem Vater das Vorgefallene in Einzelheiten, doch nicht ohne gewisse, bissige Zwischenbemerkungen des alten Mannes.

»Ha, ha ha, ha! Du sagst also, sie lauern dir auf?«

Wenigstens lacht er, dachte Bruder Gregory.

»Hier ist's öde gewesen, Gilbert; immerhin, du sorgst jetzt für ein bißchen Spaß. Kann sein, du hast unter deinem langen Gewand da doch noch mehr als einen Bauchnabel. Weißt du eigentlich, daß dein Bruder Hugo noch zu Haus ist? Ich nehme wohl besser ihn und die Knappen und ein halbes Dutzend Stallburschen mit. Das wird ein Riesenjux.« Dann lachte er wieder seine empörende, wiehernde Lache.

Bruder Gregory ließ den Kopf hängen. Vater war einfach unmöglich. Selbst in umgänglicher Stimmung war er absolut entsetzlich. Er hätte sich wohl besser ins Kloster davongemacht, statt zurückzukommen und sich wieder auslachen zu lassen. Warum, o warum, hatte er sich das nur angetan? Aber gut, es war nun einmal geschehen, und ein Zurück gab es nicht. Margaret mußte jedenfalls gerettet werden.

Bruder Gregory nickte immer wieder auf der Bank in der großen Halle ein, während sein Vater Anweisungen erteilte. Die Hunde stritten sich um einen in den stinkenden Binsen verborgenen Knochen. Gregorys Vater hielt nichts davon, sie zu wechseln – ließ einfach neue auf die alten werfen, bis man so tief darin einsank, daß man nicht mehr gehen konnte. Er hatte schlichte Vorstellungen davon, was eine richtige Halle ausmachte: viel Hirschgeweihe an den Wänden, einige veraltete Streitäxte vielleicht, ein paar ererbte Lanzenwimpel, eine große Feuerstelle in der Mitte und einen endlosen Vorrat an Ale. Das machte ein Haus zum Heim, in seinen Augen jedenfalls. Um Haushaltsbelange kümmerte er sich ohnedies nicht. Das war Frauensache, wenn Frauen da waren, doch das waren sie eben nicht. Der Alte war Witwer, seitdem Bruder Gregorys Mutter an etwas gestorben war, das ihr Mann für religiöse Ausschweifung hielt. Immer noch plagten ihn Erinnerungen an große, braune, tränenerfüllte Augen, wie sie zu ihm hochflehten, er möge doch zu Gott zurückkehren; und dabei hielt sie seine Füße umschlungen. Zweifellos hatte sie sich jenes Fieber zugezogen, weil sie in der Regel zu jeder Tages- und Nachtzeit in der ungeheizten Kapelle gebetet und geweint und sich dabei auf den eiskalten Steinfußboden geworfen hatte. Sie hatte ihm zumindest einen richtigen Sohn als Erben hinterlassen, dazu aber auch den Blöden und eine ganze Reihe toter Geschöpfe, ehe sie sich am Ende in jenen Himmel aufmachte, nach dem sie sich so inniglich gesehnt hatte. Hugo hatte auch noch keine Frau. Er kümmerte sich nicht darum, war zu beschäftigt, und dabei wurde es höchste Zeit. Bruder Gregory gab es zwar auch noch, doch der war hoffnungslos. Immer wenn der alte Mann an ihn dachte, knurrte er bei sich: »Nur zwei Pfeile in meinem Köcher«, und hätte seinem elendigen zweiten Sohn gern wieder eins übergezogen.

»Aufwachen, willst du wohl aufwachen, du Faultier!« Bruder Gregorys Vater hatte ihn von der Bank zu Boden geschubst, besser geworfen. Bruder Gregory stand auf, staubte sich ab und blinzelte. Was für ein furchtbarer Alptraum; einen Augenblick war ihm doch so gewesen, als hätte er über sich seinen Vater mit großem, weißem Bart, buschigen Augenbrauen und bösartig funkelnden, blauen Augen gesehen. Dann ging ihm mit einem Ruck auf, daß es gar kein Traum war. Warum, um Himmels willen, war er heimgekehrt? O ja, um Hilfe für Margaret zu holen. Trotzig reckte er das Kinn und blickte seinem Vater in die Augen.

»Alles ist bereit, da kannst du nicht den lieben, langen Tag schlafen – wir brechen auf«, schnauzte ihn sein Vater an. Hugo und die anderen standen um ihn herum und sahen zu, wie er sich fertig machte. Seine Rolle dürfte nicht sehr groß werden. Schließlich war kein Verlaß auf einen Simpel von Sohn, so einer machte nie etwas richtig. Bruder Gregory diente lediglich als Köder.

Der Stallbursche hielt unten an der Treppe frische Pferde bereit. Das Mietpferd ruhte sich aus und würde am nächsten Tag zurückgebracht werden. Der Trupp legte den Rückweg in einer guten Zeit zurück, trabte oder ging im Schritt, während Bruder Gregory vor sich hin döste und wie ein Mehlsack über die Sattelkante hing, denn es war für ihn nun schon der zweite Tag ohne Schlaf. Doch dieses Mal machte sich sein Vater nicht einmal über ihn lustig. Er war zu beschäftigt, seine Pläne mit den anderen zu bereden.

Zur verabredeten Zeit seines letzten Treffens mit Margaret wirkte das Haus in der Thames Street ganz so wie eh und je. Vom Fluß stieg Nebel auf und wehte in kleinen Schwaden über die Straße. Ein paar Häuser weiter sah man einen Mann Feuerholz anliefern, das er in Bündeln auf dem Rücken eines Esels transportierte, als der bis an die Zähne bewaffnete und gegen die Kälte vermummte Trupp die Straße entlangritt. Bei Master Wengrave nebenan kam gerade ein kleiner Lehrjunge mit einer Botschaft herausgeflitzt, sah den Trupp und machte in entgegengesetzter Richtung kehrt. Schwer vorstellbar, daß sich drinnen im einst so fröhlichen Haus der Kendalls irgend etwas tun sollte. Es stand ruhig da und hatte lediglich jenes eigenartige, etwas verlassene Aussehen eines Hauses, dessen Hausvater gestorben ist.

Doch drinnen im Haus ging es hoch her, Arglistiges wurde geplant. Die beiden Brüder, immer noch in Volltrauer, lungerten unten im Gartenzimmer herum und besprachen heiter mit ihren gedungenen Banditen, wie sie Bruder Gregory dazu bringen würden, daß er das Versteck des echten Testaments preisgab. Margaret saß gefesselt und geknebelt auf der großen, eisenbeschlagenen Truhe, welche ihre Erlebnisse enthielt, damit sie auch ja Zeuge des Hinterhalts und der Bestrafung ihres angeblichen Liebhabers würde.

»Also, ich finde, zuerst entmannen, und wenn er dann brüllt, prügeln, bis er redet«, sagte Lionel, rekelte sich in der Fensternische und säuberte sich die Fingernägel mit dem großen Messer, das er bei sich trug.

»Wenn du so vorgehst, könnte ihn das vom Reden abbringen: ich finde, zuerst fesseln, dann verprügeln und den Rest, nachdem er geredet hat«, sagte Thomas, die Stimme der Vernunft.

»Ihn an den Füßen vom Türrahmen aufhängen«, schlug einer der Banditen vor. »Dann haben wir alle mehr davon.«

»Aha! Ich höre ein Klopfen an der Tür«, rief Lionel erfreut aus. Er lächelte von einem Ohr zum anderen, als man Bruder Gregory meldete. Dann versteckte er sich neben der Tür und machte sich bereit, Bruder Gregory bei seinem Eintreten mit einem Hieb zu empfangen, der ihn außer Gefecht setzte.

Bruder Gregory stand einen Augenblick auf der Schwelle still. Er hatte sich die Kapuze über den Kopf gezogen, daß sie sein Gesicht beschattete – ein angespanntes und vom Schlafmangel bleiches Gesicht mit tiefen, dunklen Ringen unter den Augen. Er trat über die Schwelle, und als der Schlag von Lionels Knüppel auf seinen Rücken gekracht kam, fiel er auf ein Knie, fuhr dann aber zu seinem Angreifer herum und zog sein Messer. Thomas' Dolch wollte ihm in den Rücken fahren, als Lionels Hieb mit einem ›peng!‹ seitlich von Gregorys Kopf abprallte. Der Dolch traf, doch er drang nicht ein. Der lange Schnitt, den er auf Bruder Gregorys Rücken hinterließ, offenbarte auch warum: unter seinem Gewand kam schimmernd ein Kettenhemd zum Vorschein. Beim Kampf fiel ihm die Kapuze herunter, und da sah man auch den leichten Helm, den sie verdeckt hatte. Jetzt warfen sich die beiden Banditen auf ihn und drückten ihn zu Boden, und Lionel, der noch nie seine Ungeduld hatte zügeln können, wollte ihm schon den Todesstoß versetzen.

Weiter kam er nicht, denn augenblicklich war ein gräßlich zischendes Geräusch zu vernehmen, als nämlich Gregorys Vater über die Schwelle trat und Lionel mit einem einzigen Hieb seines großen Bihänders köpfte. Der Kopf hüpfte zu Boden und rollte in eine Ecke, während das Blut aus den Arterien am Hals durchs ganze Zimmer und auf den Teppich spritzte. Ehe noch der Rumpf aufgehört hatte zu zucken, war das Zimmer voller bewaffneter Männer, die nur so hausten. Die Meuchelmörder wurden beim Fluchtversuch getötet.

»Ei, Vater, willst du diesen da behalten?« Hugos muntere Stimme schallte über die Walstatt. Da stand er und hatte den Fuß auf Thomas' Kehle gesetzt. Der gab gurgelnde Geräusche von sich, die sich anhörten, als flehte er um Gnade. »Wir könnten ihn doch entmannen und rauswerfen, genauso wie sie es mit Gilbert vorhatten.«

»Reine Zeitverschwendung«, knurrte der alte Mann. »Erdolche ihn und den Rest dazu.« Als das getan war, wischte der alte Mann seine Klinge gelassen am schwarzen Überrock von Lionels kopflosem Rumpf ab und steckte sie in die Scheide. Dann wandte er seine Aufmerksamkeit Margaret zu. Bruder Gregory schnitt die Stricke an ihren Handgelenken durch; ihren Knebel hatte er bereits entfernt, doch ausnahmsweise hatte es Margaret die Sprache verschlagen.

»Nicht übel, gar nicht übel«, sagte der alte Mann, schlich um sie herum und musterte sie von Kopf bis Fuß wie ein zum Verkauf angebotenes Pferd. Margaret war fassungslos. Der alte Mann sah aber auch wirklich zum Fürchten aus. Sein Brustharnisch und seine Bruch waren blutbespritzt. Sein Bart – einer von der altfränkischen Art, in dem immer Bratensoße hängenbleibt, wenn man sich nicht vorsieht – stand ihm zerrupft und wirr ums Gesicht und wurde nur noch von dem schütteren, weißen Haar übertroffen, das zum Vorschein kam, als er den Helm abnahm. Seine wilden, gesträubten Brauen überschatteten Augen, die irgendwie enttäuscht blickten, enttäuscht, daß es nichts mehr zu töten gab.

»Das ist also die Frau, unter deren Röcke du gekrochen bist, Gilbert? Gar kein so übles Weibsbild.«

Da stand nun Margaret, adrett und tragisch in Schwarz, und das Brennende Kreuz glänzte auf dem dunklen Untergrund. Sie war wütend. Mit zusammengebissenen Zähnen flüsterte sie:

»Bruder Gregory, wer ist dieser gräßliche, alte Mann da?«

»Das ist Vater, Margaret. Vater, das ist Margaret – und das da ist mein Bruder Hugo, und das sind Damien und Robert, ihre Knappen.« Der alte Mann antwortete auf diese unbeholfene Vorstellung mit einem knappen Nicken. Hugo, der ebenfalls den Helm abgenommen hatte, wobei dunkelblondes, kurzgeschnittenes und im Nacken ausrasiertes Haar nach Normannenart und die kalten, blaßblauen Augen eines berufsmäßigen Killers zum Vorschein kamen, grüßte sie mit einem Grinsen.

»Sieh einer an, Gilbert«, fuhr der alte Mann fröhlich

fort, »ich hatte ja lange so meine Zweifel, ob du unter dem Gewand da überhaupt etwas zum Abschneiden hättest, und zu meiner Freude hast du mir das Gegenteil bewiesen. Wenn ich's recht bedenke, gar keine so üble Masche, im geistlichen Habit in der Stadt herumzulungern und sich durch die Hintertür ins Haus gelangweilter Frauen einzuschleichen.«

»Vater!« Gregory war empört. Sein Gesicht lief zornesrot an. Kleine Adern traten an seinen Schläfen hervor. Fuchsteufelswild fuhr er seinen Vater an:

»Ich habe dir doch gesagt, daß ich mir für Christus einen reinen Leib bewahre!« Die Adern an seinem Hals traten hervor und pochten.

»Du willst dir was für wen bewahren?« brüllte der alte Mann. »Beim lebendigen Gott, was habe ich da in die Welt gesetzt? Dein Bruder Hugo hat Bastarde auf zwei Kontinenten, und du willst mir weismachen, daß du vollkommen unbrauchbar bist? Ich sollte dir noch eins über den Schädel ziehen!« Die Knappen wichen zurück. Sie wirkten belustigt.

»Vater, das haben wir bereits besprochen. Mich kannst du nicht mehr drangsalieren. Mein Entschluß steht fest.« Bruder Gregory knirschte mit den Zähnen. Sein Vater hatte eine Art, ihn so aufzubringen, daß er genau die Dinge sagte, die jenen am meisten erzürnen mußten.

»Was heißt hier drangsalieren? Ein rückgratloses Wundertier wie dich kann man nicht drangsalieren«, knurrte der alte Mann. Dann blickte er sich im Zimmer um, und ein schlauer Ausdruck huschte über sein Gesicht. Den Blick kannte Bruder Gregory gut; er hatte ihn in vergangenen Jahren oft genug gesehen. Er bedeutete, daß der alte Mann den Wert der Wandbehänge überschlug. Sir Hubert hatte eine ganze Reihe ähnlicher Wandbehänge und dergleichen Einrichtungsgegenstände in französischen Schlössern mitgehen lassen, ehe er sie dem Erdboden gleichgemacht hatte, und er hatte einen guten Blick für ihren Wert. Es traf Bruder Gregory tief, daß sein Vater sich das Wohnzimmer der Kendalls mit diesem Blick ansah.

Dann wandte der alte Mann seine Aufmerksamkeit noch einmal Margaret zu.

»Nicht so übel. Eine Wittib. Reich«, überlegte er bei sich. »Und noch jung.« Noch einmal musterte er sie von Kopf bis Fuß. Bruder Gregory kannte auch diesen Blick. Er wurde nur noch böser auf Vater. Margaret stand starr vor Zorn. »Sieht wie eine gute Zuchtstute aus. Kann man bei einer Frau immer an den Hüften und Titten erkennen ...«

»Wie könnt Ihr es wagen!« zischte Margaret ihn an.

»Und feurig. Ist auch gut fürs Zuchtgeschäft. Ein guter Hengst kriegt mit einer schlechten Stute auch schlechte Fohlen, sag ich immer. Wir wollen doch nicht noch mehr rückgratlose ...«

Dann drehte er sich jäh zu Hugo um.

»Hugo, ich hab mir was überlegt. Du brauchst seit längerem eine Frau, und diese da dürfte es durchaus tun. Wir entführen sie, verheiraten euch beide zu Hause schnurstracks in der Kapelle, ohne Aufgebot, und behalten sie da, bis wir einen Beweis für den Vollzug der Ehe haben. Nur so gehen wir sicher, daß kein gewiefter Rechtsverdreher die Ehe für nichtig erklärt. Ein bißchen hastig, aber solch eine Gelegenheit bietet sich so schnell nicht wieder. Ein, zwei Wochen, und jemand anders schnappt sie sich. Außerdem muß das Dach ausgebessert werden. Was sagst du dazu?«

»Ich hatte gedacht, das mit dem Dach wäre geregelt, Vater«, meinte Hugo, die Stimme der Vernunft.

»Das Geld ist schon weg – für einen neuen Hengst – den großen, schwarzen. Also abgemacht?«

»Ich gehorche, Vater«, sagte Hugo gleichmütig. Er

hatte sie lieber mit mehr Busen und blond, doch abgesehen davon war für ihn eine Frau wie die andere.

Margaret stampfte wütend mit dem Fuß auf. Sie war bis zu den Haarwurzeln errötet. Ihre Augen blitzten, und sie ballte die Hände zu Fäusten:

»Ich heirate überhaupt niemand. Und vor allem keinen der hier Anwesenden. Und ich heirate nie im Leben, nur damit irgendein abscheuliches Dach ausgebessert werden kann. Ihr könnt mich nicht zwingen.«

»Aber natürlich doch; ist schon öfter vorgekommen«, bemerkte der alte Mann gelassen. »Übrigens, Hugo, ist dir was aufgefallen? Der Blöde hat recht gehabt. Sie hat die Fauconberg-Augen. Sehen bei einer Frau wirklich sehr komisch aus. Also, gehen wir.«

»Nein!« brüllte Bruder Gregory. »Ihr entführt mir Margaret nicht!« Er baute sich vor ihnen auf und zog das Messer.

»Ha, blöde wie üblich! Die Hand gegen mich zu erheben? Du Memme, du?« Der alte Sir Hubert holte zu einem einzigen, vernichtenden Schlag aus, und das Messer flog in die Ecke. »Sag ich's nicht, du brauchst eins über den Schädel, damit du vernünftig wirst ...« Er hob die Faust; Bruder Gregory parierte den kräftigen Hieb mit dem Arm und versetzte seinem Vater einen Kinnhaken, mitten auf den Bart. Der alte Mann ging zu Boden, wo er sitzen blieb. Jetzt entsetzte sich Bruder Gregory über seine Tat, öffnete die Faust und starrte seine Hand an, als ob die allein die Schuld daran trüge. Sein Gesicht wurde kalkweiß. Du sollst deinen Vater ehren! Er hatte Gottes Gebot verletzt, und diese Sünde würde unauslöschlich an ihm haften bleiben.

»Ha, ha, ha ha!« Der alte Mann rieb sich das Kinn und lachte. Gregory blickte erstaunt. »Vielleicht kriegst du ja noch Eingeweide, du blöder Sohn.« Gregory konnte ihn nur anstarren.

»Du willst die Frau wohl selber haben, was?« fragte sein Vater und wollte aufstehen.

»Du hast doch Margaret gehört. Sie möchte nicht verheiratet werden«, sagte Bruder Gregory steif. Sein Vater stand nun ganz auf und funkelte ihn böse an. Vielleicht hatte sich ja in seiner Kindheit etwas in seinem Gehirn gelockert – ein Sturz vom Pferd – oder so ähnlich. Das war die einzig mögliche Erklärung. Das Hirn dieses Knaben funktionierte nicht richtig.

»Möchte nicht? Was hat denn das damit zu tun?« Der alte Mann blickte Margaret an, die hinter Bruder Gregory stand, und sagte zu ihr:

»Hört auf mich, Weib, Ihr tut gut daran, einen Mann mit einem Schwert zu heiraten, und das bald, sonst endet Ihr noch als Leiche oder als Bettlerin in der Gosse. Diese Kerle da auf dem Fußboden sollten Euch einen guten Vorgeschmack gegeben haben, was eine Frau ohne Mann und mit zuviel Geld erwartet. Städterinnen – bah –, keine Spur Grips. Jede Ritterwittib hat mehr Verstand im kleinen Finger.«

Margaret sah erschrocken aus. Von dieser Seite hatte sie es noch gar nicht betrachtet. Der abscheuliche alte Mann hatte recht, auch wenn es ihr überhaupt nicht gefiel.

Bruder Gregory war fassungslos. Die ganze Zeit hatte er sich in vagen Träumen gewiegt, daß er Margaret retten könnte und dann alles wieder wie früher sein würde. Denn wie früher war es genau richtig, ja, recht bequem eingerichtet gewesen. Er hätte weiter seine Runde durch die Ale-Häuser machen, mit seinen Freunden disputieren und dann bei Margaret vorbeischauen können, wo das Essen immer gut und die Unterhaltung vergnüglich war. Und jemand anders scherte sich um das Dach, die Regenrinnen, das Holz, die Bälger und Margaret selbst. Irgendwie hatte er sich das während seiner Abwesenheit so vorgestellt: sie in der Küche beim Brotbacken, gutes Brot – und hatte sich ausgemalt, ihre Rettung bedeutete, daß alles wieder am angestammten Platz wäre, auch Margaret.

Jetzt dämmerte ihm Fürchterliches. Man konnte die Uhr nicht zurückdrehen. Er hatte sich verpflichtet, zurückzukehren und in einer kalten, weiß getünchten Zelle zusammen mit Gott und der Göttin der Erinnerung zu hocken, während Hugo, dieser unsägliche Barbar, sich mit jenen vortrefflichen Wecken vollstopfte, Kinder machte, Margaret schikanierte und mit dem Alten überall herumhurte. Abends würden die beiden sich wahrscheinlich betrinken und sich gegenseitig beglückwünschen, daß sie ihr Glück am Schlafittchen gepackt hatten und ihn vielleicht *in absentia* hochleben lassen, weil er ihnen das alles verschafft hatte. Und Margaret würde weinend oben auf dem Söller dahinsiechen wie seine Mutter, und die Mädchen würden an ihrem elften Geburtstag dem Meistbietenden zugesprochen und anverlobt werden.

»Vater, das ist nicht recht, dazu hast du kein Recht. Sie würde Hugo jedenfalls nicht mögen ...«

»Mögen? Was soll mir das? Deine Mutter hat mich auch nicht gemocht! Wir sind prächtig miteinander ausgekommen. Sie hat die Frauensachen gemacht, ich bin in den Krieg gezogen, und mit ihrer Mitgift habe ich den Turm wieder aufgebaut. Mögen ist bei einer Ehe völlig unwichtig. Geld und Familie, das zählt. Hast du nicht gesagt, sie ist eine Base? Doch wohl nicht zu nahe verwandt, wie?«

»Keine Spur von nahe.« Bruder Gregory seufzte tief. Ein Jammer, denn das hätte das Problem gelöst. Nicht einmal Vater würde die erforderlichen Gebühren und Beziehungen beschaffen können, damit die Kirche ein Auge bei der Heirat innerhalb des siebten Verwandtschaftsgrades zudrückte.

»Also, Gilbert, geh mir aus dem Weg, ehe ich diese

Männer da auf dich loslasse, daß sie dir jeden Knochen im Leib brechen. Diese Frau wird entführt; dir hängen doch nur die Trauben zu hoch, wie bei dem gottverlassenen Fuchs in dieser Geschichte da. Und das ist weiß Gott nichts Neues, du hirnrissiger, undankbarer Sohn.«

Bruder Gregory blickte Margaret an. Er wußte, daß er geschlagen war. Margaret blickte ihn an, dann die Gesichter ringsum im Zimmer. Es gab keinen Ausweg.

»Gut, freut mich zu sehen, daß Ihr Vernunft annehmt.« Sir Hubert regelte jetzt alles geschäftsmäßig. »Damien, geh nach oben und hol ihr den Umhang – draußen ist es kalt. Robert, du gehst …«

»Vater«, unterbrach ihn Gregory. Sein Vater drehte sich um und blickte ihn an. Gilbert wirkte sehr aufgeregt. Vielleicht war bei diesem unbrauchbaren Welpen doch noch nicht Hopfen und Malz verloren. »Vater, ich muß mit Margaret reden …« Hier wurde er von Getrappel und Geheule unterbrochen, als nämlich Damien und Robert mit einem Armvoll Winterkleidung, zwei tränenüberströmten, kleinen Mädchen und einer aufgebrachten, wutentbrannten Kinderfrau zurückkehrten.

»Mylord, was soll mit denen da geschehen? Sie hatte die beiden oben in einen Kleiderschrank eingesperrt.«

»In dieser Stadt hat man aber merkwürdige Methoden in der Kindererziehung«, bemerkte Sir Hubert. Die Mädchen hatten sich in die Röcke ihrer Mutter geflüchtet und heulten nur noch lauter. »Holt sie weg und setzt sie dort drüben hin«, sagte Sir Hubert. »Ich will sie mir anschauen.« Sir Hubert starrte sie ein paar lange und stumme Minuten an, strich sich den Bart und dachte nach. Die Mädchen starrten zurück. Sie wirkten fast wie Zwillinge und sahen genauso aus wie ihre Mutter, abgesehen von dem roten Haar. »Bringt nur Mädchen zuwege«, sagte der alte Mann bei sich. »Eine verdammte, hitzköpfige Stute, die nur Mädchen zuwege bringt.« Er schritt hin und her und brummelte in seinen Bart: »Viel besser für einen zweiten Sohn.«

»Madame, gehört die Kinderfrau zu Euren Leuten oder zu denen da?« fragte er Margaret, die sehr, sehr aufgebracht wirkte.

»Man hat sie dafür bezahlt – sie gehört zu denen da. Meine Leute sind alle im Keller eingesperrt; er hat die Schlüssel an sich genommen.« Margaret deutete auf ihr Schlüsselbund an Lionels kopflosem Rumpf.

»Mich dünkt, sie sollten die Plätze tauschen. Robert, bring die Frau da nach unten und laß die anderen heraus. Hier muß gründlich aufgeräumt werden. Rede ihnen gut zu – wir werden ihr Zeugnis noch brauchen, falls es zu einer Untersuchung kommt. Was, Gilbert, wolltest du gerade sagen …?«

»Ich muß mit Margaret reden.«

»Schieß los – was hindert dich daran?«

»Ich meine allein. Sie sagt, daß sie nichts in einem Zimmer mit Leichen drin bereden will.«

»Gut, aber in der Diele liegen auch Leichen herum. Sie liegen mehr oder weniger überall herum, außer womöglich in der Küche. John, Will …«, und damit winkte er zwei Stallburschen, »… begleitet sie dorthin. bleibt an der Tür und laßt sie nicht aus den Augen.«

Bruder Gregory führte die kleine Gruppe durch die Diele und in die Küche. Man konnte sehen, daß hier erst kürzlich noch Lionels und Thomas' Zechkumpanen gehaust hatten. Das Feuer war erloschen, die verschlossenen Gewürzkästchen waren geplündert, und in den glitschigen Ale-Lachen auf dem Fußboden lagen die Scherben von zerbrochenen Küchengefäßen. Mitten auf dem Boden gähnte ein Vogelkäfig aus Weidengeflecht, den man vom Balken abgeschnitten hatte.

»Oh! Der Vogel unserer Köchin! Das bricht ihr das Herz. Hoffentlich haben sie ihn nicht aufgegessen!?«

Mißmutig musterte Bruder Gregory den Schaden.

Das sah einer Frau ähnlich, sich in einer derartigen Situation um einen Vogel zu grämen. Aber er kletterte hoch und spähte aus dem hohen Küchenfenster, und die Stallburschen rückten näher, damit er ihnen nicht etwa entwischte. Hoch droben im winterkahlen Baum draußen vor dem Fenster konnte er schwarzweißes Federgeflatter ausmachen. Der Vogel machte eine Pause, hockte da auf einem schwankenden Zweig und legte den Kopf schief, um Bruder Gregory mit einem glänzenden Auge zu mustern.

»Dem Vogel geht's gut, Margaret. Er ist gleich hier, draußen auf dem Baum«, verkündete er und zog die Nase ein. Auch die Männer zogen sich zurück. Frauen – kaum ein Unterschied zu Vögeln. Ein flatterhaftes Hirn, und nie lange genug auf einer Stelle, als daß sie richtig denken könnten. Wer weiß, mit welcher Albernheit sie jetzt ankam?

»Margaret ...«, hob Bruder Gregory an.

»Euer Vater ist ein Unmensch«, sagte Margaret. Bruder Gregory nickte beifällig.

»Etwas anderes habe ich auch nie behauptet.« Bruder Gregory war entsetzlich traurig zumute. Er spürte, wie Gott ihm entglitt und sich all seine Pläne und Träume in Nebel auflösten. Wie kam es nur, daß Vater ihm das immer wieder antun konnte? Er vermochte kaum zu sprechen. Aber Margaret saß immer noch bis zum Hals in der Tinte, auch wenn sie nicht genügend Verstand hatte, das einzusehen. Er selbst hatte ihr das eingebrockt, und nun war er es ihr schuldig, daß er sie auch wieder herausholte.

»Ich – ich glaube nicht, daß Ihr Hugo sehr mögt«, fing Gregory an.

»Meiner Lebtage habe ich keinen übleren Kerl gesehen.«

Genau das, was auch Bruder Grogory seit Jahren von

ihm gehalten hatte. Jetzt ging es ihm schon besser. Für eine Frau war Margaret sehr scharfsichtig.

»Ich – wir ...«, wollte er sagen. Margaret blickte ihn erwartungsvoll an. Er sah furchtbar aus. Sein abgetragenes, altes Gewand war zerfetzt und blutbespritzt. Den leichten Helm hielt er unter den Arm geklemmt, und seine Kapuze hatte er zurückgeworfen. Sie konnte die dunklen Ringe unter seinen Augen und eine böse Prellung an seiner Schläfe sehen, wo ihm dieser gräßliche alte Mann wahrscheinlich eins übergezogen hatte. In den letzten Monaten hatte Margaret ihn besser kennengelernt, als er ahnte, und sie wußte auch ohne Worte, was er sagen wollte. Sie wußte auch, was es ihn kostete. Und so wartete sie. Die Stallburschen an der Tür traten vor Langeweile von einem Fuß auf den anderen.

»Margaret – ich habe es nicht sehr weit gebracht. Die Sachen, die ich machen wollte, alles nichts draus geworden. Schreiben, Lehren und jetzt auch noch die Kontemplation. Und dann wollte ich Euch helfen, und auch daraus ist nichts geworden. Schaut Euch doch nur den Schlamassel an, den ich angerichtet habe. Soweit ist es mit mir gekommen ...«

»Der Schlamassel ist nicht neu. Kendalls Söhne sind Teil von seinem Schlamassel, nicht von Eurem. Und Ihr habt mir wirklich geholfen. Woher hättet Ihr wissen sollen, was Euer Vater vorhatte.«

»Ich habe ihn über die Jahre beobachtet. Ich hätte es wissen müssen. Er nimmt sich immer, was er kriegen kann, und schert sich nicht darum, wer dabei zu Schaden kommt. Und jetzt kommt Ihr zu Schaden, Margaret, und ich bin daran schuld.«

»Ihr kommt dabei leider auch zu Schaden«, antwortete sie.

»Ja, aber das war noch nie anders. So ist es mir immer ergangen. Darüber wollte ich ja ein Wörtchen mit Gott reden, doch damit ist es wohl vorbei.« Margaret sah sein verquältes Gesicht und legte ihm die Hand auf den Ärmel.

»Glaubt Ihr etwa, daß Gott das nicht sieht? Gott ist überall.«

Gregorys Miene hellte sich auf.

»Also, der Gedanke war mir auch schon vor gar nicht langer Zeit gekommen. Ob Gott wohl etwas dagegen hat, wenn wir heiraten?«

Margaret wollte lachen.

»Gregory, Ihr seid verrückt. Ist das etwa ein Heiratsantrag?«

Gregory blickte erstaunt, dann sah er sich im Raum um, als ob er nicht wüßte, woher ihm die Idee gekommen war, und als ob er vielleicht ein unsichtbares Loch in der Luft über seinem Kopf entdecken könnte, durch das sie herabgefallen sein mochte.

»Ei, ja, es sieht so aus – ich hätte nie gedacht, daß ich es herausbringen würde.«

»Ich auch nicht.«

»Also, Margaret, eigentlich bin ich nicht mehr Gregory – nur schlicht Gilbert. Den Namen hatte ich mir aufgespart für – für meine Rückkehr.«

»Gilbert? Der paßt aber nicht sehr gut zu Euch – könnt Ihr den anderen Namen nicht noch ein wenig länger beibehalten?«

»Den habe ich leider schon länger behalten, als schicklich ist.«

»Ehrlich, Gregory, Ihr seid schlimmer als Bruder Malachi.«

»Margaret, wir sitzen aber immer noch in der Klemme. Ihr habt Vater gehört. Wir werden ein Weilchen bei ihm wohnen müssen, und dann hackt er Tag und Nacht auf uns herum. Mich macht das verrückt. Soll ich Euch nicht doch lieber zum Fenster hinausheben, daß Ihr zu den Nachbarn laufen könnt?«

»Ich glaube, deswegen hat Euer Vater uns die beiden Männer da mitgegeben«, sagte Margaret und deutete auf sie. »Außerdem hat er recht, auch wenn er ein Ungeheuer ist. Das hieße nur, das Problem vor sich herschieben, und wer weiß, was noch auf uns zukommt.«

»Dann würde es Euch also nichts ausmachen ...?«

»Nein, sehr lieb, daß Ihr mich fragt. Ihr fragt wenigstens noch, statt einfach anzuordnen. Außerdem glaube ich – ich glaube, ich möchte schon, Gregory.«

»Alles abgemacht da drinnen?« dröhnte Sir Huberts Stimme, »oder muß ich etwa noch nachhelfen?«

»Abgemacht«, sagte Bruder Gregory und kam mit Margaret heraus, die bewaffneten Stallburschen folgten ihnen.

»Teilweise abgemacht«, sagte sein Vater und musterte ihn grimmig von oben bis unten. »Jetzt will ich wissen, ob du in diesem elendigen Orden heiliger Schwachköpfe, bei dem du dich rumgedrückt hast, irgendwelche Gelübde abgelegt hast.«

»Nichts Endgültiges, Vater«, sagte Bruder Gregory kurzangebunden. Vater brachte ihn schon wieder in Harnisch.

»Gut – spart mir einen Scheffel Geld, wenn ich dich bei denen nicht loskaufen muß. Kaum zu glauben, daß du soviel Grips gehabt hast.« Er durchmaß das Zimmer mit großen Schritten und musterte seinen wirrköpfigen Sohn, während er weiter nachdachte. »Und früher? Als du dich ins Ausland abgesetzt hattest?«

»Niedere Weihen, Vater, gehören zu einem Universitätsexamen dazu«, sagte Bruder Gregory in einem Ton, als wollte er einem Einfaltspinsel etwas erklären, was jeder wissen dürfte. Er spürte, wie die Wut in ihm hochstieg, obwohl er sich Mühe gab, nicht außer sich zu geraten.

»Ja – was?« sprudelte der alte Mann hervor, während sein Gesicht knallrot anlief. »Ei, du Riesenblödian! Du und eine Wittib heiraten? Von der Anklage wegen Bigamie werde ich dich freikaufen müssen! Käme mich verdammt noch mal einen Batzen billiger, wenn ich Hugo an eine Wittib verheiratete, das kann ich dir sagen. Und Hugo würde sich gewißlich nicht so albern aufführen wie du!« Nun lief auch Bruder Gregory rot an, und die Adern an seinen Schläfen pochten. Er brüllte:

»Also, in dem Fall kannst du gleich ...«

Genau in diesem Augenblick mahnte so etwas wie eine Stimme im Kopf des alten Mannes: »Vorsicht, Vorsicht! Wann bist du deinem Herzenswunsch je so nahe gewesen? Man fängt kein weidendes Pferd, wenn man ihm das Zaumzeug zeigt. Jetzt darf er dir nicht mehr entwischen – zeig ihm den Hafereimer, nicht die Peitsche.« Und Sir Hubert unterbrach seinen Sohn jählings mitten im Satz und sagte in ungewohnt heiterem und versöhnlichem Ton:

»Ach, laß doch, Gilbert, mir ist da ein Gedanke gekommen. Reg dich ab – das soll uns jetzt nicht bekümmern. Ich beleihe ihre Erbschaft und rechne dann später mit dir ab. Unser Bischof ist ein entgegenkommender Bursche – hast du eigentlich gewußt, daß er auch ein Vetter ist? Dritten Grades, mütterliche Linie. Sie kriegen von mir noch gratis einen Schrein dazu, wenn du möchtest – etwas im Namen deiner Mutter wäre wohl angebracht, meinst du nicht auch?«

Damit überrumpelte er Bruder Gregory derart, daß dem die Worte fehlten und seine Adern wieder abschwollen.

»Na? Sagt dir das Ganze jetzt besser zu? Gut. Nach Haus also und auf in die Kapelle«, sagte sein Vater.

Sie gingen zusammen zur Haustür, Margaret zwischen sich, wo die kleinen Mädchen schon in Umhang und mit Handschuhen warteten, auf ihre Mutter zuliefen und sich hinter ihren Röcken versteckten.

»Die Kleinkinder nehmen wir mit«, sagte Sir Hubert und winkte in ihre Richtung. »Ohne sie blasen Frauen bloß Trübsal. Aber mit Kindern tun sie's zweifellos auch, Weiberart eben«, setzte er hinzu.

Alles ging durcheinander, wie immer in letzter Minute vor einem Aufbruch, und Sir Hubert erteilte seinen Männern und Margarets Verwalter Befehle. Der wiederum wartete Margarets stummes Nicken ab, daß er sich entfernen durfte. Die Straße lag verlassen da, als sie aufsaßen, doch Margaret konnte hinter den halb geschlossenen Läden der Nachbarhäuser Gesichter hervorlugen sehen. Ein einziger Schrei, und sie würden bewaffnet auf die Straße gelaufen kommen. Bruder Gregory setzte sie hinter sich auf den Sattel seiner braunen Stute, und Margaret drehte sich um, wollte einen letzten Blick auf ihre eigene Haustür werfen. Sie spürte, daß ihr die Tränen in die Augen stiegen, als rauhes Geschrei sie von ihrem Kummer ablenkte.

»Diebe! Diebe!« schallte es vom Dachfirst. Sie blickte hoch und mußte unwillkürlich lächeln. Manchmal sehen Vögel klarer als Menschen.

»Was ist das?« brüllte Sir Hubert und drehte sich im Sattel um, während seine Hand zum Schwertknauf fuhr.

Hoch oben auf dem First hatte die Elster der Köchin mittlerweile damit aufgehört, sich das Gefieder zu putzen, jetzt hüpfte sie herum und spähte zu den Reitern unten auf der Straße herab.

»Nur der Vogel der Köchin«, sagte Bruder Gregory.

Hinten im Haus konnte man eine Stimme locken hören.

»Komm, mein kleiner Liebling. Mamas Schätzchen. Da sieh, sieh mal, was ich dir aufs Fensterbrett gelegt habe ...« Sir Hubert beruhigte sich.

»Widernatürlich«, sagte der alte Ritter und gab das Zeichen zum Aufbruch. Und als sie losritten und sie immer noch die Köchin locken hörten, da verkündete er: »Weiß Gott, die Albernheit der Weiber kennt keine Grenzen.«

»Kann man wohl sagen«, lachte Hugo.

»Stimmt, stimmt«, nickten die Stallburschen beifällig.

Doch Gregory schwieg.

Band 11930

Judith Merkle Riley

Die Vision

Wiederum ist die mit übernatürlichen Kräften ausgestattete Magaret von Ashbury die Heldin des Romans. Um ihren dritten Mann Gilbert de Vilers aus der Gefangenschaft zu befreien, reist sie von England nach Frankreich in die Papststadt Avignon, zu den Klöstern Burgunds und in die Pyrenäen. Ihrer Vision eines Lebens voller Liebe und gegenseitiger Achtung der Geschlechter folgend, kämpft sie in einer turbulenten Zeit, die von Glaubenskämpfen und Hexenverfolgungen geprägt ist, um das Leben des geliebten Mannes.

Eine hervorragende Darstellung spätmittelalterlichen Stadt- und Landlebens. — *BRIGITTE*

Band 11990

Wladimir Bartol

Alamut

Ein Epos von todesmutigen Männern, bezaubernd schönen Frauen und einem grausamen Tyrannen

Persien im 11. Jahrhundert. Von Indien bis zum Mittelmeer erstreckt sich das Reich der türkischen Seldschuken. Von seiner uneinnehmbaren Bergfestung Alamut aus führt Hassan Ibn Saba, Oberhaupt der fanatischen Assassinen-Sekte, einen heiligen Krieg gegen die Türken. Mit einer Handvoll tapferer Krieger gelingt es ihm, das mächtige Reich innerhalb eines Jahres zu zerschlagen. Der machtbesessene Tyrann ist sich der Gefolgschaft seiner Leute völlig sicher – bis die Liebe zweier junger Menschen seine ehrgeizigen Pläne zu zerstören droht ...